लॉक

लॉक

दीप्ति शर्मा
एम० कुमार

अर्जुन पब्लिशिंग हाउस

लॉक

संस्करण, 2024

ISBN 978-81-8330-267-8

प्रकाशक :

अर्जुन पब्लिशिंग हाऊस

4831/24, गोविन्द लेन,

अंसारी रोड, दरियागंज,

नई दिल्ली—110002

फोन : 23272541, 23242541

e-mail : arjunbooks2001@gmail.com

टाइपसेटिंग :

डिम्पल कम्प्यूटर्स

दिल्ली

प्रिन्टर्स :

मिलन इंटरप्राइजेस

दिल्ली

भूमिका

लॉक की प्रमुख रचना मानव बुद्धि से सम्बन्धित एक निबन्ध है। यह दर्शन का एक श्रेष्ठ ग्रन्थ है। इसमें ज्ञान का विश्लेषण है। यह सर्वप्रथम 1680 ई॰ में प्रकाशित हुआ। लॉक ने इसको लिखने में लगभग 20 वर्ष लगाये। उसके जीवनकाल में इसके चार संस्करण छपे। सभी मित्रों ने इस पर लॉक को अपनी सम्मति दी और उसी क्षण से लॉक ज्ञान के विश्लेषण में लग गया।

लॉक के पूर्व दर्शन का प्रधान विषय द्रव्य का विवेचन या तत्त्ववाद या तत्त्वदर्शन था। लॉक ने कहा कि जब तक ज्ञान का प्रामाणिक वर्णन न हो, उसकी शक्ति और सीमा का ज्ञान न हो, तब तक द्रव्य का विवेचन करना अप्रमाणिक है। उसने ज्ञान-मीमांसा को तत्त्व-मीमांसा का पूर्ववर्ती बताया। ज्ञान-मीमांसा पहले होनी चाहिए और तत्त्व-मीमांसा बाद में। उसके पहले ज्ञान-मीमांसा और तत्त्व-मीमांसा का यह क्रम उल्टा था। लॉक ने गम्भीरतापूर्वक विशद रीति से ज्ञान के स्वरूप, उद्‌भव, शक्ति, प्रकाश, सीमा और निष्कर्ष या मानदण्ड का विवेचन किया। उसके विवेचन में प्रायः शब्दाडम्बर तथा पुनरुक्ति हैं। किन्तु फिर भी यह एक साहसपूर्ण और मौलिक रचना है। इसका दृष्टिकोण मनोवैज्ञानिक है। बाद में कांट ने ज्ञान का जो विवचेन किया वह प्रमाण-मीमांसा के दृष्टिकोण से है। लॉक के दृष्टिकोण में ज्ञान की उत्पत्ति प्रधान है। कांट के दृष्टिकोण में ज्ञान का प्रामाण्य प्रधान है। दृष्टिकोणों के इस भेद के कारण लॉक की ज्ञान-मीमांसा मनोविज्ञान रह गयी और कांट की ज्ञान-मीमांसा दर्शन का पर्याय बन गयी। परन्तु कांट को प्रेरणा लॉक की ज्ञान-मीमांसा के परिणामों को विकसित करने वाले ह्यूम से मिली थी। इसलिए ज्ञान-मीमांसा को दर्शन की गद्दी पर बैठाने वालों में लॉक का नाम अग्रगण्य है।

मानव बुद्धि से सम्बन्धित एक निबन्ध चार भागों में लिखा गया है। पहले भाग में आजानिक प्रत्ययों और सिद्धान्तों का खण्डन है। दूसरे भाग में दिखाया गया है कि सभी प्रत्ययों की उत्पत्ति अनुभव से होती है और प्रत्ययों के मुख्यतः दो भेद हैं—मूल प्रत्यय और मिश्रित प्रत्यय। मिश्रित प्रत्यय मूल प्रत्ययों के

सम्मिश्रण हैं। तीसरे भाग में भाषा की समीक्षा है। भाषा का विचार पर क्या प्रभाव है? भाषा कैसे एक ओर चिन्तन को अग्रसर करती है तो दूसरी ओर उसे कुण्ठित करती है? शब्द कैसे घटाटोप बन जाते हैं? चौथे भाग में ज्ञान के प्रकार और ज्ञान की सीमाओं का विवेचन है। शुद्ध ज्ञान मीमांसा दूसरे और चौथे भाग में हैं। ये अंश पहले लिखे गये थे। बाद में इनमें पहला और तीसरा भाग जोड़ दिया गया। ये भाग खण्डनात्मक हैं।

लॉक के अनुसार प्राकृतिक कानून विवेक का ही दूसरा नाम है। यह मानव की प्रज्ञा, बुद्धि और सूझबूझ है। ये नैतिकता के वे नियम हैं, जो मानव की अन्तरात्मा में निवास करते हैं। ये न केवल प्राकृतिक दशा में, बल्कि नागरिक समाज में भी उसके जीवन को निर्देशित करते हैं। ये व्यक्ति को इस बात का निर्देशन देते हैं कि वे दूसरे के जीवन, स्वतन्त्रता और सम्पत्ति पर आघात नहीं करें। ये उसे आक्रांता होने से रोकते हैं तथा उसे पड़ोसी से प्यार करना सिखाते हैं। ये मानव के संपूर्ण आचरण को निर्धारित करते हैं। ये शांति और सुरक्षा पर बल देते हैं तथा मानव को अधिकार देते हैं कि वह उनकी उल्लंघन करने वालों को दण्डित करें। अपनी उत्पत्ति में ये कानून सामाजिक या राजनीतिक संस्थाओं पर निर्भर नहीं करते, बल्कि मानवीय संस्थाएं इन पर निर्भर करती हैं। लॉक लिखता है कि प्राकृतिक नियम या विवेक को जानने के लिए मानव को केवल अपनी दृष्टि को अन्तर्मुखी करना होगा, क्योंकि ईश्वर ने उसे प्रत्येक के हृदय में आरोपित कर दिया है। ईश्वर ने मानव को पृथ्वी पर अवतरित करते समय पथ-प्रदर्शक के रूप में उसे विवेक प्रदान किया और यह विवेक ही उन्हें समान, स्वतन्त्र और समाजप्रिय बनाता है।

प्रस्तुत पुस्तक की विषय-वस्तु छात्रों एवं प्राध्यापकों के लिए अत्यन्त ही उपयोगी सिद्ध होगी। पुस्तक की भाषा अत्यन्त सरल है जो पढ़ने में रोचकता प्रदान करती है।

दीप्ति शर्मा
एम. कुमार

अनुक्रमणिका

1. लॉक का व्यक्तित्व 1

2. लॉक का प्रकृतिवाद 17

3. लॉक के अनुसार राज्य का स्वरूप 63

4. लॉक की व्यक्तिवादिता 115

5. धार्मिक सहिष्णुता पर लॉक के विचार 148

6. लॉक का राजनीतिक शास्त्र को देन 160

7. लॉक के अनुसार सरकार के कार्य और लोकतंत्र 176

8. शिक्षा के विषय में लॉक के विचार 218

1

लॉक का व्यक्तित्व

जॉन लॉक का जन्म समरसेट के रिंगटन नामक स्थान पर इंगलैण्ड में सन् 1632 में हुआ था। लॉक के पिता एकमध्यवर्गीय प्यूरिटन (Puritan) सम्प्रदाय के व्यक्ति थे। फिर भी उन्होंने अपने पुत्र को अच्छी से अच्छी शिक्षा दिलाने की व्यवस्था की। लॉक के आक्सफोर्ड विश्वविद्यालय से एम.एम. की उपाधि प्राप्त की तथा वहीं उनकी नियुक्ति एक शिक्षक के पद पर हो गयी। शिक्षण के काल में डेसकार्टेज (Descartes) की रचनाओं में लाक में दर्शन व आध्यात्म के प्रति तथा रोबर्ट बॉयल (Robert Boyel) की मित्रता ने प्राकृतिक विज्ञान के प्रति विशेष रूचि उत्पन्न की। पर प्राकृतिक विज्ञान का आकर्षण लॉक के लिए अधिक शक्तिशाली सिद्ध हुआ। फलतः सन् 1684 में उन्होंने कार्य छोड़ दिया तथा उपर्युक्त डाक्टर के सम्पर्क में रहकर चिकित्सा कार्य की शिक्षा प्राप्त कर चिकित्सक के रूप में कार्य करना प्रारम्भ कर दिया। चिकित्सा सम्बन्धी अपने अनुभव के कारण लॉक लार्ड ऐशले के व्यक्तिगत चिकित्सक बन गये। लार्ड ऐशले बाद में शेफ्टसबरी के अर्ल (Earl of Shaftesbury) बने। चिकित्सक के अतिरिक्त लॉक ने शेफ्टबरी के अर्ल के साथ लॉक का सम्बन्ध लगभग 15 वर्ष तक रहा। शेफ्टबरी के अर्ल का निजी चिकित्सक होने के कारण लॉक को राजनीतिक दृष्टि से बड़े अनेक लोगों से मिलने का अवसर मिला, जिससे उन्हें देश की राजनीतिक परिस्थितियों की बड़ी व्यापक जानकारी हुई।

जॉन लॉक की अवस्था जब केवल 10 वर्ष की थी, तभी इंगलैण्ड में एक गृह युद्ध छिड़ गया था, जो लगभग 8 वर्ष तक चल। गृह युद्ध में एक और वे लोग थे, जो राजा के पक्षधर थे तथा एक और वे लोग थे, जो संसद के पक्षधर थे। इस युद्ध में जॉन लॉक का प्यूरिटन सम्प्रदाय राजा के विरुद्ध तथा प्रजा के पक्ष का समर्थक था। गृह युद्ध के अन्त में प्रजा पक्ष की विजय हुई, जिसके परिणामस्वरूप स्टुअर्ट राजवंश को निर्वासित कर दिया गया था तथा क्रॉमवेल की अध्यक्षता में गणतन्त्र की स्थापना हुई। इंगलैण्ड के अब तक के इतिहास में यह केवल एक ही अवसर था, जब वहाँ गणतन्त्रीय शासन रहा। सन् 1658 में क्रामवेल की मृत्यु होने पर निर्वासित स्टुअर्ट वंश के उत्तराधिकारी को पुनः वापस

बुलाया गया तथा सन् 1660 में उसे चार्ल्स द्वितीय के नाम से सम्राट् बनाया गया। उसका उत्तराधिकारी जैम्स द्वितीय हुआ, जिसने 1685 से 1688 तक राज्य किया। उसके काल में भी सत्ता के विषय में संसद के साथ पुन: विवाद हुआ, जिसके परिणामस्वरूप हॉलैण्ड के राजकुमार विलियम को बुलाकर राजा बनाया गया। राजकुमार विलियम जब राजसिंहासन पर बैठा, तभी संसद ने एक लेख द्वारा सम्राट के अधिकार सीमित कर दिये तथा शासन-विषयक अन्तिम अधिकार अपने हाथ में ले लिया। इस लेख द्वारा शासन के सम्बन्ध में अन्तिम सत्ता चूँकि सम्राट के स्थान पर जनता की प्रतिनिधि का संसद को प्राप्त हुई तथा इस प्रक्रिया में कोई रक्तपात नहीं हुआ, अत: राजा द्वारा संसद के पक्ष में सत्ता के इस हस्तान्तरण को इंगलैण्ड के इतिहास में **"(Glorious Bloodless Revolution) कहा जाता है। तथा लेख को अधिकार पत्र (Bill of Rights) कहा जाता है।"**

जॉन लॉक का लेखक का रूप हमारे समक्ष उस वाद-विवाद के परिणामस्वरूप आया, जो उक्त क्रान्ति के औचित्य व उसकी वैधानिकता के विषय में उसके बाद तक चला। इस वाद-विवाद के सन्दर्भ में ही जॉन लॉक ने अन्य कई ग्रन्थों के अतिरिक्त क्रान्ति के दो वर्ष बाद प्रकाशित अपने ग्रन्थ **"नागरिक शासन पर दो लेख"** (Two Treatises on Civil Government) की रचना की, जिसमें उन्होंने सामाजिक समझौते के सिद्धान्त का प्रतिपादन इस दृष्टिकोण से किया कि उससे क्रान्ति का औचित्य सिद्ध हो सके। लॉक विलियम ऑफ औरेन्ज (William of orange) के युद्ध जिसे राजा जैम्स द्वितीय के भागने के बाद इंगलैण्ड के राजसिंहासन पर बैठाया गया, अपने हॉलैण्ड के प्रवास से ही कृपापात्र थे। अत: उसके शासन काल में उनकी नियुक्ति अपील आयुक्त (Commissioner of Appeals) के पद पर की गयी तथा इस पद पर वे सन् 1700 तक बने रहे। सन् 1700 में अस्वस्था के कारण उन्होंने अपनी आयुक्त के पद से भी पद से त्यागपत्र दे दिया और उसके बाद सन् 1704 में उनकी मृत्यु हो गयी।

लॉज के विचारों की पृष्ठभूमि

(Background of Locke's Thought)

लॉक के विचारों पर जिन परिस्थितियों का प्रभाव पड़ा, उनका पारिवारिक सामाजिक तथा सामान्य समकालीन विवेचन हम निम्न शीर्षकों के अन्तर्गत कर सकते हैं :

1. पारिवारिक जीवन (The Family Life)

मनुष्य अच्छे प्रवृत्ति का प्राणी होता है, लॉक में इस प्रकार की धारणा के उत्पन्न करनें में उसके पारविारिक जीवन का भी बड़ा प्रभाव पड़ा। उन पर सबसे पहला प्रभाव उनके पिता के युक्तिसंगत व प्रेमपूर्ण व्यवहार पर पड़ा। उनके पिता उनके बचपन में उनके साथ यदि कुछ कठोरता से पेश आये, तो इसलिए कि लॉक भय के कारण अपने को अच्छा बना सकें, क्योंकि उस समय उनमें समझने कि शक्ति नहीं थी। पर ज्यों ही लॉक

बड़े हुआ और उनकी समझने की शक्ति विकसित हुई, उन्होंने लॉक के प्रति ढील बरतना प्रारम्भ कर दिया और फिर लॉक पिता के साथ मित्रवत रहा। लॉक की जीवनी लिखने वाली महिला मैशम ने इस सम्बन्ध में लिखा है **"उनके पिता ने उनकी युवावस्था में उनके साथ ऐसा व्यवहार किया कि बाद में उन्होंने अपने पिता की बड़ी प्रशंसा की। जब वे बालक थे, उन्हें भयभीत व दूर रखने के लिए वे उनके साथ कठोरता का व्यवहार करते थे। पर जैसे-जैसे बढ़ते हुए वे पूरे आदमी होते गये, धीरे-धीरे वे तक तक ढील बरतते गये, जब तक वे योग्य होने पर उनके साथ पूरी तरह से मित्र की तरह न रहने लगे।"**[1] इतने विचारशील पिता के पुत्र होने के नाते लॉक के लिए यह स्वाभाविक था कि उनका ध्यान मनुष्य के स्वभाव के सद्वृत्तिपूर्ण पक्ष की ओर आकृष्ट होता।

2. सामाजिक जीवन (The Social Life)

लॉक जहाँ कहीं भी रहे, उन्हें अच्छे मित्रों के साथ रहने का अवसर प्राप्त हुआ और उस स्थिति से लॉक के हृदय में मनुष्य के स्वभाव के सहानुभूतिपूर्ण पक्ष के लिए स्वाभाविक स्थान बना। इस सम्बन्ध में जैसा जोन्स ने कहा है, **"वेस्टमिन्सटर स्कूल, क्राइस्ट चर्च, आक्सफोर्ड, जहाँ उन्होंने शिक्षा पायी और उसके बाद शिक्षण का कार्य किया, शेफ्टसबरी की सेवा के अपने लम्बे समय में, जिसने उसे अपना वेतनभोगी कर्मचारी ही नहीं समझा, वरन् अपन मित्र व विश्वस्त भी समझा, हालैण्ड में जहाँ अपने प्रवास का समय व्यतीत किया तथा मैशम के स्था ओट्स में जहाँ उन्होंने अपने जीवन के अन्तिम वर्ष घनिष्ठ मित्रों से घिरे रहकर प्रसन्नता व शान्ति के साथ व्यतीत किये-सब जगत जहाँ वे गये, उन्हें मित्र मिलते रहे"**[1] इसमें कोई सन्देह नहीं कि इस प्रकार की घनिष्ठ एवं स्थायी मित्र मण्डली का अस्तित्व उनमें मानव स्वभाव के प्रति सहानुभूतिपूर्ण दृष्टिकोण विकसित करने में सहायक हुआ।

3. सामान्य समकालीन परिस्थितियाँ

लॉक जब केवल लगभग 10 वर्ष के थे, तभी इंगलैण्ड में एक गृहयुद्ध छिड़ गया था, जिसमें एक ओर राजा की निरंकुश सत्ता के समर्थक और दूसरी ओर जनता की प्रतिनिधि संस्था संसद की सत्ता के समर्थक थे। गृहयुद्ध के परिणामस्वरूप प्रजा के पक्ष की विजय हुई तथा सत्ता क्रामवेल के हाथों में आयी। उसकी अध्यक्षता में जनता की विजय के प्रतीक स्वरूप एक गणतन्त्र की स्थापना हुई। पर उसने राजसत्ता का प्रयोग अत्यन्त निरंकुश ढंग से किया, जिससे गृहयुद्ध में फैली अव्यवस्था को भी समाप्त किया जा सके।

इस प्रकार क्रामवेल के निरंकुश शासन में शान्ति अवश्य रही, पर वह शान्ति व्यक्ति की स्वतन्त्रता के मूल्य पर बनाये रखी। परिणामस्वरूप जब सन् 1658 में क्रामवेल की मृत्यु हुई तथा निर्वासित स्टुअर्ट वंश के उत्तराधिकारी को चार्ल्स द्वितीय के नाम से पुनः

इंगलैण्ड का सम्राट बनाया गया, तो उसके उत्तराधिकारी जेम्स द्वितीय से फिर संसद के अधिकारों के विषय में विवाद हुआ तथ जनता के अधिकारों की प्रतिनिधि संसद के अधिकार की स्थापना हो सके। इसके लिए हॉलैण्ड के राजकुमार ऑरेन्ज के विलियम (William of orange) को राजा बनाया तथा उसके राजा बनाये जाते ससंद ने एक ही अधिकार-पत्र (Wills of Rights) पारित करके राजा के अधिकार सीमित कर दिये तथा वैयक्तिक अधिकारों को सुरक्षित कर दिया। इस प्रकार लॉक ने उस घटना को देखा, जिसे इंगलैण्ड के इतिहास में 1688 को गौरवपूर्ण रक्तहीन क्रान्ति (Glorious Bloodless Revolution of 1688) कहा जाता है तथा जिसमें राजा द्वारा बिना किसी रक्तपात के सत्ता का हस्तान्तरण जनता की प्रतिनिधि संसद को कर दिया। इंगलैण्ड के राजसिंहासन के अधिकारी के परिवर्तन की इस घटना से उनका यह विचार और भी दृढ़ हो गया कि मनुष्य सहानुभूतिशील व सामाजिक होता है। इंगलैण्ड की जनता ने एक राजा को अकर्मण्यता के कारण सिंहासन से हटा दिया तथा दूसरे ऐसे राजा को चुन लिया, जिससे उन्हें यह आशा थी, वह अपने कर्तव्यों का पालन भली प्रकार से करेगा और उनके अधिकारों व सुविधाओं को सुरक्षित रखेगा। एक राजा का पदच्युत किया जाना तथा दूसरे का सिंहसन पर बैठाया जाना, दोनों ही कार्य जनता की इच्छा के बिना किसी रक्तपातपूर्ण उथल-पुथल के हो गये थे। अत: विलियम व मेरी का राजसिंहासन पर आरूढ़ होना लोकतन्त्र की विजय तथा इस बात का प्रतीक था कि शासक प्रजा की सहमति से तथा उसके लाभ के लिए ही शासन करते हैं। इससे लॉक की इस धारणा की सत्यता सिद्ध हुई कि जनता में स्वयं शासन करने तथा अपने लिए उपयुक्त शासक के चयन की क्षमता होती है। इससे मनुष्य के विषय में हॉब्स का यह विचार लॉक की दृष्टि से असत्य सिद्ध हो गया कि वह पूर्णत: अविवेकी तथा अत्यन्त संकुचित रूप से स्वार्थी होता है। इसके विपरीत इससे यह स्पष्ट हो गया कि लोगों में एक ऐसी सामाजिक भावना होती है, जो उन्हें स्वाभाविक रूप से इकट्ठा कर देती है तथा उन्हें एक-दसरे से सुरक्षित रखने के लिए शक्ति की आवश्यकता नहीं होती। यह इस बात का जीता-जागता सबूत था कि मनुष्य इतना विवेकशील होता है कि वह यह देख सके कि पारस्परिक व शान्तिपूर्ण सहयोग से ही उसके सर्वोत्तम हितों की साधना होती तथा उसमें इस बात की इच्छा होती है कि वह जो कुछ हितकारी हैं, उसके लिए कार्य कर सके।

इस प्रकार हम देखते हैं कि पारिवारिक व समाकि जीवन के अनुभव से उत्पन्न मानव सहृदयता ने, जिसका सत्यापन लॉक ने इंगलैण्ड की गौरवपूर्ण रक्तहीन क्रान्ति में होता देखा, लाँक को यह प्रतिपादन करने के लिए प्रेरित किया कि मनुष्य स्वभावत: सहृदय, सहानुभूतिशील व सामाजिक होता है तथा उसके इसी स्वभाव के कारण राज्य का निर्माण उसकी सहमति से उस उद्देश्य की सिद्धि के साधन के रूप में होता है कि उसके माध्य से

मनुष्य की स्वतन्त्रता की रक्षा होते हुए सार्वजनकि हित की साधना होती रहे तथा राज्य के माध्यम से यदि ऐसा नहीं होता तो मनुष्य को यह अधिकार होता है कि वह ऐसे राज्य के शासन को बदल डाले।

लॉक की रचनाएँ (Locke's works)

राजनीतिक विचारों की दृष्टि से लॉक का सबसे महत्त्वपूर्ण ग्रन्थ यद्यपि नागरिक शासन पर दो निबन्ध (Two Treatises on Civil Government) है, तथा सहिष्णुता सम्बन्धी पत्र (Letter Concerning Toleration), मानव ज्ञान पर निबन्ध (Essay Concerning Human Understanding), सहिष्णुता पर दूसरा पत्र (Second Letter on Toleration),सहिष्णुता पर तीसरा सम्बन्ध (Third Letter on Toleration)तथा शिक्षा के सम्बन्ध में कुछ विचार (Thought Concerning Education) उनकी मुख्य महत्वपूर्ण रचनाएँ हैं। लॉक की सब रचनाएँ उनकी 50 वर्ष की आयु के बाद ही प्रकाशित हुई थीं। उनका सहिष्णुता सम्बन्धी प्रथम पत्र 1689 में, दूसरा पत्र 1690, तीसरा पत्र 1692 में तथा चौथा पत्र उनकी मृत्यु के बाद प्रकाशित हुआ। इन पत्रों में कुछ राजनीतिक विचारों के प्रतिपादन के साथ-साथ लॉक ने धार्मिक सहिष्णुता का प्रतिपादन किया है। मानव ज्ञान पर उन्होंने जो निबन्ध में लिखा, उसमें उन्होंने यह प्रतिपादित किया है कि मनुष्य का अनुभव उसके ज्ञान का स्रोत होता है। अपनी रचना शिक्षा के सम्बन्ध में कुछ विचार में उन्होंने कुछ उन उपायों का वर्णन किया है, जिनके प्रयोग से विद्यार्थी विवेक के माध्यम से सत्य की खोज कर सकें।

नागरिक शासन पर दो निबन्ध में लॉक का राजनीतिक दर्शन निहित है, जिसका उद्देश्य जन सहमति को राज्य का आधार सिद्ध करना था। अपने इस उद्देश्य की सिद्धि के लिए उनके लिए आवश्यक था कि अपने से पहले से प्रतिपादित उस विचारधारा का वे खण्डन करें, जिसके अनुसार राज्य को दैवी संस्था मानते हुए व्यक्ति के विरुद्ध उसकी पूर्ण निरंकुशता का प्रतिपादन किया जाता था। अतः नागरिक शासन पर अपने पहले लेख में लॉक ने सर रोबर्ट फिल्मर द्वारा अपनी रचना **"पैट्रीआर्का अथवा राजाओं की प्राकृतिक शक्ति"** (Patriarcha or the Natural Power of Kings) में प्रतिपादित राज्य के दैवी सिद्धान्त (Theory of State) का खण्डन किया है तथा यह प्रतिपादित किया है कि इतिहास से यह सिद्ध नहीं होता कि इंगलैण्ड का राजा या अन्य कोई शासक पृथ्वी पर देवी प्रतिनिधि के रूप में व्यक्ति पर उसकी इच्छा के विरुद्ध निरंकुश रूप से शासन करने का अधिकारी है। नागरिक शासन पर उसका दूसरा निबन्ध राज्य का सही उत्पत्ति तथा नागरिक शासन की शक्ति से विस्तार तथ उसके उद्देश्य र लिख गया है तथ उसमें यह सिद्ध किया गया है कि शासन की सत्ता जनता से प्राप्त होती है तथा वह उसी की अनुमति पर आधारित होती है।

अभी तक हम योरोप महाद्वीप में थे और फ्रांस, हालैण्ड और जर्मनी के दर्शनों का अध्ययन कर रहे थे। अब हम इंग्लैण्ड द्वीप में चलते है और वहाँ के प्रमुख दार्शनिक जान लाक के दर्शन का अध्ययन करेंगे। जान लाक इग्लैण्ड का पहला दार्शनिक नहीं है। उसके पहले भी वहाँ दर्शन था। वहाँ ईसाई विद्वानों का दर्शन थे, कैम्ब्रिज प्लेटोवाद था और बेकन और हाब्स के आधुनिक दर्शन थे। किन्तु इन सब को दर्शन-जगत् में उतना ऊँचा स्थान नहीं मिला जितना जान लाक के दर्शन को मिला। वह सच्चा अंग्रेज था और उसके दर्शन को अंग्रेजी दर्शन का प्रतिनिधि माना जाता है।

जान लाक का जन्म रिंगटन, सामरसेट में 29 अगस्त, 1632 ई. को हुआ, उसी वर्ष जिस वर्ष स्पिनोजाका जन्म हुआ था। किन्तु लाक का दर्शन उसके जीवन के अन्तिम वर्षों में बिना और स्पिनोजा का दर्शन उसके जीवन के आरम्भिक वर्षों में। स्पिनोजा लाक से अधिक प्रतिभाशाली और मौलिक था। वह बाल-प्रतिभा था।

लाक का पिता वकील था। वह अपने माता-पिता की प्रथम सन्ता था। सकी माता सके पिता से 10 साल बड़ी थी। वह भक्त महिला थी। लाक उसको बहुत स्नेह करता था। किन्तु उस पर उसके पिता का प्रभाव अधिक था। उसकी शिक्षा पहले घर पर हुई और फिर 1646 में वह वेस्टमिन्स्टर स्कूल में भर्ती हुआ। 1652 में वह स्कूल की शिक्षा समाप्त करके क्राइस्ट चर्च कालेज, आक्सफोर्ड में भर्ती हुआ और वहाँ से बी. ए., एम. ए. तथा एम. बी. की परीक्षाएँ उत्तीर्ण कीं। अन्तिम परीक्षा डाक्टरीकी थी। लाक डाक्टर था, किन्तु उसने कभी डाक्टरी की नहीं। आक्सफोर्ड के वह बुद्धिमान् छात्रों में से था। उसे वहाँ की आजीवन छात्रवृत्ति भी मिली थी। उसके अध्ययन में यूनानी, लातीनी , इब्रानी और अरबी भाषाएँ थीं तथा मध्ययुगीन ईसाई दर्शन और यूनानी दर्शन के। किन्तु उसे इन दर्शनों से संतोष न हुआ। उसने स्वयं घर पर डेकार्ट के दर्शन का स्वाध्या किया और डेकार्ट से दार्शनिक चिन्तन करने की प्रेरणा ली। किन्तु उसने डेकार्ट-मत को स्वीकार नहीं किया। उसे डेकार्ट-मत एक ऊहा या दूरी कौड़ी प्रतीत हुआ। वह केवल डेकार्ट की स्पष्ट चिन्तन प्रणाली से प्रभावित हुआ था। डेकार्ट ने उसे उसके नैराश्य और अस्पष्ट मतों से मुक्त किया था। जहाँ तक दार्शनिक विश्वासों का प्रश्न है वहाँ तक लाक डेकार्ट के विरोधी और आलोचक गैसेण्डी के मतों को अधिक मानता था। गैसेण्डी के मतों का ज्ञान उसे बाद में हुआ, जब वह फ्रान्स में रहने लगा था।

लाक के सामने कई पेशे खुले थे। वह धर्म-गुरु पादरी हो सकता था या डाक्टर हो सकता था। किन्तु इन दोनों पेशों में उसकी रुचि नहीं थी। वह क्राइस्ट चर्च में यूनानी का ट्यूटर हो गया था और बाद में नैतिक दर्शन का सेन्सरभी हुआ

था। किन्तु टयूटर के जीवन से उसे सन्तोष न था और न इससे पर्याप्त पैसे ही मिलते थे। 1669 ई. में उसके पिता का देहान्त हो गया और उसे थोड़ी बहुत पैतृक सम्पत्ति मिली। इसी बीच वह शादी करने को सोच रहा था, इसलिए उसकी आजीवन छात्रवृत्ति भी अनिश्चित थी, क्योंकि विवाह कर लेने पर वह समाप्त हो जाती। इन सारी बातों का सोच-विचार करके लाक ने अन्त में कूटनीति का पेश चुना। 1665 ई. में वह एक कूटनीति क मिशन में बेडनवर्ग गया। घर वापिस आने पर उसे स्पेन में अंग्रेजी राजदूत के सचिव का पद मिला। किन्तु इसको उसने अस्वीकार किया। वह आक्सफोर्ड वापिस गया और अपना अनुशीलन प्रारम्भ किया। अब उसने स्पष्टतः अपने पेशे को चुन लिया। वह धर्म-गुरु डाक्टर या कूटनीति नहीं था। उसका पेशा दर्शन था। किन्तु वह व्यवहार-कुशल व्यक्ति था और जनसम्पर्क से दूर नहीं रहना चाहता था। वह स्पिनोजा की तरह एकान्त सेवी विचारक नहीं था।

1666 ई. में वह लार्ड एश्ले से मिला जो बाद में शेफ्टसबरी का अर्ल हुआ। उसने उसके सचिव का कार्य किया। यही नहीं, उसने डाक्टर का भी काम किया और एक बार अपने लार्ड के जीवन को शल्यचिकित्सा के द्वारा बचया। इस प्रकार दोनों में काफी मैत्री हो चली। लाक अर्ल के पुत्र का ट्यूटर भी हो गया। जब शेफ्टसबरी लार्ड चान्सलर हुआ तो उसने लाक को सचिव के कोई महत्त्वपूर्ण कार्य दिये। किन्तु शेफ्टसबरी के भाग्य से पलटा खा और राजनीतिक झगड़ों के कारण उसे इंग्लैंड छोड़कर हालैण्ड भागना पड़ा और वहाँ 1653 में उसका देहान्त हो गया। अब लाक को भी खतरा था। इसलिए वह भी हालैण्ड चला गया। उसका नाम विद्रोहियों की सूची में दर्ज था। बाद में उसका नाम इस सूची से हटाया गया तब इंग्लैंड की राजनीतिक बागडोर विलियम आवृ ओरेन्ज के हाथ में आयी। अब लाक को कोई खतरा न था। इसलिए वह स्वदेश वापस आया। उसको बैण्डनवर्ग में राजदूत का पद दिया गया, किन्तु उसने इंकार कर दिया। 1661 ई. तक लन्द में उसने एक छोटी नौकरी की और अन्त में निवृत्त होकर ओट्स में मेशम परिवार के साथ रहने लगा। रानी मेशन कैम्ब्रिज प्लेटोवादी कडवर्थ की पुत्री थी। वह लाक को बाइबिल के भजन सुनाती थी और उसकी सेवा करती थी। उसी परिवार में अक्टूबर 1704 ई. में लाक का देहान्त हो गया। उसने विवाह नहीं किया था। उसनके अपनी सम्पत्ति को रानी मेशन के पुत्र फ्रांसिस कडवर्ड मेशन के नाम लिख दिया था।

लाक का स्वास्थ्य अच्छा नहीं था। 1675 ई. में वह स्वास्थ्य-लाभ करने के लिए फ्रांस गया था और वह 1680 ई. तक रहा। इसी बीच वह डेकार्टवादियों और डेकार्ट-विरोधियों से मिला। गैसेण्डी की विचार-धारा का उसके ऊपर बहुत प्रभाव पड़ा। गैसेण्डरी की मृत्यु के बाद उसके मत का अनुयायी और अग्रणी व्याख्यता

फैन्सिस बर्नियर था। लाक बर्नियर के सम्पर्क में था। दोनों में मैत्री थी। बर्नियर केवल एक उच्चकोटि का दार्शनिक ही नहीं था वरन् वह डाक्टर भी था।

यद्यपि लाक की ही तरह उसने भी कभी डाक्टरों का पेशा किया नहीं। इसके अतिरिक्त वह बहुत बड़ा यात्री था और उसने उत्तरी अफ्रीका, मिस्त्र, एशिया, सीरिया और भारत का भ्रमण किया था। उसने अपनी यात्राओं के वर्णन लिखे हैं। लाक को उससे गैमेझडी का दर्शन ही नहीं, वरन् बाहरी दुनिया का भी ज्ञान मिला था। लाइबनीज लाक और बर्नियार के सम्पर्क को जानता था। उसने लिखा हे कि लाक का मत बर्नियर द्वारा स्पष्टीकृत गैसेण्डी का मत है। गैसेण्डी डेमोक्राइट की परम्परा के भौतिकवाद को मानता था। वह मानता था कि भौतिक पदार्थ चिन्तन कर सकता है आजानिक प्रत्यय नहीं है। मन कोरी पाटी है और मन में जो कुछ भी है वह पहले इन्द्रिय-प्रत्यक्ष में हैं। लाक इन मतों में बहुत प्रभावित था और उसका मत गैसेण्डी के मत का ही संवर्धन-परिवर्धन है।

लाक की प्रमुख रचना मानव बुद्धि से सम्बन्धित एक निबन्ध है। यह दर्शन का एक श्रेष्ठ ग्रन्थ है। इसमें ज्ञान का विश्लेषण है। यह सर्वप्रथम 1680 ई. में प्रकाशित हुआ। लाक ने इसको लिखने में लगभग 20 वर्ष लगाये। उसके जीवनकाल में इसके चार संस्करण छाप दो समझ न लिया जाए, तब तक विवाद करना व्यर्थ है। सभी मित्रों ने इस पर लाक को अपनी सम्मति दी और उसी क्षण से लाक ज्ञान के विश्लेषण में लगा गया।

लाक के पूर्व दर्शन का प्रधान विषय द्रव्य का विवेचन या तत्त्ववाद या तत्त्वदर्शन था। लाक ने कहा कि जब तक ज्ञान का प्रामाणिक वर्णन न हो, उसकी शक्ति और सीमा का ज्ञान न हो, तब तक द्रव्य का विवेचन करना अप्रमाणिक है। उसने ज्ञान-मीमांसा को तत्त्व-मीमांसा का पूर्ववर्ती बताया। ज्ञान-मीमांसा पहले होनी चाहिए और तत्त्व-मीमांसा बाद में। उसके पहले ज्ञान-मीमांसा और तत्त्व-मीमांसा का यह क्रम उल्टा था। लाक ने गम्भीरतापूर्वक विशद रीति से ज्ञान के स्वरूप उद्‌भव, शक्ति, प्रकाश, सीमा और निष्कर्ष या मानदण्ड का विवेचन किया। उसके विवेचन में प्रायः शब्दाडम्बर तथा पुनरुक्ति है। किन्तु फिर भी यह एक साहसपूर्ण और मौलिक रचना है। इसका दृष्टिकोण मनोवैज्ञानिक है। बाद में कांट ने ज्ञान का जो विवेचन किया हव प्रमाण-मीमांसा के दृष्टिकोण से है। लाक के दृष्टिकोण में ज्ञान की उत्पत्ति प्रधान है। कांट के दृष्टिकोण में ज्ञान का प्रामाण्य प्रधान है। दृष्टिकोणों के इस भेद के कारण लाक की ज्ञान-मीमांसा मानोविज्ञान रह गयी और कांट की ज्ञान-मीमांसा दर्शन का पर्याय बन गयी। परन्तु कांट को प्रेरणा लाक की ज्ञान-मीमांसा के परिणामों को विकसित करने वाले ह्यूम से मिली थी। इसलिए ज्ञान-मीमांसा को

दर्शन की गद्दी पर बैठाने वालों में लाक का नाम अग्रगण्य है।

मानव बुद्धि से सम्बन्धित एक निबन्ध चार भागों में लिखा गया है। पहले भाग में आजानिक प्रत्ययों और सिद्धान्तों का खण्डन है। दूसरे भाग में दिखाया गया है कि सभी प्रत्ययों की उत्पत्ति अनुभव से होती है और प्रत्ययों के मुख्यतः दो भेद हैं मूल प्रत्यय और मिश्रित प्रत्यय। मिश्रित प्रत्यय मूल प्रत्ययों के समिश्रण हैं। तीसरे भाग में भाषा की समीक्षा है। भाषा का विचार पर क्या प्रभाव है? भाषा कैसे एक ओर चिन्तन को अग्रसर करती है तो दूसरी और उसे कुण्ठित करती है? शब्द कैसे घटाटोप बन जाते हैं? चौथे भाग में ज्ञान के प्रकार और ज्ञान की सीमाओं का विवेचन है। शुद्ध ज्ञान मीमांसा दूसरे और चौथे भाग में है। ये अंश पहले लिखे गये थे। बाद में इनमें पहला और तीसरा भाग जोड़ दिया गया। ये भाग खण्डनात्मक हैं।

इस निबन्ध के अतिरिक्त लाक की अन्य मुख्य रचनाएँ हैं-

1. शासन पर दो प्रबन्ध,

2. शिक्षा पर विचार

3. ईसाई मत की युकित्युक्तता।

4. सहिष्णुता पर चार लेख।

5. बुद्धि का आचरण और

6. ईश्वर में सभी वस्तुओं को देखने से सम्बन्धित मैलब्रान्श के मत का परीक्षण।

इसके अतिरिक्त भी उसके बहुत-से लेख हैं, किन्तु वे दार्शनिक दृष्टि से महत्त्वपूर्ण नहीं है। लाक कवि भी था। अंग्रेजी और लातीनी में उसकी कुछ कविताएँ भी प्रकाशित है।

दर्शन, राजनीति और शिक्षाशास्त्र पर लाक का बहुत प्रभाव है। इन विषयों में उसके विचार आज भी आधुनिकहै। यहाँ हम केवल उसके दर्शन का ही अनुशीलन करेंगे।

आजनिक प्रत्ययों का खंडन

लाक के समय में आजानिक प्रत्ययों की समस्या का वितेचन हो रहा था। डेकार्ट और उसके अनुयायी कुछ प्रत्ययों और सिद्धान्तों का आत्मा में आजानिक या निगूढ़ मानते थे। उसके विपरीत गैसेंडी तथा उसके अनुयायी सभी प्रत्ययों और सिद्धान्तों का अनुभवजन्य मानते थे। लाक की सहानुभूति गैंसेड़ी के मत के प्रति थी। डेकार्ट-मत के अतिरिक्त उस समय कैम्ब्रिज प्लेटोवाद, ईसाई मत के कुछ नैकारियों का

मत तथा कुछ नीतिज्ञों का मत था कि जो सार्वभौम, अनिवार्य और स्वयंसिद्ध प्रत्यय तथा सिद्धान्त हैं वे आत्मा में निहित या निगूढ़ हैं। इस प्रसंग में प्लेटो का संलाप मोनो उल्लेखनीय है। उसमें सुकरात ने मीनो के एक अशिक्षित नौकर से इस प्रकार प्रश्न पूछे कि उसने बिना बातये वर्ग और उसके गुणों को बता दिया। इसके सुकरात ने सिद्ध किया कि नौकर को जो ज्ञात हो है वह अनुस्मरण है। उसका ज्ञान उसकी आत्मा में है किन्तु वह अज्ञान से परिवेष्ठित है। इस अज्ञान को हटा देने से ज्ञान प्रकाशित हो जाता है। सुकरात और प्लेटो से ज्ञानमात्र को आत्मा में निहित या आजानिक माना था। आजानिक प्रत्ययों को मानने वालों ने अपने पक्ष में निम्नलिखित युक्तियाँ दी हैं-

सर्व-सम्पत्ति

बहुत-से प्रत्यय ऐसे हैं जो सभी मानवों की सर्वसम्मति के मान्य है। अभेद का नियम, बाध का नियम, ईश्वर का प्रत्यय, कुछ ऐसे ही सर्वसम्मत प्रत्यय और नियम हैं। जो सर्वसम्मत है वह अवश्य ही सर्वान्तर है। इसलिए सर्वसम्मत प्रत्यय और नियम सभी आत्माओं में निगूढ़ हैं, क्योंकि यदि वे निगूढ़ नहीं हैं तो उन पर सर्वसम्मति नहीं हो सकती है। यदि वे आगन्तुक हैं तो बहुत से लोग उनको न मानेंगे।

अनिवार्यता

कुछ प्रत्यय और नियम अनिवार्यतः सत्य है। यदि वे आगन्तुक होते तो कादाचित्क या प्रायशोभावी होते। अतः सिद्ध है कि वे आगन्तुक नहीं है। वे सभी मनुष्यों की आत्मा में निहित हैं। अभेद का नियम, बाध का नियम आदि का कोटि में आते हैं।

स्वयंसिद्धता

जो प्रत्यय और नियम स्वयंसिद्ध है वे आत्मा में विद्यमान हैं। यदि वे आत्मा में विद्यमान न होते तो वे स्वयंसिद्ध न होते किन्तु दूसरे के द्वारा सिद्ध होते। आत्मा का प्रत्यय, कारणता का प्रत्यय आदि इस कोटि में है।

अव्यक्तता

जब कहाँ जाता है कि ज्ञान आत्मा में निगूढ़ है तो इसका यह अभिप्राय नहीं है कि वह आत्मा में व्यक्ति है। इसका अभिप्राय है कि ज्ञान आत्मा में अव्यक्त है और उसके व्यक्त होने की आवश्यकता है। उसके व्यक्ति होने में अनुभव की उपयोगिता है।

शक्ति

अन्त में कुछ लोग कहते हैं कि आत्मा में ज्ञान अव्यक्तरूप से भी नहीं हैं, वरन् शक्ति-रूप से है। आत्मा में कुछ शक्ति है जिसके फलस्वरूप ज्ञान उत्पन्न होते हैं।

लाक ने आजानिक प्रत्ययों के खण्डन में उपर्युक्त युक्तियों को ध्यान में रखा था। इसलिए उनके खंडन में उसने निम्नलिखित युक्तियाँ दीं-

सर्वसम्मति-युक्ति का खंडन

सर्वसम्मति प्रत्ययों की निगूढ़ता या आजानिकता का प्रमाण नहीं है। उदाहरण के लिए जो लोग किसी मेज को देखते हैं, उनमें मेज के प्रत्यय को लेकर सर्वसम्मति हो सकती है। किन्तु इससे यह नहीं सिद्ध होता कि मेज का प्रत्यय मेल के प्रत्यक्ष से पहले ही आत्मा में था। फिर वस्तुत: किसी प्रत्यय पर सर्वसम्मति नहीं हैं। बच्चे, अशिक्षित, पागल, आदि उन प्रत्ययों और नियमों को नहीं जानते हैं। जिन पर सर्वसम्मति बतायी जाती है। बच्चों और पागलों को ईश्वर का कोई प्रत्यय या ज्ञान नहीं है। जिन लोगों के पास ईश्वर का प्रत्यय या ज्ञान है उनके भी ईश्वर भिन्न-भिन्न हैं। उनमें ईश्वर के प्रत्यय के ऊपर मतैक्य नहीं है। इससे सिद्ध होता है कि ईश्वर का प्रत्यय तथा ऐसे ही अन्य प्रत्यय सर्वसम्मत नहीं हैं और वे आत्मा में निहित नहीं है। वे अनुभवजन्य हैं। लोग अपने अनुभवों के अनुसार ईश्वर का तथा अन्य विषयों का प्रत्यय करते हैं।

अनिवार्यता-युक्ति का खंडन

नियमों या प्रत्ययों की अनिवार्यता भी अनेक आजानिक होने का प्रमाण नहीं है। जो नियम या प्रत्यय अनिवार्य बताये जाते है उनका तात्पर्य यह नहीं है कि वे आजानिक हैं। उनका तात्पर्य यह है कि जब कोई मनुष्य वस्तुओं के स्वभाव पर विचार करता है तो उसे उन पर विचार करना पड़ता है और वह अन्यथा नहीं कर सकता है। वह उन्हें उसी प्रकार से जानता है जिस प्रकार से वह वस्तुओं को जानता है।

स्वयंसिद्धता-युक्ति का खंडन

अनिवार्यता की तरह स्वयंसिद्धता भी प्रत्ययों के आजानिक होने का प्रमाण नहीं है। जिन प्रत्ययों का नियमों को स्वयंसिद्ध कहा जाता है वे सभी मानवों के लिए स्वयं सिद्ध है और दूसरे दृष्टिकोण से स्वयंसिद्ध नहीं हो सकते। उदाहरण के लिए, समानान्तर रेखाओं की स्वयंसिद्ध को लीजिए। यूकलिड के लिए एक विशेष

दृष्टिकोण से यह स्वयं सिद्ध है। किन्तु आधुनिक युग में अनेक ज्यामितिकारों ने इस स्वयंसिद्ध का खंडन किया है और इसके विरोध में दूसरी स्वयंसिद्धि बनाकर यूकलिड-भिन्न ज्यामिति की स्थापना की है। इससे सिद्ध है कि स्वयंसिद्ध प्रत्यय या नियम को आजानिक मानते हैं वे गणित के समस्त सिद्धान्तों को आजानिक नहीं मानते, यद्यपि वे भी स्वयंसिद्ध है।

अव्यक्तता-युक्ति का खंडन

लाक का कहना है कि ज्ञान अव्यक्त नहीं हो सकता। जो अव्यक्त है वह ज्ञान नहीं है। प्रत्यय आत्मा में निहित हो और आत्मा उसे अनभिज्ञ हो, यह एक वदतोव्याघात है। जो लोग प्रत्ययों को आजानिक मानते हैं वे ऐसे ही व्याघात में फँसे हैं। आत्मा वह तालाब नहीं है जिसमें प्रत्यय रूपी मछलियाँ भरी है, या जिसमें समस्त ज्ञान खचित है। आत्मा रिक्त है। वह प्रत्ययों से सर्वथा शून्य है। वह ज्ञान शून्य है।

शक्ति-युक्ति का विमर्श

लाक शक्ति की युक्ति का सर्वथा खंडन नहीं करता। वह मानता है कि आत्मा में कुछ मौलिक या निहित शक्ति है। आत्मा की मूल प्रवृत्तियाँ हैं। उदाहरण के लिए, सुख पाने की और दुःख से बचने को मूल प्रवृत्ति है जो आजानिक है। जिन्हें मनोविज्ञान में चरिष्णुता सहजक्रिया और मूल प्रवृत्ति कहा जाता है उन्हें लाक आजानिक मानता है। किन्तु वह समस्त ज्ञान को आगन्तुक या उपलब्ध मानता है और किसी प्रकार के ज्ञान को आजानिक नहीं मानता है। दूसरे शब्दों में वह कुछ क्रियाओं और भावनाओं को अवश्य आजानिक मानता है, पर ज्ञान को वह सर्वथा उत्पन्नधर्मा मानता है।

किन्तु ज्ञान को वह संवेदना, युक्ति और प्रातिभ ज्ञान द्वारा उपलब्ध बताता और मानता है कि मनुष्य मे संवेदना, युक्ति तथा प्रातिभज्ञान प्राप्त करने की शक्ति हैं। यह शक्ति ज्ञान-रूप नहीं है। यह भावना-रूप और क्रिया-रूप है। इस शक्ति में ज्ञान उत्पन्न होता है। लाक संवेदना, युक्ति और प्रातिभ ज्ञान के अतिरिक्त किसी चौथे प्रकार का ज्ञान नहीं मानता है। उसके मत से ज्ञान उपलब्ध है। आजानिक प्रत्ययों के उसके खंडन से यह नहीं सिद्ध होता कि उसका मत शुद्ध संवेदवाद है। उपलब्ध ज्ञान केवल संवेद-ज्ञान नहीं है, वह यौक्तिक और प्रातिभ भी है। संवेद आजानिक नहीं है वे उपलब्ध होते हैं। इसलिए लाक आजानिक प्रत्ययों के खंडन द्वारा संवेदवाद का समर्थन नहीं कर रहा है।

अब प्रश्न है कि क्या लाक प्रागनुभाविक ज्ञान का खण्डन करता है। स्वयं लाक के प्रागनुभविक ज्ञान इस पदावली का व्यवहार नहीं किया है। किन्तु उसके वाद बहुत से दार्शनिकों ने आजानिक प्रत्ययों के खण्डन का तात्पर्य यह लगाया कि उसने प्रागनूभविक ज्ञान का खंडन किया है। इस प्रसंग में आरान का कहना है कि यदि प्रागनुभविक ज्ञान का मतलब है कि कोई उपलब्धिभिन्न ज्ञान है, यदि यह वह उन सिद्धान्तों का ज्ञान है जिनके द्वारा हम अनुभव को व्यवस्थित करते हैं, यदि यह उन सिद्धान्तों का ज्ञान है जिनके द्वारा हम अनुभव को व्यवस्थित करते हैं, यदि यह उन सिद्धान्तों का ज्ञान है जो स्वयं अनुभव से तर्कत: पूर्व है तो नि:सन्देह लाक इस प्रकार के ज्ञान का खण्डन करता है। वह मानता है कि जो अनिवार्य सम्बन्ध प्रत्ययों के बीच हैं वे प्रत्ययों के साथ ही उपलब्ध होते हैं। किन्तु यह उपलब्धि संवेदना द्वारा भी नहीं होता है। इसकी उपलब्धि युथ्कत और प्रातिभ ज्ञान से होती है। इसलिए यदि प्रागनभविक ज्ञान का मतलब है उस विषय का ज्ञान जो सार्वभौम और अनिवार्य है, तो लाक इस ज्ञान की संभावना को मानता है।

लाक का कहना है कि जो लोग नीतिशास्त्र और धर्मशास्त्र के क्षेत्र में आजानिक प्रत्ययों को मानते हैं वे ज्ञान-शत्रु हैं। वे सामान्य जनता को दिखाना चाहते हैं कि कुछ धार्मिक और नैतिक नियम सभी आत्माओं में निहित हैं जिन्हें वे जानते हैं और सामान्य जनता उन्हें नहीं जानती है। इसलिए वे सामान्य जनता को उन नियमों को बताना चाहते हैं और उसे अपने मत में दीक्षित करना चाहते हैं। बस इसी झूठे तर्क के आधार पर लोग सामान्य जनता में अपने धार्मिक और नैतिक अन्धविश्वासों को फैलाते हैं। यदि इन अन्धविश्वासों और धार्मिक तथा नैतिक नियमों का विश्लेषण किया जाए तो पता चलेगा कि वे सभी कुछ परिस्थितियों में कुछ मनुष्यों के सम्पर्क के कारण उत्पन्न हुए है और वे सभी मनुष्यों की आत्मा में निहित नहीं है। आजानिक प्रत्ययों का खंडन विश्लेषण और ज्ञान का उन्नायक है।

ज्ञान का स्वरूप

ज्ञान प्रत्ययों के अनुकूल्य और प्रातिकूल्य या सादृश्य और विरोध के प्रत्यक्षीकरण के अतिरिक्त कुछ नहीं है। ज्ञात प्रत्ययों की अनुकूलता या प्रतिकूलता का प्रत्यक्ष है। जब हम कहते हैं कि सफेद काला नहीं है तो हम सफेद और काला इन दो प्रत्ययों की प्रतिकूलता का प्रत्यक्ष करते हैं। फिर जब हम कहते हैं कि त्रिभुज के तीनों कोणों का योग दो समकोण होता है तब हम त्रिभुज के तीनों कोण और दो समकोण इन प्रत्ययों की अनुकूलता का प्रत्यक्ष करते हैं। प्रत्ययों की अनुकूलता या प्रतिकूलता को लाक चार प्रकार की बताता है। पहले उनका अभेद या भेद है। अभेद प्रत्ययों की अभिन्नता है, जैसे रक्त रक्त है श्वेत श्वेत है, आदि भेद प्रत्ययों

की भिन्नता है, जैसे श्वेत कृष्ण नहींहै। प्रत्ययों का भेदाभेद ज्ञान के लिए परमावश्यक है। उसके बिना किसी प्रकार का ज्ञान नहीं हो सकता। दूसरे प्रत्ययों के अमूर्त सम्बन्ध हैं। ये सम्बन्ध विशेषत: गणित के प्रत्ययों में विद्यमान रहते हैं। तीसरे प्रत्ययों का किसी उद्देश्य में यूगपद-भाव या उसका अभाव है। जैसे जब हम कहते हैं कि सोना पीला और लचीना होता है तो हम सोना में पीला और लचीला इन दो प्रत्ययों का युगपद्-भाव देखते हैं। इसी तरह जब हम कहते हैं कि मेज में स्निग्धता और पीलापन नहीं है तब हम उसमें स्निग्धता और पीलापन इन दो प्रत्ययों के युगपद्-भाव का अभाव पाते हैं। चौथे, यथार्थ सत्ता के अनुकूल या प्रतिकूल प्रत्ययों का होता है। जैसे ईश्वर है यह ज्ञान लीजिए। ईश्वर का प्रत्यय ईश्वर नामक वस्तुत: यथार्थ सत् के अनुरूप है। इसलिए यह ज्ञान है।

प्रतिकूलता-अनुकूलता दोनों सम्बन्ध के अन्तर्गत हैं। ज्ञान की उपर्युक्त परिभाषा के अनुसार ज्ञान प्रत्ययों के सम्बन्ध का प्रत्यक्ष है। यहाँ यह ध्यान देने की बात है कि ज्ञान प्रत्ययों का सम्बन्ध नहीं है, वरन् इस सम्बन्ध का प्रत्यक्ष है। प्रत्यक्ष पद से बहुतों को आशंका होती है कि क्या समस्त प्रकार का ज्ञान प्रत्यक्ष है। वास्तव में यहाँ लाक की शब्दावली उपयुक्त नहीं है। वह प्रत्ययों के सम्बन्ध के प्रत्यक्ष को प्रत्ययों के प्रत्ययों के प्रत्यक्ष से भिन्न करता है। किन्तु दोना के लिए उसने एक ही पद का प्रयोग करके भ्रांति पैदा कर दी है। वह वास्तव मे प्रस्तुत प्रसंग में प्रत्यक्ष का मतलब मानसिक स्वीकृति या निर्णय लेता है। प्रत्यक्ष बुद्धि की शक्ति है। यह तीन प्रकार का है, प्रत्ययों का प्रत्यक्ष, संकेतों के अर्थ का प्रत्यक्ष और प्रत्ययों की अनुकूलता तथा प्रतिकूलता का प्रत्यक्ष। पहले दो प्रकार के प्रत्यक्ष वास्तव में ज्ञान के घटक हैं। तीसरे प्रकार का प्रत्यक्ष ज्ञान है। वह निर्णय का अर्थ देता है।

यहाँ यह भी उल्लेखनीय है कि ज्ञान प्रत्ययों की अनुकूलता और प्रतिकूलता का निर्णय है, और वह विषयी और विषय का सम्बन्ध नहीं है। ज्ञान प्रत्ययों से बना है।

ज्ञान कोई अखंड इकाई नहीं है। वह अनुत्पन्नधर्मा नहीं है। वह सर्वथा प्रत्ययाधीन है या प्रत्ययाकार है।

प्रत्यय किसे कहते हैं? अपने निबन्ध की भूमिका में ही लाक ने प्रत्यय की परिभाषा दी है। यह वह पद है जो बुद्धि का विषय है जब कि कोई मनुष्य सोचता है। मैंने इसका प्रयोग वह सब अभिव्यक्त करने के लिए किया है जो कल्पना, बोध, जाति या चिन्तन में मन जो कुछ भी व्यवसाय करता है वह, अर्थ देते हैं। प्रत्यय संवेद, मन में उपस्थित कोई प्रतिबिम्ब या वृत्त तथा चिन्तन का विषय है। इसे हम विषय या गोचर कह सकते हैं। संवेद, प्रत्यक्षीकरण, कल्पना, स्मरण, तर्कणा

सब चिन्तन के अन्तर्गत हैं। फिर चिन्तन का जो विशय है, वह प्रत्यय है।

प्रत्यय मन में है या मन प्रत्यय का आश्रय है। प्रत्यय स्वयं मन या आत्मा या उसके विकार नहीं है, किन्तु वे अमानसिक या अनात्मिक भी नहीं है। वे भौतिक वस्तुएँ भी नहीं है। सैमुअल एलेकजैन्डर ने ठीक ही कहा है कि उनका अपना निजी प्रकार का अस्तित्व है जोमन और भौतिक वस्तुओं के बीच धूप-छाया या संध्या है। प्रत्यय मन और भौतिक वस्तुओं से भिन्न तथा दोनों के मध्य में है। वे मन में भौतिक वस्तुओं का प्रतिनिधित्व करते हैं या उनको प्रतिबिम्बित करते हैं। प्रत्यय प्रतिबिम्ब या प्रतिनिधि हैं। प्रत्ययों से बना हुआ ज्ञान प्रतिबिम्ब या प्रतिनिधि है। मन भौतिक वस्तुओं को प्रत्ययों के माध्यम से ही जानता है। प्रत्ययों का अस्तित्व मन में क्षणिक रहता है। वे आगन्तुक, क्षणिक और चंचल हैं। लाक ज्ञान तथा प्रत्यक्ष को प्रतिनिधिमूलक मानता है। उसका सिद्धान्त प्रतिनिधिवाद है।

प्रत्यय दो प्रकार के है- मूल और मिश्रित है। मूल प्रत्यय वे हैं जो साक्षात् बुद्धि को अनुभव से उपलब्ध होते हैं। फिर मिश्रित प्रत्यय वे हैं जो मूल प्रत्ययों से संघात से बनते हैं। दोनों प्रकार के प्रत्यय उत्पन्न होते हैं।

ज्ञान की उत्पत्ति

आत्मा या मन स्वभावत: ज्ञान-शून्य है। वह कोरा कागज या कोरी पाटी है। उसमें कुछ लिखा या अंकित या चिह्नि नहीं है। अब प्रश्न है कि मन में कहाँ से बहुत से प्रत्यय या ज्ञान आ जाते हैं। इसका उत्तर लाक का शब्द में देता है- अनुभव से। अनुभव से सभी ज्ञान मन में आते है। उसी में हमारा सम्पूर्ण ज्ञान स्थापित है और उसी से वह अन्तत: अपने को निकालता है। अनुभव का अर्थ लाक संवेदना और अन्तदर्शन करता है। ये ही दो ज्ञान के स्रोत हैं जिनमें सभी प्रत्यय, जिन्हें हम प्राप्त करते हैं या स्वभावत: प्राप्त कर सकते हैं, उत्पन्न होते हैं।

संवेदना देह के किसी भाग में उत्पन्न गति या पड़ा हुआ प्रतिघात है जो बुद्धि में कुछ प्रत्यक्ष उत्पन्न करता है। बाह्य विषयों का इन्द्रियों पर आघात होता है। इन्द्रियाँ उस आघात की सूचना मस्तिष्क के पास ले जाती हैं। मस्तिष्क उस सूचना से मन को प्रभावित करता है। फलत: मन में एक प्रत्यय उपस्थित हो जाता है। मन में इस प्रकार प्रत्यय उत्पन्न होने की क्रिया को संवेदना कहते हैं। संवेदना हमारे अधिकांश प्रत्ययों का स्रोत है।

अनुभव का दूसरा स्रोत अन्तदर्शन है। अन्तदर्शन मन के व्यापारों का प्रत्यक्षीकरण है। संवेदना से अनेक प्रत्ययों को प्राप्त करकेमन प्रत्यक्षीकरण, चिन्तन, संदेह, विश्वास, तर्कणा, जानना, अच्छा करना आदि व्यापार करता है। जब मन इस व्यापारों पर चिंतन करता है या दूसरे शब्दों या आत्मनिरीक्षण या अन्तदर्शन करता

है, तब उसे कुछ स्पष्ट प्रत्यय वैस ही मिलते हैं, जब संवेदना से उसको प्रत्यय मिलते हैं। यद्यपि अंतदर्शन इन्द्रिय नहीं है, क्योंकि इसका सम्बन्ध बाह्य विषयों से नहीं है, तथापि यह उसकी तरह है और इसलिए इसे अंतःकरण या आंतरिक इन्द्रिय कहा जाता है।

पहले संवेदना होती है और तब अंतदर्शन होता है। अंतदर्शन संवेदना का अनुगामी है। संवेदना के आधार पर बाहरी दुनिया का ज्ञान होता है। इससे कुछ लोगों ने निष्कर्ष निकाला है कि लाक संवेदवादी है, क्योंकि संवेदना के रूप में वह मौलिक ज्ञान घटित होता है जिसके आधार पर बाहरी दुनिया और अन्तःकरण का ज्ञान होता है। किन्तु यह निष्कर्ष गलत है और लाक संवेदवादी नहीं है। संवेदना बाहरी दुनिया का ज्ञान नहीं देती है। वह ज्ञान की सामग्री प्रदान करती है। वह मन को प्रत्ययों से भरती है। जब मन इन प्रत्ययों को संयुक्त या वियुक्त करता है, तब ज्ञान उत्पन्न होता है। ज्ञान की उत्पत्ति में संवेदना और अन्तदर्शन दोनों की आवश्यकता है।

लाक का प्रमुख मन्तव्य अनुभववाद है। यह अनुभववाद या प्रत्यक्षवाद क्या है? अनुभववाद के अर्थ में तीन बातें हैं। पहली, मानव ज्ञान के मूल तत्त्व अनभव में उत्पन्न होते हैं, वे मानव मन के लिए प्रदत्त हैं। वे मानव के मन में परिभाषा या विवरण द्वारा संकेतित नहीं होते हैं। उनको मूल प्रत्ययकहा जाता है। दूसरी समस्त मानव ज्ञान के मूल इन्हीं मूल प्रत्ययों में है। वे सभी उदात विचार जो गगनचम्बी हैं या स्वर्ग तक पहुँचे हैं यहीं से उत्पन्न होते हैं और यहीं प्रतिष्ठित हैं। तीसरी मूल प्रत्ययों के द्वारा संवेदना और अन्तदर्शन हैं।

संवेदना और अन्दर्शन से ही समस्त ज्ञान उत्पन्न होता है। यहाँ यह उल्लेखनीय है कि लाक का अन्तदर्शन आधुनिक मनोविज्ञान का अन्तर्दर्शन नहीं हैं, इसमें स्मृति, यक्ति और प्रातिभ ज्ञान भी शामिल है।

लाक के अनुभववाद की मुख्य मान्यता यह है कि सर्वसाधारण मानव को जो अनुभव संवेदना तथा अन्तर्दर्शन से मिलते हैं उन्हीं से समस्त मानव ज्ञान बना है। मानव ज्ञान की अनुभवजन्मता और अनुभव का सर्वसाधारण प्रत्यक्ष या लोकप्रत्यक्ष होना उसके अनुभववाद के प्रमुख सिद्धान्त है।

❑❑❑

2

लॉक का प्रकृतिवाद

लॉक ने मानव प्रकृति सम्बन्धी अपने विचारों को अपनी किसी एक रचना अथवा अपनी किसी एक रचना के किसी एक स्थान पर प्रस्तुत नहीं किया है। फिर भी उनके नागरिक शासन पर दूसरे निबन्ध (Second Treaties on Civil Government) में ऐसे अनेक उदाहरण मिलते हैं, जिनस मानव प्रकृति सम्बन्धी उसके विचारों का ज्ञान हो सकता है तथा उसके सम्बन्ध में कुछ विचार उनके मानव ज्ञान पर निबन्ध (Essays Concerning Human Understanding) भी मिलते हैं।

मनुष्य के स्वभाव के विषय में उनकी क्या कल्पना थी, उसका निरूपण हम उनके उन विचारों के आधार पर कर सकते हैं, जो उन्होंने सन्तान के ऊपर पिता के उस अधिकार के विषय में व्यक्त किये हैं, जिसे उन्होंने पैतृक शक्ति (Paternal power) का नाम दिया है। पैतृक शक्ति से विवेचन में उन्होंने माता-पिता व सन्तान के जिस उचित सम्बन्ध का निरूपण किया है, उससे मानव स्वभाव के यथार्थ व उसके आदर्श के विषय में लॉक की परिकल्पना स्पष्ट हो जाती है।

मानव प्रकृति पर लॉक के विचार

हॉब्स की भाँति लॉक का राजनीतिक दर्शन भी मानव प्रकृति पर आधारित है। परन्तु **मानव प्रकृति के सम्बन्ध में हॉब्स और लॉक के विचारों में भिन्नता है।** जहाँ हॉब्स के लिए मानव स्वार्थी, स्वकेन्द्रित, अहंकारी, क्रूर, धूर्त, कपटी, संघर्षशील और हिंसक है, वहाँ लॉक का मानव सहयोगी, सहिष्णु, परोपकारी और शांतिप्रिय है। लॉक के मानव स्वभाव सम्बन्धी विचारों पर उसके पिता का स्नेहपूर्ण व्यवहार, देश-विदेश के मित्रों का उसके प्रति सद्भावनापूर्ण व्यवहार युगीन परिस्थितियों, हॉब्स की मानव प्रकृति की घृणित व्याख्या तथा स्वयं की धारणा का प्रभाव पड़ा। जहाँ हाब्स का मानव पाशविक या आसुरी गुणों से युक्त है, वहाँ लॉक का मानव, मानवीय या दैवी गुणों से युक्त है। लॉक का मानव प्रेम, दया, सहानुभूति, एकता और अच्छाई की भावनाओं से भरपूर है।

हॉब्स का मानव भौतिकवादी है। वह असामाजिक और अनैतिक प्राणी है। अपने स्वार्थी हितों के कारण अर्थात् शांति और सुरक्षा के लिए ही संगठित होता है। हॉब्स

की धारणा है कि मानव केवल उन वस्तुओं की ओर आकर्षित होता है, जिनसे उसके स्वार्थी हितों की पूर्ति होती है। दूसरी ओर, लॉक मानव को विवेकशील, सामाजिक और नैतिक प्राणी मानता है। वह समझदार और विचारशील प्राणी है। उसकी विवेक शक्ति उसे नैतिक व्यवस्था की सत्ता को स्वीकार करने के लिए बाध्य करती है। हॉब्स की भाँति लॉक मानव की समानता में विश्वास करता है, परन्तु दोनों की समानता की धारणा भिन्न है। जहाँ हॉब्स की धारणा है कि शारीरिक शक्ति की निर्बलता बौद्धिक शक्ति (कपट, षड्यंत्र आदि) द्वारा पूरी हो जाती है। अत: व्यक्ति समान है, वहाँ लॉक लिखता है कि क्योंकि व्यक्ति मानव है। अत: वे नैतिक दृष्टि से परस्पर समान हैं और उन्हें समान अधिकार प्राप्त है।

हॉब्स की भाँति लॉक ने अपनी रचना **'मानव विवेक पर निबन्ध'** में इस बात को स्वीकार किया है कि 'सभी मानवीय क्रियाओं का स्त्रोत इच्छा है।' जिस वस्तु से उसे आनन्द प्राप्त होता है, वह उसके लिए अच्छी है और जिससे उसे दु:ख की अनुभूति होती है, वह उसके लिए बुरी है।" अर्थात् आनन्द देने वाली वस्तुएँ उसे आकर्षित और दु:ख देने वाली उसमें विकर्षण उत्पन्न करती है। मानव प्रकृति के इस दृष्टिकोण को बेन्थम ने अपनाया और "मनोवैज्ञानिक अहमवादी सुखवाद" के सिद्धान्त को जन्म दिया। परन्तु आकर्षण और विकर्षण के हॉब्स के इस आधार पर वाक्य को स्वीकार करते हुए भी लॉक उसकी मानव प्रकृति की इस धारणा से बहुत दूर था कि मानव घोर स्वार्थी, अभिमानी, संघर्षशील और आक्रांता है। लॉक इस बात से इनकार नहीं करता कि मानव सदैव अपने कर्त्तव्यों का पालन नहीं करते, वे सदैव सत्य नहीं बोलते और कभी-कभी पड़ोसियों की हत्या भी कर देते हैं, फिर भी लॉक कहता है कि मानव शांतिप्रिय और सामाजिक प्राणी है, संघर्षशील या असामाजिक नहीं, मानव नैतिक कर्त्तव्यों को पूरा करने वाला जीव है। **लॉक** लिखता है कि मानव विवेक के आधार पर सत्य, विश्वास और नैतिकता के नियमों की परख करता है। विवेक उसे इस बात का ज्ञान कराता है कि उसे सत्य बोलना चाहिए, किसी की हत्या नहीं करनी चाहिए। विवेक ही मानव को अन्य पशुओं से भिन्न करता है। इसी कारण लॉक ने **मानव विवेक** तथा उसके प्रकाश को **'दैनिक प्रकृति स्फुलिंग'** की संज्ञा दी है। सारांश में, लॉक ने मानव को एक विवेकशील, नैतिक तथा सामाजिक प्राणी की संज्ञा दी है।

आलोचना

लॉक की मानव प्रकृति सम्बन्धी विचारों की निम्नलिखित रूप से आलोचना की जा सकती है-

(1) लॉक ने मानव स्वभाव की अत्यन्त सरल व्याख्या प्रस्तुत की है। मानव स्वभाव इतना सरल नहीं हो सकता है।

(2) लॉक ने भी मानव स्वभाव का एकपक्षीय चित्रण किया है। इसे भी अतिशयोक्तिपूर्ण ही माना जायेगा।
(3) लॉक का चित्रण मनोविज्ञान के सिद्धान्तों के प्रतिकूल है।

जॉन लॉक के विचारों का महत्त्व इसी में है कि उसने मानव स्वभाव का सुन्दर चित्र उपस्थित किया।

प्राकृतिक दशा और प्राकृतिक कानूनों पर लॉक के विचार

प्राकृतिक दशा-लॉक ने प्राकृतिक दशा का वर्णन मानव प्रकृति की धारणा के अनुरूप ही किया है। जहां हॉब्स के लिए मानव प्रकृति स्वार्थी और संघर्षशील होने से प्राकृतिक दशा निरन्तर युद्ध की स्थिति थी और प्रत्येक का जीवन एकाकी, दीन, मलीन और अल्प था, वहाँ लॉक के लिए मानव प्रकृति सहनशील, सहयोगी, शांतिपूर्ण होने से प्राकृतिक दशा शांति की दशा थी और प्रत्येक का जीवन सन्तुष्ट और सुखी था। यह सद्भावना पारस्परिक सहायता और आत्म-सुरक्षा की दशा थी। यह शत्रुता, ईर्ष्या, हिंसा या पारस्परिक विकर्षण की दशा नहीं थी। यह स्वतन्त्रता, समानता, निष्कपटता और परिपक्वता की दशा थी। यह सामाजिक और नैतिक दशा थी। इसके मूलभूत सद्गुण शक्ति और धोखा नहीं थे, बल्कि न्याय और भ्रातृभाव थे।

प्राकृतिक दशा को परिभाषित करते हुए **लॉक** लिखता है कि 'जब व्यक्ति **विवेक के आधार पर इकट्ठे रहते हों, पृथ्वी पर कोई सामान्य उच्च सत्ताधारी व्यक्ति न हो और उनमें एक-दूसरे को परखने की शक्ति हो तो वह उचित रूप से प्राकृतिक दशा है।"**

लॉक की धारणा है कि प्राकृतिक दशा में प्राकृतिक कानून ही मानव के कार्यों का नियमन करते हैं। वह ही उसके अधिकारों और कर्त्तव्यों की व्यवस्था करते हैं। यह हॉब्स की स्वच्छन्दता की दशा नहीं। इसमें प्रत्येक व्यक्ति प्राकृतिक कानूनों के अधीन अपनी इच्छानुसार कार्य कर सकता है और अपनी सम्पत्ति को इच्छानुसार हस्तांतरित कर सकता है। यह समानता की दशा है। इसमें सारी शक्ति और कार्य क्षेत्र आपस के आदान-प्रदान पर निर्भर करता है। इसमें कोई एक-दूसरे से अधिक प्राप्त करने का प्रयास नहीं करता। **लॉक** ने लिखा है कि **प्राकृतिक दशा में सभी मानव समान हैं, क्योंकि सभी सृष्टि से एक ही स्तर पर और एक ही सर्वशक्तिमान ईश्वर की सन्तान हैं।**

लॉक की प्राकृतिक दशा निष्कपता की दशा है। यह विवेक और नैतिक नियमों की दशा है। इसमें व्यक्ति एक-दूसरे की हानि या हत्या नहीं करता। **लॉक** ने लिखा है कि **"ईश्वर के द्वारा बनायी गयी किसी वस्तु को बिगाड़ने या नष्ट करने का अधिकार किसी मानव को नहीं।"** किसी को दूसरे के जीवन, स्वास्थ्य, स्वतन्त्रता और सम्पत्ति में

हानि पहुँचाने का अधिकार नहीं। **लॉक** लिखता है कि **"दूसरे की हत्या करना प्राकृतिक कानून के प्रतिकूल है। यदि अपने जीवन को नष्ट करने का अधिकार किसी व्यक्ति को नहीं तो उसे दूसरे के जीवन को भी नष्ट करने का अधिकार नहीं। दूसरों के साथ उसे वैसा ही व्यवहार करना चाहिए, जैसा कि वह दूसरों से चाहता है।"**

लॉक की प्राकृतिक दशा हॉब्स की प्राकृतिक दशा से केवल नकारात्मक दृष्टि से भिन्न नहीं, यह सकारात्मक दृष्टि से भी भिन्न है। **लॉक** लिखता है कि "प्राकृतिक कानून व्यक्ति से केवल इस बात की ही मांग नहीं करता कि वह अपने जीवन और आचरण को प्राकृतिक कानूनों की आज्ञाओं के अनुरूप बनाये, बल्कि उसे प्रत्येक उस व्यक्ति को दण्डित करने के लिए तैयार रखना चाहिए, जो उनकी आज्ञाओं का उल्लंघन करता है।" व्यक्ति को प्राकृतिक कानूनों का अवश्य समर्थन करना चाहिए, अन्यथा वे प्राय: मृत हो जायेंगे। अत: प्रत्येक का यह अधिकार ही नहीं, बल्कि कर्त्तव्य भी है कि वह उनके निष्पादन के रूप में कार्य करे। उसे सत्य का दास और प्रतिकारी मंत्री दोनों होना चाहिए। उसे अपना ही नहीं अपने भाई का भी रक्षक होना चाहिए।

लॉक की प्राकृतिक दशा हॉब्स की प्राकृतिक दशा के ठीक विपरीत और अराजकतावादी समाज के ठीक निकट है। जिस तरह सद्‌गुणी अराजकतावादियों के समाज में पुलिस और न्यायालय की आवश्यकता नहीं और व्यक्ति सर्वदा विवेक का अनुसरण करते हैं उसी प्रकार लॉक की प्राकृतिक दशा के मानव विवेक का अनुसरण करते हुए अर्थात् प्राकृतिक कानूनों की पालना करते हुए जीवन, स्वतन्त्रता और सम्पत्ति के अधिकारों का उपयोग करते हैं।

लॉक द्वारा प्रतिपादित प्राकृतिक अवस्था को अराजकताविहीन अवस्था, शांतिमय अवस्था तथा विवेक आधारित अवस्था की संज्ञा दी जा सकती है।

लॉक की प्राकृतिक अवस्था की आलोचना

लॉक द्वारा प्रतिपादित प्राकृतिक अवस्था की निम्नलिखित आधारों पर आलोचना की जा सकती है–

(1) प्राकृतिक अवस्था का यथार्थवादी चित्रण नहीं है। लॉक द्वारा प्रतिपादित यह अवस्था केवल काल्पनिक है।

(2) ऐतिहासिक आधार पर भी प्राकृतिक अवस्था का चित्रण सही नहीं है। इतिहास में ऐसी आदर्शात्मक स्थिति कभी नहीं रही।

(3) प्राकृतिक अवस्था अन्त में, युद्धावस्था में परिवर्तित हो जाती है।

(4) लॉक द्वारा प्रतिपादित प्राकृतिक अवस्था का वर्णन एकपक्षीय है।

(5) इंग्लैण्ड की तत्कालीन राजनीतिक परिस्थितियों के परिवेश में 'वैधानिक राजतंत्र' की

परिकल्पना को दृष्टिगत रखकर ही प्राकृतिक अवस्था का प्रतिपादन किया।

B. प्राकृतिक कानून–लॉक के अनुसार प्राकृतिक कानून विवेक का ही दूसरा नाम है। यह मानव की प्रज्ञा, बुद्धि और सूझबूझ है। ये नैतिकता के वे नियम हैं, जो मानव ही अन्तरात्मा में निवास करते हैं। ये न केवल प्राकृतिक दशा में, बल्कि नागरिक समाज में भी उसके जीवन को निर्देशित करते हैं। ये व्यक्ति को इस बात का निर्देशन देते है कि वे दूसरे के जीवन, स्वतन्त्रता और सम्पत्ति पर आघात नहीं करें। ये उसे आक्रांता होने से रोकते हैं तथा उसे पड़ोसी से प्यार करना सिखाते हैं। ये मानव के संपूर्ण आचरण को निर्धारित करते हैं। ये शांति और सुरक्षा पर बल देते हैं तथा मानव को अधिकार देते हैं कि वह उनकी उल्लंघना करने वालों को दण्डित करे। अपनी उत्पत्ति में ये कानून सामाजिक या राजनीतिक संस्थाओं पर निर्भर नहीं करते, बल्कि मानवीय संस्थाएँ इन पर निर्भर करती है। **लॉक** लिखता है कि प्राकृतिक नियम या विवेक को जानने के लिए मानव को केवल अपनी दृष्टि को अन्तर्मुखी करना होगा, क्योंकि ईश्वर ने उसे प्रत्येक के हृदय में आरोपित कर दिया है। ईश्वर ने मानव को पृथ्वी पर अवतरित करते समय पथ-प्रदर्शक के रूप में उसे विवेक प्रदान किया और यह विवेक ही उन्हें समान, स्वतन्त्र और समाजप्रिय बनाता है।

सम्पत्ति पर लॉक के विचार

लॉक के द्वितीय निबन्ध में प्राकृतिक अधिकारों की विस्तृत व्याख्या मिलती है। जहाँ हॉब्स ने प्राकृतिक अधिकारों की ओर केवल संकेत मात्र किया है और प्राकृतिक कानूनों का विस्तृत वर्णन किया है, वहाँ लॉक ने प्राकृतिक अधिकारों का विस्तृत वर्णन किया है और प्राकृतिक कानूनों की ओर केवल संकेत मात्र किया है।

लॉक के प्राकृतिक अधिकारों की **दो प्रमुख विशेषताएँ हैं**-(i) ये अधिकार जन्मसिद्ध, स्वाभाविक और प्राकृतिक हैं। समाज या कॉमनवैल्थ के निर्माण से पूर्व व्यकित इन अधिकारों का उपयोग प्राकृतिक अवस्था में प्राकृतिक नियमों के अधीन करता था। **हेकर** ने लिखा है लिखा है कि **"व्यक्ति के प्राकृतिक अधिकार उसके व्यक्तित्व में अन्तर्निहित हैं। वे उसके जन्म से ही अपरिवर्तनीय हैं और जीवन पर्यन्त उन्हें हस्तान्तिरत नहीं किया जा सकता।"** (ii) ये अधिकार समाज की सृष्टि नहीं। समाज का कॉमनवैल्थ का निर्माण इन अधिकारों को उत्पन्न करने के लिए नहीं हुआ, बल्कि इनकी रक्षा करने के लिए हुआ है। लॉक ने लिखा है कि **"व्यक्तियों के समाज में प्रवेश करने का कारण ही उनकी सम्पत्ति की सुरक्षा है।"** व्यक्ति इन अधिकारों के लिए न तो अनुबन्ध का, न समाज का और न कॉमनवैल्थ का ऋणी है।

लॉक ने निम्नलिखित तीन प्राकृतिक अधिकारों का वर्णन किया है-

1. जीवन का अधिकार–जीवन के अधिकार के सम्बन्ध में लॉक की विचारधारा

हॉब्स के अनुरूप है। जिस तरह हॉब्स के लिए **'आत्म-रक्षा'** व्यक्ति की सवोत्तम प्रवृत्ति है और उसे प्राप्त करने के लिए व्यक्ति सतत् प्रयास करता है, उसी प्रकार लॉक की धारणा है कि मानवीय अत: प्रेरणाओं में आत्म-रक्षा की प्रवृत्ति सर्वोत्तम प्रवृत्ति है और इसकी सुरक्षा के लिए कुछ भी बुद्धिसंगत है। वही प्राकृतिक कानूनों के अनुसार उसका विशेषाधिकार है।" **लॉक** लिखता है कि व्यक्ति प्रकृति से स्वतन्त्र और समान है। विवेक और बुद्धि उसे इस बात का ज्ञान देती है कि वह किसी व्यक्ति के जीवन, स्वास्थय, स्वतन्त्रता और सम्पत्ति का अतिक्रमण न करें।

2. स्वतन्त्रता का अधिकार-स्वतन्त्रता के सम्बन्ध में लॉक के विचार और हॉब्स के विचारों से भिन्न हैं। जहाँ हॉब्स ने स्वतन्त्रता को स्वच्छन्दता और उच्छृंखलता के समान माना है और फिल्मर के लिए स्वतन्त्रता "विधिविहीन स्थिति" है। वहाँ लॉक के लिए स्वतन्त्रता न तो स्वच्छन्द या उच्छृंखल है और न ही विधिविहीन स्थिति है। **लॉक ने विधि के अन्तर्गत ही स्वतन्त्रता की कल्पना की है।** प्राकृतिक अवस्था में व्यक्ति स्वतन्त्रता प्राकृतिक कानूनों के अधीन थी और नागरिक समाज या कॉमनवैल्थ या राज्य में वह राजकृत कानूनों के अधीन है, जो प्राकृतिक कानूनों के विपरीत नहीं हो सकते। लॉक ने स्पष्ट लिखा है कि "कानून अपने सच्चे रूप में मर्यादित होने के स्थान पर स्वतन्त्र और बुद्धिमान अभिकर्त्ता है, जो व्यक्ति को अपने उचित हितों की ओर निर्देशित करता है और वह उतना ही निर्धारित करता है, जितना कि इन लोगों के, जो कानून के अधीन रहते हैं, सामान्य हित के लिए आवश्यक होता है। इसके बिना क्या वे प्रसन्न रह सकते है? यदि कानून बेकार होता तो अपने आप लुप्त हो जाता है, यदि वह हमें दलदल और संकटों से सुरक्षित रखता है तो उसे कारावास का नाम नहीं दिया जाना चाहिए।"

3. सम्पत्ति का अधिकार-लॉक ने अपनी रचना **''द्वितीय निबन्ध''** के एक पूरे अध्याय (अध्याय 5) में इस अधिकार की व्याख्या की है। लॉक अन्य सभी प्राकृतिक अधिकारों को इसके सादृश मानता है। अनेक स्थानों पर लॉक ने सम्पत्ति के अधिकार में ही जीवन और स्वतन्त्रता के अधिकार को शामिल किया है।

लॉक के पूर्व सम्पत्ति के सम्बन्ध में विचार-लॉक से पूर्व सम्पत्ति के सम्बन्ध में भिन्न-भिन्न विचार विद्यमान थे। एक विचार मध्ययुग का था, जिसमें सम्पत्ति पर व्यक्तिगत स्वामित्व के स्थान पर सामूहिक स्वामित्व को अधिक स्वाभाविक समझा जाता था। दूसरा विचार रोमन विधि का था। इसकी मान्यता थी कि व्यक्तिगत सम्पत्ति का उदय उस समय हुआ, जब व्यक्ति ने उन चीजों को अपना बताना शुरू कर दिया, जिसका पहले प्रयोग सामूहिक था। यद्यपि उन पर स्वामित्व सामान्य नहीं था।

लॉक के विचार-(1) व्यक्तिगत शारीरिक श्रम व्यक्तिगत सम्पत्ति का आधार है-लॉक ने सम्पत्ति के सम्बन्ध में उपर्युक्त दोनों विचारधाराओं से भिन्न विचार व्यक्त किये

हैं। उसका कहना है कि "प्राकृतिक सम्पत्ति इस रूप में सामूहिक है कि प्रत्येक व्यक्ति को अपने जीवन निर्वाह के लिए प्रकृति से प्राप्त करने का अधिकार है और जिस वस्तु को उसने प्रकृति से अपने शारीरिक श्रम द्वारा प्राप्त किया है, उस पर उसका प्राकृतिक अधिकार है।" **लॉक** लिखता है कि "किसी वृक्ष से व्यक्ति ने जितने फल एकत्रित किये, जितनी भूमि को जोता तथा उसके उत्पादन को प्राप्त किया" वह उसकी व्यक्तिगत सम्पत्ति है। लॉक के शब्दों में **"जब व्यक्ति ने प्राकृतिक अवस्था से कुछ लेकर उसमें अपना श्रम लगाया अर्थात् उस वस्तु में उसका मिश्रण किया जो, उसकी स्वयं की थी तो वह उसकी स्वयं की सम्पत्ति बन गयी।"**

लॉक का मत है कि व्यक्ति के शारीरिक अंग और उनके द्वारा किये जाने वाले श्रम पर व्यक्ति का स्वामित्व है और जब वह इनकी सहायता से प्रकृति से कुछ प्राप्त करता है जो जोत लगाकर उत्पादन करता है या अन्य किसी तरह से उसे अपना बनाता है तो वह उसकी निजी सम्पत्ति है अर्थात् उस पर उसका व्यक्तिगत स्वामित्व है। प्रकृति से व्यक्ति को जो हाथ लगा और जिसे वह अपने श्रम द्वारा प्राप्त कर सका, वह उसका बन गया। किसी वस्तु में व्यक्तित्व को समाविष्ठ करना ही उस पर स्वामित्व प्राप्त करना है। **श्रम द्वारा अर्जित सम्पत्ति ही निजी सम्पत्ति है।** जिस अनुपात में व्यक्ति वस्तु को प्राप्त करने के लिए शारीरिक श्रम लगाता है, उसी अनुपात में उसे उसका स्वामित्व प्राप्त होता है। लॉक के लिए व्यक्तिगत श्रम व्यक्तिगत सम्पत्ति का श्रोत है। उसके मूल्य का आधार है।

(2) सम्पत्ति का अधिकार एक प्राकृतिक अधिकार है–लॉक का मत है कि सम्पत्ति का अधिकार एक प्राकृतिक अधिकार है। यह परम्परा पर नहीं प्रकृति पर आधारित है। **यह ऐसा** अधिकार है, जो समाज से पूर्व है। समाज या राज्य इसे उत्पन्न नहीं करता, इसकी रक्षा करता है। वस्तुतः समाज की उत्पत्ति सम्पत्ति की रक्षा हेतु होती है। **लॉक** लिखता है कि प्राकृतिक अवस्था में सम्पत्ति का अधिकार प्राकृतिक कानूनों द्वारा मर्यादित था। समाज कुछ सीमाओं के अन्तर्गत इसका नियमन कर सकता है, परन्तु वह ऐसे नियमों का निर्माण नहीं कर सकता, जो प्राकृतिक अधिकार के विरुद्ध हो। समाज इसका हस्तान्तरण या राष्ट्रीयकरण नहीं कर सकता। लॉक के लिए सम्पत्ति का अधिकार एक अलंघनीय, अहरणीय एवं अलोप्य अधिकार है।

(3) सम्पत्ति संचयन का अधिकार–सम्पत्ति के संचयन और नियमन के सम्बन्ध में लॉक के विचार उसके पूर्व विचारों से भिन्न हैं। **प्लेटो** की धारणा है कि "सम्पत्ति मानव बुद्धि के विकास के लिए बाधक है।" अतः उसके अपने संरक्षक वर्ग को उससे वंचित रखा। **लॉक और एक्विनास** ने व्यक्तिगत सम्पत्ति का समर्थन तो किया और उसे प्रकृति के विरुद्ध भी नहीं माना, परन्तु उन्होंने सम्पत्तिवानों के सामाजिक उत्तरदायित्व पर बल दिया। वे सम्पत्ति को स्वयं में साध्य नहीं मानते, बल्कि अच्छे जीवन के साधन

मानते हैं। उन्होंने सम्पत्ति को अमर्यादित रूप से एकत्रित करने का अधिकार नहीं दिया। **लॉक इस बात को स्वीकार** करता है कि व्यक्ति को प्रकृति से उससे अधिक प्राप्त करने का अधिकार नहीं जिसका वह प्रयोग नहीं कर सकता, क्योंकि ऐसा करने से वह दूसरे व्यक्ति को उस अधिकार से वंचित करेगा, जो उसके जीवन के लिए आवश्यक है। व्यक्ति को अपनी और अपने परिवार के सदस्यों की आवश्यकता की पूर्ति के लिए प्रकृति से प्राप्त करने का अधिकार है, परन्तु उसे किसी वस्तु को बिगाड़ने, नष्ट करने या दुरुपयोग करने का अधिकार नहीं। परन्तु **लॉक** कहता है कि "मुद्रा" के प्रचलन से "वस्तुओं के बिगड़ने" की सीमा लागू नहीं होती। अत: व्यक्ति इसे अमर्यादित रूप से एकत्रित कर सकता है।

(4) सम्पत्ति में असमानताएँ स्वाभाविक–लॉक लिखता है कि मुद्रा का प्रचलन इस बात का विश्वास दिलाता है कि प्रकृति की दशा में सम्पत्ति की पर्याप्त असमानताएँ होंगी, जिन्हें नागरिक समाज द्वारा स्थायी बनाया जायेगा। सम्पत्ति की असमानताएँ विवेक के अनुकूल हैं। लॉक ने लिखा है कि **"ईश्वर ने परिश्रमियों और विवेकशील व्यक्तियों के लिए ही विश्व प्रदान किया, झगड़ालुओं और कलहप्रिय व्यक्तियों की कल्पनाओं या लोलुपता के लिए नहीं।"**

(5) सम्पत्ति विविध स्वरूप–सम्पत्ति का स्वरूप कुछ भी हो सकता है। शक्ति के रूप में शारीरिक, पशु, यंत्र आदि, वस्तुओं के रूप में मकान, घड़ी, मोटर, आदि मुद्रा के रूप में रुपया आदि, धातु के रूप में सोना, चाँदी आदि; गुण के रूप में शिक्षा, प्रशिक्षण, तकनीकी ज्ञान आदि। सम्पत्ति व्यक्ति को सामाजिक स्थान प्रदान करती है, उसे शक्ति प्रदान करती है तथा उसे व्यक्तित्व के विकास के लिए अवसर प्रदान करती है। अत: सम्पत्ति का अधिकार व्यक्ति का अलंघनीय अधिकार है।

(6) सम्पत्ति के नियमन का उद्देश्य सम्पत्ति के अधिका प्रभावपूर्ण बनाना है–आधुनिक लोक कल्याणकारी समाजवादी विचारधारा सम्पत्ति के नियमन समाजीकरण या राष्ट्रीयकरण में विश्वास करती है, परन्तु लॉक सम्पत्ति के समाजीकरण या राष्ट्रीकरण की आज्ञा नहीं देता। उसका समाज या कॉमनवैल्थ (राज्य) कुछ सीमाओं में ही सम्पत्ति का नियमन कर सकता है। जैसा कि **सेबाइन** ने लिखा है कि "उसका समाज एक व्यक्ति के जीवन, स्वतन्त्रता और सम्पत्ति को उसी सीमा तक नियंत्रित कर सकता है, जिस सीमा तक इस कार्य से दूसरे व्यक्तियों के ऐसे ही अधिकारों की रक्षा करने में सहायता मिलती हो।"

लॉक का समाज व्यक्ति की सम्पत्ति की रक्षा के लिए है, उसे हड़पने के लिए नहीं। लॉक के लिए व्यक्तिगत सम्पत्ति की पवित्रता इतनी अधिक है कि कोई भी समाज या राज्य व्यक्ति की अनुमति के बिना उसे छीन नहीं सकता। लॉक लिखता है कि **"सम्पत्ति के अधिकार को प्रभावपूर्ण बनाने के लिए ही उसका नियमन किया जा**

सकता है, अन्य किसी उद्देश्य के लिए नहीं।"

(7) बुर्जुआ एवं आर्थिक हितों का समर्थन–लॉक ने स्वहित को बुद्धिसंगत बनाने का प्रयास किया है। उसने सम्पत्ति के स्वामियों और व्यापारी वर्गों के अधिकारों का समर्थन किया है।

मूल्यांकन–लॉक के सम्पत्ति का सिद्धान्त चाहे कितना ही प्राकृतिक कानूनों के अनुरूप क्यों न हो, व्यक्ति के लिए वह चाहे कितना ही उपयोगी क्यों न हो और इसने पश्चिमी सभ्यता के भौतिकवादी दृष्टिकोण को चाहे कितना ही पुष्ट क्यों न किया हो, वह आधुनिक लोक कल्याणकारी राज्य के लिए अनुपयुक्त अर अवांछनीय है। उसके विचारों की मुख्यत: निम्न आधारों पर आलोचना की जाती है–

(1) व्यक्ति को सम्पत्ति संचयन के अमर्यादित अधिकार नहीं दिये जा सकते। सम्पत्ति का अत्यधिक संचयन समाज में क्रूरता, भ्रष्टाचार और शोषण को जन्म देता है।

(2) व्यक्तिगत सम्पत्ति के नियमन की आवश्यकता सामाजिक हित में है। उसे सार्वजनिक नियंत्रण में रखने की आवश्यकता है।

(3) यह कहना कि पूँजीपतियों और उद्योगपतियों को अपने श्रमिकों के उत्पादन पर पूर्ण अधिकार है, क्योंकि उन्होंने अपने यहाँ नौकर के रूप में रखा है, लॉक के श्रम सिद्धान्त के विपरीत है। जब शारीरिक श्रम अर्थात् व्यक्तित्व के मिश्रण से ही किसी वस्तु पर निजी स्वामित्व का अधिकार उत्पन्न होता है तो यह कहना मिथ्या है कि श्रमिकों द्वारा उत्पादित वस्तुओं पर उद्योगपति या पूँजीपति का पूर्ण अधिकार है। संक्षेप में, लॉक के सिद्धान्त को स्वीकार करना कठिन है।

लॉक द्वारा प्रतिपादित प्राकृतिक नियमों की निम्नलिखित विशेषताएँ सामने आयी हैं–

(1) प्राकृतिक कानूनों का स्वरूप नैसर्गिक है।

(2) प्राकृतिक नियम विवेक पर आधारित हैं, जो मानव को नैतिक जीवन जीने की प्रेरणा देते हैं।

(3) प्राकृतिक नियम मानवीय जीवन को नियंत्रित तथा निर्देशित करने वाले नियम हैं।

(4) प्राकृतिक नियमों का उद्देश्य समाज कल्याण है।

(5) प्राकृतिक नियमों की अवज्ञा या उल्लंघन करना एक अपराध है। इन नियमों के उल्लंघन करने वाले को दण्ड देने का अधिकार व्यक्ति को है।

(6) प्राकृतिक नियमों को लागू करने वाली संस्था या सत्ता के नहीं होने के ही दुष्परिणाम सामने आते हैं।

(7) प्राकृतिक नियमों की प्रकृति सरल है, जटिल नहीं है।

प्राकृतिक नियमों की लॉक की अवधारणा की भी अनेक आधारों पर आलोचना

की जा सकती है-

(1) प्राकृतिक नियमों की प्रकृति आवश्यकता से अधिक सरल है।

(2) प्राकृतिक नियमों को लागू करने की व्यावहारिक कठिनाइयाँ सामने आती है।

(3) प्राकृतिक नियमों का बाह्यकारी स्वरूप नहीं है।

प्राकृतिक दशा की असुविधाएँ

लॉक प्राकृतिक दशा को स्वतन्त्रता, समानता और निष्कपटता की दशा मानते हुए भी उसमें कुछ असुविधाओं या त्रुटियों का वर्णन करता है, जिसके कारण प्राकृतिक दशा अस्पष्ट, अनिश्चित और अव्यवस्थित बन जाती है। जैसा कि **वाहन** ने लिखा है कि **प्राकृतिक दशा कोई 'अदनवाटिका'** नहीं। लॉक ने प्राकृतिक दशा की निम्नलिखित असुविधाओं का उल्लेख किया है-

(1) प्राकृतिक कानून को अनुभव द्वारा जाना जा सकता है और यह उस समय अपर्याप्त सिद्ध होता है, जब इसकी अत्यधिक आवश्यकता होती है। इसके निरोधक नियमों को व्यक्ति दूसरे के कार्यों पर तो लागू करने के लिए तैयार रहता है, परन्तु जब उन्हें अपने पर लागू करने की बात आती है तो वह उसके लिए तैयार नहीं होता।

(2) जब दूसरों के साथ न्याय करने की उसकी सच्ची इच्छा होती है तो यह निश्चित रूप से नहीं कहा जा सकता कि उसका यह निर्णय उसके अचेतन स्वार्थ से प्रभावित नहीं। **लॉक** लिखता है कि कोई भी व्यक्ति मामले में न्यायाधीश नहीं हो सकता।

स्थायी कानूनों के अभाव में यह निश्चित रूप से नहीं कहा जा सकता कि वह न्याय को सफलतापूर्वक या दृढ़तापूर्वक लागू कर सकेगा या अपने या पड़ोसी के सही दावों को शक्तिशाली अत्याचारी की उपस्थिति में लागू कर सकेगा।

उक्त असुविधाओं को दूर करने, प्राकृतिक नियमों को स्पष्ट रूप से परिभाषित करने, निश्चितता के वातावरण को दूर करने, उन नियमों को प्रभावशाली ढंग से लागू करने और उनकी उल्लंघना करने वालों को दण्डित करने के लिए नागरिक समाज अर्थात् निष्पक्ष न्यायकारी शासन सत्ता की आवश्यकता हुई। दूसरे शब्दों में, प्राकृतिक नियमों को कार्यान्वित करने के उत्तरदायित्व की पक्षतापूर्ण व्यक्तियों से हटाकर अपेक्षाकृत निष्पक्ष समाज को सौंप देने की इच्छा हुई और सामाजिक समझौते द्वारा राज्य का निर्माण किया गया।

सामाजिक समझौते पर लॉक के विचार

मानव प्रकृति और प्राकृतिक दशा की भाँति सामाजिक समझौते के सम्बन्ध में भी लॉक और हॉब्स के विचारों में भिन्नता है। हॉब्स के लिए समझौता केवल सामाजिक

है, सम्प्रभु समझौते का परिणाम है, एक पक्ष नहीं। व्यक्तियों ने अपने सभी अधिकार एक लेविआथन या व्यक्तियों के समूह या सभा को अर्पित कर दिये हैं, जो असीमित और निरंकुश शक्तियों का उपभोक्ता बन गया। लॉक का समझौता सामाजिक होने के साथ राजनीतिक भी है, सम्प्रभु समझौते का एक पक्ष है परिणाम नहीं। व्यक्तियों ने समझौते द्वारा अपने सभी अधिकार किसी लेवियाथन को नहीं सौंपे। उन्होंने प्राकृतिक दशा में असुविधा, अनिश्चितता एवं अव्यवस्था उत्पन्न करने वाले अधिकार ही समाज को सौंपे हैं। लॉक का सम्प्रभु सीमित शक्तियों का उपयोग करता है। वह प्राकृतिक कानूनों की व्याख्या करता है, उन्हें कार्यान्वित करता है तथा उनकी उल्लंघना करने वालों को दण्डित करता है। **उसकी शक्ति न्याय या विश्वासाश्रित न्यास पर आधारित है।** व्यक्ति समझौते द्वारा अपने कुछ प्राकृतिक अधिकारों का बलिदान करता है। अन्य प्राकृतिक अधिकारों को वह अपने पास सुरक्षित रखता है। **लॉक** ने लिखा है कि "अधिक सुरक्षा और सुनिश्चित उपयोग" के लिए व्यक्ति अपने कुछ प्राकृतिक अधिकारों को त्यागता है। जीवन, स्वतन्त्रता और सम्पत्ति के अधिकार अदेय अधिकार हैं। व्यक्ति अपने कार्य की स्वतन्त्रता पर किसी ऐसी बाधा को स्वीकार नहीं करता, जो उसे दूसरे के अतिक्रमण से बचाने के लिए आवश्यक नहीं।

लॉक के सामाजिक समझौते की विशेषता यह है कि नागरिक की स्थापना होने के बाद भी व्यक्ति प्राकृतिक कानूनों के अधीन रहता है। जहाँ हॉब्स के समझौते द्वारा प्राकृतिक दशा और प्राकृतिक नियम समाप्त हो जाते हैं, वहाँ लॉक के समझौते द्वारा प्राकृतिक नियम नागरिक समाज में रहते हैं। समाज में व्यक्ति प्राकृतिक कानूनों के अधीन हो जाता है और राज्य भी इन कानूनों का सम्मान करता है। **लॉक** ने कहा है कि "राज्य व्यक्तियों के जीवन, स्वतन्त्रता और सम्पत्ति के प्राकृतिक अधिकारों का सम्मान करता है और साथ ही वह प्राकृतिक कानूनों का स्वयं पालन करता है।"

लॉक के सामाजिक समझौते की यह विशेषता है कि यह व्यक्ति की "सहमति" पर आधारित है। यह सहमति निश्चित या मौन होनी चाहिए, बाध्यकारी नहीं। लॉक लिखता है कि बाध्यकारी सहमति कोई सहमति नहीं। लॉक के शब्दों में, **"सहमति विश्व में प्रत्येक वैध सरकार का निर्माण करती है।"** केवल मौलिक रूप में ही नहीं शासक के निरन्तर बने रहने के लिए भी सहमति की आवश्यकता है। **लॉक** लिखता है कि प्रत्येक पीढ़ी निश्चित या मौन सहमति द्वारा समझौते का अनुसमर्थन करती है; किसी व्यक्ति पर राज्य की सदस्यता थोपी नहीं जा सकती। लॉक लिखता है कि यदि लोग राज्य द्वारा प्रदत्त सेवाओं को प्राप्त करते रहे रहते हैं तो इसका यही अर्थ है कि लोगों ने मौलिक समझौते का समर्थन कर दिया है। जैसा कि **वाहन** ने लिखा है कि **"आरम्भ से अन्त तक लॉक के सिद्धान्त का प्रथम स्वर सहमति है।"**

हॉब्स की भाँति लॉक के सामाजिक समझौते की विशेषता यह है कि समझौता एक बार होने के बार रद्द नहीं किया जा सकता। यह अविनाशी समझौता है। लॉक **'व्यक्तिवादियों का प्रिन्स'** है, फिर भी वह मैजिनी और अन्य राष्ट्रवादियों की भाँति राजनीतिक संगठन को अपरिवर्तनीय मानता है।

लॉक के सामाजिक समझौते में बहुमत में बहुमत के शासन का सिद्धान्त निहित है। लॉक लिखता है किसी भी सामाजिक व्यवस्था में निर्णयों को पूर्णतः सर्व-सम्मति पर निर्धारित नहीं किया जा सकता; स्वस्थ संचालन के लिए यह अनिवार्य है कि बहुमत का सम्मान करें। परन्तु लॉक इस बात की कल्पना नहीं कर सका कि बहुमत भी अत्याचारी हो सकता है। लॉक के सामाजिक समझौता सिद्धान्त की निम्नलिखित विशेषताएँ सामने आयी हैं-

(1) सामाजिक समझौता व्यक्तियों की सहमति की उपज है।

(2) सामाजिक समझौता सर्वसम्मति से सम्पादित हुआ है।

(3) सामाजिक समझौते के बाद भी व्यक्ति ने अपने सभी अधिकारों का परित्याग नहीं किया है।

(4) व्यक्ति ने अपने अधिकारों का समर्पण किसी व्यक्ति को नहीं करते, समाज को किया है।

(5) सामाजिक समझौते से नागरिक सत्ता का अभ्युदय हुआ है।

(6) यह सामाजिक समझौता कभी समाप्त नहीं होता है।

(7) जॉन लॉक ने मर्यादित सत्ता की अवधारणा का प्रतिपादन किया है।

(8) लॉक ने सामाजिक समझौते द्वारा बहुमत के शासन का प्रतिपादन किया है।

आलोचकों ने समझौता सिद्धान्त को अनैतिहासिक बताया है, फिर भी लॉक ने इसे ऐतिहासिक और दार्शनिक आधार प्रदान करने का प्रयास किया है। जैसा कि **लॉक** ने लिखा है कि "मानव के अभाव में संसार न तो कभी था और न कभी होगा।" लॉक का यह कथन समझौते को ऐतिहासिक बनाता है और लॉक का यह वाक्य कि "मानव तब तक उस अवस्था में रहते हैं, जब तक वे अपनी सहमति से एक राजनीतिक समाज की रचना नहीं कर लेते" समझौते को दार्शनिक आधार प्रदान करता। **डनिंग** ने कहा है कि "यद्यपि लॉक के सामाजिक समझौते में कोई ऐसी चीज नहीं, जो उसके पूर्ववर्ती दार्शनिकों ने अभिव्यक्त न की हो, फिर भी उसने इसे अत्यधिक सुनिश्चितता और व्यक्तिवादिता प्रदान की।"

स्थान-स्थान पर व्यक्त लॉक के विचारों से ज्ञात हो जाता है, उसके अनुसार सब मनुष्य जन्म से समान होते हैं तथा पारस्परिक समानता के इसी आधार पर मनुष्य-मनुष्य से मनुष्यता का व्यवहार करता है। लॉक की मान्यता है कि मनुष्य विवेकी होता है तथा

इस कारण वह पारस्परिक व्यवहार से नैतिकता के महत्त्व को भावना रहती है। उसके कार्य भौतिक आवश्यकताओं की पूत्ति के लिए ही नहीं वरन् अन्यों के प्रति अपनी कर्तव्य भावना से प्रेरित भी होते हैं। वह स्वार्थी ही नहीं परमार्थी भी होता है। लॉक ने माना है कि "**मनुष्य में स्वार्थ की भावना भी होती है, फिर भी उन्होंने मनुष्य को स्वभवतः स्वार्थी, अहंकारी, ईर्ष्यालु, झगड़ालू व आक्रामक नहीं माना है, वरन् उसे परमार्थी दयालु, सहयोगी, समाजप्रिय, प्रेमी, दया का पोषक मानते हुए यह प्रतिपादित किया है कि मनुष्य-मनुष्य का सम्बन्ध परस्पर उसी प्रकार प्रेम-प्रधान है, जिस प्रकार माता-पिता व बच्चों से सम्बन्ध होता है।**" लॉक का कथन है कि "**प्रकृतितः सब मनुष्य एक समानता की अवस्था में होते हैं, जिसमें सब शक्तियाँ व अधिकार क्षेत्र पारस्परिक होते हैं तथा किसी को दूसरे से अधिक प्राप्त नहीं होता। इस अवस्था की यह सबसे अधिक स्पष्ट बात होती है कि एक ही जाति व वंश के वे जीव, जिन्हें जन्म से ही प्रकृति के समान लाभ प्राप्त होते हैं तथा जो अपनी प्रतिभाओं के समान प्रयोग के अधिकार होते हैं किसी आधिपत्य व अधीनता के बिना परस्पर समान हों।**"[1] लॉक के इस कथन का तात्पर्य यह नहीं है कि मनुष्य बौद्धिक व शारीरिक शक्तियों की दृष्टि से समान होते हैं, वरन् इसका अर्थ यह है कि चूँकि प्रत्येक व्यक्ति मनुष्य होता है, अतः नैतिक दृष्टि से वह अन्य प्रत्येक मनुष्य के समान होता है और उसके अधिकार अन्य प्रत्येक व्यक्ति के समान होते हैं। इसी बात का प्रतिपादन इमान्युअल काण्ट ने अठारहवीं शताब्दी के अन्त में यह कहते हुए किया था कि "**विवेकशील प्राणी.......मनुष्य कहलाते हैं, क्योंकि वे स्वभाव से ही स्वयं साध्य प्रतीत होते हैं, अर्थात् उनका प्रयोग केवल साधन के रूप में ही नहीं किया जा सकता।......इस प्रकार वे केवल आत्मगत साध्य ही नहीं होते, जिनके अस्तित्व का मूल्य हमारे लिए हमारे कार्य के परिणाम के रूप में ही हो, वरन् वे विषयगत साध्य भी होते हैं, जिनका अस्तित्व ही स्वयं साध्य होता है.....अतः निरपेक्ष आदेश यह होगा कि व्यवहार इस प्रकार करो कि मानवता को, चाहे दूसरे किसी में प्रत्येक दशा में साध्य समझो, उसे कभी भी केवल साधन मत समझो।**"[1]

मनुष्य की प्रकृति के विषय में हॉब्स व लॉक के विचारों का अन्तर

इस प्रकार, लॉक की कल्पना का मनुष्य हॉब्स की कल्पना से मनुष्य से भिन्न है, क्योंकि हॉब्स के लिए मनुष्य जहाँ केवल एक पशु व प्रकृति का दास है, लॉक के लिए वह एक नैतिक वयवस्था का सदस्य नैतिक नियमों के पालना करने वाला जीव है। इसमें सन्देह नहीं है कि इस प्रकार के नैतिक नियमों का रूप कर्तव्यों का ही होता है, तथा ये नियम ऐसे नहीं होते, जिन पर मनुष्य सदा व मनुष्यतः चलते हों, तथापि ये नियम ऐसे अवश्य होते हैं, जिन पर चलना मनुष्य का कर्तव्य होता है। जो कुछ मनुष्य के लिए कार्य

हैं, मनुष्य उसे सदैव अथवा प्रायः नहीं करता, पर उसे यदि वह कभी-कभी भी करना चाहता है, तो यही उसकी मनुष्यता का प्रतीक है तथा यही उसे पशुओं से भिन्नता प्रदान करता है, क्योंकि पशुओं के लिए कार्य-अकार्य का कोई अर्थ नहीं होता तथा चूँकि वे विवेकहीन जीवन होते हैं, नैतिकता एवं नैतिक नियमों का उनके लिए कोई मूल्य नहीं होता। मनुष्य की प्रकृति के विषय में हॉब्स व लॉक की कल्पना के अन्तर को जोन्स ने बड़े सुन्दर ढंग से व्यक्त किया है तथा कहा है कि **"हॉब्स के लिए मनुष्य जहाँ केवल भौतिक सुख की पाशविक भावनाओं के प्रभाव में ही रहता है, लॉक का मनुष्य कर्तव्य की पुकार को सुनता है और कम से कम कभी-कभी उस पर ध्यान भी देता है, तथा हॉबस का मनुष्य जहां पूर्णतः स्वार्थी होता है, लॉक का मनुष्य कभी-कभी वस्तुतः परमार्थी होता है।"**[2]

लॉक के अनुसार मनुष्य की प्राकृतिक अवस्था

(Mau's State of Nature according to Locke)

हॉब्स की तरह लॉक ने भी प्राकृतिक अवस्था (State of Nature) की कल्पना की है, तथा प्राकृतिक अवस्था की उनकी कल्पना हॉब्स से उसी प्रकार भिन्न है, जिस प्रकार उसकी मानव स्वभाव की कल्पना भिन्न है। हॉब्स ने मनुष्य को प्रकृतितः पाशविक, स्वार्थी, अहंकारी, ईर्ष्यालु, झगड़ालू व आक्रामक माना है तथा उसी के अनुसार उसकी प्राकृतिक अवस्था की कल्पना भी इस प्रकार कीहै, जिसमें प्रत्येक मनुष्य प्रत्येक दूसरे मनुष्य के विरुद्ध अनवरत युद्ध की स्थिति में रहता है। पर लॉक ने मनुष्य को प्रकृतितः परमार्थी दयालु, सहयोगी व समाज-प्रिय माना है। तथा उसी के अनुसार उन्होंने प्रकृतिक अवस्था की कल्पना की है, जिसकी प्रमुख विशेषताएँ उनके अनुसार निम्न प्रकार से हैं :

1. पारस्परिक सहयोग की स्थिति-इस अवस्था में मनुष्य पारस्परिक युद्ध की अवस्था में न रहकर पारस्परिक सहयोग की अवस्था में रहते हैं, क्योंकि लॉक के अनुसार मनुष्य क्योंकि मानवता की भावना से युक्त होता है, वह अपने साथियों के साथ शान्ति व सद्‌भावना के साथ रह सकता है। लॉक की कल्पना की प्राकृतिक अवस्था में यद्यपि लोग अपने में पूर्णतः स्वतन्त्रत होते हैं, फिर भी वे मनमानी नहीं करते। जैसा लॉक ने कहा है, **"यह अर्थात् प्राकृतिक अवस्था यद्यपि स्वतन्त्रता की अवस्था होती है, तथापि वह स्वेच्छाचारिता की अवस्था नहीं होती। इस अवस्था में व्यक्ति के अपने व्यक्तित्व या सम्पत्ति के प्रयोग के सम्बन्ध में यद्यपि पूर्ण स्वतन्त्रता प्राप्त होती है, तथापि ह तक तक अपने को या अपने अधीन किसी प्राणी को नष्ट कर देने के लिए स्वतन्त्र नहीं होता जब तक ऐसा उसे जीवित बने रहने से बढ़कर अन्य किसी अच्छे उद्देश्य की पूर्ति के लिए न करना पड़े।"**[1]

2. अराजक किन्तु सामाजिकता की स्थिति-लॉक ने अराजक स्थिति की जिस प्राकृतिक अवस्था की कल्पना की है, उसमें राज्य के बिना मनुष्य को जीवन हॉब्स की कल्पना की प्राकृतिक अवस्था की तरह "**एकाकी, दीन, घृणित, पाशविक एवं क्षणिक**" होने के कारण असह्य नहीं होता, वरन् "**शान्ति व पारस्परिक सद्भावना पर**" आधारित होने के कारण वह ऐसा होता है, जिसमें सब व्यक्ति समान व स्वतन्त्र माने जाते हैं, कोई किसी को हानि पहुचाने का प्रयत्न नहीं करता, सब समान रूप से प्राकृतिक समाज के लाभों को प्राप्त करते हैं और कोई किसी के अधीन नहीं होता।

प्राकृतिक अवस्था अनैतिहासिक किन्तु तर्कसंगत-हॉब्स द्वारा प्रतिपादित प्राकृतिक अवस्था की ही तरह लॉक द्वारा प्रतिपादित प्राकृतिक अवस्था भी अनैतिहासिक है। हॉब्स द्वारा प्रतिपादित प्राकृतिक अवस्था की ही तरह लॉक द्वारा प्रतिपादित प्राकृतिक अवस्था का समय भी इतिहास में भी नहीं रहा। पर इस सन्दर्भ में यह स्मरणीय है कि लॉंक ने इस सम्बन्ध में जो कुछ कहा है, उसमें उन्होंने इस बात पर जोर नहीं दिया है कि इतिहास में ऐसा कोई समय रहा है वरन् प्राकृतिक अवस्था से उनका तात्पर्य उस अवस्था से है, जो राजनीतिक सत्ता के अनस्तित्व की दशा में हो सकती है।

लॉक के अनुसार प्राकृतिक अवस्था की व्यवस्था
(The Law of Nature according to Locke)

राजनीतिक सत्ता से रहित प्राकृतिक अवस्था में मनुष्य जिस व्यवस्था में अधीन रहता है, उसका चित्रण भी लॉक ने किया है। हॉब्स की ही तरह लॉक ने भी प्राकृतिक अवस्था में मनुष्य के कुछ अधिकारों को मान्य ठहराया है, जिन्हें उन्होंने प्राकृतिक अधिकार (Natural Rights) कहा है तथा यह प्रतिपादित किया है कि उनका नियमन उस विधि के द्वारा होता है, जिसे उन्होंने प्राकृतिक विधि कहा है।

प्राकृतिक अधिकार (Natural Rights or The Rights of Nature)

प्राकृतिक अवस्था में मनुष्य के क्या प्राकृतिक अधिकार हो सकते हैं, इस सम्बन्ध में लॉक ने हॉब्स की तरह कुछ प्रत्यक्ष नहीं कहा है, तथापि ईश्वर द्वारा मनुष्य की उत्पत्ति सम्बन्धी में उन्होंने जो विचार व्यक्त किये हैं, उससे यह प्रकट है कि उस स्थिति में बना रहना, जिस स्थिति में ईश्वर ने उसे उत्पन्न किया है "**मनुष्य का प्राकृतिक अधिकार है।**" इस प्रसंग में उन्होंने कहा है कि "**सर्वशक्तिमान तथा असीमित रूप से बुद्धिमान एक निर्माता की कारीगरी होने के कारण, समान गुणों से युक्त होने के कारण तथा एक ही प्राकृतिक समाज के भागीदार होने के कारण, हम लोगों में ऐसी कोई अधीनता नहीं हो सकती, जिससे हम एक-दूसरे को इस प्रकार नष्ट करने के अधिकारी हो सकें, मानो हम उसी प्रकार एक-दूसरे की प्रयोग की वस्तु हों, जिस प्रकार निम्न कोटि के जीव हमारे प्रयोग की वस्तु होते हैं।**"[1] सीधी-सादी भाषा में, लॉक ने मनुय

की उस समानता व स्वतन्त्रता को उसका प्राकृतिक अधिकार माना हे, जिसमें प्रकृति उसे उत्पन्न करती है तथा यही कारण है कि हम उन्हें यह कहते हुए पाते हैं कि "सबके समान व स्वतन्त्र होने के कारण किसी को भी किसी अन्य को जीवन, स्वास्थ्य, स्वतन्त्रता अथवा सम्पत्ति को हानि नहीं पहुँचाना चाहिए।" प्राकृतिक व्यवस्था में लॉक ने इस प्रकार मनुष्य के तीन प्राकृतिक अधिकारों को मान्यता प्रदान की है।[2]

प्राकृतिक विधि (Natural Law or the Law of Nature)

प्राकृतिक विवेक, प्राकृतिक विधि का आधार–प्राकृतिक अवस्था में मनुष्य के प्राकृतिक अधिकार सुरक्षित बने रहने के लिए, लॉक के मतानुसार, एक विधि की व्यवस्था भी प्रचलित रहती है, जो मनुष्य में पाये जाने वाले प्राकृतिक विवेक पर आधारित होती है। स्वयं लॉक के शब्दों में, "**प्राकृतिक अवस्था में नियमन की एक प्राकृतिक विधि होती है, जिसका अंकुश प्रत्येक मनुष्य पर रहता है तथा वह विधि विवेक पर आधारित होती है। विवेक को काम में लाने वाली सम्पूर्ण मानवता को यह सिखाता है कि चूँकि सब मनुष्य के समान व स्वाधीन है, अतः किसी को भी किसी दूसरे के जीवन, स्वास्थ्य, स्वतन्त्रता व सम्पत्ति को हानि पहुँचानी चाहिए।**"[1]

लॉक ने प्राकृतिक विधि को उस विवेक पर आधारित विधि माना है, जिसके सहित ईश्वर को उत्पन्न करता है, तथा जिसके कारण ही व्यक्ति पारस्परिक समानता, स्वतन्त्रता व सम्पत्ति का आदर करते हुए सामाजिक प्राणी की तरह रहताहै। लॉक की मान्यता है कि सब मनुष्य एक ही ईश्वर की सन्तान हैं तथा ईश्वर ने सभी को विवेक को विवेक प्रदान किया है। अतः इससे यह निष्कर्ष निकाला जा सकता है कि सब मनुष्य स्वतन्त्र व समान है, कोई किसी की इच्छा पर निर्भर काता है और न कोई किसी अन्य के जीवन, स्वतन्त्रता व सम्पत्ति का प्रयोग अपने आनन्द के लिए कर सकता है।

आनुपातिक दण्ड की स्वचालित व्यवस्था

व्यक्ति एक-दूसरे के जीवन, स्वतन्त्रता व सम्पत्ति पर आक्रमण न करे तथा प्राकृतिक विधि का पालन होता रहे, इसके लिए प्राकृतिक अवस्था की व्यवस्था यह होती है कि उक्त प्राकृतिक विधि के उल्लंघन के लिए प्रत्येक व्यक्ति को प्रत्येक व्यक्ति उल्लंघन सीमा के अनुपात के अनुसार दण्ड दिया जा सकता है। पर दण्ड की उक्त अवस्था का नियमन करने के लिए कोई विशेष राजनीतिक अभिकरण नहीं होता, वरन् इस कार्य स्वयं व्यक्तियों द्वारा किया जाता है। इस प्रकार जैसा स्पष्ट है, लॉक की प्राकृतिक अवस्था राजनीतिक न होकर केवल सामाजिक है।पर राजनीतिक सत्ता के न होने से दण्ड देने में मनुष्य मनमानी नहीं करते, वरन् सबकी पारस्परिक स्वतन्ता व समानता के पति सचेत होने के कारण विवेक पर आधारित प्राकृतिक विधि के उल्लंघन के लिए वे परस्पर केवल उतना दण्ड देते हैं, जितना उसका उल्लंघन न होने देने के लिए आवश्यक होता है। लॉक

ने इस सम्बन्ध में स्पष्ट कहा है कि "**सब मनुष्यों को दूसरे के अधिकारों का अतिक्रमण करने से तथा दूसरों को आघात पहुंचाने से रोका जा सके और उस प्राकृतिक विधि का पालन होता रहे, जिसका उद्देश्य शान्ति व सम्पूर्ण मनुष्य जाति की रक्षा करना होता है, प्राकृतिक विधि का क्रियान्वय उस अवस्था में प्रत्येक मनुष्य के हाथ में होता है, जिससे उस विधि का उल्लंघन करने वाले को यह उतना दण्ड दे सके, जितना उसका उल्लंघन रोकने के लिए आवश्यक हो।...इस प्रकार प्राकृतिक अवस्था में एक व्यक्ति को दूसरे व्यक्ति के ऊपर शक्ति प्राप्त होती जाती है। पर फिर भी वह शक्ति निरंकुश व मनमानी शक्ति नहीं होती।**"[1] लॉक द्वारा प्रतिपादित प्राकृतिक अवस्था की व्यवस्था के प्रसंग में हम यदि "**खून के बदल खून**"[2] अथवा "**दूसरे के साथ वैसा ही व्यवहार करो, जैसा तुम अपने साथ चाहते हो।**"[3] जैसी मान्यताओं पर विचार करें, तो इन्हें उन नियमों के रूप में ही मान सकते हैं, जिनका स्रोत लॉक द्वारा प्रतिपादित सामान्य विवेक पर आधारित प्राकतिक विधि है।

इस प्रकार हम देखते हें राज्य संस्था के अस्तित्व में आने से पूर्व की जिस प्राकृतिक अवस्था व व्यवस्था की कल्पना लॉक ने की है, उसमें हॉब्स द्वारा प्रतिपादित प्राकृतिक अवस्था व व्यवस्था की तरह लोग परस्पर भयभीत नहीं करते, वरन् वे परस्पर सहयोग व शान्तिपूर्वक रहते हैं। वे उस अवस्था में पूर्ण रूप से स्वतन्त्र होते हैं तथा अपने जीवन व अपनी सम्पत्ति क रक्षा करते हुए अपनी इच्छा का जीवन बिताते हैं। उस अवस्था में न कोई शासक होता है और न कोई शासित, फिर भी लोग हॉब्स द्वारा प्रतिपादित प्राकृतिक अवस्था व व्यवस्था की तरह स्वार्थ-सिद्धि के लिए आपस में लड़ते-झगड़ते नहीं रहते, वरन् स्वभाव के सहयोग व सामाजिक होने के कारण वे स्वेच्छा से प्राकृतिक अवस्था (State of Nature) की प्राकृतिक व्यवस्था (Law of Nature) के अनुसार चलते हैं तथा उचित अनुचित, पुण्य-पाप एवं धर्म-अधर्म की स्वाभाविक भावना के अनुसार परस्पर व्यवहार करते हैं। संक्षेप में, लॉक द्वारा प्रतिपादित प्राकृतिक (अराजक) अवस्था एक शान्तिपूर्ण तथा आदर्श व्यवस्था है।राजनीति त्रिज्ञान से बहुत पहले मनोविज्ञान, समाज विज्ञान आदि ने इसे अपना लिया था। अन्य सामाजिक विज्ञानियों से आई हुई पद्धति होने के कारण व्यवहारवादी अध्ययन पद्धति ने अन्य सामाजिक विज्ञानों के साथ राजनीति विज्ञान के सम्बन्धों को एक नया रूप दे दिया है तथा ये सम्बन्ध और उनसे उत्पन्न समस्यायें इतनी व्यापक हैं कि उनको लेकर कुछ नए विज्ञान ही विकसित हो गए हैं, जिन्हें राजनीतिक समाज शास्त्र, राजनीतिक मनोविज्ञान, राजनीतिक मानव शास्त्र, राजनीतिक अर्थशास्त्र आदि के नामों से पुकारा जाता है। विकास एक प्राकृतिक क्रिया है जो प्रकृति के नियमों के अनुसार निरन्तर होता रहता है। 20वीं शताब्दी के आते-आते सभी विषयों ने अपनी विषय-वस्तु का काफी विकास किया। विभिन्न प्राकृतिक विज्ञानों ने वास्तव में

अपेक्षा से भी अधिक विकास किया। ऐसा देखा जा सकता है। प्राकृतिक विज्ञानों के इस विकास को देखकर धीरे-धीरे सामाजिक विज्ञानों ने भी अपनी विषय-वस्तु और क्षेत्र की ओर ध्यान देना प्रारम्भ किया।

सामाजिक विज्ञानों के अध्ययन के लिए प्रारम्भ में परम्परागत अध्ययन पद्धतियाँ प्रयोग की जाती थीं लेकिन प्राकृतिक विज्ञानों के प्रभावों को देखकर तथा वैज्ञानिक दृष्टिकोण की उपयोगिता का आभास कर धीरे-धीरे राजनीति विज्ञान में वैज्ञानिक विधियों के प्रयोग की दिशा में विचार करना प्रारम्भ हुआ। राजनीतिविज्ञान के मुख्य रूप से एक नये उपागम का प्रयास किया जाने लगा ताकि राजनीति तथ्यों की विवेचना को अधिक व्यावहारिक उपयोगी एवं महत्त्वपूर्ण बनाया जा सके। इस सन्दर्भ में 1908 में प्रकाशित ग्राहम वालास की प्रमुख कृति Human Nature in Politics और आर्थर बैटले की प्रमुख कृति The Process of Government आदि ने राजनीति विज्ञानियों को एक नयी दिशा दिखायी। इन कृतियों में राजनीति विज्ञान के परम्परागत अध्ययन दृष्टिकोणों से अलग हटकर अध्ययन को श्रेयकर बनाने की चर्चा की गयी थी। बाद में 1925 में चार्ल्स मेरियम ने अपनी प्रमुख कृति New Aspects of Politics ने व्यवहारवाद के विकास में महत्त्वपूर्ण भूमिका निभाई। उन्होंने राजनीतिक घटनाओं के समझने के लिये मनोवैज्ञानिक तथा समाजवैज्ञानिक विधियों के प्रयोग पर बल दिया परिणामस्वरूप राजनीति विज्ञान के अध्ययन के एक नवीन मार्ग (अध्ययन विधि) का विकास हुआ जिसे व्यवहारवादी मार्ग अथवा व्यवहावादी उपागम कहा गया। इस दृष्टिकोण के पीछे मान्यता यह है कि मनुष्य भावनाओं का पुंज होता है, उसकी अपनी मनोवृत्तियाँ, अभिलाषाएँ और रुझान होते हैं। उसका राजनीतिक व्यवहार काफी सीमा तक इन मानसिक प्रवृत्तियों द्वारा निर्देशित व नियन्त्रित होता है और उसके सामने वैधानिक प्रावधान एवं मूल्य-व्यवस्थाएँ बहुत कुछ सीमा तक अप्रभावी रहती हैं। इसलिए व्यवहारवादी राजनीति-विज्ञानी व्यक्ति या समूहों के राजनीतिक व्यवहार को अधिक महत्त्वपूर्ण व मुख्य मानते हैं तथा ऐतिहासिक महत्त्व को घटनाओं, संस्थाओं, संविधानों आदि के अध्ययन को कम महत्त्वपूर्ण व गौण मानते हैं,। अध्ययन पद्धति के रूप में व्यवहारवाद राजनीति विज्ञान की अपनी देन नहीं है। वस्तुतः व्यवहारवाद का प्रादुर्भाव एवं प्रसार इतना व्यापक एवं द्रुतगति से हुआ है कि उसने अनेक विचारकों का ध्यान अपनी ओर आकृष्ट किया है।

डेविड ईस्टन ने इसे पारम्परिक दृष्टिकोण के प्रति मात्र व्यवहारवादी विरोध न कहकर व्यवहारवादी क्रान्ति कहा है। रोबर्ट डाहल ने कहा है कि पारस्परिक पद्धतियों एवं अध्ययन की सामग्री के विरोध में यह आन्दोलन इतना सफल हुआ है और मुख्य धारा में वह इतना घुलमिल गया है कि उसका अलग अस्तित्व ही समाप्त

हो गया है। इस सम्बन्ध में एक प्रश्न उठाते हुये और उसका उत्तर देते हुये उन्होंने कहा है कि "विरोधी आन्दोलन के रूप में व्यवहारवादी रुझान आगे कहाँ जायेगा? मेरी समझ से यह धीरे-धीरे अदृष्ट हो जायेगा। इससे मेरा तात्पर्य यह है कि पृथक रुझान व दृष्टिकोण के रूप में यह धीरे-धीरे समाप्त हो जायेगा, क्योंकि वह धारा के मुख्य प्रवाह में मिल जायेगा और वस्तुतः मिलता जा रहा है। ऐसी दशा में व्यवहारवादी मार्ग असफल होने के कारण अदृष्ट नहीं होगा, वरन् वह सफल होने के कारण अदृष्ट होगा।"[1] **श्री डाहल** का आशय है कि यह आन्दोलन राजनीति-विज्ञान का अभिन्न अंग एवं सर्वग्राह्य तत्त्व हो गया है और इसके पृथक अस्तित्व या गुटपरक विशिष्ट स्वरूप का अब कोई प्रश्न ही नहीं रह गया है। इसका प्रयोग राजनीतिविज्ञान के अध्ययन में एक पद्धति (Method) के रूप में भी किया गया है और एक मार्ग (Approach), दृष्टिकोण या शैली के रूप में भी किया गया है तथा इसकी सबसे अधिक महत्त्वपूर्ण उपयोगिता इस बात में है कि इससे राजनीति विज्ञान के अध्ययन को वैज्ञानिक रूप दिये जाने में बड़ी सहायता मिली है। एक लेखक ने तो वैज्ञानिकता को ही उसका लक्ष्य माना है और कहा है कि "व्यवहारवादी मार्ग की प्रमुख पहचान उसके द्वारा सिद्ध किये जाने वाले उद्देश्य का स्वरूप है और वह वैज्ञानिकता है।"[2] व्यवहारवाद का मूल आधार ही वैज्ञानिकता के प्रति उसका प्रबल आग्रह है तथा वैज्ञानिकता को उसके अनुयायी इतना महत्वपूर्ण समझते हैं कि वे उसे साधन ही नहीं लक्ष्य भी मानते हैं। व्यवहारवाद राजनीतिविज्ञान के अध्ययन को वैज्ञानिक रूप प्रदान करता है। दार्शनिक पद्धति द्वारा निष्पादित आभासों एवं अनुमानों पर आधारित ज्ञान व सिद्धान्त प्रायः यथार्थ से परे होते हैं। पर व्यवहारवादी पद्धति से निष्पादित ज्ञान व सिद्धान्त चूँकि मनुष्य के वास्तविक व्यवहार के अध्ययन पर आधारित होते हैं, अतः वे मनुष्य के वास्तविक जीवन के अधिक निकट तथा उसके लिये अधिक उपयोगी होते हैं तथा यही कारण है कि व्यवहारवादी मार्ग का अनुसरण अब अत्यधिक होने लगा है। व्यवहारवादी अध्ययन पद्धति का प्रयोग अब इतना व्यापक व उच्च स्तर पर होने लगा है कि व्यवहारवाद पद्धति से बढ़कर अब एक मार्ग (Approach) बन गया है तथा व्यवहारवाद के अन्तर्गत नई अध्ययन पद्धतियाँ विकसित हो गई हैं जिनमें सर्वेक्षण शोध पद्धति (Survey Research Method), समस्या अध्ययन पद्धति (Case Study Method), पर्यवेक्षण (Observation) प्रमुख हैं। व्यवहारवादी वस्तुतः इस बात के लिए सदा सचेष्ट रहते हैं कि विषय सामग्री व्यवस्थित व क्रमबद्ध रूप में ही संगठित की जाये, उसका सुव्यवस्थित विश्लेषण हो, तथा उसके आधार पर कुछ ऐसी सामान्य प्रतिष्ठापनाएँ विकसित की जाएँ जिन्हें अन्त में मानव व्यवहार से सम्बन्धित सिद्धान्तों का रूप दिया जा सके। भविष्यवाणी

करने की क्षमता विज्ञान का एक प्रमुख गुण होता है। ये प्रतिष्ठापनाएँ व सिद्धान्त चूँकि मानव व्यवहार को समझने व उनके आधार पर मानव व्यवहार विषयक भविष्यवाणी करने में राजनीति विज्ञान के लिये बड़े सहायक होते हैं,

वे वस्तुतः मानव भावनाओं को उसके व्यवहार का स्रोत मानकर उसके राजनीतिक व्यवहार व कार्यकलाप का अध्ययन करते हैं और संस्थाओं के स्थान पर भावनाओं के पुंज मानव के व्यवहार को राजनीति विज्ञान की विषय वस्तु बनाने का प्रयास करते हैं। आज के युग में व्यवहारवाद का इतना महत्त्व होते हुए भी प्रारम्भ में इसे यदि बड़ी हेय दृष्टि से देखा जाता था, तो उसके पीछे मूल कारण इसका उद्गम स्रोत था। समाज विज्ञानों में व्यवहारवाद (Behavioural) वाटसन के व्यवहारवाद (Behaviourism) से विकसित हुआ है। वाटसन ने इसका प्रयोग मानव व्यवहार की भौतिक व्याख्या प्रस्तुत करने के लिए किया था। वाटसन की व्याख्या के अनुसार मानव-व्यवहार बाह्य प्रेरकों (Stimuli) की प्रतिक्रिया मात्र है। अतः मनुष्य की वैयक्तिक निष्ठा (Subjective) या मानव-भावनाओं का उसके अध्ययन में कोई स्थान नहीं हो सकता। इस प्रकार वाटसन द्वारा मानव व्यवहार के अध्ययन की दृष्टि से मानव भावनाओं को चूँकि अत्यन्त हीन माना गया है, अतः वाटसन व उसके द्वारा प्रतिपादित धारा की कटु आलोचना होती रही है। नये व्यवहारवादी (Behaviouralists) मानव भावनाओं के प्रति ऐसे पूर्वाग्रहों व हीन धारणाओं से मुक्त हैं।

व्यवहारवाद के विकास में योगदान करने वाली प्रमुख कृतियाँ :- व्यवहारवादी उपागम को आगे बढ़ाने में अनेक व्यवहारवादी विचारकों की कृतियों ने महत्त्वपूर्ण योगदान दिया इनमें प्रमुख कृतियाँ ये हैं :-

ग्राहम वालास -हयूमन नेचर इन पोलिटिक्स (Human Nature in Politics)।

ए.एफ. बेण्टले - दी प्रोसेस ऑफ गवर्नमेण्ट (The Process of Government)।

चार्ल्स मेरियम -न्यू आस्पेक्ट्स ऑफ पालिटिक्स (New Aspects of Politics)।

हरबर्ट साइमन - एडमिनिस्ट्रेटिव बिहेवियर (Administrative Behaviour)।

लॉसवेल व कैप्लान-पॉवर एण्ड सोसाइटी (Power and Society)।

कैटलिन -स्टडी ऑफ दी प्रिन्सीपल ऑफ पॉलिटिक्स (A Study of the Principles of Politics)।

डेविड ईस्टन - दी पॉलिटीकल सिस्टम (The Political System) - दा करेण्ट मीनिंग ऑफ बिहेवियरलिज्म (The current meaning of ehaviouralism)।

आर.ए.डहल- दा बिहेवियर एप्रोच इन पॉलिटिक्स साइन्स (The Behavioural Approach in Political Science)।

फ्रेंक केण्ट - दी पॉलिटीकल बिहेवियर (The Political Behaviour)।

व्यवहारवादी उपागम के संस्थापक एवं समर्थक :- व्यवहावादी उपागम के संस्थापक एवं प्रमुख समर्थक ये राजनीतिक विचारक हैं:- मेरियम, ग्राहम वालास, एच.लासवेल, डेविड ईस्टन, राबर्ट ए. डहल, हरबर्ट साइमन, ल्युसियन पाई, जार्ज कैटलिन, जी.आमण्ड, डेविड टूमैन, पावेल, मलफईक्यू सिवली, किर्क पैट्रिक, कार्ल डापथ, वी.ओ.की. जूनियर, एडवर्ड शील्स, हींज यूलाऊ आदि।

व्यवहारवादी उपागम का अर्थ
(Meaning of Behavioural Approach)

यह व्यवहारवाद अनुभवात्मक एवं क्रियात्मक उपागम है। इसमें व्यक्तिनिष्ठ मूल्यों, मानवीय विवरणों, कल्पनाओं आदि को कोई स्थान नहीं दिया जाता है। इस आधार पर इस उपागम को परम्परावादियों का विरोधी उपागम कहा जा सकता है। राजनीति विज्ञान के अध्ययन के लिये अनेक दृष्टिकोण प्रचलित थे जिनमें परम्परावादी दृष्टिकोण प्रमुख थे, लेकिन परम्परावादी दृष्टिकोणों की कुछ सीमायें थीं जिनके कारण उनके आधार पर राजनीति विज्ञान के अध्ययन को उपयुक्त नहीं माना गया इसलिये राजनीतिक तथ्यों, घटनाओं आदि की निरपेक्ष व्याख्या एवं विश्लेषण करने के लिये मुख्य रूप से अमेरिकी राजनीति शास्त्रियों ने इस नये उपागम की स्थापना की जिसे व्यवहारवादी उपागम की संज्ञा दी गयी। इसके उपागम के विचारक राजनीति विज्ञान को राज्य को कानूनी एवं दार्शनिक सीमाओं में समेटना नहीं चाहते हैं इसी कारण **डेविड ईस्टन** ने कहा कि, "व्यवहावाद पारम्परिक दृष्टिकोण के प्रति मात्र व्यवहारवादी विरोध नहीं है, अपितु यह एक व्यावहारिक क्रान्ति है।" व्यवहारवाद को स्पष्ट करते हुये विभिन्न विद्वानों ने इस प्रकार की परिभाषायें दी हैं:-

किर्क पैट्रिक ने एक स्थान पर व्यवहार की परिभाषा देते हुये लिखा है कि, "व्यवहारवाद का अर्थ अब निश्चित हो रहा है क्योंकि पूर्व में इसके अनेक अर्थ निकाले गये थे। वे सभी अब नहीं निकाले जा सकते हैं। इसमें आने वाली धारणाओं, क्रियाओं, विधियों तकनीकों आदि को आसानी से समझा जा सकता है और अवलोकन किया जा सकता है।"

डेविड टूमेन के अनुसार, "व्यवहारवाद का अर्थ व्यवहारवादी प्रवृत्ति तथा वैज्ञानिक दृष्टि है। अर्थात् व्यवहारवाद का अन्तिम लक्ष्य राजनीतिक प्रक्रिया के विज्ञान का विकास करना है। यह दृष्टिकोण राजनीति विज्ञान के क्षेत्र का विस्तार तथा पुनर्निर्माण करने की कोशिश करता है।"

किर्क पैट्रिक ने व्यवहारवाद का अर्थ इस प्रकार बताया है– "यह उपागम राजनीतिक संस्थाओं के अध्ययन के स्थान पर राजनीतिक स्थिति में व्यक्ति के व्यवहारवाद के विश्लेषण पर जोर देता है। अर्थात् व्यक्ति का राजनीतिक व्यवहार विश्लेषण की मूल इकाई है।"

डॉ. एस.एल. वर्मा के शब्दों में, "व्यवहारवाद, मानव व्यवहार के अवलोकन का विचारधारात्मक आन्दोलन है जिसमें मनुष्य के व्यवहार को आन्दोलन के रूप में समझा जा सकता है।"

सिबली के अनुसार, "व्यवहारवाद वैज्ञानिक परीक्षणीय एवं सत्यापन प्रक्रियाओं में अन्वेषण के निर्माण पर जोर देता है।"

जेम्स चार्ल्स बर्थ के शब्दों में, "व्यवहारवाद वस्तुपरक तथा आगमनात्मक अध्ययन पद्धति से व्यवहार करने के लिये मनुष्य का व्यापक अध्ययन करते हैं।"

हींज युलाऊ ने एक स्थान पर स्पष्ट करते हुये लिखा है कि, "व्यवहारवाद का सम्बन्ध मनुष्य के बाहरी कार्यों से ही नहीं है वरन् उसके भावनात्मक, तुलनात्मक, मूल्यांकनात्मक, रहस्यमय क्रिया तथा प्रक्रियाओं से भी सम्बन्धित है।"

डेविड ईस्टन के मतानुसार, "व्यवहारवादी उपागम, अध्ययन उपागम की वैज्ञानिकता और अनुभवजन्य सिद्धान्त निर्माण से सम्बन्धित, यह बौद्धिक मनोदशा का प्रतिबन्ध है। यह बौद्धिक प्रवृत्ति है तथा तथ्यात्मक शैक्षणिक आन्दोलन है।"

हींज यूलाऊ के मतानुसार, "राजनीतिक व्यवहार के अध्ययन का सम्बन्ध राजनीतिक सन्दर्भ में मानव के कार्यों, रुख, वरीयताओं एवं आकांक्षाओं से है।"

ब्लेयर कोलासा की मान्यता है कि, "व्यवहारवाद राजनीति दृष्टि में लोगों के समूहों के व्यवहार का अध्ययन है।"[1]

प्रो. आर. ए. डहल के मतानुसार, "व्यवहारवादी क्रान्ति परम्परागत राजनीति विज्ञान की असफलताओं के प्रति असन्तोष का परिणाम है। इस क्रान्ति का उद्देश्य राजनीति विज्ञान को अधिक वैज्ञानिक बनाना है।"

– यह उपागम व्यवस्थाबद्ध एवं अनुभवजन्य सिद्धान्त को मानता है।

– यह उपागम राजनीति विज्ञान तथा अन्य सामाजिक विज्ञानों की एकता की बात करता है।

– यह उपागम श्रेष्ठ तकनीकों के प्रयोगों द्वारा राजनीतिक व्यवहार के परीक्षण, मापन, पर्यवेक्षण एवं वर्गीकरण का समर्थन करता है।

इस प्रकार इन परिभाषाओं के आधार पर तथा विभिन्न अन्य विचारकों की परिभाषाओं के आधार पर यह कहा जा सकता है कि व्यवहारवाद सामाजिक शोध की ऐसी पद्धति है जो समाज में रहने वाले मानवों का वैज्ञानिक अध्ययन करती है।

यह लगभग वैज्ञानिक पद्धति है। यह पद्धति व्यावहारिकता पर बल देती है, इसलिये राजनीतिविज्ञान तथा अन्य सामाजिक विज्ञानों में परस्पर अन्तः निर्भरता की स्थापना चाहती है। यह पद्धति राजनीतिक शोध के भविष्य को निश्चित करती है तथा मानव व्यवहार के राजनीतिक पक्ष की स्थिर इकाइयों की सैद्धान्तिक खोज पर बल देती है। अर्थात् व्यवहारवादी पद्धति अनुभववादी पद्धति है जो राजनीतिक घटनाओं, तथ्यों एवं समस्याओं आदि को वैज्ञानिक आधारों पर विश्लेषित करती है। इसी कारण व्यवहारवादियों की मान्यता है कि व्यक्ति के राजनीतिक कार्यों तथा व्यवहारों का वैज्ञानिक अध्ययन सम्भव है। इसके समर्थक व्यक्ति के बाह्य और आन्तरिक अर्थात् व्यक्ति की भावनाओं, मनोवृत्तियों उनके व्यवहार आदि का वैज्ञानिक अध्ययन करने पर बल देते हुए दृढ़ता के साथ इस उपागम का समर्थन करते हैं।

व्यवहारवाद की मान्यताएँ :- व्यवहारवाद की मान्यता इस प्रकार हैं :-

- यह उपागम सांख्यिकी प्रधान है।
- यह उपागम मतदान, सर्वेक्षण, साक्षात्कार, प्रश्नावली, आदि शुद्ध तकनीकों या विधियों के प्रयोग की चर्चा करता है।
- यह उपागम वैज्ञानिकता को मानता है।
- यह उपागम राजनीति विज्ञान को यथार्थवादी बनाना चाहता है।
- यह उपागम परम्परावादी राजनीति-विज्ञान का विरोधी है।
- यह उपागम दार्शनिक अध्ययन पद्धति का आलोचक है।
- यह उपागम कानूनी दृष्टिकोण का आलोचक है।
- व्यवहारवाद मूल्य निरपेक्ष अवधारणा है।
- व्यवहारवाद ज्ञान की पूर्णता का समर्थक है जिसकी पूर्ति हेतु सामाजिक विज्ञानों के अन्तःअनुशासनात्मक अध्ययन को स्वीकारता है।
- यह उपागम परम्परावादी उपागम का पूरक है तथा उनका विस्तार एवं पुनर्निर्माण करता है।
- यह उपागम बड़ी एवं छोटी दोनों इकाइयों के अध्ययन पर बल देता है।
- यह उपागम मानव तथा उसके समूहों के राजनीतिक व्यवहारों का अध्ययन करता है।
- यह उपागम निरपेक्षता लाने के लिये व्यक्तिनिष्ठ तथ्यों को महत्त्व नहीं देता है।

इस तरह व्यवहारवादी उपागम मानव के क्रियाकलापों के लिये उसकी भावनाओं को मुख्य प्रेरक तत्त्व मानते हुये व्यवहारवादी मानव-व्यवहार का अध्ययन राजनीतिक परिप्रेक्ष्य में करते हैं तथा अपने उस अध्ययन के आधार पर मानव और

मानव समूह के राजनीतिक व्यवहार के विषय में सामान्यीकरण एवं सिद्धान्तों का निर्धारण करता है। इस तरह इस उपागम की सहायता से राजनीति विज्ञान के विचारक यथार्थ के अधिक निकट पहुँचना चाहते हैं।

व्यवहारवादी उपागम की विशेषतायें

(Charactristics of Behavioural)

व्यवहार वादी यह मानते हैं कि मानव व्यवहार में सामान्य तत्त्व ढूँढ़े जा सकते हैं, क्योंकि कुछ निश्चित प्रकार के कार्य कलापों व परिस्थतियों में मनुष्य कुछ निश्चित प्रकार के व्यवहार का ढंग अपनाता है। वैज्ञानिक अनुसंधान के लिए आवश्यक होता है कि इन सामान्य तत्त्वों तथा प्राय: दुहराये जाने वाले तत्त्वों को खोज कर उसके आधार पर किये गये सामान्यीकरण के आधार पर मनुष्य के व्यवहार का नियमन किया जाये। व्यवहारवादी उपागम के सन्दर्भ में विभिन्न विचारकों ने अपनी कृतियों में अपने मन्तव्य को स्पष्ट किया है। जिनमें राजनीति विज्ञान की मुख्य विशेषताओं एवं मन्तव्यों का श्रेष्ठ रूप में स्पष्टीकरण डेविड ईस्टन ने दिया है। डेविड ईस्टन ने व्यवहारवादी उपागम की विशेषताओं या लक्षणों का जो उल्लेख किया है जिनकी श्रेष्ठता के कारण इन्हें व्यवहारवाद की बौद्धिक आधारशिला माना जाता है, जो इस प्रकार हैं-

मानव व्यवहार सम्बन्धी नियमों की खोज में पुनरावृत्तियों (Frequencies) की गणना का आश्रय लिया जाता है और उनका परिणाम ढूँढा जाता है, जिसे परिमाणीकरण कहते हैं। परिमाणीकरण से दो या अधिक तत्त्वों व उनके रूपान्तरों (Variables) के बीच के सम्बन्धों को खोज निकालने में सहायता मिलती है। परिमाणीकरण में सांख्यकी का प्रयोग भी किया जाता है जिससे परिणामों में और अधिक शुद्धता लाई जा सके। व्यवहार वादी अध्ययन पद्धति की एक अन्य विशेषता यह है कि उसके अर्न्तगत संग्रहीत जानकारी का सत्यापन किया जाता है। व्यवहारवादी अध्ययन में यह आवश्यक होता है कि मानव व्यवहार के सम्बन्ध में एकत्रित सामग्री को अवसर आने पर दुबारा जाँचा जाये और उसकी पुष्टि की जाये। इस क्रिया को सत्यापन कहते हैं। विश्वसनीय जानकारी प्रास करने या सामग्री एकत्रित करने के लिए यह आवश्यक होता है कि कुछ विश्वसनीय तकनीकों का प्रयोग किया जाय। उन तकनीकों का सर्वमान्य होना आवश्यक है। इस सम्बन्ध में यह स्मरणीय है कि तकनीकों का विकास अभी अपूर्ण ही है तथा नई-नई प्रविधियों (तकनीकों) को परिपक्व किये जाने के प्रयास अभी जारी हैं। अब तक काम में लाई जाने वाली प्रविधियों में प्रश्नावली (Questionnaire), पर्यवेक्षण (Observation), सहभागी पर्यवेक्षण (Participant Observation), विषय-विचार विश्लेषण (Content-analysis) आदि प्रमुख हैं।

व्यवहारवादियों की एक प्रमुख मान्यता यह भी है कि मानव व्यवहार समष्टिमय है और उसका अध्ययन खण्डों में नहीं होना चाहिए। मानव व्यवहार में उनके अनुसार एक मौलिक एकता पाई जाती है तथा इसी कारण विभिन्न समाज-विज्ञान परस्पर अत्यन्त निकट है। व्यवहारवादियों के अनुसार राजनीति विज्ञान भी जीवन की इस मौलिक एकता के अभीष्ट लक्ष्य की उपेक्षा नहीं कर सकता। सामग्री के एकत्रीकरण में यह आवश्यक है कि व्यवस्थाबद्ध किया जाये, जिससे उसके आधार पर सामान्य सिद्धान्तों की सृष्टि की जाये और मानव व्यवहार में कार्य-कारण सम्बन्ध स्थापित किये जाएँ। व्यवहारवादी मूल्यों की दृष्टि से तटस्थ रहना चाहते हैं। फिर भी नैतिक मूल्यांकन के लिए मूल्यों व आदर्शों की प्रतिष्ठापना व प्रयोग आवश्यक हो जाता है। इस सम्बन्ध में यह ध्यान देने की बात है कि मूल्यों व आदर्शों को अध्ययनकर्त्ता के मूल्यों व आदर्शों से पृथक माना जाना चाहिए और यदि अध्ययन कर्त्ता के अपने कोई मूल्य हैं तो सामान्य मूल्य व आदर्श उनसे अप्रभावित रहने चाहिए। व्यवहारवादियों की प्रकृति इस ओर रही है कि मानव व्यवहार को निर्देशित करने वाले मौलिक सिद्धान्त पूर्णतः वैज्ञानिक रहें। परिणामस्वरूप व्यवहारवादी मानव व्यवहार के यथार्थ का अध्ययन करते हैं, उससे सम्बन्धित समस्याओं की ओर से वे उदासीन रहते हैं और उनका निदान व उपचार वे अपना अभिष्ट नहीं मानते। परन्तु यह विचार व्यवहारवादियों के एक वर्ग का ही है। लासवेल आदि विज्ञान के प्रयोगिक (Applied) पहलू पर अधिक बल देते हैं जिससे नीति-निर्माण में मदद मिल सके।

व्यवहारवाद का अध्ययन क्षेत्रः- व्यवहारवाद का अध्ययन क्षेत्र इस प्रकार है-

- निर्णय प्रक्रिया में आन्तरिक एवं बाह्य क्रियायें, प्रति क्रियायें, मनोदशाएँ।
- व्यक्ति का स्वतन्त्र, सामूहिक अध्ययन।
- शक्ति, सत्ता, नियन्त्रण, वैधता आदि का अध्ययन।
- राजनीतिक दल, दबाव समूह एवं संसद का अध्ययन
- अन्तः अनुशासनात्मक सम्बन्धों का अध्ययन आदि।
- मतदान-व्यवहार।
- राजनीतिक व्यवस्थाओं का अध्ययन।
- व्यक्ति का सूक्ष्म एवं व्यापक अध्ययन।
- व्यक्तिगत एवं सार्वजनिक मूल्य।
- चुनाव-व्यवस्था।

व्यवहारवादी उपागम के उद्देश्य
(Aims of Behavioural Approach)

व्यवहारवाद का उद्देश्य राजनीति विज्ञान तथा अन्य सामाजिक विज्ञानों में

अन्तर अनुशासनात्मक दृष्टिकोण की स्थापना करना है। इसके साथ ही व्यवहारवादी यह भी मानते हैं कि मानव के राजनीतिक व्यवहार को राजनीतिक तत्त्वों के साथ-साथ अन्य तत्त्व भी प्रभावित करते हैं। अन्य तत्त्वों को गैर राजनीतिक तत्त्व कहा जाता है। वास्तविकता तो यह है कि ये गैर-राजनीतिक तत्त्व ही मानव व्यवहार को अधिक प्रभावित करते हैं। वास्तव में बिना मानव व्यवहार को समझे उसके राजनीतिक व्यवहार को भी नहीं समझा जा सकता है। इसलिये मानव व्यवहार को समझने के लिये विभिन्न विज्ञानों के ज्ञान का परस्पर अन्तर्विषयक होना जरूरी है। प्रारम्भ में राजनीति विज्ञान के अध्ययन की विभिन्न विधियों में परम्परागत विधियाँ सबसे अधिक प्रयोग की जाती थी जिनकी अपनी अनेक सीमायें थीं। द्वितीय विश्व युद्ध के बाद जब विज्ञान ने चमत्कार किया तो सभी विज्ञानों या विषयों ने अपने ज्ञान को वैज्ञानिक बनाने का प्रयास शुरू किया। इसी शुरूआत के लिये राजनीति विज्ञान में इस नये उपागम का प्रादुर्भाव हुआ। जिसके मुख्य उद्देश्य ये थे -

मानव व्यवहार का वैज्ञानिक अध्ययन करना :- व्यवहारवादी उपागम का लक्ष्य मानव व्यवहार का निष्पक्ष, निरपेक्ष, एवं यथार्थवादी अध्ययन करना था। ताकि इसे विज्ञान कहने में किसी को कोई समस्या नहीं आये और सभी इसे एक स्वस्थ विज्ञान के रूप में स्वीकार करलें।

राजनीति विज्ञान को नया स्वरूप प्रदान करना :- इस उपागम का एक प्रमुख उद्देश्य परम्परागत राजनीति विज्ञान के अध्ययन के उपागम के स्थान पर नवीन उपागमों की स्थापना करना है। इस उपागम के विचारकों का लक्ष्य, राजनीति विज्ञान के अध्ययन के लिये प्रचलित परम्परागत अध्ययन पद्धतियों को छोड़कर नवीन वैज्ञानिक अध्ययन पद्धतियों का प्रयोग कर राजनीति विज्ञान को एक नये व्यावहारिक राजनोति विज्ञान का नया स्वरूप दिलाना था।

राजनीति विज्ञान का विकास करना :- व्यवहारवादी उपागम के विचारकों का लक्ष्य है कि राजनीति विज्ञान के तथ्यों और घटनाओं आदि का अध्ययन वैज्ञानिक विधियों से किया जाय। क्योंकि वैज्ञानिक विधियों से अध्ययन करने पर इस विज्ञान का पूरा अध्ययन यथार्थवादी, वस्तुनिष्ठ, तर्कसम्मत, व्यावहारिक एवं निरपेक्ष किया जा सकेगा। इससे इसका आनुभाविक अध्ययन सम्भव हो सकेगा। परिणामस्वरूप इस विज्ञान का विकास व विस्तार भी हो सकेगा।

वैज्ञानिक अध्ययन करना :- यह उपागम राजनीति विज्ञान की विषय वस्तु के अध्ययन की वैज्ञानिकता पर बल देने, परिणामवादी एवं आनुभाविक, प्रत्यक्षवाद, आगमन पर आधारित अध्ययन करने तथा परीक्षण, तर्क, प्रयोग, कल्पना रहित, सामान्यीकरण करने, निश्चित सिद्धान्तों एवं नियमों की स्थापना करने, सत्य भविष्यवाणी

करने और अन्ततः राजनीति विज्ञान को मूल्य निरपेक्ष बनाने के उद्देश्य को ध्यान में रखकर अध्ययन करने की बात करता है। इसलिये इस उपागम का लक्ष्य वैज्ञानिक अध्ययन करना है।

अर्थात् समााजिक विज्ञानों (समाजविज्ञान, अर्थशास्त्र, लोक प्रशासन, इतिहास, विधि शास्त्र, मनोविज्ञान, दर्शन शास्त्र आदि) को राजनीति विज्ञान के साथ अन्तः अनुशासनात्मक सम्बन्ध स्थापित करना चाहिये। इससे सभी सामाजिक विज्ञानों का विकास भी हो सकेगा।

इस प्रकार व्यवहारवादी विचारकों ने इस उपागम के इन लक्ष्यों और उद्देश्यों की चर्चा की है।

व्यवहारवादी उपागम की राजनीति विज्ञान में उपलब्धियाँ एवं उपयोगिता

(Achievements and Utility of Behavioural Approach in Political Science)

व्यवहारवादी उपागम वास्तव में एक ऐसी अध्ययन पद्धति है जिसने राजनीति विज्ञान के अध्ययन में अपनी उपयोगिता को स्पष्ट कर दिया है। इस उपागम ने राजनीति विज्ञान के क्षेत्र में महत्त्वपूर्ण उपलब्धियाँ हासिल की हैं। व्यवहारवाद ने राजनीति विज्ञान के अन्तर्गत नवीन अवधारणाओं, नवीन पद्धतियों, तकनीकों और भाषा-शैली का विकास किया है। इसके साथ ही वैज्ञानिक सोच को विकसित कर राजीनति विज्ञान को अनुसन्धान की राह भी दिखाई है तथा राजनीति विज्ञान के क्षेत्र में नये क्षेत्रों को भी जोड़ा है।

व्यवहारवादी उपागम ने राजनीति विज्ञान के अध्ययन के परम्परागत उपागमों के दोषों का निवारण कर इसे एक नये विज्ञान के रूप में स्थापित किया है अर्थात् व्यवहारवादी उपागम ने परम्परागत राजनीति विज्ञान का पूर्ण कायाकल्प कर दिया है, क्योंकि परम्परागत रूप में इस विज्ञान में मूल्य सापेक्षता का, आदर्शवादिता का, व्यक्ति निष्ठता का बोलबाला था और वस्तुनिष्ठता, मूल्य निरपेक्षता की इसमें कमी थी जिसे अब व्यवहारवादी उपागम ने दूर कर इसे निरपेक्ष एवं यथार्थवादी तथा वस्तुनिष्ठ बनाया है।

व्यवहारवादी उपागम ने राजनीति विज्ञान के अध्ययन में वैज्ञानिक पद्धति को बढ़ावा दिया है। इस उपागम के समर्थकों ने राजनीति विज्ञान की विषय-वस्तु को व्यवस्थित करने तथा उसे वैज्ञानकि ढ़ंग से प्रस्तुत करने का प्रयास किया है तथा इसकी विषय वस्तु को वस्तुनिष्ठ बनाने की भी कोशिश की है। इस विषय की विषय वस्तु को वैज्ञानिक बनाने के लिये व्यवहारवादी उपागम ने सर्वेक्षण, प्रश्नावली,

साक्षात्कार एवं ऐसी ही अन्य प्रणालियों को राजनीति विज्ञान के अन्तर्गत स्वीकार किया है। इस तरह राजनीति विज्ञान के वैज्ञानिकीकरण को इसी व्यवहारवादी उपागम ने सम्भव बनाया है।

राजनीति विज्ञान को व्यवहारवादी उपागम ने अध्ययन के लिये विभिन्न श्रेष्ठ विकल्प भी दिये हैं, जो राजनीतिक व्यवहार की दृष्टि से महत्त्वपूर्ण हैं। शक्ति, मतदान-व्यवहार, इच्छा-शक्ति, समूह, व्यवस्था आदि की अवधारणाएँ राजनीतिक विश्लेषण हेतु व्यवहारवादी उपागम ने प्रस्तुत की हैं। इस सन्दर्भ में कैटलिन ने इच्छा शक्ति, एच. साइमन ने निर्णय देने, रिचर्ड स्नाईडर ने गेम थ्योरी, लासवेल तथा कैप्लान ने शक्ति तथा समूह, लेजर्स फेल्ड एवं वेरेलसन ने मतदान व्यवहार तथा डेविड ईस्टन ने व्यवस्था आदि महत्त्वपूर्ण नवीन अवधारणाओं को राजनीति विज्ञान में व्यवहारवादी उपागम के माध्यम से प्रस्तुत किया है। इसलिये यह भी उपलब्धि व्यवहारवादियों द्वारा राजनीति विज्ञान ने की है।

व्यवहारवाद स्पष्टता एवं आनुभाविक परिकल्पनाओं पर जोर देता है। जिसके कारण राजनीति विज्ञान में व्यवस्था विश्लेषण दृष्टिकोण शुरू हुआ है। इसमें सामाजिक एवं राजनीतिक जीवन की व्यवस्था का निर्माण भी व्यवहारवाद ने ही किया है। वर्तमान में इस दृष्टिकोण में आनुभाविक तथ्यों पर बल दिया जाता हैं जिससे राजनीति विज्ञान आनुभविक परक विज्ञान बन गया है।

व्यवहारवादी उपागम ने राजनीति विज्ञान की केन्द्रीय अध्ययन विषय वस्तु में भी परिवर्तन किया है। व्यवहारवाद ने संस्थाओं के अध्ययन की अपेक्षा राजनीतिक व्यवहार पर बल दिया है। अर्थात् अब मानव के राजनीतिक व्यवहार को राजनीति विज्ञान की केन्द्रीय अध्ययन विषय वस्तु माना जा रहा है।

संक्षेप में यह स्पष्टतः कहा जा सकता है कि व्यवहारवादी उपागम ने राजनीति विज्ञान के क्षेत्र में महत्त्वपूर्ण उपलब्धियाँ अर्जित की हैं। जिनके कारण राजनीति विज्ञान विज्ञान कहला रहा है। इसलिये व्यवहारवाद की उपलब्धियों और उपयोगिता से राजीनति विज्ञान के क्षेत्र में इन्कार नहीं किया जा सकता है।

व्यवहारवाद की सीमाएँ

(Limitation of Behaviouralism)

परम्परागत अध्ययन पद्धतियों में सभी वर्गों के स्वतन्त्र अध्ययन को महत्त्व दिया जाता था लेकिन व्यवहारवाद ने सभी सामाजिक विज्ञानों में घनिष्ठ सम्बन्ध पर बल दिया है। व्यवहारवादी उपागम मानता है कि किसी भी एक विषय के ज्ञान, पद्धतियों एवं उपलब्धियों आदि को अन्य सामाजिक विज्ञानों में अपनाया जाना चाहिये। इसी के परिणामस्वरूप अन्तः अनुशासनात्मक दृष्टिकोण का विकास हुआ है। अतः

यह कहा जा सकता है कि व्यवहारवादी उपागम की यह एक महत्त्वपूर्ण उपलब्धि है। व्यवहारवादी उपागम वास्तव में राजीनति विज्ञान के लिये एक वरदान साबित हुआ है। इसका स्वरूप इतना विस्तृत एवं उसकी उपयोगिता इतनी व्यापक है जिसके आधार पर इसे राजनीति विज्ञान के लिये श्रेष्ठ उपागम कहा जा सकता है। इस उपागम ने राजनीति विज्ञान के क्षेत्र में और इसकी प्रकृति में व्यापक परिवर्तन किये हैं। जिन्हें ओझल नहीं किया जा सकता है, लेकिन फिर भी इसकी कुछ सीमायें हैं, जिसके कारण इस उपागम की आलोचना की जाती है। इस उपागम की आलोचना इसकी मान्यताओं और निष्कर्षों के आधार पर सबसे पहले परम्परावादियों ने की थी लेकिन बाद में धीरे-धीरे अनेक व्यवहारवादियों ने भी इसकी आलोचना शुरु की। व्यवहारवाद की आलोचना सिवली, किर्क पैट्रिक, राबर्ट ए.डहाल, लिगो स्ट्रास, ए. ब्रैश्ट एवं कार्ल डायश आदि प्रमुख राजनीति विज्ञान के विचारकों ने की है। व्यवहारवाद की सीमाओं को प्रो. सिवली ने इस प्रकार प्रस्तुत किया है-

प्रो० सिबली का मत है कि व्यवहारवाद मानव व्यवहार का अध्ययन विशिष्ठ परिस्थितियों में करता है। उसका क्षेत्र मानव व्यवहार 'क्या और क्यों है' तक ही सीमित है। राजनीति विज्ञान का क्षेत्र मानव व्यवहार में सामान्यत: 'कैसा और क्यों' है, तक सीमित नहीं है, वरन् वह पहले 'कैसा और क्यों' रहा है, भविष्य में 'कैसा और क्यों' हो सकता है और आदर्श रूप में 'कैसा और क्यों' होना चाहिए, तक फैला हुआ है। अत: राजनीति के अध्ययन में आदर्श के प्रति उदासीन व्यवहारवादियों के शुद्ध वैज्ञानिक प्रयास एक सीमा से अधिक सहायक नहीं हो सकते। इसके लिये हमें राजनीति दर्शन व इतिहास की मदद लेनी होती है। व्यवहारवादी वैज्ञानिक भविष्यवाणियाँ करने का प्रयास कर सकते हैं, पर वे भविष्यवाणियाँ यदि, किन्तु, परन्तु आदि विशेषणों से जुड़ी हुई ही हो सकती है। व्यवहारवादी पद्धति से यह कभी नहीं कहा जा सकता कि अमुक घटना घटित होगी ही, क्योंकि किसी भी विषय वस्तु को उसकी समग्रता में देखा जाना सम्भव नहीं है।

चूँकि व्यवहारवादी यह नहीं कह सकते कि मानव व्यवहार कैसा होना चाहिए, अत: वे नीति-निर्धारण में सहायक नहीं हो सकते। नीति-निर्धारण में सदैव विभिन्न विकल्पों में से एक को चुनना होता है और इस चयन प्रक्रिया में मूल्यों का प्रश्न अनिवार्य रूप से आता है। नीति -निर्धारण में व्यवहारवादियों के योगदान की नगण्यता को देखते हुए एक विद्वान ने तो यहाँ तक कहा है, कि "यदि समाजशास्त्रियों को स्वीकार्य भाषा में कहें, तो अध्ययन पद्धति की दृढ़ता तथ्यात्मक महत्त्व की प्रतिलोमानुपाती कही जाएगी। मेरी दृष्टि में बचकाना, गोलमालकर्त्ता तथा पिष्टपेषक वे विशेषण हैं, जिनका प्रयोग व्यवहारवादी वैज्ञानिक के लिये उचित रूप से किया

जा सकता है।" [1]

व्यवहारवादी पद्धति से राजीनति विज्ञान की विषय वस्तु को अप्रत्यक्ष रूप से नुकसान हुआ है क्योंकि इस उपागम के समर्थकों ने पद्धतियों की जरूरत पर अत्यधिक जोर दिया है। इससे राजनीति विज्ञान की विषय वस्तु पिछड़ गयी है। इसलिये इस उपागम की आलोचना की जाती है। व्यवहारवादी उपागम के आधार पर वैज्ञानिक दृष्टिकोण का उपयोग राजनीति विज्ञान में सीमित ही है। जे.आर.रॉयस का विचार है कि .... किसी भी समस्या पर वैज्ञानिक दृष्टिकोण को प्रयोग करने के लिये चाहे हम कितने ही इच्छुक क्यों न हों, जीवन के समस्त खण्डों को एकत्रित कर अन्तिम कार्य अत्यधिक व्यक्तिनिष्ठ एवं व्यक्तिगत कार्य होगा जिसका वैज्ञानिकीकरण संभव नहीं है। वैसे भी यह पद्धति पर्याप्त खर्चीली भी है क्योंकि व्यवहारवादी अध्ययन की शुद्धता और पूर्णता के नाम पर बार-बार सर्वेक्षण करते हैं, आँकड़े एकत्रित कर उनका विश्लेषण करते हैं। इस व्यवस्था में काफी समय और धन खर्च होता है इसलिये भी इस उपागम की आलोचना की जाती है।

सभी पद्धतियों की अपनी-अपनी सीमायें या आलोचनाएँ होती हैं फिर भी उनकी अपनी-अपनी उपयोगितायें भी होती हैं। लेकिन ये सभी पद्धतियाँ पूरी तरह उपयोगी तभी हो सकती हैं, जब इनके प्रयोग में यथार्थ एवं आदर्श के सामंजस्य को कभी भी दृष्टि से ओझल न किया जाय। अतः व्यवहारवाद आलोचना और उपयोगिता से परे नहीं हैं।

मानव व्यवहार का उचित, निरपेक्ष एवं पूर्ण अध्ययन करना एक जटिल कार्य है। मानव के राजनीतिक व्यवहार का अध्ययन जरूरी भी है। लेकिन मानव व्यवहार की गहनता और सूक्ष्मता को किस प्रकार पता किया जाय यह समस्या है साथ ही इसे मापना भी सम्भव नहीं होता है। व्यवहारवादी उपागम विज्ञान की नीतियों के निर्धारण में भी सफल नहीं रहा है। क्योंकि इसमें नैतिक, व्यावहारिक, आनुभविक एवं विधायी तथ्यों की जरूरत होती है। लेकिन व्यवहारवादी उपागम इन तथ्यों का विश्लेषण नहीं करता है। वैसे भी वैज्ञानिकता के कृत्रिम वातावरण में इस उपागम का अधिक लाभ राजनीति विज्ञान को नहीं मिल सकता है।

व्यवहारवाद की आलोचना यह कहकर की जाती है कि ये प्राकृतिक विज्ञान और राजनीतिक विज्ञान में काफी समानता मानते हैं। इसलिये वे राजनीति विज्ञान के अध्ययन के लिये प्राकृतिक विज्ञानों की पद्धतियों के प्रयोग पर जोर देते हैं। लेकिन वस्तु-स्थिति इन दोनों में अन्तर बताती है। राजनीति विज्ञान के तथ्य जटिल, परिवर्तनशील, परीक्षण के कम योग्य, अस्पष्ट तथा मूल्य निरपेक्ष भी होते हैं जो प्राकृतिक विज्ञानों में नहीं होता इसलिये भी इस उपागम की आलोचना की जाती

है व्यवहारवादी राजनीति विज्ञान के मूल्य निरपेक्ष अध्ययन पर बल देते हैं। यद्यपि आलोचक इसी कारण आलोचना करते हैं कि राजनीति-विज्ञान मूल्य निरपेक्ष तो हो ही नहीं सकता है। क्योंकि प्रत्येक स्तर पर राजनीति वैज्ञानिक अपने सामाजिक एवं स्वयं के मूल्यों से प्रभावित रहता है। इसलिये निरपेक्ष अध्ययन सम्भव नहीं है। कुछ विचारकों ने मूल्य निरपेक्षता की ही आलोचना की है जैसे स्ट्रास ने लिखा है कि मूल्य निरपेक्षता तो गटर की विजय के समान है अर्थात् मूल्य निरपेक्षता के कारण उचित और अनुचित में स्पष्ट अन्तर नहीं करना अर्थात् निरपेक्षता पर बल देने का अर्थ होता है भेद न करना यह कहाँ तक उचित है इसलिये इस उपागम की आलोचना की जाती है।

व्यवहारवाद का मूल्यांकन

(Evaluation of Behaviouralism)

व्यवहारवाद के सम्बन्ध में क्या विचार किया जाय यह समस्या आज भी हमारे सामने बनी हुई है। राजनीति विज्ञान के अध्ययन के लिये केवल व्यवहारवादी पद्धति ही नहीं है। वरन् इसके अध्ययन के लिये ऐतिहासिक, दार्शनिक आदि पद्धतियाँ भी हैं। प्रो० सिबली ने लिखा है कि केवल ये ही एक मात्र पद्धति नहीं है। नीति सम्बन्धी ज्ञान के लिये अन्य पद्धतियों एवं तकनीकों का सहारा लेना चाहिये। इस तरह से इस विवेचन के आधार पर व्यवहारवाद की अनेकों कमियों के बारे में पता चलता है जो व्यवहारवाद को श्रेष्ठ उपागम सिद्ध नहीं होने देती हैं। लेकिन इस विवेचना के आधार पर यह मान्यता शत प्रतिशत उचित नहीं है कि व्यवहारवाद एक निकृष्ट उपागम है। क्योंकि व्यवहारवादी उपागम में अनेक ऐसी अच्छाइयाँ और गुण हैं जिनके कारण इसकी उपयोगिता और महत्त्व से इन्कार नहीं किया जा सकता है। वास्तव में राजनीति विज्ञान को विज्ञान का स्वरूप देने में इस उपागम की अहम भूमिका रही है। इस उपागम में यथार्थवादी अध्ययन तथा मूल्य निरपेक्षता पर बल दिया गया है। साथ ही अन्य सामाजिक विज्ञानों के साथ अन्तर अनुशासनात्मक सम्बन्धों की भी विवेचना व्यहारवाद ने की है। किसी उपागम को जब एक ही दृष्टि से देखते हैं तो वह श्रेष्ठ या अनुपयुक्त, एक ही प्रतीत होता है। इसलिये किसी भी तथ्य का बिना सही मूल्यांकन किये उसे अधूरा ही समझा जाता है। इस दृष्टि से देखें तो राजनीति विज्ञान में एक उपागम के रूप में इस उपागम का मूल्यांकन करने के लिये इस उपागम की विशेषताओं, गुणों एवं अवगुणों, सीमाओं का बारीकी से विश्लेषण करना होगा। वास्तविक रूप में व्यवहारवाद उन्नीस सौ साठ के दशक के पूर्व प्रभावी हुआ लेकिन इसके बाद धीरे-धीरे इसकी आलोचना होने लगी। यद्यपि आलोचनाओं से पूर्व इस उपागम ने राजनीति विज्ञान के विकास में महत्त्वपूर्ण

भूमिका का निर्वाह किया। व्यवहारवाद ने राजनीति विज्ञान को मूल्य निरपेक्ष बनाने का प्रयास किया। लेकिन परम्परावादियों और अन्य आलोचकों ने यह सिद्ध किया कि राजनीति विज्ञान का मूल्य निरपेक्ष होना कोई बुरा तो नहीं है लेकिन सामाजिक विज्ञान होने के नाते राजनीति-विज्ञान, को शत प्रतिशत मूल्य निरपेक्ष नहीं बनाया जा सकता है। क्योंकि किसी भी विज्ञान जिसकी विषयवस्तु मानव हो, को शतप्रतिशत मूल्य निरपेक्ष नहीं बनाया जा सकता है, वैसे भी सामाजिक विज्ञानों में मूल्य सापेक्षता भी हमेशा शत प्रतिशत बुरी बात नहीं मानी जाती है, क्योंकि मूल्य निरपेक्षता मूल्यहीनता की स्थिति को जन्म देती है। ऐसा अनेक विचारक मानते हैं। इसलिये परम्परावादियों ने व्यवहारवाद के मूल्यनिरपेक्ष अध्ययन पर बल देने को मूल्यहीन अध्ययन कहा। इसी तरह राजनीति वैज्ञानिक लियो स्ट्रास ने इसे गटर की विजय कहा है। अर्नाल्ड ब्रैश्ट ने तो बीसवीं शताब्दी की व्यवहारवाद को एक दुखान्त घटना बताया है। आज भी व्यवहारवाद को दिखावटी अधिक माना जाता है। इसलिये व्यवहारवाद से लोगों को अलगाव सा हो गया है। व्यवहारवाद विरोधी तत्त्वों के बीच फँसी हुयी अवधारणा है। यह अवधारणा राजनीति विज्ञान को मूल्य निरपेक्ष बनाने पर बल देती है लेकिन इसके बावजूद भी व्यवहारवाद राजनीति विज्ञान को विज्ञान के रूप में स्थापित करने में सफल नहीं हो सका।

व्यवहारवादी उपागम राजनीति विज्ञान को तथ्यात्मक, मूल्य निरपेक्ष के साथ-साथ मूल्य सापेक्ष भी मानते हैं इसे स्वीकार करते हुये बाद में व्यवहारवादियों ने ही उत्तर व्यवहारवाद की स्थापना की। व्यवहारवादियों ने अपने अध्ययन में मूल्यों को स्थान देकर इस उपागम की वास्तविक मूल अवधारणा का अन्त कर दिया। लेकिन उसका सुधरा रूप उत्तर व्यवहारवाद को अस्तित्व में ला दिया, जिसमें तथ्यात्मक तथा मूल्यों को महत्त्व देकर दो विरोधी तत्त्वों को साथ लेकर राजनीति विज्ञान के विकासक्रम को आगे बढ़ाया है। इस आधार पर स्पष्ट होता है कि व्यवहारवाद आज हमें अपने नये रूप उत्तर व्यवहारवाद के रूप में प्रभावित कर रहा है। वास्तव में राजनीति विज्ञान का सम्यक् अध्ययन, तथ्यों तथा मूल्यों दोनों पर आधारित होना चाहिये। इन दोनों में से किसी भी एक को छोड़ा नहीं जा सकता है क्योंकि ऐसा करना राजनीति विज्ञान के हित में नहीं होगा। इसलिये दोनों को साथ लेकर चलना चाहिये इससे मानव मस्तिष्क को संतोष प्राप्त होगा। मूल्यपरकता तथा व्यवहारपरकता का मिश्रण किसी भी विषय को सभी तरह से समृद्ध बनाता है।

डब्ल्यू. टी. ब्लहम ने लिखा है कि, "आध्यात्मवाद तथा प्रकृतिवाद के मेल से उत्पन्न राजनीति विज्ञान में राजनीतिक सिद्धान्त न तो वर्णनात्मक विज्ञान को निगल जायेंगे। न सैद्धान्तिक प्रश्न व्यवहारपरक मात्र बना दिये जायेगें और विषय का

प्रत्येक अंग स्वायत्त रूप में परन्तु दूसरों के साथ सहयोग करता हुआ आगे बढ़ेगा। गुण और स्वतन्त्रता का नैतिक अनुमान प्रक्रिया के तथ्यों के प्रति उस जागरूकता पर आधारित होगा जो नैतिकता की धारणा द्वारा पूर्व कल्पित स्वतन्त्रता की सीमायें तय करता है, वे सीमाएँ जो ऐसे नियम हैं जिनके माध्यम से लक्ष्यों की प्राप्ति सम्भव होती है। नैतिक परीक्षण का तर्क मानव की स्वतन्त्रता एवं गुण के तर्क के समान किसी न किसी अर्थ में वैज्ञानिक परीक्षण से भिन्न विषय बना रहेगा।"[1] इस विवेचन के आधार पर कहा जा सकता है कि व्यवहारवादी उपागम की आलोचनाओं एवं सीमाओं के बावजूद भी इस उपागम ने राजनीति विज्ञान के विकास का कार्य किया और बाद में नये उपागम की भी स्थापना की जिसे उत्तर-व्यवहारवाद की संज्ञा दी गयी जो व्यवहारवाद का ही परिष्कृत रूप है। जिसके आधार पर राजनीति विज्ञान की विषय वस्तु को लोहे से पारस रूपी इस उपागम द्वारा वर्तमान स्वरूप तक पहुँचाया गया है।

उत्तर-व्यवहारवाद

(Post-Behaviouralism)

लॉक के अनुसार-"उत्तर व्यवहारवाद भविष्य परक है जो राजनीति विज्ञान को नवीन दिशाओं में बढ़ाना चाहता है। यह भूत की विरासतों से इन्कार नहीं करता है, वरन् यह, इसमें कुछ और जोड़ना चाहता है। यह एक यथार्थ क्रान्ति है प्रतिक्रिया नहीं, यह औचित्यपूर्णता की स्थिति में है यथार्थ स्थिति में नहीं, यह सुधार है प्रतिसुधार आन्दोलन नहीं।" 20 वीं शताब्दी में राजनीति विज्ञान के क्षेत्र में एक महत्त्वपूर्ण उपागम अस्तित्व में आया, जिसे व्यवहारवादी उपागम के नाम से जाना जाता है। द्वितीय विश्वयुद्ध के बाद यह उपागम पर्याप्त तेजी से विकसित हुआ जिसने राजनीति विज्ञान के क्षेत्र में अभूतपूर्व क्रान्ति ला दी। इस उपागम से पूर्व राजनीति विज्ञान के क्षेत्र में परम्परागत अध्ययन दृष्टिकोण का प्रचलन था, जिसकी अनेक सीमाएँ थीं। 1945 के बाद विज्ञान ने सभी विषयों को प्रभावित किया। इसकी पूर्ति हेतु राजनीति विज्ञान में व्यवहारवाद एक नये अध्ययन दृष्टिकोण के रूप में उभरा। यह उपागम एक क्रान्तिकारी आन्दोलन और एक तथ्यात्मक शैक्षणिक आन्दोलन के रूप में प्रगति के पथ पर अग्रसर हुआ। लेकिन यह उपागम जितनी तेजी से विकसित हुआ उससे कही अधिक तीव्र गति से आलोचनाओं का शिकार भी हुआ। इस सम्बन्ध में **लॉक** ने लिखा है कि, "................ उत्तर-व्यवहारवादी क्रान्ति व्यवहारवाद के प्रति एक और प्रतिक्रिया जैसी प्रतीत हो सकती है लेकिन वास्तव में यह उल्लेखनीय मात्रा में उससे भिन्न है। व्यवहारवाद को परम्परावाद के विरुद्ध एक

खतरे के रूप में देखा गया था किन्तु उत्तर-व्यवहारवादी क्रान्ति भविष्योन्मुखी है। यह राजनीति विज्ञान को एक नयी दिशा में आगे की ओर बढ़ाना चाहती है।''

1960 के दशक तक पहुँचते-पहुँचते इसकी आलोचना परम्परावादियों के साथ-साथ स्वयं अनेक व्यवहारवादियों द्वारा भी की जाने लगी। क्योंकि विभिन्न व्यवहारवादियों ने अनुभव किया कि यह उपागम राजनीति विज्ञान को राजनीति विज्ञान का स्वरूप देने में असफल रहा है जिसका पहले वे दावा कर रहे थे। साथ ही उनकी मान्यता थी कि व्यवहारवाद तत्कालीन समय की समस्याओं पर भी कोई सामयिक एवं निश्चित दृष्टिकोण देने में भी असमर्थ रहा है। इस तरह व्यवहारवाद सैद्धान्तिक एवं व्यावहारिक दोनों दृष्टियों से अपने उद्देश्य को प्राप्त नहीं कर सका। इसी दशक में व्यवहारवादी यह भी अनुभव करने लगे थे कि राजनीति विज्ञान में अनुसन्धानों पर लगने वाला समय भी उपयोगी नहीं सिद्ध हो रहा है। व्यवहारवादी जिन प्रतिमानों, मान्यताओं, संरचनाओं, एवं सिद्धान्तों को लेकर अनुसन्धान कार्य में संलग्न थे वे सभी विज्ञान एवं तकनीकी के बढ़ते हुये प्रभाव, के संघर्ष से जूझ रहे थे। साथ ही राजनीति विज्ञान की समस्याओं का हल खोजने में भी संलग्न थे लेकिन कही भी सफल नहीं हो पाये। परिणामस्वरूप परम्परावादियों की तरह ही व्यवहारवादी भी असन्तोष के शिकार हो गये। ऐसी स्थिति में व्यवहारवादियों ने स्वयं ही व्यवहारवाद के स्थान पर नवीन उपागम की चर्चा प्रारम्भ कर दी और नये उपागम को उत्तर-व्यवहारवाद की संज्ञा दी। उत्तर-व्यवहारवाद का जन्म कुछ विचारक व्यवहारवाद के विरुद्ध एक प्रतिक्रिया के रूप में मानते हैं लेकिन यह वास्तव में पूर्ण सत्य नहीं है।

राजनीति विज्ञान के सन्दर्भ में यदि उत्तर-व्यवहारवाद पर विचार करें तो यह एक समन्वित बौद्धिक प्रयास लगता है जिसमें राजनीति विज्ञान के परम्परागत दृष्टिकोण अर्थात् मूल्य प्रधान तथा व्यवहारवादी दृष्टिकोण अर्थात् तथ्य प्रधान एवं मूल्यनिरपेक्ष दृष्टिकोण के बीच उचित तालमेल को समन्वित करने का प्रयास किया है। इसी कारण एस.एल. वेस्बी (S.L.Wasby) ने उत्तर व्यवहारवाद के रूप में विकसित राजनीतिक विज्ञान के दृष्टिकोण के महत्त्व को स्पष्ट करते हुये कहा है कि, ''अब परम्परावादियों और व्यवहारवादियों दोनों ने ही एक-दूसरे के दृष्टिकोणों में विद्यमान गुणों को स्वीकार कर लिया है।''

उत्तर-व्यवहारवादी उपागम के समर्थकों की मान्यता थी कि जो उपागम गम्भीर समस्याओं का समाधान खोजने में असमर्थ हैं उसका क्या लाभ है? इनकी आगे मान्यता थी जब अणुबम के भय, आन्तरिक फूट, संघर्ष और अघोषित युद्धों ने विश्व में नैतिकता और मर्यादा का उपहास उड़ाया है तो उस शोध से क्या फायदा जो शुद्ध वैज्ञानिक स्थिरता की प्राप्ति में संलग्न है। इसलिये अब पुनः एक बार अलग

तरीके से विचार करना होगा। उत्तर-व्यवहारवाद के समर्थक राजनीति विज्ञान में पुनः आदर्श, निष्ठा एवं मूल्य प्रधानता की भावना को जाग्रत करना चाहते हैं, उद्देश्यों के महत्त्व पर जोर देना चाहते हैं तथा मूल्यों एवं बुद्धिजीवियों की महत्त्वपूर्ण भूमिका को स्वीकार करना चाहते हैं। संक्षेप में कह सकते हैं कि यह उपागम काम पर जोर देता है तथा सृजनात्मकता पर भी बल देता और ध्वंसात्मक की आलोचना करता है। उत्तर-व्यवहारवाद के समर्थक विचारकों ने इसके सन्दर्भ में अलग-अलग तरह की टिप्पणियाँ की हैं जैसे माइकल हैस (Michael Hass) एवं थियोडर एल. बेकर (Theodore L. Becker) ने उत्तर-व्यवहारवाद के जन्म एवं विकास की व्याख्या एक द्वन्द्वात्मक प्रतिक्रिया के रूप में की है। इस द्वन्द्वात्मक प्रक्रिया के अनुसार राजनीति विज्ञान का परम्परागत दृष्टिकोण एकवाद (Thesis) है जबकि व्यवहारवादी उपागम एक प्रतिवाद (Anti-Thesis) है तथा इन दोनों वाद एवं प्रतिवाद के अन्तर्विरोधों एवं संघर्षों से इस नये उपागम उत्तर-व्यवहारवाद की स्थापना हुयी है, जो वास्तव में एक संश्लेषण (संवाद) है।

उत्तर-व्यवहारवाद के उदय के कारण (The causes of the origin of Post-behaviouralism) - उत्तर-व्यवहारवाद के समर्थक एवं जनक प्रो.डेविड ईस्टन को माना जाता है। प्रो० डेविड ईस्टन ने 1969 में अमेरिकन पोलिटीकल साइन्स ऐसोसियेशन के 65वें अधिवेशन के अपने अध्यक्षीय भाषण में व्यवहावाद की आलोचना करते हुये कहा कि, "व्यवहारवाद के नाम पर निम्नस्तरीय तथा प्रायः पूर्ण अप्रासंगिक अनुसन्धान पर बहुत अधिक समय नष्ट कर दिया गया है।"[2] इसलिये अब व्यवहारवाद में सुधार की अति आवश्यकता है। वास्तव में व्यवहारवादी क्रान्ति अभी पूरी नहीं हुयी थी कि हमारे सामने समय के साथ चारों ओर फैले हुए सामाजिक एवं राजनीतिक संकटों ने हमें घेर लिया। इस संकट का बोझ हमारे राजनीति विज्ञान पर भी पड़ा। इन नयी चुनौतियों को स्वीकार करने के कारण नई विचारधारा को उत्तर-व्यवहारवादी क्रान्ति कहा जाने लगा। वाद-प्रतिवाद-संश्लेषण (संवाद) की प्रक्रिया के रूप में संचालित रहकर उत्तर-व्यवहारवाद का जन्म होता है। इसी कारण उत्तर व्यवहारवाद्में परम्परावादी तथा व्यवहारवादी दोनों ही उपागमों के लक्षण पाये जाते हैं। अर्थात् दोनों उपागमों के लक्षण क्रमशः मूल्य तथा वैज्ञानिक लक्षण एवं तथ्य इसमें दिखायी देते हैं। लेकिन फिर भी उत्तर व्यवहारवाद इन दोनों से भिन्न है। इसी कारण डेविड ईस्टन ने कहा कि, "यह स्वाभाविक क्रान्ति है कोई प्रतिक्रिया नहीं है। सुधार है प्रतिसुधार नहीं है। उत्तर-व्यवहारवाद एक आन्दोलन भी है और बौद्धिक प्रवृत्ति भी है।"[1]

व्यवहारवादियों ने जिस राजनीति विज्ञान को प्राकृतिक विज्ञान बनाने की

कोशिश की वास्तव में ऐसे प्राकृतिक विज्ञान के रूप में वे इसे स्थापित नहीं कर सके। फलस्वरूप उत्तर-व्यवहारवाद का जन्म हुआ। उत्तर-व्यवहारवाद के उदय के मूल कारणों पर विचार करें तो स्पष्ट होता है कि इसका मूल कारण व्यवहारवादी उपागम की कमजोरियों तथा कमियों ने एक बार पुनः परम्परावादियों तथा स्वयं पुराने व्यवहारवादियों को इसके दोषों के निवारण के लिये प्रयास करने के लिये मजबूर कर दिया। अर्थात् व्यवहारवाद के विरुद्ध उत्पन्न असंतोष ने उत्तर-व्यवहारवाद को उत्पन्न किया। व्यवहारवाद अपने उद्देश्यों तथा वैज्ञानिक अनुसन्धान खोजों पर कार्य करने के बावजूद भी तत्कालीन समस्याओं का उचित समाधान नहीं निकाल सका था। इसी कारण परम्परावादियों तथा व्यवहारवादियों ने समयानुकूल उत्तर व्यवहारवाद की चर्चा की। इस प्रकार अन्ततः संक्षेप में कह सकते हैं कि उत्तर-व्यवहारवाद को उदय के प्रमुख कारण निम्नलिखित रहे हैं-

राजनीति विज्ञान के पूर्व प्रचलित परम्परागत उपागम तथा 20वीं शताब्दी के नये व्यवहारवादी उपागम की कमियों, सीमाओं और उनके दोषों ने राजनीति विज्ञान के लिये एक नवीन दोष मुक्त तथा एक समन्वित उपागम की आवश्यकता की चर्चा की। इसकी पूर्ति के लिये व्यवहारवादियों ने उत्तर-व्यवहारवाद की नींव रखी। वास्तव में कुछ विचारक तो इसी तथ्य को इस उपागम की उत्पत्ति का मूल और भावात्मक कारण बताते हैं। इनकी मान्यता है कि वास्तव में राजनीति विज्ञान को एक कला के साथ ही सामाजिक विज्ञान का भी स्थान प्रदान किया है। इसमें मूल्यों एवं तथ्यों दोनों को ही बराबर महत्त्व दिया गया है। इसने आधुनिक युग की महत्वपूर्ण राजनीतिक-सामाजिक समस्याओं के समाधान का प्रयास किया है।

व्यवहारवाद ने राजनीति विज्ञान को मूल्य निरपेक्ष बनाने का प्रयास किया। इसलिये राजनीति विज्ञान को पूर्ण विज्ञान बनाने के लिये मात्र तथ्यों के अध्ययन पर बल दिया तथा मूल्यों की पूरी उपेक्षा की। अपने मूल्य निरपेक्ष अध्ययन के कारण व्यवहारवाद को 20वीं सदी की दुखान्त घटना (अर्नाल्ड ब्रैश्ट) तथा गटर की विजय (लियो स्टॉस) ने कहा। यद्यपि वस्तुस्थिति यह है कि इस विज्ञान के सन्तुलित अध्ययन के लिये तथ्य एवं मूल्य दोनों का ही महत्त्व है वैसे भी मूल्यों और तथ्यों को अलग-अलग रखना अनुपयुक्त प्रतीत होता है। इसी कारण उत्तर-व्यवहारवाद का उदय हुआ।

तत्कालीन समय में बौद्धिक रूप से नियन्त्रण करने की सम्भावनाएँ बढ़ती जा रही थी। एकीकरण के रूप में विरोधाभाषी आन्दोलन का संचालन किया जा रहा था। इसलिये भी उत्तर-व्यवहारवाद का उदय हुआ। व्यवहारवादियों ने राजनीति विज्ञान में वैज्ञानिक शब्दावली के प्रयोग पर बल दिया लेकिन केवल वैज्ञानिक शब्दावली

से राजनीति विज्ञान की विवेचना सम्भव नहीं होती है इसलिये भी व्यवहारवाद की आलोचना हुयी और उत्तर-व्यवहारवाद का जन्म हुआ।

व्यवहारवादी उपागम मानव व्यवहार के निश्चित नियम प्रदान करने या खोजने में भी सफल नहीं हुआ था जबकि व्यवहारवादी मानव व्यवहार के अध्ययन के वस्तुनिष्ठ एवं वैज्ञानिक आधार पर अध्ययन करने के दावे कर रहे थे। वे इन्हीं के आधार पर भावी मानव व्यवहार के सम्बन्ध में निश्चित भविष्यवाणी भी करने में सफल हो सकते थे लेकिन वास्तविकता यह थी कि मानव व्यवहार के बारे में न तो निश्चित नियमों का निर्माण सम्भव था और न ही सत्य भविष्यवाणी ही। इस कारण भी उत्तर-व्यवहारवाद उदय हुआ जो कुछ सीमाओं में उचित तथ्य एवं मूल्यों का विकास सामन्जस्यपूर्ण कर सकता था।

व्यवहारवादियों ने तत्कालीन समय की ज्वलन्त समस्याओं के प्रति तटस्थता एवं उदासीनता बनाये रखी लेकिन तत्कालीन समय में सम्पूर्ण विश्व समुदाय की मान्यता थी कि व्यवहारवादियों की बौद्धिक जिम्मेदारी इन समस्याओं को नजर अन्दाज करने की नहीं थी वरन् उन्हें इन समस्याओं के प्रभावी समाधान खोजने चाहिये थे लेकिन व्यवहारवादी उचित समाधान खोजने में असफल रहे इस कारण तत्कालीन विचारकों ने व्यवहारवाद को अप्रासंगिक बताया और इसी पूर्ति हेतु उत्तर-व्यवहारवाद को जन्म दिया। व्यवहारवादियों की अनुसन्धानों के पीछे पागलपन की लत ने शोधकर्त्ताओं को समाज और व्यक्ति के प्रति अपने दायित्वों एवं अपने कर्त्तव्यों को भुला दिया था। जबकि इनकी तब जरूरत अत्यधिक महसूस की जा रही थी। इसलिये उत्तर-व्यवहारवाद का जन्म हुआ। व्यवहारवाद वैज्ञानिकों और समाज के बीच सन्तुलन बनाने के नवीन प्रयास करने में असफल साबित हो रहा था। जबकि इस समय इन तथ्यों की सख्त आवश्यकता थी।

व्यवहारवादियों द्वारा राजनीति विज्ञान में व्यावहारिकता के सिद्धान्त को समाहित करने का प्रयास किया जा रहा था। लेकिन उन्हें पर्याप्त सफलता नहीं मिल पा रही थी। इसलिये इसके विरुद्ध उत्तर-व्यवहारवाद का जन्म हुआ।

व्यवहारवादियों ने पर्याप्त समय और धन बर्बाद किया था लेकिन फिर भी सकारात्मक परिणाम प्राप्त नहीं हुये और जनता तथा स्वयं व्यवहारवादियों में नकारात्मक भाव पैदा हो गये। इसलिये व्यवहारवाद के विरुद्ध क्रान्ति का माहौल बना और उत्तर-व्यवहारवाद का जन्म हुआ। राजनीति विज्ञान के वैज्ञानिक एवं तथ्यात्मक अध्ययन पर व्यवहारवादियों ने अत्यधिक बल दिया लेकिन इसी तथ्यात्मकता के कारण व्यवहारवादियों ने तत्कालीन सामाजिक-राजनीतिक समस्याओं की उपेक्षा की।

उत्तर-व्यवहारवाद

(Post-Behaviouralism)

व्यवहारवाद की उपलब्धियों को स्वीकार करते हुये उसमें कुछ नया जोड़ने का प्रयास करता है। यह एक यथार्थ क्रान्ति है प्रतिक्रिया नहीं, यह औचित्यपूर्णता की स्थिति में है यथास्थिति में नहीं, यह सुधार है प्रतिसुधार आन्दोलन नहीं। "इस उत्तर-व्यवहारवाद में आन्दोलन और बौद्धिक प्रवृत्ति दोनों ही पायी जाती हैं जबकि इससे पूर्व व्यवहारवादी उपागम परिस्थतियों, समस्याओं, चुनौतियों आदि के समाधान प्रस्तुत करने में असफल सिद्ध हो रहा था इस स्थिति में इन तथ्यों की पूर्ति हेतु पुराने व्यवहारवादियों ने ही उत्तर-व्यवहारवाद की स्थापना की।" व्यवहारवाद के बाद उत्तर-व्यवहारवादी उपागम अस्तित्व में आया। उत्तर-व्यवहारवाद शब्द स्वयं स्पष्ट करता है कि यह व्यवहारवाद से सम्बन्धित है। व्यवहारवाद के बाद अर्थात् उत्तर-व्यवहारवाद 1960 के दशक के बाद आये राजनीतिक (राजनीति विज्ञान के अध्ययन दृष्टिकोण में आये) बदलावों और विकास की अवस्था से सम्बन्ध रखता है। वास्तव में आधुनिक राजनीतिक विज्ञान परम्परावादी दृष्टिकोण का विरोध करते हुये व्यवहारवाद से उत्तर-व्यवहारवाद तक आ पहुँचा है। इस कारण यह राजनीति विज्ञान के विकास की आधुनिक अवस्था का नाम है। **प्रो. डेविड ईस्टन** ने लिखा है कि उत्तर-व्यवहारवाद भविष्योन्मुखी है, जो राजनीति विज्ञान को विकास की नयी दिशाओं में ले जाना चाहता है।

उत्तर व्यवहारवाद की परिभाषा -

उत्तर-व्यवहारवाद को विभिन्न विचारकों ने निम्न प्रकार से परिभाषित किया है-

प्रो. डेविड ईस्टन के शब्दों में,"यह स्वाभाविक क्रान्ति है कोई प्रतिक्रिया नहीं है। सुधार है, प्रतिसुधार नहीं है। यह एक आन्दोलन भी है और बौद्धिक प्रवृत्ति भी है।" एक अन्य स्थान पर उन्होंने लिखा है कि, "जानने का अर्थ है कार्य करने का दायित्व अपने हाथों में लेना और कार्यरत होने का अर्थ है समाज के पुनः निर्माण में अपने आपको लगा देना।"

डॉ. डी.के. बिल्लौरे के शब्दों में, "उत्तर-व्यवहारवाद वास्तव में व्यवहारवाद के प्रति गहरे असन्तोष का परिणाम मात्र था।"[1]

डॉ. एस.पी.वर्मा के शब्दों में, "व्यवहारवादी एक तरफ प्रतिमानों, अवधारणाओं, विचार-धाराओं तथा सिद्धान्तों की स्थापनाओं में लगे हुये थे। पूरा संसार सामाजिक, आर्थिक, राजनीतिक, सांस्कृतिक संकटों की चपेट में लगा हुआ था जिससे वे सभी अनजान थे। व्यवहारवादी विश्व-विद्यालयों के इन्द्र भवनों में शोधकार्यों में व्यस्त थे जबकि संसार ज्वलन्त समस्याओं की विभीषिका में तप रहा था।"[2]

व्यवहारवाद में सुधार - संक्षेप में उत्तर-व्यवहारवाद के सन्दर्भ में यह कहा जा सकता है कि उत्तर-व्यवहारवाद व्यवहारवाद में सुधार का एक आन्दोलन है। उत्तर-व्यवहारवादियों ने व्यवहारवाद की आलोचना भी की है जो रचनात्मक प्रकृति की है। इसलिये इसे व्यवहार के प्रति केवल प्रतिक्रिया नहीं मानना चाहिये। उत्तर व्यवहारवाद के समर्थकों ने तो तत्कालीन व्यवहारवादियों की कमियों की ओर इशारा किया है। इन्होंने बताया है कि व्यवहारवादियों ने तो अपनी पूरी शक्ति तथ्यात्मक शोधों पर तथा राजनीति विज्ञान को मूल्य निरपेक्ष बनाने में लगा दी है तथा अपने युग की राजनीतिक-सामाजिक समस्याओं के समाधान की ओर उन्होंने कोई ध्यान नहीं दिया था। इसी तथ्य से आहत होकर पुराने व्यवहारवादियों ने ही उत्तर व्यवहारवाद की स्थापना की तथा उसे अत्यधिक प्रासंगिक एवं कार्योन्मुख बनाने का प्रयास किया। इसलिये उत्तर व्यवहारवाद को व्यवहारवाद में सुधारकारी आन्दोलन कहा जा सकता है।

वैज्ञानिकता का समर्थक:- उत्तर-व्यवहारवादियों ने राजनीति विज्ञान में वैज्ञानिकता के महत्त्व को माना है। लेकिन इनकी मान्यता थी कि वैज्ञानिक अध्ययन (शोध) का उद्देश्य तत्कालीन समस्याओं का समाधान करना हो अर्थात् शोध की उपयोगिता तत्कालीन समस्याओं के सन्दर्भ में ही हो। इसी को प्रो. डेविड ईस्टन ने प्रासंगिता का सिद्धान्त (Credo of relevance) नाम दिया है। अर्थात् इन्होंने प्रासंगिक बनाने वाली वैज्ञानिक विधियों एवं शोधों को स्वीकार किया है। इसी को एक अन्य स्थान पर प्रतिबद्धता एवं क्रियाशीलता (Asense of commitment and Action) का नाम दिया है।

समन्वयवादी उपागम :- उत्तर-व्यवहारवाद को एक समन्वयकारी उपागम के रूप में स्वीकार किया जाता है। यह परम्परागत तथा व्यवहारवादी उपागम के बीच समन्वय करने वाला उपागम है। परम्परागत और व्यवहारवाद तो परस्पर विरोधी उपागम थे वे क्रमशः मूल्यों तथा तथ्यों पर बल देते थे। लेकिन उत्तर व्यवहारवादी विचारकों ने दोनों के बीच समन्वय कर दोनों की उपयोगिता की चर्चा की तथा उन्होंने अपने उपागम में दोनों के महत्त्व को स्वीकार किया। व्यवहारवादियों ने पहले परम्परागत दृष्टिकोण की आलोचना की लेकिन वे स्वयं कोई खास महत्त्वपूर्ण सिद्धान्त नहीं दे पाये। परिणामों तथा उपलब्धियों की दृष्टि से देखें तो यह स्पष्ट होता है कि यह एक नकारात्मक आन्दोलन था। जबकि इसे रचनात्मक कार्य करने चाहिये थे। उत्तर-व्यवहारवादियों ने ज्ञान के लिये ज्ञान अर्थात व्यवहारवादियों के मतानुसार शोध का उद्देश्य शोध ही होता है। यदि किसी उद्देश्य को ध्यान में रखकर शोध कार्य की शुरूआत और समापन किया जाये तो समस्त शोध वस्तुनिष्ठ एवं मूल्य निरपेक्ष नहीं होगा। ऐसी स्थिति में वह वैज्ञानिक शोध ही नहीं होगा। वरन् यह

पूर्वाग्रह से युक्त शोध होगा अर्थात् यह परम्परागत दृष्टिकोण के ही अनुरूप शोध माना जायेगा, की बात को महत्त्व नहीं दिया वरन् तो जीवन के लिये ज्ञान की बात को ही स्वीकार करते थे। उत्तर-व्यवहारवादियों का मन्तव्य है कि राजनीति विज्ञान के अध्ययन का वास्तविक उद्देश्य मानव-मूल्यों की रक्षा करते हुये समाज की समस्याओं का हल ढूँढ़ना तथा समाज के पुनर्गठन में मदद देना है ताकि मानव समाज की रक्षा की जा सके। इस आधार पर इस उपागम को एक रचनात्मक प्रवृत्ति वाला उपागम माना जाता है।

परम्परावाद की पुनरावृत्तिः-व्यवहारवाद की उपलब्धियों को स्वीकार करते हुये उसमें कुछ नया जोड़ने का प्रयास करता है। यह एक यथार्थ क्रान्ति है प्रतिक्रिया नहीं, यह औचित्यपूर्णता की स्थिति में है यथास्थिति में नहीं, यह सुधार है प्रतिसुधार आन्दोलन नहीं। ऐसा प्रो. डेविड ईस्टन ने बताया है। अतः यह कहा जाता है कि यह परम्परावाद की पुनरावृत्ति नहीं है।उत्तर-व्यवहारवाद ने राजनीति विज्ञान में मानव-मूल्यों को महत्त्व दिया है, साथ ही व्यवहारवाद की आलोचना की है इसलिये कुछ विचारक इसे परम्परावाद की पुनरावृत्ति भी मानते हैं। लेकिन यह कहना उपयुक्त नहीं है। क्योंकि व्यवहारवाद की आलोचना उसकी वास्तविक कमियों के कारण हुई है। साथ ही उसकी वैज्ञानिकता को स्वीकार किया है। अर्थात वैज्ञानिक अध्ययन की तकनीकी उपयोगिता को स्वीकार किया गया है। उत्तर व्यवहारवाद लोकतान्त्रिक मूल्यों के प्रति प्रतिबद्ध है। सामाजिक पुनर्निर्माण के प्रति अधिक उत्साही हैं। उत्तर-व्यवहारवाद भविष्योन्मुखी है जो राजनीति विज्ञान को विकास की नयी दिशाओं में बढ़ाने की कोशिश करता है।

व्यवहारवाद की विशेषतायें

(Characteristics and Postulates)

उत्तर-व्यवहारवाद की एक विशेषता है कि सभी संस्थाओं एवं संघों को अपने सामाजिक उत्तरदायित्वों की पूर्ति हेतु अत्यधिक सक्रियता दिखानी चाहिये। इसी तरह सभी राजनीति विज्ञानियों तथा बुद्धिजीवियों को वैयक्तिक स्तर पर अपने दायित्वों का पालन करते हुये उन्हें सामाजिक पुनर्निर्माण में सक्रिय सहयोग देना चाहिये। इस तरह उत्तर-व्यवहारवादियों ने व्यवसायों के राजनीतिकरण की अनिवार्यता पर भी बल दिया है। इनकी मान्यता है कि उन्हें शुद्ध वैज्ञानिक शोध के नाम पर इन दायित्वों के प्रति तटस्थता का ढोंग नहीं करना चाहिये। डेविड ईस्टन ने कहा है कि, "यदि व्यक्ति का यह नैतिक दायित्व है कि वह ज्ञान को प्रयोग में लाये तो बुद्धिजीवियों से बने वे संगठन अर्थात् विभिन्न व्यावसायिक समुदाय और विश्वविद्यालय भी स्वयं को वर्तमान संघर्षों से स्वयं को अलग नहीं रख सकते हैं। व्यवसाय के राजनीतिकरण

से न तो बच सकते हैं और न ही यह वांछनीय हैं।''

उत्तर-व्यवहारवादियों ने उत्तर-व्यवहारवाद की अपनी-अपनी तरह से विभिन्न विशेषताओं की विवेचना की है। ऐसे विचारकों में प्रो. डेविड ईस्टन प्रमुख हैं जिन्होंने संगति (Relevance) और कर्म (Action) दो मुख्य उत्तरदायित्वों की चर्चा की है। डेविड ईस्टन ने उत्तर-व्यवहारवाद की निम्नलिखित विशेषतायें बताई हैं :-उत्तर-व्यवहारवादी लोग सामाजिक परिवर्तन पर बल देते हैं, जिन्हें व्यवहारवादियों ने कोई महत्त्व नहीं दिया था। इसलिये वे सामाजिक परिवर्तन के विरोधी भी कहलाते हैं लेकिन उत्तर-व्यवहारवादी ऐसा नहीं मानते। इनकी मान्यता है कि राजनीति विज्ञान के अध्ययन का उद्देश्य उन मूल्यों का अध्ययन होना चाहिये जो उचित दिशा में सामाजिक परिवर्तन लाने वाले हैं। इस आधार पर इनकी सामाजिक परिवर्तन में अहम् भूमिका हो जाती है। उत्तर-व्यवहारवादी वैज्ञानिक तकनीकों और अध्ययन के उद्देश्यों पर महत्त्व देते हैं। उनकी सोच में क्रम की दृष्टि से तकनीक से पहले उद्देश्य या सार का स्थान माना जाना चाहिये। इनकी मान्यता है कि पहले अध्ययन का उद्देश्य तय करें तत्पश्चात् इसकी प्राप्ति हेतु वैज्ञानिक तकनीकों का प्रयोग करना चाहिये। इस उपागम के समर्थक अध्ययन का उद्देश्यों या सार समस्याओं का समाधान खोजना मानते हैं। इसलिये के लिये तकनीक का प्रयोग करना चाहिये। शोध के लिये तकनीक की आवश्यकता होती है लेकिन इससे ज्यादा जरूरी सार होता है इसी के लिये तकनीकों का इस्तेमाल किया जाता है ।

उत्तर-व्यवहारवादी तकनीक और सार में से सार पर ज्यादा बल देते हैं। अर्थात् व्यवहारवादी जहाँ अस्पष्ट होने से गलत होना अच्छा मानते हैं वही उत्तर-व्यवहारवादी, अप्रासंगिक रूप से निश्चित होने के स्थान पर अस्पष्ट होने को अच्छा मानते हैं अर्थात् यह कह सकते हैं कि उत्तर-व्यवहारवादी तकनीक से उद्देश्य या सार को अधिक महत्वपूर्ण मानते हैं। उत्तर-व्यवहारवादी राजनीतिक वैज्ञानिकों के साथ-साथ बुद्धिजीवियों की भी अहम् भूमिका मानते हैं। ये सभी लोगों को मानव मूल्यों की रक्षा के प्रति पूर्ण प्रतिबद्ध करना चाहते हैं। उत्तर-व्यवहारवादी केवल समाजोपयोगी शोधों पर ही समय एवं धन के व्यय की बात को स्वीकार करते हैं इसमें सहयोग न करने वाले शोधों को ये बेकार घोषित करते हैं। उत्तर-व्यवहारवादी बुद्धिजीवियों से अपेक्षा करते हैं कि वे अपने विशिष्ट स्थान पर रहते हुये समाज को अपनी विशिष्ट सेवायें दें। ये वस्तुनिष्ठ शोधों की आड़ में मानव-समाज के वर्तमान एवं भविष्य के साथ खिलवाड़ नहीं करें। उत्तर-व्यवहारवादी मूल्यों के प्रति तटस्थता एवं उदासीनता के रुख की आलोचना करते हैं। इस प्रकार उत्तर-व्यवहारवादियों की यह विशेषता है कि वे मानव मूल्यों की रक्षार्थ बुद्धिजीवियों की अहम् भूमिका को

स्वीकार करते हैं। उत्तर-व्यवहारवादी मूल्यों को राजनीति विज्ञान में अधिक महत्त्वपूर्ण मानते हैं अर्थात् मूल्यों को राजनीति विज्ञान के अध्ययन का अभिन्न अंग बताते हैं। ये विचारक मूल्य आधारित ज्ञान को महत्त्व देते हैं। इनकी मान्यता है कि विज्ञान कभी भी मूल्यनिरपेक्ष न तो है, न रहा है और न ही होगा। इसलिये ज्ञान प्राप्ति में मूल्यों की उपेक्षा नहीं करनी चाहिये। ऐसे ज्ञान का प्रयोग मानव समाज के हितार्थ ही करना चाहिये। ये विचारक मूल्यनिरपेक्ष ज्ञान को मानव समाज के लिये विरोधी मानते हैं। वैसे भी मानव समाजों का उद्देश्य मानव समाज का हित करना होता है। इसलिये मूल्य सापेक्ष ज्ञान उपयुक्त होता है। इसी कारण यह उपागम मूल्यों को राजनीतिक विज्ञान के अध्ययन का अभिन्न अंग समझता है। उत्तर-व्यवहारवाद की एक विशेषता तत्कालीन समस्याओं के प्रभावी समाधानों की खोज करना है। ये विचारक केवल वैज्ञानिकीकरण को बहुत श्रेष्ठ नहीं मानते हैं। वरन् ये तो उसका पूर्ण विकास और उसकी सार्थकता विश्व समाज की समस्याओं के समाधान खोजने में देखते हैं। इसलिये राजनीति विज्ञान को राजनीतिक एवं सामाजिक समस्याओं के समाधान खोजने में सहयोग करना चाहिये। विश्व के समस्याओं से घिरे होने के कारण उत्तर-व्यवहारवादी मुख्य रूप से अपना पूरा ध्यान समस्याओं के समाधान पर केन्द्रित करना चाहते हैं। इस तरह ये विचारक मानव-समाज की रक्षा के लिये प्रयास करते हैं।

उत्तर व्यवहारवादियों की मान्यता है कि यदि व्यवहारवाद की मान्यताओं पर चला जाय तो राजनीति विज्ञान निश्चित ही वास्तविकता से अलग हो जायेगा। राजनीति की वास्तविक समस्याओं का अध्ययन न करके निरर्थक अध्ययन जिसकी कोई उपयोगिता ही नहीं होगी, उसका अध्ययन करने से सच्चाई से, व्यवहारवादी अलग हो गये हैं। विज्ञान एवं तकनीकी के प्रभाव के बढ़ने के साथ ही उत्तर-व्यवहारवादी अपने दायित्वों की भी पूर्ति करना चाहते हैं। चाहे समस्यायें कभी पूर्णतः हल नहीं हो फिर भी उत्तर-व्यवहारवादी उपयोगी एवं लाभदायक कार्य करना चाहते हैं।

उत्तर-व्यवहारवादियों की मान्यता में राजनीति विज्ञान, कार्य-विज्ञान तथा मनन विज्ञान दोनों है। इनके विचार से व्यवहारवादियों ने राजनीति विज्ञान के क्रियात्मक पक्ष की उपेक्षा की है तथा मनन पक्ष पर बल दिया है। जबकि उत्तर-व्यवहारवादी मनन विज्ञान तथा कार्य विज्ञान (Contemplative Science and Action Science) दोनों के बीच प्रभावी समन्वय की चर्चा करते हैं। डेविड ईस्टन ने लिखा है कि, "जानने का अर्थ है प्राप्त ज्ञान को कार्य रूप में लागू करना। इस प्रकार कार्य करने का अर्थ है समाज के पुनर्निर्माण एवं पुनर्गठन में व्यस्त होना।"[1] इस प्रकार उत्तर-व्यवहारवादी कर्महीन ज्ञान (अनुपयोगी) को बाँझ कहते हैं और ज्ञान के फल को

कर्म कहते हैं। इसी कारण ये विचारक राजनीति विज्ञान का उद्देश्य ऐसे ज्ञान की प्राप्ति को श्रेष्ठ मानते हैं जो समाज का पुनर्निर्माण करे। इस प्रकार उत्तर-व्यवहारवादियों की नजर में राजनीति विज्ञान मनन विज्ञान एवं कार्य विज्ञान दोनों हैं।

इस प्रकार उत्तर व्यवहारवादियों ने राजनीति विज्ञान में रचनात्मक, मानवीय, उद्देश्यगत, राष्ट्रीयकरण, सामाजिक पुनः निर्माण को सम्मिलित करके राजनीति विज्ञान को सामाजिक विज्ञान बनाने का प्रयास है। इस उपागम की नजर में ऐसा हो जाना काफी सार्थक है। इसी तथ्य को ध्यान में रखकर **डॉ. एस.पी. वर्मा** ने लिखा है कि,"अनुसन्धान महत्त्वपूर्ण सामाजिक समस्याओं से सम्बन्धित होना चाहिये। राजनीति वैज्ञानिकों का काम समाधानों का सुझाव देने के अलावा सामाजिक परिवर्तन के आन्दोलन को क्रियाशील नेतृत्व प्रदान करते हुये अपने हाथों में लेने का दायित्व भी है।" इस तरह उत्तर-व्यवहारवादियों की उपर्युक्त मान्यता और विशेषताओं के आधार पर हम यह कह सकते हैं कि राजनीति विज्ञान के अध्ययन में वैज्ञानिक तकनीकों को अपनाकर उन्हें सामाजिक आवश्यकताओं और समस्याओं की दृष्टि से प्रासंगिक एवं कार्योन्मुखी बनाने का प्रयास किया जा सकता है।

उत्तर-व्यवहारवाद की आलोचना

(Criticism of Post-behaviouralism)

उत्तर-व्यवहारवाद वास्तव में अनेक गुणों और विशेषताओं से युक्त है। वास्तव में व्यवहारवाद के अर्न्तगत जो कमियाँ भी उन्हें दूर करने का दृढ़ संकल्प लेकर यह उपागम आगे बढ़ा, जिसमें यह काफी सफल भी रहा है। उत्तर-व्यवहारवाद ने परम्परागत राजनीतिक दृष्टिकोण और व्यवहारवादी दृष्टिकोण के दोषों को समाप्त करके राजनीति विज्ञान को एक नया रूप दिया है इसी कारण यह पर्याप्त उपयुक्त उपागम माना जाता है लेकिन इतना होने के बावजूद भी इस उपागम की भी अपनी कुछ सीमायें हैं जिनके आधार पर इस उपागम की निम्नलिखित बिन्दुओं के आधार पर आलोचनायें की जा सकती हैं-

बहु-पद्धति सिद्धान्त- यह उपागम बहु-पद्धति सिद्धान्त पर बल देता है। ऐसी स्थिति में यह अनुसन्धान के मूल उद्देश्य से हट जाता हैं। एक तथ्य के अध्ययन के साथ-साथ अन्य तथ्यों से जुड़ना अध्ययन को व्यापक बनाता है। लेकिन उत्तर व्यवहारवादियों ने अनेक पद्धतियों (बहु-पद्धतियों) का प्रयोग कर स्वयं ही जटिलता एवं समस्याओं को बढ़ावा दिया है। ऐसी स्थिति में मूल उद्देश्य से भटकने की सम्भावना उत्पन्न हो जाती है।

अवैज्ञानिक दृष्टिकोण- उत्तर-व्यवहारवाद एक अवैज्ञानिक दृष्टिकोण है। यह उपागम तकनीक को कम तथा उद्देश्य सार को अधिक महत्त्व देता है अथवा

तकनीक से पहले सार को स्वीकारता है अर्थात् उत्तर-व्यवहारवादी पहले शोध का उद्देश्य तय करने की चर्चा करते हैं और फिर तकनीक की। ऐसी स्थिति में शोध के पूर्वाग्रहों से ग्रसित होने की सम्भावना बढ़ जाती है जिससे यह उपागम अवैज्ञानिक हो जाता है।

उत्तर-व्यवहारवादियों की आलोचना का एक आधार यह है कि वे मानव को निर्जीव मानकर अध्ययन करते हैं जबकि मानव एक सजीव एवं सामाजिक प्राणी है। उसमें भावनायें, संवेग, मनोवेग, इच्छा आदि पाये जाते हैं। इस तरह राजनीति विज्ञान को मनुष्य से जोड़ने में उत्तर-व्यवहारवाद सफल नहीं रहा है।

आदर्शवादिता- उत्तर-व्यवहारवादियों ने बौद्धिक विचारधारा के विकास के लिये आदर्शों की मदद ली है इससे आदर्शवादिता तो आयेगी पर वैज्ञानिकता कम हो जायेगी। इसी कारण यह माना जाता है कि राजनीति विज्ञान एक बौद्धिक सिद्धान्त का निर्माण करने में सफल रहा है लेकिन विश्वास करने में नहीं। इसी आधार पर उत्तर व्यवहारवादियों पर संकीर्णता का आरोप लगाया जाता है।

अन्तर्विरोध- उत्तर-व्यवहारवाद ने मूल्यों तथा तथ्यों दोनों को स्वीकार किया है। सैद्धान्तिक दृष्टि से ये दोनों अन्तर्विरोधी हैं। जब व्यवहार में कार्य करते हैं तो भी यही स्थिति उभर कर सामने आती है। यह उपागम मूल्यों और तथ्यों पर बल देकर एक साथ मूल्य-प्रधान, आदर्शवादी, व्यक्तिनिष्ठ तथा मूल्य निरपेक्ष, यथार्थवादी एवं वस्तुनिष्ठतापूर्ण बनाने की कोशिश करता है जो एक असम्भव कार्य है। इसलिये इसकी आलोचना की जाती है।

मानव मूल्य लोक तांत्रिक व्यवस्था के मुख्य मूल्य - उत्तर-व्यवहारवादियों ने मानव-मूल्यों को लोकतान्त्रिक व्यवस्था के मुख्य मूल्य माना है। लेकिन पिछड़े राष्ट्रों खासकर आर्थिक रूप से पिछड़े राष्ट्रों में इन मूल्यों का सीमित महत्त्व है। लोकतान्त्रिक व्यवस्था के लिये आर्थिक विकास के साथ-साथ राजनीतिक स्थिरता भी जरूरी होती है इसलिये ये व्यवस्थायें विकास के प्रसंग में मूल्यों को महत्त्व देती है जबकि उत्तर व्यवहारवादी मूल्यों पर आधारित विकास पर जोर देते हैं। इस तरह मानव मूल्य सीमित हो जाते हैं जबकि मानव के जीवन में मूल्य ही वे आदर्श होते है जो उसे समाज में जिन्दा रखते हैं तथा ये ही उसे जीने की राह दिखाते हैं।

निष्पक्षता का अभाव- यह उपागम अमेरिका से प्रभावित है इसलिये कई दृष्टियों से यह उपागम अप्रासंगिक एवं निष्क्रिय प्रतीत होता है तथा अर्थहीन शोध में राष्ट्रीय समय और धन की बर्बादी भी होती नजर आती है उत्तर-व्यवहारवादियों ने व्यवसायों के राजनीतिकरण की जिस जरूरत पर ज़ोर दिया है वह विश्व स्तर पर अमेरिकी हितों की रक्षा के प्रति प्रतिबद्धता दिखाता है। इसलिये इसे निष्पक्ष

नहीं माना जाता है।

उदारवादी मूल्यों का प्रतिनिधित्व - उत्तर-व्यवहारवाद की एक आलोचना यह कहकर की जाती है कि यह मानव मूल्यों की रक्षार्थ ज्यादा ही जोर देता है। वास्तव में ये मूल्य केवल उदारवादी विचारधारा से सम्बन्धित हैं। ये मूल्य समाज और समुदाय पर व्यक्ति की स्वतन्त्रता को ज्यादा महत्व देते हैं। लेकिन समाजवादी धारणायें इसे स्वीकार नहीं करती है। उत्तर-व्यवहारवादी उदारवादी मूल्यों को ही मानव मूल्य मानते हैं लेकिन ये मूल्य, सापेक्षिक महत्त्व के हैं।

उत्तर-व्यवहारवाद में अन्तर्

(Difference between Traditionalism)

राजनीति विज्ञान के अध्ययन के विभिन्न उपागम प्रचलित हैं जिनमें परम्परागत उपागम, व्यवहारवादी उपागम तथा उत्तर व्यवहारवादी उपागम प्रमुख हैं। परम्परागत दृष्टिकोण तथा उत्तर-व्यवहारवाद को कई बार कु छ लोग एक ही मान बैठते हैं यह उपयुक्त नही है क्योंकि दोनों उपागमों में (दृष्टिकोणों में) काफी अन्तर है जिसे निम्न प्रकार स्पष्ट कर सकते हैं-

इस प्रकार व्यवहारवाद और उत्तर-व्यवहारवाद में उपर्युक्त आधारों पर अन्तर स्पष्ट किया जा सकता है। उत्तर-व्यवहारवाद की शुरूआत व्यवहारवाद की सीमाओं के कारण 1960 के बाद मानी जाती है। इसके जनक प्रो.डेविड ईस्टन माने जाते हैं। उत्तर-व्यवहारवाद की आलोचना अनेक आधारों पर की जाती है। इस उपागम या दृष्टिकोण ने वस्तुनिष्ठ वैज्ञानिक तकनीकों के अध्ययन पर बल देने के साथ-साथ मूल्यों पर भी बल दिया है। इसलिये इसकी वैज्ञानिकता में गिरावट आयी है। तथ्य और मूल्यों दोनों पर बल देने से इसमें अन्तर्विरोधों तथा भ्रमों की स्थितियों को बढ़ावा मिला है। इस दृष्टिकोण ने उदारवादी लोकतान्त्रिक व्यवस्था के मूल्यों को स्वीकार किया है। इन मूल्यों का केवल सापेक्षिक महत्त्व है। समाजवादी तथा आदर्शवादी विचारधाराओं द्वारा इन मूल्यों की आलोचना की जाती है। अनेक आलोचक इस दृष्टिकोण पर संयुक्त राष्ट्र अमेरिका के राष्ट्रीय हितों का समर्थक होने का आरोप भी लगाते हैं। इसकी उपयोगिता भी सीमित मानी जाती है। कुछ विचारक तो उत्तर व्यवहारवाद पर परम्परागत दृष्टिकोण की पुनरावृत्ति का आक्षेप लगाते हैं। इसका कारण इस दृष्टिकोण द्वारा राजनीति विज्ञान के अध्ययन में मूल्यों को महत्त्व देना है।

उत्तर-व्यवहारवाद पर एक आक्षेप यह लगाया जाता है कि यह व्यवहारवाद के विरुद्ध एक प्रतिक्रिया है। यद्यपि यह आक्षेप पर्याप्त ठीक नहीं माना जाता है क्योंकि उसका मूल स्वर निषेधात्मक नहीं है वरन् व्यवहारवाद में सुधारात्मक है या रच नात्मक है। कुछ उत्तर-व्यवहारवादी तो स्वयं इसे मूल व्यवहारवाद का सुधरा रूप

मानते हैं। उत्तर-व्यवहारवाद ने मूल व्यवहारवाद को अपने युग की राजनीतिक-सामाजिक समस्याओं के बारे में प्रासंगिक एवं कर्मनिष्ठता बनाने का कार्य किया है। इसने व्यवहारवाद की कई मान्यताओं एवं सिद्धान्तों को भी स्वीकार किया है। इसलिये इसने अन्तर-अनुशासनात्मक दृष्टिकोण का भी समर्थन किया है। उत्तर-व्यवहारवाद ने प्रासंगिकता के सिद्धान्त की भी विवेचना की है। उत्तर-व्यवहारवाद ने मनन विज्ञान तथा क्रिया विज्ञान दोनों का समर्थन किया है या व्यवसायों के राजनीतिकरण पर बल दिया है। इस तरह अन्ततः उत्तर-व्यवहारवाद को मात्र व्यवहारवाद का सुधरा रूप नहीं कहा जा सकता है। इसमें रचनात्मकता का अन्तर भी दिखाई देता है।

उत्तर-व्यवहारवाद ने राजनीतिक तथा सामाजिक समस्याओं के समाधान ढूँढ़ने का सक्रिय प्रयास किया है। इनके लिये स्वयं को उत्तरदायी माना है। साथ ही इस दृष्टिकोण ने एक सामाजिक विज्ञान के रूप में राजनीति विज्ञान की उपयोगिता एवं महत्त्व को बनाये रखने की कोशिश की है। अन्ततः उत्तर-व्यवहारवाद ने मूल्यों, प्रासंगिकता, प्रतिबद्धता, कर्त्तव्यनिष्ठता एवं सांमजस्यता को अपना कर इसे विश्वव्यापी तथा विश्व प्रभावी बनाकर राजनीति विज्ञान के क्षेत्र में इस दृष्टिकोण ने अद्वितीय योगदान दिया है। अन्त में यह कहा जा सकता है कि यद्यपि उत्तर-व्यवहारवाद की आलोचना भी की जाती है लेकिन फिर भी इसके महत्त्व से इन्कार नहीं किया जा सकता है क्योंकि उत्तर-व्यवहारवाद ने परम्परावादी तथा व्यवहारवादी दृष्टिकोणों के दोषों या कमियों या सीमाओं को त्यागकर इनके गुणों का सामंजस्य कर अपने में समाहित किया है। उत्तर-व्यवहारवाद ने तथ्यों तथा मूल्यों के अध्ययन पर बल दिया है। जबकि व्यवहारवाद ने वैज्ञानिक तकनीकों एवं मूल्य निरपेक्ष अध्ययन को ही मान्यता दी है। इस तरह इस दृष्टिकोण ने मूल्यात्मक अध्ययन तथा वैज्ञानिक तकनीक दोनों का ही प्रयोग किया है। इसी तरह परम्परावाद तथा व्यवहारवाद दोनों के गुणों को अपने में समन्वित किया है इस तरह उत्तर-व्यवहारवाद राजनीति विज्ञान के परम्परावाद तथा व्यवहारवाद दोनों का संश्लेषण प्रस्तुत करता है।

❑❑❑

3

लॉक के अनुसार राज्य का स्वरूप

हॉब्स की ही तरह लॉक ने भी राज्य की उत्पत्ति के विषय में सामाजिक संविदा सिद्धान्त (Social Contract Thehry) का प्रतिपादन किया है। लॉक की प्राकृतिक अवस्था की स्थिति में मानव जीवन की स्थिति उस प्रकार असह्य नहीं मानी गयी हैं, जिस प्रकार उसे हॉब्स द्वारा प्रतिपादित प्राकृतिक अवस्था में माना गया है। फिर भी प्राकृतिक अवस्था की कुछ कठिनाइयाँ मानी गयी हैं, जिनका निवारण करने तथा जीवन को और अच्छा बनाने के उद्देश्य से राज्य के अस्तित्व में लाये जाने का प्रतिपादन किया गया है। लॉक के प्रतिपादन अराजक अवस्था में चूँकि (1) कोई ऐसी निश्चित, प्रकट एवं सर्वसम्मत विधि नहींहोती, जिसके द्वारा उचित अनुचित तथा मतभेदों का निर्णय हो सके, (2) उसमें कोई ऐसा प्रकट व निष्पक्ष निर्णायक नहीं होता, जो साधिकार व निश्चित विधि के अनुसार मतभेदों पर निर्णय दे सकें तथा इसका परिणाम यह होता है कि व्यक्ति के स्वयं के निर्णय ही निर्णायक और स्वयं की विधि का क्रियान्वन होने के कारण अव्यवस्था पनपनी है, तथा (3) उसमें चूँकि ऐसी कोई सत्ता नहीं होती, जो प्राकृतिक विधि के उल्लंघन के लिए दिये गये दण्ड का समर्थन कर सके और उसे क्रियान्वन कर सके, अत: इन कठिनाइयों से छुटकारा पाने के उद्देश्य से लॉक के अनुसार मनुष्य राजसत्ता की स्थापना अपनी सहमति से करता है। लॉक के अनुसार इस प्रकार राजसत्ता की स्थापना मनुष्यों के पारस्परिक भय से त्रास पाने के उद्देश्य से नहीं होती, वरन् प्राकृतिक अवस्था में रहने की कुछ कठिनाइयों केनिवारण तथा प्राकृतिक अवस्था की "**सुविधापूर्ण स्थिति**" की और '**अधिक सुविधा पूर्ण व स्थायी**' बनाने के उद्देश्य से होती है।

राज्य की उत्पत्ति की अन्य विधियाँ

राज्य की उत्पत्ति के लिए सामाजिक समझौते की विधि की महत्ता को प्रतिपादित करते हुए, लॉक ने दावा नहीं किया है कि सभी राज्यों की स्थापना केवल सहमति पर आधारित सामाजिक समझौते के परिणामस्वरूप ही होती है। उन्होंने यह स्वीकार किया

है कि अन्य अनेक प्रकारों से भी राज्य अस्तित्व में आते हैं तथा उन्होंने इस प्रकार की तीन विधियों–विजय, अतिक्रमण एवं अत्याचार की चर्चा की है।

1. विजय (Conquest) द्वारा राज्य की स्थापना–इसके सम्बन्ध में लॉक ने कहा है कि **"विजय से एक राज्य को समाप्त करके दूसरे राज्य की स्थापना की जा सकती है ,पर उससे किसी नये राज्य की स्थापना नहीं की जा सकती। इसके अतिरिक्त ऐसे राज्य में अधीनस्थ लोगों के ऊपर बलपूर्वक लादे हुए शासन के प्रति उनका दायित्व नहीं होता।"**

2. अतिक्रमण (Usuration) द्वारा राज्य की स्थापना–इस सम्बन्ध में लॉक का मत है कि **"जिस प्रकार विजय को विदेशी विजय कहा जा सकता है, उसी प्रकार अतिक्रमण एक प्रकार की आन्तरिक विजय होता है।"** यह केवल व्यक्तियों का परिवर्तन होता है, तथा उसमें शासन के रूप व नियमों में कोई परिवर्तन नहीं होता है।

3. अत्याचार (Tyranny) द्वारा राज्य की स्थापना–इस सम्बन्ध में लॉक का मत है कि **"जिस प्रकार अतिक्रमण उस शक्ति पर अधिकार जमाना होता है,** जिस पर दूसरे का अधिकार हो, उसी प्रकार अत्याचार का अर्थ (अति+आचार) अर्थात अधिकार की सीमा के बाहर शक्ति पर अधिकार जमाना होता है।" लॉक के अनुसार अत्याचारी शासन केवल राजतन्त्र में ही होता है, वरन् वह अन्य प्रकार के शासनों में भी हो सकता है तथा शासन शक्ति का उपभोग करने वालों की संख्या कितनी भी हो, जब कभी भी शासन–शक्ति का प्रयोग शासित लोगों के हित के स्थान पर मनमाने ढंग से किसी अन्य हित के लिए किया जाता है, शासन का रूप अत्याचारी शासन का हो जाता है।

सामाजिक समझौते द्वारा राज्य की उत्पत्ति

(Birth of State by Social Contract)

हॉब्स की तरह लॉक ने भी राज्य की उत्पत्ति एवं उसके अस्तित्व का आधार एक सामाजिक समझौते माना है, जिसके द्वारा प्राकृतिक अवस्था की कठिनाइयों से छुटकारा पाने के लिए मनुष्य समझौते द्वारा एक नागरिक समाज की स्थापना के लिऐ करते हैं। लॉक द्वारा प्रतिपादित यह समझौता सब लोगों ने किया है और बस लोगों के साथ किया है। यह समाजिक है तथा राजनीतिक भी है क्योंकि उसके द्वारा एक राजनीतिक समाज की स्थापना होती है। इसके अन्तर्गत प्रत्येक व्यक्ति, हॉब्स द्वारा प्रतिपादित समझौते की तरह किसी व्यक्ति अथवा व्यक्ति समूह को नहीं ,वरन् समष्टि रूप में समाज को प्राकृतिक विधि की व्याख्या करे तथा उसके उल्लंघन के लिए दण्ड देने के अपने व्यक्तिगत अधिकारों को समर्पित करने के लिए सहमत होता है। मनुष्यों के बीच इस सहमति के द्वारा केवल एक समाज की ही स्थापना होती है अथवा एक शासन की भी स्थापना होती है अथवा समाज व शासन की स्थापना के लिए दो अलग–अलग समझौते हैं अथवा वह

समझौता केवल एक ही होता है, यह विवादास्परद है। लॉक ने इस सम्बन्ध में जो कुछ कहा है, उसमें उन्होंने यह बात स्पष्ट नहीं कही है कि समाज व शासन की स्थापना के लिए अलग-अलग दो समझौते हुए हैं या एक, पर जो कुछ उन्होंने कहा है, उससे कुछ विचारकों ने ये निष्कर्ष निकाला है कि समझौते हो हुए हैं और कुछ ने निष्कर्ष यह निकाला है कि समझौता केवल एक ही हुआ है तथा उससे केवल एक राजनीतिक समाज की स्थापना हुई है।

लॉक के प्रतिपादन के विषय में विविध विचारकों के दो प्रकार के विचारों के होने के कारण उसकी वह शब्दावली है, जिसका प्रयोग उन्होंने इस सम्बन्ध में अपने विचार व्यक्त करने के लिए किया है। उन्होंने कहा है "**मनुष्य जाति प्राकृतिक अवस्था की सब सुविधाओं के होते हुए भी, उसमें रहते हुए अच्छी दशा नहीं रहती और वह शीघ्र ही समाज-निर्माण के लिए प्रवृत्त होती है। यही कारण है कि यह देखा जाता है कि मनुष्यों की बहुसंख्या कभी भी एकत्रित रूप में इस अवस्था में नहीं रहती। अन्यों के द्वारा किये गये (प्राकृतिक विधि के) अतिक्रमणों के लिए दण्ड दिये जाने के अनियमित व अनिश्चित शक्ति के प्रयोग की व्यवस्था के कारण जो कठिनाइयाँ उन्हें होती है, उनके कारण वे शासन के व्यवस्थित नियमों की शरण लेते हैं और उनके अर्न्तगत अपनी सम्पत्ति की सुरक्षा प्राप्त करते हैं। इसी कारण केवल कुछ उन लोगों के द्वारा, जिन्हें वे अपने में से नियुक्त किये जायें, असहमत हों, प्रयुक्त किये जाने के लिए, दण्ड देने के अपने एक व्यक्तिगत अधिकार को वे छोड़ देते हैं तथा इसके अन्तर्गत हमें अधिकार व विधायिका एवं कार्यपालिका शक्ति तथा शासनों व समाजों के उदय का मूल प्राप्त हो जाता है।**"[1]

उपर्युक्त उद्धरण में प्राकृतिक अवस्था की कठिनाइयों से छुटकारा प्राप्त करने के लिए मनुष्य द्वारा एक समाज (Community) में प्रवेश किये जाने और एक शासक के अभिकरण की नियुक्ति दोनों का उल्लेख है। अतः इस कारण कुछ विचारकों ने उससे यह निष्कर्ष निकाला है कि समाज की स्थापना व शासन की स्थापना दोनों के लिए लोगों में दो पृथक-पृथक समझौते हुए हैं तथा कुछ विचारकों ने यह निष्कर्ष निकाला है कि एक ही समझौत द्वार एक राजनीतिक समाज की स्थापना हुई है, जिसमें समाज व शासन दोनों ही सम्मिलित हैं।

लॉक द्वारा प्रतिपादित समाजिक समझौते के विषय मेंजो कुछ ऊपर कहा गया है, उसके अग्र विशेषताएँ स्पष्ट हो जाती हैं :

1. लॉक का समझौता सामाजिक व राजनीतिक दोनों ही प्रकार का है-लॉक के अनुसार प्राकृतिक अवस्था की कठिनाइयों से छुटकारा पाने के लिए मनुष्य समाज में प्रवेश करते हैं और उनके ऐसा करने से एक शासन की स्थापना होती है। अतः लॉक के

सामाजिक समझौते की एक मुखय विशेषता यह है कि वह समाजिक व राजनीतिक दोनों ही प्रकार का है।

2. लॉक का समझौता सर्वसम्मत है-लॉक के जिस ढंग से समझौते का प्रतिपादन किया है, उसके अनुसार वह समझौता केवल सर्वसम्मत ही हो सकता है। इस सबन्ध में वेपर ने कहा है कि "**वह एक ऐसा करार है, जिसके लिए सभी को समत होना चाहिए। फिर भी यद्यपि वह सर्वसम्मत है,सब पक्षों को बहुमत के निर्णय को मानने के लिए सहमत होना चाहिए, क्योंकि जब तक लोग बहुमत के शासन के लिए सहमत नहीं होंगे, निर्णय नहीं किये जा सकते और राज्य चल नहीं सकता।**"[1]

3. लॉक का समझौता सर्वकालिक है-लॉक का समझौता एक स्थायी प्रकार का समझौता है और उससे कोई कभी भी अलग नहीं हो सकता। "**लॉक के मतानुसार समझौते को स्वीकार करने के बाद कोई भी फिर प्राकृतिक अवस्था में स्वतन्त्रता में नहीं रह सकता।**" पर लॉक के इस प्रतिपादन के विषय में एक असंगति है। लॉक ने जहाँ एक और समझौते की सार्वकालिकता की बात कही है, उसने यह भी कहा है कि "**कोई बच्चा किसी देश या शासन की प्रजा के रूप में जन्म नहीं लेता**" तथा इसका अर्थ यह है कि से यह पूरा अधिकार होता है कि बड़ा होकर वह अपनी इच्छा के समाज व राज्य को अपनाये तथा राज्य की उत्पत्ति प्रत्येक पीढ़ी के बार बार-बार हो।

4. लॉक के समझौते से केवल सीमित शासनतन्त्र की स्थापना होती है-लॉक द्वारा प्रतिपादित सामाजिक समझौते के अन्तर्गत मनुष्य प्राकृतिक अवस्था के अन्तर्गत प्राप्त अपने अधिकारों को राज्य को समर्पित नहीं कर देता तथा राज्य की शक्ति असीमित नहीं हो जाती। इसके विपरीत, जैसा वेपर ने कहा है, "**जिस करार को वे करते हैं, वह ऐसा करार है, जिसके अन्तर्गत वे प्राकृतिक अवस्था में प्राप्त अपने सब अधिकारों को नहीं, जैसा हॉब्स ने चाहा था, वरन् कुछ अधिकारों को ही छोड़ते हैं।......अतः समझौते के अनुसार केवल कुछ अधिकारों व शक्तियों का ही समर्पण होता है, जिससे मनुष्य के शेष अधिकारों की सुरक्षा व अनुरक्षा हो सके। इस प्रकार वह (समझौता) शक्तियों का सामान्य समर्पण नहीं ,वरन् एक सीमित व निश्चित समर्पण है।**"[2] लॉक ने स्वयं इस बात को यह कहकर दर्शाया है कि "**मनुष्य जब समाज में प्रवेश करते है, तो वे प्राकृतिक अवस्था में प्राप्त अपनी समानता, स्वतन्त्रता तथा शासन के अधिकार को समाज के हाथों में दे देते हैं। फिर भी वे ऐसा चूँकि अपनी स्वतन्त्रता व सम्पत्ति को और अधिक सुरक्षित रखने के दृष्टि से करते हैं, समाज अथवा उसके द्वारा निर्मित विधायिका की शक्ति सामान्य हित की साधना के आगे नहीं बढ़ सकती, वरन् उसका यह दायित्व है कि वह प्रत्येक की सम्पत्ति, (जिसमें लॉक व्यक्ति के जीवन, उसकी स्वतन्त्रताओं को भी सम्मिलित है) की सुरक्षा की व्यवस्था करे।**"[1]

5. लॉक के समझौते से प्राकृतिक विधि की मान्यताएँ समाप्त नहीं होती–लॉक के द्वारा प्रतिपादित समझौते के द्वारा प्राकृतिक अवस्था (State of Nature) का अन्त होता है, पर इसके द्वारा प्राकृतिक विधि (Law of Nature) की मान्यताएँ समाप्त नहीं होती। लॉक ने इस सम्बन्ध में स्पष्ट कहा है कि "**प्राकृतिक विधि के दायित्व समाज में समाप्त नहीं हो जाते।**"

6. लॉक के समझौते द्वारा एक न्यास की स्थापना होती है–लॉक द्वारा प्रतिपादित समझौते के परिणामस्वरूप एक ऐसे न्यास (Trust) की स्थापना होती है जिसका एक निश्चित उद्देश्य होता है तथा समाज में यह शक्ति समझौते के बाद भी निहित रहती है कि वह न्याय द्वारा उस उद्देश्य की पूर्ति की व्यवस्था पर अपना अंकुश बनाये रखे, जिसकी पूर्ति के लिए उस न्यास की स्थापना की जाती है। इस प्रकार लॉक के प्रतिपादन में समाज स्थापित न्यास का संस्थापक भी होता है तथा उससे प्राप्त होने वाले लाभों का प्राप्तकर्ता होता है।

वेपर ने ऐसा ही विचार व्यक्त किया है और कहा है, "**समाज न्यास का संस्थापक व उसके लाभों का प्राप्तकर्ता दोनों ही है। यह ठीक है कि न्यास संस्थापक के रूप में समाज के लिए यह कहा जाता है कि उसने न्यासी व सरकार के साथ समझौता किया है, पर न्यास के लाभों के प्राप्तकर्ता के रूप में समाज ने न्यासी के साथ कोई समझौता नहीं किया है तथा उस (न्यासी) का दायित्व एकपक्षीय है। साथ ही साथ सरकार द्वारा न्यास की स्वीकृति का अर्थ यह है कि वह न्यास द्वारा निर्धारित सीमाओं का उल्लंघन नहीं कर सकती है।**"[2]

इस प्रकार हम यह देखते हैं कि लॉक का प्रतिपादित समाजिक समझौते के अन्तर्गत समझौते के परिणामस्वरूप सरकार को किसी प्रकार की मौलिक शक्ति प्राप्त नहीं होती, वरन् उसके अन्तर्गत उसकी शक्ति केवल प्रदत्त शक्ति होती है, जो अन्तिम रूप से समाज में निहित रहती है इस प्रसंग में यह स्मरणीय है कि रूसो (जिसके विचारों का अध्ययन हम अगले अध्याय में करेंगे) का प्रतिपादन भी इस प्रसंग में लगभग ऐसा ही है तथ लॉक ने यदि उस सर्वोच्च शक्ति की बात कही है, जो सरकार की स्थापना के बाद भी जनता में निहित रहती है, तो रूसो ने जनता की ऐसी प्रभुसत्ता की बात कही है, जिसे उसने अपृथक्करणीय माना है।

राज्य का स्वरूप

(Nature of State)

प्राकृतिक अवस्था की मनुष्य की जिन कठिनाइयों की चर्चा ऊपर की गयी है। उनके निवारण के लिए स्थापित राज्य के लिये यह आवश्यक है कि उसका स्वरूप ऐसा हो, जिसमें मनुष्य उन कठिनाइयों से छुटकारा पा सके। प्राकृतिक अवस्था में एक निश्चित

विधि, निश्चित न्ययाधीश तथा किसी निर्धारित प्रशासन की सत्ता की कभी थी तथा उस कभी को व्यवस्थापिका, न्यायपालिका व कार्यपालिका–तीनों अंगों सहित एक राज्य की स्थापना दूर किया जा सकता था। लॉक ने जिस प्रकार के राज्य की स्थापना को प्रतिपादित किया है, उसमें उन्होंने राज्य के उक्त अंगों की ही बात कही है, तथा उन्होनें व्यवस्थापिका को राज्य की सर्वोच्च सत्ता तथा कार्यपालिका को ऐसी सत्ता माना है, जिसमें न्यायिक शक्ति भी निहित है इसके साथ ही साथ उन्होंने यह भी प्रतिपादित किया है कि व्यावस्थापिका व कार्यपालिका दोनों पृथक–पृथक हों, तो अधिक अच्छा है, क्योंकि दोनों को एक ही हाथ में रहने का परिणाम के अनुसार यह हो सकता है कि विधि निर्माण व उसके क्रियान्वन दोनों ही कि शक्ति किसी एक व्यक्ति या व्यक्ति समूह में केन्द्रित हो जाये और व्यक्ति की वह स्वतन्त्रता ही खतरे में पड़ जाये, जिसको और अधिक सुरक्षित करने के लिए वह राजनीति व समाज के निर्माण के लिए सहमत होता है। लॉक के व्यावस्थापिका एवं कार्यपालिका सम्बन्धी राज्य की शक्तियों के अतिरिक्त एक अन्य प्रकार की शक्ति की भी चर्चा की है, जिसे उन्होंने परराष्ट्र सम्बन्धों के संचालन की शक्ति कहा है, यद्यपि सामान्यतः इस शक्ति को कार्यपालिका शक्ति में ही सम्मिलित माना जाता है :

लॉक के सामाजिक समझौते द्वारा स्थापित राज्य की विशेषताएँ

(Main Features of State establised by Lock's Social Contract)

लॉक द्वारा प्रतिपादित राज्य के स्वरूप को समझने के लिए उसकी कुछ प्रमुख विशेषताओं को समझना आवश्यक है, जो निम्न प्रकार से हैं :

1. राज्य के लोकहित का साधन होता है–लॉक के अनुसार राज्य लोकहित का साधन होता है। उसके अनुसार राज्य स्वयं साध्य न होकर सार्वजनिक हित का साधनमात्र होता है तथा उसको व्यक्ति को दण्ड देने की जो शक्ति भी प्राप्त होती है, वह केवल इसलिए होती है कि उससे सार्वजनिक हित की साधना होती रहे। लॉक ने अपने सम्पूर्ण प्रतिपादन में इस बात पर बल दिया है कि "**शासन का उद्देश्य समाज का हित है।**" इस सम्बन्ध में उन्होंने कहा है कि "**उन विधियों के निर्माण का अधिकार, जिससे मृत्यु अथवा उससे क किसी दण्ड की व्यवस्था सम्पत्ति की रक्षा व उसके नियमन के लिए हो सके, तथा ऐसी विधियों के क्रियान्वन एवं बाह्य आघात से राज्य की प्रतिरक्षा के लिए समाज की शक्ति का प्रयोग का अधिकार और यह सब केवल सार्वजनिक हित–साधन के लिए होना ही राजनीतिक सत्ता का अर्थ है।**"[1]

2. राज्य का आधार सहमति होता है–इस सम्बन्ध में लॉक का मत है कि जन–सहमति का अर्थ बहुमत होता है तथा व्यवहार में अल्पमत को बहुमत के साथ चलना होता है। लॉक ने यह भी माना है कि प्रतिनिधि की सहमति उस जनता की सहमति होती है, जिसका वह प्रतिनिधि होता है तथा किसी राज्य की सीमाओं में रहने मात्र से यह मान

लिया जाता है कि वह उसके शासन-कार्य से सहमत है, पर इस सबके होते हुए भी वह इस बात पर बल देना नहीं भूलता कि व्यक्ति राज्य के शासन स मति अपने हित-साधन के उद्देश्य ही करता है तथा यदि राज्य में कोई कार्य ऐसे होते हैं, जो उसके विपरीत हों, तो उनके लिए जनता की सहमति नहीं मानी जा सकती तथा जनता को यह अधिकार प्राप्त रहता है कि वह राज्य के लिए प्रदत्त अपना समर्थन वापस ले ले।

3. राज्य का रूप एक संवैधानिक संस्था का होता है-लॉक के अनुसार राज्य का शासन विधि पर आधारित होना चाहिए और उसमें किसी को अपनी मनमानी करने का अधिकार प्राप्त नहीं होना चाहिए। लॉक के स्वयं के शब्दों में "**वह (राज्य) जनता के उच्च जीवन व उनकी सम्पत्ति पर मनमानी नहीं चला सकता।......विधायिका या सर्वोच्च सत्ता अपने लिए ऐसी कोई शक्ति प्राप्त नहीं कर सकती, जिसके अन्तर्गत वह ऐसी आज्ञाओं के द्वारा शासन कर सके, जो पूर्व निर्धारित न होकर मनमानी हों, वरन् वह इस बात के लिए प्रतिबन्धित होती है कि वह विधिवत लागू की स्थायी विधियों एवं विधिवत् नियुक्त व अधिकृत न्यायाधीशों के माध्यम से न्याय-कार्य करे और प्रजा के अधिकारों का निर्णय करे।**"[2]

4. राज्य व्यक्ति की सम्पत्ति का रक्षक होता है-इस सम्बन्ध में लॉक का प्रतिपादन है कि राज्य की सर्वोच्च सत्ता किसी व्यक्ति से उसकी सम्पत्ति का कोई अंश उसकी सहमति के बिना नहीं ले सकती। लॉक के अनुसार "**यह समझना गलत है कि किसी राज्य की विधायिका अथवा सर्वोच्च सत्ता प्रजा की सम्पत्ति के विषय में जो चाहे सो कर सकती है और उसे जैसे चाहे प्रयोग में ला सकती है या अपनी इच्छा के अनुसार उसके किसी अंश को ले सकती है।**"[1] लॉक ने यह माना है कि राज्य को कर लगाने का अधिकार है, पर उसा मत यही है किउसके लिए जन-स्वीकृति का होना आवश्यक है। इस प्रकार "**यदि कोई सत्ता मनमाने ढंग से व जन-स्वीकृति के बिना करारोपण करती है, तो वह सम्पत्ति विषयक मौलिक अधिकार का उल्लंघन करती है तथा सरकार के उद्देश्य के ही विरुद्ध कार्य करती है, क्योंकि ऐसी सम्पत्ति को सम्पत्ति नहीं समझा जा सकता, जिसे दूसरा कोई जब चाहे तक ले ले।**"[2]

5. राज्य की सत्ता पूर्ण न होकर सीमित होती है-लॉक के अनुसार राज्य की सत्ता का रूप पूर्ण सत्ता का न होकर सीमित सत्ता का होता है तथा उसकी सत्ता पर अग्रलिखित रहते हैं :

(i) राज्य अपनी राज-सत्ता का प्रयोग केवल उस उद्देश्य की पूर्ति के लिए ही कर सकता है, जिसकी पूर्ति के लिए उसकी स्थापना जन-सहमति से की जाती है। राजकीय विधि (जिसे लॉक ने मानवीय विधि (Human Law) (Natural Law) का बन्धन रहता है तथा वह कभी भी प्राकृतिक विधि का विरोधी नहीं हो सकती। प्राकृतिक विधि,

उसके अनुसार,उस राजनीतिक समाज में भी लागू रहती है, जिसकी स्थापना उसके द्वारा प्रतिपादित सामाजिक समझौते द्वारा होती है। जैसे लॉक ने कहा है "**प्रकृति की विधि का दायित्व समाज में समाप्त नही हो जाते, वरन् अनेक विषयों में वे और अधिक निकट हो जाते हैं तथा मानवीय विधि के द्वारा उनके साथ निश्चित दण्ड जोड़ दिये जाते हैं, जिससे लोग उनके पालन के लिए बाध्य हो सकें।**"[3]

(ii) राज्य की विधायक अंग अपनी सत्ता को स्वयं ही प्रयोग में ला सकता है वह अन्य किसी संस्था को उसे हस्तान्तरित नहीं कर सकता। यदि किसी प्रकार वह अपनी सत्ता के प्रयेग करने में अयोग्य अथवा असमर्थ सिद्ध हों, तो वह अधिकार पुनः उस जनता को प्राप्त हो जाता है, जिससे राज्य को वह प्राप्त होता है। इस सम्बन्ध में लॉक ने कहा है "**विधायिका की शक्ति, जो एक निश्चित ऐच्छिक स्वीकार कृति व संस्थापना के द्वारा जनता से प्राप्त होती है, वह उसके अतिरिक्त और कुछ नहीं हो सकती, जो स्पष्ट स्वीकृति द्वारा प्रदान की जाती है तथा जो विधि निर्माताओं के निर्माण के लिए नहीं, वरन् केवल विधि के निर्माण के लिए होती है। अतः विधायिका को अपने विधि निर्माण के प्राधिकार को हस्तान्तरित करने और किसी और के हाथों में दे देने का अधिकार प्राप्त नहीं हो सकता है।**"[1]

6. राज्य की व्यवस्थापिका व कार्यपालिका शक्ति पृथक-पृथक होती है-लॉक ने इस सम्बन्ध में कहा है कि, "**सुव्यवस्थित राज्यों में जिनमें सम्पूर्ण का हित अपरिहार्य समझा जाता है, विधायिका शक्ति विविध प्रकार के लोगों के हाथों में रखी जाती है, जिन्हें विधिवत एकत्रित होकर विधि निर्माण करने का अधिकार होता है।.....तथा जब वे ऐसा कर लेते हैं, तो अलग होकर वे भी स्वयं उन विधियों के अधीन हो जाते हैं।.....पर विधियाँ चूँकि किसी एक व थोड़े से समय में बनाई जाती हैं, पर उनका प्रभाव लगातार व स्थायी रूप से रहता है और उसका क्रियान्वय व उनकी देखभाल लगातार किया जाना आवश्यक है, अतः यइ आवश्यक है कि एक ऐसी सत्ता सदा बनी रहे,जो उन विधियों का क्रियान्वय करे, जो बनायी जाती है और जो लागू की जाती है। इस प्रकार विधायिका व कार्यपालिका सत्ता प्रायः पृथक पृथक होती है।**"[2]

7. राज्य के शासक को विवेक से भी कार्य करने का अधिकार होता है-इस सम्बन्ध में लॉक का विचार है कि "**जहाँ व्यवस्थापिका व कार्यपालिका शक्ति अलग-अलग हाथों में होती है,.....वहाँ समाज के हित के लिए यह आवश्यक है कि ऐसी बातें उस व्यक्ति के विवेकाधिकार पर छोड़ दी जायें, जिसके पास कार्यपालिका शक्ति है।.....विधि की व्यवस्था के बिना और कभी-कभी उसके विरुद्ध भी सार्वजनिक हित के लिए विवेक से कार्य करने का यह अधिकार वह अधिकार है, जिसे**

विशेषाधिकार कहा जाता है।"[1]

8. राज्य की अन्तिम सत्ता जनता में निहित होती है-लॉक के अनुसार शासन को शासन व्यवस्था का कार्य एक न्यास (Trust) के रूप में दिया जाता है। तथा जनता को सदा यह अधिकार प्राप्त रहता है कि वह यह देखे की शासन उन उद्देश्यों की पूर्ति के लिये कर रहा है या नहीं, जिनकी पूर्ति के लिए उसकी स्थापना की गई थी और उसे यह अधिकार भी प्राप्त होता रहता है कि वह उस शासन को बदल दे, जो उस न्यास के उद्देय की सिद्धि करने में असफल रहे। जैसा जोन्स ने कहा है **"शासन उन उद्देश्यों की पूर्ति कर रहा है, जिनकी पूर्ति के लिए उसकी स्थापना की गई थी, यह देख का अधिकार तथा अकुशल अथवा भ्रष्ट शासन को हटा देने ओर उसके स्थान पर दूसरे शासन की स्थापना करने का अधिकार जनता ने अपने लिए सुरक्षित कर रखा है।"[2]** राज्य की अन्तिम सत्ता की स्वामिनी जनता है और वह किसी परिस्थिति में शासन में निहित नहीं हो सकती, इस बात के प्रति लॉक सदा सजग रहे हैं और नागरिक शासन के निबन्धों (Treatises on Civil Government) में संप्रभुता (Sovereignty) शब्द का प्रयोग उनके द्वारा कभी भी नहीं किया गया। राज्य की अन्तिम सत्ता जनता में निहित होती है तथा शासन की सत्ता पर सदा उस उद्देश्य की पूर्ति की शर्त रहती है, इस तथ्य को लॉक ने बड़े प्रभावशाली ढंग से व्यक्त किया है। उन्होंने कहा है कि **"एक उद्देश्य की पूर्ति के लिए न्यास के रूप में दी हुई शक्ति उस उद्देश्य द्वारा सीमित होने के कारण होने के कारण, जब कभी भी उद्देश्य की स्पष्ट उपेक्षा अथवा उसके विरोधी हो, न्यास आवश्यक रूप से छिन जाना चाहिए और शक्ति उन हाथों में आ जानी चाहिए, जिन्होंने दी थी, तथा जो उस शक्ति को फिर उसे उसे देख सकते हैं, जिसे देना वे अपनी सुरक्षा के लिए सर्वोत्तम समझें।......इस प्रकार समाज को सदैव एक ऐसी सर्वोच्च शक्ति प्राप्त रहती है कि वह अपने को किसी के भी, यहाँ तक कि विधायकों के भी ऐसे प्रयत्नों और कुष्टेचाओं से बचा सके, जो प्रजा की स्वतन्त्रता व सम्पत्ति के विरुद्ध चेष्टाओं के करने की मूर्खता अथवा नीचता करे।.......जब कभी भी कोई उन्हें दासता की स्थिति में ले जाने का प्रयत्न करे, उन्हें सदा यह अधिकार होगा कि वे अपने को उनसे मुक्त कर सकें, जो आत्मरक्षा क्रे उस मौलिक, पवित्र एवं अपरिवर्तनीय नियम पर आक्रमण करें जिसके हेतु वे समाज में सम्मिलित हुए थे।"[1]**

इस प्रकार लॉक ने सामाजिक समझौते के सिद्धान्त के प्रतिपादन में राज्य के ऐसे स्वरूपों का समर्थन किया है, जो लेकहित का साधन होता है, जिनका आधार जन-सहमति होता है, जिसका रूप एक संवैधानिक संस्था का होता है, जो व्यक्ति की सम्पत्ति का रक्षक होता है तथा जिसमें समष्टि रूप से समाज में निहित रहती है तथा उसे शासन के कार्यों पर नियन्त्रण रखने और यदि उससे जनहित की सिद्धि न हो, तो उसे बदल देने

की शक्ति निहित रहती है।

राज्य की सत्ता एवं व्यक्ति की स्वतन्त्रता व उसके अधिकार

(State authority & Liberty and Rights)

अपने सम्पूर्ण विवेचन में लॉक ने जिस बात पर लगातार बल दिया है, वह यह है कि व्यक्तियों द्वारा सहमति से राज्य की स्थापना का मुख्य उद्देश्य जीवन, स्वतन्त्रता एवं सम्पत्ति के अपने उन अधिकारों को और अधिक सुरक्षित बनाना है, जिन्हें उन्होंने व्यक्तियों को प्राकृतिक अवस्था में प्राप्त तथा इस कारण के व्यक्ति के प्राकृतिक अधिकार माना है। व्यक्ति के अधिकारों को प्राकृतिक मानकर लॉक ने अध्किारों के सम्बन्ध में जिस सिद्धान्त का प्रतिपादन किया है,वह सामाजिक समझौते के एक अन्य प्रतिपादक रूसो द्वारा अधिकारों के सम्बन्ध में प्रतिपादित उस सिद्धान्त से जिन्हे, जिसके द्वारा यह माना गया है कि व्यक्ति के अधिकार समाज की सत्ता द्वारा स्थापित होते हैं तथा उनका अस्तित्व उस सत्ता द्वारा उन्हें प्रदत्त मान्यता पर आधारित होता है। इस सम्बन्ध में लॉक के विचार उस सिद्धान्त के अनुकूल हैं जिसे प्राकृतिक अधिकारों का सिद्धान्त (Theory of Natural Rights) कहा जाता है।

अधिकारों के प्राकृतिक रूप की मान्यता के सम्बन्ध में लॉक का विचार है कि राज्य की स्थापना से पहले प्राकृतिक अवस्था में व्यक्ति को जीवन, स्वतन्त्रता व समपत्ति के अधिकार प्राप्त थे, जिनका उपयोग वह प्राकृतिक व्यवस्था (Law of Nature) के अनुसार करता था। राजनीतिक समाज की स्थापना के लिये मनुष्य केवल इसलिए सहमत होते हैं कि उनके उक्त प्राकृतिक अधिकारों की सुरक्षा और अधिक अच्छी तरह से हो सके। इस प्रकार मनुष्य राजनीतिक समाज में आने के समय कुछ ऐसे प्राकृतिक अधिकारों को अपने साथ लाता है, जिनके सम्बन्ध में राज्य का यह अधिकार नहीं है कि वह उन्हें व्यक्ति से छीन सके, वरन् उसका यह कर्तव्य है कि वह सुरक्षा और अधिक अच्छी तरह से कर सके।

सम्पत्ति के अधिकार विषयक लॉक के विचार

(Locke's Ideas on the right to Property)

सम्पत्ति के अधिकार के विषय में लॉक के विचारों का विवेचन निम्न शीर्षकों के अन्तर्गत किया जा सकता है:

1. सम्पत्ति का अधिकार क्यों? व्यक्ति के अधिकारों के विवेचन में लॉक ने सम्पत्ति के अधिकार पर आत्यधिक बल दिया है तथा इस बात पर बड़ा तर्कसंगत विवेचन किया है कि व्यक्ति की सम्पत्ति का अधिकार किस प्रकार उतपन्न होता है। इस प्रसंग में लॉक ने कहा है कि **"उस ईश्वर ने, जिसने मनुष्यों को सम्मिलित रूप से संसार दिया है,**

उन्हें जीवन व सुविधाओं के सर्वोत्तम हित में उसके प्रयोग करने का भी विवेक दिया है। उनकी जाति के निर्वाह व सुविधा के लिए पृथ्वी और उनमें जो कुछ है, मनुष्यों को दिये जाने वाले गये हैं तथा प्राकृतिक रूप से उसमें जो कुछ पैदा होता है, वह और वे पशु जो उस पर चलते हैं, सम्मिलित रूप से मनुष्य जाति के हैं, क्योंकि वे प्रकृति की दया से उत्पन्न होते हैं और उनमें से किसी पर शेष मनुष्य जाति को छोड़कर किसी व्यक्ति का लॉक के अनुसार इस प्रकार मूल रूप से प्रकृति की सम्पूर्ण देन पर सम्पूर्ण मनुष्य जाति का अधिकार होता है, पर यदि कोई व्यक्ति उस पर परिश्रम करे, तो उसके परिणामस्वरूप वह अपनी व्यक्तिगत सम्पत्ति पैदा कर सकता है तथा यही कारण है कि व्यक्ति का सम्पत्ति का अधिकार मान्य समझा जाता है। मूल अधिकार नहीं हाता......यद्यपि भूमि व सब छोटे जीवधारी सम्मिलित रूप से सब मनुष्यों के होते हैं, तथापि अपना व्यक्तित्व प्रत्येक व्यक्ति की अपनी सम्पत्ति होता है। इस प्रकार हम कह सकते हैं कि उसके शरीर का श्रम व उसके हाथों का कार्य ही वस्तुतः उसके होते हैं। अतः प्रकृति द्वारा जो स्थिति प्रदान की गयी है या उसने जो कुछ उसमें छोड़ रखा है, उसमें से वह जो कुछ अलग कर लेता है, उमसें वह अपना श्रम मिला देता है और उसके साथ एक ऐसी वस्तु जोड़ देता है, जो उसकी अपनी होती है तथा इस प्रकार वह उसी अपनी सम्पत्ति बना लेता है।"[1] लॉक के अनुसार इस प्रकार मूल रूप से प्रकृति की सम्पूर्ण देन पर सम्पूर्ण मनुष्य जाति का अधिकार होता है, पर यदि कोई व्यक्ति उस पर परिश्रम करे, तो उसके परिणामस्वरूप वह अपनी व्यक्तिगत सम्पत्ति पैदा कर सकता है तथा यही कारण है कि व्यक्ति का सम्पत्ति का अधिकार मान्य समझा जाता है।

2. सम्पत्ति का अधिकार असीमित व अनियन्त्रित नहीं–लॉक के अनुसार सम्पत्ति का अधिकार असीमित व अनियन्त्रित नहीं हो सकता। इस सम्बन्ध में उसके विचार गाँधी जी द्वारा व्यक्त अपरिग्रह सम्बन्धी विचारों में मिलते-जुलते हैं। गाँधीजी का मत है कि प्रकृति स्वयं उतना उत्पन्न करती है, जितना सृष्टि के लिए आवश्यक होता है। अतः प्रत्येक को उसमें से केवल अपनी आवश्यकता भर के लिए लेना चाहिए। लॉक के विचार भी इस सम्बन्ध में कुछ ऐसे ही हैं। भूमि के सम्बन्ध में उन्होंने कहा है कि, **"उतनी भूमि जितनी को कोई जोतता है, जितनी पर कोई बुवाई करता है, जितनी को कोई उन्नत बनाता है, जितनी पर कोई कृषि करता है तथा जितनी की पैदावार को कोई स्वयं प्रयोग में ला सकता है, उसकी सम्पत्ति होती है"**[2] उदाहरणार्थ फलों के विषय में उसने कहा है कि **"यदि पृथ्वी के फलों को एकत्रित करना उनका (मनुष्यों का) अधिकार है, तो क्या कोई भी उन्हें जितना चाहे उतना इकट्ठा कर सकता है। इसका मेरा उत्तर नाकरात्मक है। प्रकृति का वही नियम है जो इस प्रकार हमें सम्पत्ति देता है,**

उस सम्पत्ति को सीमित भी करता है।''[3] इस प्रसंग में अपने द्वारा उठाये गये इस प्रश्न के उत्तर में कि प्रकृति ने भोग के लिए कितना दिया है, लॉक ने कहा है कि ''**बरबाद किये बिना जीवन के लाभ के लिए जितना कोई प्रयोग में ला सके, उतना वह अपने परिश्रम के द्वारा सम्पत्ति के रूप में अर्जित कर सकता है। (पर) जो कुछ भी उसके अतिरिक्त हो, वह उसके भग के अतिरिक्त होता है ओर वह औरों का होता है, (क्योंकि) ईश्वर ने बिगाड़ने व नष्ट करने के लिए कुछ भी नहीं बनाया है।''**[1]

इस प्रकार व्यक्तिगत सम्पत्ति के सम्बन्ध में लॉक का विचार है कि प्रकृति की देन में अपना श्रम लगाकर व्यक्ति जो कुछ धन पैदा करता है, वह उसकी अपनी सम्पत्ति हो जाती है, पर सम्पत्ति पैदा करने का उसका यह अधिकार अनियत्रित व असीमित नहीं हो सकता।आधुनिक दृष्टिकोण के अनुसार राजनीति विज्ञान की परिभाषा, उसके अध्ययन के क्षेत्र व उसके स्वरूप के विवेचन के प्रकरण में जैसा हमने देखा, आधुनिक व्यवहारवादी राजनीतिवैज्ञानिक राजनीतिविज्ञान को केवल राज्य, सरकार जैसी राजनीतिक संस्थाओं व उनसे सम्बन्धित मनुष्य के क्रिया कलाप का ही अध्ययन नहीं मानते, वरन् वे उसे उस सम्पूर्ण परिवेश का अध्ययन मानते हैं, जिनमें मनुष्य की राजनीतिक अर्थात् राज्य, सरकार, ... अन्य राजनीतिक संस्थाओं व राजनीतिक प्रक्रियाओं आदि से सम्बन्धित गतिविधियाँ, उसकी सामाजिक, आर्थिक, धार्मिक व नैतिक आदि गतिविधियों को प्रभावित करते हुये और उनसे स्वयं प्रभावित होते हुये संचालित होती है। व्यवहारवादियों द्वारा प्रतिपादित राजनीतिविज्ञान की क्षेत्र सम्बन्धी इस धारणा में निहित मुख्य विचार उस व्यापक परिवेश से सम्बन्धित विचार है जिसके विभिन्न अंगों के रूप में विद्यमान अनेक संगठनों के माध्यम से व्यक्ति की गतिविधियाँ चालित होती हैं तथा जो राज्य व सरकार के क्षेत्र से निश्चय रूप से व्यापकतर होता है तथा जिसे समष्टि रूप से राजनीतिक व्यवस्था (Political system) कहा जाता है। राजनीतिक व्यवस्था से क्या तात्पर्य है तथा उसकी परिधि में कौन-कौन से संगठन आते हैं, इसके सम्बन्ध में विभिन्न विचारकों ने विभिन्न प्रकार के विचार व्यक्त किये हैं। उदाहरणार्थ, **पिनॉक व स्मिथ** ने लिखा है कि ''**राज्य राजनीतिक व्यवस्था या राजव्यवस्था नामक बड़े संगठन का एक अंग है। राजनीतिक व्यवस्था समाज की एक उप-व्यवस्था या उसका एक पहलू है। इसमें किसी समाज-विशेष के सब सदस्य सम्मिलित होते हैं, पर उनके सभी पारस्परिक सम्बन्ध या उनके आचरण को प्रभावित करने वाले सभी तत्त्व इसमें सम्मिलित नहीं होते।''**[1]

डेविड ईस्टन ने राजनीतिक व्यवस्था को दो भागों – मुख्य राजनीतिक व्यवस्था व सह राजनीतिक व्यवस्थाओं में विभाजित किया है और कहा है कि ''**समूहों व संगठनों की आन्तरिक राजनीतिक व्यवस्थाओं को मैं सह राजनीतिक व्यवस्थायें**

(Para Political Systems) कहूँगा और राजनीतिक व्यवस्था की धारणा को विश्लेषण किये जाने वाले समाज में समाहित राजनीतिक जीवन की सबसे अधिक समावेशी इकाई (राज्य) के लिये सुरक्षित रखूँगा।" ब्लौण्डेल ने राजनीतिक व्यवस्था के विषय में कहा है कि **"राजनीतिक व्यवस्था का निर्धारण इस आधार पर होता है कि कौन शासन करता है, किस रूप में शासन करता है और किस उद्देश्य से शासन करता है।"** आमण्ड व कोलमैन ने लिखा है कि, **"राजनीतिक व्यवस्था समाज में वैध व्यवस्था बनाये रखने वाली अथवा परिवर्तन लाने वाली पद्धति है।"** कार्ल डब्ल्यू. डायस ने राजनीति व्यवस्था को कुछ निश्चयात्मक ढंग से परिभाषित किया है और कहा है कि, **"राजनीतिक व्यवस्था स्पष्ट रूप से पहचानी जाने योग्य उन इकाइयों की समष्टि होती है जो परस्पर अभिन्न व भिन्न होते हुये भी सुसम्बद्ध होती हैं।"**

राजनीतिक व्यवस्था के विषय में भिन्न-भिन्न विचारकों के उक्त विचारों को यदि देखा जाय तो सबका निष्कर्ष यह निकलता है कि राजनीतिक व्यवस्था का तात्पर्य राजनीतिक क्षेत्र में कार्यरत विविध समुदायों और संगठनों से होता है, जो राजनीतिक निर्णयों में प्रत्यक्ष या अप्रत्यक्ष रूप से भाग लेते हैं।

राजनीतिक व्यवस्था का स्वरूप व उसका क्षेत्र

Nature and Scope of Political System

लोकतन्त्रीय राज्यों के उदय के साथ राजकाज में भाग लेने वाली जनता का आकार बढ़ा, राजनीतिक दल अस्तित्व में आये तथा राजनीति व राजनीतिक व्यवस्था का क्षेत्र राज्य, सरकार, आधुनिक ढंग के उसके विविध अंग, राजनीतिक दल आदि तक व्यापक हो गया। यहाँ यह ध्यान देने की बात है कि परिवर्तन के इस चरण तक राजनीतिक व्यवस्था के परिवेश में केवल वे ही संगठन आये, जिनका सम्बन्ध मनुष्य के परम्परागत एवं विशुद्ध रूप से राजनीतिक समझे जाने वाले कार्यकलापों से था तथा जिनका कोई सम्बन्ध मनुष्य के आर्थिक व सामाजिक आदि कार्यकलापों से नहीं था। पर अब राज्य के समाजवादी रूप की अवधारणा के विकास के साथ राजनीति व राजनीतिक व्यवस्था के रूप व क्षेत्र सम्बन्धी धारणा में पुनः परिवर्तन आया है तथा वह और अधिक व्यापकतर हो गया है। राजनीतिक व्यवस्था का स्वरूप व क्षेत्र वस्तुतः सदा एक-सा नहीं रहा है। नगर राज्यों (City State) के समय में राजनीतिक व्यवस्था का क्षेत्र नगर राज्य व उसका स्वरूप उसके संगठन में आने वाली संस्थाओं- राज्य, सरकार- आदि से मिलकर बनता था। उस समय राज कार्य में जनता का एक भाग ही सक्रिय रहता था। अतः जनता के उसी भाग की गतिविधियाँ राजनीतिक व्यवस्था को प्रभावित करती थी। नगर राज्य की राजनीतिक व्यवस्था में परिवर्तन

हुआ और उसका स्थान जब राष्ट्रीय राज्यों (National State) ने लिया, तो राजनीतिक व्यवस्था का क्षेत्र व्यापक हुआ।

आधुनिक युग में राजनीति हमारे जीवन को पूरी तरह घेरे हुए है। हमारा जीवन अब इतना अधिक राजनीतिमय हो गया है कि अनेक वे विषय, भूतकाल में जिनका राजनीति से कोई सम्बन्ध नहीं होता था अथवा प्रत्यक्ष रूप से जिनमें राजनीति की कोई बात नहीं होती थी, अब राजनीतिक प्रश्न माने जाते हैं और उनसे सम्बन्धित निर्णय अब जन संगठनों के माध्यम से व उनके द्वारा राजनीतिक प्रक्रिया के रूप में होते हैं। हमारे जीवनयापन की छोटी से छोटी बातों से लेकर बड़ी से बड़ी बातों तक सब राजनीतिक परिवेश के भीतर आ गई हैं। हम कैसा पानी पियें, कैसी हवा में श्वांस लें, कैसे मकानों में रहें, हमारी सड़कों की चौड़ाई कितनी व गलियों की सुरक्षा व सफाई कैसी हो, हमारे समाज के पिछड़े अंगों को समाज का उपयोगी अंग कैसे बनाया जाय, हमारे बालकों का लालन-पालन कैसे हो, हमारे युवकों की शिक्षा-दीक्षा कैसी हो, हमारे वृद्धों के स्वास्थ्य की रक्षा कैसे हो, हमारे स्थानीय, क्षेत्रीय व केन्द्रीय स्तर के विविध राजनीतिक व प्रशासनिक निकायों का संगठन कैसे किया जाय, उनके लिये मताधिकार कैसा व मतदान किस प्रकार हो, उनकी कार्य विधि क्या हो, मजदूरी की दर क्या हो, सार्वजनिक उपयोग की वस्तुओं के मूल्य, उनके उत्पादन का ढंग व उनके वितरण की व्यवस्था क्या हो, रोजगार व व्यवसायों की व्यवस्था को किस प्रकार समाज की दृष्टि से उपयोगी बनाया जाय, उत्पादन के किन साधनों को वैयक्तिक क्षेत्र (Private sector) और किन-किन को सार्वजनिक क्षेत्र (Public Sector) में रखा जाय तथा जनता के स्तर पर व देश के स्तर पर किस राज्य की जनता व किस देश से कैसे सम्बन्ध रखे जायँ, आदि वे सब बातें हैं, जिन से सम्बन्धित निश्चय राजनीतिक निर्णयों के परिणाम होते हैं। इसके अतिरिक्त इन निर्णयों को शासन के लिये उत्तरदायी व्यक्ति स्वतन्त्र रूप से ही नहीं करते, वरन् उन्हें सामाजिक, आर्थिक, धार्मिक व अन्य अनेक प्रकार के हितों के प्रतिनिधि समूहों के निरन्तर चलने वाले दबाव में रहते हुये करना पड़ता है। इस प्रकार अब जब राजनीति का क्षेत्र इतना व्यापक हो गया है, राजनीति व्यवस्था का रूप उतना ही व्यापक व उसका क्षेत्र उतना ही विस्तृत हो गया है तथा संगठन की वे सब इकाइयाँ- व्यक्ति, परिवार, ग्राम सभा, ग्राम पंचायत, क्षेत्र समितियाँ, नगर पालिकायें, क्षेत्रीय स्तरके राजकीय व प्रशासकीय संगठन व केन्द्रीय स्तर के राजकीय व प्रशासकीय संगठन, राजनीतिक दल व उनके विविध स्तरों के संगठन, आर्थिक उत्पादन व वितरण का सम्पूर्ण ढाँचा, विविध व्यावसायिक व उपभोक्ता संघ, श्रमिक संघ तथा आर्थिक, सामाजिक, व धार्मिक क्षेत्र में कार्यरत अनेक दबाव समूह, विविध राष्ट्र, राष्ट्र समूह तथा अन्तर्राष्ट्रीय संगठन आदि- जिनकी गतिविधियाँ प्रत्यक्ष या अप्रत्यक्ष रूप से

किसी देश की राजनीति को प्रभावित करती है, राजनीतिक व्यवस्था के अंग माने जाते हैं। इस सम्बन्ध में स्मरणीय है कि उपर्युक्त अनेक संगठन ऐसे हैं, जिनके सब कार्य सामान्यतः राजनीतिक नहीं होते और राजनीतिक व्यवस्था से उनका कोई सम्बन्ध व उस पर उनका कोई प्रभाव नहीं होता। ऐसी दशा में ऐसे संगठन केवल उसी सीमा तक राजनीतिक व्यवस्था के अंग होते हैं, जिस सीमा तक उनके कार्यों के प्रभाव का सम्बन्ध राजनीति से होता है।

राजनीतिक व्यवस्था व समाज व्यवस्था

राजनीतिक व्यवस्था के रूप को समझने के लिये हमें यह समझना भी आवश्यक है कि राजनीतिक व्यवस्था बहुत हद तक सामाजिक व्यवस्था को और सामाजिक व्यवस्था बहुत हद तक राजनीतिक व्यवस्था को निर्धारित व प्रभावित करती है, तथापि वे दोनों अलग-अलग होती हैं। उदाहरणार्थ समाज में विद्यमान अनेक सम्बन्ध जैसे विवाह सम्बन्ध-ऐसे हैं जिनका रूप पूर्णतः वैयक्तिक होता है। पर उन सम्बन्धों के विषय में जब स्थिति ऐसी हो जाती है कि उनका नियमन राज्य द्वारा किया जाना आवश्यक होता है, तो उनका रूप राजनीतिक हो जाता है और वे राजनीतिक व्यवस्था का अंग बन जाते हैं। इसी प्रकार अनेक सामाजिक व्यवस्थायें व प्रथायें ऐसी होती हैं जिनके अनुसार राज्य को अपनी व्यवस्था बनानी पड़ती है।

राजनीतिक व्यवस्था व आर्थिक व्यवस्था

राजनीतिक व्यवस्था के रूप को समझने के लिये यह भी आवश्यक है कि हम राजनीतिक व्यवस्था व राज्य के अन्तर व उनके पारस्परिक सम्बन्ध को समझ लें। बहुत समय से राज्य, शासन अथवा राष्ट्र शब्दों का प्रयोग राजनीतिक व्यवस्था के समानार्थी के रूप में किया जाता रहा है। पर अब यदि राजनीतिक ढ़ाँचे के व्यापक रूप के लिये राजनीतिक व्यवस्था शब्द का प्रयोग किये जाने पर जोर दिया जाता है, तो इसका कारण यह है कि प्राचीन शब्दों व आधुनिक शब्दों में नाम के भेद के अतिरिक्त कुछ अर्थ का भेद भी है।राजनीतिक व्यवस्था व आर्थिक व्यवस्था का सम्बन्ध भी पारस्परिक सम्बद्धता का होते हुये भी पारस्परिक भिन्नता का है। यह ठीक है कि राजनीतिक व्यवस्था बहुत हद तक समाज की आर्थिक व्यवस्था का नियमन करती है, तथा आर्थिक व्यवस्था से भी बहुत हद तक राजनीतिक व्यवस्था के रूप का निर्धारण होता है, परन्तु वे दोनों ही व्यवस्थायें सामान्यतः अलग-अलग हैं। आर्थिक व्यवस्था के संगठनों का रूप राजनीतिक तभी होता है जब उनके कार्यों का नियमन राज्य द्वारा किया जाना आवश्यक हो जाता है तथा उसी हद

तक उनका रूप राजनीतिक व्यवस्था के अंग का होता है। उदाहरणार्थ, श्रमिक अपने कारखाने के मालिक का कार्य करते हैं, वे उसके लिये वेतन, भत्ते व बोनस लेते हैं। इस प्रकार जब तक यह कार्य उन दोनों पक्षों के बीच तक सीमित रहता है, उसका राजनीति व राजनीतिक व्यवस्था से कोई सम्बन्ध नहीं होता, परन्तु जब श्रमिक संगठित होकर मालिक से अपनी मांगों को मनवाने के लिये आन्दोलन या हड़ताल करने लगते हैं, तो उनका यह कार्य राजनीतिक हो जाता है और राज्य द्वारा उसके नियमन की आवश्यकता स्पष्ट हो जाने के कारण उस हद तक श्रमिक संगठन राजनीतिक व्यवस्था के अंग बन जाते हैं।

राजनीतिक व्यवस्था का रूप व्यापक व राज्य का रूप सीमित होता है। राज्य या शासन या राष्ट्र की व्यवस्था का अर्थ सामान्यत: उसके संस्थात्मक रूप में सीमित होता है। राज्य की बात करते समय हमारा ध्यान अमूर्त रूप से राज्य संस्था के अस्तित्व व मूर्तरूप में उनके शासन की व्यवस्था की ओर जाता है, जिसमें किसी समाज के राजनीतिक जीवन के क्षेत्र में कार्यरत शासकीय रूप से मान्य संस्थाओं का एक समूह सम्मिलित होता है। पर जब हम राजनीतिक व्यवस्था (Politicial System) की चर्चा करते हैं, तो हमारा तात्पर्य राज्य व शासन तथा राजकीय रूप से मान्य राजनीतिक संस्थाओं के क्षेत्र से व्यापकतर उस क्षेत्र से होता है जिसमें राज्य, शासन, औपचारिक रूप से शासन द्वारा मान्य अन्य राजनीतिक संस्थाओं के अतिरिक्त राजनीतिक क्षेत्र की औपचारिक संस्थायें तथा सामाजिक, आर्थिक व धार्मिक एवं अन्तर्राष्ट्रीय आदि क्षेत्रों की वे संस्थायें भी सम्मिलित होती हैं, जिनके कार्य प्रत्यक्ष या परोक्ष रूप से राजनीति को प्रभावित करते हैं। **आमण्ड व पावेल** ने कहा है कि "राजनीतिक व्यवस्था के अन्तर्गत व्यवस्थापिका, न्यायालय और शासन के अभिकरण जैसे सरकारी संस्थायें ही सम्मिलित नहीं होतीं, वरन् अपने राजनीतिक पहलू की दृष्टि से सभी संगठन सम्मिलित होते हैं। उसमें रक्त सम्बन्ध और जाति समूह जैसे पारम्परिक संगठन भी होते हैं और हत्या, दगें, उपद्रव और प्रदर्शनों से सम्बन्धित तत्त्व तथा दलों, हित-समूहों व संचार साधनों जैसे औपचारिक संगठन भी सम्मिलित होते हैं।" इस प्रकार यह स्पष्ट है कि राजनीतिक व्यवस्था की धारणा राज्य और जो कुछ राजकीय है उससे व्यापकतर है। राजनीतिक व्यवस्था की धारणा राज्य की धारणा से अधिक गतिशील भी है- राज्य की धारणा में राजनीतिक जीवन में जो कुछ है, यदि वह निहित है, तो राजनीतिक व्यवस्था की धारणा में इसके अतिरिक्त उसमें जो हो सकता है, वह भी सम्मिलित होता है। राजनीतिक व्यवस्था का सम्बन्ध विविध राजनीतिक व सम्बन्धित गैर-राजनीतिक संगठनों (Organisations) संघटकों, (Structures) समुदायों (Groups) आदि की निरन्तर परिवर्तनीय स्थिति से भी होता

है। उसके अध्ययन में राजनीतिक जीवन में परिवर्तनों को सम्भव बनाने वाले तत्त्वों को भी सम्मिलित माना जाता है तथा उनसे सम्बन्धित अध्ययन का विचारणीय विषय यदि यह भी होता है कि वांछित दिशा में होने वाले परिवर्तनों को किस प्रकार सम्भव बनाया जाये, तो यह भी होता है कि अवांछित दिशा में होने वाले परिवर्तनों को कैसे रोका जाय। इस प्रकार हम देखते हैं कि राज्य की धारणा की तुलना में राजनीतिक व्यवस्था की धारणा एक स्थिर धारणा (Static Concept) न होकर एक गतिशील धारणा (dynamic concept) है।

राजनीतिक व्यवस्था में सम्मिलित संस्थाओं व उनकी गतिविधियों का अध्ययन एक व्यवस्था के रूप में क्यों किया जाना चाहिये?

कार्ल डब्ल्यू. डायस ने कहा है कि, **"कोई व्यवस्था उस सामान्य समूह के विपरीत जिसे किसी बाहरी साधनों में एक बनाये जा सकता है, अपने भीतर से ही एक बनी रहती है।"** किसी व्यवस्था का निर्माण पारस्परिक पर निर्भरता से होता है, आमण्ड व पावेल ने भी व्यवस्था के इसी लक्षण पर बल दिया है और कहा है कि ,**"व्यवस्था में व्यवस्था के अंगों की पारस्परिक पर निर्भरता का भाव निहित होता है।"** यह बात राजनीतिक व्यवस्था के विषय में भी पूर्णतया सत्य है। ऐसी दशा में राजनीतिक व्यवस्था में सम्मिलित विविध अंगों का अध्ययन पूर्णतः अलग अस्तित्व वाले घटकों के रूप में नहीं किया जा सकता, वरन् सही रूप में उनका अध्ययन परस्पर घनिष्टतया सम्बद्ध अनेक किन्तु एकता में बंधे संघटनों से बनी व्यवस्था के रूप में ही किया जा सकता है। सामाजिक व आर्थिक व्यवस्था के संघठनों में होने वलो परिवर्तनों के साथ राजनीतिक व्यवस्था के संघटकों में तथा राजनीतिक व्यवस्था के संघठनों में होने वाले परिवर्तनों के साथ सामाजिक व आर्थिक व्यवस्था के संघठनों में परिवर्तन होता है। उदाहरणार्थ, अमेरिका व इंगलैण्ड सदियों से द्विदल प्रणाली वाले देश रहे हैं तथा उनकी राजनीतिक व्यवस्था का रूप उस प्रणाली के अनुसार रहा है। पर यदि वहाँ की दलीय व्यवस्था में कोई परिवर्तन आये और वहाँ बहुदल व्यवस्था पनप जाये, तो वहाँ की राजनीतिक व्यवस्था में पाया जाने वाला स्थायित्व का तत्त्व अवश्य कम होगा। इसी प्रकार भारत में विद्यमान रक्त व जाति सम्बन्धी बन्धनों में यदि कोई परिवर्तन आये तो उसका प्रभाव निश्चय ही भारतीय राजनीतिक व्यवस्था में परिवर्तन लायेगा। राजनीतिक व्यवस्था में विविध संघटकों (structures) की स्थिति शरीर के विविध अंगों की तरह पारस्परिक पर निर्भरता की होती है तथा शरीर के विविध अंगों की स्थिति की तरह ही राजनीतिक व्यवस्था के विविध संघटकों में से किसी एक में हुये परिवर्तनों का प्रभाव दूसरे संघटकों पर अवश्य पड़ता है। अतः किन्हीं भी सार्वजनिक रूप से प्रभावकारी परिवर्तनों

के प्रभाव को पूरी तरह समझने के लिये यह आवश्यक है कि राजनीतिक व्यवस्था के उन सभी संगठनों का अध्ययन सम्बद्ध रूप में एक व्यवस्था के रूप में किया जाय, जिन पर उस परिवर्तन का प्रभाव परिलक्षित होता हो। उदाहरणार्थ, यदि किन्हीं दबाव गुटों की स्थिति में अन्तर होता है तो उसका प्रभाव सम्पूर्ण राजनीतिक व्यवस्था पर होता है। इसके विपरीत अनेक राजनीतिक निर्णयों का प्रभाव व्यवस्था में विद्यमान सभी प्रकार के दबाव समूहों व हित समूहों पर पड़ता है।

राजनीतिक की सामान्य विशेषतायें

Genral Political Systems

व्यक्ति व व्यक्तियों के वर्ग अपने समाज की राजनीति में भाग कुछ साधनों के आधार पर लेते हैं। वे साधन जिनके आधार पर लोग राजनीति में भाग लेते हैं- अर्थात् जिनसे सम्पन्न होने पर वे राजनीति में अपने को प्रभावी बनाते हैं- उनमें शक्ति, धन, सामाजिक स्तर, शिक्षा, जन बल, वैचारिक श्रेष्ठता, कूट बुद्धि आदि अनेक वस्तुयें आती हैं। यही कारण है कि यह कहा जाता है कि राजनीति धनवानों की है, वह शक्तिशालियों की है, वह बड़े लोगों की है, वह बहुसंख्यकों की है, वह कुटिल लोगों की है अथवा वह बुद्धि वालों की है। वास्तविकता इस सम्बन्ध में यह है कि ये संसाधन सब लोगों को समान रूप से प्राप्त नहीं होते। उदाहरणार्थ, आर्थिक आधार पर सभी समाजों में प्रायः उच्च वर्ग, मध्ययम वर्ग (उच्च मध्यम वर्ग व निम्न मध्यम वर्ग) तथा निम्न वर्ग नामक तीन वर्ग होते हैं तथा राजनीति पर उन तीन वर्गों का प्रभाव उनकी आर्थिक स्थिति के अनुसार होता है।

विश्व में समय-समय पर जो भी राजनीतिक व्यवस्थायें होती हैं, वे अनेक प्रकार से भिन्न व अनेक प्रकार से अभिन्न होती हैं। फिर भी उनकी कुछ सामान्य विशेषतायें होती हैं, जिन्हें हम निम्न प्रकार रख सकते हैं: परिवर्तनशीलता सभी राजनीतिक व्यवस्थाओं की एक प्रमुख विशेषता होती है। सभी राजनीतिक व्यवस्थायें निरन्तर होने वाले परिवर्तनों के दौर से गुजरती रहती हैं। अनेक बार वे परिवर्तन स्पष्ट और अनेक बार वे अस्पष्ट होते हैं। परिवर्तन की प्रक्रिया में भी राजनीतिक व्यवस्थाओं के रूप पूरी तरह बदल जाते हैं। यही कारण है कि अब तक विश्व के सामने अनके प्रकार की राजनीतिक व्यवस्थायें आ चुकी हैं।

राजनीतिक संसाधनों की इस प्रकार की असमान प्राप्ति के अनेक कारण होते हैं। यह असमानता जन्म के कारण, उत्तराधिकार के कारण, योग्यता व क्षमता के कारण, शिक्षा के कारण, पर्यावरण आदि के कारण होती है। हितों की समानता के कारण, अनेक लोग जब एकताबद्ध हो जाते हैं, तो उन्हें जन समर्थन का एक राजनीतिक संसाधन प्राप्त हो जाता है। राजनीतिक व्यवस्थाओं का राजतन्त्रीय होना,

कुलीन तन्त्रीय होना, जन तन्त्रीय होना, अधिनायकतन्त्रीय होना, पूँजीवादी होना तथा समाजवादी होना, राजनीतिक संसाधनों के असमान वितरण के ही परिणाम का परिचायक है।

जो लोग राजनीति में प्रभावी होने के लिये सचेष्ट होते हैं, वे उसमें समान रूप से सफल नहीं होते। इसका परिणाम यह होता है कि सभी राजनीतिक व्यवस्थाओं में राजनीतिक प्रभाव का वितरण असमान रूप से रहता है। राजनीतिक प्रभाव की यही असमानता राजनीतिक रूप से प्रभावशाली लोगों को शासक व अप्रभावशाली लोगों को शासित बना देती है। इस बात को मानवीय जीवन में प्रारम्भ से अब तक के काल के इतिहास में लगातार देखा जा सकता है।

यद्यपि सब लोग राजनीति में प्रत्यक्ष भाग नहीं लेते और बहुत से लोग राजनीति के प्रति उदासीन रहते हैं, फिर भी एक बड़ी संख्या में लोग, विशेषत: आधुनिक व्यवस्थाओं में, राजनीति में अपने को प्रभावी बनाने के लिये सचेष्ट रहते हैं, जिससे राजनीतिक व प्रशासकीय निर्णय उनके हितों के अनुकूल हों तथा राजनीतिक व्यवस्था से प्राप्त होने वाले लाभ उन्हें अधिक से अधिक मिल सकें।

राजनीतिक व्यवस्था के सभी अंग अपने-अपने उद्देश्यों को औचित्यपूर्ण समझते हुये उन्हें अपनी-अपनी दृष्टि से औचित्यपूर्ण ढंगों से सिद्ध करने का प्रयत्न करते हैं। व्यवस्था के सभी अंग चाहें वे कितने ही अधिक शक्तिशाली क्यों न हों, अपने उद्देश्यों की सिद्धि बलपूर्वक ही नहीं कर सकते। राज्य स्वयं राजनीतिक व्यवस्था का सबसे अधिक शक्तिशाली अंग होता है, व्यवस्थापिका उसके उद्देश्यों की सिद्धि के अनुकूल निर्णयों के अनुसार विधियों का निर्माण करती है तथा शासन उसके निर्णयों का क्रियान्वय करने वाला अभिकरण होता है। पर सामान्यत: राज्य की विधियों के निर्माण के ऐसे कोई उद्देश्य नहीं हो सकते जो औचित्यपूर्ण न हों, उसकी ओर से व्यवस्थापिका कोई ऐसी विधियाँ नहीं बना सकती जिनका आधार औचित्यपूर्ण न हो तथा शासन उन्हें ऐसे ढंगों से क्रियान्वित नहीं कर सकता जो उचित न हों। यही कारण है कि राज्य जब ऐसे किसी कार्य को अपना उद्देश्य बना लेता है जिसका कोई सामाजिक औचित्य न हो, या व्यवस्थापिका ऐसी कोई विधि बना देती है जो सामाजिक नैतिकता व विश्वाास के प्रतिकूल हो, अथवा शासन की ओर से कोई ऐसे आदेश जारी कर दिये जाते हैं, जो सामान्य औचित्य पर आधारित न हों, तो राजनीतिक व्यवस्था के अन्य अंगों की ओर से उन सबका विरोध होता है, जो वैधानिकता व शान्तिप्रियता की सीमा को पार करके कभी-कभी अवैधानिक व हिंसापूर्ण भी हो जाता है।

राजनीतिक संसाधनों की प्राप्ति के लिये प्रयत्नरत लोगों में एक प्रतियोगिता सदा चलते रहने के कारण अनेक वैचारिक व व्यवहारिक संघर्ष चलते रहते हैं। राजनीतिक व्यवस्था में इन सघर्षों के समाधान की एक प्रक्रिया सदा चलती रहती है। इन द्वन्द्वों के समाधान अनेक बार मध्यस्थता से, अनेक बार पंच निर्णय से अनेक बार आपसी वार्ता से, अनेक बार आन्दोलनों से तथा अनेक बार आन्तरिक गृह-युद्धों तथा अन्तर्राष्ट्रीय युद्धों से होते हैं। इन द्वन्द्वों के समाधान अनेक बार केवल राज्येत्तर संस्थाओं के बीच में हो जाते हैं, तो अनेक बार वह राजकीय व्यवस्था के माध्यम से होते हैं।

राजनीतिक दृष्टि से प्रभावशाली राजनीतिक व्यवस्था के अंग अपने कार्यों की औचित्यपूर्णता सिद्ध करने के लिये किसी एक सामान्य दर्शन का प्रतिपादन किया करते हैं। सामान्यतः जन कल्याण प्रत्येक राजनीतिक व्यवस्था का उद्देश्य होता है। पर जिस प्रकार के दर्शन को आधार बनाकर चलने से जन कल्याण के उद्देश्य की साधना हो सकती है, प्रत्येक राजनीतिक व्यवस्था के प्रभावशाली अंग उसका प्रतिपादन व प्रचार करते हैं, जिससे जन-साधारण का सहयोग व समर्थन उन्हें प्राप्त होता रहे। इन दर्शनों का रूप बदलता रहता है तथा यही कारण है कि राजनीतिक व्यवस्था को 'बहुजन हिताय व बहुजन सुखाय' बनाने के लिये राजनीति में अब तक अनेक वादों (Isms) का प्रतिपादन हो चुका है। ये दर्शन अलग-अलग राजनीतिक व्यवस्थाओं में अलग-अलग भी होते हैं। उदाहरणार्थ पश्चिम के देशों की लोकतन्त्रीय राजनीतिक व्यवस्थाओं के दर्शन को यदि 'विकासवादी समाजवाद'(Evolutionary Socialism) का दर्शन कहा जाता है, तो साम्यवादी राजनीतिक व्यवस्थाओं के दर्शन को 'क्रान्तिवादी समाजवादी' (Revolutionary Socialism) कहा जाता है। एक ही राजनीतिक व्यवस्था में किन्हीं क्षेत्रों में एक ही समय पर दर्शनों के किसी विशुद्ध रूप के स्थान पर एक से अधिक दर्शनों की बातें मान्य हो सकती हैं। जैसे भारत में आर्थिक क्षेत्र में एक ऐसे दर्शन को मान्यता प्रदान की जाती रही है जिसमें छोटे उद्योगों के संचालन के लिये वैयक्तिक क्षेत्र (Private Sector) तथा बड़े उद्योगों के संचालन के लिये सरकारी क्षेत्र (Public or Government Sector) की व्यवस्था को उचित माना गया है और इस कारण जिसे मिश्रित व्यवस्था (Mixed Economy) का दर्शन कहा जाता है। कोई भी राजनीतिक व्यवस्था अन्य राजनीतिक व्यवस्थाओं से अलग एकाकी स्थिति में नहीं रह सकती।

सभी राजनीतिक व्यवस्थायें एक दूसरे को अनेक दृष्टियों से प्रभावित करती रहती हैं। उदाहरणार्थ पश्चिमी ढंग के एक समय के पूँजीवादी लोकतन्त्रों को यदि समाजवादी लोकतन्त्रों के अस्तित्व के कारण अनेक समाजवादी आर्थिक कार्यक्रमों

को अपनाकर यदि विकासवादी समाजवाद को अपनाना पड़ा है, तो पूर्व के क्रान्तिकारी लोकतन्त्रों को भी अपने यहाँ अब तक प्रचलित सैन्यीकृत (regimented) जीवन में ढील देकर और लोगों को वैयक्तिक स्वतन्त्रतायें प्रदान करके अपने लोकतंत्रों को राजनीतिक लोकतन्त्र भी बनाने के लिए बाध्य होना पड़ा है। राजनीतिक व्यवस्थायें अन्य व्यवस्थाओं को पूर्वापरिरूप में भी प्रभावित करती हैं। एक व्यवस्था समाप्त होकर दूसरी व्यवस्था प्रचलन में आ जाती है, पर बाद की व्यवस्था में पहली व्यवस्था के कुछ तत्त्व बने रह जाते हैं। उदाहरणार्थ, इंगलैंड में राजतन्त्रीय राजनीतिक व्यवस्था समाप्त होकर वहाँ अब लोकतन्त्रीय व्यवस्था का प्रचलन हो गया है, परन्तु फिर भी राजतन्त्रीय व्यवस्था का एक प्रतीक सम्राट्-पद वहाँ अब भी बना हुआ है।

राजनीतिक व्यवस्थाओं का वर्गीकरण

Classification of Political Systems

जिन सामान्य विशेषताओं का विवेचन ऊपर किया गया है, उनकी दृष्टि से राजनीतिक व्यवस्थायें समान होती हैं, तथापि उनमें कुछ महत्त्वपूर्ण असमानतायें भी होती हैं और उन असमानताओं के आधार पर उनका वर्गीरकरण किया जाता है। एक समय था जब राजनीतिक व्यवस्था का क्षेत्र राज्य व उसके शासन की व्यवस्था तक ही सीमित माना जाता था। राजनीतिक व्यवस्था की उस प्रकार की धारणा के समय व्यवस्थाओं के वर्गीकरण भी उसी दृष्टिकोण के अनुसार किये गये। लॉक ने राजनीति विज्ञान की उस शाखा की नींव रख कर जिसे उन्होंने 'शासन व राजनीति का तुलनात्मक अध्ययन' (Comparative Government of Politics) का नाम दिया, राजनीतिक व्यवस्थाओं का जो वर्गीकरण किया, वह राजनीतिक व्यवस्थाओं से सम्बन्धित उसी दृष्टिकोण पर आधारित था। इस प्रकार के दृष्टिकोण पर आधारित राजनीतिक व्यवस्थाओं के वर्गीकरण का प्रचलन लॉक के समय से पूरे मध्य काल में प्रचलित रहा और आधुनिक काल में भी प्रचलित है। राजतन्त्र (Monarchy), कुलीनतन्त्र (Aristocracy), व लोकतन्त्र (Democracy) के रूपों में किया गया शक्ति के औपचारिक एकत्रीकरण (Formal concentration of power) पर आधारित वर्गीकरण, एकात्मक (Unitary) व संघीय (Federal) शासनतन्त्रों के रूप में शक्ति के क्षेत्रीय वितरण (territoriol distribution of power) पर आधारित वर्गीकरण, तथा सभात्मक (Conventional), राष्ट्रपतीय या अध्यक्षीय (Presidential) व संसदीय (Parliamentary) शासन तन्त्रों के रूपों में शासन के विविध अंगों के पारस्परिक सम्बन्ध पर आधारित वर्गीकरण और अधिनायकतन्त्र (dictatorship) के रूप में जोड़ा गया शक्ति के वास्तविक केन्द्रीकरण पर आधारित शासन का वर्ग राजनीतिक व्यवस्था की पारम्परिक धारणा पर आधारित वर्गीकरण के अन्तर्गत आने वाले राजनीतिक व्यवस्थाओं

के प्रकार हैं।

आधुनिक दृष्टिकोण पर आधारित वर्गीकरण

राजनीतिक व्यवस्था की आधुनिक धारणाा के अनुसार अब उनके विविध रूपों का विवेचन व वर्गीकरण भी आधुनिक धारणा के अनुसार किया जाने लगा है तथा कुछ विद्वानों द्वारा नये प्रकार के वर्गीकरण प्रस्तुत किये गये हैं।

ऐसा एक प्रयत्न समाजशास्त्री मैक्सवेबर द्वारा किया गया है। उसने राजनीतिक व्यवस्थाओं का वर्गीकरण शासकों की.सत्ता की प्रवृत्ति के आधार पर किया है, यद्यपि ऐसा करने में उसने केवल औचित्यपूर्ण राजनीतिक व्यवस्थाओं पर ही विचार किया है। शासकों की सत्ता की प्रकृति के आधार पर औचित्यपूर्ण राजनीतिक व्यवस्थाओं के मैक्सवेबर ने दो प्रकार बताये हैं जिन्हें उसने परम्परावादी (Traditional) व करिश्मावादी (Charismatic) राजनीतिक व्यवस्थाएँ कहा है।

औचित्यपूर्ण परम्परावादी राजनीतिक व्यवस्था- किसी राजनीतिक व्यवस्था में अधीनस्थ लोग जब सत्ताधारियों द्वारा बनायी जाने वाली विधियों, उनके द्वारा जारी किये जाने वाले आदेशों व निर्देशों का पालन इस विश्वास के साथ करते हैं कि वे सब वैधानिकता पर आधारित हैं, तो उस वयवस्था को औचित्यपूर्ण राजनीतिक व्यवस्था कहा जाता है और जब इस प्रकार की राजनीतिक व्यवस्था में सत्ताधारियों की विधियाँ व उनके आदेश व निर्देश मान्य सामाजिक परम्पराओं पर आधारित होते हैं, तो ऐसी औचित्चपूर्ण राजनीतिक व्यवस्था को परम्परावादी (Traditional) राजनीतिक व्यवस्था कहा जाता है।

औचित्यपूर्ण करिश्मावादी राजनीतिक व्यवस्था- जब किसी औचित्यपूर्ण राजनीतिक व्यवस्था में सत्ताधारियों द्वारा निर्मित विधियों व उसके आदेशों व निर्देशों का पालन अधीनस्थ लोग सत्ताधारी व्यक्ति के व्यक्तित्व की महानता, उसके गुणों की मान्यता व उसकी लोकप्रियता के जादू या करिश्मा के कारण करते हैं, तो ऐसी राजनीतिक व्यवस्था को औचित्यपूर्ण करिश्मावादी राजनीतिक व्यवस्था कहा जाता है।

वेबर का वर्गीकरण आधुनिक अवश्य है किन्तु वह वैज्ञानिक नहीं है। उसका रूप आनुभाविक (emprical) है, क्योंकि वह किन्हीं बाहरी तत्त्वों को महत्त्व न देकर शासन के प्रति शासितों की धारणा के आधार पर राजनीतिक व्यवस्थाओं पर विचार करता है। पर उसे वैज्ञानिक नहीं कहा जा सकता, क्योंकि उनमें उन अन्य अनेक आधारों की उपेक्षा कर दी गई है जिनसे राजनीतिक व्यवस्थाओं के विविध रूपों का निर्धारण होता है और उसमें राजनीतिक व्यवस्थाओं के उन सभी प्रकारों को स्थान नहीं दिया गया है जिनका अध्ययन राजनीतिशास्त्र के आंधुनिक विद्यार्थी को करना पड़ता है।

रोबर्ट ए. डाहल का वर्गीकरण

डाहल ने राजनीतिक व्यवस्थाओं के वर्गीकरण को एक कठिनाईपूर्ण कार्य माना है। फिर भी उन्होंने उनका वर्गीकरण तीन आधारों पर किया जाना उचित बताया है–

(1) वर्गीकरण का दूसरा आधार डाहल ने उन लोगों की संख्या को माना है जिनका प्रभाव राजनीतिक व्यवस्था की गतिविधियों पर पड़ता है अथवा यह कहना चाहिये कि जिनका प्रभाव राजनीतिक व्यवस्थाओं के निर्णयों पर पड़ता है। इस आधार के अनुसार राजनीतिक व्यवस्था के निर्णयों को प्रभावित करने वाले व्यक्तियों की संख्या एक, कुछ या बहुल हो सकती है तथा इस आधार पर भी राजनीतिक व्यवस्थाओं के प्रकार भिन्न हो सकते हैं।

(2) उप-व्यवस्थाओं की संख्या व उन्हें प्राप्त स्वायत्तता के आधार पर भी डाहल ने राजनीतिक व्यवस्थाओं का वर्गीकरण किया है। इस आधार पर जिन राजनीतिक व्यवस्थाओं में उप-व्यवस्थाओं की संख्या अधिक तथा जिन्हें प्राप्त स्वायत्तता की मात्रा भी अधिक होती है, उन्हें बहुलवादी (Pluralistic) तथा जिनमें उपव्यवस्थाओं की संख्या अपेक्षाकृत कम व उन्हें प्राप्त स्वायत्तता भी कम होती है, उन्हें एकात्मक (Unitary) समझा जाता है।

(3) वर्गीकरण का पहला आधार डाहल ने शासन व उसके कर्णधारों की शक्ति के औचित्य की मान्यता की स्थिति को माना है। इस आधार पर डाहल के अनुसार यदि शासन व उसके कर्णधारों की शक्ति की मान्यता इस कारण होती है कि उसे लोग औचित्यपूर्ण मानते हैं, तो ऐसे शासन को औचित्यपूर्ण राजनीतिक व्यवस्था कहा जायेगा तथा यदि उनकी मान्यता शासन व उसके कर्णधारों के आतंक के कारण होती है तो ऐसी राजनीतिक व्यवस्था को आतताई राजनीतिक व्यवस्था माना जायेगा।

राजनीतिक आधुनिकीकरण

राजनीतिक व्यवस्थाओं में अनेक व्यवस्थायें अथवा अवधारणायें प्रचलित हैं। इनमें एक प्रमुख राजनीतिक अवधारणा आधुनिकीकरण की अवधारणा भी है। यह अवधारणा पश्चिमी देशों की देन मानी जाती है। धीरे-धीरे यह अवधारणा अन्य देशों में फैलती चली गयी है। कुछ विचारक इसे राजनीतिक विकास की प्रक्रिया का परिणाम मानते हैं। राजनीतिक व्यवस्थाओं में निरन्तर परिवर्तन की प्रक्रिया चलती रहती है जिसमें अनेक निश्चित लक्ष्य, उद्देश्य तथा मूल्य शामिल होते हैं।

द्वितीय विश्वयुद्ध के बाद एशिया तथा अफ्रीका में साम्राज्यवाद और उपनिवेशवाद की समाप्ति के बाद नये स्वतन्त्र राष्ट्रों की स्थापना हुई। इन नव स्वतन्त्र

देशों ने आधुनिक संरचना वाली राजनीतिक व्यवस्थाओं को अपनाया तथा इन्हीं व्यवस्थाओं के माध्यम से अपने परम्परागत सामाजिक तथा आर्थिक ढाँचे का आधुनिकीकरण करने की कोशिश की लेकिन ज्यादातर देशों में आधुनिकीकरण की प्रक्रिया में अनेक समस्यायें उत्पन्न हुई हैं। जैसे- इन देशों में-

(1) नेतृत्व उन लोगों को मिला जिन्होंने अपने राजनीतिक प्रतिद्वन्द्वियों के दमन में विश्वास किया तथा आर्थिक क्षेत्र में विवेकपूर्ण नीतियों को लागू करने में असमर्थ रहे।

(2) कई देशों में सैनिक क्रान्तियाँ हुई,

(3) राजनीतिक अस्थिरता उत्पन्न हुई,

(4) समाज के विभिन्न वर्गों में संघर्ष शुरू हुये,

(5) राजनीतिक नेतृत्व और नौकरशाही भ्रष्ट एवं अकुशल रही है,

(6) राजनीतिक दलों में उठा-पटक बनी रही,

(7) जनसंख्या वृद्धि गति तीव्र रही है, एवं

(8) आर्थिक विकास की गति अपेक्षाकृत धीमी रही है।

(9) व्यवस्थापिका तथा न्यायपालिका के अधिकार क्षेत्र में बदलाव आता रहा है,

(10) जनमत के साधनों पर सरकारी नियन्त्रण बढ़ा है,

इस प्रकार ये देश उपर्युक्त प्रकार की समस्याओं से ग्रसित रहे हैं तथा वर्तमान में भी अनेकों ऐसी ही समस्याओं से जूझ रहे हैं तथा आधुनिकीकरण की दिशा में प्रयासरत हैं। सामान्यतया तीसरी दुनिया के देशों के (एशिया, अफ्रीका तथा लेटिन अमेरिकी देश) इस राजनीतिक घटनाक्रम को समझने के लिये ही राजनीतिक आधुनिकीकरण की अवधारणा की स्थापना की गयी है। आधुनिक अनेक विचारक तो आधुनिकीकरण को एक जटिल, मिश्रित तथा बहुस्तरीय सम्प्रत्य कहते हैं। यह साामाजिक विकास की एक ऐसी प्रक्रिया है जिसके द्वारा अविकसित अथवा विकासशील देश अपने से अधिक विकसित देशों के संरचनात्मक लक्षणों को प्राप्त करने की कोशिश करते हैं।

राजनीतिक आधुनिकीकरण एक विकासोन्मुखी प्रक्रिया मानी जाती है। यह एक व्यापक तथा बहुस्तरीय अवधारणा का एक अंग भी मानी जाती है। आधुनिकीकरण की प्रक्रिया जब राजनीति में आती है तो इसे राजनीतिक आधुनिकीकरण के नाम से जाना जाता है। राजनीतिक आधुनिकीकरण की प्रक्रिया में पुरानी एवं परम्परागत राजनीतिक व्यवस्था को आधुनिक राजनीतिक व्यवस्था में रूपान्तरित करने की कोशिश करते हैं अर्थात् जब कोई अविकसित या विकासशील राजनीतिक व्यवस्था स्वयं को

अपने से अधिक विकसित राजनीतिक व्यवस्था में परिवर्तित करने की कोशिश करती है तो उसके इस क्रियात्मक प्रयास को राजनीतिक आधुनिकीकरण की प्रक्रिया कहा जाता है। इसे विभिन्न विद्वानों ने निम्न प्रकार परिभाषित किया है–

के.ई.वेल्श जूनियर के शब्दों में, "राजनीतिक आधुनिकीकरण साधनों के विवेकपूर्ण उपयोग पर आधारित एक प्रक्रिया है जिसका लक्ष्य एक आधुनिक समाज की स्थापना करना है।"

एडवर्ड शिल्स के अनुसार, "आधुनिकीकरण, सामाजिक एवं आर्थिक क्षेत्रों में परम्परागत जीवन पद्धति के स्थान पर जीवन की आधुनिक पद्धति को अपनाना है। यह पश्चिमीकरण भी कहा जा सकता है यद्यपि नये राष्ट्र पश्चिमी राष्ट्रों के प्रभाव से स्वतन्त्र रहना चाहते हैं।"

एडम स्मिथ के शब्दों में, "आधुनिकीकरण की प्रक्रिया में यह जानकारी निहित होती है कि इतिहास एक निश्चित दिशा की ओर बढ़ रहा है तथा इस दिशा को खोजने का सतत् प्रयास किया जाता है।"

कौलमैन के मतानुसार, "राजनीतिक आधुनिकीकरण में राजनीति तथा शासकीय संरचनाओं में अपेक्षाकृत अधिक मात्रा में विभेदीकरण, सुस्पष्टता तथा कार्यात्मक विशिष्टता उत्पन्न करना है जिसकी वजह से राजनीतिक तन्त्र में कार्यों को सम्पन्न करते समय उसमें नियमितता पायी जाती है। ..... इसे राजनीतिक आधुनिकीकरण के नाम से जाना जाता है।"

ल्युसियन पाई के अनुसार, "राजनीतिक आधुनिकीकरण में शासकीय शासन एवं सत्ता में कार्यों के सम्बन्धों में विशिष्टता की मात्रा निहित होती है। इसमें शासन-तन्त्र में राष्ट्रीय प्रयत्नों के माध्यम से जनसाधारण को एक करने की क्षमता बढ़ती जाती है। इसके साथ-साथ जनता में सहभागिता की प्रक्रिया का विस्तार होता है। इस तरह शासकीय निर्णय को प्रभावित करने की क्षमता का नाम ही राजनीतिक आधुनिकीकरण है।"

हन्टिंगटन के अनुसार, "राजनीतिक आधुनिकीकरण एक बहुमुखी प्रक्रिया है जिसका सम्बन्ध मानवीय चिन्तन तथा गतिविधियों के सभी क्षेत्र में परिवर्तन से है।"

मॉर्टन आर.डेविस और वाहन ए.लेविस के अनुसार, "...........उद्देश्य आधुनिक होना है। गतिशील जनता के हितों के प्रति रुचिवान, लोकतान्त्रिक, समाजवादी, वैज्ञानिक, आर्थिक दृष्टि से विकसित प्रभुसत्ता सम्पन्न एवं प्रभावशाली होना।"

राबर्ट वार्ड के शब्दों में, "राजनीतिक आधुनिकीकरण आधुनिक समाज की प्राप्ति के लिये एक ऐसा आन्दोलन है जिसका प्रमुख लक्षण है अपने पर्यावरण

की भौतिक एवं सामाजिक परिस्थितियों को नियन्त्रित अथवा प्रभावित करने की दूरगामी क्षमता तथा ऐसी मूल्य व्यवस्था जो इस क्षमता की जरूरत तथा इससे प्राप्त होने वाले परिणाम के बारे में मूलरूप से आशावादी होती है।''

ईजन स्टेड ने राजनीतिक आधुनिकीकरण में तीन प्रकार के आधुनिकीकरण की चर्चा की है-

(a) राजनीतिक आधुनिकीकरण में राजनीतिक भूमिकाओं, संस्थाओं में विभेदीकरण, केन्द्रीकरण तथा एकीकरण की शक्ति निहित होती है।

(b) राजनीतिक आधुनिकीकरण में राष्ट्र के प्रशासन तथा राजनीतिक संगठनों के कार्यों का विस्तार पाया जाता है।

(c) राजनीतिक आधुनिकीकरण में वयस्क नागरिकों में नागरिकता का विस्तार पाया जाता है। नागरिकों में शासन तन्त्र के प्रति पूरी आस्था पायी जाती है। सैद्धान्तिक विचारों तथा राजनीतिक उत्तरदायित्वों में वृद्धि पायी जाती है।

राजनीतिक आधुनिकीकरण की विशेषतायें :- राजनीतिक आधुनिकीकरण के अर्थ एवं परिभाषाओं के आधार पर विभिन्न विद्वानों ने अनेक विशेषतायें बतायी हैं-

ऑमण्ड और पावेल के अनुसार राजनीति आधुनिकीकरण की निम्नलिखित विशेषतायें हैं-

- राजनीतिक आधुनिकीकरण में नयी मान्यताओं की स्थापना होती है,
- राजनीतिक आधुनिकीकरण में भौतिक सुविधाओं को नागरिकों द्वारा स्वीकार किया जाता है,
- राजनीतिक आधुनिकीकरण में शासन तन्त्र में विशिष्टता का प्रयास किया जाता है,
- राजनीतिक आधुनिकीकरण में राजनीतिक माँगें जनसाधारण द्वारा रखी जाती हैं, एवं
- राजनीतिक आधुनिकीकरण में महिलाओं की राजनीति में सहभागिता पर ध्यान दिया जाता है।
- राजनीतिक आधुनिकीकरण में केन्द्रीकरण की प्रवृत्ति पायी जाती है,
- राजनीतिक आधुनिकीकरण में राजनीतिक शक्ति की क्षमता में लगातार बढ़ोत्तरी होती है,
- राजनीतिक आधुनिकीकरण में राजनीति और शासन तन्त्र में नागरिकों की सहभागिता राष्ट्रीय स्तर पर पायी जाती है,

आर.ई.वाई. तथा डी.ए. रुस्टोव के अनुसार- रातनीतिक आधुनिकीकरण की ये विशेषताएँ है -

- राजनीतिक आधुनिकीकरण में जनसाधारण का भारी दबाव रहता है,
- राजनीतिक आधुनिकीकरण राष्ट्रीय इतिहास, परिचय, लोकप्रिय तथा

समन्वयवादी विचारधारा के आधार पर पाया जाता है,

– राजनीतिक आधुनिकीकरण में शासन तन्त्र की विविधता बढ़ जाती है,

– राजनीतिक आधुनिकीकरण में शासन तन्त्र की संरचना में राष्ट्रीय एकीकरण का प्रयास किया जाता है,

– राजनीतिक आधुनिकीकरण में शक्तियाँ देते समय राजनीतिक भूमिकाओं का ध्यान रखा जाता है,

– राजनीतिक आधुनिकीकरण में राजनीतिक तथा प्रशासनिक निर्णयों की सर्वोच्चता तथा प्रभावशीलता काफी पायी जाती है तथा सर्वव्यापकता का प्रयास किया जाता है

– राजनीतिक आधुनिकीकरण में राजनीतिक निर्णय करने के लिये विवेक का सहारा लिया जाता है, एवं

– राजनीतिक आधुनिकीकरण में तटस्थ तथा अवैयक्तिक विधि सम्मत न्यायिक व्यवस्था का निर्माण किया जाता है।

इस तरह राजनीतिक आधुनिकीकरण की विभिन्न विशेषतायें पायी जाती हैं। इनमें निम्नलिखित विशेषतायें मुख्य हैं–

(1) विभेदीकरणः– राजनीतिक आधुनिकीकरण राजनीतिक व्यवस्था के कार्यों में निरन्तर वृद्धि मानता है। इससे राजनीतिक व्यवस्था के कार्यों में विशिष्टीकरण उत्पन्न होता है। विशिष्ट कार्यों की पूर्ति हेतु राजनीतिक व्यवस्था की संस्थाओं भी श्रम विभाजन के सिद्धान्त के अनुसार विशिष्टीकरण होता है। यह विशिष्टीकण विभिन्न स्तरों पर होता है। इसी कारण इसे राजनीतिक कार्यों तथा संस्थाओं का बहुस्तरीकरण कहा जाता है।

(2) समाज के सभी क्षेत्रों में :– राजनीतिक आधुनिकीकरण में सकारात्मक कार्यों में तीव्रगति से वृद्धि पायी जाती है। राज्य व्यक्ति के हित में अनेक आर्थिक, सामाजिक, शैक्षणिक तथा कल्याणकारी कार्य सम्पन्न करता है। इससे यह जीवन के सभी पक्षों से सम्बन्धित हो जाता है तथा सभी पक्षों को प्रभावित करता है।

(3) एकीकृत शासन व्यवस्था :– राजनीतिक व्यवस्था के स्थायित्व तथा राजनीतिक आधुनिकीकरण की प्रक्रिया की निरन्तरता हेतु यह जरुरी है कि राजनीतिक व्यवस्था के कार्यों तथा संस्थाओं में उचित प्रकार की एकता स्थापित रहे। यह कार्य राजनीतिक आधुनिकीकरण द्वारा होता है। राजनीतिक आधुनिकीकरण ऐसी व्यवस्था का विकास करता है जो संस्थाओं के कार्यात्मक विशेषीकरण तथा उनकी स्वायत्तता की रक्षा कर एकीकरण स्थापित करे।

(4) समानता :– यह नागरिक समानता पर बल देता है। यह राजनीति तथा

प्रशासनिक पदों के लिये योग्यता पर बल देता है। यह धर्म, जाति, वर्ग, सम्प्रदाय, भाषा, लिंग आदि के आधार पर भेदभाव नहीं करता है। परिणामस्वरूप समाज में समानता आती है।

(5) जन सहभागिता में वृद्धि :- राजनीतिक आधुनिकीकरण की प्रक्रिया सामान्य नागरिकों की सक्रियता में विश्वास करती है। साधारण जनता स्थानीय, प्रान्तीय एवं सामुदायिकता की तुलना में राष्ट्रीय राजनीति में अधिक रुचि लेने लगती है। परिणामस्वरूप जन सहभागिता में वृद्धि हो जाती है।

(6) सार्वभौमिकता :- राजनीतिक आधुनिकीकरण में कानूनों की सार्वभौमिकता पायी जाती है। इसमें कानून की सर्वोच्चता को स्वीकार किया जाता है। कानून के समक्ष सभी समान होते हैं। सभी कानून के प्रति उत्तरदायी होते हैं।

(7) जनता के प्रति दायित्वों में वृद्धि:- राजनीतिक आधुनिकीकरण के अर्न्तगत शासकों की शक्तियों एवं प्रभाव में वृद्धि होती है लेकिन जनता के प्रति शासकों के उत्तरदायित्वों में वृद्धि हो जाती है। यह अनुत्तरदायित्वपूर्ण आचरण को नियन्त्रित करता है। राजनीतिक आधुनिकीकरण के द्वारा नये अभिजात वर्गों की स्थापना भी होती है। यह अभिजात वर्ग शासक के उत्तरदायित्व के सिद्धान्त में विश्वास करता है।

(8) परिवर्तन की क्षमता :- राजनीतिक आधुनिकीकरण के साथ ही समाज में दबाव समूहों तथा हित समूहों का भी जन्म होता है। राजनीतिक दल दबाव की राजनीति द्वारा अपनी माँगों को पूरा करने का प्रयास करते हैं। इस तरह समाज में हित संघर्षों का भी जन्म होता है। राजनीति आधुनिकीकरण में ऐसी क्षमता भी होगी जो अनुचित माँगों से इन्कार कर सके तथा सार्वजनिक हितों वाली नीतियों का समर्थन कर सके।

राजनीतिक आधुनिकीकरण के आयाम (Models of Political Modernisation) :- राजनीतिक आधुनिकीकरण का प्रतिमान विभिन्न देशों में भिन्न-भिन्न होता है। इसलिये इसका कोई एक प्रतिमान नहीं दिया जा सकता है। **एडवर्ड शिल्स** ने विभिन्न देशों की राजनीतिक व्यवस्थाओं के आधार पर राजनीतिक आधुनिकीकरण के पाँच मुख्य प्रतिमान दिये गये हैं-

(1) राजनीतिक लोकतन्त्र :- राजनीतिक आधुनिकीकरण के इस रूप में शासन कार्यों में पर्याप्त जन सहभागिता देखी जा सकती है। यह शासन नागरिक शासन के नाम से भी जाना जाता है। इस व्यवस्था के निम्नलिखित लक्षण हैं:-

- सार्वभौमिक मताधिकार द्वारा निर्वाचित सरकार,
- राजनीतिक बहुदलीय व्यवस्था या बहुमत प्राप्त दल की सरकार,

- अल्प या निश्चित अवधि के लिए सत्ता,
- सरकार पर संवैधानिक नियन्त्रण, एवं
- स्वतन्त्र एवं निष्पक्ष न्यायपालिका।

यह प्रतिमान मुख्य रूप से आंग्ल अमेरिकी देशों में पाया जाता है। विकासशील राष्ट्र ज्यादातर इस प्रतिमान की आकांक्षा कर रहे हैं। राजनीतिक लोकतन्त्र के लिये निम्नलिखित लोकतान्त्रिक मूल्यों में भी विश्वास किया जाता है-

- विरोधी दलों का प्रभाव या नियन्त्रण,
- लोकतान्त्रिक साधनों में विश्वास,
- तटस्थ नौकरशाही, एवं
- स्वतन्त्र एवं निष्पक्ष चुनावों की व्यवस्था।

(2) अभिभावकीय लोकतन्त्र :- यह आधुनिकीकरण का ऐसा प्रतिमान है जिसमें राजनीतिक लोकतन्त्र की समस्त संस्थायें शामिल होती हैं। इसमें कार्यपालिका पर्याप्त प्रभावी होती है। सत्ता का केन्द्रीकरण होता है। निर्वाचित व्यवस्थापिका होती है। राजनीतिक दलों की शक्तियाँ सीमित होती हैं। प्रेस एवं जनमत निर्माण के साधन सक्रिय रहते हैं। नागरिक स्वतन्त्रता पर आवश्यक प्रतिबन्ध लगे होते हैं। परम्परागत समाज में नवीन परिवेश की पृष्ठभूमि निर्मित करने में लोकतन्त्र की स्थापना तथा रक्षा करने में, नेताओं को अभिभावकों के रूप में भूमिका निभानी होती हैं। कुछ लोगों की धारणाओं, आदर्शों, विचारों के आधार पर लोकतान्त्रिक भावना का निर्माण होता हैं ये लोकतन्त्र के प्रहरी की तरह काम करते हैं। यह व्यवस्था उन्हीं देशों में लागू हो पाती है जहाँ लोकतान्त्रिक व्यवस्थायें भी पायी जाती हों। इसकी श्रेष्ठ व्यवस्था सामाजिक और आर्थिक विकास वाले राष्ट्रों में यह अधिक प्रभावी रहता है।

(3) सर्वाधिकारवादी अल्पतन्त्र :- इसका संगठनात्मक रूप शक्तिशाली होता है। इसमें शक्ति केन्द्रीय स्तर पर होती है। यह शक्ति के द्वारा ही सामाजिक एवं आर्थिक नियन्त्रण स्थापित करता है। यह अपने विरोधियों का दमन करता है। राष्ट्रीयता श्रेष्ठरूप में देखी जा सकती है। ये हिंसा एवं अनैतिकता का भी सहारा ले सकते हैं। तानाशाही प्रवृत्तियाँ भी पायी जाती हैं।

सर्वाधिकारवादी वर्गतन्त्र की निम्नलिखित मान्यतायें तथा लक्षण हैं-

- सर्वाधिकारवादी राज्य में विश्वास,
- शासन का संचालन एक कठोर दल-व्यवस्था द्वारा,
- प्रशासक वर्ग की श्रेष्ठता,
- सत्तारूढ़ शासक वर्ग ही सत्ता का केन्द्र,
- विरोध को कठोरता से दबाना,

– एक ही राजनीतिक दल,

– शासन की निर्वाचित प्रतिनिधि संस्थायें लेकिन प्रभावहीन, एवं

– विधि के शासन, स्वतन्त्र न्यायपालिका, उत्तरदायी शासन, जनमत निर्माण के स्वतन्त्र साधन आदि का कोई खास महत्त्व नहीं।

बीसवीं सदीं में सर्वाधिकारवादी अल्पतन्त्र के दो रूप माने जाते हैं –

(1) दक्षिणपंथी (फासीवादी) सर्वाधिकारवादी वर्गतन्त्र, एवं

(2) वामपंथी (साम्यवादी) सर्वाधिकारवादी वर्गतन्त्र।

(4) आधुनिक अल्पतन्त्र :- इस अल्पतन्त्र में राजनीतिक आधुनिकीकरण का ऐसा प्रतिमान है जिसमें सम्पूर्ण शासन सत्ता पर छोटे समूह का पूर्ण अधिकार होता है। यह वर्ग देश के आर्थिक एवं सामाजिक आधुनिकीकरण का पूर्ण पक्षपाती होता है व इस दिशा में यह प्रयास भी करता है। ऐसे अल्पतन्त्र की स्थापना उन विकासशील देशों में हुई है जिनमें राजनीतिक लोकतन्त्र का प्रयोग न केवल असफल रहा है, वरन् इसके कारण राजनीतिक अस्थिरता, तनाव, संघर्ष तथा आर्थिक अव्यवस्था भी हुई है। इन देशों में राजनीतिक लोकतन्त्र को राष्ट्रीय संकट उत्पन्न करने वाला माना जाता है तथा उनके विरोध में ऐसा अल्प वर्ग शासन सत्ता पर अधिकार कर लेता है जो राजनीतिक लोकतन्त्र के स्थान पर एक सत्तावादी राज्य की स्थापना ठीक मानता है। यह अल्प वर्ग जन सामान्य की राजनीतिक योग्यता को नहीं मानता है तथा अपने विरोधों को कुचलने में यह विश्वास रखता है। इसमें मताधिकार का अधिकार अपेक्षाकृत सीमित होता है। व्यवस्थापिका के अधिकार नाममात्र के होते हैं। वह परामर्श का भी कार्य करती है। न्यायपालिका भी पूर्णतः स्वतन्त्र एवं निष्पक्ष नहीं होती है। इससे सरकार को कानूनी स्तर पर अपने विरोधियों से निपटने में सरलता रहती है। कुछ विचारक इस अल्पतन्त्र को नागरिक या सैनिक वर्गतन्त्र भी कहते हैं। इसमें शासक वर्ग अन्य वर्गों के हितों का भी ध्यान रखता है। इसमें सफलता प्रतिबद्ध नौकरशाही की सहायता से मिलती है। यह व्यवस्था एक स्थायी, ईमानदार एवं शक्तिशाली सरकार की स्थापना की कोशिश करती है।

(5) परम्परावादी अल्पतन्त्र :- यह ऐसी राजनीतिक व्यवस्था है जिसका आधार परम्परागत धार्मिक विश्वासों पर आधारित राजवंशीय शासन होता है। राजनीतिक आधुनिकीकरण का आधार पंथ निरपेक्षता, आधुनिक सामाजिक संरचना, राज्य कार्यों में वृद्धि होती है लेकिन इनका परम्परागत अल्पतन्त्र में अभाव होता है। यह अल्पतन्त्र अपनी मूल प्रकृति से राजनीतिक आधुनिकीकरण की प्रक्रिया से मेल नहीं खाता है। यह परम्परागत संस्कृति की रक्षार्थ सामाजिक एवं राजनीतिक जीवन में आधुनिकीकरण की प्रक्रिया का विरोधी होता है। इस तन्त्र में आधुनिकीकरण की गति धीमी होती है।

परम्परागत अल्पतन्त्र के मुख्य लक्षण निम्नलिखित हैं-

- राज्य का कार्यक्षेत्र सीमित होता है,
- केन्द्रीय सरकार की शक्ति सीमित होती है, एवं
- सामाजिक समूहों के प्रति व्यक्ति निष्ठा रखते हैं।
- इसका विश्वास धार्मिक तथा रक्त सम्बन्धी श्रेष्ठता का सिद्धान्त है,
- यह परम्परावादी नैतिक सिद्धान्त है,
- शासक उत्तराधिकार से बनता है,
- यह जनता के सामाजिक एवं आर्थिक जीवन में अहस्तक्षेप की नीति अपनाता है,
- यह नये कानून कम से कम बनाता है,

अन्ततः कह सकते हैं कि इस अल्पतन्त्र में आधुनिकीकरण के दर्शन न्यूनतम होते हैं। लेकिन अब इस व्यवस्था में भी आर्थिक आधुनिकीकरण के प्रति आकर्षण बढ़ा सकते हैं।

राजनीतिक आधुनिकीकरण के अभिकरण (Agencies of Political Modernisation)-राजनीतिक आधुनिकीकरण एक प्रक्रिया मानी जाती है। जिसके संचालन के लिये अभिकर्त्ताओं की आवश्यकता होती है। जिन्हें राजनीतिक आधुनिकीकरण के उद्देश्य एवं लक्ष्य की प्राप्ति के उपकरण या अभिकरण कहते हैं। राजनीतिक आधुनिकीकरण में इनकी विशिष्ट भूमिका होती है। ये अभिकरण ही आधुनिकीकरण की प्रक्रिया को गतिशील बनाये हुये हैं। इस तरह के मुख्य अभिकरण निम्नलिखित हैं:-

(1) बुद्धिजीवी वर्ग :- किसी समाज तथा राजनीतिक व्यवस्था के आधुनिकीकरण में बुद्धिजीवी वर्ग की अहम् भूमिका निभाते हैं। यह चिन्तक वर्ग कहलाता है। यह अपने समय के मूल्यों तथा संस्थाओं की समीक्षा करके उनमें आवश्यक परिवर्तनों के विवेकपूर्ण सुझाव देता है तथा परिवर्तन के साधनों को भी स्पष्ट करता है। बुद्धिजीवी वर्ग के पास प्रत्यक्षतः कोई सत्ता नहीं होती है। लेकिन यह अपना प्रभाव स्थापित रखता है। व्यवहार में शासक इनसे परामर्श करते रहते हैं। इस तरह बुद्धिजीवी वर्ग राजनीतिक आधुनिकीकरण की प्रक्रिया को गतिशील बनाने में मदद देता है। लोकतान्त्रिक व्यवस्था में बुद्धिजीवी वर्ग राजनीतिक आधुनिकीकरण के पक्ष में जनमत तैयार कराने में भी मदद करता है।

(2) आर्थिक विकास :- आर्थिक विकास के उपकरण भी राजनीतिक आधुनिकीकरण को लाने में सहायता करते हैं। आर्थिक विकास का आशय किसी राजनीतिक व्यवस्था में स्थित उत्पादन की तकनीक तथा उत्पादन की मात्रा से है अर्थात् आर्थिक विकास किसी भी समाज के औद्योगिकीकरण की स्थिति को स्पष्ट करता है। इसमें प्रति व्यक्ति आय, कैलोरी की मात्रा तथा सामान्य व्यक्ति के जीवन

स्तर की स्थिति आदि को देखा जाता है। प्राचीन यूरोपीय क्रान्ति ने आधुनिकीकरण को जन्म दिया। आर्थिक विकास की गति तभी से विश्व में तेज हुई है और धीरे-धीरे आधुनिकीकरण की प्रक्रिया ने गति पकड़ी। परिणामस्वरूप नये मूल्यों तथा संस्थाओं का महत्त्व बढ़ा है।

(3) अभिजात वर्ग (Elite Class) :- सभी समुदायों और समाजों में ऐसे सम्पन्न एवं योग्य वर्ग या लोग होते हैं जो संख्या की दृष्टि से बहुत छोटे होते हैं। जो सामान्य लोगों पर अपना प्रभाव रखते हैं। ये वर्ग राजनीतिक नेतृत्व भी करते हैं। ऐसे छोटे आकार वाले वर्ग को उस समाज एवं राजनीतिक व्यवस्था का अभिजन वर्ग कहा जाता है। शेष जनता सामान्यतया इस अभिजन का सभी क्षेत्रों में अनुकरण करती है। अभिजन वर्ग समाज तथा राजनीतिक व्यवस्था में अपने प्रभाव तथा नेतृत्व को बनाये रखने का सदा प्रयास करता रहता है। इस दृष्टि से जन आकांक्षाओं की पूर्ति के लिये अनुपयोगी, परम्परागत मूल्यों तथा संस्थाओं की जगह उपयोगी नवीन मूल्यों तथा संस्थाओं के निर्माण का प्रयास करता है। उनके द्वारा स्वीकृत बदलाव को जन सामान्य उनके प्रभाव के कारण स्वीकार कर लेते हैं। इस तरह अभिजन वर्ग आधुनिकीकरण की प्रक्रिया को गति देता है। राजनीतिक आधुनिकीकरण की प्रक्रिया के कारण परम्परागत अभिजात वर्ग का स्थान नया अभिजन वर्ग लेता है जो इस राजनीति के आधुनिकीकरण को नेतृत्व भी प्रदान करता है।

(4) राजनीतिक विचारधारा :- आधुनिक युग में किसी राजनीतिक व्यवस्था के राजनीतिक आधुनिकीकरण में राजनीतिक विचारधारा की आधारभूत एवं प्रत्यक्ष भूमिका देखी जा सकती है। राजनीतिक दल राजनीतिक विचारधाराओं के आधार पर आधुनिकीकरण की प्रक्रिया को तीव्र बनाने के लिये इनका इस्तेमाल करते हैं। राजनीतिक दल विचारधाराओं के माध्यम से ही जनता के विभिन्न वर्गों में मूल्यात्मक एकता स्थापित करते हैं तथा राजनीतिक आधुनिकीकरण के पक्ष में जनमत तैयार करते हैं। कभी उदारवादी विचारधारा ने, कभी साम्यवादी विचारधारा ने ऐसे प्रभावी कार्य किये हैं। वर्तमान में तो लोककल्याणकारी राज्य के सिद्धान्त जैसी विचारधाराओं ने ही आधुनिकीकरण की दिशा में प्रभावी कार्य किये हैं।

(5) संचार के साधन :- राजनीतिक आधुनिकीकरण के क्षेत्र में संचार के साधनों की भी अहम् भूमिका होती है। इन साधनों में आज प्रभावी साधन हैं- प्रेस, रेडियो, दूरदर्शन, सिनेमा, समाचार-पत्र/पत्रिकायें आदि। इन साधनों की सहायता से आधुनिकीकरण की प्रक्रिया को और सरल बनाया गया है। ये साधन समाज के विभिन्न वर्गों में मूल्यात्मक एकता स्थापित करते हैं। समाज में एकीकरण की भावना पैदा करते हैं। सार्वजनिक हितों को बढ़ावा देते हैं। इन संचार माध्यमों से आधुनिकीकरण

के समर्थन में जनमत तैयार किया जा सकता है।

(6) सरकार की शक्तियाँ (Powers of Government):- राजनीतिक आधुनिकीकरण के लिये सरकार की शक्तियों का भी कुछ देश प्रयोग करते हैं। खासकर ऐसा विकास देशों में किया जाता है। तानाशाही वाले देशों में सरकार ने बाध्यकारी शक्ति के द्वारा अपने समाज का औद्योगीकरण करने का प्रयास किया है। सामाजिक कुरीतियों को दूर करने तथा शिक्षा के प्रसार हेतु दण्डात्मक साधनों का भी कुछ राष्ट्र प्रयोग करते हैं लेकिन कुछ प्रमुख विचारक तानाशाही के द्वारा किये गये प्रयासों को आधुनिकीकरण का अंग नहीं मानते हैं। हन्टिंगटन के मतानुसार लोकतान्त्रिक शासन तथा मूल्य एवं राजनीतिक नीति–निर्माण में जन सहभागिता आदि राजनीतिक आधुनिकीकरण के मुख्य लक्षण होते हैं। इनके अभाव के कारण ही तानाशाही के राजनीतिक आधुनिकीकरण के प्रयासों को हम राजनीतिक आधुनिकीकरण में शामिल नहीं करते हैं।

(7) सामाजिक गतिशीलता :- किसी भी देश में आर्थिक विकास के फलस्वरूप समाज की भौतिक परिस्थितियों में अनेक बदलाव आये हैं जो सामाजिक गतिशीलता लाते हैं। आर्थिक विकास के फलस्वरूप ग्रामीण जीवन पर नगरीय जीवन की परम्परागत मूल्यों पर नये मूल्यों की और परम्परागत समूहों पर व्यावसायिक तथा ऐच्छिक समूहों की श्रेष्ठता स्थापित होती है। सामाजिक गतिशीलता को सभी अभिकरणों ने उपयुक्त माना है। सामाजिक गतिशीलता अनेक सामाजिक परिवर्तनों की कल्पना करती है जो राजनीतिक व्यवस्था के आधुनिकीकरण को जनता की तीव्र आकांक्षा के रूप में प्रकट करती है। वस्तुतः अपने प्रभाव की दृष्टि से सामाजिक गतिशीलता ऐसी विशिष्ट प्रक्रिया है जिसका चरम विकास राजनीतिक आधुनिकीकरण की प्रक्रिया के रूप में होता है। इस प्रकार सामाजिक गतिशीलता राजनीतिक आधुनिकीकरण के लिये प्रभावी कार्य करती है।

विकासशील देशों में लोकतान्त्रिक शासन तथा मूल्यों को अपनाया जाता है। इन देशों में भी राजनीतिक आधुनिकीकरण लाने के लिये सरकारी प्रयास किये जाते हैं। ऐसे लोकतान्त्रिक विकासशील देशों की सरकारों के लोकप्रिय तथा प्रभावशाली नेतृत्व ने राष्ट्रीय विकास के नारे के आधार पर आर्थिक, सामाजिक, एवं सांस्कृतिक क्षेत्रों में बाध्यकारी सत्ता का प्रयोग किया है। जैसे भारत में सती प्रथा जैसी समस्याओं के समाधान हेतु सरकार ने ही नियम कानून बनाकर नियन्त्रण स्थापित किया है। इसी तरह लोकतान्त्रिक कल्याणकारी कार्यों को भी सम्पन्न किया जाता है।

राजनीतिक आधुनिकीकरण के सन्दर्भ में विकासशील राजनीतिक व्यवस्थाओं की विशेषतायें – द्वितीय विश्वयुद्ध के बाद स्वतन्त्र हुये राष्ट्रों ने अपने

विकास के निरन्तर प्रयास किये। उन्होंने विकसित राष्ट्रों के स्तर वाली राजनीतिक आधुनिकीकरण की स्थिति को प्राप्त करने की निरन्तर कोशिश की। लेकिन तब से अभी तक कोई खास सफलता प्राप्त नहीं हो सकी है। इन राष्ट्रों की व्यवस्थाओं को आज न तो परम्परागत और न ही आधुनिक राजनीतिक व्यवस्थायें कह सकते हैं। यद्यपि ये राष्ट्र आज भी राजनीतिक आधुनिकीकरण की दिशा में निरन्तर प्रयास कर रहे हैं। राजनीतिक आधुनिकीकरण के सन्दर्भ में विकासशील राजनीतिक व्यवस्थाओं की निम्नलिखित प्रमुख विशेषतायें हैं-

(1) आधुनिकीकरण विकास का पर्याय - अनेक विकासशील देशों में राजनीतिक आधुनिकीकरण तथा विकास को परस्पर पर्याय माना जाता है। कुछ राष्ट्रों ने अपनी समस्त शक्ति अपनी परम्परागत अर्थव्यवस्था के आधुनिकीकरण के लिये प्रयोग की इसके लिये कुछ राष्ट्रों ने अधिनायकतन्त्र को भी अपनाया। राष्ट्रीय आय बढ़ाने, विकास की दर बढ़ाने, प्रति व्यक्ति आय बढ़ाने,जीवन-स्तर सुधारने आदि पर ये राष्ट्र ध्यान देते रहे हैं। कुछ विचारक मानते हैं कि इस तरह के आर्थिक विकास के लक्ष्यों की प्राप्ति होने पर उनको विकसित राष्ट्र माना जायेगा। उनकी मान-मर्यादा बढ़ेगी। इस तरह आर्थिक उपलब्धियों को ही ये विकासशील राष्ट्र राजनीतिक आधुनिकीकरण मानते हैं।

(2) पश्चिमी देशों की प्रक्रिया से भिन्न - विकासशील राष्ट्रों की राजनीतिक आधुनिकीकरण की प्रक्रिया अपनी प्रकृति से पश्चिमी देशों की इस प्रक्रिया से भिन्न है। पश्चिमी देशों में विकासवादी पद्धति पूर्ण हो चुकी है। पश्चिमी देशों के क्रमशः सामाजिक विकास तथा परिवर्तन ने राजनीतिक आधुनिकीकरण की प्रक्रिया को पूर्णता दी है। इन राष्ट्रों ने अपने उपनिवेशों के आर्थिक साधनों की मदद से इन पश्चिमी देशों ने उदारवादी मूल्यों के सहारे लोकतान्त्रिक शासन प्रणाली की मदद से अपनी राजनीतिक आधुनिकीकरण की प्रक्रिया को पूर्ण किया। विकासशील देशों में पायी जाने वाली राजनीतिक आधुनिकीकरण की प्रक्रिया पश्चिमी देशों से भिन्न है। इन्होंने पश्चिमी देशों से सामान्यतया राजनीतिक आधुनिकीकरण को प्राप्त किया है। इस दिशा में अभी इन देशों को बड़ा लम्बा सफर तय करना होगा।

(3) प्रक्रिया का विभाजन - परम्परागत दृष्टि से विकासशील देशों में से राजनीतिक आधुनिकीकरण की प्रक्रिया को स्वतन्त्रता से पूर्व तथा स्वतन्त्रता पश्चात् दो भागों में विभाजित करके देखा जा सकता है। विकासशील देशों में से राजनीतिक आधुनिकीकरण का प्रारम्भ सामान्यतया दासता के काल में हुआ था। जैसे सभी के लिये समान कानूनों का प्रचलन, राजनीतिक दलों का निर्माण आदि। स्वतन्त्रता पश्चात् इन देशों में लोकतान्त्रिक व्यवस्था अपनाकर राष्ट्रीय संविधानों का निर्माण किया गया।

कुछ राष्ट्रों ने गैर लोकतान्त्रिक शासन तथा विकास पद्धति को अपनाया है।

(4) परम्परागत ढ़ाचे के नकारात्मक प्रभाव - विकासशील देशों में परम्परागत आर्थिक ढाँचे ने राजनीतिक आधुनिकीकरण की गति पर निम्नलिखित नकारात्मक प्रभाव छोड़े है-

- अधिकतर विकासशील देशों में उत्पादन के परम्परागत तरीकों का प्रयोग,
- अधिकतर विकासशील देशों की अर्थव्यवस्था कृषि आधारित है,
- अधिकतर विकासशील देशों में कृषि आधारित उद्योगों का पूर्ण विकास नहीं हुआ है,
- अधिकतर विकासशील देशों में पर्याप्त प्राकृतिक साधन तो है लेकिन उनका पूर्ण शोधन नहीं किया जा सकता है,
- अधिकतर विकासशील देशों कीं पश्चिमी राष्ट्रों की मदद लेकर ही विकास कर सकते हैं। क्योंकि इन देशों की तकनीकी तो पिछड़ी हुई है। इसलिये अन्ततः इनका विकास पश्चिमी देशों की मदद से ही हो सकेगा,

(5) विकासशील देशों की सामाजिक संरचना परम्परागत रूप में है जिसने राजनीतिक आधुनिकीकरण पर विपरीत प्रभावा डाला है, एवं

(6) अधिकांश विकासशील देशों की राजनीतिक व्यवस्था की संरचना ऐसी है जो राजनीतिक आधुनिकीकरण में बाधा उत्पन्न करती है। कहीं तानाशाही राजतन्त्र, सैनिकतन्त्र, अधिनायक तन्त्र है तो कहीं नियन्त्रित एवं सीमित लोकतन्त्र को अपनाया गया है। ये समस्त व्यवस्थायें सत्ता के केन्द्रीकरण में विश्वास रखती हैं और शासन तथा निर्णय-प्रक्रिया में जनभागीदारी में इनकी कोई आस्था नहीं है। जबकि भारत जैसे देशों में लोकतान्त्रिक शासन व्यवस्था स्थापित है। जहाँ समानता पर बल दिया जाता है लेकिन यहाँ भी जातीय बन्धन अथवा संकीर्णता भी बाधा उत्पन्न करती है। इसी कारण सभी वर्गों तक आर्थिक विकास का लाभ नहीं पहुँचा है। इसी कारण कुछ वर्गों में असन्तोष भी देखा जा सकता है। इससे लोकतान्त्रिक व्यवस्थाओं में अनेक नकारात्मक आन्दोलन भी हुये हैं। इससे सामाजिक वर्गों के संघर्षों को बढ़ावा मिलता है।

इस प्रकार स्पष्ट होता है कि विकासशील देशों में राजनीतिक आधुनिकीकरण के मार्ग में अनेकों बाधायें देखी जा रही हैं। फिर भी आधुनिकीकरण धीमी गति से आ रहा है।

राजनीतिक आधुनिकीकरण उपागम का महत्त्व :- राजनीतिक आधुनिकीकरण के महत्त्व को निम्न आधारों पर स्वीकार किया जा सकता है-

(1) इस उपागम की सहायता से राजनीतिक विकास का ज्ञान प्राप्त होता है।

(2) इस उपागम ने तुलनात्मक राजनीति का विस्तार किया है।

(3) यह उपागम राजनीतिक व्यवस्थाओं और दबावों को समझने में भी मदद करता है।

(4) राजनीतिक आधुनिकीकरण उपागम की सहायता से राजनीतिक व्यवस्थाओं में पायी जाने वाली आधुनिकीकरण की प्रक्रिया की दिशा और प्रवृत्ति का तुलनात्मक अध्ययन सम्भव हो सकता है।

(5) इस उपागम की सहायता से राजनीतिक आधुनिकीकरण की दिशा में आगे बढ़ने में मदद मिलती है।

राजनीतिक आधुनिकीकरण के उपागम की सीमायें :- अनेक आलोचकों ने इस उपागम के अनेक दोषों की चर्चा की है जिनमें से मुख्य दोष या इसकी सीमायें निम्नलिखित हैं-

(1) राजनीतिक आधुनिकीकरण के सम्बन्ध में सभी विद्वानों में एकमतता नहीं पायी जाती है।

(2) विकास तथा आधुनिकीकरण को ही राजनीतिक आधुनिकीकरण मान लिया जाता है।

(3) राजनीतिक आधुनिकीकरण के मुख्य लक्षणों पर भी सभी विद्वान एकमत नहीं हैं।

(4) इस उपागम का एक दोष यह है कि राजनीतिक आधुनिकीकरण के लक्षणों का सही मापन सम्भव नहीं होता है।

(5) इस उपागम पर समाजशास्त्र तथा अर्थशास्त्र का अत्यधिक प्रभाव पड़ता है। इसलिये राजनीति विज्ञान की स्वायत्तता के लिये खतरा उत्पन्न हो सकता है।

इस प्रकार इस उपागम में अनेक दोष या सीमायें हैं। लेकिन फिर भी इसके महत्त्व तथा उपयोग से इन्कार नहीं किया जा सकता है। यह उपागम वास्तव में विकासशील देशों की राजनीतिक व्यवस्थाओं को समझने में सहायता करता है।

राजनीतिक विज्ञान के अन्तर्गत विभिन्न प्रकार की अनेक अवधारणायें प्रचलित हैं। इसमें सत्ता, शक्ति, वैधता, राजनीति, राजनीतिक दर्शन, राजनीतिक व्यवस्था सिद्धान्त तथा राजनीतिक विकास नामक अवधारणायें प्रमुख हैं। इनमें से राजनीतिक विकास की अवधारणा आधुनिक राजनीति विज्ञान की प्रमुख अवधारणा है। इस अवधारणा का विकास द्वितीय विश्वयुद्ध के बाद हुआ है। इसकी उत्पत्ति का कारण गैर पश्चिमी विकासशील देशों की राजनीतिक व्यवस्थाओं के अन्तर्गत सम्पन्न हुई असामान्य परिवर्तन थे। इन्हें जानने में पश्चिमी राजनीतिज्ञ समर्थ नहीं थे। पश्चिमी राजनीतिक विचारकों ने विकासशील देशों की राजनीतिक व्यवस्थाओं में होने वाले परिवर्तनों के विश्लेषण

हेतु इन देशों की राजनीतिक व्यवस्था की संरचना को जानने के साथ ही इन देशों के सामाजिक, आर्थिक एवं सांस्कृतिक पर्यावरण को भी जानने का प्रयत्न किया।

"राजनीतिक विकास का अर्थ है समाज की उच्चस्तरीय अनुकूलता के साथ अनुकूलन करने की क्षमता।" जे.एम.मैंकेन्जी। राजनीतिक विज्ञान के प्रमुख विद्वानों (लुसियन पाई, माइनर वीनर, डेविड एप्टर, जेम्स सी. कोलमैन, रिग्स आदि) ने एशिया तथा अफ्रीका के विभिन्न देशों की सामाजिक, ऐतिहासिक, आर्थिक एवं सांस्कृतिक पर्यावरण का गहन अध्ययन किया। यहाँ की राजनीतिक व्यवस्थाओं में अनेक परिवर्तन आ रहे थे। ऐसे उपलब्ध विभिन्न तथ्यों के आधार पर राजनीतिक विकास अवधारणा का विकास हुआ। कुछ विचारकों ने तुलनात्मक राजनीतिक अध्ययनों को राजनीतिक विकास की अवधारणा पर आधारित किया। राजनीतिक विकास की अवधारणा के सन्दर्भ में 1960 के बाद आमण्ड तथा कोलमैन ने अपनी पुस्तक "दी पॉलिटिक्स ऑफ दी डेवलेपिंग एरियाज" प्रकाशित की। इसी तरह लुसियन पाई ने राजनीतिक विकास की संकल्पना का वैज्ञानिक विश्लेषण किया और इस विषय पर प्रकाशित समस्त साहित्य को भी प्रभावित किया। कि नये स्वतन्त्र राष्ट्रों ने योजनाबद्ध रूप में विकास प्रक्रिया को अपनाना शुरू किया और इन नये राष्ट्रों का उदय होना तथा इन नये राष्ट्रों में राष्ट्रीय राज्य निर्माण की प्रक्रिया का शुरू होना राजनीतिक विकास की स्थापना करना था।

राजनीतिंक विकास का अर्थ (Meaning of Political Development) एस.पी.नेटल के शब्दों में,"राजनीतिक विकास के प्रयोग में अभी भी पर्याप्त मात्रा में अस्पष्ट तथा अयथार्थता मौजूद है।" राजनीतिक विकास के अर्थ के सन्दर्भ में विभिन्न विचारकों के मतों में विभेद पाया जाता है। राजनीतिक विकास की संकल्पना जिसे व्यापक रूप में पहले राजनेताओं और नीति-निर्माताओं तथा उसके उपरान्त अर्थशास्त्र तथा समाजशास्त्र के विद्वानों ने प्रस्तुत किया। नये राजनीतिक सिद्धान्त के क्षेत्र में इस तथ्य के बावजूद भी यह अपना महत्त्वपूर्ण स्थान रखती है। अभी तक इस शब्द का प्रयोग काफी अस्पष्टता एवं अनिश्चित बना हुआ है। इस सन्दर्भ में ल्युसियन पाई ने गहनता से विश्लेषण किया है। उसने वास्तव में 1963 में इस विचार का सूत्रपात किया जब उसने राजनीतिक विकास का सांस्कृतिक विसरण और जीवन की पुरानी शैलियों को लोगों की नयी माँगों के अनुकूल बनाने, साथ जोड़ने और उन्हें समायोजित करने के सन्दर्भ में चिन्तन किया राजनीतिक पिकास की अवधारणा को अनेक विद्वानों ने अपनी-अपनी तरह से स्पष्ट किया है। ऐसे विचारकों में आमण्ड, कोलमैन तथा लुसियन पाई प्रमुख थे। इन विचारकों ने राजनीतिक परिर्वतन को ही राजनीतिक विकास की संज्ञा दी है। यद्यपि इसके सन्दर्भ में विचार आज तक एकमत

नहीं हैं। सामान्य अर्थों में राजनीतिक विकास बहुत अस्पष्ट और साथ ही बहुत व्यापक संकल्पना है जो स्वयं प्रजातान्त्रिक व्यवस्था की संपुष्टि, राजनीतिक आधुनिकीकरण, राजनीतिक परिर्वतन, प्रशासनिक एवं वैधानिक विकास, राजनीतिक जनसंचालन तथा भागीदारी और सबसे ज्यादा देश के बहुमुखी विकास में स्थान रखने वाली प्रत्येक वस्तु को समेटे हुए है। राजनीतिक विकास का अर्थ एमर्सन तथा कार्टराइट ने राजनीतिक परिस्थितियों तथा परिवर्तनों को माना है, जो आर्थिक विकास की वृद्धि करने में मदद करते हैं। रोस्टेव ने इसे औद्योगिक समाजों की विशेष राजनीति माना है। गुन्नार मिर्डल तथा लर्नर आदि समाजशास्त्रियों ने राजनीतिक विकास को राजनीतिक आधुनिकीकरण के रूप में बताया है। बिण्डर ने इसे राष्ट्रीय राज्य का प्रचालक कहा है।

प्रो. रिग्स ने इसकी विवेचना कानूनी रूप में की है। आइजेन्स्टैड ने इसकी विवेचना सामाजिक आधुनिकीकरण की एक बहुपक्षीय प्रक्रिया के रूप में की है। डायस ने इसे जन संगठन तथा सहभागिता बताया है। आमण्ड ने इसे लोकतन्त्र की अभिव्यक्ति बताया है। कुछ अन्य विद्वानों ने राजनीतिक विकास का अर्थ राष्ट्र, राज्य, राजनीतिक स्वामित्व तथा व्यवस्थित परिवर्तन अथवा क्षमता माना है। राजनीतिक विकास के अर्थ को एकमार्गी दृष्टिकोण तथा बहुमार्गी दृष्टिकोण ने भी स्पष्ट किया है। एकमार्गी दृष्टिकोण राज्यों के विकास का केवल एक मार्ग है। समस्त राष्ट्र विकास के इस मार्ग पर विकास की अलग-अलग अवस्थाओं में हैं। विकसित राष्ट्र आदर्श रूप में कहे जा सकते हैं। बहुमार्गी दृष्टिकोण के अनुसार राजनीतिक विकास बहु- दिशाई तथा बहु-आयामी है। क्योंकि स्वयं विकास की अनेक दिशायें होती हैं। जब समाजों का विकास बहु-दिशाई हो तो उनका राजनीतिक विकास भी बहुदिशायी हो जाता है। एकमार्गी दृष्टिकोंण में राष्ट्रों के मार्ग में निम्न अन्तर हो सकता है-

- पश्चिमी राष्ट्रों के मार्ग (दृष्टिकोण) अलग हैं,
- पूर्व सोवियत रूस (रूस) का मार्ग (दृष्टिकोण),
- चीन का मार्ग (दृष्टिकोण),
- अरब देशों का मार्ग (दृष्टिकोण), एवं
- गुट-निरपेक्ष राष्ट्रों का मार्ग (दृष्टिकोण)।

इस प्रकार के मार्ग विभिन्न राष्ट्रों के देखे जा सकते हैं। सभी एक मार्गी दृष्टिकोण के आधार पर ही राष्ट्र निर्माण में आगे विकास करने की कोशिश करते हैं। बहुमार्गी दृष्टिकोण इससे अलग अनेक आदर्शों को ग्रहण करते हुये बहुमुखी विकास का कार्य करते हैं। इसमें निम्न स्तर उच्च स्तर की ओर प्रवाह करता है। राजनीतिक विकास वह श्रेष्ठ होता है जो जन आंकाक्षाओं के अनुकूल कार्य करता है। राजनीतिक

व्यवस्था स्थायित्व, गतिशील दृष्टिकोण से तभी कार्य कर सकती है जब राष्ट्रीय चरित्र, मनोबल, व राष्ट्रीयता की भावना जन साधारण वर्ग में उच्च कोटि की व्याप्त हो। शासन से जुड़े लोगों, नेताओं, लोकसेवकों ने स्वार्थों को जीवन में महत्त्व नहीं दिया हो। तब राष्ट्र निर्माण की प्रक्रिया राजनीतिक विकास के साथ कार्य करते हुये बहुमुखी मार्ग को प्रशस्त करती है। नागरिक संघ, संगठन तथा संस्थायें आदि सभी राष्ट्रीय विकास के प्रवाह में सहभागिता का निर्वाह करते हुये उन्नति की ओर विकास करते हैं। राजनीतिक विकास के अर्थ को स्पष्ट करने के साथ ही इसे विभिन्न विद्वानों ने निम्न प्रकार परिभाषित किया है :-

अल्फ्रेड डायमेंट के अनुसार, "राजनीतिक विकास - ऐसी प्रक्रिया है जो लगातार बढ़ती रहने वाली सामाजिक समस्याओं के हल के लिए संस्थागत ढ़ाँचे का निर्माण करती है।"

एस.एन.आइजन्स्टैड के शब्दों में, "राजनीतिक विकास की अवधारणा में राजनीतिक व्यवस्था द्वारा विविधताओं तथा सामाजिक माँगों एवं संगठनों के परिवर्तनशील रूपों को आत्मसात करने (पचाने) की क्षमता निहित है। इसके अन्तर्गत उन नयी तथा परिवर्तनशील समस्याओं को सुलझाने का कौशल भी सम्मिलित है जिन्हें व्यवस्था जन्म देती है, अथवा जिन्हें इसे बाह्य स्रोतों से प्राप्त करके आत्मसात करना पड़ता है।"

जे.एम.मैकेंजी के अनुसार, "राजनीतिक विकास का अर्थ है (समाज की) उच्च स्तरीय अनुकूलता के साथ अनुकूलन करने की क्षमता।"

विलियम एन. चेम्बर्स का मत है, "राजनीतिक विकास को एक ऐसी राजनीतिक व्यवस्था की प्राप्ति की ओर गतिशील होना माना जा सकता है जिसमें उन समस्याओं के बोझ को उठाने की क्षमता हो जिनका उसे सामना करना पड़ता है, तथा जो संरचनाओं के उल्लेखनीय विभेदीकरण तथा कार्यों की विशिष्टता उत्तरोत्तर केन्द्रीकृत होने तथा स्वयं को बनाये रखने की योग्यता के लक्षणों से युक्त हो।"

जेम्स सी. कोलमैन के अनुसार, "राजनीतिक विकास का अर्थ है राजनीतिक व्यवस्था द्वारा चैतन्य रूप से इच्छित तथा एक नई गुणात्मक तथा बढ़ी हुई मात्रा वाली राजनीतिक क्षमता की प्राप्ति, जो सफल संस्थानीकरण के रूप में प्रकट होती है, जैसा कि- (1) बढ़ती हुई भिन्नताओं द्वारा उत्पन्न विवादों तथा तनावों को संचालित करने तथा रोकने वाले एकीकरण तथा व्याप्ति के नये ढाँचे; तथा (2) समानता की आवश्यकता द्वारा जनित माँगों के प्रति पर्याप्त रूप से उत्तरदायी भागीदारी तथा वितरण के नये ढाँचे। ऐसी कार्यक्षमता की प्राप्ति, पहचान तथा औचित्यपूर्णता की समस्याओं के हल में, एक निर्णायक कारक होती है।"

इस तरह विभिन्न विद्वानों ने राजनीतिक विकास को अपनी-अपनी तरह परिभाषित किया है। लुसियन पाई ने इस सन्दर्भ में तीन अर्थों की विवेचना की है-

(1) राजनीतिक विकास समस्त जनता के सन्दर्भ में नागरिक समानता के सिद्धान्त से सम्बन्धित संकल्पना है।

(2) राजनीतिक विकास राजनीतिक व्यवस्था की सार्वजनिक हित की माँगों की पूर्ति की क्षमता से सम्बन्धित संकल्पना है।

(3) राजनीतिक विकास राजनीतिक व्यवस्था की संरचना में विभेदीकरण तथा विशिष्टीकरण की स्थिति से सम्बन्धित संकल्पना है।

इस प्रकार राजनीतिक विकास का सम्बन्ध आधुनिकीकरण तथा संस्थापन दोनों से है। अन्ततः राजनीतिक विकास के कोई पूर्व-निर्धारित पूर्ण लक्ष्य नहीं होते हैं और इसका मार्ग भी विभिन्न समाजों में उनकी विभिन्न दशाओं के आधार पर निश्चित होता है।

राजनीतिक विकासः लुसियन पाई के विचार (Political Development : Lucian Pyee's Views) :- राजनीतिक विकास पर अनेक विचारकों ने अपना मत स्पष्ट किया है लेकिन 1963 में इस विषय या संकल्पना पर लुसियन पाई ने गहन विचार किया। उन्होंने कहा कि राजनीतिक विकास की दिशा में पहला प्रयास राष्ट्रीय राज-व्यवस्था का विकास है। उन्होंने राजनीतिक विकास के प्रतीकों को तीन स्तरों पर स्पष्ट किया -

- कुल आबादी की दृष्टि से,
- सामान्य निष्पादन की दृष्टि से, एवं
- राज-व्यवस्था के संगठन की दृष्टि से।

लुसियन पाई ने अपनी पुस्तक "Aspacts of Political Development" में इस सन्दर्भ में विस्तृत उल्लेख किया है। उसके विस्तृत विवेचन के आधार पर राजनीतिक विकास की निम्नलिखित विशेषतायें स्पष्ट होती हैं।

राजनीतिक विकास आर्थिक विकास की पूर्व शर्त- लुसियन पाई मानते हैं कि प्रत्येक समाज का एक निश्चित ढाँचा होता है। जिसमें गरीबी, असन्तोष एवं असमानतायें होती हैं। राजनीतिक विकास ने समाज में आर्थिक विकास करने की पूर्व शर्त नहीं मानी है क्योंकि राजनीतिक व्यवस्था आर्थिक विकास के लिये निरन्तर कोशिश करती है। राजनीतिक व्यवस्था इसे सम्पन्न करने में सक्षम होती है। समाज में मूलभूत आवश्यकताओं की पूर्ति हेतु आर्थिक व्यवस्था मुख्य होती है। लुसियन पाई यह मानते हैं कि समाज का आर्थिक विकास किये बिना राजनीतिक विकास करने के लिये स्वस्थ व्यवस्था होनी चाहिये। राजनीतिक तन्त्र जब विकास करता है

तो राजनीतिक विकास के लिये प्रशासनिक तन्त्र के बिना विकास सम्भव नहीं होता है। व्यवस्था विकास के लक्ष्य तय करती है जिन्हें प्रशासन प्राप्त करने की दिशा में प्रयास करता है। इस तरह राजनीतिक विकास को आर्थिक विकास की पूर्व शर्त बताया है।

औद्योगिक विकास के लिये विशेष राजनीति के रूप में:- कुछ विचारकों की मान्यता है कि राजनीतिक विकास में राजनीतिक जीवन का संगठन तथा राजनीतिक कार्यों की सम्पन्नता उन मानकों के अनुसार होती है। जो एक आधुनिक राज्य से अपेक्षित है। इस दृष्टिकोण को अस्वीकार करते हुये लुसियन पाई ने माना है कि राष्ट्रवाद राजनीतिक विकास को सुनिश्चित करने के लिये जरूरी है। यद्यपि यह कोई शर्त नहीं है। राजनीतिक विकास को राष्ट्र-निर्माण करने में सक्षम माना जाता है। राजनीतिक विकास की संकल्पना आर्थिक विकास से सम्बद्ध है। यह माना जाता है कि औद्योगिक जीवन भी एक ऐसे सामान्य प्रकार के राजनीतिक जीवन को बताता है जिसे सभी समाज प्राप्त करना चाहते हैं। यह धारणा भी आर्थिक विकास के साथ राजनीतिक विकास को जोड़ने वाली होने के कारण अमान्य हो जाती है।

प्रशासकीय तथा वैज्ञानिक विकास के रूप में:- राजनीतिक विकास सामाजिक और आर्थिक परिवर्तन के रूप में देखा जा सकता है। विकास के विभिन्न रूपों से राजनीतिक विकास को पूरी तरह अलग करने का प्रयास करना अनुपयुक्त है। एक निश्चित अर्थ तथा सीमा में राजनीतिक क्षेत्र समाज के अन्य क्षेत्रों से अलग तथा स्वतन्त्र होता है लेकिन एक सतत् प्रक्रिया के रूप में राजनीतिक विकास को सम्पूर्ण सामाजिक परिवर्तन की बहुपक्षीय प्रक्रिया द्वारा देखा जाता है। बहुपक्षीय सामाजिक परिवर्तन विकास की वह प्रक्रिया है जिसमें राजनीति तथा समाज का कोई भी अंग पिछड़ा हुआ नहीं रहता है वरन् विकास की दिशा में कार्य करते हैं। लुसियन पाई ने इसे पूरी तरह स्वीकार नहीं किया है। लुसियन पाई यद्यपि स्वीकार करते हैं कि यह अवधारणा अर्थ-व्यवस्था, सामाजिक-व्यवस्था तथा राजनीतिक-व्यवस्था एक दूसरे को प्रभावित करती है। राजनीतिक विकास ऐतिहासिक सन्दर्भ में होता है जिस पर अनेक सामाजिक परिवर्तनों का पर्याप्त प्रभाव भी पड़ता है। कुछ विचारकों ने राजनीतिक विकास का समाज की प्रशासनिक तथा कानूनी व्यवस्था में गहन सम्बन्ध माना है। लुसियन पाई का मानना है कि यदि प्रशासन पर ज्यादा बल दिया जाय तो इससे राज-व्यवस्था में असन्तुलन पैदा हो जायेगा तथा असन्तुलन राजनीतिक विकास में बाधा खड़ी कर सकता है।

बहुसंख्यक जनसमुदाय के योगदान के रूप में :- कुछ विचारक यह मानते हैं कि यदि जनता ज्यादा से ज्यादा राजनीतिक कार्यों में भाग ले तो राजनीतिक विकास जरूरी है। मताधिकार के विस्तार को सार्वजनिक सहभागिता के द्वारा निर्णय निर्माण

प्रक्रिया का विकसित रूप समझा जाता है। लुसियन पाई की मान्यता है कि दृष्टिकोण से भ्रष्टाचारी जन सेवकों का प्रभाव अधिक होगा।

लोकतन्त्र निर्माण के रूप में :- राजनीतिक विकास का अर्थ लोकतान्त्रिक संस्थाओं तथा व्यवहारों की स्थापना भी माना जाता है। लुसियन पाई की मान्यता है कि विकास तथा लोकतन्त्र को परस्पर सम्बद्ध तथा अभिन्न अंग नहीं मानना चाहिये क्योंकि ये दोनों ही भिन्न बातें हैं। लुसियन पाई के अनुसार लोकतन्त्र स्वयं मूल्यात्मक सम्प्रत्यय है जबकि राजनीतिक विकास मूल्य निरपेक्ष सम्प्रत्यय है। राजनीतिक विकास की प्रक्रिया समग्रतावादी राजनीतिक व्यवस्थाओं में देखी जा सकती है। लोकतन्त्र के लिये कुछ विशेष प्रकार की राजनीतिक संस्कृति तथा परिस्थितियों की जरूरत होती है जिनकी विकासशील देशों में कमी होती है। इन देशों में लोकतन्त्र की स्थापना ने राजनीतिक अस्थिरता को जन्म दिया है तथा राजनीतिक विकास में बाधा उत्पन्न की है।

राजनीतिक आधुनिकीकरण के रूप में :- कुछ विचारक यह स्वीकार करते हैं कि राजनीतिक विकास का आशय विकसित पश्चिमी और आधुनिक देशों के अध्ययन से है तथा उन तौर तरीकों का भी अध्ययन है जिनका अनुकरण करने का प्रयास विकासशील देश करते हैं। लुसियन पाई के मतानुसार इस दृष्टिकोण में इस बात को नहीं माना है कि पिछड़े तथा विकासशील देशों की अपनी ऐतिहासिक परम्परायें होती हैं जिन्हें वे पश्चिमी तथा आधुनिकीकरण कर पाने के लिये त्यागना नहीं चाहते हैं।

स्थायित्व तथा व्यवस्थित परिवर्तन के रूप में :- कुछ विचारकों की मान्यता है कि राजनीतिक विकास, किसी व्यवस्था में स्थिरता और उद्देश्यपूर्ण तथा व्यवस्थित परिवर्तन की क्षमता को माना जाता है अर्थात् जब किसी राजनीतिक, व्यवस्था में अस्थिरता और अनिश्चितता होती है तो उसमें राजनीतिक, सामाजिक तथा आर्थिक क्षेत्रों में बदलाव सम्भव होता है। लुसियन पाई इन विचारों में भी विश्वास नहीं करते हैं। क्योंकि स्थायित्व विकसित राजनीतिक व्यवस्थाओं का लक्षण नहीं है। कई बार राजनीतिक स्थायित्व तो होता है लेकिन परिवर्तन की प्रक्रिया की भी कमी होती है। इस कारण राजनीतिक व्यवस्था के स्थायित्व को राजनीतिक विकास का पर्यायवाची नहीं माना जा सकता है। लुसियन पाई यह भी कहते हैं कि राजनीतिक विकास से सम्बन्धित इस विषय में कितनी व्यवस्था जरूरी तथा वांछनीय है तथा किस उद्देश्य के लिये परिवर्तन होना चाहिये यह एक समस्या है।

गतिशीलता तथा शक्ति के रूप में :- कुछ विचारकों के अनुसार राजनीतिक व्यवस्थाओं का मूल्यांकन इस आधार पर किया जाता है कि वे अपनी पूर्ण शक्ति का

इस्तेमाल किस स्तर पर कर रहे हैं। लुसियन पाई इस प्रकार के दृष्टिकोण को लोकतान्त्रिक व्यवस्था में ही देखते हैं। जो राजनीतिक व्यवस्था इस दृष्टि से जितनी क्षमतावान होती है, उसे राजनीतिक विकास राज्य में किसी सत्तावादी दृष्टिकोण से नहीं जोड़ता है। वरन् राजनीतिक व्यवस्था समाज के स्रोतों तथा संसाधनों का अधिकतम प्रयोग करने की क्षमता तब रखती है, जब उसे खूब जनसमर्थन मिलता है। लुसियन पाई कहते हैं कि इसमें जनसमर्थन पर अत्यधिक बल दिया जाता है। इसलिये यह व्यवस्था केवल लोकतान्त्रिक देशों से हो सम्बन्धित होती है। जबकि राजनीतिक विकास सभी तरह के राष्ट्रों से सम्बन्धित होता है।

इस प्रकार राजनीतिक विकास के सन्दर्भ में अनेक दृष्टिकोण प्रचलित हैं। राजनीतिक विकास को राष्ट्रीय आत्म-सम्मान, राष्ट्रीय प्रतिष्ठा, उत्तर राष्ट्रवादी युग आदि के रूप में भी माना जाता है।

लुसियन पाई और राजनीतिक विकास :- लुसियन पाई ने राजनीतिक विकास पर गहन अध्ययन किया और उन्होंने इसका अर्थ स्पष्ट करते हुये इसकेनिर्माणक तत्त्वों पर भी ध्यान दिया। उन्होंने इसे तीन स्तरों के विकास के रूप में परिभाषित किया है-

राजनीतिक विकास की व्यवस्थाओं में संरचनात्मक विभिन्नीकरण में वृद्धि, संरचनाओं में प्रकार्यात्मक विशेषीकरण तथा समन्वय स्थापित होता है। लुसियन पाई ने राजनीतिक विकास में समानता, क्षमता तथा विभेदीकरण पर बल दिया है। उन्होंने राजनीतिक विकास में समानता के सिद्धान्त को स्वीकार किया है। समानता का अर्थ नागरिकों की सामाजिक तथा सार्वजनिक स्तर पर सहभागिता है। कानून का सभी पर समान लागू होना तथा राज्य के विभिन्न पदों के लिये भर्ती करते समय योग्यता तथा कार्यकुशलता का मापदण्ड भी लागू होना चाहिये। इन्हीं आधारों पर समानता के सिद्धान्त का पता चलता है। सम्पूर्ण जनसंख्या के सन्दर्भ को ध्यान में रखते हुये राजनीतिक विकास का अर्थ बताया कि राजनीतिक व्यवस्था की जनता की प्रकृति में कोई मौलिक परिवर्तन आया है अथवा नहीं। व्यवस्था के प्रति जन जागरूकता, सहभागिता, नौकरशाही के प्रति दृष्टिकोण आदि पर विचार किया जाता है। इस दृष्टि से राजनीतिक व्यवस्था के विकास को देखा जाता है। शासकीय तथा सामान्य व्यवस्थायी निष्पादन के स्तर पर इसका अर्थ, राजनीतिक व्यवस्था की उस क्षमता में देखा जाता है जिसमें वह सार्वजनिक विषयों को अधिक अच्छी तरह से निष्पादित करने लगता है। इस तरह राजनीतिक व्यवस्था के विकसित होने का अर्थ राजनीतिक विवादों को नियन्त्रित रखने से लगाया जाता है।

क्षमता का आशय यह लगाया जाता है कि किसी राज्य एवं सरकार में

आवश्यक कार्यों को पूरा करने की कितनी क्षमता है, सार्वजनिक नीति को लागू करने की योग्यता तथा कुशलता कितनी है तथा प्रशासन में विवेकपूर्ण धर्मनिरपेक्ष दृष्टिकोण कितना है। इन्हीं आधारों पर क्षमता ज्ञात की जाती है। विभेदीकरण समाज तथा राज्य के विभिन्न अंगों, पदों तथा विभागों का होना, उनके कार्य निश्चित होना, व्यवस्था के विभिन्न राजनीतिक कार्यों की स्पष्टता तथा विभिन्न अंगों की जटिल प्रक्रियाओं का एकीकरण करना ताकि विघटन पैदा न हो, आवश्यक होता है। इस तरह समानता, क्षमता एवं विभेदीक रण को राजनीतिक संगठन के रूप में देखा जाता है। लुसियन पाई के विचारों में राजनीतिक विकास संस्कृति का विसरन तथा जीवन के पुराने प्रतिमानों को नयी माँगों के अनुकूल बनाने तथा उनके साथ सामन्जस्य बिठाना है।

राजनीतिक विकास की विशेषतायें :- राजनीतिक विकास की विभिन्न विद्वानों ने अलग-अलग विशेषतायें बताई हैं। जैसे -

राजनीतिक विकास की अवधारणायें (Stages of Political Developement) :- राजनीतिक व्यवस्थायें राजनीतिक विकास के किसी निम्न स्तर से श्रेष्ठस्त्तर तक बढ़ना चाहती हैं। राजनीतिक विकास के उच्चतम स्तर तक उन्हें निम्नलिखित अवस्थाओं में से गुजरना होता है -

इस सन्दर्भ में विभिन्न विद्वानों ने निम्न प्रकार अपने विचार दिये हैं-

हन्टिंगटन के अनुसार - राजनीतिक विकास की निम्नलिखित अवस्थायें होती हैं-**आमण्ड तथा पॉवेल** के अनुसार - राजनीतिक विकास की निम्नलिखित आनुक्रमिक अवस्थायें होती है :-

आर्गेन्स्की के अनुसार राजनीतिक विकास की निम्न विशेषतायें हैं:-

राजनीतिक विकास के सूचक:- राजनीतिक व्यवस्था में क्रियाशील विभिन्न

कारक

राजनीतिक विकास की प्रकृति तथा गति को विभिन्न रूपों में प्रभावित करते हैं। इन्हीं कारकों के कारण राजनीतिक विकास की प्रक्रिया को अत्यन्त जटिल बना देती है। ये कारक राजनीतिक विकास की प्रक्रिया को कठिन बना देते हैं। ये कारक राजनीतिक विकास की दिशा और मात्रा को प्रकट करते हैं। इन्हें राजनीतिक विकास का सूचक मानते हैं। राजनीतिक सूचक सकारात्मक तथा नकारात्क दोनों प्रकार के होते हैं। अर्थात् जो राजनीतिक विकास की गति बढ़ाते हैं उन्हें सकारात्मक तथा जो इसके मार्ग में बाधा डालते हैं उन्हें नकारात्मक सूचक कहते हैं।

राजनीतिक विकास के सूचक इस प्रकार हैं:-

- विरोध प्रदर्शन,
- गुटबन्दी,

- मतदान में भाग लेने वालों की संख्या,
- प्रेस स्वतन्त्रता,
- चुनावी धांधलियाँ,
- सैन्य शक्ति,
- आन्तरिक सुरक्षा बल,
- सरकारी अनुशस्तियाँ,
- राष्ट्रीय संस्थाओं की आयु,
- शिक्षा पर होने वाला व्यय,
- सुरक्षा पर होने वाला व्यय,
- दंगे एवं उपद्रव,
- अनियमित कार्यकारी स्थानान्तरण,
- बाह्य हस्तक्षेप, एवं
- सशस्त्र आक्रमण आदि।

राजनीतिक विकास के साधन :- राजनीतिक विकास की प्रक्रिया में राजनीतिक व्यवस्था के आन्तरिक तथा बाह्य दबावों की अहम् भूमिका होती है। इस प्रक्रिया को गतिशील बनाने तथा विकसित करने में शासक एवं संस्थाओं आदि की अहम् भूमिका होती है। इन्हीं को राजनीतिक विकास के साधन, उपकरण तथा अभिकर्त्ता कहा जाता है। इसके प्रमुख साधन निम्नलिखित हैं-

राजनीतिक दलः- राजनीतिक विकास की प्रक्रिया को राजनीतिक दल भी बढ़ावा देते हैं इससे राजनीतिक नेतृत्व का विकास होता है। इन राजनीतिक दलों का महत्त्व सभी प्रकार की व्यवस्थाओं में देखा जा सकता है। लोकतान्त्रिक व्यवस्था में राजनीतिक दल, मतदान तथा सहभागिता को बढ़ाकर इसे प्रभावी बनाने का प्रयास करते हैं। लेकिन कई बार यह भी देखा गया है कि राजनीतिक दल राजनीतिक विकास में बाधक भी साबित होते हैं। ऐसा दलों की अधिकता, गुटबन्दी और चुनावी धाँधलियों की स्थिति में होता है। राजनीतिक विकास की दृष्टि से राजनीतिक दलों की भूमिका अनुचित मानी जाती है। इसी कारण समग्रतावादी राजनीतिक व्यवस्था में एकदलीय व्यवस्था को अच्छा माना जाता है। इस व्यवस्था में राजनीतिक दल, राजनीतिक विकास के सन्दर्भ में शासक वर्ग के विचारों, नीतियों तथा कार्यक्रमों को जनता तक पहुँचाते हैं तथा जन अभिव्यक्ति पर नियन्त्रण लगाते हैं। परिणामस्वरूप राजनीतिक दल जन-आकांक्षाओं को शासक वर्ग तक पहुँचाने में असमर्थ रहते हैं। समग्रतावादी व्यवस्था में राजनीतिक दल अत्यधिक शक्तिशाली एवं प्रभावशाली होते हैं। वे व्यवहार में राजनीतिक नेतृत्व, शासन की तीनों संस्थाओं तथा नौकरशाही का

नियन्त्रण करते हैं। इसमें आर्थिक एवं सामाजिक विकास तीव्रगति से होता है। साथ ही राष्ट्रीय शक्ति में भी वृद्धि होती है। इससे स्पष्ट है कि समग्रतावादी राजनीतिक व्यवस्था में एकदलीय व्यवस्था आर्थिक विकास में मदद करती है लेकिन स्वस्थ दृष्टिकोण की दृष्टि से यह राजनीतिक विकास में स्वस्थ गति प्रदान नहीं कर पाती है।

राष्ट्रीयता की भावना :- राष्ट्रीयता की भावना के विकास तथा राष्ट्रीय राज्य निर्माण के कारण भी राजनीतिक विकास हो रहा है। इससे नागरिक राष्ट्र के प्रति अधिक निष्ठावान हुए हैं। इससे सम्पूर्ण राष्ट्र के प्रति भक्ति एवं निष्ठा का विकास होता है। इससे राष्ट्र की एकता तथा अखण्डता की रक्षा होती है। राजनीतिक स्थायित्व स्थापित होता है। लोकतान्त्रिक राजनीतिक व्यवस्था में राष्ट्रीयता की भावना राजनीतिक विकास में सहायक होती है। वहाँ अधिनायकवादी व्यवस्था में राष्ट्रीयता की भावना समाज-व्यवस्था तथा आर्थिक-व्यवस्था के विकास में तो पर्याप्त सहयोगी सिद्ध होती है किन्तु राजनीतिक विकास के क्षेत्र में यह प्राय: सक्रिय नहीं हो पाती है।

क्रान्तिकारी नेता :- राजनीतिक व्यवस्था के मार्ग में जब समस्यायें आती हैं तो उस राजनीतिक व्यवस्था में राजनीतिक विकास रुक जाता है। कई बार तो राजनीतिक ह्रास शुरू होता है। ऐसी स्थिति में राष्ट्रीय स्थिरता व एकता के लिये भी खतरा पैदा हो जाता है। परिणामस्वरूप जन असन्तोष बढ़ता है। राजनीतिक व्यवस्था को ऐसे संकट से मुक्त करके पुन: राजनीतिक विकास की प्रक्रिया शुरू करने के लिये कई बार क्रान्तिकारी क्रियायें शुरू होती हैं और यदि कोई क्रान्तिकारी नेता वास्तव में जननायक भी होता है, तो उसका कार्य आसान हो जाता है अन्यथा बाध्यकारी शक्ति का प्रयोग करना पड़ता है। क्रान्तिकारी नेता तो केन्द्रीय सत्ता को मजबूत करता है तथा सार्वजनिक हित को बढ़ावा देता है। अधिकतर यह माना जाता है क्रान्तिकारी नेतृत्व को परम्परा तथा आधुनिकता के बीच का रास्ता अपनाना चाहिये। इससे उसका प्रभाव बढ़ता है। यदि कोई क्रान्तिकारी नेता अतिवादी नीतियों को अपनाता है तो उसे निश्चित रूप में बाध्यकारी शक्ति को अपनाना पड़ता है। परिणामस्वरूप उसे सफलता प्राप्त होती है। लेकिन राजनीतिक विकास से उसे इस आधार पर सफलता नहीं मिलती है।

सैनिक शासन:- राजनीतिक दलों के सहारे जब राजनीतिक विकास सफलता प्राप्त नहीं करता है तो विकासशील देशों के सैन्य शक्ति को अपने हाथों में लेकर इसके हस्तक्षेप से राजनीतिक विकास की प्रक्रिया का संचालन तीव्र गति से करते हैं। सेना का उद्देश्य राजनीतिक तन्त्र को अधिक कार्यकुशल तथा आधुनिक बनाना होता है। सेना ही शासन को स्थायी बनाने का कार्य करती है। कुछ विचारक यह भी मानते हैं कि सेना राजनीतिक विकास के लिये ठोस पृष्ठभूमि भी तैयार करती है।

आधुनिक नौकरशाही :- कुछ विचारकों के अनुसार राजनीतिक विकास में नौकरशाही की अहम् भूमिका होती है। नौकरशाही शासन को स्थिरता देती है। परम्परागत समाज को आधुनिक परिवेश में लाने का प्रयत्न करती है और सुदृढ़ तथा कुशल नीतियों के द्वारा राजनीतिक विकास को आगे बढ़ाती है। आधुनिक नौकरशाही ने राजनीतिक व्यवस्था को इस तरह स्थायित्व प्रदान किया है। इसने परम्परागत राजनीतिक व्यवस्था के आधुनिकीकरण और विकास में सहायता की है। इस प्रकार नौकरशाही को राजनीतिक विकास का एक अच्छा साधन कहा जा सकता है लेकिन विकासशील देशों के, राजनीतिक विकास में नौकरशाही अपनी श्रेष्ठ भूमिका निभाने में असमर्थ रही है। नौकरशाही के भ्रष्टाचारी होने तथा जन आकांक्षाओं को पूरा न कर पाने के कारण भी यह अपनी औचित्यता सिद्ध नहीं कर पायी है। प्रशासन में बढ़ते राजनीतिक हस्तक्षेप के कारण यह कुण्ठित भी दिखायी देती है। इस तरह नौकरशाही की प्रभावी भूमिका के लिये इसमें सुधार की भी जरूरत होती है।

जन सहभागिता :- राजनीतिक विकास का यह महत्त्वपूर्ण साधन है। इसके लिये जन सहभागिता को बढ़ावा दिया जाता है। परिणामस्वरूप नागरिकों की सामाजिक तथा राजनीतिक अन्त:क्रिया में वृद्धि होती है। परम्परागत मूल्यों तथा व्यवस्थाओं के स्थान पर क्रमशः आधुनिक मूल्यों की स्थापना होती है तथा राष्ट्रीय नेतृत्व के कार्यभार में कमी आती है।

इस तरह राष्ट्रीय सत्ता में जन सहभागिता को राजनीतिक विकास का एक सर्वश्रेष्ठ साधन कहा जा सकता है।

राजनीतिक विकास की समस्यायें (Problems of Political Development) राजनीतिक विकास का क्रम विकसित देशों में अत्यन्त तीव्र होता है तथा विकासशील देशों में इसकी गति धीमी होती है। विकासशील देश राजनीतिक विकास के उच्च स्तर की प्राप्ति हेतु प्रयासरत है। राजनीतिक विकास की अनेक समस्यायें हैं जिनका अधिकतर सम्बन्ध इन्हीं देशों से है। इन देशों में अनेक ऐसी स्थितियाँ हैं जो राजनीतिक विकास के समक्ष समस्यायें उत्पन्न कर रही हैं। राजनीतिक विकास से सम्बन्धित प्रमुख समस्याओं को निम्न प्रकार स्पष्ट कर सकते हैं:-

1. राजनीतिक व्यवस्था के ढाँचे पर सहमति की कमी :- विकासशील देशों में ज्यादातर राजनीतिक व्यवस्थायें साधन हीन दिखायी पड़ती हैं। इन राष्ट्रों की कार्यकुशलता और क्षमता भी सीमित दिखायी देती है। परिणामस्वरूप जन आकांक्षाओं की पूर्ति ठीक प्रकार से नहीं हो पाती है और असन्तोष का संकट देखने को मिलता है। असन्तोष के कारण राजनीतिक अस्थिरता उत्पन्न होती है जिससे राजनीतिक विकास ठीक तरह से या अपेक्षित रूप में नहीं हो पाता है। विकासशील देशों के राजनीतिक

विकास की एक प्रमुख समस्या राजनीतिक व्यवस्था के ढाँचे पर आम सहमति की कमी है। सामान्य तौर पर राजनीतिक व्यवस्था में परिवर्तन का क्रम चलता रहता है। इन देशों में लोकतन्त्र, सैनिक तन्त्र, समाजवादी लोकतन्त्र तथा बुनियादी लोकतन्त्र आदि से सम्बन्धित राजनीतिक व्यवस्थाओं में प्रयोग किया गया है जिसमें राजनीतिक विकास के मूल्यों तथा लक्ष्यों में अस्थिरता देखी गयी है। जिसमें राजनीतिक विकास की जगह राजनीतिक पतन ही हुआ है।

2. सुरक्षा व्यय अधिक तथा अधिक प्रतिबन्ध :- कुछ विकासशील देशों में भ्रष्टाचार का बढ़ता प्रकोप देखा जा सकता है। राजनीतिक नेतागण अनेक भ्रष्टाचारी तथा दुराचारी लोगों को प्रश्रय देते रहते हैं। परिणामस्वरूप राजनीतिक अपराधीकरण भी काफी फैला हुआ है। इन राष्ट्रों में राजनीतिक हत्यायें भी बढ़ी हैं। इस तरह राजनीतिक तथा आर्थिक आदि क्षेत्रों में भ्रष्टाचार देखा जा सकता है। विकासशील राष्ट्र क्षेत्रीयतावाद एवं पृथकतावादी समस्याओं से जूझते रहते हैं। कई बार साम्प्रदायिक दंगों एवं हिंसा जैसी समस्याओं में भी कुछ राष्ट्र झुलसते रहते हैं। विकासशील देशों में कई बार समुदायों में परस्पर हिंसक भी होती देखी जा सकती हैं। इस प्रकार विभिन्न देशों में आन्तरिक सुरक्षा पर होने वाले व्यय में अत्यधिक वृद्धि हुयी है तथा नागरिक अधिकारों पर प्रतिबन्धों में भी इजाफा हुआ है।

3. श्रेष्ठ परिस्थितियों की कमी :- विकासशील देशों में लोकतन्त्र को स्वीकार कर शासन व्यवस्था स्थापित की गयी है। अधिकांश देशों में लोकतन्त्र के लिये उचित परिस्थितियों की कमी पायी जाती है। कहीं-कहीं पर राजनीतिक दलों की संख्या अपेक्षाकृत अधिक होती है। किसी एक दल को स्पष्ट बहुमत प्राप्त नहीं होता है। परिणामस्वरूप मिली-जुली सरकारें बनती हैं। राजनीतिक दलों के आन्तरिक संगठन और कार्य प्रणाली में लोकतान्त्रिक मूल्यों तथा प्रक्रियाओं की कमी भी देखी जा सकती है। राजनीतिक दलों में गुटबन्दी, दलबदल की प्रथा, विभाजन आदि की प्रवृत्ति देखी जा सकती है। परिणामस्वरूप स्वस्थ व्यवस्था की स्थापना नहीं हो पाती है।

4. सेना का राजनीतिकरण :- कुछ देशों में कई बार श्रेष्ठ शासक शासन पर स्थापित नहीं हुये परिणामस्वरूप नौकरशाही प्रभावी हुई। नौकरशाही के स्तर में गिरावट आई और भ्रष्टाचार तथा राजनीतिक दबाव का जोर काफी देखा गया। ऐसे देशों में योग्य, दक्ष तथा कर्त्तव्य-परायण शासकों की कमी के कारण भी समस्यायें उत्पन्न होती रही हैं।कुछ देशों में कई बार सैनिक नेतृत्व की शीर्षस्थ स्थापना हुई है। इसकी स्थापना के बाद इसने आसानी से सत्ता को नहीं छोड़ा है। इन शासकों ने अपने नेतृत्व को जन आकांक्षा के विपरीत भी लागू किया है। इन्होंने जनमत निर्माण के साधनों का सरकारीकण भी किया है। अपने विरोध का बलपूर्वक दमन किया है तथा सेना का भी प्रयोग राजनीतिकरण के

रूप में किया है।

5. मूल्यों की अराजकता :- कुछ देशों की आर्थिक विकास की दर अत्यन्त कम होती है तथा जनसंख्या अपेक्षाकृत अधिक होती है। ऐसी स्थिति में जन सामान्य की आवश्यकताओं की ठीक तरह से पूर्ति नहीं हो पाती है। फलस्वरूप आर्थिक विकास ठीक प्रकार से सम्पन्न नहीं हो पाता है। कई बार यह भी देखा जाता है कि राष्ट्रीय उद्योगों तथा पूँजी पर कुछ ही लोगों का आधिपत्य होता है। कई बार कालाधन भी राजनेताओं पर अधिक मात्रा में देखा जा सकता है ऐसी स्थिति सामान्य जनता की दृष्टि से आर्थिक विकास की दर अत्यन्त कम होती है जो किसी भी देश की दृष्टि से उपयुक्त नहीं होती है।विकासशील देशों में सामान्यतया मूल्यों की अराजकता भी स्थापित हुई है जिनके कारण राजनीतिक दृष्टि से अनेक अव्यवस्थायें देखी गयी हैं। यह समाजों में परम्परावाद तथा आधुनिकीकरण के बीच एक संक्रमण की अवस्था कही जा सकती है। इन समाजों में कुछ आधुनिकीकरण के समर्थक होते हैं तो कुछ अन्य इसके तीव्र विरोधी भी होते हैं। परिणामस्वरूप इन राष्ट्रें में सामाजिक तनाव चरम सीमा पर देखा जा सकता है। अन्ततः यहाँ के मूल्यों में अराजकता छायी रहती है।

6. पूँजी और प्रौद्योगिकी की कमी:- कुछ राष्ट्रों में परस्पर सीमा विवाद पाये जाते हैं। जिनके कारण कई बार विवाद ही नहीं युद्ध भी हुये हैं। परिणामस्वरूप ये राष्ट्र अपनी सुरक्षा व्यवस्था पर काफी धन व्यय करते हैं। इसलिये ये राष्ट्र अपना आर्थिक तथा सामाजिक विकास ठीक प्रकार से नहीं कर पाते हैं। परिणामस्वरूप राजनीतिक विकास अवरुद्ध हो जाता है। इस प्रकार विकासशील देशों में विकास सम्बन्धी अनेकों समस्यायें देखी जा सकती हैं। सामान्यतया इनका स्वरूप परम्परागत या परम्परावादी ही होता है। ये राष्ट्र आर्थिक दृष्टि से काफी गरीब व पिछड़े हुये होते हैं। अनेक राष्ट्र तो अस्थिरता तथा गृहयुद्धों की स्थिति से भी जूझते रहते हैं। इस तरह यह कहा जा सकता है कि ऐसे राष्ट्र समस्याओं के केन्द्र बन जाते हैं। कुछ देश पूँजी तथा प्रौद्योगिकी की दृष्टि से काफी पिछड़े होते हैं। तकनीकी की कमी के कारण देश अपना पर्याप्त विकास नहीं कर पाते हैं। साथ ही पूँजी की कमी इन्हें और अधिक पीछे कर देती है। ये राष्ट्र अपना विकास करने के लिये विदेशों से आर्थिक मदद भी लेते हैं। विदेशों से आर्थिक मदद के लिये कई बार अनुचित राजनीतिक शर्तों को स्वीकार करना पड़ता है। कई बार तो विदेशों का हस्तक्षेप भी बढ़ जाता है। अन्ततः अस्थिरता का राज भी देखा गया है। अतः कह सकते हैं कि विकासशील राष्ट्र पूँजी तथा प्रौद्योगिकी की कमी की समस्याओं से भी जूझ रहे हैं।

राजनीतिक विकास के प्रारूप

(Models of Political Development)

राजनीतिक विकास को एक ऐसी विकासात्मक प्रक्रिया बताता है जो विभिन्न कारकों के एक क्रम पर आधारित होता है। निरन्तरता के प्रतिमान के कारण राजनीतिक विकास का अध्ययन तथा विश्लेषण सामाजिक, आर्थिक तथा सांस्कृतिक आदि विभिन्न कारकों के आधारों पर किया जाता है। यह प्रतिमान समस्त प्रकार के तथ्यों का अध्ययन राजनीतिक विकास की दृष्टि से करता है। इसमें कर्मचारियों की भर्ती, पदोन्नति आदि का भी विचार किया जाता है। इस प्रतिमान के द्वारा राजनीतिक विकास में सामाजिक, आर्थिक, सांस्कृतिक तथा राजनीतिक कारकों के बीच कार्यात्मक सम्बन्धों का विश्लेषण करने में सहायता मिलती है। इससे राजनीतिक विकास में इन कारकों की भूमिका का ज्ञान प्राप्त होता है। इसमें शोधकर्त्ता कई बार अपनी रुचि के कारण पक्षपात भी कर सकता है। राजनीतिक विकास एक जटिल सम्प्रत्य है। यह राजनीतिक तथा गैर-राजनीतिक तत्त्वों से प्रभावित होता है। इस सम्प्रत्यय में विभिन्न गतिविधियों का अध्ययन किया जाता है। राजनीतिक विकास के अध्ययनकर्त्ता को समानता, संरचनात्मक तथा कार्यात्मक विभेदीकरण और विशिष्टीकरण, राजनीतिक व्यवस्था की क्षमता, आर्थिक विकास की स्थिति, सामाजिक परिवर्तन की दशा, राजनीतिक संस्कृति, जन सहभागिता तथा राजनीतिक पतन आदि से सम्बन्धित तथ्यों का एकीकरण तथा विश्लेषण करना होता है। राजनीतिक विकास प्रक्रिया का विश्लेषण निरन्तरता के प्रतिमान तथा चरण प्रतिमानों के द्वारा किया जाता है।

राजनीतिक विकास को एक ऐसी विकासात्मक प्रक्रिया कहता है जिसमें यह विकास के कई चरणों से गुजरता है। इस प्रतिमान के द्वारा राजनीतिक व्यवस्था का विश्लेषण किया जा सकता है। इस प्रतिमान के मार्क्सवादी तथा गैर मार्क्सवादी दृष्टिकोण देखे जा सकते हैं। गैर मार्क्सवादी दृष्टिकोण मानता है कि राजनीतिक व्यवस्था के विकास के चरणों में एक साथ ही अनेक कारक सक्रिय होते हैं। लेकिन राजनीतिक व्यवस्था के विकास के एक चरण में इन कारकों की पारस्परिक सम्बद्धता का क्रम एक प्रकार का होता है और विकास के अन्य चरणों में इन कारकों की पारस्परिक सम्बद्धता का क्रम अलग तरह का होता है।

राजनीतिक विकास के मार्क्सवादी चरण प्रतिमान में राजनीतिक विकास की जड़ें आर्थिक विकास में निहित होती है। इस दृष्टिकोण के अनुसार व्यक्ति पहले एक आर्थिक प्राणी होता है, श्रमिक होता है जो अपनी आजिविका के तरीके के आस-पास अपने सम्पूर्ण सामाजिक जीवन का निर्माण करता है। इस तरह इस दृष्टिकोण की इस मान्यता को पूरी तरह से अस्वीकार नहीं कर सकते हैं कि राजनीतिक विकास

की जड़ें, आर्थिक विकास में निहित होती हैं। किन्तु इसके साथ ही मार्क्सवाद ने राजनीतिक विकास के जो चरण माने हैं उनसे सहमत नहीं हुआ जा सकता है। चरण प्रतिमान के गैर-मार्क्सवादी दृष्टिकोण के अनुसार राजनीतिक विकास में अनेक कारकों की भूमिका को माना जाता है। इस प्रतिमान के अनुसार राजनीतिक विकास के निम्न चरण होते हैं-

- परम्परागत चरण, - संक्रमण चरण एवं - आधुनिक चरण।

राजनीतिक विकास के परम्परागत चरण में ग्रामीण समाज तथा कृषि अर्थ-व्यवस्था को स्वीकार किया जाता है। सामाजिक, आर्थिक, सांस्कृतिक, राजनीतिक आदि कारकों की मदद से राजनीतिक व्यवस्था परम्परागत चरण से मध्यम चरण की ओर बढ़ती है। इस चरण में कृषि अर्थ-व्यवस्था तथा ग्रामीण समाज की प्रधानता होती है तथा औद्योगिकीकरण की प्रारम्भिक अवस्था भी शुरू होती है। साथ ही नगरीकरण भी शुरू होता है। आधुनिक चरण में औद्योगिकीकरण के उच्च स्तर की स्थापना होती है। कृषि का मशीनीकरण हो जाता है। केन्द्रीय सत्ता के नियन्त्रण में अत्यधिक वृद्धि होती है तथा समाज के सभी अंगों पर उसका नियन्त्रण स्थापित होता है। स्थानीय भक्ति तथा निष्ठा का स्थान राष्ट्रीय भक्ति या निष्ठा ले लेती है। इसमें जनता की भागीदारी भी बढ़ जाती है।

राजनीतिक विकास की आलोचना :- राजनीतिक विकास की अवधारणा की आलोचनायें भी की गई। इन्हें निम्न बिन्दुओं में स्पष्ट कर सकते हैं-

(1) इस सिद्धान्त के प्रतिपादन से आज तक मात्र इसे प्रचारात्मक रूप में ही देखा जा रहा है। यह विचारधारा अस्पष्ट ही बनी हुई है।

(2) राजनीतिक विकास का चित्रण अधूरा माना जाता है।

(3) राजनीतिक विकास की अवधारणा में लोकतन्त्र का स्वरूप बदलता है अर्थात् इसके सैद्धान्तिक तथा व्यावहारिक रूप में अन्तर माना जाता है।

(4) राजनीतिक विकास तथा राजनीतिक आधुनिकीकरण में काफी अन्तर होता है। इनके साधनों कार्यक्रमों, उद्देश्यों, नीतियों आदि के बीच अन्तर पाया जाता है।

(5) राजनीतिक विकास का परीक्षण नहीं किया जा सकता है। पूरा राष्ट्र ही प्रयोगशाला माना जाता है। एक राष्ट्र के राजनीतिक विकास का प्रभाव दूसरे राष्ट्र के राजनीतिक प्रभाव से अलग तरह का होता है। हालांकि सभी राष्ट्रों में राजनीतिक विकास की एक जैसी समस्यायें भी नहीं है।

(6) राजनीतिक विकास में उप-व्यवस्थाओं का कोई महत्त्व नहीं होता है।

(7) राजनीतिक विकास में समानता सैद्धान्तिक होती है, व्यावहारिक नहीं।

(8) राजनीतिक विकास की अवधारणा पश्चिमी अवधारणा है।

इस प्रकार राजनीतिक विकास अवधारणा की कई आलोचनायें की गई हैं। यद्यपि आमण्ड तथा पावेल ने इसकी उपयोगितायें भी बताई हैं। जैसे-

– इससे राजनीतिक व्यवस्थाओं का विवेचन, तुलना, स्पष्टीकरण करने में सहायता मिलती है,

– इससे राजनीतिक व्यवस्थाओं का विवेचन, तुलना, स्पष्टीकरण करने में सहायता मिलती हैं,- इससे राजनीतिक व्यवस्थाओं का उनके राजनीतिक अतीत, भविष्य आदि के सन्दर्भ में सहायता मिलती है,

– इससे राजनीतिक व्यवस्थाओं की अर्थपूर्ण मानदण्डों के आधार पर तुलना करना सम्भव होता है, एवं

– राजनीतिक व्यवस्थाओं के बारे में सामान्यीकरण करने में सहायता मिलती है।

❑❑❑

4

लॉक की व्यक्तिवादिता

लॉक राज्य-सत्ता को व्यक्ति के व्यक्तित्व एवं उसके जीवन और उसकी स्वतन्त्रता व सम्पत्ति की रक्षा का साधन मानता है। उनके अनुसार राज्य स्वयं साध्य न होकर व्यक्ति के हितों का साधन होता है। लॉक ने अपने सम्पूर्ण विवेचन में अनेक बार इस बात पर बल दिया है कि राज्य की सत्ता का एकमात्र उद्देश्य सार्वजनिक हित है तथा नागरिकों के व्यक्तिगत हितों से भिन्न राज्य के किन्हीं हितों की कल्पना करना व्यर्थ है। लॉक के अनुसार राज्य एक ऐसा अन्य यन्त्र मात्र है, जिसे मनुष्य ने अपने हितों की साधना के उद्देश्य की सिद्धि के लिए बनाया है।

अपने इस विचार के अनुसार ही लॉक ने अपने द्वारा प्रतिपादित सामाजिक समझौते की भी सृष्टि की है, जिसके अन्तर्गत राज्य के बनाने व बिगाड़ने का अन्तिम अधिकार जनता में निहित माना गया है तथा शासन को एक ऐसा न्यासी (Trusty) माना गया है, जिसे उसे सौंपे गये न्यास के अनुसार ही कार्य करना है तथा जिसके द्वारा वैसा न किये जाने पर, जिसका न्यासी पद समाप्त किया जा सकता है तथा शासन को भंग किया जा सकता है।

अपनी व्यक्तिवादिता के ही कारण लॉक ने सामाजिक समझौते द्वारा स्थापित शासन पर इस बात का प्रतिबन्ध रखा है कि वह केवल उन कानूनों का निर्माण करे, जो प्राकृतिक विधि के विरोधी न हों ओर जो व्यक्ति के उन अधिकारों की रक्षा करें, जो उसे प्राकृतिक अवस्था में प्राप्त थे। व्यक्ति के अधिकार राज्य की सत्ता द्वारा अतिक्रमणीय रहें, इसके लिए व्यक्ति के अधिकारों के रूप में लॉक ने प्राकृतिक माना है और इस बात पर अत्यधिक बल दिया है कि उनका सम्मान राज्य-सभा द्वारा इस प्रकार किया जाना चाहिए, मानो वे व्यक्ति के लिए प्रकृति की देन हों। उनकी दृष्टि में शासन द्वारा व्यक्ति के अधिकारों का अनादर किया जाना कभी भी न्यायसंगत नहीं हो सकता, क्योंकि स्वयं समाज का अस्तित्व वही उनकी रक्षा के लिए होता है तथा इन अधिकारों का कोई नियमन यदि शासन द्वारा किया जाना निहित है, तो वह केवल उसी सीमा तक विहित हो सकता है जिस सीमा तक वह नियमन उनकी रक्षा के लिए आवश्यक हो। लॉक की सम्पूर्ण

विचारधरा ही वस्तुतः व्यक्तवादिता पूर्ण तथा यही कारण है कि उन्होंने अपने समपूर्ण विवेचन में कहीं भी राज्य की संप्रभुता की बात नहीं कहीं है। मैक्सी के अनुसार लॉक का कार्य "**राज्य सत्ता की स्थिति को उच्चतर बनाना नहीं, वरन् उनकी मर्यादाओं का उल्लेख करना था।**"[1] प्रोफेसर वाहन ने भी लॉक द्वारा प्रतिपादित व्यवस्था के विषय में यह कहा है कि "**उनकी व्यवस्था में प्रत्येक वस्तु का आधार व्यक्ति है तथा उसमें प्रत्येक वस्तु इस प्रकार व्यवस्थिति की गयी है कि उससे व्यक्ति की प्रभुता सुरक्षित रहे।**"[2]

राज्यों अथवा शासनों का वर्गीकरण

(Classification of States or Governments)

राज्यों अथवा सरकारों के विविध रूपों पर लॉक ने विस्तारपूर्वक विचार नहीं किया है। उन्होंने वस्तुतः सरकार के रूप की अपेक्षा उन सिद्धान्तों को अधिक महत्त्व दिया है, जिन पर सरकार को आधारित होना चाहिए। लॉक के अनुसार शासन का मुख्य आधार जन सहमति है और उसके अनुसार जब तक शासन जनता की सहमति पर आधारित है, तब तक शासन का प्रत्येक प्रकार उचित है। फिर भी शासन के जिन तीन रूपों का उल्लेख उनके विवेचन में मिलता है, वे जनतन्त्र (Democracy), वर्गतन्त्र (Oligarchy), एवं राजतन्त्र (Monarchy) है। उनका मत है कि यदि समाज व्यवस्थापक शक्ति को हाथ में रखते हुए, अपने द्वारा प्रत्यक्ष अथवा अप्रत्यक्ष रूप से निर्मित विधियों के अनुसार शासन कार्य चलाने के लिए कुछ प्रतिनिधियों व अधिकारियों की नियुक्ति करता है, तो शासन का वह रूप जनतन्त्रवादी होता है। इसी प्रकार समाज की व्यवस्थापक शक्ति यदि किसी वर्ग के पास होती है और शासन कार्य उस वर्ग द्वारा निर्मि विधियों के अनुसार नियुक्त अधिकारियों के द्वारा होता है, तो शासन का रूप वर्गतन्त्रीय होता है और यदि समाज की व्यवस्थापक शक्ति किसी एक व्यक्ति को प्राप्त होती है और शासन कार्य उसके द्वारा निर्मित विधियों व उसके आदेशों के अनुसार चलता है, तो शासन का रूप राजतन्त्रीय होता है। सामान्यतः लॉक राजतन्त्र को शासन का अतयुत्तम रूप मानते हैं, जिसमें शासन प्रमुख के रूप में राजा की शक्ति, जनता के प्रतिनिधियों द्वारा निर्मित विधियों के द्वारा सीमित हो तथा शासन कार्य पर भी उनका दिन-प्रतिदिन का नियन्त्रण हो इस सम्बन्ध में यह स्मरणीय है कि सन् 1688 की रक्तहीन गौरवपूर्ण क्रान्ति (Bloodless Glorious Revolution) द्वारा इंगलैण्ड में जिस प्रकार के शासन की स्थापना हुई थी, उसका रूप लगभग इसी प्रकार का था।

राज्य व धर्म का सम्बन्ध

(Relation between State and Religion)

राज्य व धर्म के सम्बन्ध विषयक विचारों को उसने अपनी रचना लैटर्स कन्सर्निंग

टॉलेरेशन (Letters Concerning Toleration) में व्यक्त किया है। लॉक का मत इस सम्बन्ध में हॉब्स के मत के विपरीत है, क्योंकि हॉब्स धर्म को जहाँ राज्य के अधीन मानते हैं, लॉक के इस सम्बन्ध में धर्म निरपेक्षता का प्रतिपादन करते हैं तथा धार्मिक सहिष्णुता का समर्थन करते हैं :

राज्य व धर्म के सम्बन्ध के विषय में लॉक के विचारों का विवेचन निम्न शीर्षकों में किया जा सकता है :

1. व्यक्ति की धार्मिक स्वतन्त्रता का प्रतिपादन–लॉक के अनुसार धार्मिक विश्वास के सम्बन्ध में व्यक्ति पूर्णतः स्वतन्त्र होना चाहिए और राज्य की ओर से इस सम्बन्ध में कोई हस्तक्षेप नहीं किया जाना चाहिए। इस सम्बन्ध में उन्होंने कहा है कि "**वैचारिक मतों.....व विश्वास सम्बन्धी धारणाओं को, जो केवल विश्वास की वस्तुएँ होती हैं, देश की विधि द्वारा किसी चर्च पर लादा नहीं जा सकता, क्योंकि जिन बातों का करना मनुष्य की शक्ति से बाहर है, उनके सम्बन्ध में विधि का आदेश होना अनर्थ है।**"[1] लॉक का मत है कि धार्मिक असहिष्णुता के कारण ही अनेक समयों पर विविध प्रकार की अव्यवस्थाएं फैली हैं और युद्ध हुए हैं। लॉक के शब्दों में, "**ईसाई जगत में धर्म के कारण जिनती गड़बड़ियाँ हुई हैं ,वे सब मतों की विभिन्नता के कारण नहीं, वरन् उन लोगों के प्रति सहिष्णुता न बरते जाने के कारण हुई हैं, जो भिन्न मतों के मानने वाले हैं।**"[2] उनके अनुसार सारी कठिनाइयों का मूल यह है कि "**चर्च व राज्य, दोनों अपने में पूर्णतः भिन्न-भिन्न हैं, एक में मिले हुए व अस्पष्ट हैं।.......(अतः) प्रत्येक को अपनी-अपनी सीमा में रहना चाहिए-एक को राज्य के सांसारिक कल्याण के लिए तथा एक दूसरे को आत्माओं की मोक्ष के लिए कार्य करना चाहिए।**"[3]

2. राजकीय धर्म निरपेक्षता व धार्मिक सहिष्णुता–लॉक चर्च व राज्य को परस्पर प्रतिस्पर्द्धा करने वाली संस्थाएँ नहीं मानता था, वरन् उसका मत था कि उन दोनों का क्षेत्र अलग-अलग है। धर्म के सम्बन्ध में राज्य की नीति सहिष्णुता की होनी चाहिए तथा उसकी ओर से धर्म के क्षत्र में सामान्यतः कोई हस्तक्षेप नहीं होना चाहिए। पर इसके साथ ही साथ धार्मिक संस्थाओं को भी उस क्षेत्र से अपने को अलग रखना चाहिए, जो सामान्यतः राज्य का है। इस सम्बन्ध में कहा है कि चर्च "**मनुष्यों का एक ऐच्छिक समाज है, जिसमें अपने को स्वीकार्य तथ आत्माओं के लिए मोक्षप्रदायक ढंग से ईश्वर की सार्वजनिक अराधना करने के लिए लोग स्वेच्छा से सम्मिलित होते हैं......इस समाज में नागरिकों की सांसारिक वस्तुओं से सम्बन्धित कोई काम नहीं हो सकता है और न होना चाहिए। उसमें कभी भी किसी प्रकार का बल प्रयोग नहीं होना चाहिए। बल पूरी तरह से नागरिक अधिकारी की वस्तु होती है तथा बाह्य वस्तुओं के अधिकारों का नियमन उसके कार्यक्षेत्र में आता है।.....सच्चे धर्म का सद्गुण व व पवित्रता के**

नियमों के अनुसार मनुष्यों के जीवन का नियमन करना है।"[1]

धार्मिक सहिष्णुता का प्रतिपादन करते हुए इस प्रकार लॉक ने कहा है कि "**धर्म के विषय में जो एक-दूसरे से भिन्न मत रखते हैं उसके प्रति सहिष्णुता जीसस क्राइस्ट की वाणी और मानव जाति के वास्तविक विवेक से इतनी अधिक मिलती है कि यदि इतने अधिक प्रकाश में भी उसकी आवश्यकता व उसके लाभ की मनुष्य नहीं देख सकते, तो यह अत्यधिक उनकी राक्षसी वृत्ति का परिचायक है।"[2]** दूसरे शब्दों में लॉक के अनुसार जीसस क्राइस्ट के उपदेश धार्मिक कट्टरता नहीं सिखाते, वरन् वे धार्मिक सहिष्णुता सिखाते हैं तथा धार्मिक सहिष्णुता ही मनुष्य के विवेक के भी अनुसार है।

धार्मिक सहिष्णुता के अपवाद-इस सम्बन्ध में यह स्मरणीय है कि लॉक कैथोलिकों, मुसलमानों, व नास्तिकों को धार्मिक सहिष्णुता का अधिकारी नहीं मानते, क्योंकि कैथोलिकों की आस्था एक विदेशी शक्ति के प्रतिक है, मुसलमान एक ऐसी विदेशी विधि के मानने वाले हैं, जो यूरोप की विधि से पूर्णतः भिन्न हैं और नास्तिक ईश्वर में विश्वास नहीं करते हैं। इसके अतिरक्ति राज्य की ओर से धार्मिक सहिष्णुता का व्यवहार लॉक तभी तक उचित समझते हैं, जब तक धार्मिक स्वतन्त्रता की आड़ में लोग राज्य की सुरक्षा को हानि नहीं पहुँचाये।

शासन की शक्तियाँ और सीमाएँ

लॉक के सामाजिक समझौते का सिद्धान्त राजा के दैवी अधिकारों के विरुद्ध प्रत्याक्रमण है। उसने राजा को उकी महिमा से वंचित कर दिया है। उसने शासक की स्थिति को प्रजा की स्थिति के समान बना दिया है। उसकी स्थिति लोगों के अधीन हो गयी है। लॉक शासन की शक्तियों को **न्यास** की संज्ञा देता है समझौते को नहीं। **वाहन** ने ठीक लिखा है कि **"सत्ता को न्यास का स्वरूप देकर लॉक शासन के सार्वजनिक नियंत्रण की पर्याप्त व्यवस्था करता है। वह उस नियंत्रण में, अनुभव के आधार पर, उत्तरोत्तर विकास की भी व्यवस्था करता है।"** स्पष्ट है कि लॉक की शासन की धारणा हॉब्स की धारणा से सर्वथा भिन्न है। जहाँ हॉब्स का लेविआथन निरंकुश एवं असीमित शक्तियों का उपयोग करता है, वहाँ लॉक का शासक केवल सीमित शक्तियों का उपयोग करता है और उन शक्तियों का उपयोग भी वह सामान्य कल्याण के लिए ही कर सकता है। लॉक इस बात पर बार-बार बल देता है कि **"राज्य लोगों के लिए है, लोग राज्य के लिए नहीं।" "शासन का उद्देश्य समुदाय की अच्छाई है।"**

लॉक की राज्य और शासन की धारणा लॉक की धारणा से विपरीत है। यह कृत्रिम है, प्राकृतिक नहीं। यह यंत्र है, जिसे व्यक्ति ने अपनी अच्छाई के लिए निर्मित किया है और जो उसके उद्देश्यों की प्राप्ति के लिए विद्यमान है। लॉक व्यक्तिगत नागरिकों

के जीवन से स्वतन्त्र राज्य की किसी रहस्यमयी अच्छाई की बात नहीं करता, जैसा कि हीगल जैसे आदर्शवादी या मुसोलिनी जैसे फासीवादी करते हैं। लॉक ने द्वितीय निबन्ध में स्पष्ट लिखा है कि "मानव के राज्य में संगठित होने तथा अपने शासन के अधीन रखने का प्रधान उद्देश्य अपनी सम्पत्ति (जिसमें जीवन और स्वतन्त्रता का अधिकार सम्मिलित है) की रक्षा करना है।"

लॉक के अनुसार शासन के मुख्य कार्य तीन हैं, जो निम्नलिखित हैं-

(i) विधायी कार्य-अर्थात् कानूनों का निर्माण करना तथा विवादों के निपटारे के लिए न्याय-अन्याय के सामान्य मापदण्डों को निर्धारित करना।

(ii) कार्यपालिका कार्य-अर्थात् कानूनों को कार्यान्वित करना तथा नागरिकों के हितों की रक्षा हेतु युद्ध, शांति तथा अन्य कार्यों को सम्पन्न करना।

(iii) न्यायिक कार्य-अर्थात् नागरिकों के विवादों के निपटारे के लिए न्याय की व्यवस्था करना।

लॉक शासन के तीनों कार्यों से-विधायी, कार्यपालिका और न्यायिक-परिचित था। उसे शक्ति पृथक्करण के सिद्धान्त का प्रमख प्रवक्ता बनने का श्रेय प्राप्त नहीं (यह श्रेय माण्टेस्क्यू को प्राप्त है), फिर भी उसके सिद्धान्त में इसकी पर्याप्त झलक मिल जाती है।

लॉक आधुनिक संविधानवाद का प्रणेता और समर्थक है। जहाँ बोदाँ और हॉब्स शक्ति के केन्द्रीकरण के समर्थक हैं, वहाँ लॉक शक्ति के पृथक्करण का समर्थक है। लॉक कार्यपालिका और न्यायपालिका शक्तियों को पृथक् नहीं करता और न्यायपालिका शक्तियों को कार्यपालिका शक्तियों में ही निहित कर देता है, फिर भी वह इन दोनों कार्यों के भेद को स्वीकार करता है और उन्हें एक-दूसरे से पृथक् करता है। **लॉक** ने कहा है कि "जिन व्यक्तियों के हाथों में विधि-निर्माण की शक्ति होती है, उनमें विधियों को कार्यान्वित करने की शक्ति अपने हाथ में लेने की प्रबल इच्छा हो सकती है, क्योंकि शक्ति हथियाने का प्रलोभन मानव की महान् दुर्बलता है।

लॉक व्यवस्थापिका को "कॉमनवैल्थ की सर्वोच्च शक्ति मानता है।" वह कार्यपालिका को व्यवस्थापिका के अधीन रखता है। इस पर भी वह व्यवस्थापिका की निरंकुशता का समर्थन नहीं करता, क्योंकि वह जनता की सर्वोच्च शक्ति के अधीन है। व्यवस्थापिका केवल उन नियमों का निर्माण कर सकती है, जो जन-कल्याण के लिए है। **लॉक** ने लिखा है कि "व्यवस्थापिका, यद्यपि यह कॉमनवैल्थ की सर्वोच्च शक्ति है, लोगों के जीवन और सम्पत्ति पर निरपेक्ष निरंकुश सत्ता का प्रयोग नहीं कर सकती।" राज्य की सत्ता न केवल जनता की सर्वोच्च शक्ति द्वारा सीमित है, बल्कि प्राकृतिक नियमों द्वारा भी सीमित है।

लॉक के राज्य की प्रमुख विशेषताएँ

लॉक के राज्य की प्रमुख विशेषताएँ निम्नलिखित हैं-

(1) समुदाय की अच्छाई-लॉक का मत है कि "शासन का उद्देश्य समुदाय की अच्छाई है।" लॉक का राज्य जनता के लिए है, जनता राज्य के लिए नहीं। लॉक के लिए राज्य एक यंत्र है, जिसे मानव ने अपने जीवन, स्वतन्त्रता और सम्पत्ति की रक्षा हेतु निर्मित किया है और इसी उद्देश्य के लिए वह विद्यमान है। व्यक्तिगत नागरिकों के हितों की रक्षा के अतिरिक्त राज्य का कोई उद्देश्य नहीं। लॉक राज्य की किन्हीं अन्य रहस्यमयी अच्छाइयों की कल्पना को भयानक और अनावश्यक मानता है।

(2) सहमति राज्य का आधार है-लॉक के सिद्धान्त का प्रथम और अन्तिम स्वर सहमति है अर्थात् न केवल मौलिक समझौते के लिए जनता की सहमति की आवश्यकता है, बल्कि उसके निरन्तर बने रहने के लिए भी सहमति की आवश्यकता है। लॉक लिखता है कि सहमति के बिना किसी व्यक्ति को राज्य का सदस्य नहीं बनाया जा सकता। यह सहमति निश्चित या मौन हो सकती है, परन्तु बाध्यकारी नहीं। **लॉक** कहता है कि बाध्यकारी सहमति कोई सहमति नहीं। लॉक का मत है कि राज्य के क्षेत्र में निवास व्यक्ति की सहमति का परिचायक है। लॉक की धारणा है कि जनता शासकों की आज्ञाओं की पालना इसलिए करती है कि ऐसा करना उसके लिए हितकर है। परन्तु जब शासक स्वार्थी हो जायें और वे समुदाय के हितों के विरुद्ध कानूनों का निर्माण करें तो जनता उन्हें मारने के लिए बाध्य नहीं, क्योंकि इस स्थिति में शासक जनता की सहमति के बिना शासन करते हैं। **लॉक** लिखता है कि **"सत्ता के अभाव में अधिकार का प्रयोग अत्याचार है।" लॉक जनता (समुदाय) को शासकों के विरुद्ध विद्रोह करने का अधिकार देता है।**

(3) संवैधानिक राज्य-लॉक का राज्य एक संवैधानिक राज्य है। इसमें विधि का शासन है, स्वेच्छाचारी इच्छाओं का नहीं। जहाँ मानव शासक की "अस्थिर, अनिश्चित, अज्ञात, स्वेच्छाचारी इच्छा के दास हैं।" वहाँ व्यक्ति के लिए राजनीतिक स्वतन्त्रता हो नहीं सकती। **लॉक** कहता है कि शासन की तात्कालिक आज्ञाओं के स्थान पर स्थायी नियमों द्वारा शासित होना चाहिए, जिनकी घोषणा की जानी चाहिए और जो लोगों को ज्ञात होने चाहिए। लॉक शासन की स्वविवेकी और संकटकालीन शक्तियों को स्वीकार करता है, परन्तु उन्हें वह विधि के शासन का पूरक मानता है, उसका एवजी प्रतिस्थानी नहीं। **लॉक** ने स्पष्ट लिखा है कि **"जहाँ कानून का अन्त होता है, वहाँ अत्याचार शुरू हो जाता है।"**

(4) सीमित राज्य-लॉक का राज्य सीमित शक्तियों का उपयोग करता है, असीमित या निरपेक्ष शक्तियों का नहीं। उसकी शक्तियाँ दो अर्थों में सीमित है। **प्रथम,**

वह अपनी शक्तियों को जनता से प्राप्त करता है और उन्हें एक न्यास के रूप में अपने पास रखता है। लॉक ने लिखा है कि **"निश्चित उद्देश्यों की प्राप्ति हेतु ही उसके पास विश्वासाश्रित शक्ति है।"** अर्थात् लोक कल्याण के उद्देश्यों को प्राप्त करने के लिए ही उसकी शक्ति विद्यमान है। दूसरे, उसकी शक्तियाँ प्राकृतिक नियमों द्वारा मर्यादित हैं। लॉक की मान्यता है कि नागरिक कानून अधिकृत विधार द्वारा प्राकृतिक कानूनों का ही पुनः कथन है। नागरिक कानून जिस चीज को प्राकृतिक कानून के साथ जोड़ते हैं, वह यह है कि वह गलत कार्यों के लिए तत्काल और निश्चित दण्ड की व्यवस्था करता है। इस तरह नागरिक कानून प्राकृतिक कानून से कभी भी संघर्ष में नहीं आते। प्राकृतिक कानून राज्य की वैधता के मानदण्ड हैं, सही–गलत के मानदण्ड के लिए भी प्राकृतिक कानून श्रेष्ठ हैं। तभी तो लॉक कहता है कि "सभी व्यक्तियों, विधायकों और अन्य के लिए प्राकृतिक कानून शाश्वत नियम हैं।"

लॉक इस बात को स्वीकार करता है कि प्रत्येक कॉमनवैल्थ में व्यवस्थापिका सर्वोच्च शक्ति होती है। परन्तु उसे भी लोगों के जीवन और सम्पत्ति पर निरपेक्ष निरंकुश सत्ता प्राप्त नहीं, क्योंकि जिस कारण से लोग समाज में प्रवेश करते हैं, वह सम्पत्ति की रक्षा ही तो है। **लॉक** कहता है कि जब कभी व्यवस्थापिका व्यकित की सम्पत्ति के अधिकार पर आक्रमण करती है तो वह उस विश्वास की अवहेलना करती है, जो लोगों ने उस पर रखा था। राज्य की सकारात्मक विधियाँ प्राकृतिक नियमों (नैतिक नियमों) से मर्यादित हैं। लॉक के राज्य के सीमित अधिकार इस एक तथ्य से स्पष्ट हैं कि उसकी रचना "नागरिक शासन पर निबन्ध" में सम्प्रभुता शब्द का प्रयोग एक बार भी नहीं किया गया।

(5) सहनशील एवं नकारात्मक राज्य–लॉक का राज्य सहनशील भी है और नकारात्मक भी। इस प्रकार के राज्य में भिन्न–भिन्न और परस्पर विरोधी विचारधाराओं को स्वीकार किया जाता है। इस राज्य का स्वरूप नकारात्मक इसलिए है कि यह नागरिकों के चरित्र को सुधारने का प्रयास नहीं करता। यह केवल उस मात्रा में जीवन को नियमित करता है, जिस मात्रा में उनकी स्वतन्त्रता को सुरक्षित रखने के लिए आवश्यक है। यह इस दृष्टि में रूपान्तरकर्त्ता है कि यह स्वार्थ हित को सार्वजनिक अच्छाई में परिवर्तित करता है। दूसरे शब्दों में, राज्य व्यक्ति पर इस प्रकार से प्रभाव डालता है कि वह सार्वजनिक अच्छाई के लिए कार्य करे।

(6) राज्य का उद्देश्य लोक–कल्याण करना–लॉक के राज्य का उद्देश्य जन–कल्याण या लोक–कल्याण करना है। ऐसा करना ही राज्य का प्राथमिक तथा सर्वोपरि लक्ष्य है।

(7) राज्य साधन के रूप में–लॉक ने व्यक्ति को साध्य माना है तथा राज्य को

साधन। राज्य का लक्ष्य व्यक्ति की सम्पत्ति की सुरक्षा करना है। राज्य व्यक्ति के जीवन स्वतन्त्रता तथा सम्पत्ति की सुरक्षा के लिए है।

सारांश में, लॉक ने राज्य की मर्यादित सत्ता का प्रतिपादन किया है।

इस बीच वैज्ञानिक व तकनीकी विकास भी तेजी से हुआ जिसने सामन्तवादी राजनीतिक, सामाजिक व आर्थिक मान्यताओं को तत्कालीन संदर्भों में असंगत बना दिया। हस्तशिल्प व उद्योग-धन्धों के विकास के परिणामस्वरूप एक नवीन मध्यवर्ग अस्तित्व में आया जिसने आर्थिक क्षेत्र में राज्य के हस्तक्षेप का विरोध किया ताकि अधिकतम लाभ प्राप्त किया जा सके। यही माँग दार्शनिक स्तर पर अहस्तक्षेप का सिद्धान्त(Theory of Laissez Faire) बनी जिसे व्यक्तिवाद की 'आत्मा' कहा जा सकता है। इस प्रकार वह विचारधारा, जो व्यक्ति की अधिकतम संभव स्वतन्त्रता के लिए राज्य के न्यूनतम हस्तक्षेप की माँग का समर्थन करती है, राजनीतिक सिद्धान्त में व्यक्तिवाद के नाम से जानी जाती है। यह विचारधारा व्यक्ति के सर्वांगीण विकास हेतु पूर्ण नैतिक व वैचारिक स्वाधीनता की वकालत करती है। उसके उन्नायकों में मार्टिन लूथर, मिल्टन, लॉक, स्पिनोजा, एडम स्मिथ, स्पेन्सर, माण्टेस्क्यू, बैंथम, जे.एस.मिल, वाल्तेयर एवं समनर इत्यादि प्रमुख हैं। लॉक व्यक्ति की तुलना में राज्य की महत्ता को तार्किक आधार देने के लिए दावा करता है कि 'राज्य व्यक्ति का पूर्ववर्ती है' (The State is prior to man)। उसका यह कथन सुविख्यात है कि "यदि कोई व्यक्ति राज्य से बाहर रह सकता है या उसे राज्य की आवश्यकता नहीं है तो वह पशु होगा या ईश्वर।" दूसरे शब्दों में, प्लेटो व लॉक के अनुसार राज्य के विवेकपूर्ण निर्देशन के बग़ैर व्यक्ति अपना नैतिक, बौद्धिक व आर्थिक विकास नहीं कर सकते। एक राजनीतिक दर्शन के रूप में व्यक्तिवाद अठारहवीं शताब्दी में स्थापित होता है किन्तु ऐतिहासिक दृष्टि से व्यक्तिवादी प्रवृत्तियों को सोफिस्ट विचारकों की शिक्षाओं से सम्बन्धित किया जा सकता है। प्लेटो व लॉक का दर्शन विवेक पर आधारित होने के बावजूद राज्य व समाज को अधिक महत्व देता है। उनके लिए व्यक्ति का आत्म-निर्भर नैतिक जीवन केवल राज्य में ही सम्भव है।

सोफिस्ट विचारकों ने लॉक की परम्परा का विरोध किया। इनके अनुसार राज्य प्राकृतिक संस्था नहीं है बल्कि इसका निर्माण किया गया है-व्यक्तियों के आपसी समझौता के माध्यम से। अत: राज्य व्यक्ति रूपी साध्य का साधन मात्र है। प्रोटोगोरस ने व्यक्ति की गरिमा को घोषित करते हुए कहा कि "व्यक्ति ही सभी वस्तुओं का मापदण्ड है। मनुष्य ही मानवता का वास्तविक अध्ययन है। स्वयं को पढ़ो और स्वयं को सद्गुणी बनाओ (Man is measure of all things. Man is the real study of mankind. Study yourself and make yourself virtuous)।" यही वे वैचारिक सूत्र हैं जिन्हें अठारहवीं शताब्दी के उत्तरार्द्ध से विकसित करने का प्रयास किया गया

और व्यवस्थित रूप से व्यक्तिवादी दर्शन की नींव पड़ी। व्यक्तिवाद को सोफिस्ट विचारकों से जोड़ने का आधार यह है कि यह विचारधारा भी यह दावा करती है कि सम्पूर्ण सामाजिक और राजनीतिक गतिविधियों का एकमात्र केन्द्र 'व्यक्ति' ही है।

धर्म सुधार आन्दोलन परम्परागत कैथोलिक चर्च के वर्चस्व के विरुद्ध था लेकिन इसने अपने तर्कों के द्वारा व्यक्तिवादी विचारधारा का मार्ग प्रशस्त किया। कैथोलिक विचारकों का मत था कि चर्च धरती पर ईश्वर का प्रतिनिधि है, अतः ईश्वर की प्राप्ति चर्च के माध्यम के बिना संभव नहीं है। प्रोटेस्टेण्ट धर्म के प्रतिपादकों का कहना था कि व्यक्ति धर्मग्रन्थों के माध्यम से ईश्वर से सीधा सम्पर्क स्थापित कर सकता है, उसे किसी माध्यम की कोई आवश्यकता नहीं है, भले ही वह माध्यम चर्च हो या पोप। इस विचार से व्यक्तिवाद को बढ़ावा मिला क्योंकि यह व्यक्ति के विवेक को सर्वाधिक महत्व देता है।

दुर्भाग्य से सोफिस्ट विचारधारा के व्यक्तिवादी तत्व मध्ययुगीन धार्मिक वातावरण में पूरी तरह दब गए। यद्यपि रोमन विचारक सिसरो (104-43 BC) ने राज्य को 'व्यक्तियों का मामला' (Affair of the People) बताया किन्तु उसके दर्शन में भी व्यावहारिक सत्ता राज्य (शासक) के पास ही रहती है। मध्ययुग, जिसके प्रारम्भिक भाग को 'अन्धकार युग' भी कहा जाता है, व्यक्तिवादी विचारों के विकास के सर्वथा विरुद्ध था क्योंकि व्यक्तिवाद व्यक्ति की अन्तर्निहित 'विवेकशीलता' में विश्वास करता है जबकि मध्ययुग में चर्च व ईश्वर के प्रति अन्धश्रद्धा की अपेक्षा की जाती थी। सार्वभौम ईसाई समाज की परिकल्पना में स्वतन्त्र व्यक्ति का अस्तित्व सम्भव ही नहीं था।

सामान्य रूप से इन व्यक्तिवादी विचारकों ने निम्नलिखित आधारों पर व्यक्ति की स्वतन्त्रता को आवश्यक बताया है–

1. राज्य या समाज द्वारा लगाए गए प्रतिबन्ध, व्यक्ति के नैतिक व बौद्धिक उन्नति को बाधित करते हैं।
2. व्यक्ति के आर्थिक विकास में ही राष्ट्र की समृद्धि निहित है।
3. व्यक्ति के विचारों के दमन से समाज में सत्य का वास्तविक स्वरूप स्थापित नहीं हो पाता।
4. विचार व अभिव्यक्ति के अभाव में लोकतन्त्र की स्थापना असम्भव हो जाती है।
5. व्यक्ति का हित ही समाज का हित है।

मध्ययुग में इस वैचारिक व नैतिक स्वतन्त्रता का अभाव था। फलतः उस परिवेश में व्यक्तिवाद का विकास संभव ही नहीं था। वास्तव में व्यक्तिवादी

विचारधारा मध्ययुगीन आर्थिक, राजनीतिक व धार्मिक व्यवस्था के अवसान के बाद ही अपना स्वरूप प्राप्त करती है। 16वीं शताब्दी के प्रारम्भ में जर्मनी के मार्टिन लूथर (1483-1546 AD) के नेतृत्व में जो धर्म-सुधार आन्दोलन चला उसके परिणामस्वरूप एक बार पुनः व्यक्तिवादी प्रवृत्तियाँ पनपने लगीं और अन्ततः 18वीं शताब्दी के उत्तरार्द्ध में इसे व्यवस्थित राजनीतिक-आर्थिक दर्शन का रूप मिला। संक्षेप में व्यक्तिवाद के विकास में निम्नलिखित कारणों को सहायक माना जा सकता है-

प्रकृतिवादी अर्थशास्त्री

(Physiocrats)

18वीं शताब्दी की यह विचारधारा अर्थ-व्यवस्था को प्राकृतिक व्यवस्था से संबद्ध मानती है। फ्रांस के क्वेस्ने (Quesnay) और ए.आर.जे. तुर्गो (A.R.J. Turgot) ने इस अवधारणा पर पर बल दिया कि जिस प्रकार प्रकृति का निर्बाध विकास होता है उसी प्रकार अर्थ-व्यवस्था को भी विकसित होने की पूरी स्वतन्त्रता प्राप्त होनी चाहिए। दूसरे शब्दों में अर्थव्यवस्था एक प्राकृतिक व्यवस्था है जिसमें राज्य को अपने हस्तक्षेप के द्वारा किसी प्रकार की बाधा उपस्थित नहीं करनी चाहिए। राज्य के हस्तक्षेप से उद्योग, व्यापार व वाणिज्य का स्वाभाविक विकास प्रतिबन्धित होता है। चूँकि 'फिजियोक्रेट्स' विचारक कृषि को अर्थव्यवस्था का मूल आधार व उत्पादकता और वृद्धि का एकमात्र साधन मानते थे इसलिए उन्होंने जहाँ एक तरफ कृषकों पर लगाए जाने वाले करों (Taxes) का विरोध किया वहीं दूसरी ओर स्वतन्त्र व्यापार (Free Trade) की नीति का प्रतिपादन भी किया। प्रकृतिवादी अर्थशास्त्रियों का यह विचार व्यक्तिवाद के अहस्तक्षेप के सिद्धान्त का पूर्वगामी था।

औद्योगिक क्रान्ति

(Industrial Revolution)

औद्यागिक क्रान्ति की कोई निश्चित तिथि या वर्ष नहीं है। वास्तव में यह यूरोप की अर्थव्यवस्था (मूलतः ब्रिटेन) में 1760 से 1840 के बीच आए उस मौलिक बदलाव को व्यक्त करती है जिसके परिणामस्वरूप एक कृषि आधारित अर्थव्यवस्था उद्योग आधारित अर्थव्यवस्था में बदल गई। सर्वप्रथम मार्क्स के सहयोगी एंगेल्स ने 1844 में इस परिवर्तन को औद्योगिक क्रान्ति का नाम दिया था। जिसे कालान्तर में सबने स्वीकार कर लिया। कृषि से मुक्त होने का अर्थ था सामन्ती-शोषण व नियन्त्रण से भी मुक्ति क्योंकि भूमि तो सामन्तों की थी अतः वे भूमि से उत्पादित पैदावार पर मनमानी कर वसूली कर सकते थे लेकिन नवीन वर्ग तो अपनी सूझ-बूझ, कला-कौशल व नई मशीनों से उत्पादन कर रहा था, भूमि से इनका कुछ भी लेना-देना

नहीं था। अतः तार्किक दृष्टि से इस उत्पादन पर सामन्तों का कोई अधिकार नहीं बनता था। इसलिए उन्होंने आर्थिक क्षेत्र में अहस्तक्षेप की नीति की माँग की तथा इस माँग को सैद्धान्तिक आधार प्रदान करने के लिए इस नवोदित मध्यम वर्ग ने स्वाधीनता व समानता का नारा दिया जिसका निहित मंतव्य था–सब कुछ स्वतन्त्र छोड़ दो, विश्व अपना नियन्त्रण स्वयं कर लेता है (Let things alone because the world is self-regulating.)। 16वीं और 17वीं शताब्दी की वैज्ञानिक व तकनीकी क्रान्ति ने जहाँ एक तरफ ईश्वर और व्यक्ति के सम्बन्धों को एक नया आयाम दिया–अनेक अंध-विश्वासों से मुक्ति व धर्म के बन्धन में क्षीणता के रूप में–वहीं दूसरी ओर मध्ययुगीन कृषि-अर्थव्यवस्था को उद्योग-प्रधान अर्थव्यवस्था में बदल दिया। सामन्तवादी व्यवस्था की गोद में ही एक ऐसे वर्ग का उदय हुआ जिसने कृषि से हटकर उद्योग को अपनी आजीविका का आधार बनाया।

जॉन लॉक

(John Locke)

राज्य को सामाजिक समझौते की उत्पत्ति बता कर लॉक ने यह सिद्ध किया कि राज्य या शासन व्यक्ति के हितों के विरुद्ध कार्य नहीं कर सकता क्योंकि राज्य का निर्माण व्यक्तियों के द्वारा अपने प्राकृतिक अधिकारों की रक्षा के लिए किया गया है। जीवन, स्वतन्त्रता व सम्पत्ति को प्राकृतिक कह कर, लॉक ने इन्हें व्यक्ति के लिए अनिवार्य व पावन अधिकार घोषित कर दिया जिसका अपहरण किसी शासक या शासन द्वारा नहीं किया जा सकता और यदि कोई शासन व्यक्तियों के प्राकृतिक अधिकारों का उल्लंघन करता है तो समाज को यह अधिकार है वह ऐसी सरकार को बदल दे। उसने ऐसी स्थिति में विद्रोह का अधिकार ही नहीं दिया बल्कि उसे 'पवित्र-कर्त्तव्य' की संज्ञा दी।

प्रो. सी.ई. वान (C.E. Vaughan) ने लॉक की 'The Treatises' को दो नली वाली बन्दूक (Gun with two barrels) कहा है जिसमें से एक फिल्मर द्वारा प्रतिपादित राजाओं के दैवीय अधिकार और दूसरी हॉब्स के विरुद्ध तनी हुई है। लॉक प्राकृतिक अधिकारों के सिद्धान्त से राज्य की निरंकुशता को पूर्णतः निषेधित कर देता है।

इस परिवेश में जब मध्ययुगीन राजनीतिक, सामाजिक, आर्थिक और यहाँ तक कि नैतिक व्यवस्थाएँ व मान्यताएँ विघटित हो रही थीं और एक नवीन आर्थिक वर्ग (जिसे बाद में मार्क्सवाद में 'मध्यम वर्ग' का नाम मिला) का उदय हो रहा था, वैचारिक जगत् किसी ऐसे चिन्तक की राह देख रहा था जो इन नवीन आवश्यकताओं को दार्शनिक स्वरूप प्रदान कर सामाजिक, राजनीतिक व आर्थिक क्षेत्र

में उठने वाली माँगों को ठोस वैचारिक आधार प्रदान कर सके। इस इन्तज़ार का अन्त ब्रिटिश दार्शनिक जॉन लॉक (1632-1704) के 1690 में प्रकाशित पुस्तक 'The Two Treatises on Civil Government' से होता है। जॉन लॉक के दो विचार व्यक्तिवाद के लिए बहुत अधिक सहायक हुए–

(1) राज्य का आधार सामाजिक-समझौता (Social Contract) है।

(2) जीवन, स्वतन्त्रता और सम्पत्ति व्यक्ति के प्राकृतिक अधिकार हैं। (Life, liberty and property are the natural rights of men.)

एडम स्मिथ (Adam Smith)

निश्चित रूप से जिस एक व्यक्ति ने व्यक्तिवाद को सर्वाधिक प्रभावित किया, वह व्यक्ति है–अर्थशास्त्र का जनक 'एडम स्मिथ' (1723–90)। स्कॉटलैण्ड के इस प्रोफेसर ने फ्रांस के प्रकृतिवादी अर्थशास्त्रियों द्वारा अपनाए जा रहे अहस्तक्षेप के सिद्धान्त को अपनी पुस्तक "Inquiry into the Nature and Causes of the Wealth of Nations" जो 1776 में प्रकाशित हुई, के द्वारा, आर्थिक क्षेत्र का सर्वाधिक अधिकृत व स्वीकृत सिद्धान्त के रूप में स्थापित कर दिया। जिस प्रकार जॉन लॉक ने 'जीवन, स्वतन्त्रता व सम्पत्ति को प्राकृतिक अधिकार घोषित किया था, उसी तरह एडम स्मिथ ने उद्योग व व्यापार की स्वाधीनता (Freedom of Commerce and Trade) को प्राकृतिक अधिकार माना। स्मिथ के निष्कर्षों को निम्नलिखित बिन्दुओं के माध्यम से समझ सकते हैं–

1. प्रत्येक व्यक्ति में 'स्व-हित' (Self-interest) की स्वाभाविक प्रवृत्ति होती है।
2. 'स्व-हित' की भावना उसे स्व-लाभ (Self-profit) की तरफ ले जाती है।
3. लाभ के लिए प्रत्येक व्यक्ति में व्यापार की सहज प्रकृति (Natural Propensity to Trade) पाई जाती है।
4. व्यक्तियों का निजी लाभ (Private-profit) ही राष्ट्र का लाभ (National-profit) होता है।

प्रत्येक स्त्री-पुरुष को अपनी योग्यतानुसार कार्य करने की पूर्ण स्वतन्त्रता होनी चाहिए। इस प्रक्रिया में उसे सकारात्मक (लाभ) या नकारात्मक (हानि) जो कुछ भी प्राप्त होता है, इसका उत्तरदायित्व भी उसी पर होगा। चूँकि व्यक्ति स्वभावतः लाभ का इच्छुक होता है अतः वह सदैव ही अपनी सम्पूर्ण क्षमता का प्रयोग करेगा ताकि हानि से बच सके। स्वयं स्मिथ के ही शब्दों में, "स्त्री व पुरुष अपना सर्वोत्तम तब करते हैं जब वे परिश्रम या बुद्धिमत्ता के पुरस्कारों और आलस्य के दण्डों, दोनों

प्रतिफल भोगते हैं। यह भी समान रूप से महत्वपूर्ण था कि उन लोगों को उस कार्य को खोजने या उस व्यापार को करने की स्वतन्त्रता होती जो उनके प्रयासों को पुरस्कृत कर सकते थे।'' स्मिथ ने व्यक्तिवाद की सामान्य मान्यता के विपरीत राज्य के समझौतावादी सिद्धान्त का खण्डन किया तथा राज्य व शासन को ऐतिहासिक विकास का परिणाम बतलाया तथापि वह राज्य के न्यूनतम हस्तक्षेप के सिद्धान्त का ही समर्थन करता है। उसके अनुसार राज्य का मुख्य कार्य शान्ति, व्यवस्था व सुरक्षा को बनाए रखता है। अन्य क्षेत्रों, विशेष रूप से आर्थिक क्षेत्र में राज्य को अहस्तक्षेप की नीति अपनानी चाहिए क्योंकि उत्पादन व श्रम के स्वतन्त्र विनिमय को नियन्त्रित करना समाज के आर्थिक समृद्धि के लिए विध्वन्सकारी सिद्ध होगा।

एडम स्मिथ का कहना था कि प्रत्येक व्यक्ति को वह कार्य करने की पूरी स्वतन्त्रता होनी चाहिए जो उसकी योग्यता के अनुरूप है और जिसे वह अपने लिए लाभप्रद समझता है। इससे व्यक्ति अपने कार्य से अधिक लगाव अनुभव करेगा एवं उसे श्रेष्ठ ढंग से सम्पादित भी करेगा। जब कार्य का सम्पादन श्रेष्ठ तरीके से होगा तो न केवल उस 'विशेष' व्यक्ति को अधिकाधिक लाभ होगा बल्कि सम्पूर्ण समाज की सम्पदा में भी वृद्धि होगी क्योंकि सभी व्यक्तियों की सम्पत्ति ही राष्ट्र की सामूहिक सम्पत्ति है। अतः व्यक्तिगत सम्पत्ति में वृद्धि से राष्ट्रीय सम्पदा में भी वृद्धि होती है। उदाहरण के लिए यदि किसी समाज के 10 व्यक्ति आज 100-100 रु. कमाते हैं तो इस समय समाज की सामूहिक सम्पत्ति 100 × 10 = 1000 रु. है। यदि व्यक्तियों की आमदनी 200-200 रु. हो जाए तो समाज की कुल सम्पत्ति भी बढ़कर 200 × 10 = 2000 रु. हो जायेगी।

जे. एस. मिल

(J.S. Mill)

मिल के अनुसार व्यक्तियों को स्वतन्त्रता प्रदान करना समाज के हित में है क्योंकि समाज व्यक्तियों के समूह के अतिरिक्त और कुछ नहीं है। 'सामाजिक व राजनीतिक प्रगति व्यक्ति की मौलिकता तथा क्षमता पर बहुत अधिक निर्भर करती है। व्यक्तियों के सुख के स्रोतों, दुःखों की अनुभूतियों तथा शारीरिक व नैतिक क्षमताओं में इतना अन्तर होता है कि जब तक उनको अपना विशिष्ट जीवन जीने की छूट नहीं मिलेगी तब तक वे न तो सुख प्राप्त कर सकते हैं, और न ही मानसिक, नैतिक या भौतिक विकास के उस स्तर को स्पर्श कर सकते हैं जहाँ पहुँचना उनका लक्ष्य है। अतः समाज व व्यक्ति के पूर्ण विकास हेतु वैचारिक मौलिकता व विविधता का होना आवश्यक है।'

जिस 'स्वतन्त्रता' को व्यक्तिवादी विचारधारा में सर्वाधिक महत्व दिया जाता है, उसे मानव व्यक्तित्व का 'प्राण-तत्व' सिद्ध करने का श्रेय जॉन स्टुअर्ट मिल को जाता है। मिल (1806-73) ने अनुभव किया कि इंग्लैण्ड में व्यक्ति की स्वतन्त्रता संकट में है क्योंकि शासन जन-कल्याण (Public Welfare) के नाम पर व्यापक विधि-निर्माण के द्वारा अपने कार्यक्षेत्र का प्रसार कर रहा है। उसे भय था कि तथाकथित लोकतान्त्रिक 'बहुमत' अपनी निरंकुशता से व्यक्तियों के चिन्तन व कार्य की स्वाधीनता को समाप्त कर सकता है। इस परिवेश में ही 1859 में 'On Liberty' का प्रकाशन हुआ जिसके सम्बन्ध में वेपर ने कहा है कि "विचार स्वातन्त्र्य की रक्षा के लिए इससे श्रेष्ठतर रचना कभी नहीं की गई।"

व्यक्तिवाद की मूल भावना को स्वर देते हुए मिल ने प्रस्तावित किया कि व्यक्ति का सर्वोच्च उद्देश्य अपने व्यक्तित्व का अधिकतम विकास करना है। मानव व्यक्तित्व के सर्वांगीण उन्नति के लिए स्वतन्त्रता अपरिहार्य है क्योंकि केवल स्वतन्त्र वातावरण में ही व्यक्ति अपनी योग्यताओं व अभिवृत्तियों को स्वाभाविक अभिव्यक्ति दे सकते हैं। इसलिए मिल ने अनावश्यक कानूनों, बहुमत की निरंकुशता और रूढ़ियों व प्रथाओं के रूप में प्रचलित अनेक मान्यताओं का विरोध किया। उसकी मान्यतानुसार व्यक्ति विवेकवान प्राणी है, अतः अपने स्व-हित (Self-interest) का सर्वश्रेष्ठ निर्णायक भी वह स्वयं ही है। इसलिए प्रत्येक व्यक्ति को अपने विवेक व क्षमतानुसार कार्य करने की छूट मिलनी चाहिए बशर्ते वह अन्य लोगों के अधिकार व स्वतन्त्रताओं में हस्तक्षेप न कर रहा हो।

इसके लिए मिल ने दो स्वतन्त्रताओं को आवश्यक बतलाया-

1. विचार व वार्तालाप की स्वतन्त्रता (Freedom of Thought and Discussion)
2. कार्य की स्वतन्त्रता (Freedom of Action)

प्रथम स्थिति में वैचारिक स्वतन्त्रता के दमन से समाज 'सत्य' की प्राप्ति से वंचित हो जाएगा। दूसरी स्थिति में भी स्वतन्त्रता रहनी चाहिए क्योंकि इससे मानवता या बहुमत की मान्यताएँ (Beliefs) असत्य मत से टकराकर पहले की अपेक्षा अधिक दृढ़ होकर सामने आएँगी। तीसरी स्थिति में समाज में जहाँ असत्य का अंश नहीं आ पाएगा वहीं अर्द्धसत्य विचार के दमन से सत्य का अंश भी नष्ट हो जायेगा। अतः प्रत्येक स्थिति में, प्रत्येक व्यक्ति को विचार व अभिव्यक्ति की स्वतन्त्रता मिलनी चाहिए। मिल के शब्दों में, "जहाँ दस झक्की लोगों में से नौ हानि रहित मूर्ख हों, वहाँ दसवाँ मानवता के लिए अति मूल्यवान हो सकता है, अपेक्षाकृत उन समस्त सामान्य व्यक्तियों से जो उनका दमन करना चाहते हैं। जहाँ तक विचार-विमर्श या

अभिव्यक्ति की स्वतन्त्रता का प्रश्न है, मिल की मान्यता है कि इस पर किसी प्रकार का कोई प्रतिबन्ध नहीं होना चाहिए। सुकरात व ईसा मसीह के उदाहरण को प्रस्तुत करते हुए कहता है कि "यदि एक व्यक्ति को छोड़कर शेष मानवता एकमत हो और वह व्यक्ति विपरीत मत रखता हो, तो भी सम्पूर्ण मानवता उस एक व्यक्ति को चुप कराने में उससे अधिक न्यायसंगत नहीं होगी जितना कि वह एक व्यक्ति, यदि उसमें मानवता को चुप कराने की शक्ति हो तो, न्यायसंगत होगा " यह आवश्यक नहीं है कि भिन्न विचार व्यक्त करने वाला व्यक्ति वास्तव में सही हो, वह ग़लत भी हो सकता है फिर भी मानवता उसके विचारों का दमन नहीं कर सकती क्योंकि स्वयं मानवता भी अभ्रान्त (Infallible) नहीं है। सुकरात को 'ज़हर' देकर व ईसा मसीह को 'सलीब' पर चढ़ाकर उसने सिद्ध कर दिया है कि वह हमेशा सत्य नहीं होती। अतः व्यक्ति भले ही 'अकेला' हो, उसके विचारों को दबाना उस व्यक्ति के साथ-साथ समाज के लिए भी हानिकारक है।

स्व-विषयक कार्य वे कार्य हैं जो व्यक्ति के निजी जीवन से सम्बन्धित हैं और दूसरों पर इसका प्रभाव नहीं पड़ता है। इस कार्यक्षेत्र में समाज द्वारा व्यक्ति के आचरण पर किसी प्रकार का प्रतिबन्ध नहीं लगाना चाहिए। वस्तुतः समाज को ऐसा करने का अधिकार भी नहीं है। समाज को व्यक्ति के व्यवहार (कार्य) को सीमित करने का अधिकार केवल उस स्थिति में है जब कोई व्यक्ति अपने कार्यों से समाज या अन्य लोगों की स्वतन्त्रता को आघात पहुँचा रहा हो। मिल के शब्दों में, "जहाँ तक किसी व्यक्ति के आचरण का कोई अंश पक्षपातपूर्ण ढंग से (Prejudicially) अन्य व्यक्तियों के हितों को प्रभावित करता है, वहाँ समाज को उस व्यक्ति के ऊपर अधिकार है, और यह प्रश्न कि इस प्रकार के हस्तक्षेप से सामान्य कल्याण को बढ़ावा मिलता है या नहीं, बहस के लिए खुला (Open to Discussion) होगा। लेकिन जब व्यक्ति का आचरण उसके अतिरिक्त अन्य किसी व्यक्ति के हित को प्रभावित नहीं करता है तो इस प्रकार के प्रश्न के लिए कोई स्थान नहीं है।..........इस प्रकार की समस्त परिस्थितियों में व्यक्तियों को कार्य करने व उसका परिणाम सहने की पूर्ण स्वतन्त्रता मिलनी चाहिए-समाज द्वारा और कानून द्वारा भी।"

मिल को विश्वास है कि यदि व्यक्तियों को विचाराभिव्यक्ति व कार्य की स्वतन्त्रता मिलेगी तो समाज में नवीन विचारों का आगमन होगा और सम्पूर्ण मानवता उन्नति के पथ पर अग्रसर होगी। व्यक्ति की स्वतन्त्रता को निम्नलिखित स्थितियों में ही सीमित किया जा सकता है-

(i) यदि उसका आचरण अन्य व्यक्तियों की स्वतन्त्रता पर नकारात्मक प्रभाव डालता है,

(ii) यदि व्यक्ति की स्वतन्त्रता उसके सार्वजनिक कर्त्तव्यों की अनुपालना में बाधक बनती है, तथा

(iii) राष्ट्रीय संकट की स्थिति में।

इस स्वतन्त्रता की सुरक्षा के लिए प्रतिनिध्यात्मक लोकतन्त्र (Representative Democracy) सर्वश्रेष्ठ शासन व्यवस्था है। लेकिन मिल निरपेक्ष लोकतन्त्र का समर्थक नहीं है। वह मताधिकार उन्हीं व्यक्तियों को प्रदान करना चाहता है जो न्यूनतम शैक्षिक योग्यता (पढ़ना, लिखना व अंकगणित का ज्ञान) रखते हों। यहाँ इस तथ्य को ध्यान में रखना आवश्यक है कि मिल ने बैंथम के विरुद्ध स्त्री-मताधिकार का समर्थन किया जो तत्कालीन ब्रिटिश समाज के लिए एक क्रान्तिकारी विचार था। मिल के विचारों का प्रतिनिधित्व करने वाली प्रमुख राजनीतिक रचनाएँ निम्नलिखित हैं-

1. Utilitarianism (1863).
2. The Subjection of Women (1869).
3. Principles of Political Economy (1848).
4. On Liberty (1859).
5. Considerations on Representative Government (1861).

हरबर्ट स्पेन्सर (Herbert Spencer)

स्पेन्सर ने आदर्शवादी विचारकों की इस मान्यता का खण्डन किया कि अधिकार राज्य या समाज की देन होते हैं। उसका कहना था कि व्यक्ति के अधिकार प्राकृतिक हैं। दूसरे शब्दों में, व्यक्ति मानव के रूप में जन्म लेते ही कुछ अधिकारों का स्वामी हो जाता है जिसे कोई भी शक्ति या संस्था छीन नहीं सकती। जीवन, स्वतन्त्रता व सुख की प्राप्ति (Life, Liberty and Pursuit of Happiness) ऐसे ही प्राकृतिक अधिकार हैं जिनके उपभोग की पूर्ण स्वतन्त्रता प्रत्येक व्यक्ति को प्रकृति से ही प्राप्त है। चूँकि राज्य अधिकारों का निर्माता नहीं है अतः उसे इसमें हस्तक्षेप करने का कोई अधिकार भी नहीं है। समान स्वतन्त्रता (Equal Freedom) प्रत्येक व्यक्ति का अनन्य अधिकार है, और राज्य का एकमात्र कर्त्तव्य है इस अधिकार की सुरक्षा करना। मानव जीवन के प्रत्येक क्षेत्र को खुला व स्वतन्त्र छोड़ देना चाहिए। जो योग्य होगा वह स्वतः ही आगे बढ़ेगा। जिस प्रकार कार्ल मार्क्स को वैज्ञानिक समाजवाद का प्रर्वतक माना जाता है, उसी प्रकार हरबर्ट स्पेन्सर को वैज्ञानिक व्यक्तिवाद का जनक कहा जा सकता है क्योंकि इसने डार्विन के अस्तित्व के लिए संघर्ष (Struggle for Existence) और 'योग्यतम की अतिजीविता' (Survival of the Fittest) के सिद्धान्तों को मानव जीवन व समाज पर लागू करते हुए व्यक्तिवादी मान्यताओं को अपने विकास के चरम बिन्दु पर अधिष्ठित कर दिया।

इसलिए उसने निर्धनों (Poors), निर्बलों, वृद्धों, रोगियों आदि की राज्य द्वारा की जाने वाली सहायता की आलोचना की। अस्तित्व के लिए संघर्ष प्रकृति का नियम है, इसमें किसी तरह का हस्तक्षेप अनुचित होगा। स्पेन्सर के शब्दों में–"प्रकृति के अनुशासन की दुःसहता में हस्तक्षेप करने का कोई काम नहीं है, जो अनुशासन हमें उस समय अधिक अच्छा बनाता है जिस समय हम अपना काम अपने लिए करते हैं और इसके अतिरिक्त हमारे द्वारा अपने लिए किए जाने वाले कामों को सरकार द्वारा किए हुए उन्हीं कामों की अपेक्षा अधिक बढ़िया तरह से किया हुआ बताता है।"

राज्य का कार्य शान्ति व सुरक्षा की परिस्थितियों का निर्माण कर व्यक्ति को अधिकतम स्वतन्त्रता प्रदान करना है। विकास का प्राकृतिक नियम यह कहता है कि प्रकृति (Nature) को अपना कार्य करने दो। राज्य का एकमात्र कार्य है प्रकृति की सहायता करना जिसका अर्थ है–व्यक्तियों को अपनी योग्यता व क्षमता के अनुसार अस्तित्व की लड़ाई जीतने दो। अतः "प्रत्येक व्यक्ति वह करने के लिए स्वतन्त्र है जिसकी वह इच्छा रखता है बशर्ते वह किसी अन्य व्यक्ति की ऐसी ही स्वतन्त्रता का उल्लघंन न करता हो।"

स्पेन्सर के राजनीतिक व आर्थिक दर्शन की समग्र जानकारी हेतु उसके द्वारा लिखित निम्नलिखित पुस्तकों का अध्ययन महत्वपूर्ण है–

(1) Social Statics (1892).
(2) Justice (1879).
(3) First Principle (1862).
(4) Principle of Sociology (1978-80).
(5) The Man Vs the State (1884).

विलियम ग्राहम समनर

(William Graham Sumner)

प्रकृति अन्य सभी प्रकार के आधारों की उपेक्षा करते हुए केवल उन लोगों को अपना पुरस्कार (Reward) देती है जो सर्वाधिक योग्य (The Fittest) प्रमाणित होते हैं। इसका निहितार्थ यह है कि समाज के स्वाभाविक विकास की प्रक्रिया में बाहरी हस्तक्षेप हानिप्रद है क्योंकि समाज की भलाई इस बात में है कि 'अयोग्य' इस प्रतियोगिता में समाप्त हो जाएँ। सामाजिक विकास की यह प्रक्रिया ग़रीबी, बीमारी से लेकर उद्योग व स्वास्थ्य सभी क्षेत्रों में लागू होती है। अतः राज्य को सामाजिक

जीवन के नियमन हेतु क़ानून नहीं बनाने चाहिए। समनर अमेरिकी व्यक्तिवादी विचारक है, जिसके चिन्तन पर स्पेन्सर के विचारों की स्पष्ट छाप परिलक्षित होती है। उसने स्पेन्सर के समान ही डार्विन के विकास सिद्धान्त को सामाजिक व आर्थिक क्षेत्रों में लागू करने का प्रयास किया। उसके अनुसार, 'प्रतियोगिता प्रकृति का एक नियम है'।[1] इस प्रतियोगिता में प्रकृति उनका ही पक्ष लेती है "जो सर्वाधिक कर्मठता व दृढ़ता से उस पर आक्रमण करते हैं ।"

समनर के अनुसार, पूँजी पर आक्रमण करना 'सभ्यता के आधारों' (The Foundations of Civilization) पर आक्रमण करने के समान है। इसलिए उसने अमेरिकी सरकार द्वारा औद्योगिक, सामाजिक व नैतिक जीवन में व्यवस्थापन (Legislation) के माध्यम से किए जाने वाले हस्तक्षेप का कड़ा विरोध किया। उसके शब्दों में, "समस्त अनुभव राज्य के नियमन के विरुद्ध है (All experience to against state regulation.)"[1] यही बात आर्थिक क्षेत्र में भी लागू होती है। समनर के अनुसार आर्थिक क्षेत्र का प्राकृतिक नियम है–माँग व आपूर्ति (Demand and Supply) का सम्बन्ध तथा अपने आर्थिक हितों की प्राप्ति हेतु समाज के विभिन्न सदस्यों में आपसी प्रतियोगिता। मज़दूरी प्रथा व पूँजी का व्यक्तिगत स्वामित्व आधुनिक औद्योगिक संगठन के आवश्यक अंग (Essential Parts) हैं।

व्यक्तिवाद की मान्यताएँ

व्यक्तिवाद के प्रमुख उन्नायकों के विचारों का अवलोकन करने के उपरान्त इस विचारधारा की कुछ विशिष्ट मान्यताएँ उभर कर सामने आती हैं–

1. राज्य एक अप्राकृतिक संस्था है

प्लेटो ने राज्य को मानवीय आत्मा का वृहद रूप कहा जबकि हीगल के लिए राज्य विश्व-चेतना का धरती पर पदार्पण है। लेकिन आदर्शवादियों की इस मान्यता से पूर्णतः विपरीत व्यक्तिवादी राज्य को न तो दैवीय या नैतिक और न ही स्वाभाविक या प्राकृतिक मानते हैं। उनके अनुसार राज्य एक कृत्रिम संस्था है जिसका निर्माण व्यक्तियों ने अपने कुछ उद्देश्यों की पूर्ति के लिए किया है। हॉब्स, लॉक व रूसो के सामाजिक समझौते के सिद्धान्त को व्यक्तिवादियों ने पूरी तरह अपना लिया। स्पेन्सर के अनुसार राज्य व्यक्ति की अपूर्णता का प्रतीक है जिसकी उत्पत्ति अपराध व हिंसा से होती है। जैसे-जैसे व्यक्ति के आन्तरिक नियन्त्रण के गुण विकसित होते जाते हैं, राज्य जैसी बाह्य नियन्त्रण करने वाली संस्था की आवश्यकता व उपयोगिता कम होती जाएगी। लॉक ने राज्य को सर्वोच्च नैतिक संस्था बताते हुए इसे व्यक्ति का पूर्ववर्ती (State is prior to man) कहा था। इस दृष्टिकोण से राज्य व्यक्ति के

लिए अनिवार्य तो है ही, यह उन्हीं अर्थों में और उसी प्रकार प्राकृतिक भी है जिस प्रकार स्वयं व्यक्ति एवं उसका परिवार।

2. राज्य अनियन्त्रित नहीं हो सकता है

हॉब्स के अनुसार व्यक्ति सामाजिक समझौता को तोड़ कर राज्य को ही समाप्त कर सकते हैं। लॉक के शब्दों में, "मनुष्यों के राज्य में संगठित होने तथा अपने आपको सरकार के अधीन रखने का मुख्य उद्देश्य अपनी सम्पत्ति की रक्षा करना है। राज्य को व्यक्तियों की इच्छा का परिणाम घोषित करने की तार्किक निष्पत्ति यह निकलती है कि राज्य कभी भी निरकुंश सत्ता का उपभोग नहीं कर सकता। राज्य की सत्ता सीमित है। इसके दो प्रधान कारण हैं–प्रथमतः इसलिए कि राज्य का निर्माण कुछ विशेष लक्ष्यों की प्राप्ति के लिए हुआ है, जैसे–लॉक के अनुसार जीवन, स्वतन्त्रता व सम्पत्ति के प्राकृतिक अधिकारों की रक्षा निमित्त। अतः राज्य उन उद्देश्यों से सीमित है जिसकी पूर्ति के लिए उसका निर्माण किया गया। द्वितीय राज्य इसलिए भी सीमित है क्योंकि उसके अस्तित्व का आधार 'समझौता' और सहमति है।

यदि शासन समझौते की शर्तों का पालन नहीं करता तो व्यक्तियों को उस शासन को बदल देने का अधिकार है। स्पष्ट है–राज्य अपने अस्तित्व के लिए व्यक्तियों पर निर्भर है। लॉक के शब्दों में, "समाज को सदैव एक ऐसी शक्ति प्राप्त रहती है कि वह अपने को किसी भी ऐसे कुप्रयत्नों या कुचेष्टों से बचा सके जो प्रजा की स्वतन्त्रता एवं सम्पत्ति के विरुद्ध चेष्टा करने की मूर्खता या नीचता करें।

3. राज्य एक आवश्यक बुराई है

राज्य को अच्छाई न मानते हुए भी व्यक्तिवादी इसे आवश्यक मानते हैं। राज्य की आवश्यकता अन्ततः इसलिए है क्योंकि मानव स्वभाव में ईर्ष्या, घृणा, लोभ, स्वार्थ व अहंकार जैसे अवगुण भी पाए जाते हैं। जिन लोगों में इन अवगुणों की प्रधानता होती है वे अपने स्वार्थों के लिए दूसरों के हितों पर आघात करने लगते हैं। इस प्रकार के तत्वों को नियन्त्रित करने के लिए ही राज्य की जरूरत है। स्पेन्सर के अनुसार जब तक व्यक्ति अपने आन्तरिक सद्‌गुणों को पूरी तरह विकसित नहीं कर लेता तथा व्यक्ति व समाज के बीच पूर्ण संतुलन स्थापित नहीं हो जाता, एक बुराई के रूप में राज्य की आवश्यकता बनी रहेगी।

प्रत्येक आदर्शवादी राज्य को स्वाभाविक अच्छाई मानता है। प्लेटो और लॉक के लिए तो राज्य के बिना व्यक्ति के नैतिक विकास व आत्मनिर्भर जीवन की कल्पना ही संभव नहीं है। राज्य मनुष्य के जीवन को चलाने के लिए अस्तित्व में आता है और सद्‌जीवन सिद्धि के लिए बना रहता है। लेकिन व्यक्तिवादी राज्य को बुराई

मानते हैं। राज्य एक बुराई इसलिए है क्योंकि यह व्यक्तियों के अधिकारों व स्वतन्त्रताओं को सीमित व नियन्त्रित करता है। जैसे-जैसे राज्य शक्तिशाली होता जाता है वैसे-वैसे व्यक्तियों का अधिकार क्षेत्र सीमित होता जाता है। संक्षेप में राज्य व स्वतन्त्रता एक-दूसरे के विरोधी है अतः इस रूप में राज्य बुराई (Evil) है।

4. राज्य का कार्य नकारात्मक है

राज्य के कार्यों के सम्बन्ध में व्यक्तिवादियों की धारणा नकारात्मक है। समाज की आदर्श स्थिति की माँग यह है कि उसमें कोई बुराई न हो लेकिन यदि कोई अपरिहार्य बुराई है ही तो समाज का हित इस बात में है कि बुराई कम से कम फैले। राज्य भी एक बुराई है अतः इसके क्रियाकलापों को अधिक से अधिक सीमित रखना चाहिए। राज्य के लिए सर्वोत्तम यह है कि वह अहस्तक्षेप की नीति (Laissez Faire) के सिद्धान्त का पालन करे। व्यक्तिवादियों और विशेष रूप से स्पेन्सर के अनुसार राज्य को समाज को अच्छा बनाने या लोगों के लिए लोककल्याण के कार्यक्रमों की चिन्ताओं से मुक्त होकर उन्हें अपने कार्यों को संपादित करने की पूर्ण स्वतन्त्रता प्रदान करनी चाहिए। राज्य का एकमात्र कार्य व्यक्तियों के स्वतन्त्र आचरण के मार्ग में आने वाली बाधाओं को रोकना है।

स्मिथ ने राज्य को केवल तीन कार्य सौंपे हैं-

1. विदेशी आक्रमण से देश की सुरक्षा (Defence)
2. न्याय का प्रशासन जिससे कोई व्यक्ति किसी दूसरे की स्वतन्त्रता का उल्लघंन न कर सके।
3. सार्वजनिक निर्माण के ऐसे कार्य जिनको अधिक व्यय या कम लाभ की संभावना से निजी उद्यमी करना नहीं चाहता।

स्पेन्सर अपनी पुस्तक "The Proper Sphere of overnment" में इस बात पर विचार नहीं करता कि राज्य को क्या करना चाहिये? बल्कि इस बात की विवेचना करता है कि राज्य को क्या नहीं करना चाहिए। स्पेन्सर, चूँकि योग्यतम की अतिजीविता (Survival of the Fittest) के सिद्धान्त में बहुत आस्था रखता है अतः उसका मानना है कि राज्य व्यक्ति व समाज के मामलों में किसी प्रकार का हस्तक्षेप न करे जिससे जीवन संघर्ष की प्राकृतिक प्रक्रिया बिना किसी अवरोध के चलती रहे। उसने भी स्मिथ के समान राज्य के न्यूनतम कार्यक्षेत्र का समर्थन किया है-

1. बाहरी आक्रमणों व शत्रुओं से लोगों की रक्षा,
2. आन्तरिक अशांति से बचाव,
3. क़ानूनी ढंग से किए गए लोगों के मध्य विभिन्न समझौतों को लागू करना।

स्पष्ट है व्यक्तिवाद राज्य को केवल 'पुलिस मैन' के रूप में देखता है।

हम्बोल्ट ने भी इस दृष्टिकोण का समर्थन करते हुए कहा है कि "राज्य का उद्देश्य सभी एकाकी नागरिकों के व्यक्तित्व का पूर्ण विकास होना चाहिए। इसलिए उसे सुरक्षा को छोड़कर, जिसका वे स्वत: प्रबन्ध नहीं कर सकते, अन्य किसी तरफ ध्यान नहीं देना चाहिए।"

5. व्यक्ति साध्य है, राज्य साधन

समाज की किसी भी वस्तु या संस्था के कार्य या अस्तित्व का औचित्य इस बात पर निर्भर करता है कि वह व्यक्ति के हितों की पूर्ति में कितनी सहायक है। व्यक्ति स्वयं साध्य है क्योंकि वह विवेकवान होता है और बुद्धिमान होने के कारण यह बात अच्छी तरह जानता है कि क्या उचित है और क्या अनुचित है? अपने व्यक्तित्व के विकास के लिए उसे राज्य रूपी कृत्रिम संस्था के निर्देशन की नहीं, केवल सहयोग की जरूरत है। राज्य का सहयोग भी केवल इस रूप में है कि वह उसके नागरिकों के स्वतन्त्र आचरण के मार्ग में आने वाली बाधाओं को दूर करे। राज्य का साधन होना इस तथ्य से भी प्रमाणित होता है कि राज्य, प्राकृतिक अवस्था (State of Nature) में नहीं था। कालान्तर में उत्पन्न होने वाली कुछ समस्याओं से निपटने के यन्त्र के रूप में लोगों ने राज्य का निर्माण किया। यन्त्र के निर्माता (व्यक्ति) यन्त्र (राज्य) के स्वामी होते हैं, वे यन्त्र के दास कैसे हो सकते हैं? व्यक्ति और राज्य के सम्बन्धों को जब साधन-साध्य के सन्दर्भ में विश्लेषित करते हैं तब व्यक्तिवाद और आदर्शवाद का अन्तर पूरी स्पष्टता के साथ सामने आ जाता है। एक शुद्ध आदर्शवादी के लिए राज्य सर्वोच्च संस्था है। प्लेटो, लॉक, रूसो, हीगल, ब्रेडले या बोसांके प्राय: सभी आदर्शवादी व्यक्ति की तुलना में राज्य को अधिक महत्व देते हैं। उदाहरण के लिए, हीगल (Hegel) के अनुसार, "राज्य स्वयं-जागृत नैतिक तत्व, स्वयं-प्रबुद्ध एवं स्वयं-सम्पूर्ण एक व्यक्ति है।" उसके लिए "मनुष्य का सारा मूल्य व महत्व उसकी सम्पूर्ण आध्यात्मिक सत्ता केवल राज्य में ही संभव है।" अत: "राज्य व्यक्ति के ऊपर सर्वोच्च अधिकार रखता है और बदले में व्यक्ति का सर्वोच्च कर्त्तव्य राज्य की सदस्यता प्राप्त करना है।" नि:संदेह आदर्शवादी राज्य को साध्य मानते हैं लेकिन व्यक्तिवादी राज्य को साधन मात्र मानते हैं। व्यक्ति अपने आप में साध्य है (Man is the end in itself)।

6. लोकतान्त्रिक शासन व्यवस्था का प्रबल समर्थन

व्यक्तिवादी लोकतन्त्र को सर्वश्रेष्ठ शासन व्यवस्था के रूप में स्वीकार करते हैं। लोकतन्त्र के समर्थन के दो प्रधान कारण हैं-प्रथम यह कि व्यक्तिवाद का जन्म

सामन्तवादी (व्यवस्था के) युग में और सामन्तवादी निरंकुशता की प्रतिक्रिया के रूप में हुआ था। द्वितीय समान रूप से सबको स्वतन्त्रता प्रदान करने की माँग व्यक्तिवाद का मूलाधार है।

लोकतन्त्र ही सर्वोत्तम शासन व्यवस्था है क्योंकि केवल इसी में व्यक्ति के अधिकार सुरक्षित रहते हैं तथा उसका सर्वोच्च बौद्धिक व नैतिक विकास संभव होता है।' ह्यएक अन्य स्थल पर उसने लिखा है कि "शासन का सर्वोत्तम प्रकार वह है जिसमें प्रभुसत्ता या सर्वोच्च नियन्त्रक शक्ति समुदाय के सम्पूर्ण व्यक्तियों में निहित हो। प्रत्येक नागरिक को न केवल इस अन्तिम प्रभुसत्ता का प्रयोग करने का अधिकार है बल्कि वह स्थानीय अथवा सामान्य सार्वजनिक कार्य को व्यक्तिगत रूप से करके शासन में वास्तविक रूप में भाग लेता है।" संक्षेप में व्यक्तियों के व्यक्तित्व व चरित्र के विकास हेतु लोकतान्त्रिक शासन व्यवस्था आवश्यक है।

लोकतन्त्र ही ऐसी शासन व्यवस्था है जिसमें व्यक्तिगत स्वाधीनता की संभावना सर्वाधिक होती है। सर्वाधिकारवादी या निरंकुश शासन व्यवस्था का अर्थ है–जनता की पराधीनता; जबकि व्यक्तिवादी मानते हैं कि व्यक्ति और समाज के सर्वांगीण विकास के लिए जरूरी है कि व्यक्तियों को अपनी इच्छा व योग्यता के अनुसार कर्म करने की पूरी छूट दी जाए। बिना किसी भेदभाव के सबको समान रूप से मिलने वाली स्वतन्त्रता ही व्यक्ति, समाज व राष्ट्र के विकास का मूलमन्त्र है। ऐसी स्वतन्त्रता–'समान स्वतन्त्रता (Equal Freedom)–केवल लोकतन्त्र में ही संभव है। इसलिए जे.एस.मिल ने अपनी पुस्तक 'Considerations on Representative Government (1861)' में कहा है–"इतिहास इस बात का गवाह है कि स्वाधीन मनुष्य और उसका समाज निरंकुश शासन की अपेक्षा लोकप्रिय व्यवस्था से ही अधिक समृद्ध हुए हैं।

व्यक्तिवाद के समर्थन के तार्किक आधार

व्यक्तिवादी विचारक राज्य के न्यूनतम हस्तक्षेप और व्यक्तियों को अधिकाधिक स्वतन्त्रता (Minimum Possible State action and Maximum Possible Individual Liberty) की अपनी मूल मान्यता का समर्थन निम्नलिखित तर्कों के आधार पर करते हैं–

1. नैतिक तर्क (The Ethical Argument)
2. आर्थिक तर्क (The Economic Argument)
3. वैज्ञानिक तर्क (The Scientific Argument)
4. ऐतिहासिक तर्क (The Historical Argument)

(1) व्यक्तिवादी अतिशासन (Over-government) का विरोध करते हैं

और राज्य के न्यूनतम हस्तक्षेप (Minimum Interference) का समर्थन करते हैं। बर्ट्रेण्ड रसेल (Russell) का भी मानता है कि रचनात्मक जीवन के विकास के लिए स्वतन्त्रता आवश्यक है किन्तु स्वतन्त्रता साधन मात्र नहीं है, उसका अपने आप में एक नैतिक महत्व है-"संसार के महान कलाकारों, विचारकों और धार्मिक शिक्षकों ने-ईसा, बुद्ध, लाओत्से, शेक्सपीयर और गैलीलियो ने यह सिखाया है कि मनुष्य को आध्यात्मिक रूप से स्वतन्त्र रहना चाहिए, वह जिसे अच्छा समझे उसे उसका अनुसरण करना चाहिए भले ही उसमें विधि और लोकमत का विरोध होता हो।"[1]

तथ्यात्मक दृष्टि से व्यक्तिवाद आदर्शवाद की इस मान्यता को स्वीकार करता है कि व्यक्ति का परम उद्देश्य आत्मनिर्भर नैतिक जीवन का विकास है। लेकिन जहाँ आदर्शवादी यह मानते हैं कि व्यक्ति का नैतिक विकास राज्य के नियन्त्रण व निर्देशन में ही हो सकता है वहीं व्यक्तिवाद के समर्थकों का कहना है कि व्यक्ति के स्वतन्त्र आचरण में राज्य का अत्यधिक हस्तक्षेप व्यक्ति का नैतिक पतन कर देता है। एक नैतिक प्राणी के रूप में मानव का विकास दो बातों पर निर्भर करता है- उपक्रमों (Initiative) और स्व-निर्णय (Self-decision)। ये दोनों ही शर्तें केवल उस स्थिति में पूर्ण हो सकती हैं जब व्यक्ति को अपने विवेक एवं निर्णय के अनुसार कार्य करने की स्वतन्त्रता प्राप्त हो। अपने प्रत्येक कार्य के लिए शासन पर निर्भर रहने वाली जनता में पहल की क्षमता (Power to Initiate) समाप्त हो जाती है और उसका नैतिक विकास बाधित हो जाता है। जे.एस. मिल के शब्दों में-"शासन का अत्यधिक हस्तक्षेप जब किसी को उसकी प्रवृत्ति के अनुसार कार्य करने या वांछित रूप में किसी के विवेकानुसार क्रियाशील होने से वंचित करता है तो शारीरिक या मानसिक गुणों का कुछ भाग विकास से वंचित हो जाता है।

(2) यदि प्रत्येक व्यक्ति को पूर्ण स्वाधीनता प्रदान की जाए तो वह अपने अवसरों व क्षमताओं का अच्छा से अच्छा उपयोग करके अधिक से अधिक लाभ अर्जित कर सकता है। इस आर्थिक स्वतन्त्रता से न केवल निजी उद्यमी की व्यापारिक क्षमता में वृद्धि होती है अपितु सम्पूर्ण राज्य की आर्थिक समृद्धि बढ़ती है। जब राज्य के द्वारा बाज़ार पर नियन्त्रण रखा जाता है, माँग व पूर्ति की स्वाभाविक प्रक्रिया को नियमित करने का प्रयास किया जाता या वस्तुओं के उत्पादन व उनके मूल्य का निर्धारण किया जाता है तब उद्यमी की उद्यमशीलता कुंठित होती है। सीधा व सरल तर्क यह है कि यदि किसी व्यक्ति को किसी व्यवसाय में एक सीमा से अधिक लाभ कमाने की संभावना नहीं है तो वह उस व्यापार में और अधिक पूँजी निवेश या परिश्रम क्यों करेगा? अतः आर्थिक क्षेत्र में खुली प्रतियोगिता होनी चाहिए। स्मिथ के विचारों का समर्थन मिल और स्पेन्सर ने भी किया है।

व्यक्तिवाद के आर्थिक आधार का सर्वप्रमुख समर्थक एडम स्मिथ है जिसने अहस्तक्षेप की नीति (Laissez Faire) को व्यापार-वाणिज्य के क्षेत्र में लागू किया। जैसा कि स्मिथ के विचारों की पूर्व व्याख्या में कहा गया है-वह आर्थिक मानव (Economic Man) की संकल्पना को आर्थिक क्षेत्र में राज्य के अहस्तक्षेप के तर्क का आधार बनाता है। जिस प्रकार लॉक के 'राजनीतिक प्राणी' के लिए राज्य स्वाभाविक है, उसी तरह स्मिथ के आर्थिक मानव के लिए व्यापार व उद्योग स्वाभाविक है। प्रत्येक व्यक्ति में स्व-हित (Self-interest) की भावना व लाभ कमाने की प्रवृत्ति है। किन्तु सबसे महत्वपूर्ण तथ्य यह है कि मनुष्य में लाभ अर्जित करने की क्षमता भी है।

(3) स्पेन्सर का कहना था कि सामाजिक जीवन में भी 'अस्तित्व के लिए संघर्ष' को होने देना चाहिए जिससे अयोग्य व्यक्ति समाप्त हो सके और एक स्वस्थ व सबल समाज की स्थापना हो सके। बीमार, निर्धन, निर्बल लोगों को सरकारी सहायता पर ज़िन्दा रखने का क्या अर्थ है? जो लोग चल-फिर नहीं सकते, जो अपनी आजीविका अर्जित करने में असमर्थ हैं उनका खत्म हो जाना ही समाज के हित में है। अतः राज्य को सामाजिक क्षेत्र में भी किसी प्रकार का हस्तक्षेप नहीं करना चाहिए।-"निर्बलों को स्थायी रूप से जीवित रखना और उन्हें बलवानों के स्तर पर ही ले आना एक प्रकार से अक्षम वस्तुओं की सक्षम वस्तुओं के मूल्य पर रक्षा करना है।"

व्यक्तिवाद के समर्थन में वैज्ञानिक (प्रधानतः प्राणिशास्त्रीय) तर्क भी दिए गए हैं। राज्य के न्यूनतम हस्तक्षेप और व्यक्ति की अधिकाधिक स्वतन्त्रता के सिद्धान्त को प्रमाणित करने के लिए स्पेन्सर ने प्राणी जगत् के दो आधारभूत नियमों-अस्तित्व के लिए संघर्ष (Struggle for Existence) और योग्यतम की अतिजीविता (Survival of the Fittest) को सामाजिक व्यवस्था पर लागू करते हुए कहा है कि-"शासन का आवश्यक लक्ष्य प्रकृति का पोषण करना है, जहाँ तक हो सके ऐसी व्यवस्था को बनाए रखना है जिसके अन्तर्गत प्रत्येक वयस्क अपनी प्रकृति और आचरण के अच्छे और बुरे परिणामों को भोगता है।.......अनिवार्य और सार्वजनिक शिक्षा, निर्धनों की सहायता और सामाजिक व्यवस्थापन प्राकृतिक दशाओं को बदलने के व्यर्थ के प्रयास हैं।"

(4) मैकाइवर ने इस बात को बहुत ही अच्छे ढंग से अपनी पुस्तक 'The Modern state' में इस प्रकार व्यक्त किया है-"बढ़ई अपने भद्दे औज़ारों से भी कुछ काम कर तो सकता है लेकिन भद्दे ढंग से। कुल्हाड़ी से पेन्सिल बनाना ठीक नहीं है।" राज्य ऐसा ही बढ़ई (Carpenter) है। शासन तन्त्र के अनावश्यक विलम्ब

की प्रवृत्ति व भ्रष्टाचार, शासन द्वारा संचालित आर्थिक क्रियाकलापों पर किस तरह हानिकारक प्रभाव डालता है। यह बात भारत के सरकारी उपक्रमों की असफलता और 1990 के बाद भारतीय अर्थव्यवस्था के उदारीकरण की विवशता से साफ़ हो जाती है। सोवियत संघ के पतन और साम्यवादी अर्थव्यवस्था संघ की असफलता ने भी व्यक्तिवादियों के तर्कों का पक्ष-पोषण ही किया है।

नैतिक, आर्थिक व वैज्ञानिक तर्कों के साथ व्यक्तिवाद के समर्थकों ने ऐतिहासिक अनुभव के आधार पर भी 'अहस्तक्षेप' की नीति का समर्थन किया है। ऐतिहासिक अनुभव यही रहा है कि राज्य द्वारा नियमित और नियन्त्रित आर्थिक गतिविधियाँ सामान्यत: असफल सिद्ध हुई हैं अथवा अन्तत: अलाभप्रद। इसका सबसे प्रधान कारण यह है कि जितनी अभिरुचि व लगाव एक निजी उद्यमी अपने उद्योग या व्यवसाय से रखता है, उतनी अभिरुचि राज्य के पदाधिकारी किसी उद्योग में नहीं रखते। व्यक्तिगत लाभ निजी उद्यमी को प्रोत्साहित करता है जबकि सरकारी कर्मचारी, जिन्हें केवल वेतन मिलना होता है, उदासीनता से काम करते हैं, जिसका परिणाम यह होता है कि वह सरकारी उपक्रम धीरे-धीरे असफल होकर बन्द हो जाता है।

व्यक्तिवाद की आलोचना

(Criticism of the Individualism)

17वीं, 18वीं शताब्दी में व्यक्तिवाद के 'अहस्तक्षेप' के नारे का चाहे जितना महत्व या जितनी प्रासंगिकता रही हो किन्तु 19वीं शताब्दी के पूर्वार्द्ध के अन्त तक इसकी न्यूनताएँ भी उभर कर सामने आने लगीं। अनेक विद्वानों ने व्यक्तिवाद की मान्यताओं और तर्कों का खण्डन किया। निश्चित रूप से व्यक्तिवादियों द्वारा समान स्वतन्त्रता (Equal Freedom) की माँग व्यक्ति के व्यक्तित्व की गरिमा को पुनर्स्थापित करने की माँग थी, जो मध्ययुग के सामन्तवादी व्यवस्था में दब गई थी। 'समस्त राजनीतिक हितों में-जैसाकि बर्ट्रेण्ड रसेल ने 'Roads to Freedom' में कहा है- "सबसे बड़ा हित स्वतन्त्रता है। यह समस्त श्रेष्ठ सामाजिक व्यवस्थाओं का सर्वोच्च लक्ष्य है। (Freedom is the greatest of all goods. It is the supreme aim of all good social system.)" जिस सामाजिक व्यवस्था में स्वतन्त्रता का अभाव रहा है उस समाज में मानव विकास नहीं कर पाया। इतिहास साक्षी है कि मध्ययुग में समाज चर्च व राज्य के दोहरे नियन्त्रण में इस कदर दबा था कि किसी प्रकार का वैचारिक या वैज्ञानिक विकास दुर्लभ हो गया और इसलिए मध्ययुग को अन्धकार युग (Dark Age) के नाम से जाना गया। व्यक्तिवाद को यह श्रेय जाता है कि इसने इस बंधन को तोड़ने का उपक्रम किया और अन्तत: सफल भी रहा। पराधीनता मनुष्य

को पशु बना देती है क्योंकि रूसो के शब्दों में–"स्वतन्त्रता को छोड़ना मनुष्यता को छोड़ना है, मनुष्यता के अधिकारों व कर्त्तव्यों को दे देना है। (To renounce liberty is to renounce being a man, to surrender the rights of humanity and even its duties.)"

इस सन्दर्भ में व्यक्तिवाद की उपलब्धि भव्य व ऐतिहासिक रही है। गिलक्राइस्ट ने व्यक्तिवाद की उपलब्धियों को सारांश रूप में इस प्रकार व्यक्त किया है। उनके अनुसार व्यक्तिवाद–

1. आत्मनिर्भरता पर बल देता है।
2. अनावश्यक सरकारी हस्तक्षेप का विरोध करता है।
3. समाज में व्यक्ति की गरिमा व महत्त्व को स्थापित करता है, तथा
4. महत्वहीन बातों में भी हस्तक्षेप करने वाले निरर्थक कानूनों को रद्द करने की माँग करता है।

(1) शक्ति व योग्यता का वितरण समान नहीं है। कुछ लोग दूसरों की तुलना में अधिक बुद्धिमान होते ही हैं। दूसरे शब्दों में, कुछ लोग कम बुद्धिमान, अर्थात् मूर्ख होते हैं। ऐसे में यह दावा करना कि प्रत्येक व्यक्ति अपने हितों का सर्वोत्तम निर्णायक है, एक कोरी आशावादिता से अधिक कुछ भी नहीं है। यदि राज्य का हस्तक्षेप प्रतिबन्धित कर दिया जाए तो बुद्धिमान व्यक्ति बुद्धिहीन व्यक्तियों का अबाध शोषण करना प्रारम्भ कर देंगे। व्यक्तिवाद का महल इस विश्वास रूपी स्तम्भ पर टिका हुआ है कि व्यक्ति अपने हितों का सर्वश्रेष्ठ निर्णायक (Man is the best judge of his interests) होता है। इसकी यह मान्यता आनुभविक दृष्टिकोण से निराश करती है। यह सत्य है कि प्रत्येक व्यक्ति में 'विवेक' का तत्व होता है लेकिन यह बात भी उतनी ही सत्य है कि सबमें समान रूप से विवेक नहीं पाया जाता। असमानता प्रकृति का नियम है।

(2) इस बात की व्यापक संभावना भी रहती है कि कुछ लोग अपने निहित स्वार्थों की पूर्ति के लिए दूसरों की समान–स्वतन्त्रता का अनादर करें। इस स्थिति में राज्य ही अपने हस्तक्षेप के द्वारा ऐसे अराजक तत्वों को नियन्त्रित कर उस परिस्थितियों का निर्माण कर सकता है जो प्रत्येक व्यक्ति के अधिकारों व स्वतन्त्रताओं के उपभोग को सुनिश्चित कर सके। स्वयं लॉक ने भी कहा है कि "जहाँ क़ानून नहीं है, वहाँ स्वतन्त्रता भी नहीं होती (Where there is no law, there is no freedom.)।" ग्रीन के अनुसार स्वतन्त्रता मनमाने पूर्ण ढंग से किसी भी कार्य को करने की छूट नहीं है, बल्कि यह उन कार्यों को करने की छूट है जो करने योग्य हैं। अनैतिक आचरण स्वतन्त्रता नहीं बल्कि परतन्त्रता है।व्यक्तिवाद ने स्वतन्त्रता

को समस्त वैयक्तिक और सामाजिक प्रगति का मूल माना है। उसकी इस मान्यता का विरोध भी नहीं किया जाता कि स्वतन्त्रता के बिना विकास संभव नहीं है। परन्तु स्वतन्त्रता की उनकी अवधारणा अनुचित है। उन्होंने स्वच्छन्दता या बंधनहीनता को ही स्वाधीनता मान लिया और इसी ग़लत धारणा के चलते राज्य-नियमन का विरोध किया। उनका विश्वास है कि क़ानून का सीधा अर्थ स्वतन्त्रता का हनन है किन्तु वास्तविकता इसके विपरीत है। लोकतान्त्रिक शासन व्यवस्था में (जिसकी माँग व्यक्तिवादी करते हैं) क़ानून जनता की इच्छा को अभिव्यक्त करते हैं और अपनी ही इच्छा-पालन को कभी भी पराधीनता नहीं कहा जा सकता है। साथ ही यदि सभी व्यक्ति समान रूप से स्वभावतः अच्छे होते तो निरपेक्ष स्वतन्त्रता की बात ठीक लगती लेकिन व्यक्तिवादी स्वयं मानते हैं कि व्यक्ति स्वार्थी होते हैं।

(3) मार्क्सवाद राज्य के अन्त की बात करता है किन्तु लगभग 74 वर्ष तक कायम सर्वहारा-तानाशाही भी सोवियत समाज को राज्यविहीन क्यों नहीं बना पाई? जवाब यह है कि राज्य के बिना मानव जीवन की कल्पना संभव नहीं है। आज लोक कल्याणकारी राज्य के रूप में इसका महत्व और औचित्य बहुत बढ़ गया है। राज्य का आगमन भले ही मानवीय जीवन की क्षुद्र भौतिक आवश्यकताओं की पूर्ति के उद्देश्य से हुआ हो किन्तु आज राज्य सभ्य समाज की अपरिहार्य आवश्यकता के रूप में कायम है। लॉक ने सत्य ही कहा है कि "राज्य जीवन की आवश्यकताओं की पूर्ति के लिए अस्तित्व में आता है और सद्जीवन के लिए इसका अस्तित्व बना रहता है। (The State comes into being for the sake of life and it continues for the sake of good life.)"

राज्य 'पुलिस मैन' नहीं है जिसका काम युद्ध एवं अपराध से जनता की रक्षा करना मात्र है बल्कि राज्य की समाज में सकारात्मक भूमिका है। क़ानून-व्यवस्था की स्थापना के साथ लोगों-विशेषकर निर्बलों, निर्धनों व असहायों की सामाजिक सुरक्षा तथा नागरिकों के स्वस्थ, सुखी व शैक्षिक जीवन की आवश्यकताओं की पूर्ति भी राज्य का कर्त्तव्य है।

स्वतन्त्रता की भ्रमपूर्ण अवधारणा और व्यक्ति के विवेक में अत्यधिक आस्था के कारण व्यक्तिवादियों का राज्य सम्बन्धी विचार भी कई असंगतियों का शिकार हो गया। समाज की जटिलताओं और व्यक्ति की स्वाभाविक बुराइयों की पृष्ठभूमि में राज्य आवश्यक बुराई नहीं बल्कि आवश्यक अच्छाई सिद्ध होता है। राज्य क़ानून के माध्यम से सामाजिक-आर्थिक जीवन को व्यवस्थित करता है तथा इस व्यवस्था को आघात पहुँचाने वाले तत्वों को दण्डित कर समाज में शान्ति व सुरक्षा का वातावरण पैदा करता है जिसके बिना न तो स्वतन्त्रता संभव है और न ही विकास। एक बार

क़ानून को स्वतन्त्रता का पोषक मान लेने के बाद राज्य का बुराई मानने के व्यक्तिवादियों के एक बहुत बड़े आधार की समाप्ति हो जाती है। दूसरा तथ्य यह भी है कि वास्तव में यदि राज्य 'बुराई' है तो फिर सामाजिक समझौते द्वारा इसकी स्थापना की आवश्यकता ही क्या थी? लोगों ने प्राकृतिक अवस्था (State of Nature) की निरपेक्ष स्वतन्त्रता (Absolute Liberty) को छोड़कर राज्य का बन्धन क्यों स्वीकार किया? स्पष्टतः लोगों ने राज्य को अच्छा समझा होगा तभी इसको निर्मित किया। तीसरी बात यह है कि यदि राज्य बुराई है तो यह अब भी क्यों कायम है?

(4) हमें ऐसे राज्य की आवश्यकता नहीं है जो चुपचाप कथित सभ्य-समाज की स्थापना की प्रक्रिया (संघर्ष) देखता रहे। वस्तुतः जैसा कि हक्सले (Huxley) ने कहा है-"राज्य एक मानवीय संस्था है...............हमारा उद्देश्य योग्यतम व्यक्तियों को जीवित रखने की अपेक्षा जीवित व्यक्तियों को योग्य बनाना होना चाहिए।

इस प्रकार व्यक्तिवाद का जीव वैज्ञानिक आधार बर्बर, अनैतिक व आमानवीय है। "स्पेन्सर ने एक बहुत बड़ी भूल की और बहुत से लोग यही भूल अब-तक करते चले आ रहे हैं। वह भूल यह है कि जो बातें किसी एक विज्ञान के लिए उपयुक्त हैं उन्हें किसी दूसरे बिल्कुल भिन्न-लक्षण वाले विज्ञान पर लागू करना। (Spencer made the fatal mistake, which many continue to make of transferring concepts that are appropriate to one science to another where the phenomena are quite different.)।" निःसन्देह व्यक्तिवाद की सबसे कटु आलोचना स्पेन्सर के योग्यतम की अतिजीविता (Survival of the Fittest) के विचार के कारण हुई। आर्थिक क्षेत्र में इस सिद्धान्त की तार्किक निष्पत्ति खुली प्रतियोगिता के रूप में होती है। किन्तु यदि आर्थिक-क्रियाकलापों को पूरी तरह से राज्य की निगरानी से मुक्त कर दिया जाए तो उसका परिणाम कुछ मुट्ठी भर लोगों की सम्पन्नता और शेष समाज की दरिद्रता के रूप में होगा क्योंकि जिन लोगों का उत्पादन से साधनों पर अधिकार होगा वही आगे बढ़ेंगे। सामान्य व्यक्ति मज़दूर मात्र बनकर रह जाएगा। किन्तु 'योग्यतम की अतिजीविता' का सिद्धान्त केवल ख़तरनाक ही नहीं है, वह अमानवीय भी है। पशु-जगत् के सिद्धान्त को मानव-जगत् पर लागू करना नैतिक दृष्टि से अक्षम्य है। स्पेन्सर कहता है कि रोगी को दवा मत दो, भूखे को भोजन मत दो, मरते हुए को बचाओ नहीं, विद्यालय या हॉस्पिटल बनवाना राज्य का काम नहीं है। संघर्ष चलने दो ताकि सबल व सशक्त समाज निर्मित हो सके। यदि स्पेन्सर की बात मान ली जाए तो सभ्य समाज की स्थापना की बात तो बहुत दूर है समाज में सबसे शक्तिशाली व्यक्ति को छोड़कर अन्य कोई बचेगा ही नहीं क्योंकि

संघर्ष में कमज़ोर और अयोग्य तो नष्ट हो जाएँगे।

(5) लास्की ने सामाजिक, आर्थिक विशेषतः नैतिक दृष्टि से व्यक्तिवाद की कटु आलोचना की है। उसके शब्दों में–''व्यक्तिवाद का अर्थ है–क्षीण स्वास्थ्य, अविकसित मस्तिष्क, दयनीय निवास-स्थान, और ऐसा कार्य जिसमें अधिकांश व्यक्तियों की कोई अभिरुचि न हो। इसमें कमज़ोरी का अनुचित लाभ उठाया जाता है। मज़दूर की सौदा करने की शक्ति पूँजीपति की शक्ति के बराबर न होने के कारण मज़दूर आर्थिक दौड़ में सामान्यतः हार जाता है। बाज़ार का उतार-चढ़ाव (सौदेबाजी) असमानता का दिव्य प्रदर्शन (Apotheosis of Inequality) है।''[1]

आधुनिक व्यक्तिवाद

(Modern Individualism)

व्यक्तिवाद की इस विचारधारा के विरुद्ध एक प्रतिक्रिया 'आदर्शवाद' के माध्यम से हुई जिसने हीगल के दर्शन को आधार बनाकर राज्य को व्यक्तियों के ऊपर निरपेक्ष अधिकार प्रदान कर दिया। व्यक्ति के स्थान पर राज्य को गौरव मिला जिसकी परिणति नाज़ीवाद, फासीवाद और साम्यवाद जैसी सर्वाधिकारवादी व्यवस्थाओं की स्थापना के रूप हुई। इसके विरुद्ध पुनः एक प्रतिक्रिया हुई और यह प्रतिक्रिया की 'नवीन व्यक्तिवाद' था जिसने पुनः चिरसम्मत व्यक्तिवाद को प्रमाणित करने का प्रयास किया। किन्तु 20वीं शताब्दी तक आते-आते चिरसम्मत व्यक्तिवाद अपनी न्यूनताओं से तो परिचित हुआ ही अब परिवर्तित परिस्थितियों को भी देखा और समझा। फलतः पुराने व्यक्तिवाद से यह कई रूपों में भिन्न हो गया जिसके चलते इसे आधुनिक या नवीन व्यक्तिवाद की संज्ञा की गई। सबसे मूलभूत बदलाव यह रहा कि जहाँ **चिर सम्मत व्यक्तिवाद** (Classical Individualism) व्यक्ति बनाम राज्य (Man Vs State) की बात करता था वहाँ अब नवीन व्यक्तिवादी समूह बनाम राज्य (Groups Vs State) की चर्चा करने लगे। स्पष्टतः यह बहुलवाद का व्यक्तिवाद पर प्रभाव था जो व्यक्तियों के समूह या संघों को राजनीतिक-सामाजिक व्यवस्था का आधार मानता है।

न्यूटन ने गति का तृतीय नियम (Third Law of Motion) प्रतिपादित करते हुए लिखा है कि ''प्रत्येक क्रिया के विरुद्ध व बराबर प्रतिक्रिया होती है।'' भौतिक शास्त्र के इस नियम को राजनीतिक विचारधाराओं के क्षेत्र में भी लागू करते हुए कहा जा सकता है कि प्रतिक्रिया के रूप में आने वाली प्रत्येक विचारधारा के विरुद्ध पुनः वैचारिक प्रतिक्रिया होती है। व्यक्तिवाद मध्ययुगीन चर्च व राज्य के निरंकुश एकाधिकार के विरुद्ध अस्तित्व में आया। चर्च व राज्य को ईश्वरीय-संस्था मानने वाली मध्ययुगीन विचारधारा के विपरीत व्यक्तिवाद ने मानव-व्यक्तित्व को सर्वोच्च

महत्व दिया तथा राज्य को कृत्रिम संस्था और एक 'बुराई' मानते हुए व्यक्ति की गरिमा को स्थापित किया। उन्होंने राज्य को बुराई मान कर उसे वैयक्तिक स्वतन्त्रता के नाम पर महत्वहीन सिद्ध कर दिया।

सत्य है कि 1848 में चार्टिस्ट आन्दोलन की समाप्ति के बाद श्रमिक वर्ग का कोई बड़ा और व्यवस्थित आन्दोलन पुनः प्रारम्भ नहीं हुआ। लेकिन 1848 से 1880 के बीच इंग्लैण्ड में ऐसी कई घटनाएँ घटित हुईं जिसके चलते नवीन व्यक्तिवाद का रास्ता तैयार हुआ। वैचारिक दृष्टिकोण से थॉमस कार्लाईल ने व्यक्तिवाद के इञ्जील (Gospel of Individualism) 'अहस्तक्षेप सिद्धान्त' (Laissez Faire) का खण्डन किया तथा श्रम के अधिकाधिक उचित मेहनताना की माँग की 1850 में 'Tracts on Christion Socialism' और 'Atton Locke' के माध्यम से मौरिस (Maurice) और किंग्सले (Kingsley) ने समाजवादी सिद्धान्तों का प्रतिपादन किया।

काल-क्रम की दृष्टि से देखने पर स्पष्ट होता है कि व्यक्तिवाद का पतन 1880 के बाद तेजी से होने लगा। इसका सबसे प्रधान कारण 'अहस्तक्षेप नीति' का सामाजिक क्षेत्र में पड़ने वाला प्रभाव था। आर्थिक गतिविधियों पर राज्य के अनियन्त्रण का परिणाम वर्ग-विभाजन के रूप में सामने आया। समाज पूँजीपतियों और पूँजीहीनों में बँट गया। अधिकतम लाभ कमाने के उद्देश्य से मालिक़ों ने मज़दूरों से अधिक से अधिक काम लिया और कम से कम वेतन प्रदान किया। एक मजदूर इस वेतन से अपने परिवार का पालन-पोषण करने में असमर्थ था। बाध्य होकर उसे अपने अल्पवय बच्चों को कारखानों में भेजना पड़ा जो सामान्यतः 12-14 घण्टे काम करते थे। पूँजीपतियों ने मज़दूरों की सुविधाओं की पूर्ण उपेक्षा की। फलतः मज़दूर ऐसी परिस्थितियों में काम करने के लिए विवश थे जो असाध्य और आमानवीय होती थी। शिक्षा से वंचित ये श्रमिक ऐसी बस्तियों में रहते थे जहाँ, मार्क्स के शब्दों में, पूँजीपति कुछ सेकेण्ड भी खड़ा नहीं रह सकते। इस निर्मम शोषण ने चिन्तकों व दार्शनिकों को झकझोर दिया और वे दलित वर्ग के हित में राज्य के हस्तक्षेप की माँग करने लगे।

पुनर्गठन की आवश्यकता का अनुभव न केवल ब्रिटिश समाजवादी कर रहे थे बल्कि सरकार भी इस जरूरत को महसूस कर रही थी। चूँकि अनुदारवादी ब्रिटिश समाज क्रान्तिकारी माध्यमों का विरोधी था, अतः समाज-सुधार का एक ही सर्वमान्य रास्ता था-संसद द्वारा क़ानून निर्माण जिसका अर्थ था-राज्य के 'अहस्तक्षेप नीति' का त्याग। इस नवीन प्रकृति का प्रारम्भ, जैसा कि प्रो. डायसी ने कहा है, 1870 के शिक्षा अधिनियम (Education Act) से होता है। 1871 और 1876 के 'Trade Union Acts' के माध्यम से श्रमिक संघों को व्यापक स्वतन्त्रता मिली और 1885 के सुधार अधिनियम से श्रमिक वर्ग को मताधिकार भी प्राप्त हो गया। इसके

पूर्व 1832 में मध्यम वर्ग और 1867 में शिल्पी वर्ग को मताधिकार प्रदान कर दिए गए थे। इस मताधिकार क्षेत्र की व्यापकता का सीधा परिणाम संसद की 'कॉमन्स सभा' में इन वर्गों के प्रतिनिधियों की पहुँच था जिन्होंने अपने बहुमत के बल पर क़ानून बनाना प्रारम्भ किया जिसका तात्पर्य था–राज्य के अहस्तक्षेप के सिद्धान्त के परित्याग का प्रारम्भ। अब राज्य सकारात्मक भूमिका में आ गया। जनमत राज्य के हस्तक्षेप की क्रान्तिकारी माँग कर रहा था।

किन्तु निश्चित रूप से चिरसम्मत व्यक्तिवाद के 'अहस्तक्षेप नीति' को छोड़ने के लिए विवश करने वाला व्यक्ति कार्ल मार्क्स था। यहाँ इस विडम्बना की चर्चा करना महत्वपूर्ण है कि अपना अन्तिम समय इंग्लैण्ड में ही व्यतीत करने वाले कार्ल मार्क्स का स्वयं ब्रिटेन में प्रभाव (1880 तक) बहुत ही कम था। फिर भी मार्क्स द्वारा 1864 में स्थापित प्रथम 'इण्टरनेशनल' (International) ने ब्रिटिश समाज को बहुत प्रभावित किया। मार्क्स ने अपने संबोधन में श्रमिक वर्गों के एक अन्तर्राष्ट्रीय संगठन की स्थापना का उद्देश्य घोषित किया, जिसके क्रियाकलापों से समाज का समाजवादी पुनर्निर्माण (Socialistic Reconstruction of Society) किया जा सके।

फिर भी जैसा कि बार्कर का मानना है, व्यक्तिवाद के प्रति जनमत में बदलाव, बाहरी शक्तियों के क्रियाकलापों की तुलना में इसके स्वयं के आन्तरिक विकास से ज्यादा प्रभावित था। जे.एस. मिल के गुरु बैंथम (जिसका सुखवादी दर्शन (Hedonism) उपयोगितावादी-व्यक्तिवाद का आधार माना जाता है और जिसने स्वार्थी मनुष्य की धारणा को लोकप्रिय बनाया) ने दो महत्वपूर्ण विचार रखे थे–

1. प्रत्येक व्यक्ति को अपने हितों की पूर्ति का अधिकार है।
2. राज्य का यह कर्त्तव्य है कि वह अधिकतम व्यक्तियों के अधिकतम सुख को सुरक्षित करे (Duty of the state to secure greatest happiness of greatest number.)।

चिरसम्मत व्यक्तिवाद बैंथम के पहले सिद्धान्त को आधार बनाकर आगे बढ़ा किन्तु समय के साथ जैसे-जैसे समाज में आर्थिक विषमता बढ़ती गई, बैंथम के दूसरे सिद्धान्त की तरफ विचारकों का ध्यान बढ़ता गया। दूसरे शब्दों में, यह कहा जाने लगा कि राज्य को खुली प्रतियोगिता (Open Competition) के माध्यम से कुछ थोड़े से लोगों (पूँजीपति) को ख़ुशी प्राप्त करते हुए देखते रहने के स्थान पर ज्यादा से ज्यादा लोगों (सामान्य जनता) के सुख के लिए अपनी सेवा का विस्तार करना चाहिए। स्वयं जे.एस.मिल के स्वतन्त्रता सिद्धान्त ने भी राज्य के हस्तक्षेप की भूमिका निर्मित कर दी थी। मिल ने कार्यों को दो वर्गों में विभक्त किया था–

1. स्व-विषयक (Self-regarding)

2. पर-विषयक (Other-regarding)

नितान्त निजी कार्यों में राज्य को हस्तक्षेप नहीं करना चाहिए किन्तु दूसरों को प्रभावित करने वाले कार्यों पर समाजहित में प्रतिबन्ध लगाने की छूट है। इससे भी महत्वपूर्ण उसके आर्थिक क्षेत्र के विचार हैं। Political Economy के बाद के संस्करणों में उसने आर्थिक-विषमता के दुष्प्रभाव को महसूस किया और सम्पत्ति, विशेषकर भू-सम्पत्ति, के नियमन पर बल दिया। उसकी पुस्तक 'Auto biography' में मिल पर समाजवादी चिन्तन के प्रभाव दिखते हैं जहाँ वह श्रम के उत्पादन को न्याय के स्वीकृत सिद्धान्तों के आधार पर वितरित करने की बात करता है। वह बैंथम की तरह स्वहित और भौतिक सुख को महत्व नहीं देता बल्कि आत्म-त्याग के द्वारा दूसरों को खुशी प्रदान करने को सर्वोच्च सद्‌गुण की संज्ञा देता है।

परिवेश में जब धनी-निर्धन का अन्तर तेजी से बढ़ रहा था और मार्क्सवाद पूँजीवाद के अन्त की घोषणा कर रहा था, व्यक्तिवाद के अहस्तक्षेप सिद्धान्त के ख़िलाफ़ इंलैण्ड में वैचारिक अभियान चला जिसे कार्लाईल, रस्किन और प्रो. जेवान्स (Jevons) ने अपने विचारों से सबल किया। रस्किन ने चेतावनी दी कि यदि सम्पत्ति को नियन्त्रित नहीं किया गया तो वह मनुष्यों की स्वामिनी हो जाएगी। और सुन्दर जीवन की प्राप्ति असंभव हो जाएगी। (No beauty of life was possible when wealth become the master and cleased to the servant of life.) रस्किन ने 'अहस्तक्षेप नीति' के स्थान पर राज्य की अभिवृद्ध भूमिका पर बल दिया। राज्य को शिक्षा, स्वास्थ्य, रोज़गार, सामाजिक-सुरक्षा, यहाँ तक कि संस्कार व नैतिकता को भी बढ़ाने का प्रयास करना चाहिए। बिना राज्य के सहयोग के बेहतर सामाजिक जीवन की स्थापना संभव नहीं है। (Government and co-operation are the laws of life, anarchy and competition the laws of death.)

इसी प्रकार प्रो. जेवान्स ने भी प्राकृतिक अधिकार और अहस्तक्षेप के सिद्धान्तों (Natural Rights & Laissez Faire) का खंडन किया। इसका प्रभाव व्यावहारिक स्तर पर पड़ा और विशेष रूप से इंग्लैण्ड में **लार्ड शेफट्सबरी** के नेतृत्व में फैक्टरी कानूनों (Factory Acts) की शृंखला के साथ राज्य अपने नकारात्मक स्वरूप से मुक्त हुआ। नवीन व्यक्तिवाद के विकास में प्रथम विश्वयुद्ध का प्रभाव भी कम महत्वपूर्ण नहीं है। विश्व युद्ध (1914-18) का प्रभाव दो सन्दर्भों में विचारणीय है-

1. सर्वाधिकारवादी सत्ता (नाज़ीवाद, फासीवाद) का दुष्परिणाम-संघर्ष व विनाश।
2. युद्धकाल में लोकतान्त्रिक सरकारों का सुरक्षा के नाम पर अत्यधिक नियन्त्रण।

व्यक्तिवादियों ने निष्कर्ष निकाला कि जहाँ राज्य द्वारा अहस्तक्षेप की नीति पर चलना समाजहित (Common Good) में नहीं है वैसे ही उसे अत्यधिक शक्ति देना व्यक्ति-हित के लिए अहितकारी है। साथ ही हिटलर या मुसोलिनी की तानाशाही और बहुमत की निरंकुशता समान रूप से व्यक्ति व समाज के स्वाभाविक विकास के विरोधी हैं अतः एक नये ढंग के सामाजिक-आर्थिक-राजनीतिक व्यवस्था की आवश्यकता शिद्दत से महसूस की जाने लगी। नार्मन एंजल (Norman Angell), ग्राम वालेस (Graham Wallas) और मिस फालेट (Miss Follett) जैसे बहुलवादी विचारकों ने व्यावसायिक-संघों का विचार रखा जिसे नवीन व्यक्तिवादियों ने अपना लिया। इस आधार पर इन्होंने राज्य की सत्ता को स्वीकार करते हुए भी राज्य को समाज के अन्य स्वायत्त संघों (Autonomus Association) के समान ही एक संघ माना जो विभिन्न संघों के क्रियाकलापों में सामंजस्य स्थापित करता है। ये संघ या समूह ही सम्पूर्ण सामाजिक-राजनीतिक क्रियाकलापों के केन्द्र-बिन्दु हैं।

□□□

5

धार्मिक सहिष्णुता पर लॉक के विचार

लॉक के समय में धार्मिक सत्ता और राजनीतिक सत्ता में वह संघर्ष नहीं था, जो मध्ययुग में विद्यमान था, फिर भी रोमन कैथोलिक और प्रोटेस्टैन्ट धर्म के अनुयायियों में संघर्ष अवश्य था। वस्तुतः उस समय तीन विचारधाराएँ कार्य कर रही थीं। एक विचारधारा राजनीतिक निरंकुशता में विश्वास करती थी, जो धर्म को राजनीति के अधीन समझती थी, दूसरी पोपवादियों की थी, जो धर्म को राजनीति से पृथक् समझते थे। इनकी मान्यता थी कि राजा को केवल प्रशासनिक शक्तियाँ प्राप्त हैं, धार्मिक नहीं। पहली विचारधारा शासन की तलवार में विश्वास करती थी, जिसे वह ईश्वरीय कृपा समझती थी। दूसरी पुरोहिताई की तलवार में विश्वास करती थी, जिसे वह ईश्वरीय कृपा समझती थी। तीसरी विचारधारा दोनों तलवारों को एक ही शासक के हाथों में अस्त्र मानती थी।

राज्य और चर्च के सम्बन्ध में लॉक की विचारधारा उपर्युक्त तीनों विचारधाराओं से भिन्न है। लॉक की धारणा है कि "आत्मा और कॉमनवैल्थ की जिम्मेदारियाँ बिल्कुल अलग-अलग हैं।" अपनी रचना **'सहिष्णुता पर पत्र'** में **लॉक** लिखता है कि "कॉमनवैल्थ या राजनीतिक समुदाय ऐसे व्यक्तियों का समाज है, जिसका निर्माण नागरिक हितों को प्राप्त करने, उन्हें सुरक्षित रखने और उन्हें उन्नत करने के लिए हुआ है। दूसरी ओर, धर्म व्यक्ति की आत्मा का निजी मामला है। चर्च जैसे धर्म के बाह्य संगठन निजी समुदाय हैं। अतः राज्य चर्च का विचार स्वयं में विरोधाभास है। **लॉक** लिखता है कि चर्च, किसी अन्य ऐच्छिक समुदाय की भाँति अपने किसी सदस्य को समुदाय के नियमों की उल्लंघना करने पर समुदाय से बाहर निकाल सकता है, परन्तु उसे उन लोगों पर कोई अधिकार प्राप्त नहीं, जो उसके सदस्य नहीं।

धर्म के सम्बन्ध में लॉक के विचार हूकर के विचारों से भिन्न हैं। जहाँ हूकर 'धार्मिक राजनीति' में में विश्वास करता है, वहाँ लॉक **धार्मिक सहिष्णुता में विश्वास करता है। लॉक** लिखता है कि धर्म व्यक्ति की निजी वस्तु है, वह हृदय की अनुभूति व व्यक्तिगत नैतिकता है। राज्य को धर्म में तब तक हस्तक्षेप नहीं करना चाहिए, जब तक

धर्म सामाजिक उत्पात या अव्यवस्था पैदा नहीं करता। धर्म परिवर्तन के स्थान पर या किन्हीं धार्मिक मान्यताओं का समर्थन या विरोध करने के स्थान पर उन्हें संतुलित और उपर्युक्त बनाना चाहिए। धर्म के क्षेत्र में बल प्रयोग व्यर्थ है, क्योंकि बल प्रयोग किसी व्यक्ति या समुदाय के हृदय को नहीं बदल सकता। अत: राज्य को धर्म के सम्बन्ध में निष्पक्षता की नीति अपनानी चाहिए। लॉक का धार्मि सहिष्णुता का सिद्धान्त आधुनिक धर्म निरपेक्ष विचारों से मिलता है।

आत्मा की स्वतन्त्रता के सम्बन्ध में लॉक अत्यधिक सहिष्णु और मानवोचित है, फिर भी वह रोमन कैथोलिकों और नास्तिकों को नागरिकता प्रदान करने के पक्ष में नहीं है। वह कैथोलिकों को इसलिए नागरिकता प्रदान नहीं करता कि उनकी आस्था किसी दूसरे देश के प्रति थी और नास्तिकों को वह इसलिए नागरिकता प्रदान नहीं करता कि वे ईश्वर की सत्ता ही नहीं मानते।

क्रांति या विरोध का अधिकार

लॉक ने अपनी पुस्तक **'शासन पर द्वितीय निबन्ध'** के अध्याय 19 में क्रांति के प्रश्न पर विवेचन किया है। आश्चर्य की बात यह है कि इस अध्याय का शीर्षक "शासन का विघटन", होते हुए भी लॉक इसमें लोगों के 'क्रांति के अधिकार' शब्द का प्रयोग नहीं करता। फिर भी लॉक के सारे विवेचन में लोगों के क्रांति करने का अधिकर निहित है। उदाहरणत: पुस्तक के **अध्याय 13 में लॉक** लिखता है किसी भी सुसंगठित समाज में लोक शासन को, विशेषकर व्यवस्थापिका को, विधायी शक्तियाँ सौंप कर भी नियंत्रण की अन्तिम सत्ता अपने पास रखते हैं। **लॉक** ने लिखा है कि **"यदि कोई व्यक्ति समाज या व्यक्ति समूह के अधिकारों को नष्ट करने की चेष्टा और योजना बनाता है, यहाँ तक कि यदि इस समाज के विधायक भी इतने मूर्ख या दुष्ट (भ्रष्ट) हो जाएँ कि लोगों की स्वतन्त्रताओं और सम्पत्तियों का ही अपहरण करने लगें तो समाज अपने आपको बचाने के लिए सर्वोच्च शक्ति सतत अपने पास रखता है।"** लॉक के इन शब्दों से स्पष्ट है कि लोगों के पास सवोच्च शक्ति निहित या प्रसुप्त रूप में सर्वदा विद्यमान रहती है।

लॉक लिखता है कि **अनुबन्ध द्वारा लोग जिस शक्ति को अपने शासकों को हस्तान्तरित करते हैं, वह शासन संचालन की शक्ति है, जो एक विश्वास, ट्रस्ट या धरोहर है।** जब कभी शासक लोगों के साथ विश्वासघात करते हैं अर्थात् उस ट्रस्ट की शर्तों की उल्लंघना या अतिक्रमण करते हैं तो लोग अपनी सुरक्षा की व्यवस्था कर सकते हैं तथा ऐसे स्वतन्त्र समाज की स्थापना कर सकते हैं, जिसमें व्यक्ति का जीवन और सम्पत्ति सुरक्षित रहे और वे कानून के अधीन अपने कार्यों को स्वतन्त्र रूप से सम्पन्न कर सकें। **लॉक** लिखता है कि इस उद्देश्य की प्राप्ति हेतु लोग अपने विधायकों को वापस बुला सकते हैं, नई व्यवस्थापिका अर्थात् नये विधायकों का चयन कर सकते हैं। **लॉक** लिखता

है कि **"अनाधिकृत शक्ति का प्रयोग किसी भी शक्ति को युद्ध की स्थिति में एक आक्रामक के रूप में लाकर खड़ा कर देता है और उसके साथ आक्रामक जैसा व्यवहार ही वांछनीय है।"**

लॉक के पूर्ववर्ती लेखकों (बोदाँ, हॉब्स और फिल्मर) ने निरपेक्ष सम्प्रभुता के सिद्धान्त का समर्थन करते हुए लोगों को सम्प्रभु के विरुद्ध विद्रोह करने का अधिकार नहीं दिया, परन्तु **लॉक** राज्य और शासन में स्पष्ट भेद करते हुए **लोगों को अपने शासकों के विरुद्ध विद्रोह करने का स्पष्ट अधिकार देता है, यदि वे दुष्ट या भ्रष्ट हो जायें।** लॉक के लिए निरंकुश राजतंत्र भीड़तंत्र से कहीं अधिक बुरा है और कानून के बिना स्वेच्छाचारी शासन की अधीनता प्राकृतिक अवस्था की दुर्दशा से बड़ी चीज है। लॉक का विश्वास है कि भ्रष्ट शासन से छुटकारा पाने के लिउ तथा शासन में सुधार के लिए क्रांति आवश्यक है। लॉक लोगों के क्रांति के अधिकार पर इतना बल देता है कि उसे "क्रांतियों का प्रतिपादन करने वाले दार्शनिक" की संज्ञा दी गई है। हॉब्स ने व्यक्ति को "आत्मरक्षा के लिए" क्रांति करने का अधिकार दिया है, परन्तु उससे वह पुनः प्राकृतिक दशा में आ जाता है अर्थात् राज्य नष्ट हो जाता है। लॉक राज्य को बनाये रखते हुए लोगों को भ्रष्ट शासकों को बदलने का अधिकार देता है।

लॉक इस प्रश्न का उत्तर देता है कि इस बात का निर्णय कौन करेगा कि शासन या शासक दुष्ट या भ्रष्ट हो गये हैं? **लॉक** कहता है कि लोगों का बहुमत इस बात का निर्णय करेगा कि शासन भ्रष्ट है या नहीं अर्थात् शासन न्यायोचित है या नहीं। लॉक एक स्थान पर यह भी कहता है कि न केवल लोगों को, बल्कि एक व्यक्ति को भी 'ईश्वर से अपील' करने की स्वतन्त्रता है, फिर भी उसका अन्तिम मन्तव्य लोगों के बहुमत से ही है, एक व्यक्ति से नहीं। **दांते जर्मिनो** ने लिखा है कि **"व्यक्तिवादी समाज के जीवन को सुनिश्चित बनाने के लिए भी समष्टिवाद के सर्वोच्च पक्ष की आवश्यकता होती है।"** लोगों के बहुमत का सामूहिक निर्णय शासकों के विरुद्ध शक्ति के प्रयोग की स्वीकृति दे सकता है। यदि कोई व्यक्ति या समूह बहुमत की स्वीकृति के बिना स्थापित शासन के विरुद्ध शक्ति का प्रयोग करता है तो वह विनाश और राजद्रोहिता का दोषी है।

लॉक की धारणा है कि लोग कभी क्रांति नहीं करते, बल्कि शासन या शासक ही विद्रोह करता है। क्योंकि वह भ्रष्ट होकर लोगों को विरोध करने का अवसर प्रदान करता है। **लॉक** कहता है कि जब लोग अपनी शक्ति का प्रयोग निरंकुश या अत्याचारी शासन के विरुद्ध करते हैं तो वे क्रांति नहीं करते, बल्कि अपनी ही वैध सत्ता को निश्चयपूर्वक ढंग से अभिव्यक्त करते हैं। जब शासन निरन्तर अत्याचारी ढंग से व्यवहार करता है तो वह वैध शासन नहीं रह जाता, बल्कि ऐसे व्यक्तियों का निकाय बन जाता है, जो बिना अधिकार के शक्ति के प्रयोग करता है और ऐसा शासन ही अपने आपकों लोगों

के साथ युद्ध की स्थिति में डाल देता है। लॉक के अनुसार कानून और व्यवस्था का तिरस्कारी या विद्रोही अत्याचारी शासन है लोग नहीं। लॉक लिखता है कि यदि लोगों का विरोध अव्यवस्था और गृह-युद्ध को जन्म देता है तो इसके लिए अपराधी अत्याचारी शासक है, प्रतिरोधी लोग नहीं।

लॉक की मान्यता है कि लोगों में शासन की गम्भीर त्रुटियों, कमियों और अपूर्णताओं को सहन करने की अत्यधिक शक्ति और सहनशीलता होती है। वे तभी विरोध करते हैं, जब उनका धैर्य समाप्त हो जाता है। यह कहकर लॉक उनर सब लेखकों को मुँहतोड़ जवाब देता है, जो लोगों से अत्याचारी, निरंकुश और सर्वसत्तावादी शासकों को सहन करने की असीम शक्ति की मांग कर स्वतन्त्र और विवेकशील लोगों को दास बनाना चाहते हैं। लॉक के इन्हीं शब्दों में उन लोगों का भी जवाब है, जो शक्ति को न्याय की कसौटी मानते हैं। लॉक कहता है कि सहमति संस्थाओं का आधार है और वे तभी न्यायोचित बनती हैं, जब वे व्यक्ति के नैतिक अधिकारों को मान्यता देती है। शक्ति का तभी औचित्य है, जब वह व्यक्तियों के नैतिक अधिकारों को मान्यता देती है। लॉक के लिए सहमति शासन का आधार है। इसी में लॉक का व्यक्तिवाद उदारवाद और संविधानवाद निहित है। शासन जनहित के लिए है; वह जन सहमति ने शासन करता है, स्वेच्छाचारित से नहीं।

लॉक क्रांति के कारणों को शासकों की स्वेच्छाचारिता, दुष्टता और भ्रष्टता में देखता है। अतः क्रांति को सफल बनाने हेतु लॉक कहता है कि भ्रष्ट शासकों को पदच्युत करने में संवैधानिक साधनों का प्रयोग करना चाहिए। यदि भ्रष्ट शासक अपने आपको सत्ता में बनाये रखने के लिए लोगों के विरोध का हिंसक साधनों से दमन करते हैं तो लोगों को भी ऐसे शासकों से बचने के लिए हिंसक साधनों का प्रयोग करना चाहिए। लॉक के सीमित साधनों में हिंसक साधनों का प्रयोग उसकी प्रकृति से मेल नहीं खाता, क्योंकि संवैधानिक शासनों में निर्वाचन कभी दूर नहीं होते और लोगों का बहुमत भ्रष्ट शासकों सर्वदा पदच्युत कर सकता है।

संक्षेप में, लॉक उदार शासन प्राप्त करने के लिए लोगों को क्रांति करने का अधिकार देता है, परन्तु इस अधिकार पर वह निम्नलिखित दो शर्तें या मर्यादाएँ लगाता है-

(i) गम्भीर स्थिति उत्पन्न होने पर ही अर्थात् शासकों की भ्रष्टता और दुष्टता में अति आने पर ही लोग क्रांति कर सकते हैं। क्रांति तभी की जा सकती है, जब कार्यपालिका या व्यवस्थापिका अपने अधिकारों का अतिक्रमण करती है या विधि के स्थान पर स्वेच्छाचारी आदेशों से शासन करती है और नागरिकों की पराधीनता का षड्यंत्र रचती है।

(ii) क्रांति लोगों (समुदाय) के बहुमत द्वारा ही की जा सकती है। कोई व्यक्ति या व्यक्ति

समूह बहुमत की अनुमति के बिना क्रांति नहीं कर सकता।

लॉक के क्रांति सम्बन्धी विचारों की आलोचना

लॉक के क्रांति सम्बन्धी विचारों की निम्नलिखित रूप से आलोचना की जा सकती है-

(1) लॉक द्वारा कार्यपालिका तथा व्यवस्थापिका दोनों के विरुद्ध क्रांति करने का अधिकार देना तर्कसंगत नहीं है।

(2) लॉक द्वारा व्यक्ति को राज्य के विरुद्ध क्रांति का अधिकार देने से राज्य की सुरक्षा तथा स्थायित्व को खतरा उत्पन्न हो जाता है।

(3) राज्य की निरंकुशता का आकलन करने की कोई समुचित व्यवस्था नहीं की है।

(4) लॉक द्वारा क्रांति का अधिकार केवल बहुसंख्यकों को देना भी उचित नहीं है।

(5) लॉक की यह धारणा भी सही नहीं है कि क्रांति से राज्य का स्वरूप अपरिवर्तित रहता है। क्रांति के कारण राज्य के स्वरूप में परिवर्तन आ जाता है।

लॉक के क्रांति सम्बन्धी विचारों का राजनीतिक चिन्तन में बड़ा भारी महत्त्व है। ऐसा करके उसने 1688 ई. की 'गौरवपूर्ण क्रांति' को न्यायोचित ठहराया।

लॉक का व्यक्तिवाद, उदारवाद, लोकतंत्रवाद और संविधानवाद

A. व्यक्तिवाद एवं उदारवाद-अनुबन्धवादी लेखकों में लॉक एक ऐसा दार्शनिक है, जो स्पष्टत: व्यक्तिवादी है। वह उदारवादी, लोकतंत्रवादी और संविधानवादी भी है। हॉब्स भी व्यक्तिवादी है। परन्तु निरंकुश सम्प्रभुता का समर्थक होने से उसका व्यक्तिवादी सिद्धान्त असंगतिपूर्ण है, जबकि लॉक की पद्धति उसकी सामाजिक व्यवस्था तथा राजनीतिक संरचना व्यक्ति के लिए होने से उसका व्यक्तिवादी सिद्धान्त संगतिपूर्ण है। लॉक के सिद्धान्त में व्यक्ति की सर्वोच्चता असंदिग्ध है। प्राकृतिक कानूनों तथा प्राकृतिक अधिकारों की व्यवस्था, सामाजिक, अनुबन्ध, सहमति का सिद्धान्त, मर्यादित शासन, क्रांति का सिद्धान्त आदि सब व्यक्ति के जीवन, स्वतन्त्रता और सम्पत्ति की रक्षा के लिए है। **वाहन** ने ठीक लिखा है कि **"लॉक की पद्धति में हर चीज व्यक्ति के इर्द-गिर्द घूमती है, हर चीज को इस क्रम से रखा गया है कि व्यक्ति की सम्प्रभुता सुनिश्चित रहे।"** लॉक उदारवाद की आत्मा है।

लॉक के राजनीतिक दर्शन में व्यक्तिवाद के विविध पहलू निम्नलिखित हैं-

1. जीवन, स्वतन्त्रता एवं सम्पत्ति की सुरक्षा-लॉक का यह कथन उसके व्यक्तिवाद को स्पष्ट कर देता है कि "जिस मुख्य उद्देश्य से व्यक्ति समाज में प्रवेश करता है, वह सम्पत्ति की सुरक्षा है।" इसका अर्थ यह है कि सम्पत्ति की रक्षा करना, जिससे लॉक का अभिप्राय जीवन, स्वतन्त्रता, स्वास्थ्य और सम्पत्ति की रक्षा करने से है, नागरिक समाज का प्रमुख कर्त्तव्य है। जो नागरिक समाज इसकी रक्षा नहीं करता या नहीं कर

सकता, उसके अस्तित्व का कोई आधार नहीं। लॉक के अनुसार समाज एक स्वाभाविक संस्था नहीं, बल्कि एक कृत्रिम संस्था है, एक मशीन है, जिसे व्यक्ति की सम्पत्ति की सुरक्षा हेतु निर्मित किया गया है। लॉक का व्यक्ति नागरिक समाज में प्रवेश इस आशय से करता है कि उसके प्राकृतिक अधिकार सुरक्षित और सुनिश्चित रहेंगे। **वाहन** ने ठीक लिखा है कि "लॉक व्यक्तिवादी है या कुछ नहीं।"

2. नागरिक समाज अधिकारों की उत्पत्ति नहीं करता, वह उन्हें सुनिश्चित करता है–प्राकृतिक अधिकारों की व्याख्या में लॉक का व्यक्तिवाद स्पष्ट नजर आता है। जहाँ हॉब्स और रूसो के लिए अधिकार समाज की सृष्टि है और व्यक्ति उन्हें समाज में रहकर प्राप्त कर सकता है, वहाँ **लॉक का व्यक्ति अधिकारों को समाज से नहीं प्रकृति से प्राप्त करता है।** व्यक्ति को ये अधिकार प्राकृतिक अवस्था में जन्म से ही प्राप्त थे और उनका उपयोग वह प्राकृतिक कानूनों के अधीन करता था। जहाँ हॉब्स के दर्शन में नागरिक समाज उत्पन्न होने से प्राकृतिक दशा और प्राकृतिक कानूनों का अन्त हो जाता है, वहाँ **लॉक के नागरिक समाज के निर्मित होने से प्राकृतिक अधिकारों और प्राकृतिक कानूनों का लोप नहीं होता, बल्कि वे सुनिश्चित और सुरक्षित हो जाते हैं।** उन्हें सुनिश्चित और सुरक्षित करने के लिए ही नागरिक समाज का निर्माण हुआ है। नागरिक समाज में प्राकृतिक कानून नैतिक मर्यादाएँ हैं। लॉक के लिए प्राकृतिक अधिकार व्यक्ति के जन्मसिद्ध अधिकार हैं। ये स्वाभाविक हैं। इन्हें समाज उत्पन्न नहीं करता, केवल सुनिश्चित करता है। लॉक कहता है कि जिन अधिकारों को व्यक्ति समाज से प्राप्त नहीं करता, उन्हें समाज छीन नहीं सकता। प्राकृतिक अधिकार अलंघनीय, अहरणीय और अलोप्य हैं।

3. सम्पत्ति का अलंघनीय एवं अहरणीय अधिकार–सम्पत्ति के अधिकार की अलंघनीयता, अपरिवर्तनीयता में भी लॉक का व्यक्तिवाद स्पष्ट है। नैतिक संहिता की भाँति सम्पत्ति के अधिकार को भी व्यक्ति प्रकृति से प्राप्त करता है। लॉक की धारणा है कि सम्पत्ति का अधिकार ऐसा अधिकार है, जो समाज से पूर्व था। यह परम्परा पर नहीं प्रकृति पर आधारित है। लॉक के लिए सम्पत्ति इतनी अधिक पवित्र चीज है कि राज्य व्यक्ति की सहमति के बिना उसे छीन नहीं सकता। **लॉक** लिखता है कि जब सम्पत्ति व्यक्तिगत श्रम द्वारा अर्जित की जाती है, व्यक्ति उसमें अपना व्यक्तित्व शामिल करता है तो राज्य द्वारा उसका नियमन अनुचित एवं असंगत है। **लॉक** लिखता है कि राज्य किसी ऐसे कानून का निर्माण नहीं कर सकता, जो उसके विरुद्ध हो। इस अधिकार को सुरक्षित रखने के लिए ही राज्य उसका नियमन कर सकता है, परन्तु वह इसका राष्ट्रीयकरण नहीं कर सकता। सम्पत्ति के सम्बन्ध में राज्य का केवल एक ही कर्त्तव्य है कि वह इसकी सुरक्षा करे।

4. मर्यादित शासन–मर्यादित शासन की कल्पना में भी लॉक का व्यक्तिवाद

निहित है। जहाँ हॉब्स और रूसो का व्यक्ति अनुबन्ध द्वारा सम्प्रभु या सामान्य इच्छा को अपने सभी अधिकार प्रदान करता है, वहाँ लॉक की पद्धति में सम्प्रभुता के सिद्धान्त का स्पष्ट विवेचन नहीं। लॉक का व्यक्ति नागरिक समाज को अनुबन्ध द्वारा केवल तीन अधिकार प्रदान करता है, जो शासन संचालन के लिए अनिवार्य हैं। ये तीन अधिकार हैं- प्राकृतिक कानूनों की स्पष्ट व्याख्या करना, उन्हें कार्यान्वित करना तथा उनकी उल्लंघन करने वालों को दण्डित करना। स्पष्ट है कि लॉक शासन को तो स्वीकार करता है, परन्तु उसे मर्यादित बनाता है। उसका शासन न तो हॉब्स का लेवियाथन है और न रूसों की सामान्य इच्छा का सामूहिक व्यक्तित्व। लॉक के शासन के निश्चित और स्पष्ट कर्त्तव्य हैं। जैसा कि **हेकर** ने लिखा है कि उसके "पूर्वगामी विचारकों को राज्य को अधिक सुदृढ़ बनाने के प्रयास किये, परन्तु लॉक प्रथम विचारक है, जिसने राज्य संस्था को कमजोर बनाने और उसकी शक्तियों को सीमित करने का प्रयास किया।" **मैक्सी** ने लिखा है कि "लॉक की चिन्ता राजनीतिक सत्ता को प्रतिष्ठित करना नहीं, बल्कि उसकी सीमाओं का वर्णन करना है।" **वाहन** ने लिखा है कि लॉक केवल निरंकुशता विरोधी ही नहीं, बल्कि स्पष्ट रूप से व्यक्तिवादी भी है।"

5. शक्तियों का पृथक्करण-लॉक शक्तियों का केन्द्रीयकरण नहीं चाहता वह उनका विकेन्द्रीकरण और पृथक्करण चाहता है। वह कार्यपालिका और विधायी शक्तियों को एक-दूसरे से पृथक् करता है, ताकि स्वतन्त्रता को खतरा उत्पन्न न हो। वह कार्यपालिका की शक्तियों को स्पष्ट परिभाषित करता है। यद्यपि वह न्यायपालिका, आधुनिक संविधानवाद की भाँति, कार्यपालिका से पृथक् नहीं करता, फिर भी वह कार्यपालिका को व्यवस्थापिता के प्रति उत्तरदायी बनाता है और यदि विधायक भी भ्रष्ट हो जायें तो जनको को उन्हें अपदस्थ करने और नये विधायकों को चुनने का अधिकार भी देता है।

6. जन कल्याणकारी उद्देश्य-लॉक की धारणा है कि राजनीतिक सत्ता एक ट्रस्ट है और इसका संचालन इन उद्देश्यों की प्राप्ति के लिए होना चाहिए, जिनके लिए व्यक्तियों ने प्राकृतिक दशा को छोड़ा और सामाजिक समझौता किया। **लॉक** ने लिखा है कि "शासन का उद्देश्य मानव जाति का कल्याण है। राजनीतिक सत्ता का प्रयोग जन कल्याण के लिए ही किया जा सकता है। लॉक की धारणा है कि व्यक्तिगत प्राकृतिक अधिकार प्रभुत्व सम्पन्न समाज के अधिकारों को उसी प्रकार मर्यादित करते हैं, जिस प्रकार प्राकृतिक अवस्था में एक व्यक्ति के अधिकार दूसरे व्यक्ति के प्राकृतिक अधिकारों को मर्यादित करते थे।

7. धार्मिक सहिष्णुता-लॉक का उदारवाद उसके धार्मिक सहिष्णुता के सिद्धान्त में देखा जा सकता है। **लॉक** कहता है कि धर्म व्यक्तिगत मामला है। यह आत्मा की वस्तु है। राज्य को इसमें तब तक हस्तक्षेप नहीं करना चाहिए, जब तक वह सामाजिक उत्पाद

या अव्यवस्था पैदा न करे। लॉक चर्च को ऐच्छिक समुदाय मानता है और राज्य चर्च को विरोधाभास करता है। लॉक धर्म परिवर्तन के विरुद्ध है। लॉक का धार्मिक सहिष्णुता का सिद्धान्त आधुनिक धर्म निरपेक्ष विचारों से मिलता है।

8. राज्य के कार्य निषेधात्मक हैं, सकारात्मक नहीं–लॉक के राज्य के कार्य निषेधात्मक हैं, सकारात्मक नहीं। इसका उद्देश्य प्राकृतिक अधिकारों के मार्ग में आने वाली बाधाओं को दूर करना है, चरित्र या नैतिकता या विकास करना नहीं। हीगल जैसे आदर्शवादियों, मुसोलिनी और हिटलर जैसे अधिनायकवादियों और साम्यवादियों, सर्वसत्तावादियों और एकत्ववादियों की भाँति लॉक राज्य को नैतिक और बौद्धिक क्षेत्रों में कोई अधिकार प्रदान नहीं करता। लॉक का व्यक्ति नैतिक और बौद्धिक पूर्णता के साथ नागरिक समाज में प्रवेश करता है। लॉक की प्राकृतिक अवस्था के मानव में नैतिक चेतना और न्याय-अन्याय की भावनाएँ विद्यमान हैं और वह इन्हीं गुणों के साथ नागरिक समाज में प्रवेश करता है। इन क्षेत्रों में लॉक का मानव राज्य का ऋणी नहीं। इसीलिए लॉक नैतिकता और बौद्धिकता के क्षेत्र में राज्य के हस्तक्षेप को अनुचित मानता है।

9. राज्य निर्माण का आधार सहमति–लॉक के सारे राजनीतिक दर्शन का आधार 'सहमति' है। उसके राज्य का निर्माण किसी दैवी शक्ति द्वारा नहीं हुआ, बल्कि व्यक्ति की सहमति द्वारा हुआ है। व्यक्ति की औपचारिक सहमति राज्य का आधार है। कॉमनवैल्थ की सदस्यता व्यक्ति की सहमति पर निर्भर करती है। यह सहमति निश्चित या मौन होनी चाहिए, बाध्यकारी नहीं। **लॉक** लिखता है कि "शक्ति कोई अधिकार उत्पन्न नहीं करती।" **मैक्सी** ने भी लिखा है कि "व्यक्ति का शासन जब तक लोगों की सहमति पर आधारित नहीं, तब तक वह बिना किसी आधार के हैं, उसकी कोई वैधानिकता नहीं।"

10. प्रतिरोध एवं विद्रोह का अधिकार–प्रतिरोध और विद्रोह के सिद्धान्त में भी लॉक का व्यक्तिवाद स्पष्ट झलकता है। **लॉक** लिखता है कि "यदि कोई व्यक्ति समाज या व्यक्ति समूह के अधिकारो को नष्ट करने की चेष्टा और योजना बनाता है, यहाँ तक कि यदि उस समाज के विधायक भी इतने मूर्ख और दुष्ट हो जाये कि वे लोगों की स्वतन्त्रताओं और सम्पत्तियों का अपहरण करने लगें तो समाज अपने आपको बचाने के लिए सवोच्च शक्ति अपने हाथ में रखता है।" स्पष्ट है कि समुदाय की सर्वोच्च सत्ता अंतिम रूप से समाज में निहित है और आवश्यकता पड़ने पर समाज उसका प्रयोग कर सकता है, भ्रष्ट शासकों से छुटकारा पा सकता है और नये शासकों का चयन कर सकता है।

लॉक के व्यक्तिवादी विचारों की आलोचना

लॉक के व्यक्तिवादी विचारों की निम्नलिखित आधारों पर आलोचना की जाती है- (1) लॉक ने सभी व्यक्तियों की स्वतन्त्रता या समानता का प्रतिपादन किया है, जो

व्यावहारिक नहीं है।

(2) लॉक के व्यक्तिवाद में केवल बहुसंख्यकों को ही महत्त्व दिया गया है। इसमें व्यक्ति तथा अल्पसंख्यकों की उपेक्षा की गई है। बहुमत को अनावश्यक महत्त्व दिया है।

(3) लॉक व्यक्ति के स्वतन्त्र व्यक्तित्व को नकारता है।

(4) लॉक के व्यक्तिवादी विचारों से आर्थिक क्षेत्र में दुष्परिणाम सामने आते हैं।

(5) लॉक का व्यक्तिवाद पूर्ण नहीं है। इसे 'अधूरे व्यक्तिवाद' की संज्ञा दी जाती है।

उपर्युक्त आलोचनाओं के बावजूद लॉक के व्यक्तिवादी विचारों का महत्त्व कम नहीं हो जाता है। इन विचारों ने उसे राजनीतिक चिन्तन के इतिहास में अमर बना दिया है।

B. संविधानवाद–लॉक व्यक्तिवादी और उदावादी ही नहीं, वह संविधानवादियों का पिता भी है। उसका संविधानवाद उसके सीमित शासन, विधि के शासन, उत्तरदायी शासन, शक्तियों के विकेन्द्रीकरण और नागरिक अधिकारों की सुनिश्चितता में स्पष्ट दिखाई देता है। प्राकृतिक या नागरिक किसी भी अवस्था में लॉक व्यक्ति की स्वतन्त्रताओं की कल्पना कानूनों के बिना नहीं करता। प्राकृतिक अवस्था में उन्हें प्राकृतिक कानूनों द्वारा सुरक्षित रखा जाता है और नागरिक समाज में उन्हें सकारात्मक कानूनों द्वारा सुरक्षित रखा जाता है। लॉक के सकारात्मक कानून भी प्राकृतिक कानूनों के विरुद्ध नहीं। जहाँ फिल्मर के लिए स्वतन्त्रता विधिविहीन स्थिति है, वहाँ लॉक के लिए विधियुक्त स्थिति है। **लॉक** लिखता है कि **"जहाँ कानून का अन्त होता है, वहाँ अत्याचार शुरू हो जाता है।"** लॉक घोषित और ज्ञात कानूनों द्वारा शासन संचालन के पक्ष में है, स्वेच्छाचारी आदेशों द्वारा नहीं।

लॉक का संविधानवाद इससे भी स्पष्ट है कि वह शक्तियों का विकेन्द्रीकरण और पृथक्करण करता है। लॉक ने कार्यपालिका शक्तियों में स्पष्ट भेद किया है। यद्यपि लॉक ने आधुनिक संविधान की भाँति न्यायपालिका को कार्यपालिका से पृथक् नहीं किया फिर भी वह कार्यपालिका को व्यवस्थापिका के प्रति उत्तरदायी बनाता है और यदि विधायक भी भ्रष्ट हो जाये तो लॉक जनता के बहुमत को विधायकों को अपदस्थ करने और उनके स्थान पर नये विधायकों को चुनने का अधिकार देता है।

संक्षपे में, लॉक के पूर्ण दर्शन में व्यक्तिवाद, उदारवाद, प्रजातंत्रवाद और संविधानवाद का बिगुल बजाया गया है। इसके मूल मंत्र हैं सहमति, विधि का शासन, उत्तरदायी शासन, बहुमत का शासन, शक्तियों का पृथक्करण, नागरिक अधिकार और विद्रोह का अधिकार आदि।

लॉक के विचारों में असंगतियाँ और त्रुटियाँ

लॉक के विचारों में हॉब्स जैसी सुस्पष्टता और तर्कसंगतता नहीं। उसके विचारों में अनेक अस्पष्टताएँ और असंगतियाँ पायी जाती है। अनेक स्थानों पर उसके विचार

परस्पर विरोधी है। इसका कारण यह है कि लॉक में भिन्न-भिन्न तत्त्वों को लिया, जो परस्पर विरोधी थे और जिन्हें एक प्रणाली में समुचित रूप में संयुक्त करना कठिन था। जैसा कि **ड्राइवर** ने लिखा है कि "लॉक ने फ्रांसीसी दार्शनिक डकार्टे के दार्शनिक दृष्टिकोण, वैज्ञानिकों की प्रयोगात्मक पद्धति तथा शैफ्ट्सबरी और व्यावहारिक राजनीति से ग्रहण किये हुए उपयोगितावादी अनुभूतिवाद को एक क्रियाशील धारणा में समन्वित करने का प्रयास किया।" **सेबाइन** ने लिखा है कि **''लॉक ने अपने सिद्धान्तों के प्रतिपादन में अपने समय की सभी राजनीतिक समस्याओं को लिया, जो उसे दृष्टिगोचर हुई, परन्तु वह उन्हें युक्तियुक्त ढंग से तार्किक संरचना का रूप देने में असमर्थ था।**" लॉक में मौलिकता का अभाव होने से वह कभी भी प्राथमिक सिद्धान्तों की ओर न जा सका।

लॉक के विचारों में असंगतियों के निम्नलिखित कारण हैं-

(1) मानव मस्तिष्क को 'कोरी प्लेटें' मानना-लॉक की धारणा है कि मानव मस्तिष्क 'कोरी प्लेट' है और सभी ज्ञान अनुभव से ही उत्पन्न होता है। इस अनुभव प्रधान प्रवृत्ति का परिणाम यह हुआ कि लॉक ने अन्तनिर्हित विचारों और दैवी सिद्धान्तों को अस्वीकार कर दिया। उसके बुद्धिवाद ने उसे प्राकृतिक अधिकारों के सिद्धान्त को मानने के लिए बाध्य किया, जो उसके अनुभववाद से मेल नहीं रखता। **मैक्सी** ने ठीक लिखा है कि **''विलक्षण विरोधाभास है कि मूलभूत आन्तरिक विचारों को अस्वीकार करते हुए भी वह अन्तर्निहित अधिकारों** का इतनी तत्परता के साथ समर्थन करता है।"

(2) समाज के सामूहिक स्वरूप तथा व्यक्तिवाद में समन्वय करने की असफल कोशिश-लॉक ने हूकर के समाज के 'सामूहिक स्वरूप' के दृष्टिकोण को हॉब्स के व्यक्तिवाद के साथ मिलाने का प्रयास किया, जो असम्भव था। यदि समाज पूर्ण है, यदि वह व्यक्तियों का समूह मात्र नहीं हो वह स्वार्थी व्यक्तियों का समूह मात्र नहीं हो सकता, जो शांति और सुरक्षा के स्वार्थों के लिए एकत्रित हुए हैं। यही कारण है कि उसके विचारों में कभी तो व्यक्ति और उसके अधिकार 'अंतिम सिद्धान्तों' के रूप में आते हैं और कभी अल्पमत को बहुमत की इच्छाओं को मानने के लिए कहा जाता है अर्थात् समाज को अपनी भूमिका निभाने के लिए कहा जाता है।

(3) सम्पत्ति शब्द का अनेकार्थी प्रयोग-लॉक ने एक ही शब्द को भिन्न-भिन्न स्थानों पर भिन्न-भिन्न अर्थों में प्रयोग किया। 'सम्पत्ति' शब्द वस्तुत: ऐसा ही शब्द है, जिसे लॉक ने कभी तो उन अर्थों में प्रयोग किया, जिन अर्थों में आज हम इसका प्रयोग करते हैं और कभी इसके अर्थ में जीवन, स्वतन्त्रता और सम्पदा को सम्मिलित कर लिया।

(4) सर्वोच्च शक्ति के बारे में निश्चितता नहीं-'सर्वोच्च शक्ति' के लिए लॉक के तीन स्त्रोतों का प्रयोग किया है-कभी तो यह स्त्रोत समुदाय है, कभी व्यवस्थापिका और कभी वे व्यक्ति जिन्हें कार्यपालिका के अधिकार प्राप्त हैं।

लॉक की विचारधारा में पायी जाने वाली त्रुटियों को डनिंग ने इस प्रकार अभिव्यक्त किया है। "लॉक के राजनीतिक सिद्धान्त में प्राकृतिक दशा का विवेचन है, जो पूर्णतः बुरी नहीं; इसका नागरिक समाज में परिवर्तन है, जो पूर्णतः अच्छा नहीं, इसमें समझौते की विवेचना है, जो अपनी शर्तों और अनुशास्तियों में स्पष्ट नहीं। इसमें लोक प्रभुता के विचार को सम्मिलित किया गया है, जिसमें न तो प्रभुता का और न लोगों का वर्णन है, इसमें प्राकृतिक कानून का वर्णन है; परन्तु उसमें न कानून की स्पष्ट परिभाषा है और न प्रकृति की; इसमें प्राकृतिक अधिकारों का वर्णन है। परन्तु जिनकी संख्या अधिक नहीं; इसमें शक्ति पृथक्करण् का वर्णन है, परन्तु वह पृथक्करण नहीं। अन्त में यह ऐसे सिद्धान्त में समाप्त होता है, जो विद्रोह का अधिकार देता है, जिसने उस ढीले ढाँचे को स्थायित्व की कोई गारन्टी नहीं दी, जिसे शेष सिद्धान्त ने निर्मित किया है।"

लॉक के राजनीतिक दर्शन में पायी जाने वाली मुख्य त्रुटियाँ निम्नलिखित हैं-

(1) मानव प्रकृति का अपूर्ण विवरण-यदि हॉब्स का दोष यह है कि उसने मानव प्रकृति के विकृत रूप को देखकर उसे स्वार्थी और अहमी समझा तथा प्राकृतिक दशा में उसके जीवन को "एकाकी, दीन, मलिन, जंगली और अल्प" बताया तो लॉक का दोष यह है कि उसने मानव प्रकृति के केवल अच्छे स्वरूप को देखा और उसके विकृत रूप की उपेक्षा कर दी। मानव केवल अच्छाइयों का पुतला नहीं, उसमें अच्छाई-बुराई दोनों का मिश्रण है। मानव इतना विवेकयुक्त नहीं, जितना लॉक उसे मानता है और न ही राजनीतिक समाधान आवश्यकता से अधिक आशावादी है।

(2) सहमति के सिद्धान्त में त्रुटियाँ-शासन को जनता की सहमति पर आधारित करके लॉक भले ही प्रजातंत्रवादियों का प्रणेता बना हो, परन्तु उसका सहमति का सिद्धान्त स्पष्ट, अपूर्ण और खोखला है। उसकी "मौन सहमति" का सिद्धान्त इतना ढीला है कि उसमें हजारों पाप छिपाये जा सकते हैं। यह कहना "सहमति" का खोखलापन है कि राज्य के क्षेत्र में किसी व्यक्ति का रहना मात्र ही उसके शासन के प्रति उसकी स्वीकृति है।" क्या फासिस्ट इटली, नाजी जर्मनी और बोल्शेविक रूप में प्राप्त की जाने वाली "जन सहमति" को प्रजातांत्रिक सहमति की संज्ञा दी जा सकती है, जहाँ प्रचार के साधनों पर राज्य का पूर्ण नियंत्रण है और विरोधियों का दमन किया जाता है। लॉक इस बात को समझ नहीं सका कि प्रजातांत्रिक राज्यों में जन सहमति को जोड़-तोड़ या चालबाजी या धन का परिणाम हो सकती है।

(3) सम्पत्ति की धारणा पूँजीवाद का समर्थन करती है-लॉक की सम्पत्ति की धारणा आधुनिक लोक-कल्याणकारी समाजवादी राज्य की धारणा के अनुकूल नहीं। यदि मान लिया जाये, जैसा कि **लॉक** कहता है, कि सम्पत्ति की सुरक्षा के लिए ही व्यक्ति नागरिक जीवन में शामिल हुए और राज्य व्यक्ति की सम्पत्ति की रक्षा के लिए यंत्र है और

पूँजीपति या उद्योगपतियों के उद्योगों में मजदूरों द्वारा उत्पन्न सम्पत्ति पूँजीपति या उद्योगपति की निजी सम्पत्ति है तो समाज में सम्पत्ति की घोर भिन्नताएँ उत्पन्न हो जायेंगी, जो शोषण, अनुचित लाभ और संघर्ष को जन्म देंगी, जिससे अव्यवस्था फैल जायेगी। आधुनिक लोक कल्याणकारी राज्य में सम्पत्ति को भले ही निजी स्वामित्व की वस्तु माना जाता हो, परन्तु उसके प्रयोग को सामाजिक माना जाता है। समाजवादी राज्यों में सम्पत्ति की कल्पना सामाजिक है, निजी नहीं।

(4) अत्यधिक स्वतन्त्रता का पुजारी–लॉक व्यक्तिगत स्वतन्त्रता का अधिक पुजारी है, सामाजिक समानता का नहीं। यह सत्य है कि समानता से स्वतन्त्रता अत्यधिक मूल्यवान है और समानता पर अत्यधिक बल स्वतन्त्रता के लिए खतरा उत्पन्न कर सकती है, परन्तु इस तथ्य की भी उपेक्षा नहीं की जा सकती कि उपेक्षा से स्वतन्त्रता अधिक दिनों तक जीवित नहीं रह सकती। **लॉक** ने ठीक लिखा है कि सम्पत्ति की अत्यधिक भिन्नताएँ विद्रोह को जन्म देती हैं। **हेरिंगटन** ने लिखा है कि **"जिस समाज में वर्ग और सम्पत्ति (धन) की खाई अत्यधिक चौड़ी है, वहाँ स्वतन्त्रता असम्भव है।"**

(5) पुलिस राज्य–लॉक की कॉमनवैल्थ (राज्य) पुलिस राज्य के अनुरूप है, लोक कल्याणकारी राज्य के अनुरूप नहीं। लॉक के राज्य के कार्य पुलिस कार्यों तक सीमित हैं। वह लोगों के जीवन और सम्पत्ति की रक्षा हेतु निर्मित हुआ है, उनके विकास हेतु नहीं। लॉक का राज्य शिक्षा का विस्तार नहीं करता, सेवाओं की व्यवस्था नहीं करता, नागरिकों के सांस्कृतिक या नैतिक उत्थान का प्रयास नहीं करता। लॉक का व्यक्ति विवेकशील होने से स्वयं अपनी उन्नति का मार्ग ढूँढता है।

(6) लॉक का नैतिकता सम्बन्धी सिद्धान्त त्रुटिपूर्ण है–लॉक के मनोवैज्ञानिक स्वार्थपरक सुखवाद और उसके उपयोगितावाद में कोई संगति नहीं। यदि मानव अपने आनन्द का ही इच्छुक है तो यह कहना मूर्खता है कि सामान्य आनन्द वांछनीय है और यह कहना इससे भी अधिक मूर्खता है कि मानव के कार्यों की अच्छाई और बुराई का मानदण्ड उनके द्वारा उत्पन्न सार्वजनिक आनन्द है।

(7) लॉक के सहमति के सिद्धान्त और उसके प्राकृतिक कानून में भी संगति नहीं–सहमति के सिद्धान्त में यह मान्यता है कि न्याय और अन्याय वह है, जो मानव कहते हैं कि वह क्या है अर्थात् कार्य तभी सही है, जब उन्हें सही समझा जाता है। परन्तु यह प्राकृतिक कानूनों की स्वीकृति को नहीं, बल्कि अस्वीकृति को अभिव्यक्त करता है। प्राकृतिक कानूनों की धारणा यह है कि न्याय और अन्याय प्रकृति में विद्यमान हैं, चाहे मानव इसे स्वीकार करे या न करे। जैसा कि **वेपर** ने लिखा है कि "जहाँ सहमति संस्थाओं के सिद्धान्त का भाग है, वहाँ प्राकृतिक कानून अनुपस्थित होने चाहिए।

□□□

6

लॉक का राजनीतिक शास्त्र को देन

लॉक के विचारों में अस्पष्टताएँ, असंगतियाँ और विरोधाभास होते हुए भी भावी पीढ़ियों ने उसका अनुसरण किया है, हॉब्स का नहीं। इसका कारण यह है कि उसके सिद्धान्तों में उदारवाद, व्यक्तिवाद और संविधानवाद का अद्‌भुत समन्वय हुआ है, जो आज भी स्वतन्त्र समाज की आधारशिला है। लॉक वह दार्शनिक है, जिसने उदारवाद के मूल सिद्धान्तों को निश्चित किया, उसने बताया कि सारी राजनीतिक सत्ता का स्त्रोत जनता है और शासन तब तक न्यायोचित है, जब तक उसे स्वतन्त्र सहमति प्राप्त है। उसने इस बात पर बल दिया कि शासन के सभी कार्यों का मूल्यांकन (निर्णय) सक्रिय नागरिकों के निकाय को करना चाहिए। उसकी धारणा है कि मानव पर्याप्त मात्रा में नैतिक और उत्तरदायी है, उसने इस बात पर बल दिया कि शासन का मुख्य उद्देश्य नागरिकों के जीवन को संचालित करना नहीं, बल्कि उसकी सहायता करना है। उसने कहा कि यदि शासन अपनी सत्ता का अतिक्रमण करता है या उस न्यास की उल्लंघना करता है, जो समुदाय ने उस पर रखा था, तो नागरिकों के समुदाय को प्रतिरोध का अधिकार है।

लॉक के विचारों के प्रभाव को ब्रिटिश, फ्रेंच और अमरीकी क्रांतियों पर स्पष्ट देखा जा सकता है। जैसा कि **बार्कर** ने लिखा है कि "लॉक के राजनीतिक सिद्धान्त ने केवल इंग्लैण्ड को ही प्रभावित नहीं किया। यह फ्रांस में प्रविष्ट हुआ, यह रूसो के माध्यम से फ्रांसीसी राज्य क्रांति में आया। यह उत्तरी अमरीका की बस्तियों में प्रविष्ट हुआ और सेमुअल एडम्ज तथा जैफरसन के माध्यम से अमरीका की स्वतन्त्रता की घोषणा में भी इसका समावेश हुआ।" **लॉक की रचना "शासन पर दो निबन्ध" अमरीकी क्रांति की पाठ्य पुस्तक थी।** लॉक के व्यक्तिवाद को अमरीका के आर्थिक और सामाजिक जीवन के ढाँचे में गूँथ दिया गया है। **मैक्सी** ने लिखा है कि **"यद्यपि निर्माण करने वाले हाथ कहीं वाल्पोल के थे, कहीं जैफरसन के थे और कहीं गम्बेटा या केवूर के थे, परन्तु आवाज निस्सन्देह लॉक की थी।"**

राजनीति शास्त्र को लॉक की देन को अभिव्यक्त करते हुए **वेपर** लिखता है कि "वह एक महान् परम्परा की अंतिम आवाज और दूसरी महान् परम्परा की प्रथम आवाज

है।" यद्यपि लॉक की धारणाएँ मध्ययुगी दार्शनिकों की भाँति नहीं हैं, फिर भी उसके लिए सभी मानवीय सत्ता दैवी और प्राकृतिक कानूनों द्वारा मर्यादित है। मध्ययुग की भाँति लॉक का विश्वास है कि राजनीतिक सत्ता का वैध स्त्रोत समुदाय है, उसकी भाँति वह मानता है कि राजा की सत्ता चाहे कितनी ही महान् क्यों न हो, वह सीमित है, निरपेक्ष नहीं; उसकी भाँति लॉक की मान्यता है कि राजा विधि द्वारा शासन करता है और अत्याचारी या निरंकुश शासक विधि के बिना शासन करता है। मध्य युग की भाँति वह सम्पत्ति की अलंघनीयता में विश्वास करता है। इस तरह लॉक ने राजनीतिक स्वतन्त्रता की महान् मध्ययुगी परम्परा को जारी रखा।

राजनीति-शास्त्र को लॉक की मुख्य देन निम्न हैं-

(1) उदारवाद, संवधिानवाद और व्यक्तिवाद का प्रथम स्पष्ट वक्ता-लॉक ने प्राकृतिक अधिकारों को (जीवन, स्वतन्त्रता और सम्पत्ति के अधिकार को) जन्मसिद्ध अधिकार स्वीकार किया, जिसे कोई भी कॉमनवैल्थ छीन नहीं सकती। शासन जन सहमति पर आधारित होता है और वह जनहित के लिए शासन करता है। शासन विधि का शासन है, स्वेच्छाचारी इच्छा का नहीं। यह उत्तरदायी शासन है।

(2) लोक प्रभुता-लॉक के सिद्धान्त में सत्ता का अन्तिम स्त्रोत जनता है। यदि शासन अपनी सत्ता का अतिक्रमण करते हैं या जनहित में शासन नहीं करते हैं तो समुदाय विद्रोह कर सकता है अर्थात् शासकों को अपदस्थ कर सकता है और नये शासक चुन सकता हैं। यह राज-दर्शन आधुनिक प्रजातांत्रिक विचारधारा के अनुकूल है।

(3) शक्ति पृथक्करण के सिद्धान्त का प्रणेता-लॉक के सिद्धान्त से माण्टेस्क्यू को शक्ति पृथक्करण के सिद्धान्त की प्रेरणा मिली। संयुक्त राज्य अमेरिका के संविधान में शक्ति पृथक्करण, नियंत्रण तथा संतुलन के सिद्धान्त का जो समावेश पाया जाता है, उस पर भी लॉक का प्रभाव देखा जा सकता है।

(4) उपयोगितावाद का प्रणेता-लॉक के सुख-दु:ख के सिद्धान्त के आधार पर बेन्थम तथा उसके अनुयायियों ने उपयोगितावाद के सिद्धान्त का विकास किया।

(5) संविधानवाद का प्रणेता-जॉन लॉक को संविधानवाद का प्रणेता भी माना जाता है। उसने सरकार के संवैधानिक स्वरूप का प्रतिपादन करते हुए उस पर कानून के शासन के नियंत्रण स्थापित किया।

(6) मानवाधिकारों की झलक-जॉन लॉक ने व्यक्ति के जीवन, स्वतन्त्रता तथा सम्पत्ति के अधिकारों का स्पष्टता से प्रतिपादन किया, जिसमें मानवाधिकारों की झलक दिखाई देती है। वर्तमान में विश्व के सभी राष्ट्र इन अधिकारों का पालन करते हैं।

मानव स्वभाव, प्राकृतिक अवस्था एवं प्राकृतिक अधिकार

अन्य दर्शन-पद्धतियों के अनुसार लॉक का दर्शन भी उसके मानव-स्वभाव सम्बन्धी दृष्टिकोण पर आधारित है। हॉब्स और लॉक के मानव-स्वभाव सम्बन्धी विचारों में आकाश-पाताल का अन्तर है। यद्यपि लॉक को भी मानव-स्वभाव के दृष्टतापूर्ण पहलू का साक्षात्कार हुआ था तथा शेफ्ट्सबरी के पतन और दुःखपूर्ण दिनों में एवं अपने देश-निर्वासन के समय उनके कष्टमाय जीवन व्यतीत किया था, फिर भी मनुष्यों की स्वाभाविक अच्छाई, दया आदि गुणों का ही प्रभाव महत्त्वपूर्ण रहा और इनका उनकी राजनीतिक विचारधारा पर गहरा प्रभाव पड़ा। एक ओर तो उसके पिता ने स्नेहमय व्यवहार और मित्रों की सहानुभूति ने उसके हृदय में मानव-स्वभाव की श्रेष्ठता के प्रति निष्ठा उत्पन्न की और दूसरी ओर यूरोप में छा रहे नवीन बौद्धिक वातावरण से भी वह अप्रभावित न रहा। उस युग में धर्म-सुधार एवं धार्मिक युद्धों के संकटग्रस्त समय की धार्मिक और राजनीतिक कट्टरता कम हो गई थी तथा पुराने युग की यह मान्यता धूमिल पड़ती जा रही थी कि मनुष्य मूलतः एवं स्वभावतः बुरा होता है। उस समय मैकियावली से लेकर हॉब्स तक के राजदर्शन के मूल में मानव स्वभाव सम्बन्धी जो धारणाएँ थीं उनमें परिवर्तन आकर यह आशावाद प्रस्फुटित हो चुका था कि मानव स्वभाव की अच्छाई में विश्वास किया जा सकता है और सहिष्णुता एक अनुकरणीय बात है। हॉब्स पर ऐसे वातावरण का प्रभाव पड़ना अस्वाभाविक न था। आगे रक्तहीन क्रांति ने भी इस प्रभाव को और पुष्ट कर दिया। उसका यह विचार दृढ़ हो गया कि मनुष्य सामान्यतः शान्तिपूर्ण जीवन की उत्तमता प्राप्त करना चाहते हैं। "रक्तपात किए बिना जनता को एक राजा को सिंहासन से हटाते हुए और दूसरे को इस आधार पर कि उनकी इच्छाओं को ध्यान में रखते हुए शासन करेगा, सिंहासन पर बिठाते हुए उसने देखा और इस कारण यह विश्वास उसके हृदय में घर कर गया कि शासन का आधार जनता कि सहमति एंव जनमत है तथा शासन का उद्देश्य जन-कल्याण है।" लॉक ने बारम्बार इसी बात पर आग्रह किया कि शासन का ध्येय समाज का हित है।

हॉब्स ने मनुष्य में केवल पाशविक प्रवृत्तियों के दर्शन किए, जबकि लॉक ने उसके मानवीय गुणों पर बल दिया। हॉब्स ने कहा कि मनुष्य में सामाजिकता जैसी कोई वस्तु नहीं होती। वह जन्म से लड़ाकू, स्वार्थी और सामाजिक प्राणी होता है। दया और सहानुभूति उसके मौलिक स्वभाव से मेल नहीं खाती। मनुष्य केवल उन्हीं वस्तुओं की ओर आकर्षित होता है जिनसे कोई स्वार्थसिद्धि होती है। लेकिन हॉब्स के सर्वथा विपरीत लॉक ने मनुष्य की एक बड़ी विशेषता उसका बुद्धिमान एवं विचारशील प्राणी होना स्वीकार किया और बतलाया कि मनुष्य अपनी विवेक-बुद्धि से एक नैतिक व्यवस्था की सत्ता को स्वीकार करके उसके अनुसार कार्य करना अपना कर्त्तव्य समझता है। मनुष्य

सहयोगी तथा सामाजिक होता है। वह समाज-प्रिय एवं प्रेम तथा दया का पोषक होता है। शान्तिप्रियता और नैतिकता में उसकी आस्था होती है तथा एकता और अच्छाई में यह विश्वास करता है। लॉक के शब्दों में, "सब मनुष्य प्रकृति से एक समानता की अवस्था में है, जिसमें सम्पूर्ण शक्ति और अधिकार क्षेत्र पारस्परिक हैं तथा किसी को एक-दूसरे से अधिक प्राप्त नहीं है क्योंकि इससे अधिक स्पष्ट और कोई बात नहीं है कि एक ही नस्ल एवं वंश की सन्तान, जिन्हें प्रकृति के सब लाभ समान रूप से प्राप्त होते हैं, बिना किसी आधिपत्य अथवा अधीनता के परस्पर भी समान हों।" लॉक के इस कथन का अभिप्राय यह नहीं कि मनुष्य शारीरिक एवं बौद्धिक शक्तियों में ही समान है, बल्कि इसका अर्थ यह है कि चूँकि सभी व्यक्ति मनुष्य हैं, अत: नैतिक दृष्टि से वे परस्पर समान हैं और उन्हें समान अधिकार प्राप्त हैं। 18वीं शताब्दी में काँट ने भी अपने निरपेक्ष आज्ञा में कहा था कि "विवेकी प्राणी मनुष्य कहलाते हैं क्योंकि उनका स्वभाव भी उनके स्वयं साध्य होने की ओर संकेत करता है और वे केवल साधन की ही भांति प्रयुक्त नहीं किए जा सकते। वे केवल आत्मगत साध्य ही नहीं है जिनके अस्तितव का मूल्य हमारे लिए हमारे कार्यों के परिणाम के रूप में ही हो, अपितु वे विषयगत साध्य भी हैं, जिनका अस्तित्व ही स्वयं साध्य है। अत: निरपेक्ष आज्ञा यह है कि इस प्रकार कार्य करो कि मानवता को, चाहे वह तुम्हारे व्यक्तित्व में हो अथवा दूसरे के में, प्रत्येक दशा में, साध्य समझो, केवल साधन कभी भी नहीं।" लॉक के विचार के भौतिक एवं बौद्धिक समानता से मनुष्यों की नैतिक समानता पर प्रभाव नहीं करता।

स्पष्ट है कि मानव-प्रकृति की धारणा जहाँ हॉब्स का मनुष्य कोरा पशु है वहाँ लॉक का मनुष्य एक नैतिक व्यवस्था को स्वीकार करने वाली एवं तदनुसार आचरण करने वाला प्राणी है। यद्यपि हॉब्स के समान लॉक भी यह स्वीकार करता था कि सम्पूर्ण मानव-क्रियाओं का स्त्रोत इच्छा है और इच्छा की सन्तुष्टि से सुख एवं इच्छा-पूर्ति में बाधा से दु:ख की अनुभूति होती है एवं मानवीय कर्म का उद्देश्य सुख की प्राप्ति करना है, तथापि वह हॉब्स की इस मौलिक धारणा से बहुत दूर था कि मनुष्य संघर्षशील, अहंकारवादी और आक्रान्ता प्राणी है। लॉक यह मानता था कि मनुष्य सदैव अपने कर्त्तव्यों का पालन नहीं करते, सदैव सत्य नहीं बोलते, पड़ौसियों की हत्या भी करते हैं, लेकिन उसकी दृष्टि में मूल रूप से वे सौजन्यपूर्ण शान्तिप्रिय एवं सामाजिक होते हैं तथा उनमें स्वशासन की सामर्थ्य होती है। मनुष्य को यह ज्ञान है कि सत्य बोलना चाहिए, हत्या नहीं करनी चाहिए। यह विवेक और ज्ञान ही उन्हें पशुओं से भिन्न बनाता है। लॉक की दृष्टि में यह विवेकशीलता मनुष्य का व्यापक गुण था। उसने प्रकृति द्वारा मनुष्य को दिए गए विवेक अथवा बुद्धि के प्रकाश को 'दैविक प्रकृति स्फुलिंग' कहकर पुकारा। उसके अनुसार यह प्रकाश ही मानव को उस प्राकृतिक अथवा नैसर्गिक नियम के अनुसार

आचरण करने की शक्ति देता है जो सम्पूर्ण वस्तुओं में निहित है।

हॉब्स का मनुष्य घोर स्वार्थी एवं संघर्षप्रिय होने के कारण प्राकृतिक अवस्था में आसुरी गुणों को व्याप्त किए रहता था। इसी कारण प्राकृतिक अवस्था में 'प्रत्येक का सबके विरुद्ध युद्ध' की अवस्था थी। इसके विपरीत लॉक का विचार था कि प्राकृतिक अवस्था, "शान्ति सद्भावना, पारस्परिक सहायता और रक्षा की अवस्था" थी। मनुष्य शान्ति के साथ निवास करते थे। वे उस समय पूर्णरूप से स्वतन्त्र थे और अपनी इच्छानुसार जीवन व्यतीत करते थे किन्तु यह स्वतन्त्रता स्वच्छन्दता अथवा स्वेच्छाचारिता में ही थी क्योंकि प्राकृतिक विधि मानवीय अधिकारों और कर्त्तव्यों की पूरी तरह से व्यवस्था करती थी। दूसरे शब्दों में प्राकृतिक अवस्था का नियन्त्रण प्राकृतिक विधि द्वारा होता था। लॉक की भी यही मान्यता थी कि विवेक पर आधारित नैतिक नियम ही प्राकृतिक नियम है। उदाहरणार्थ दूसरे की हत्या करना प्राकृतिक नियम के प्रतिकूल है क्योंकि व्यक्ति स्वयं जैसे अपने जीवन को नष्ट करने का अधिकार नहीं रखता, वैसे ही वह दूसरों के जीवन को नष्ट नहीं कर सकता। वह जो व्यवहार अपने लिए नहीं चाहता उसे वैसा व्यवहार दूसरों के साथ भी नहीं करना चाहिए। प्राकृतिक अवस्था में "मनुष्यों को अपना कार्य करने एवं अपनी सम्पत्ति तथा अपने शरीर का प्रयोग करने की पूर्ण स्वतन्त्रता थी। यद्यपि यह स्वतन्त्रता प्राकृतिक नियमों की सीमाओं के अन्दर होती थी, तथापि उसके लिए किसी दूसरे मनुष्य की अनुमति नहीं लेनी पड़ती थी और उसे किसी की इच्छा पर निर्भर नहीं रहना पड़ता था।"

इस तरह हम देखते है कि प्राकृतिक नियमों से नियन्त्रित होने के कारण लॉक की प्राकृतिक अवस्था हॉब्स की प्राकृतिक अवस्था की भाँति भयावह एवं संघर्षमय नहीं थी, वरन् यह भ्रातृत्व तथा न्याय-भावना से आच्छादित थी। हॉब्स की प्राकृतिक अवस्था में भय और हिंसा का साम्राज्य था तथा जीवन दीन-हीन, एकाँगी, कुत्सित, पाशविक एवं लघु था जबकि लॉक के मतानुसार यह अवस्था न स्वार्थपूर्ण थी, न जंगली और न आक्रान्ता। लॉक की प्राकृतिक अवस्था वैसी अन्धकारपूर्ण स्थिति वाली नहीं थी जैस कि हॉब्स की थी। सेबाइन के अनुसार उसकी "प्राकृतिक अवस्था का एकमात्र दोष यह है कि इसमें मजिस्ट्रेटों, लिखित नियमों और नियम दण्डों की कोई व्यवस्था नहीं है जिससे कि अधिकार सम्बन्धी नियमों को मान्यता दी जा सके। जो चीज सही है या गलत है, वह हमेशा ही ऐसी रहती है। भावात्मक या सकारात्मक विधि आचरण के विभिन्न प्रकारों में किसी नैतिक गुणवत्ता का समावेश नहीं करती। वह उन्हें कार्यरूप में परिणत करने का साधनमात्र प्रस्तुत करती है। प्राकृतिक अवस्था में प्रत्येक मनुष्य अपने स्वत्व की, जिस प्रकार भी हो सकता है, रक्षा करता है। इस अवस्था में उसे अधिकार होता है कि वह अपनी चीज को तो रक्षा करता है। इस अवस्था में उसे अधिकार होता है कि वह अपनी चीज की तो रक्षा करे और उसका कर्त्तव्य होता है कि वह दूसरे की चीज का सम्मान करे।

उसका यह अधिकार उतना ही पूर्ण होता है जितना कि किसी शासन के अन्तर्गत।"

प्राकृतिक अवस्था में इस वर्णन में प्राकृतिक नियम का बार-बार उल्लेख आया है, अतः इसके बारे में भी दो शब्द लिखना आवश्यक है। लॉक के अपने ही शब्दों में, "प्राकृतिक अवस्था में उसे (मनुष्य को) शासित करने के लिए प्राकृतिक नियम होता है जो प्रत्येक को विवश करता है और प्रज्ञा (विवेक) जो कि उस कानून का ही दूसरा नाम है, सम्पर्ण मानव-जाति को जो उसके काम लेना चाहे, यह सिखाता है कि सब लोग समान तथा स्वतन्त्र हैं, इसलिए किसी को भी दूसरों के जीवन, स्वास्थ्य, स्वतन्त्रता एवं सम्पत्ति को क्षति नहीं पहुँचानी चाहिए और समस्त मनुष्यों को दूसरों के अधिकारों पर आक्रमण करने और हानि पहुँचाने से रोका जाना चाहिए। उन सब को उस प्राकृतिक नियम को मानना चाहिए जो शान्ति और सम्पूर्ण मानवता की सुरक्षा चाहता है। प्राकृतिक अवस्था में प्राकृतिक कानून के कार्यान्वित होने का अर्थ यह है कि प्रत्येक मनुष्य को यह अधिकार है कि वह व्यवस्था अथवा कानून का उल्लंघन करने वालों को उतना दण्ड दे सके जितना उसका उल्लंघन रोकने के लिए आवश्यक हो।)

लॉक ने प्राकृतिक नियम की नैतिक एवं तर्कमूलक व्याख्या उपस्थित की। प्राकृतिक अवस्था में यह नियम प्रत्येक व्यक्ति को बाध्य करता था और राजनीतिक समाज में भी यह मानव-जीवन का निर्देशन करता है। विवेक ही प्राकृतिक नियम है। ग्रोशियस ने भी स्पष्ट घोषणा की थी कि सद्विवेक के निर्देश ही प्राकृतिक नियम है। लॉक ने भी बतलाया कि यदि विवेक से हम पूछें तो स्पष्ट ज्ञात होगा कि किसी को भी दूसरे के जीवन, स्वास्थ्य, स्वतन्त्रता और सम्पत्ति पर किसी प्रकार का आघात नहीं करना चाहिए। लॉक ने यह भी कहा कि प्राकृतिक नियम अथवा विवेक को जानने के लिए मनुष्य को केवल अपनी दृष्टि को अन्तर्मुखी करना होगा, क्योंकि ईश्वर ने उसे प्रत्येक के हृदय में आरोपित कर दिया है। ईश्वर ने मनुष्य की सृष्टि करके पृथ्वी पर उसे अवतरित करते समय उसके पथ-प्रदर्शक के रूप में विवेक प्रदान किया, और वह विवेक ही समस्त मनुष्य को समान, स्वतन्त्र और समाजप्रिय बनाता है।

लॉक ने यह स्पष्ट मान्यता प्रकट की कि शान्ति और मानव समाज की रक्षा की आकाँक्षा व्यक्त करने वाले प्राकृतिक नियम प्राकृतिक अवस्था में वर्तमान थे और इन्हीं नैतिक प्राकृतिक नियमों की अधीनता में व्यक्ति को अपने प्राकृतिक अधिकार प्राप्त थे। प्राकृतिक नियम की उपस्थिति ही प्राकृतिक अवस्था को सहनीय और सामाजिक बनाती थी। लॉक के अनुसार तीन अधिकार प्राकृतिक अवस्था में वर्तमान थे-(i) जीवन का अधिकार, (ii) स्वतन्त्रता का अधिकार, एवं (iii) सम्पत्ति का अधिकार।

सम्पत्ति का प्राकृतिक अधिकार-लॉक ने अपने ग्रन्थ 'ट्रीट इज' में आद्योपान्त इस बात पर सर्वाधिक बल दिया कि राज्य के निर्माण का मुख्य उद्देश्य ही नागरिकों के

जीवन, उनकी स्वतन्त्रता और सम्पत्ति के उन प्राकृतिक अधिकारों को सुरक्षित करना है जिनका उपभोग से प्राकृतिक अवस्था में करते थे। जीवन और स्वतन्त्रता के अधिकारों पर प्रकाश पूर्वोक्त वर्णन में पड़ चुका है। अतः हम लॉक द्वारा प्रतिपादित सम्पत्ति के प्राकृतिक अधिकार पर ही यहाँ विस्तार से चर्चा करेंगे। यही सर्वाधिक महत्त्वपूर्ण है-इतना कि लॉक ने इसमें (सम्पत्ति शब्द में) कभी-कभी तो जीवन और स्वतन्त्रता को भी सम्मिलित कर दिया है।

लॉक का विचार था कि प्राकृतिक अवस्था में भी सम्पत्ति का अधिकार सुरक्षित था औश्र क्रियान्वित होता था। उस युग में सम्पत्ति इस अर्थ में समझी जाती थी कि प्रत्येक व्यक्ति प्रकृति से अपने जीवन-निर्वाह की सामग्री प्रास करता था। सेबाइन के अनुसार, "यहाँ भी वह सुदूरभूत के विचारों को ला रहा था।" मध्ययुग में यह विचार असामान्य न था कि समान स्वामित्व व्यक्तिगत स्वामित्व की अपेक्षा अधिक पूर्ण और इसीलिए अधिक स्वाभाविक होता है। व्यक्तिगत सम्पत्ति तो मनुष्य के पतन का उसके पाप का चिन्ह है। रोमन विधि में इससे बिल्कुल भिन्न सिद्धान्त पाया जाता था जो यह था कि व्यक्तिगत सम्पत्ति का जन्म उसकी समय हुआ जब लोगों ने वस्तुओं पर अनाधिकार कब्जा करना आरम्भ कर दिया। इससे पूर्व सब लोग मिल-जुल कर चीजों का इस्तेमाल करते थे यद्यपि उस समय भी सामुदायिक स्वामित्व नहीं था। लॉक ने इन दोनों सिद्धान्तों से भिन्न सिद्धान्त का प्रतिपादन किया। उसने कहा कि "जिस चीज को मनुष्य ने अपने शारीरिक श्रम द्वारा प्रास किया है, उस पर उसका प्राकृतिक अधिकार है।" लॉक ने इस तरह वैयक्तिक स्वामित्व का सिद्धान्त प्रकट किया। उसने बतलाया कि ईश्वर ने भूमि और उसकी सभी वस्तुएँ सब व्यक्तियों को सामूहिक रूप से प्रदान की है। व्यक्ति का शरीर ही उसके पास ऐसी सम्पत्ति है जिस पर एकमात्र उसका अधिकार होता है। जब व्यक्ति अपने शारीरिक श्रम को ईश्वर प्रदत्त सामूहिक वस्तुओं के साथ के साथ मिश्रित करता है तो वह उन्हें अपनी व्यक्तिगत सम्पत्ति बना देता है। उदाहरण के लिए यदि व्यक्ति किसी जमीन पर चहार-दीवारी बनाता है या उसे जोतता है तो वह उसकी हो जाती है। लॉक के ही शब्दों में, उस ईश्वर में, जिसने विश्व को मनुष्य की सामान्य सम्पत्ति बनाया है, मनुष्यों को बुद्धि भी प्रदान की है ताकि वे जीवन के अधिकाधिक लाभ एवं सुविधा के लिए उसका प्रयोग कर सकें।" यद्यपि संसार में जो फल स्वाभाविक रूप से उत्पन्न होते हैं और जो पशु इसमें पाए जाते हैं, वे मानव-जाति की सामान्य सम्पत्ति होते है, और किसी भी व्यक्ति का उन पर एकाकी निजी अधिकार नहीं होता, तथापि प्रकृति की जिन वस्तुओं को वह अलग कर लेता है और जिनके साथ वह अपना श्रम मिला देता है और उनमें एक ऐसी चीज का सम्मिश्रण कर देता है जो उसकी निजी है; तो वे वस्तुएँ उनकी निजी सम्पत्ति बन जाती है। लॉक के समय में अमेरिका जैसे नए उपनिवेशों में यही हो रहा था

और उस पर वहाँ के उदाहरणों का प्रभाव पड़ा था। लॉक ने यह भी कहा कि श्रम से ही मूल्य का निर्धारण होता है किन्तु वह श्रम को मूल्य का स्त्रोत मानता था। विलियम हेटी तथा कार्ल मार्क्स की तरह उसने मूल्य का माप नहीं; उसका कहना था कि श्रम से सम्पत्ति की उत्पत्ति होती है और इसी से वस्तुओं का मूल्य निश्चित होता है। सामान्यतः वस्तुओं की उपयोगिता इस बात पर निर्भर है कि उनके सम्बन्ध में कितना परिश्रम किया गया है। लॉक के सिद्धान्त ने परवर्ती शास्त्रीय और समाजवादी अर्थ-व्यवस्थाओं के श्रम सम्बन्धी मूल्य सिद्धान्तों का मार्ग प्रशस्त किया। लॉक ने यह विश्वास प्रकट किया कि "व्यक्तिगत कृषि-अर्थ-व्यवस्था में आदिम काल की सामूहिक काश्त की अपेक्षा उत्पादन अधिक अच्छा होता है।"

लॉक ने यह कहा कि सम्पत्ति उतनी ही उचित है जितनी किसी के निर्वाह के लिए आवश्यक है। जमीन की सम्पत्ति उतनी ही अपेक्षित है जितनी कोई जोत सके और जिसकी उपज को वह अपने उपयोग में ला सके। लॉक असीम सम्पत्ति के पक्ष में कदापि नहीं था।

लॉक के व्यक्तिगत सम्पत्ति के सिद्धान्त से स्पष्ट है कि व्यक्ति का सम्पत्ति सम्बन्धी अधिकार आदिम समाज से, जिसे लॉक ने प्राकृतिक अवस्था कहा, पहले का है। लॉक के मन्तव्य को स्पष्ट करते हुए सेबाइन ने लिखा है, "यह एक ऐसा अधिकार है जो प्रत्येक व्यक्ति अपने व्यक्तित्व के अभिन्न भाग के रूप में लेकर समाज में आता है। इस प्राकर समाज अधिकार की सृष्टि नहीं करता और कुछ सीमाओं को छोड़कर उसका विनिमय भी नहीं कर सकता। इसका कारण यह है कि समाज और शासन दोनों का उद्देश्य सम्पत्ति के पूर्ववर्ती अधिकार की रक्षा करना है।"

सम्पत्ति के प्राकृतिक अधिकार का लॉक ने नैतिक दृष्टि से पोषण किया है क्योंकि उसका कथन है कि सम्पत्तिवान ने सम्पत्ति के साथ अपना श्रम 'मिश्रित' कर लिया है। सम्पत्ति के प्राकृतिक अधिकार के पोषक के रूप में लॉक मध्यम वर्ग के हित-चिन्तकों के रूप में हमारे सामने आता है। लॉक के प्राकृतिक अधिकारवाद के पोषण का इंग्लैण्ड और तत्पश्चात् अमेरिका में बड़ा प्रभाव पड़ा क्योंकि इस सिद्धान्त के सहारे मध्यम वर्ग ने चर्च और सामन्तशाहों के परम्परागत अधिकारों के विरोध में सम्पत्ति प्राप्त करने और आवश्यक हस्तक्षेप से उसको सुरक्षित करने में बड़ी सहायता प्राप्त की। आज के युग में प्राकृतिक अधिकारवाद भले ही अनैतिहासिक, कृत्रिम और अप्रासंगिक प्रतीत हो किन्तु उस समय यह एक क्रान्तिकारी अस्त्र था। राज्य की स्थापना का मूल्य उद्देश्य सम्पत्ति का रक्षण बतलाकर लॉक ने पश्चिमी सभ्यता की भौतिकवादी दृष्टि का पुष्ट किया।

अन्त में यह भी स्मरणीय है कि प्राकृतिक अधिकारों को प्रकट करने के लिए लॉक ने 'जीवन स्वतन्त्रता और सम्पदा' शब्दावली प्रयुक्त की है। सेबाइन का मत है कि

"उसने न तो यह कभी कहा और न उसका यह विश्वास ही था कि सम्पत्ति के अतिरिक्त अन्य कोई प्राकृतिक अधिकार नहीं है, किन्तु 'लॉक' जहाँ कहीं किसी अधिकार के सम्बन्ध में कुछ कहना चाहता है, वह 'सम्पत्ति' शब्द का प्रयोग करता है चूँकि सम्पत्ति ही एकमात्र ऐसा अधिकार है जिसकी उसने विस्तार से परीक्षा की है, अत: स्पष्ट है कि इस अधिकार को उसने अत्यन्त महत्त्वपूर्ण माना है।" चाहे कुछ भी स्थिति हो उसने समस्त प्राकृतिक अधिकारों को सम्पत्ति के समान ही माना है। इसका अभिप्राय: यह है कि उसने प्राकृतिक अधिकारों को व्यक्ति का जन्मसिद्ध अधिकार स्वीकार किया है अत: ये अधिकार समाज तथा शासन के प्रति व्यक्ति के अनुलंघनीय दावे हैं। इन दोवों को कभी निराकृत नहीं किया जा सकता क्योंकि समाज का उद्देश्य ही उनकी रक्षा करना है। समाज उन पर उतना ही नियन्त्रण रख सकता है। जितना उनकी रक्षा के लिए आवश्यक है। दूसरे शब्दों में "एक व्यक्ति के जीवन, स्वतन्त्रता और सम्पदा पर उसी सीमा तक नियन्त्रण स्थापित किया जा सकता है जिस सीमा तक इस कार्य से दूसरे व्यक्तियों के ऐसे ही अधिकारों की रक्षा करने में सहायता प्राप्त होती है।"

प्राकृतिक अधिकारों, विशेषकर सम्पत्ति के प्राकृतिक अधिकार पर चर्चा करने के उपरान्त यह स्पष्ट हो जाता है कि लॉक के अनुसार प्राकृतिक अवस्था में मनुष्य बुद्धिपूर्वक प्राकृतिक विधान का पालन करते हुए एक-दूसरे के जीवन, स्वतन्त्रता और सम्पत्ति के तीनों अधिकारों का सम्मान करते हैं और इसलिए यह अवस्था हॉब्स की प्राकृतिक अवस्था से मौलिक रूप से भिन्न हो जाती है क्योंकि हॉब्स के अनुसार इस अवस्था में मनुष्य अपने स्वार्थ में अन्धा होकर बुद्धि और विवेक को तिलांजलि देते हुए हिंसा, हत्या और युद्ध का वातावरण व्याप्त किए रहते हैं।

अब लॉक के अनुसार जब प्राकृतिक अवस्था सुन्दर, सुखदायक और शान्तिमय थी तो प्रश्न यह उठता है कि ऐसी स्थिति का अन्त करके राज्य का निर्माण करने तथा स्वयं का अपने ही साथियों के अनुशासन के अधीन रख देने की इच्छा व्यक्ति में क्यों जाग्रत हुई? जहाँ तक हॉब्स का प्रश्न है, उसके द्वारा चित्रित प्राकृतिक अवस्था से राज्य का निर्माण करने का उद्देश्य छिपा नहीं है किन्तु लॉक के समक्ष हॉब्स द्वारा वर्णित प्राकृतिक अवस्था को समाप्त करके शान्ति की खोज जैसा कोई उद्देश्य प्रतीत नहीं होता। लॉक ने 'द्वितीय ट्रीटाइज' जिसे 'Essay of Civil Government' भी कहते हैं, के 7वें अध्याय में लिखा है कि "भगवान ने मानव रूपी एक ऐसे प्राणी की रचना करके, जिसका उसके मतानुसार अकेला रहना श्रेयस्कर न था, उस आवश्यकता सुविधा और सामाजिक जीवन-यापन करने की प्रवृत्ति की तीव्र भावनाओं से ओत-प्रोत कर दिया और इसके साथ ही साथ उसे समाज को कायम रखने तथा उसका आनन्दोपभोग करने के लिए बुद्धि एवं भाषा भी प्रदान की।" तात्पर्य यह हुआ कि लॉक का विश्वास था कि मनुष्य का

आन्तरिक स्वभाव उसे सामाजिक समूह बनाने को प्रेरित करता है और ऐसा प्रथम समूह परिवार है। राज्य और सरकार का उदय तो परिवार के बाद हुआ। यद्यपि लॉक के समान ही लॉक मनुष्य को एक सामाजिक अथवा राजनीतिक प्राणी स्वीकार करने से इन्कार नहीं करता लेकिन मनुष्य की सामाजिकता को वह राज्य की उत्पत्ति का कारण नहीं मानता। चूँकि मनुष्य की प्राकृतिक अवस्था का जीवन उसके सामाजिक स्वभाव की आवश्यकताओं को पूरा करने में समर्थ था, अतः लॉक ने राज्य की उत्पत्ति के कारणों की खोज दूसरे ही क्षेत्र में की। उसने अनुभव किया कि प्राकृतिक अवस्था के सौम्य जीवन में भी कुछ बड़ी कमियाँ थीं जिनके कारण अन्ततः वह अवस्था असह्य हो गई और अनुबन्ध जनित राज्य कायम हुआ तो अब हमें देखना चाहिए कि प्राकृतिक अवस्था की वे कौन-सी असुविधाएँ थीं जिनके कारण राज्य के निर्माण की आवश्यकता हुई?

प्राकृतिक अवस्था की असुविधाएँ-लॉक के अनुसार प्राकृतिक अवस्था का समाज सतत् युद्धरत समाज नहीं था फिर भी दुर्भाग्यवश वह ऐसा समाज अवश्य था जिसमें शान्ति की पूर्ण व्यवस्था नहीं थी। उस समाज में कुछ व्यक्ति नीच और क्षुद्र थे जो समय-समय पर उस समाज की शान्ति भंग कर देते थे। प्राकृतिक अवस्था में सभी स्वतन्त्र ये तथापि स्थिति कुछ ऐसी थी कि सभी को भय बना रहता था। उस समय सभी की निम्नलिखित तीन प्रमुख असुविधाएँ थीं-

(1) प्राकृतिक नियम की कोई स्पष्ट परिभाषा नहीं थी,

(2) उसकी परिभाषा करने वाला कोई योग्य अधिकारी नहीं था, एवं

(3) कोई भी ऐसा नहीं था जो प्रभावशाली रूप में उसे लागू करता।

स्पष्ट है कि प्राकृतिक अवस्था में विभिन्न व्यक्ति अपनी विभिन्न बुद्धियों और स्वार्थ-भावनाओं के वशीभूत होकर प्राकृतिक नियमों की विविध रूपों में व्याख्या करते थे, अतः प्राकृतिक नियम की कोई सुनिश्चित परिभाषा नहीं हो पाती थी। इसके अतिरिक्त प्राकृतिक नियम एवं इसके अनुरूप निर्णयों को लागू करने की दृष्टि से किसी साधन अथवा संस्था का अभाव भी था। स्थिति यह भी थी कि प्रत्येक व्यक्ति प्राकृतिक नियम को लागू करने और उसे भंग करने वाले को दण्ड देने का अधिकारी था। वह स्वयं अपने ही मामले में किसी का भी न्यायाधीश बन जाता था। ऐसी स्थिति में निष्पक्ष न्याय एवं न्याय-पद्धति की एकरूपता सम्भव न थी। परिणामतः जीवन असुरक्षित एवं अनिश्चितता का सा होने लगा था। इन्हीं असुविधाओं का अन्त करने के लिए, अनिश्चितता और गड़बड़ी को रोकने के लिए, नियमों का उल्लंघन करने वालों को दण्ड देने वाली निष्पक्ष न्यायकारी शासन-सत्ता की आवश्यकता हुई। इस तरह 'लॉक को, प्राकृतिक नियम को क्रियान्वित करने के उत्तरदायत्वि को, पक्षपातपूर्ण व्यक्तियों से हटाकर अपेक्षाकृत निष्पक्ष समाज को सौंप देने का अच्छा कारण मिल गया और सामाजिक संविदा द्वारा राज्य का निर्माण किया गया।

लॉक का सामाजिक संविदा

प्राकृतिक असुविधाओं से राहत पाने के लिए मनुष्य ने न्यूनतम प्रतिरोध का मार्ग अपनाते हुए एक समझौते द्वारा राज्य का निर्माण किया। सब मनुष्यों के समान होने के कारण यह समझौता समाज के सभी व्यक्तियों का सभी व्यक्तियों के साथ किया गया। इस प्रकार समझौते का स्वरूप सामाजिक था। अपनी बाधाओं से सम्बन्धित कुछ अधिकार व्यक्तियों ने समाज को इसलिए अर्पित कर दिए ताकि उसकी सामूहिक संतुलित बुद्धि से असुविधा सुविधा में बदल जाए। दूसरे शब्दों में प्रत्येक व्यक्ति ने सम्पूर्ण समाज को, न कि हॉब्स के समान किसी व्यक्ति या व्यक्तियों की सभा को, अपने वे प्राकृतिक अधिकार समर्पित कर दिए गए जिनके प्रयोग से प्राकृतिक अवस्था में अव्यवस्था फैलती थी अथवा इनका भय निरन्तर बना रहता था। समझौते का उद्देश्य जीवन, स्वतन्त्रता और सम्पत्ति की आन्तरिक तथा बाह्य संकटों की रक्षा करना था। इस उद्देश्य की पूर्ति हेतु जिन प्राकृतिक अधिकारों का परित्याग किया वे ये थे- स्वयंमेव प्राकृतिक कानून की व्याख्या करने, उसे क्रियान्वित करने तथा इसके उल्लंघनकारी को दण्ड देने के अधिकार। व्यक्तियों ने कुछ अधिकार जो अदेय थे अपने पास ही रखे यथा जीवनाधिकार, स्वतन्त्रता का अधिकार, सम्पत्ति का अधिकार आदि। अपने त्याग के कारण ही प्राकृतिक अवस्था के व्यक्तियों ने अधिकतर सुरक्षा तथा सुनिश्चित उपभोग का लाभ पाया।

लॉक द्वारा प्रतिपादित समझौते के विश्लेषण से प्रतीत होता है-

(i) व्यक्ति हॉब्स की कल्पना के अनुसार अपने सभी अधिकारों का त्याग नहीं करता। वह केवल प्राकृतिक कानून की व्याख्या करने, उसे क्रियान्वित करने और भंग करने वालों को दण्ड देने के अधिकारों को छोड़ता है और शेष सब अधिकार राज्य में उसी के पास सुरक्षित रहते हैं और राजनीतिक नियन्त्रण को मर्यादित करते हैं। समझौते द्वारा कोई भी व्यक्ति स्वयं की स्वतन्त्रता पर केवल वही बन्धन स्वीकार करता है जो दूसरे के आक्रमण से सुरक्षा की दृष्टि से आवश्यक हो।

(ii) हॉब्स के समान व्यक्तियों द्वारा अपने अधिकार 'लेवियाथन' जैसे व्यक्ति विशेष या व्यक्ति समूह को न दिए जाकर सम्पूर्ण समुदाय को समष्टि रूप से प्रदान किए जाते हैं।

(iii) लॉक के समझौते से उत्पन्न समाज अथवा राज्य में हॉब्स के 'लेवियाथान' के समान असीम अधिकार सम्पन्न, सर्वशक्तिशाली एवं प्रभुसत्ताधारी नहीं हैं अपितु वह दोहरे नियन्त्रण से युक्त हैं। एक तो व्यक्ति अपने पास जो अदेय अधिकार रखता है वे राज्य-शक्ति को मर्यादित करते हैं और दूसरे प्राकृतिक कानून की व्याख्या करने और उसे लागू करने वाला राज्य स्वयं भी उससे बाधित है; ठीक उसी तरह जिस तरह उससे व्यक्ति प्राकृतिक अवस्था में था। लॉक के स्वयं के शब्दों में, "प्राकृतिक कानून की

बाध्यताएँ समाज में समाप्त नहीं होती। इस दोहरे नियन्त्रण को इस तरह भी प्रकट किया जा सकता है कि राज्य "व्यक्तियों के मन, स्वतन्त्रता एवं सम्पत्ति के प्राकृतिक अधिकारों का सम्मान करता है और साथ ही प्राकृतिक कानून का स्वयं भी पालन करता है।" साराँश यह है कि लॉक के समझौते से उत्पन्न समाज हॉब्स के समान असीम और अमर्यादित अधिकार नहीं रखता। यह समाज लोगों के अन्य अधिकारों एवं प्राकृतिक कानून का अतिक्रमण करने पर कर्त्तव्यच्युत होता है और तब जनता उसके विरुद्ध विद्रोह की अधिकारिणी है। लॉक का समाज 'दासता का पट्टा नहीं स्वतन्त्रता का पत्र है।"

(iv) लॉक का समझौता सर्वसम्मति से सम्पन्न हुआ है। वह जन-इच्छा पर आधारित है। कोई भी व्यक्ति इस नवीन समाज में सहमति के बिना प्रविष्ट नहीं हो सकता। "सहमति ही विश्व में प्रत्येक वैध सरकार का निर्माण करती है।

(v) संविदा को मान्य होने के लिए प्रत्येक पीढ़ी द्वारा उसे पुनः स्वीकार किया जाना आवश्यक है। राज्य के प्रत्येक नागरिक के बालक सर्वथा स्वतन्त्र रूप में जन्म लेते हैं। उन पर राज्य की सदस्यता अनिवार्यतः नहीं थोपी जा सकती। उन्हें उस बात की पूरी स्वाधीनता है कि वे राज्य में सम्मिलित हों अथवा न हों, चूँकि समझौता एक बार हो चुका है अतः उसे पुनः दोहराने की आवश्यकता नहीं है। सन्तति की सहमति पाने की समस्या का लॉक यह कहकर निवारण करता है कि यदि बड़े अर्थात् परिपक्व अवस्था प्राप्त होने पर वे अपने जन्म के देश की सरकार द्वारा प्रदत्त सेवाओं को स्वीकार करते हैं तो उसका यह निष्कर्ष निकाला जाना चाहिए कि उन्होंने मूल संविदा के समर्थन में अपनी सहमति प्रदान कर दी है। किन्तु ऐसा न करने और राज्य से बाहर चले जाने पर वे अपनी पैतृक सम्पत्ति के उत्तराधिकारी नहीं रह सकते। वे उससे वंचित हो जाते हैं। लॉक का यह दृष्टिकोण निश्चय ही व्यावहारिक नहीं है, चाहे सैद्धान्तिक रूप से इसमें कुछ सार भले ही हो।

(vi) लॉक का समझौता एक बार हो जाने पर कभी रद्द न हो सकने वाला है। यहाँ वह हॉब्स के समकक्ष ही है। हाँ, यह अवश्य है कि निर्मित सरकार यदि किसी संकटवश विनिष्ट हो जाए; तो उसका पुनर्निर्माण हो सकता है।

(vii) सर्वसम्मति से निर्मित होने वाले राजनीतिक समाज में बहुमत के शासन का सिद्धान्त अनिवार्यतः निहित है। अल्पसंख्यकों को बहुमत की इच्छा का पालन करना चाहिए, चूँकि इस सिद्धान्त को स्वीकार करना सामाजिक व्यवस्था के संचालन और सामूहिक कार्यों को सम्भव बनाने के लिए नितान्त आवश्यक है। संविदा की यह महत्त्वपूर्ण शर्त है जिसके उल्लंघन पर वह सर्वथा महत्त्वहीन हो जाता है। लॉक के शब्दों में-"प्रत्येक व्यक्ति दूसरों के साथ एक सरकार की अधीनता में एक राज्य के निर्माण करने की अनुमति देता है। इस प्रकार वह अपने-आपको बहुमत के निर्णय के सामने झुकने तथा उससे संचालित होने के लिए बाधित करता है अन्यथा वह मूल संविदा जिसके द्वारा

उसने दूसरों के साथ मिलकर समाज की रचना की है, निरर्थक हो जाएगी और वह संविदा ही नहीं रहेगी।" आगे एक स्थान पर वह कहता है-"कोई भी समुदाय अपना कार्य अपने सदस्यों की सहमति द्वारा ही कर सकता है। चूँकि यह समुदाय एक इकाई होता है, अतः समग्र समुदाय की एक निर्दिष्ट नीति होना आवश्यक है। इकाई उसी दिशा में अग्रसर हो सकती है जिस ओर सर्वाधिक झुकाव हो। इसी प्रकार समुदाय की भी वह नीति हो सकती है, जिसको उसके अधिकाँश सदस्यों का अनुमोदन प्राप्त हो।" इस सम्बन्ध में सेबाइन ने भी लिखा है कि "लॉक के सिद्धान्त में एकता का आधार यह है कि जो कार्य समुदाय के सदस्यों के बहुमत से होता है, वह समुदाय का ही कार्य माना जाता है। जब प्रत्येक व्यक्ति दूसरों की सहमति में राजनीतिक समाज का निर्माण करने के लिए तैयार होता है, तब वह इस बात के लिए बाध्य हो जाता है कि वह बहुमत के निर्णय को शिरोधार्य करे। इस सम्बन्ध में पुफेन डोर्फ ने ठीक ही कहा था कि "सामाजिक संविदा की कल्पना को पुष्ट करने के लिए सर्वसम्मति की कल्पना का प्रयोग किया जाना चाहिए। बहुमत का समझौता सम्पूर्ण समाज का समझौता माना जा सकता है।"

लॉक की बहुमत वाली धारणा सही है क्योंकि किसी भी मानवीय समाज के निर्णयों को पूर्णतः सर्वसम्मति पर आश्रित नहीं किया जा सकता। यह सदैव सम्भव है कि अस्वस्थता, व्यस्तता आदि के कारणों से कुछ व्यक्ति किसी कार्यवाही में भाग न ले पाएँ, अथवा किसी नीति विशेष से सहमत नहीं हो अतः सामाजिक व्यवस्थ के स्वस्थ संचालन के लिए यह अपरिहार्य है कि बहुमत का अल्पमत सम्मान करे। लॉक यहाँ पर एक गम्भीर असंगति का शिकार है। उसके बहुमत के सिद्धान्त के विरुद्ध यह आपत्ति उठाई जा सकती है कि यदि व्यक्ति के प्राकृतिक अधिकार वास्तविक हैं तो उसे उन अधिकारों से वंचित नहीं किया जाना चाहिए-चाहे वंचित करने वाला एक अत्याचारी हो अथवा बहुमत हो। सम्भवतः लॉक को यह नहीं सूझा कि बहुमत भी अत्याचारी हो सकता है। यह मानने का कोई कारण नहीं है कि कोई व्यक्ति अपने निजी निर्णय की इसलिए क्यों अपेक्षा करे कि जो लोग उससे सहमत नहीं है, वे बहुमत में हैं। यदि जनता अथवा समुदाय एक इकाई है, तो यह समझ में नही आता कि उसका निर्णय बहुमत के आधार पर ही क्यों हो?

लॉक के समझौते की इस व्यवस्था के बाद हम उसके सिद्धान्त की अस्पष्टता पर आते हैं। मुख्य कठिनाई यह है कि वह बार-बार मूल समझौते का उल्लेख करता है, किन्तु स्पष्ट रूप से यह कहीं नहीं बतलाया कि उसका मूल-संविदा से अभिप्राय क्या है? यह समाज है या सिर्फ शासन? लॉक कहता है कि राजनीतिक क्रांति जो शासन का विघटन कर देती है, शासन द्वारा शासित समुदाय का विघटन नहीं करती। वह यह स्पष्ट नहीं करता कि-शासन अथवा सरकार का निर्माण मूल संविदा के अतिरिक्त किसी अन्य

संविदा से हुआ था अथवा कब और कैसे हुआ? इस कठिनाई के निराकरण में सेबाइन ने कहा है कि "एल्यूसियस तथा पुफेन जैसे महाद्वीपीय लेखकों ने दो संविदाओं की कल्पना की थी। एक संविदा तो व्यक्तियों में आपस में हुआ था जिसके परिणामस्वरूप समुदाय का जन्म हुआ। दूसरा संविदा समुदाय और शासन में हुआ। लॉक ने कुछ-कुछ यही दृष्टिकोण ग्रहण किया है; यद्यपि उसने इसका निराकरण कहीं नहीं किया। दो संविदाओं से काई स्पष्टीकरण नहीं होता क्योंकि एक संकल्पना को दो अवस्थाओं में लागू करना उचित नहीं है लेकिन इससे सिद्धान्त की औपचारिक स्पष्टता प्राप्त होती है। लॉक औपचारिक स्पष्टता को कोई महत्त्व नहीं देता था इसलिए उसने दो दृष्टिकोण के समन्वय से ही सन्तोष कर लिया।" इस सम्बन्ध में वॉहन का मत है कि यद्यपि लॉक ने स्पष्ट उल्लेख नहीं किया, फिर भी वह दो प्रकार के समझौते मानता है। पहले के द्वारा प्राकृतिक अवस्था का अन्त हो जाता है और उसकी जगह नागरिक या राजनीतिक समाज की स्थापना होती है। जब पहला समझौता हो जाता है तो लोग सामूहिक रूप में दूसरा समझौता करते हैं-शासक-विषयक समझौता। इसके द्वारा मूल समझौते में स्वीकार की गई शर्तों को लागू करने के लिए एक सरकार की व्यवस्था की जाती है।

वॉहन के विपरीत अन्य लेखकों की धारणा है कि लॉक का संविदा दोहरा नहीं है क्योंकि उसके अनुसार मनुष्य प्रकृति से ही सामाजिक है। यद्यपि वह राज्य और सरकार में विभेद करता है लेकिन वह लक्षण द्वारा भी ऐसा कोई संकेत नहीं करता कि शासन का निर्माण दूसरे संविदा द्वारा होता है। एक संविदा की धारणा का समर्थन करने वालों का कहना है कि लॉक ने निश्चय ही एक मूल एवं प्रधान संविदा की चर्चा की थी जिसमें समान व्यक्तियों ने नागरिक सभ्य समाज की स्थापना का उद्घोष किया। सरकार के निर्माण हेतु कोई दूसरा संविदा नहीं किया गया क्यों लॉक के अनुसार संविदा में उभयपक्षीय समानता अपेक्षित है, पर सरकार और समाज में यह समानता नहीं है। समाज उच्चकोटी की अवस्था है और सरकार उसके समकक्ष न होकर उसके आदेशाधीन है तब यह सोचना भ्रामक है कि लॉक द्वारा जो संविदाओं की सृष्टि की गई है। प्रो. बार्कर का स्पष्टीकरण है कि "मानव-इतिहास में एक ही सामाजिक अनुबन्ध हुआ, राजनीतिक स्वरूप उसका उपाँग था। नगारिक से समाज का जन्म हुआ, अनुबन्ध के फलस्वरूप राज्य तो प्रन्यास-अभिलेख के समय आया।"

उल्लेखनीय है कि एक राजनीतिक समाज सरकार के बिना न तो जीवित ही रह सकता है, अतः ऐसे समाज का प्रथम कार्य सरकार या शासन की स्थापना करना होता है ताकि वह समाज में जीवन, सम्पत्ति आदि की रक्षा कर सकें। लॉक के शब्दों में, "कोई भी राजनीतिक समाज अपने समस्त को दण्डित करने की शक्ति के अभाव में न तो हो सकता है और न अपना अस्तित्व ही बनाए रख सकता है। अतः राजनीतिक समाज केवल

वहीं हो सकता है जहाँ प्रत्येक सदस्य ने अपनी प्राकृतिक शक्ति का परित्याग करके उसे सम्पूर्ण समाज के हाथों में सौंप दिया हो।... जो लोग एक समाज में संगठित होते हैं और एक सामान्य कानून तथा न्यायपालिका की स्थापना करते हैं, जिसे उनके झगड़ों का निर्णय करने तथा अपराधियों को दण्ड देने का अधिकार होता है, वे एक राजनीतिक समाज में एक-दूसरे के साथ समरूप हो जाते हैं।" इससे अभिप्राय यही है कि राजनीतिक समाज का निर्माण तभी पूर्ण समझा जा सकता है जब वह सरकार की स्थापना करे। सरकार-निर्माण द्वारा ही समाज-स्थापना के उद्देश्य की पूर्ति हो पाती है। परिणाम यही निकलता है कि समझौता एक हुआ या दो समझौते हुए-यह विशेष महत्त्वपूर्ण नहीं है। वैसे प्रतीत नहीं होता कि समझौता एक हुआ। व्यक्तियों ने सभ्य नागरिक समाज को पहले नियम-निर्धारण का अधिकार दिया जो विधायक-शक्ति का पूर्वाभास है फिर उस समाज को अपराध-निर्णय, दण्डविधान तथा नीति-क्रियान्वयन के अधिकार भी सौंपे गए। इस समर्पण या हस्तान्तरण से न्यायपालिका तथा कार्यपालिका के रूप स्थिर किए गए। इन अधिकारों से सुसज्जित होकर समाज अधिक व्यवस्थाबद्ध हो गया और कालान्तर में उसने शासन की स्थापना की जो इन शक्तियों (विधायिनी, कार्यकारिणी तथा न्यायदायिनी) की सन्तुलित व्यवस्था करती। इसके साथ ही यह भी मान लिया गया कि बहुमत का निर्णय ही सर्वमान्य होगा। इस प्रकार व्यक्ति के आँशिक हस्तान्तरण द्वारा अनुबन्ध का सूत्रपात किया गया। पहले व्यक्तियों ने मिलकर नागरिक समाज बनाया, फिर समाज ने सरकार बनाई और उसे केवल वे ही अधिकार दिए जो व्यक्ति ने समाज को सौंपे थे। व्यक्ति, समाज, विधानसभा, कार्यकारिणी, न्याय-पालिका इस क्रम से अनुबन्ध के परिणाम विकसित हुए।

एक प्रश्न यह उठता है कि उपरोक्त समझौता एक ऐतिहासिक तथ्य है केवल एक दार्शनिक धारणा? लॉक इसे दार्शनिक होने के साथ-साथ ऐतिहासिक सत्य भी मानता है। ट्रीटाइज के 14वें वर्ग में लिखे उसके शब्दों से जाहिर है कि "मनुष्यों के बिना न संसार कभी था, न कभी होगा" संविदा को ऐतिहासिक तथ्य बनाते है और 15वें वर्ग के अन्त में लिखे गए शब्द-"मेरा कहना है कि समस्त मनुष्य तब तक उस अवस्था में रहते हैं जब तक कि वे अपनी अनुमति से एक राजनीतिक समाज की रचना नहीं कर लेते" संविदा की एक दार्शनिक धारणा सिद्ध करते हैं। किन्तु लॉक के राजदर्शन को तभी भली प्रकार समझा जा सकता है जब हम उसका सम्बन्ध राजनीतिक समाज के आन्तरिक न्याय से मान लें न कि ऐतिहासिक जन्म से। लॉक स्वयं कहता है कि समाज में मनुष्य के पारस्परिक सम्बन्ध तथा व्यक्तियों और समाज के सम्बन्ध को हम सर्वोत्तम रूप से तभी समझ सकते हैं जब हम राज्य को मनुष्यों को पारस्परिक समझौते का फल एवं सरकार हो जनता की ओर से एक ट्रस्ट समझें।

डनिंग महोदय का मत है कि "लॉक के सामाजिक संविदा सम्बन्धी विचारों में ऐसी कोई बात नहीं है जो उसके पूर्ववर्ती दार्शनिकों द्वारा प्रतिपादित न की गई हो।" लेकिन उसकी महती विशेषता यही है कि उसने इसे अत्यधिक सुनिश्चितता प्रदान की और व्यक्तिवादी बनाया। उसने सरकार की सत्ता पर प्रतिबन्ध लगाकर उसका प्रधान उद्देश्य व्यक्ति के अधिकारों की सुरक्षा स्वीकार किया।

❑❑❑

7

लॉक के अनुसार सरकार के कार्य और लोकतंत्र

लॉक के मत में सरकार का उद्देश्य निश्चित है और इसकी शक्ति सीमित है। जनता की सम्पत्ति और नागरिक-हितों का पोषण करना ही सरकार का उद्देश्य है। लॉक ने द्वितीय ट्रीटाइज के 9वें अध्याय में लिखा है कि "मनुष्यों के राज्य में संगठित होने तथा अपने-आपको सरकार के अधीन रखने का मुख्य उद्देश्य अपनी सम्पत्ति की रक्षा करना है।" यहाँ सम्पत्ति शब्द से अर्थ केवल भौतिक सम्पदा से नही है इसके अन्तर्गत जीवन एवं स्वतन्त्रता भी सम्मिलित हैं। सरकार का यह प्रमुख कर्त्तत्य है कि वह उपद्रवियों और अपराधकर्त्ताओं से समाज की रक्षा करे लेकिन लॉक यह नहीं चाहता कि सरकार के पास अधिक सत्ता केन्द्रित हो जाए, क्योंकि सत्ता के अत्यधिक केन्द्रीयकरण से अत्याचारीतन्त्र या अन्यायतन्त्र का उदय हो सकता है।

लॉक के अनुसार व्यक्तियों के जीवन, स्वतन्त्रता एवं सम्पत्ति की रक्षा के लिए सरकार के तीन कार्य आवश्यक है-

(i) न्याय एवं अन्याय तथा सम्पूर्ण विवादों के निर्णय के लिए सामान्य मापदण्ड निश्चित करने के व्यवस्थापिका सम्बन्धी कार्य।

(ii) समाज एवं नागरिकों के हितों की रक्षा करने, युद्ध की घोषणा करने, शान्ति स्थापित करने, अन्य राज्यों से सन्धि करने आदि के कार्यपालिका सम्बन्धी कार्य।

(iii) स्थापित कानूनों के अनुसार व्यक्तियों के पारस्परिक झगड़ों का निष्पक्ष निर्णय देने सम्बन्धी न्यायिक कार्य।

स्पष्ट है कि लॉक ने सरकार के व्यवस्थापिका, कार्यपालिका और न्यायपालिका सम्बन्धी तीनों कार्य बतलाये हैं। उसने यह भी कहा है कि तीनों कार्य परस्पर एक-दूसरे से पृथक् हैं और इन्हें सम्पादित करने वाले व्यक्तियों में विभिन्न गुणों और शक्तियों का होना अपेक्षित है। उसने व्यवस्थापिका और कार्यपालिका में पृथकता मानते हुए कार्यपालिका

को व्यवस्थापिका के अधीनस्थ बतलाया। उसने कहा "जिन व्यक्तियों के हाथ में विधि-निर्माण की शक्ति होती है उनमें विधियों को क्रियान्वित करने की शक्ति अपने हाथ में ले लेने की भी प्रबल इच्छा हो सकती है क्योंकि शक्ति हथियाने का प्रलोभन मनुष्य की एक महान् दुर्बलता है।" लॉक ने यह भी कहा कि कार्यपालिका का सत्र निरन्तर चलना चाहिए, लेकिन व्यवस्थापिका के लिए ऐसा होना आवश्यक नहीं है। कार्यपालिका पर नियन्त्रण का समर्थन करके लॉक निःसन्देह आधुनिक संविधानवाद का प्रचण्ड प्रणेता और समर्थक सिद्ध हुआ। व्यवस्थापिका और कार्यपालिका के मध्य सत्ता-विभाजन का प्रस्ताव स्वीकार करके लॉक ने बोदाँ और हॉब्स द्वारा प्रतिपादित शक्ति केन्द्रीकरणात्मक सम्प्रभुतावाद का अप्रत्यक्ष रूप से बहिष्कार कर दिया।

लॉक ने बतलाया कि न्यायिक कार्य-व्यवस्थापन एवं कार्यपालिका सम्बन्धी कार्यों से भिन्न होते हैं, अतः इन्हें दोनों ही से, अन्यथा कम से कम व्यवस्थापिका से अवश्य पृथक् रखना चाहिए। यह बड़ा अनुचित कार्य होगा कि विधि-निर्माणकर्त्ताओं को ही विधि का व्याख्याकार बना दिया जाए। लॉक न्यायिक एवं कार्यपालिका सम्बन्धी कार्यों में अन्तर स्वीकार करते हुए भी दोनों कार्यों को एक ही अंग को सौंपने के लिए इसलिए तैयार था क्योंकि दोनों ही अंग अपने कर्त्तव्य-पालन हेतु समाज की सशस्त्र शक्ति की अपेक्षा रखते हैं।

लॉक ने व्यवस्थापिका को सर्वोच्च माना, पर इसकी निरंकुशता का समर्थन कदापि नहीं किया। उसका कहना था कि व्यवस्थापिका से ऊपर जनता है। उसे भी मर्यादा के अधीन रहकर कार्य करना पड़ता है। व्यवस्थापिका अपनी शक्तियों को केवल उन्हीं आवश्यकताओं की पूर्ति के लिए प्रयुक्त कर सकती है जिनके लिए समाज की रचना हुई है। व्यवस्थापिका अपने अधिकार-क्षेत्र में केवल उन्हीं बातों को मान सकती है जो सरकार को समाज द्वारा सौंपी जाती है। उसके द्वारा प्राकृतिक अवस्था के समान ही राजनीतिक समाज में भी मान्य प्राकृतिक काननू के विरुद्ध कोई नहीं बनाई जा सकती। व्यवस्थापिका के लिए लोगों के अदेय प्राकृतिक अधिकारों का सम्मान करना अनिवार्य हैं।

व्यवस्थापिका की शक्ति के सम्बन्ध में लॉक के विचारों की तार्किक मीमाँसा करते हुए सेबाइन महोदय ने लिखा है कि-इंग्लैण्ड की क्रांति के अनुभव के आधार पर लॉक ने यह मान लिया था कि शासन में विधायी शक्ति सबसे ऊँची होती है। तथापि वह यह भी मानता था कि कार्यांग विधि-निर्माण में भाग ले सकता है। लेकिन, दोनों शक्तियाँ सीमित होती है। विधायी शक्ति स्वेच्छाचारी नहीं हो सकती। स्वेच्छाचारी शक्ति तो उन लोगों के पास भी नहीं थी जिन्होंने उसकी स्थापना की थी। वह मनचाही मौखिक आज्ञप्तियों द्वारा शासन नहीं कर सकती। इसका कारण यह है कि शासन की स्थापना करने वाले व्यक्ति विधि और न्यायधीश से परिचित होते हैं। वह सहमति का अर्थ बहुमत का

निर्णय है। वह अपनी विधायी शक्ति किसी दूसरे को भी नहीं सौंप सकती। यह शक्ति तो वहीं रहती है जहाँ समुदाय ने उसे प्रतिष्ठित किया है। संक्षेप में उसकी शक्ति अमानत की है। सर्वोच्च शक्ति जनता के पास रहती है। जब विधान मण्डल जनता की इच्छा के विरुद्ध चलता है, तब जनता इस शक्ति को वापिस ले सकती है। कार्यपालिका की शक्ति और भी सीमित होती है-कुछ तो वह विधानमण्डल के ऊपर निर्भर रहती है और कुछ उसके ऊपर विधि का नियन्त्रण रहता है। स्वतन्त्रता की दृष्टि से यह आवश्यक है कि विधायी और कार्यकारी शक्ति एक ही हाथों में केन्द्रित न रहे। लॉक ने विधानमण्डल और कार्यपालिका के सम्बन्धों का जो विवरण दिया है, वह राजा और संसद् के वाद-विवाद के किसी न किसी पहलू को प्रकट करता है।"

इस सम्पूर्ण विवरण से प्रकट है कि लॉक उस निरंकुश शासन के विरुद्ध था हॉब्स जिसका घोर समर्थक था। सर्वाधिकारी व्यक्ति को बनाकर लॉक ने क्रमशः समाज, विधानमण्डल, कार्यकारिणी तथा न्यायपालिका के अधिकार से समन्वित राज्य की कल्पना की किन्तु अधिकारों के एकत्रीकरण का विरोध किया। उसके सीमित राज्यतन्त्र का समर्थन किया। उसने राज्य को उस जन-सेवक या संरक्षक संस्था के रूप में बनाया जिसका स्वामी व्यक्ति था। जन-स्वीकृति के आधार पर जन-सेवा का लक्ष्य लेकर राज्य मनुष्यों द्वारा निर्मित साधन था-यह मन्तव्य उसने प्रकट किया।

उल्लेखनीय है कि समाज तथा सरकार के पारस्परिक सम्बन्ध को बताने के लिए लॉक ने ट्रस्ट शब्द का प्रयोग किया क्योंकि वह सरकार को समाज के अधीन रखने का समर्थक था और इस बात पर बल देना चाहता था कि जन कल्याण के लिए स्थापित सरकार ट्रस्ट की अवहेलना करने पर पदच्युत् की जा सकती है। वॉहन के शब्दों में, "संविदा के स्थान में ट्रस्ट की धारणा को अपनाकर लॉक न केवल सरकार के ऊपर जनता के नियन्त्रण की व्यवस्था करता है, बल्कि एक उससे भी अधिक महत्त्वपूर्ण बात की प्रस्थापना करता है और वह अनुभव के अनुसार उस नियन्त्रण का दिन-प्रतिदिन प्रसरण।

शासन के प्रकार के रूप में लोकतन्त्र उस शासन-प्रणाली को कहते हैं जिसमें जनता स्वयं प्रत्यक्ष या प्रत्यक्ष रूप से अपने प्रतिनिधियों द्वारा किसी समुदाय या वर्ग विशेष के हित की दृष्टि से नहीं अपितु समष्टि रूप से जनता के हित की दृष्टि से शासन करती है। इस प्रकार लोकतन्त्र शासन की कुछ विशेषताएँ हैं। पहली विशेषता यह है कि लोकतन्त्र शासन में जनता का प्रतिनिधित्व होता है और इस प्रकार इसका आधार दैवी न होकर लौकिक होता है। दूसरे, शासन के अन्य सब प्रकारों से बढ़कर लोकतन्त्र जनता के सार्वजनिक हितों का संरक्षण करता है, क्योंकि इसके अन्तर्गत जनता स्वयं अपने हितों को अपनी सरकार के संरक्षण में दे देती है और सरकार उनकी रक्षा करती है। इससे यह तात्पर्य निकलता है कि लोकतन्त्र में सरकार सदा

एक साधन के रूप में रहती है, साध्य के रूप में नहीं। लोकतन्त्र की तीसरी विशेषता यह है कि इसके अन्तर्गत सरकार जनता के प्रति उत्तरदायी होती है। सरकार को जनता के हितों की रक्षा और उसकी उन्नति सम्बन्धी अपने कर्त्तव्य का पालन आवश्यक रूप से करना चाहिये अन्यथा उसे उसी जनता द्वारा हटाया जा सकता है, जिसके द्वारा वह पद पर बैठाई जाती है। संक्षेप में, हम कह सकते हैं कि शासन के प्रकार के रूप में जनता द्वारा ही लोकतन्त्रीय सरकार को अस्तित्व में लाया जाता है, उसके ही हितों की वह रक्षा करती है और उसकी इच्छानुसार ही वह पदासीन रहती है। लोकतन्त्र से हमारा तात्पर्य केवल शासन के एक प्रकार से ही नहीं है, अपितु राज्य व्यवस्था के साथ-साथ एक सामाजिक व्यवस्था से भी है। अपने अँग्रेजी पर्यायवाची डेमोक्रेसी (Democracy) के अर्थ के अनुसार लोकतन्त्र से साधारणतः हमारा तात्पर्य 'जनता की शक्ति' से होता है। ग्रीक शब्द-विधान के अनुसार 'डेमोस' (Demos) तथा 'क्रेशिया' (Kratia) दो शब्दों के योग से मिलकर अंग्रेजी शब्द 'डेमोक्रेसी' बना है जिनका अर्थ क्रमशः 'जनता' तथा 'शक्ति' होता है, तथापि लोकतन्त्र के अर्थ की व्याख्या तब तक पूर्ण नहीं हो सकती, जब तक उसका अर्थ शासन, राज्य एवं समाज सम्बन्धी उन तीनों रूपों में न समझ लिया जाय, जिनमें उसकी अभिव्यक्ति होती है।

परन्तु ये परिभाषाएँ संक्षिप्त है और ये शासन के रूप में लोकतन्त्र के स्तर को स्पष्ट नहीं करतीं। इनमें से अधिकतर प्रभुत्व-शक्ति को दृष्टि में रखकर की गई हैं। प्रभुत्व-शक्ति वस्तुतः किसी भी राज्य का एक तत्त्व होती है, जबकि लोकतन्त्री शासन प्रभुत्व-शक्ति न होकर प्रतिनिध्यात्मक सूत्र द्वारा लोकहित के लिये प्रभुत्व शक्ति के प्रयोग की विधि है। प्रोफेसर पुन्ताम्बेकर की लोकतन्त्र की परिभाषा अधिक सफल है और उससे शासन के रूप में लोकतन्त्र का स्वरूप अधिक स्पष्ट हो जाता है। उन्होंने कहा है कि लोकतन्त्र शासन का वह रूप है, जिसमें "जनमानस स्वयं एक निश्चित तथा प्रबन्धोचित रूप धारण कर लेता है। उसकी इच्छा तथा अधिकार को क्रियान्वित करने के लिए उसका एक संगठन होता है। यद्यपि वह संगठन जनता की अल्प संख्या के हाथों में होता है तथापि वह अल्प संख्या जनता का प्रतिनिधित्व करती है, उसके द्वारा निर्वाचित की जाती है तथा उसी के द्वारा अपदस्थ भी की जा सकती है। उसके अपने कोई अधिकार नहीं होते। उसका अस्तित्व ही बहुसंख्या के लिये होता है, उसी में से वह उत्पन्न होती है और उसी का यह प्रतिरूप होती है। वह शासन इसीलिये करती है कि उसे बहुसंख्या का समर्थन और सहमति प्राप्त है।"

लोकतन्त्रात्मक शासन की परिभाषा विभिन्न राजनीतिक विचारकों ने विभिन्न प्रकार से की है। प्राचीन ग्रीक विद्वानों के अनुसार लोकतन्त्र शासन का वह प्रकार है

जिसमें बहुतों का शासन हो। **लॉक** के अनुसार लोकतन्त्रीय शासन विकृततन्त्र होता है और इस प्रकार के शासन को उन्होंने पोलिटी का विकृत रूप माना है। **लार्ड ब्राइस** के मतानुसार लोकतन्त्र शासन का वह प्रकार होता है, जिसमें राज्य के शासन की शक्ति किसी विशेष वर्ग अथवा वर्गों में निहित न होकर सम्पूर्ण समाज के सदस्यों में निहित होती है।" **सीले** के अनुसार "लोकतन्त्रीय शासन वह है जिसमें प्रत्येक व्यक्ति का भाग होता हो।" **डायसी** के अनुसार "लोकतन्त्र शासन का वह प्रकार है, जिसमें शासक समुदाय सम्पूर्ण राष्ट्र का अपेक्षाकृत एक बड़ा भाग हो।" सबसे अधिक उद्धृत की जाने वाली **अब्राहम लिंकन** की परिभाषा यह है कि "लोकतन्त्र शासन का वह शासन है जिसमें शासन जनता का, जनता के लिये और जनता के द्वारा हो।"

राज्य के प्रकार के रूप में लोकतन्त्र

समाज के प्रकार के रूप में लोकतन्त्र से उस समाज व्यवस्था का बोध होता है, जिसमें प्रत्येक मानव का मूल्य किसी भी अन्य मानव के मूल्य के बराबर समझा जाता है, सब व्यक्ति समान समझे जाते हैं और इसलिये सब व्यक्ति जाति, रंग, लिंग, सम्पत्ति अथवा धर्म के भेद बिना समान अधिकार एवं अवसर का उपभोग करते हैं। व्यक्ति के व्यक्तित्व के मूल्य की समानता लोकतन्त्र समाज का आधार है। जैसा डॉक्टर बेनीप्रसाद ने कहा है, "यह जीवन का एक ढंग है। यह इस मान्यता पर आधारित है कि प्रत्येक व्यक्ति का सुख किसी भी अन्य व्यक्ति का सुख के बराबर महत्वपूर्ण है तथा किसी को भी अन्य किसी के सुख का साधन मात्र नहीं समझा जा सकता।"[3] इस प्रकार मनुष्य का भौतिक एवं सामाजिक साम्य लोकतन्त्री समाज का लक्ष्य है। डॉक्टर हर्नशा के अनुसार भी "लोकतन्त्री समाज वह है जिसमें समानता के विचार की प्रबलता हो तथा जिसमें समानता का सिद्धात प्रचलित हो।"[1] .वस्तुतः आदर्श लोकतन्त्री समाज में मानव-जीवन के सभी पहलुओं में समानता होनी चाहिये तथा जैसा डायसी ने कहा है "लोकतन्त्र वह समाज है जिसमें अधिकारों की साधारणतः समानता तथा अवसर की, विचारों की भावनाओं की तथा आदर्श की एकरूपता पाई जाती हो।"[2] राज्य के प्रकार के रूप में लोकतन्त्र का तात्पर्य उस राज्य से होता है जिसमें प्रभुत्व-शक्ति जनता में निहित होती है और उसका उपयोग वह अपनी इच्छा की सरकार के रूप निर्धारण, निर्वाचन और राजनीतिक मामलों पर अन्तिम नियन्त्रण रखके करती है। जैसा हर्नशा ने कहा है "संक्षेप में लोकतन्त्र राज्य साधारणतः वह है, जिसमें प्रभुत्व शक्ति समष्टि रूप में जनता के हाथ में रहती है, जिसमें जनता शासन सम्बन्धी मामले पर अपना अन्तिम नियन्त्रण रखती है तथा यह निर्धारित करती है कि राज्य में किस प्रकार का शासन-सूत्र स्थापित किया जाय।

राज्य के प्रकार के रूप में लोकतन्त्र शासन की ही एक विधि नहीं है, अपितु वह सरकार को नियुक्ति करने, उस पर नियन्त्रण करने तथा उसे अपदस्थ करने की विधि भी है।''

लोकतन्त्र की अवधारणा के बारे में पुनर्विचार :—लोकतन्त्रीय न होना अब वस्तुतः इतना हेय समझा जाता है कि कोई भी व्यक्ति या शासन अपने को अलोकतन्त्रीय कहने का साहस नहीं कर सकता। यह प्रतृति अब विश्वव्यापी हो गई है तथा संयुक्त राष्ट्र शैक्षणिक सामाजिक सांस्कृतिक संगठन (United Nations Educational Social and Cultural Organization) के सन् 1949 के उस प्रतिवेदन से भी इस बात की पुष्टि होती है, जिसमें कहा गया है कि ''विश्व के इतिहास में पहली बार यह हुआ है कि कोई भी सिद्धान्त अब लोकतन्त्र विरोधी सिद्धान्त के रूप में प्रस्तुत नहीं किया जाता। लोकतन्त्र विरोधी कृत्यों या दृष्टिकोण के लिए दूसरों के विरुद्ध बहुधा आरोप लगाया जाता है, पर अपने द्वारा संरक्षित संस्थाओं एवं समर्थित सिद्धान्तों में लोकतान्त्रिक तत्त्वों का अस्तित्व मानने के लिए व्यवहार कुशल राजनीतिज्ञ एवं राजनीति के विद्वान एक मत है।'' लोकतन्त्र के विषय में जो कुछ कहा गया है, उससे यह स्पष्ट है कि लोकतन्त्र एक विशद् एवं महत्वाकांक्षी विचार है तथा उसका आदर्श क्रियान्वय तभी समझा जा सकता है जब उसकी प्रतीति समाज, राज्य एवं शासन की संरचनाओं में पूरी तरह हो। लोकतन्त्र का आदर्श इस कारण वस्तुतः इतना दुरूह है कि उसका यथार्थ कहीं भी प्रायः उसके आदर्श के पूर्णतः अनुकूल नहीं हो पाता। पर इसके बावजूद भी लोकतन्त्र का विचार इतना अधिक लोकप्रिय है कि सभी शासन अपने को किसी न किसी रूप में लोकतन्त्रीय बनाना या कहना अवश्य चाहते हैं। कोई भी कार्य जो किसी न किसी प्रकार से लोकतन्त्र से सम्बद्ध न हो, अब संसार पसन्द नहीं करता और अब यदि युद्ध भी लड़े जाते हैं तो वे लोकतन्त्र की रक्षा के नाम पर लड़े जाते हैं। द्वितीय विश्व युद्ध इसी नारे पर लड़ा गया था कि विश्व में लोकतन्त्र को अक्षुण्ण बनाये रखना है। लोकतन्त्र का नारा अब वस्तुतः प्रत्येक शासन व्यवस्था की वैधता मापने का आधार बन गया है तथा संविधान, विधायिका व निर्वाचन उसके प्रतीक हो गये हैं। इस सब का परिणाम यह हुआ है कि उनका आन्तरिक रूप चाहे कुछ भी हो, सभी तन्त्र संविधान, विधायिका व निर्वाचन की व्यवस्थाओं को अपनाकर अपने को लोकतन्त्र सिद्ध करने का दावा करते हैं और यही कारण है कि जनवादी गणतन्त्रीय लोकतन्त्र (People's Republican Democracy), बुनियादी लोकतन्त्र (Basic Democracy), नियन्त्रित लोकतन्त्र (Controlled Democracy) आदि लोकतन्त्र के अनेक नाम व रूप अस्तित्व में आ गये हैं। व्यक्तिवादी लोकतन्त्र, लोकतन्त्र का एक ऐसा प्रकार है जो प्राचीनतम है तथा जिसके उदाहरण के रूप में

हम इंगलैण्ड अमेरिका, फ्रान्स आदि के उन लोकतन्त्रों को ले सकते हैं जिन्हें सामूहिक रूप से पश्चिमी लोकतन्त्र कहा जाता है। लोकतन्त्र के इस प्रकार की मुख्य विशेषता यह है कि इसमें व्यक्ति के रूप में उसके व्यक्तियों के बहुमत की इच्छा की अभिव्यक्ति के अनुसार शासन का जो भी रूप बने उसे मान्य समझा जाता है। लोकतन्त्र का दूसरा प्रकार साम्यवादी या समाजवादी लोकतन्त्र का है जिसके उदाहरण के रूप में हम पूर्व सोवियत रूस, चीन के जनवादी गणतन्त्र के शासन को ले सकते हैं।

इस शासन का मुख्य आधार मार्क्स के विचारों पर आधारित साम्यवाद है, जिसके अनुसार पश्चिमी लोकतन्त्रों की शासन-व्यवस्था लोकतन्त्र के नाम पर कलंक है, क्योंकि उस व्यवस्था में शासन पर केवल साधन सम्पन्न वर्ग का नियन्त्रण होने के कारण शासनतन्त्र-विधि निर्माण, सेना व पुलिस-का प्रयोग उसी वर्ग के हितों के पोषण के लिये किया जाता है। अतः उनकी मान्यता है कि साधन सम्पन्न वर्ग के रूप में शासन व्यवस्था का प्रयोग किया जाना बन्द हो और उसका प्रयोग एक ऐसे समाज के हित साधन के लिये हो जो वर्ग रहित हो। इसके लिये उनके द्वारा प्रतिपादित लोकतन्त्रीय शासन की स्थापना आवश्यक है तथा वही उनके मतानुसार सच्चा लोकतन्त्र है, क्योंकि ऐसी दशा में सर्वहारा वर्ग के नेतृत्व में जब यह वर्ग समाप्त कर दिया जाता है, तो शोषण के साधन के रूप में राज्य का अन्त हो जाता है और सच्चे जनतन्त्र का उदय होता है। आर्थिक व्यवस्था व शासन के रूप के अनुसार उनकी मान्यता के अनुरूप ऐसे शासन को सच्चा लोकतन्त्र कहा जा सकता है, क्योंकि इसकी व्यवस्था में सबकी स्थिति समानता की होती है, सबको जीवन-यापन का समान अधिकार प्राप्त होता है तथा सब शोषण से मुक्त होते हैं। यह ठीक है कि पश्चिम के लोकतन्त्रों के समर्थक इस प्रकार के लोकतन्त्र के विरुद्ध बहुधा यह आरोप लगाते हैं कि इस व्यवस्था में व्यक्ति के व्यक्तित्व की महत्ता नहीं रहती, पर इस व्यवस्था के समर्थकों की दृष्टि में यह आरोप सारहीन है, क्योंकि उनके अनुसार किसी भी व्यवस्था के लोकतन्त्रीय होने या न होने की कसौटी यह होनी चाहिये कि उस व्यवस्था के प्रति जनसाधारण अनुरक्त है या विरक्त। उनके मतानुसार उनके द्वारा प्रतिपादित लोकतन्त्रीय शासन व्यवस्था के प्रति चूँकि सम्पूर्ण जनता पूर्ण रूप से अनुरक्त रहती है, अतः वह सच्ची लोकतन्त्रीय व्यवस्था है।

पश्चिमी प्रकार के लोकतन्त्र तथा साम्यवादी लोकतन्त्र के जिन दो प्रमुख रूपों की चर्चा की गई है, उनके बीच की स्थिति के भी लोकतन्त्र के अनेक नाम व रूप बन गये हैं। लोकतन्त्र के ऐसे रूपों में ही वे नाम व रूप आते हैं जिन्हें बुनियादी लोकतन्त्र, निर्देशित लोकतन्त्र या नियन्त्रित लोकतन्त्र की संज्ञायें दी जाती हैं। इन प्रकारों के लोकतन्त्रों के रूप में हम उन नवोदित राष्ट्रों की शासन व्यवस्थाओं को ले

सकते हैं जिनकी सामाजिक, आर्थिक व राजनीतिक स्थिति तथा जिनकी जनता के बौद्धिक स्तर के कारण पश्चिमी व साम्यवादी दोनों ही प्रकार के लोकतन्त्र उपयुक्त सिद्ध नहीं होते तथा जिनमें लोकतन्त्र का क्रियान्वय जनमत की सीमित, निर्देशित अथवा नियन्त्रित अभिव्यक्ति के आधार पर होता है। पाकिस्तान के राष्ट्रपति अयूब द्वारा बुनियादी लोकतन्त्र के नाम से प्रतिपादित शासन एक ऐसे ही लोकतन्त्रीय शासन का रूप था, क्योंकि उसके अन्तर्गत लोकतन्त्र का संचालन सामान्य जनता से पृथक किसी अन्य सत्ता के निर्देशन या नियन्त्रण में होता था। इण्डोनेशिया व घाना जैसी शासन व्यवस्थाओं को भी न्यूनाधिक इसी श्रेणी में रखा जा सकता है। ऐसे शासनों के विषय में यह कहा जाता है कि वे लोकतन्त्र न होकर अधिनायकतन्त्र होते हैं, पर इनके शासक और अध्येता इसका स्पष्टीकरण यह कह कर देते हैं कि पश्चिम की लोकतान्त्रिक व्यवस्था उनके अनुकूल नहीं है, क्योंकि पश्चिम में आर्थिक व राजनीतिक विकास शनैः-शनैः हुआ है, जबकि उनके विकासशील देशों में आर्थिक विकास की गति को धीमा नहीं रखा जा सकता तथा इसके लिये यह आवश्यक है कि लोकतन्त्र निर्देशित व नियन्त्रित हो। इस प्रकार शासन के अनेक रूप अपने लोकतन्त्रीय होने का दावा करते हैं। ऐसी स्थिति में कुछ राजनीति के विद्वान इस मत के भी हो गये हैं कि किसी शासन के लोकतन्त्रीय होने के दावे को चुनौती नहीं दी जा सकती।

निर्वाचन की उपयोगिता के सम्बन्ध में डाहल ने कहा है कि "चुनावों से हमारी अपेक्षा यह होती है कि उनसे कुछ निश्चित मसलों के सम्बन्ध में बहुमत की 'इच्छा' अथवा 'वरीयता' का पता लग सकेगा। पर चुनावों से ऐसा बहुत कम होता है।" मौरिस क्रैस्टन ऐसे ही विचारकों में से है तथा उसने इस सम्बन्ध में यहाँ तक मत व्यक्ति किया है कि "भिन्न-भिन्न लोगों के मस्तिष्कों में पाये जाने वाले विविध प्रकार के सभी विचार।" लोकतन्त्र के अन्तर्गत आ जाते है। लोकतन्त्र वस्तुतः क्या है, यह अब इतना विवादग्रस्त बन गया है कि अनेक विचारक लोकतन्त्र की अवधारणा पर पुनः विचार किये जाने की आवश्यकता अनुभव करने लगे हैं, जिससे उसकी परिभाषा उन विविध नाम व रूपों को दृष्टिगत रखते हुए की जा सके जो अब उसने धारण कर लिये हैं। अनेक प्रकार की शासन व्यवस्थाओं द्वारा अपनी-अपनी व्यवस्थाओं के लोकतन्त्रीय होने के दावों की विविधता के अतिरिक्त एक और कारण से भी लोकतन्त्र के स्वरूप व परिभाषा पर पुनर्विचार आवश्यक हो गया है तथा वह कारण राजनीति विज्ञान के अध्ययन में व्यवहारवादी मार्ग (Behaviural Approch) का विकास है। व्यवहारवादियों का मत है कि प्रत्येक विचार एवं अवधारणा की परिभाषा उसके व्यावहारिक स्वरूप से मेल खानी चाहिये तथा इसी

आधार पर उन्होंने लोकतन्त्र की अवधारणा को भी व्यावहारिक कसौटी पर कसने का प्रयास किया है। ऐसे प्रयास करने वालों में रोबर्ट डाहल का नाम उल्लेखनीय है। **डाहल** के अनुसार लोकतन्त्र की वास्तविकताओं को दृष्टिगत रखकर उसके लिए 'लोकतन्त्र' शब्द का प्रयोग अनुपयुक्त है क्योंकि जनता न तो स्वयं कही भी शासन में भाग लेती है और न उसे शासन सम्बन्धी बातों में विशेष रुचि ही होती है। निर्वाचक को लोकतन्त्र की आधारशिला माना जाता है। पर डाहल के अनुसार निर्वाचन से भी जनता की सही इच्छा मालूम नहीं हो सकती, क्योंकि उसके मतानुसार चुनाव जीतने के लिए लड़े जाते हैं जनता की इच्छा मालूम करने के लिए नहीं। उनके मतानुसार "चुनावों से अधिक से अधिक यह पता चल जाता है कि पद के लिए चुनाव लड़ने वालों में से कुछ नागरिकों की पहली वरीयता किसे प्राप्त है।" फिर भी इसका यह तात्पर्य नहीं है कि उसकी दृष्टि में निर्वाचन की कोई उपयोगिता ही न हो। इस सम्बन्ध में उसने स्वीकार किया है कि इन कमियों के बावजूद निर्वाचन की काई उपयोगिता न हो। इस सम्बन्ध में उसने यह स्वीकार किया है कि इन कमियों के बावजूद निर्वाचन व्यवस्था के द्वारा शक्ति के दुरुपयोग की सम्भावना काफी सीमा तक कम की जा सकती है। लोकतन्त्र की व्यवस्था में से यदि निर्वाचन को निकाल दिया जाय, तो प्रतियोगिता केवल नेताओं व उनके गुटों के बीच रह जायेगी और वे सामान्य जनता की उपेक्षा किसी सीमा तक कर सकेंगे, क्योंकि उन्हें कभी भी जनता के समक्ष मत माँगने के लिए उपस्थित नहीं होना पड़ेगा। एक निश्चित अवधि के बाद निर्वाचन की व्यवस्था के कारण नेताओं व गुटों को जनता की परवाह करनी पड़ती है तथा उस का दमन या उपेक्षा किसी भी समूह के लिए सम्भव नहीं होता। इस प्रकार निश्चित अवधि के बाद निर्वाचन की व्यवस्था के कारण नेताओं व गुटों को जनता की परवाह करनी पड़ती है तथा उस दमन या उपेक्षा किसी भी समूह के लिए सम्भव नहीं होता। इस प्रकार निश्चित अवधि के बाद निर्वाचन की व्यवस्था के कारण वैकल्पिक शासन की स्थापना का भय सत्तारूढ़ शासन को सदा बना रहता है और वह स्वेच्छाचारिता का व्यवहार नहीं कर सकता।

डाहल के विचारों को हम यदि व्यवहारवादियों के प्रतिनिधि विचार मान लें तो उनके अनुसार लोकतन्त्र की परिभाषा उसकी परम्परात्मक अवधारणाा के रूप में न की जाकर बहुलतन्त्रीय अवधारणा के रूप में की जानी चाहिए। नवीन बहुलवादियों ने भी इस सम्बन्ध में ऐसे ही विचार व्यक्त किये हैं तथा उन्होंने भी समूहों की ही महत्ता का प्रतिपादन किया है। इसमें सन्देह नहीं कि निर्वाचन के समय मत प्रयोग के द्वारा जनता अपने राजनीतिक अधिकार का प्रयोग करती है, पर इस व्यवस्था की पुनरावृत्ति होते रहने के कारण उसकी स्थिति ऐसी बन जाती है कि आर्थिक दृष्टि से

भी उसकी उपेक्षा नहीं की जा सकती तथा साधनों के वितरण में उसे बिल्कुल भुलाया नहीं जा सकता। निर्वाचन की व्यवस्था द्वारा इस प्रकार सामाजिक समानता की रक्षा किसी न किसी रूप में अवश्य होती है तथा यही कारण है कि इस व्यवस्था को लोकतन्त्र के प्रायः प्रत्येक रूप में अपनाया जाता है। इतना होते हुए भी डाहल का मत है कि लोकतन्त्र का व्यावहारिक रूप ऐसा नहीं है जिसमें तन्त्र (शासन) पूर्णतः लोक (जनता) की इच्छा के अनुसार ही चलता हो। उसका मत है कि लोकतन्त्र के व्यावहारिक रूप में शासन जनता की समष्टि की इच्छा के अनुसार न होकर अनेक समूहों के रूप में विभक्त जनता की इच्छा के अनुसार होता है। दूसरे शब्दों में उसमें वास्तविक महत्त्व जनता की समष्टि को प्राप्त न होकर उसके विविध समूहों को प्राप्त होता है। अतः डाहल का मत है कि लोकतन्त्र को लोकतन्त्र न कहा जाकर बहुलतन्त्र (Polyarchy) कहा जाना चाहिए। पर इस तथ्य को मानते हुए भी कि व्यवहार में लोकतन्त्र लोकतन्त्र न होकर बहुलतन्त्र होता है, डाहल ने यह माना है कि विविध समूहों की प्रतियोगिता के कारण राजनीतिक, सामाजिक व आर्थिक साधन सबके बीच बिखरे रहते हैं। उसके अनुसार इस प्रकार चूँकि ऐसे लोकतन्त्र में भी समानता प्रायः बनी रहती है, अतः उसका मत है कि इसे अधिक से अधिक समतावादी बहुलतन्त्र (Equalitarian Polyarchy) कहा जा सकता है। व्यवहारवादियों व नव बहुलवादियों के ये विचार इस दृष्टि से आलोच्य हैं कि वे लोकतन्त्र के व्यावहारिक रूप का प्रतिपादन उसके आदर्श का बलिदान करके करना चाहते हैं। ग्योवानी सार्तोरी ने ऐसा ही विचार व्यक्त किया है तथा व्यवहारवादियों व नव बहुलवादियों की इस मान्यता को हेय बताया है कि लोकतन्त्र का आदर्श स्वरूप यदि व्यवहार में दृष्टव्य नहीं है, तो जो व्यवहार में है उसे ही लोकतन्त्र मान लिया जाए। वस्तुतः राजनीति और राज्य व्यवस्था के विषय में यह दृष्टिकोण लोकतन्त्र के केवल वर्णनात्मक (descriptive) अभिप्राय की दृष्टि से सही है।

उद्देश्य की सिद्धि के आधार पर लोकतन्त्र के स्वरूप के निर्धारण किये जाने का विचार यदि स्वीकार कर लिया जाता है, तो लोकतन्त्र के विचार व लोकतन्त्र के व्यवहार के बीच एक ऐसा सेतु बन जाता है, जिसके माध्यम से विचार व व्यवहार सदा सरलता से एक दूसरे से मिल सकते हैं तथा लोकतन्त्र के स्वरूप पर पुनर्विचार की समस्या का स्थाई समाधान भी हो जाता है। लोकतन्त्र का एक अन्य अभिप्राय विनिधानात्मक (prescriptive) भी होता है। सार्तोरी के अनुसार लोकतन्त्र के व्यावहारिक रूप पर विचार करते समय यह अभिप्राय नव बहुलवादियों द्वारा दृष्टि से ओझल कर दिया जाता है। सार्तोरी की मान्यता है कि मनुष्य केवल पेटू ही नहीं है। वह कमाने-खाने के लिए ही पैदा नहीं होता है। अपने व्यक्तित्व का सर्वतोन्मुखी

विकास, श्रेष्ठतर जीवन की प्राप्ति और भय मुक्त होकर अपनी प्रतिभाओं की पूर्ण अभिव्यक्ति आदि उसके जीवन के लक्ष्य होते हैं। लोकतन्त्र एक ऐसी शासन व्यवस्था है, जिसमें इनकी प्राप्ति की सम्भावना सबसे अधिक होती है। अतः लोकतन्त्र अथवा उसके आदर्श अभिप्राय को यदि केवल इसलिए बदल दिया जाय कि उसके आदर्श को व्यवहार में प्राप्त नहीं किया जा सकता, तो उसका अर्थ यह होगा हम इन लक्ष्यों को नकार रहे हैं। इस सम्बन्ध में मार्क्सवादियों के विचारों की आलोचना का आधार भी यही है कि वे मनुष्य को उपभोक्ता मात्र मान लेते हैं और उसी के आधार पर अपने वर्गरहित आदर्श समाज का चित्रण करते हैं, यद्यपि उनके द्वारा चित्रित आदर्श समाज का वह चित्र अत्यन्त अतिरंजित और काल्पनिक होता है। इस प्रकार सार्तोरी के अनुसार इस आधार पर लोकतन्त्र को नये संदर्भ में देखने की आवश्यकता नहीं है कि उसका व्यवहार उसके आदर्श से मेल नहीं खाता। फिर भी वे इस बात पर बल देते हैं कि यूनानी भाषा से उत्पन्न इस शब्द का जो अर्थ यूनानी नगर राज्यों के समय में रहा था, वह अब नहीं रहा है।

नगर राज्यों में जनसंख्या कम होने से जनता के बीच अनौपचारिक सम्बन्धों व सामुदायिक भावना का विकास सरलता से हो जाता था तथा उसका रूप सामान्य हितों से सम्बद्ध एक इकाई का हो जाता था। परिणामस्वरूप उस समय लोकतन्त्र का संचालन लोक (जनता) के द्वारा सम्भव था। परन्तु आज के औद्योगिक व विशाल राज्यों के युग में सम्बन्धों की औपचारिकता तथा व्यवस्थात्मक जटिलताओं के कारण जनता का रूप अब 'जन' (People) का न होकर जनपुंज (Mass) का हो गया है। फलतः शासन में उसके स्वयं के भाग लेने की लोकतन्त्र की कल्पना अब अप्रासंगिक हो गई है, जिस प्रकार वह नगर राज्यों में सम्भव थी या जैसी कल्पना इस सम्बन्ध में रूसो ने की थी। अब स्थिति यह है कि निर्वाचन द्वारा निर्मित प्रतिनिधि संस्थाओं एवं अन्य औपचारिक संगठनों के माध्यम से ही वह लक्ष्य प्राप्त किया जा सकता है, जो यूनान के नगर राज्यों के समय में जनता द्वारा शासन में प्रत्यक्ष भाग लेने की व्यवस्था द्वारा प्राप्त किया जा सकता था। पर यह परिवर्तन लोकतन्त्र के क्रियान्वयन के साधनों के सम्बन्ध में ही हुआ है। इससे उसके उस मूल उद्देश्य में कोई परिवर्तन नहीं हुआ है, जिसका सम्बन्ध राजनीतिक, सामाजिक व आर्थिक समानता के आधार पर मनुष्य के जीवन के सर्वतोन्मुखी विकास से अब भी उतना ही है जितना वह नगर राज्यों के समय में था। दूसरे शब्दों में साधनों के परिवर्तन से लोकतन्त्र के उद्देश्य व उसके रूप में कोई परिर्वतन हुआ नहीं माना जाना चाहिए तथा क्रियान्वयन के साधन किसी भी राजनीतिक वाद के अनुकूल हों, लोकतन्त्र के सभी रूपों को लोकतन्त्रीय माना जाना चाहिए, यदि वे लोकतन्त्र के उद्देश्य की सिद्धि करने में समर्थ

हों। लोकतन्त्र के क्रियान्वयन के साधन जिस प्रकार अब तक बदले हैं, आगे भी बदल सकते हैं, पर उसका उद्देश्य ऐसा है जो शाश्वत है। शासन का लोकतन्त्रीय रूप ही वस्तुतः उन शासनों की व्यवस्थाओं के विरुद्ध प्रतिक्रिया के रूप में अस्तित्व में आया था जो लोक कल्याण की साधना करने में असफल रहे थे तथा उसके विविध रूप भी इसलिए बने या बन रहे हैं कि उससे लोक कल्याण सम्बन्धी उसके उद्देश्यों की पूर्ति होती रहे। लोकतन्त्र की व्यवस्था का उद्देश्य मनुष्य के लिए श्रेष्ठ मानव जीवन को सुलभ बनाना है तथा उस उद्देश्य की पूर्ति के लिये व्यक्ति की स्वच्छंदता के स्थान पर किसी लोकतन्त्र द्वारा यदि व्यवस्थित स्वतन्त्रता, नियमित जीवन, नियन्त्रित अर्थव्यवस्था आदि जैसी व्यवस्थायें की जाती हैं, तो इससे लोकतन्त्र के लोकतन्त्रीय स्वरूप पर उस समय तक कोई प्रतिकूल प्रभाव नहीं पड़ता, जब तक इस प्रकार की व्यवस्थाओं से लोक कल्याण की साधना होती रहती है।

लोकतन्त्री शासन के भेद :–साधारणतः लोकतन्त्री शासन के दो भेद माने गये हैं : प्रथम, शुद्ध या प्रत्यक्ष (Pure or direct) लोकतन्त्र; द्वितीय, प्रतिनिध्यात्मक अथवा परोक्ष (Representative or Indirect) लोकतन्त्र।

लोकनिर्णय (Referendum) – किसी कानून अथवा निर्णय को जनता की स्वीकृति के लिए प्रस्तुत करने की क्रिया लोकनिर्णय अथवा रेफरेन्डम कहलाती है। साधारणतः इसका प्रयोग शासकीय आज्ञाओं अथवा निर्णयों की स्वीकृति के लिए नहीं, अपितु कानूनों की स्वीकृति के लिए किया जाता है। लोकनिर्णय दो प्रकार का होता है- अनिवार्य और ऐच्छिक। जिन राज्यों में समस्त अथवा कतिपय कानूनों के विषय में ऐसी व्यवस्था होती है कि कानून क्रियान्वित होने से पहले जनता की स्वीकृति के लिए अवश्य प्रस्तुत किये जाने चाहिए, तो वहाँ अनिवार्य लोकनिर्णय की व्यवस्था समझी जाती है। जिन राज्यों में ऐसी व्यवस्था होती है कि कानून जनता की स्वीकृति के लिये प्रस्तुत किये भी जा सकते हैं और नहीं भी, अथवा यों कहना चाहिये कि कुछ विशिष्ट कानून ही जनमत के लिए प्रस्तुत किये जाते हैं, तो वहाँ ऐच्छिक लोकनिर्णय की व्यवस्था समझी जाती है। दोनों प्रकार के लोकनिर्णय के रूपों को समझने के लिए हम स्विट्जरलैंड में प्रचलित संवैधानिक कानूनों तथा साधारण कानूनों से सम्बन्धित जनमत-संग्रह की व्यवस्था को ले सकते हैं। वहाँ समस्त संवैधानिक कानूनों के विषय में यह व्यवस्था है कि संविधान का भाग बनने से पहले प्रत्येक ऐसा कानून जनता के समक्ष स्वीकृति के लिए रखा जाय। साधारण कानून के विषय में वहाँ यह व्यवस्था है कि केवल वे कानून जिनके विषय में तीस हजार नागरिक अथवा आठ कैन्टनों के प्रतिनिधि चाहें, जनता की स्वीकृति के लिए प्रस्तुत किये जाने चाहिएँ। इस प्रकार साधारण कानून के विषय में वहाँ ऐच्छिक

लोकनिर्णय की व्यवस्था है।

प्रत्यक्ष लोकतन्त्र—जब प्रभुसत्तावान जनता प्रत्यक्ष रूप से सार्वजनिक मामलों में भाग लेती है, नीति निर्धारित करती है और कानून बनाती है, तो उसे प्रत्यक्ष लोकतन्त्र कहते हैं। शासन के इस प्रकार राज्य की इच्छा का निर्माण और प्रकटीकरण प्रभुसत्तावान जनता द्वारा सार्वजनिक सभाओं में किया जाता है। वहाँ जनता के लोग इसके लिए जब आवश्यकता होती है तब इकट्ठे होते हैं। हर्नशा जैसे विचारकों के अनुसार तो ''शुद्ध रूप में लोकतन्त्री शासन वह शासन होता है, जिसमें सम्पूर्ण जनता स्वयं प्रत्यक्ष रूप से बिना कार्यवाहकों या प्रतिनिधियों के प्रभुसत्ता का प्रयोग करती है'' इस प्रकार के प्रत्यक्ष लोकतन्त्री शासन का रूप उन्हीं राज्यों में सम्भव हो सकता है, जिनका आकार बहुत छोटा होता है तथा जिनकी जनता के लिए यह सम्भव होता है कि वह समय-समय पर राजसभा में एकत्रित हो सके और शासन सम्बन्धी निर्णय दे सके। यद्यपि आजकल इस प्रकार के शासन वाले राज्य नहीं रहे हैं फिर भी प्राचीनकाल में ऐसे अनेक राज्य हुए हैं। प्राचीन ग्रीक नगर राज्य अधिकतर इसी प्रकार के प्रत्यक्ष लोकतन्त्र के उदाहरण थे। भारत में भी वज्जिसंघ में प्रत्यक्ष लोकतन्त्रात्मक शासन प्रचलित था। आधुनिक काल में भी कुछ प्रदेशों में ऐसे शासन विद्यमान हैं। उदाहरणार्थ, अपनजिल, ऊरी उन्ल्टकवाल्डन तथा ग्लारस ये चार कैन्टन स्विट्जरलैंड में अब भी ऐसे हैं, जिनमें प्रत्यक्ष लोकतन्त्र है और जिनमें वहाँ के सब नागरिक एकत्रित होकर शासन सम्बन्धी कार्य करते हैं। इस प्रकार छोटे राज्यों में तो प्रत्यक्ष लोकतन्त्र सम्भव हो ही सकता है, बड़े राज्यों में भी आधार रूप से अप्रत्यक्ष लोकतन्त्र होते हुए, ऐसी व्यवस्था की जाती है कि शासन सम्बन्धी कुछ विषयों अथवा नीति-निर्धारण एवं व्यवस्था में जनता प्रत्यक्ष रूप से भाग ले सके। लोकमत जानने की कुछ पद्धतियों द्वारा ऐसा सम्भव होता है। इन पद्धतियों को हम लोकनिर्णय (Referendum) आरम्भक (Initiative) तथा प्रत्याह्वाहन (Recall) कहते हैं।

लोकनिर्णय के गुण - लोकनिर्णय के निम्न मुख्य गुण माने जाते हैं :

(1) सक्रिय भागीदारी - यह देश के लोगों को देश के मामलों में सक्रिय भाग लेने वाला बनाता है। अतः वे उनके उदासीन दर्शकमात्र नहीं रहने पाते। उन राज्यों में जहाँ प्रत्यक्ष लोकतन्त्र की शासन-व्यवस्था है, लोकनिर्णय द्वारा जनता शासन सम्बन्धी समस्याओं को हल करती है। उन राज्यों में भी जहाँ अप्रत्यक्ष लोकतन्त्री शासन होता है, लोकनिर्णय द्वारा यह सम्भव हो जाता है कि जनता अपने प्रभुसत्ता-सम्बन्धी अधिकार का सदा प्रयोग करती हुई देश के सार्वजनिक जीवन में सक्रिय भाग लेती रहे। लोकनिर्णय की व्यवस्था से जनता राजनीतिक दृष्टि से जागृत होती है और वह अपने अधिकारों तथा कर्त्तव्यों के प्रति सजग रहती है। वह यह भी

देखती रहती है कि उसके प्रतिनिधि व्यवस्थापिका में क्या-क्या करते हैं और कैसे कानून बनाते हैं। लोकनिर्णय की व्यवस्था के कारण लोकतन्त्र कुछ वर्ष बाद निर्वाचन के रूप में एक बार आने वाला राजकीय उत्सव नहीं रह जाता, अपितु वह जनता के दैनिक जीवन का आवश्यक भाग बन जाता है।

(2) विधायकों में सजगता – इसके कारण विधायक लोक भी अपने कर्त्तव्य के प्रति अधिक सजग रहते हैं, क्योंकि लोकनिर्णय की तलवार उनके सर पर सदा लटकती रहती है। विधायक लोग यह जानते हैं कि यदि उनका कोई कानून उच्च कोटि का और जनता के हितों का प्रतिपादन करने वाला नहीं होगा, तो वह जनता द्वारा लोकनिर्णय के अवसर पर अस्वीकृत ही नहीं कर दिया जायगा वरन् उसके कारण स्वयं उनकी लोकप्रियता को धक्का पहुँचेगा और वे जनता की दृष्टि में इतने गिर सकते हैं कि आगामी निर्वाचन के समय वे फिर चुने भी न जा सकेंगे। इस प्रकार लोकनिर्णय की व्यवस्था विधायकों को जागरूक बनाती है और फलतः वे लोग सचेष्ट रहते हैं कि व्यवस्थापन का स्तर न गिरने पाए।

(3) गतिरोध नहीं - लोकनिर्णय की व्यवस्था द्वारा व्यवस्थापिका के दोनों सदनों के बीच गतिरोध नहीं चल पाता, क्योंकि जिन कानूनों के विषय में गतिरोध होता है, उन पर लोकनिर्णय लिया जा सकता है।

(4) जनता के हितों की रक्षा –लोकनिर्णय की प्रणाली जनता के हितों के लिए एक ढाल का काम करती है, क्योंकि इसके द्वारा जनता को अधिकार रहता है कि व्यवस्थापिका के उन कानूनों को अस्वीकृत करदे, जिनसे सार्वजनिक हितों की हानि हो। सोने की भाँति व्यवस्थापिका के कानून भी लोकनिर्णय की भट्टी में तप कर अपनी शुद्धता का प्रमाण दिये बिना क्रियान्वित नहीं किये जा सकते। इस प्रकार लोकनिर्णय शीघ्रता में किये जाने वाले अथवा अविचारपूर्ण व्यवस्थापन पर रोक लगाता है। फलतः जनहित के लिए हानिकारक कानून स्वीकृत नहीं होने पाते।

लोकनिर्णय के दोष:- लोकनिर्णय के उपर्युक्त गुण माने जाते हैं। किन्तु लोकनिर्णय के प्रयोग से यह स्पष्ट हो गया है कि उसके ये गुण केवल सैद्धान्तिक हैं। व्यवहार में यही सिद्ध हुआ है कि लोकनिर्णय की प्रणाली दोषयुक्त है। उसके मुख्य दोषों को हम निम्न प्रकार रख सकते हैं:

(1) उचित योग्यता कठिन - प्रत्येक कार्य के लिए उचित योग्यता की आवश्यकता होती है। कानून निर्माण अथवा उनकी अच्छाई-बुराई के विषय में निर्णय देना कोई ऐसा कार्य नहीं जिसे प्रत्येक व्यक्ति कर सकता हो। उदाहरण के लिए, मुद्रा पद्धति तथा विदेशी विनिमय आदि कुछ ऐसे विषय होते हैं। जिनके विषय में जनसाधारण तो क्या कुछ विधायक लोग भी पूर्ण जानकारी नहीं रखते और ऐसे विषयों

से सम्बन्धित व्यवस्थापन पर यदि लोकनिर्णय लिया जाय निर्णय उचित नहीं हो सकता। चूँकि जनसाधारण कानूनों की अच्छाई-बुराई देखने में पूर्णतः समर्थ नहीं होते, अतः उनके निर्णय का आधार तर्क और कानून का औचित्य अथवा अनौचित्य सम्बन्धी ज्ञान न होकर प्रायः केवल बहकावा और क्षणिक आवेश होता है। इसलिये यह कहना कि लोकनिर्णय की प्रणाली से बुरे व्यवस्थापन पर रोक लग जाती है, ठीक नहीं है।

(2) छोटे राज्यों में संभव - लोकनिर्णय की व्यवस्था का प्रयोग केवल छोटे राज्यों में ही होना सम्भव है। बड़े राज्यों में उनका प्रयोग हो ही नहीं सकता।

(3) जनता की उदासिनता - जनता स्वयं लोकनिर्णय के प्रति उदासीन रहती है। लोकनिर्णय के समय या तो वे मत ही नहीं देते या यदि वे मत देते भी हैं, तो उसका प्रयोग विवेक पूर्ण ढंग से नहीं करते। ऐसा देखा गया है कि लोग खाली पर्चियाँ मत-पेटिकाओं में डाल देते हैं। जब लोकनिर्णय के हथियार के प्रयोग करने वाले लोग प्रायः ऐसे होते हैं, तो उसका वास्तविक प्रयोग उन लोगों द्वारा होता है, जो अपने-अपने स्वार्थों की सिद्धि के लिए मतदाताओं को बहला-फुसला कर अपना उल्लू सीधा कर सकते हैं। लोकनिर्णय इस प्रकार न तो सही लोकमत की अभिव्यक्ति करता है और न ही उसके द्वारा जनता के हितों की साधना और रक्षा ही होती है।

(4) विधायकों का अनुत्तर दायित्व - लोकनिर्णय की प्रणाली के पक्ष में यह कहा जाता है कि वह विधायकों को अपने कर्त्तव्यों के प्रति जागरूक बनाये रखती है। किन्तु इसका दूसरा पक्ष यह भी हो सकता है कि विधायक अनुत्तरदायी और लापरवाह हो जाय, क्योंकि इस व्यवस्था में व्यवस्थापन के विषय में अन्तिम उत्तरदायित्व उनका न होकर स्वयं जनता का होता है।

जनमत संग्रह (Plebiscite)- लोकनिर्णय (Referendum) प्रणाली की सहगामी ही एक दूसरी प्रणाली जनमत संग्रह (Plebiscite) यद्यपि इसमें भी जनता का निर्णय लेने की व्यवस्था होती है तथापि लोकनिर्णय और जनमत संग्रह में पारिभाषिक अन्तर होता है। लोकनिर्णय के विवेचन से स्पष्ट है कि इस व्यवस्था में कोई निश्चित कानून जनता की स्वीकृति के लिए प्रस्तुत किया जाता है और जनता को यह अधिकार होता है कि वह उसे स्वीकार करे या अस्वीकार करे। इस प्रकार लोकनिर्णय की यह विशेषता है कि जनता को उसके विषय में निषेधाधिकार प्राप्त होता है। इससे भिन्न जनमत संग्रह की व्यवस्था में किसी विशिष्ट प्रश्न पर यह जाना जाता है कि उस प्रश्न के विषय में जनता की क्या सम्मति है। उदाहरणार्थ यदि मद्यपान निषेध के विषय का एक कानून जनता की स्वीकृति के लिये रखा जाय, तो हम उसे लोकनिर्णय कहेंगे और यदि मद्यपान कानून द्वारा समाप्त कर दिया जाय या

नहीं, यह प्रश्न जनता की राय जानने के लिए प्रस्तुत किया जाय, तो उसे हम जनमत संग्रह कहेंगे।

आरम्भक (Initiative) - सामान्य आरम्भक वह होता है, जिसमें उद्देश्य आदि को स्पष्ट करते हुए मतदाताओं की निश्चित संख्या व्यवस्थापिका से माँग करे कि माँग किये हुए विषय का एक विधेयक तैयार करवा कर व्यवस्थापिका उस पर विचार करे, स्वयं स्वीकार करे और जनता की स्वीकृति प्राप्त करे। इसके विपरीत जब मतदाताओं की एक निश्चित संख्या किसी कानून के विधेयक को पूर्णरूप से तैयार करके व्यवस्थापिका के पास विचार और स्वीकृति के लिए भेजती है, तो उसे हम सूत्रबद्ध आरम्भक कहते हैं। स्विट्जरलैंड में उक्त दोनों प्रकार के आरम्भक प्रचलित हैं और यह व्यवस्था है कि पचास हजार मतदाताओं द्वारा आरम्भक की कार्यवाही की जा सकती है। यदि लोकनिर्णय जनता के हाथ में बुरे व्यवस्थापन को रोकने के लिए एक निषेधात्मक हथियार है, तो आरम्भक उसके हाथ में ऐसा स्वीकारात्मक अस्त्र है, जिसके द्वारा यह अच्छा व्यवस्थापन प्रस्तुत कर सकती है। आरम्भक प्रणाली में जनता को यह अधिकार होता है कि वह उन कानूनों के प्रस्तावों को प्रस्तुत कर सके, जिन्हें वह लोक-कल्याण के लिए आवश्यक समझती हो। इस प्रकार आरम्भक निर्दिष्ट मतदाताओं की संख्या व्यवस्थापिका सभा से यह माँग करती है कि अमुक कानून पर विचार करके उसे स्वीकार किया जाए। लोकनिर्णय की भाँति आरम्भक भी दो प्रकार का होता है- सामान्य (General or Unformulative) तथा सूत्रबद्ध (Formulative)।

आरम्भक के गुण - आरम्भक के गुण-दोष प्राय: वैसे ही हैं जैसे लोकनिर्णय के हैं। फिर भी उसके गुणों में कुछ विशेष इस प्रकार हैं :

(1) लोकहित की अवहेलना नहीं - इसके द्वारा लोकहित की अवहेलना की सम्भावना कम हो जाती है और ऐसा नहीं होता कि उचित व्यवस्थापन की कमी के कारण लोकहित की हानि होती रहे, क्योंकि इस व्यवस्था द्वारा जनता स्वयं उन कानूनों के निर्माण की माँग कर सकती है, जिन्हें वह लोकहित की दृष्टि से आवश्यक समझे।

(2) विधायकों में सचेतता - लोकनिर्णय की भाँति यह भी विधायकों को इसके लिए सचेत रखती है कि वे जनता की आवश्यकताओं को ध्यान में रखें और उनकी आवश्यकता के अनुसार व्यवस्थापन की व्यवस्था करते रहें, अन्यथा यदि जनता को अपने आरम्भक सम्बन्धी अधिकार का प्रयोग करना पड़ा तो वे जनता की दृष्टि में गिर जायेंगे और उनका आगामी निर्वाचन में सफल होना भी असम्भव हो जायेगा।

(3) जनता में जागरूकता – इसके द्वारा जनता में राष्ट्रीय मामलों के प्रति जागरूकता बनी रहती है और वह अपनी प्रभुता का स्वयं प्रयोग करती रहती है। जनता स्वयं लोकतन्त्र के अभिनय के दर्शक के रूप में नहीं, अपितु वह उसके अभिनेता के रूप में रहती है और इस प्रकार लोकतन्त्र के राजनीतिक शिक्षण के उद्देश्य की पूर्ति होती है। अप्रत्यक्ष लोकतन्त्र में जनता दर्शक मात्र होने से राजनीतिक शिक्षण का लक्ष्य पूरा नहीं होता।

आरम्भक के दोष :– आरम्भक के उपर्युक्त गुण माने जाते हैं किन्तु व्यवहार की कसौटी पर उसके वे गुण खरे नहीं उतरते हैं। अनुभव यह बताता है कि आरम्भक का प्रयोग उन गुणों के साथ नहीं किया जा सकता, जिनका उल्लेख ऊपर किया गया है। व्यवहार में उनके जो दोष प्रकाश में आते हैं, वे इस प्रकार है:

(1) अनुत्तरदायित्व – यह प्रणाली भी व्यवस्थापकों को अनुत्तरदायी बना सकती है। उन देशों में जहाँ अप्रत्यक्ष लोकतन्त्र के साथ-साथ प्रत्यक्ष व्यवस्थापन की भी व्यवस्था होती है, व्यवस्थापन का उत्तरदायित्व विभाजित हो जाता है। परिणामस्वरूप दो का उत्तरदायित्व किसी का उत्तरदायित्व नहीं रहता और व्यवस्थापन कार्य में गड़बड़ और अस्त-व्यस्तता आ जाती है।

(2) जनता का इस योग्य न होना – जनता की योग्यता साधारणतया ऐसी नहीं होती कि वह इसका प्रयोग उचित ढंग से कर सके। अधिकतर मतदाताओं को अपनी व्यक्तिगत समस्याओं से इतना अवकाश ही नहीं मिलता कि वे आरम्भक की प्रक्रिया के झगड़े में पड़े। अत: इस यन्त्र का प्रयोग भी लोकनिर्णय की तरह उन्हीं लोगों के द्वारा होता है, जो उसे अपनी स्वार्थ-सिद्धि के लिये प्रयुक्त करते हैं और इस कारण लोक-हितकारी कानूनों के स्थान पर वर्ग-हितकारी कानूनों का निर्माण होता है।

(3) व्यवस्थापन का उच्च स्तर न रहना – जिन राज्यों मे व्यवस्थापन कार्य आरम्भक-प्रणाली द्वारा ही होता है वहाँ वह जनता के अवशिष्ट लोगों द्वारा होता है। अत: यह सम्भव होता है कि व्यवस्थापन का स्तर उतना उच्च न रह सके, जितना वह व्यवस्थापन कार्य के विशेषज्ञों अर्थात् विधायकों द्वारा किये जाने पर होता। इस प्रकार आरम्भक का अधिक प्रयोग व्यवस्थापन के स्तर को गिरा देता है।

(4) छोटे देशों को उपयुक्त – इस प्रद्धति का प्रयोग केवल छोटे देशों में ही सुगमता से हो सकता है। बड़े देशों में इसका प्रयोग क्रियात्मक दृष्टि से सम्भव नहीं है।

प्रत्याह्वाहन (Recall) –व्यवहार में प्रत्याह्वाहन के अधिकार का अधिकतर दुरुपयोग होता है। सामान्य जनता के साधारणतया अनभिज्ञ होने के कारण महत्वाकांक्षी

लोग इससे अपने स्वार्थों की सिद्धि करते हैं। उदाहरणार्थ, किसी भी स्थान का कोई महत्वाकांक्षी व्यक्ति अपने प्रभाव के मतदाताओं के समर्थन की धौंस पर किसी विधायक अथवा मन्त्री को इस बात के लिये बाध्य कर सकता है कि वह उसकी इच्छानुसार कानून बनवाने का प्रयत्न करे या शासन का संचालन करे अन्यथा उसे प्रत्याह्वाहन का शिकार होना पड़ेगा। ऐसी दशा में बहुत से विधायक और मन्त्रिगण अपने स्थान पर बने रहने के लिये न कि लोक-कल्याण की दृष्टि से ऐसे महत्त्वकांक्षी व्यक्तियों की इच्छानुसार अपना कार्य कर सकते हैं और राष्ट्र के हित की हानि हो सकती है। इसका अधिक प्रयोग शासन के आधार को निर्बल बना देता है तथा विधायक, मन्त्रिगण तथा न्यायाधिकारीगण (जहाँ न्यायाधिकारियों पर भी यह प्रणाली लागू है) सुरक्षा का अनुभव न करने के कारण निर्भय होकर निष्पक्षता के साथ देश-सेवा नहीं कर पाते। प्रत्याह्वाहन जनता का वह अधिकार होता है जिसके द्वारा वह अपने किसी प्रतिनिधि विधायक को अथवा मन्त्री को, यदि वह अपने कर्त्तव्य को जनता के विश्वस्त के अनुसार ठीक से नहीं निभाए और लोक-कल्याण की साधना नहीं करे तो उसे पदच्युत किया जा सकता है। सीधे शब्दों में इसका अर्थ यह हुआ कि यदि कोई व्यवस्थापक लोक-कल्याणकारी व्यवस्थापन की ओर प्रयत्नशील नहीं रहता अथवा उसकी स्वीकृति में बाधक बनता है, तो जनता की एक निश्चित संख्या उसे उसके पद से वापस बुला सकती है। इस व्यवस्था की महत्ता यह है कि वह एक ही साथ प्रतिकारात्मक, सुधारात्मक तथा प्रतिरोधात्मक तीनों प्रकार की होती है। इस व्यवस्था के द्वारा लोक-कल्याण पर आघात करने अथवा उसमें बाधा डालने वाले अपदस्थ कर दिये जाते हैं। अतः यह प्रतिकारात्मक (Retributic) व्यवस्था है। इस व्यवस्था से लोक-कल्याण विरोधी लोगों का सुधार होता है, अतः यह सुधारात्मक (Reformatory) भी है। बुरा करने वालों के साथ प्रतिकार करके और उन्हें अपदस्थ करके दण्ड द्वारा औरों को वैसा करने से, इस व्यवस्था द्वारा रोका जाता है, अतः यह प्रतिरोधात्मक (Deterrent) भी होती है। इस व्यवस्था का उद्देश्य इस प्रकार विधायकों और मन्त्रियों को अपने कर्त्तव्य के प्रति सजग रखना और उन्हें सार्वजनिक हित की भावना से युक्त जन-सेवक बनाये रखना है। इस प्रकार कि प्रत्याह्वाहन की प्रणाली एक प्रकार से विधायकों और मन्त्रियों की भ्रष्टाचार, मनमानी तथा तानाशाहीपूर्ण मनोवृत्ति का उपचार है। फिर भी यह स्मरणीय है कि व्यवहार में प्रत्याह्वाहन के गुण पूर्ण रूप से खरे नहीं उतरते।

प्रतिनिध्यात्मक लोकतन्त्र

हर्नशा के शब्दों में भी, "यह प्रतिनिधियों के माध्यम से सर्वोच्च सत्तावान जनता का शासन होता है" जिस पद्धति में राज्य की इच्छा का निर्माण और

अभिव्यक्ति प्रभुसत्तावान जनता के स्थान पर उसके प्रतिनिधि करते हैं, उसे हम परोक्ष अथवा प्रतिनिध्यात्मक लोकतन्त्र कहते हैं। इस शासन-प्रणाली में जनता अपने प्रतिनिधियों का निर्वाचन करती है। उनसे उस व्यवस्थापिका का निर्माण होता है जो कानून बनाने का कार्य करती है। मिल ने कहा है कि प्रतिनिध्यात्मक लोकतंत्र में, "सम्पूर्ण जनता अथवा उसका बहुसंख्यक भाग शासन की शक्ति का प्रयोग अपने उन प्रतिनिधियों द्वारा करती है, जिन्हें वह समय-समय पर चुनती है।"[1] ब्लुंशली ने मत व्यक्त किया है कि, "प्रतिनिध्यात्मक लोकतन्त्र में नियम यह होता है कि जनता अपने कर्मचारियों द्वारा शासन करती है, जबकि अपने प्रतिनिधियों के द्वारा वह व्यवस्थापन करती और प्रशासन पर नियन्त्रण करती है।" यद्यपि प्रतिनिधियों के निर्वाचन की दृष्टि से इस प्रकार की शासन-प्रणाली के दो भेद किए जाते हैं। पहला, संसदीय (जिसमें जनता सदस्यों का निर्वाचन करती है और सदस्यों द्वारा सरकार का निर्माण होता है) और दूसरा अध्यक्षीय (Presidential)(जिसमें राष्ट्रपति का निर्वाचन जनता द्वारा किया जाता है और फिर राष्ट्रपति द्वारा सरकार का निर्माण किया जाता है)। तथापि तात्विक दृष्टि से दोनों का स्वरूप एक-सा ही होता है क्योंकि दोनों में जनता के द्वारा निर्वाचित प्रतिनिधि अथवा प्रतिनिधियों द्वारा सरकार का निर्माण होता है और वह सरकार प्रभुसत्तावान जनता के नाम से शासन का संचालन करती है।

लोकतन्त्री शासन के गुण

लोकतन्त्री शासन की प्रशंसा और बुराई प्रायः समान रूप से की गई हैं। जिस उत्साह और बल के साथ उसकी प्रशंसा के पक्ष में युक्तियाँ दी गई हैं, उसकी उतनी ही कड़ी आलोचना भी हुई है। जिन आधारों पर लोकतन्त्र की प्रशंसा की जाती है अथवा कि जो उसके गुण बताये जाते हैं, वे निम्न प्रकार हैं :

(1) सर्वतोन्मुखी शिक्षण :- ब्राइस ने कहा है, "राजनीतिक अधिकारों की प्राप्ति द्वारा मनुष्य के व्यक्तित्व की शान बढ़ जाती है और वह स्वभावतः उस कर्त्तव्य की भावना के उच्चतर स्तर तक उठ जाता है, जिसका पालन उसे राजनीतिक अधिकारों की प्राप्ति के कारण करना पड़ता है।"[1] एक अन्य गुण लोकतंत्र का यह है कि इसके अन्तर्गत जनता का सर्वतोन्मुखी शिक्षण होता है। लोकतंत्र शासन का ही एक प्रकार नहीं है, अपितु वह राज्य का और समाज का भी एक प्रकार है। अतः स्वभावतः उसके प्रयोग द्वारा जनता को शासन-सम्बन्धी, राजनीतिक तथा सामाजिक सभी प्रकार का शिक्षण प्राप्त होता है। लोकतंत्र में जनता यह जानती है कि वह अपने और अपने देश के भाग्य की निर्मात्री है, अतः वह इस सम्बन्ध में अपना उत्तरदायित्व समझने लगती है और अपने कर्त्तव्य के प्रति सजग रहने लगती है। कर्त्तव्य के प्रति इस प्रकार की जागरूकता तथा राजनीतिक चेतना के कारण लोग

यह समझने लगते हैं कि मतदान का अधिकार एक पवित्र कर्त्तव्य है और उन्हें उसका उपयोग न्यायपूर्वक निष्पक्ष भाव से और विचारपूर्वक सार्वजनिक हित को दृष्टि में रखते हुए करना चाहिये। इस भावना के उदय के कारण लोग अपने क्षुद्र स्वार्थों को सार्वजनिक स्वार्थों की वेदी पर बलिदान करना सीख जाते हैं और इस प्रकार वे आदर्श नागरिक बन जाते हैं। लोकतंत्र नागरिकों को शासन कार्य में सक्रिया भाग लेने वाला बना देता है और वे शासन के नाटक के वैसे उदासीन दर्शक नहीं रहते, जैसे वे राजतंत्र अथवा श्रेणितन्त्र में रहते हैं। लोकतन्त्र नागरिकों में आत्म-निर्भरता का भाव भी उत्पन्न करता है तथा साथ-साथ ही उनमें आत्म-सम्मान की उस भावना को भरता है जिससे व्यक्ति अपने साथ-साथ दूसरे के व्यक्तित्व का सम्मान करना सीखता है। इन सब ढंगों से लोकतन्त्र व्यक्ति को आदर्श नागरिक बनने की शिक्षा देता है। लोकतंत्र के इसी गुण को ध्यान में रखते हुए श्री बर्न्स ने कहा है कि, ''सभी शासन शिक्षा के साधन होते हैं, परन्तु स्वशिक्षा सबसे अच्छी शिक्षा होती है, इसलिये स्वशासन सबसे अच्छा शासन होता है। स्वशासन को ही लोकतन्त्र कहते हैं।''

(2) लोक-कल्याण की साधना:- लोकतन्त्र की मुख्य अच्छाई यह है कि इसके अर्न्तगत शासनकर्त्ताओं से यह आशा की जाती है कि वे लोक-कल्याण के प्रति सदा सजग और क्रियाशील रहेंगे। लोकतंत्री शासन में जो लोग शासनकर्त्ता होते हैं, वे जनता के प्रतिनिधि होते हैं और वे इसी आधार पर निर्वाचित किये जाते हैं कि वे शासन का संचालन जनता के हित साधन के लिये ही करेंगे। इस प्रकार लोकतन्त्र में शासन का अधिकार एक थाती के रूप में होता है, जो प्रतिनिधियों को इस आधार पर मिलता है कि वे उनका प्रयोग जनता के हितों, उसके अधिकारों और उसकी इच्छाओं के अनुसार करेंगे। लोकतंत्र में शासनकर्त्ताओं को जनता की इच्छाओं के प्रति सजग रहना पड़ता है, उसके कष्टों को ध्यान में रखना पड़ता है और कष्टों को दूर करना होता है। इस प्रकार लोकतंत्र की सबसे बड़ी अच्छाई यह है कि उसमें शासन लोक-कल्याण के लिये होता है।

(3) देशभक्ति का स्रोत :- लोकतन्त्र के कारण जनता में देशभक्ति जागृत होती है। जिस वस्तु के लिये लोग कार्य करते हैं, उसके प्रति उनका लगाव हो जाता है। चूँकि लोकतन्त्र में लोगों को अपने देश के लिये कार्य करने का अवसर मिलता है, अतः उन्हें देश के प्रति लगाव जो जाता है और ठनमें देश भक्ति की भावना का उदय हो जाता है। लोकतन्त्र में लोग अपने देश से प्रेम करना सीखते हैं, क्योंकि देश का भाग्य उन्हीं के हाथ में होता है और वे उसके हित के लिये प्राण-प्रण से लग जाते हैं। मिल ने भी ऐसा ही विचार व्यक्त किया है और कहा है कि,

''लोकतंत्र लोगों की देश भक्ति को बढ़ाता है, क्योंकि नागरिक यह अनुभव करते हैं कि सरकार उन्हीं की उत्पन्न की हुई वस्तु है और अधिकारी उनके स्वामी न होकर उनके सेवक हैं।''

(4) क्रांति से सुरक्षा – गिलक्राइस्ट ने कहा है, ''लोकप्रिय शासन सार्वअनुमति पर आधारित होता है। जैसा गिलक्राइस्ट ने कहा है ''लोकप्रिय शासन सार्वजनिक सहमति का शासन होता है, अतः स्वभाव से ही यह क्रान्तिकारी नहीं हो सकता।''लोकतंत्र के अन्तर्गत क्रान्ति की सम्भावना अत्यन्त कम हो जाती है। शासनकर्त्ता जनता द्वारा निर्वाचित होते हैं, अत: उनसे यह आशा की जाती है कि वे जनता की इच्छाओं और आकांक्षाओं को अपनी नीतियों द्वारा क्रियान्वित करेंगे। अत: यह स्वाभाविक है कि लोगों को उनसे कोई शिकायत इस प्रकार की न हो, जिसको दूर करने के लिये उन्हें क्रान्ति का सहारा लेना पड़े। शासनकर्त्ता पहिले तो स्वयं ही लोकमत की आकांक्षाओं के अनुरूप शासन का संचालन करते हैं, और यदि किसी प्रकार जनता को शासकों से कोई शिकायत हो अथवा वे लोग अवांछनीय सिद्ध हो जाएँ तो जनता को उन्हें अपदस्थ करने का अधिकार प्राप्त होता है। वस्तुत: लोकतन्त्र शासन स्वयं भी क्रांतिकारी नहीं हो सकता, क्योंकि यह अनुमति पर आधारित होता है।

(5) समानता का आदर्श :- लोकतन्त्र व्यक्ति की समानता के आदर्श पर आधारित होता है। उसके सिद्धान्तों के अनुसार यह विचार अस्वीकार्य है कि कुछ लोग संसार के शासन करने के लिये और कुछ लोग शासित होने के लिये उत्पन्न हुये हैं। उसकी दृष्टि में सभी का महत्त्व और मूल्य समान होता है। लोकतन्त्र के आदर्श के मतानुसार सब व्यक्ति समान होते हैं और उन सबके हितों की रक्षा समान रूप से की जानी चाहिए। सभी को शासन में समान रूप से भाग लेने दिया जाता है तथा उन्हें उसके लाभ भी समान रूप से ही प्राप्त होते हैं। इसके विपरीत राजतन्त्र अथवा श्रेणितन्त्र में जनता के कतिपय वर्गों को शासन में भाग नहीं दिया जाता एवं उन्हें शासन के लाभ प्राप्त नहीं होते। उसके अन्तर्गत सभी को शासन में भाग मिलता है और सभी को शासन के लाभ प्राप्त होते हैं।

लोकतन्त्री शासन के दोष :- लोकतन्त्र की आलोचना भी उतनी ही अधिक हुई है जितनी उसकी प्रशंसा। उसकी आलोचना इतनी कड़ी हुई है कि कुछ विचारकों ने यहाँ तक कह डाला है कि लोकतन्त्र का अब कोई उपयोग नहीं रहा है और उसके दिन अब व्यतीत हो चुके हैं। जिन दोषों के कारण लोकतन्त्र की आलोचना की जाती है, उन्हें हम निम्न प्रकार कह सकते हैं :

(1) दल प्रणाली का अहितकर प्रभाव –क्षेत्र और जनसंख्या के विस्तार की दृष्टि से बड़े आधुनिक राज्यों में केवल प्रतिनिध्यात्मक लोकतन्त्र ही चल सकता

है और परिणामतः दल-प्रणाली का अस्तित्व आधुनिक लोकतन्त्री राज्यों के लिये अनिवार्य हो जाता है। किन्तु यह दल-प्रणाली अपने व्यवहार के द्वारा लोकतन्त्र को भ्रष्ट बना देती है। विभिन्न राजनीतिक दलों का संगठन सिद्धांत रूप में किसी विशेष राजनीतिक, आर्थिक या सामाजिक कार्यक्रम को लेकर किया जाता है, परन्तु व्यवहार में वे राजनीतिक दल उस कार्यक्रम के मंच न रह कर, उन नेताओं के अखाड़े बन जाते हैं, जो भाषण देने, लोगों को बहकाने और अपना स्वार्थ सिद्ध करने में चतुर होते हैं। निर्वाचन के दौरान दो दलों द्वारा एक दूसरे की निन्दा की कीचड़ इतनी बुरी तरह उछाली जाती है कि सम्पूर्ण देश का वातावरण मनोमालिन्य से भर जाता है। निर्वाचन में विजय के लिये सच की धज्जियाँ उड़ाई जाती हैं, झूठे प्रचार द्वारा एक दूसरे को नीचा दिखाने की कोशिश की जाती है और नैतिकता ताक में रख दी जाती है। योग्य व्यक्तियों की अनावश्यक बुराई की जाती है और अयोग्य व्यक्तियों को योग्य और समर्थ बताया जाता है। इस प्रकार योगय और अयोग्य व्यक्ति की पहचान साधारण निर्वाचक के लिए कठिन हो जाती है। कहा जाता है कि लोकतन्त्र में शासन का संचालन जनता द्वारा निर्वाचित प्रतिनिधियों द्वारा होता है। किन्तु वस्तुतः यह बात नहीं है, क्योंकि प्रतिनिधियों का वास्तविक चुनाव जनता द्वारा न होकर राजनीतिक दलों द्वारा होता है और जनता के समक्ष यही उपाय रह जाता है कि वह विभिन्न दलों की ओर से खड़े किये गये व्यक्तियों में से किसी को अपना मत दे दे। दल-प्रणाली इस प्रकार जनता के द्वारा प्रतिनिधियों के चुनाव पर प्रतिबन्ध लगा देती है। जनता को मत व्यक्तियों को नहीं वरन् राजनीतिक दलों को देना होता है, चूँकि निर्वाचित व्यक्ति का लगाव जनता से न होकर खड़ा करने वाले दल से होता है, वह शासन भी जनता के हित साधन की दृष्टि से नहीं अपितु दल के हित साधन की दृष्टि से करता है और शासन का रूप लोकतन्त्रीय न होकर दलतन्त्रीय या दल अधिनायकतन्त्रीय हो जाता है।

(2) अक्षमता का आदर्श :- आलोचकों ने लोकतन्त्र को अक्षमता और अयोग्यता का आदर्श माना है। शासन की अक्षमता का कारण यह है कि लोकतन्त्र में गुण की अपेक्षा संख्या पर अधिक बल दिया जाता है। उसमें मत गिने जाते हैं, तौले नहीं जाते अर्थात् सबके मत का महत्त्व समान माना जाता है। यह वास्तविकता के प्रतिकूल है, क्योंकि राजनीतिक समस्याओं को समझ कर मतदान करने की सभी की योग्यता समान नहीं हो सकती है। जनता राज्य के प्रशासन को समझने के लिये ही अयोग्य नहीं होती, साधारणतः वह यह भी नहीं समझती कि देश का वास्तविक और स्थायी हित क्या है। प्रायः लोग अपने स्वार्थों को सार्वजनिक स्वार्थों से अधिक महत्त्व देते हैं और फल यह होता है कि लोकतन्त्र में सार्वजनिक हित के साधनों के

स्थान पर वर्गगत हितों की साधना होने लग जाती है। अधिकतर मतदाताओं के अज्ञान और शासकों को चुनने से सम्बन्धित अयोग्यता के कारण लोकतन्त्री शासन अत्यधिक विकृत शासन हो जाता है। इसलिये लीकी ने उसे ''निर्धनतम, अनभिज्ञतम तथा अयोग्यतम लोगों का शासन'' कहा है।

(3) धनवानों का शासन :-जब अधिकतर धनवान ही विधानसभा के लिए निर्वाचित होते हैं, तो यह भी अवश्यम्भावी होता है कि वे कानून निर्माण अपने वर्ग के हित-साधन के लिये ही करें और इस बात की चिंता न करें कि सार्वजनिक हित साधन किस में हो सकता है। पैसे की माया एक अन्य तरह से भी लोकतन्त्र के निर्वाचकों को बिगाड़ती है। इसके कारण मतदाता स्वतन्त्र रूप से मतदान नहीं कर सकते, क्योंकि अनेक धनी उम्मीदवार रुपये से मत खरीद लेते हैं और जनता के मतों का उपयोग मनमाने ढंग से करते हैं। निर्धन मतदाता इस प्रकार रोटी के लिए को अपने धनवानों के हाथ बेच देते हैं और लोकतन्त्र में मनुष्य, मनुष्य के हाथों में बिक जाते हैं। इस प्रकार चूँकि चुनाव अत्यधिक खर्चीले होते हैं, अतः उसके परिणामस्वरूप लोकतन्त्र में शक्ति धनिक वर्ग को ही मिलती है और लोकतन्त्र लोकतन्त्र न रहकर धनिकतन्त्र हो जाता है। लोकतन्त्र में अमीर-गरीब और ऊँचे-नीचे सभी व्यक्तियों का समान रूप से शासन में हाथ होता है। परन्तु वास्तविकता यह नहीं है। इसकी व्यावहारिक प्रक्रिया ऐसी है कि केवल धनवान व्यक्ति शासन के कर्ता-धर्ता बन जाते हैं। लोकतन्त्र का आधार निर्वाचन होता है और निर्वाचन द्वारा शासनकर्त्ता बनना केवल उन्हीं लोगों के बस की बात होती है जो धनी और साधन सम्पन्न होते हैं। यदि कोई व्यक्ति किसी राजनीतिक दल की ओर से निर्वाचन लड़ना चाहता है, तो उसे उस दल को चंदे में काफी धन देना पड़ता है और बदले में दल उसके लिए निर्वाचन लड़ने का प्रबन्ध करता है। यदि वह स्वतन्त्र उम्मीदवार की भाँति चुनाव लड़ना चाहता है, तो उसे स्वयं एक बड़ी रकम स्वतन्त्र चुनाव में खर्च करनी पड़ती है। इस प्रकार चुनाव लड़ने का काम केवल धनवान और साधन सम्पन्न लोग ही कर सकते हैं। इसके बाद जब पैसा खर्च करके लोग चुनाव में जीत कर पद प्राप्त करते हैं, तो स्वभावतः उन्हें इस बात की चिन्ता होती है कि उनका खर्च किया हुआ पैसा किसी प्रकार वापस मिले और इसके लिये वे अपने पद का अनुचित लाभ उठाये बिना नहीं रहते।

(4) सार्वजनिक धन और समय का अपव्यय - लोकतन्त्री शासन में धन और समय का अत्यधिक अपव्यय होता है। इसमें व्यवस्थापन की प्रक्रिया इतनी लम्बी होती है कि जिन कानूनों को स्वीकार करने में कुछ ही दिन लगने चाहिए उनको बनाने में वर्षों लग जाते हैं। यद्यपि कानूनों का निर्माण साधारणतः उसी रूप में होता

है जिसमें शासन से सम्बन्धित व्यक्ति चाहते हैं, फिर भी लोकतन्त्र की काल्पनिक आवश्यकताओं को पूरा करने के लिए इतनी लम्बी प्रक्रिया का सहारा लिया जाता है कि समय और धन व्यर्थ बरबाद होता है। चुनावों के समय सरकार को भी जनता का पैसा पानी की तरह बहाना पड़ता है, क्योंकि स्थायी रूप से चुनाव अधिकारियों को रखने के अतिरिक्त मतदाताओं की सूची की तैयारी, उसके छपवाने और प्रकाशित कराने में बहुत धन व्यय होता है।

(5) अनुत्तरदायी शासन – इस शासन के विरुद्ध यह भी कहा जाता है कि शासन सिद्धान्त रूप से उत्तरदायी होते हुए भी व्यवहार रूप में अनुत्तरदायी होता है। लोकतन्त्र यदि व्यवहार में उत्तरदायी शासन हो, तो उसे उस जनता के प्रति उत्तरदायी होना चाहिये, जिसमें प्रभुसत्ता निहित मानी जाती है। किन्तु व्यवहार में ऐसा नहीं होता। व्यवहार में लोकतन्त्र शासन के कर्त्ता-धर्त्ता अथवा मन्त्रिगण चुनाव के बाद जनसाधारण की क्या आवश्यकता है अथवा उनका क्या हित है, इन सब की बहुत कम चिन्ता करते हैं, वे लोग यदि किसी की कुछ परवाह करते हैं तो उन लोगों की करते हैं, जो विधायक होते हैं और प्राय: उनकी आवश्यकताओं और उनके हितों की साधना करने में लगे रहते हैं। विधायकों में भी वे उन्हीं के हितचिन्तन तक सीमित रहते हैं, जिनके समर्थन पर उन्हें निर्भर रहना पड़ता है। इस प्रकार लोकतन्त्री शासन सार्वजनिक उत्तरदायी शासन न होकर एक दल या गुट का अधिनायकतन्त्र हो जाता है व व्यावहारिक दृष्टि से लोकतन्त्र में शासन अनुत्तरदायी होता है।

शासन की भ्रष्टता - परिणामस्वरूप केवल वही काम होता है जो दल के लोग चाहते हैं और वह कुछ नहीं हो सकता जो देश में सार्वजनिक हित के लिए आवश्यक हो। वास्तविकता इस सम्बन्ध में यह है कि कोई भी व्यक्ति अलोकप्रिय बने बिना शासन नहीं कर सकता और चूँकि निर्वाचन पर आश्रित लोकतन्त्र के शासक आगामी चुनाव में शासक न बन पाने के भय के कारण अलोकप्रिय होने का साहस नहीं कर सकते, अत: वे वास्तविक हित में शासन भी नहीं कर सकते लोकतन्त्री शासन का एक दोष यह होता है कि उसमें शासन भ्रष्ट हो जाता है। जैसा ऊपर कहा गया है, लोकतन्त्री शासन का रूप शासक दल के कर्त्ता-धर्त्ताओं की इच्छा और सिफारिशों के अनुकूल चलता है, सार्वजनिक हित और कल्याण की दृष्टि से नहीं। ऐसा देखा गया है कि निर्वाचन में जिन लोगों ने सत्तारूढ़ दल की मदद की होती है, उनको शासन की ओर से अनेक प्रकार की सहायता पहुँचायी जाती है। सहायता करने वाले व्यक्तियों तथा उनके सम्बन्धियों आदि को ऊँची-ऊँची नौकरी दिलवाकर, व्यवसाय सम्बन्धी सुविधाएँ देकर तथा अन्य अनेक प्रकार से लाभ पहुँचाकर सहायता की जाती है। शासन के दिन-प्रतिदिन के कार्यों में भी उनका बड़ा प्रभाव रहता है

और शासन निष्पक्षता के साथ नहीं चलता। यह भ्रष्टता यहीं तक सीमित नहीं रहती, अपितु उसका रूप हमें देश के व्यवस्थापन तक में दिखाई देता है। वहाँ विधायक लोग ऐसा कोई प्रस्ताव अथवा कानून स्वीकार नहीं कर सकते, जिनसे उनके दल के लोग अप्रसन्न हो जायें।

(7) सर्वतोन्मुखी उन्नति की असम्भावना - लोकतन्त्रीय शासन में यदि किसी का महत्त्व होता है तो वह राजनीतिक नेता का होता है और जीवन के सभी क्षेत्रों में वह प्रमुख दिखाई देता है। इस प्रकार लोकतन्त्र में जीवन के अन्य सभी क्षेत्रों पर राजनीतिक जीवन छा जाता है और मानव-जीवन की सर्वतोन्मुखी उन्नति पूरी तरह से नहीं होने पाती। यह सत्य है कि लोकतन्त्र में राज्य के राजनीतिक जीवन में चहल-पहल आ जाती है, किन्तु साथ ही यह भी सत्य है कि इसके अन्तर्गत जीवन के अन्य क्षेत्रों में उदासीनता छा जाती है। वस्तुतः लोकतन्त्री शासन सांस्कृतिक जीवन के विकास की दृष्टि से अनुपयुक्त होता है। एकतन्त्री शासन और राजाओं का आश्रय पाकर साहित्यसेवी, कलाकार और विद्वान लोग अपने जीवन की आर्थिक चिन्ता से मुक्त होकर अपने कार्यों में लग सकते हैं और इस प्रकार उस शासन में राज्य की सांस्कृतिक उन्नति सुगमतापूर्वक हो सकती है। ऐसा लोकतन्त्र में सम्भव नहीं है, क्योंकि उसमें सबको एक लाठी से हाँका जाता है और साहित्यिकों, कलाकारों तथा विज्ञानवेत्ताओं को कोई विशेष महत्त्व प्राप्त नहीं होता। उन्हें भी अपनी रोटी की समस्या का सामना उसी प्रकार करना पड़ता है। जैसे अन्य सभी को और परिणाम यह होता है कि उन्हें अपना कार्य जीवनयापन के एक साधन के रूप में करना पड़ता है।

(8) राजनीतिक शिक्षा का दम्भ - कहा जाता है कि लोकतन्त्र से जनता को राजनीतिक शिक्षा मिलती है, पर वास्तव में वह शिक्षा कोरा दम्भ होती है। व्यवहार में राजनीतिक शिक्षा के स्थान पर जनता को कुशिक्षा प्राप्त होती है। निर्वाचन के समय जिस रूप में राजनीतिक समस्याओं को जनता के समक्ष प्रस्तुत किया जाता है, वह उनका बड़ा ही विकृत और दलीय राजनीति के रंग में रंगा हुआ रूप होता है। प्रत्येक राजनीतिक दल का प्रयत्न जनता को सच्ची राजनीतिक शिक्षा देना नहीं होता, अपितु उनका प्रयत्न यह होता है कि प्रत्येक बात को विशेष रंग में रंगकर प्रस्तुत किया जाय, जनता को सब्ज-बाग दिखाये जायँ और ऐसे उचित और अनुचित उपायों का अवलम्बन लिया जाय जिससे जनता मूर्ख बन सके और उसके पक्ष में मत दे सके। इसके लिये उम्मीदवारों की ओर से मतदाताओं को रिश्वतें दी जाती हैं, उनके मत खरिदे जाते हैं, जाति-बिरादरी और धर्म की दुहाई दी जाती है, एक दूसरे पर अनुचित आक्षेप किये जाते हैं और इस प्रकार राजनीतिक शिक्षा के स्थान पर जनता

को राजनीतिक और सामाजिक दोनों प्रकार की कुशिक्षा प्राप्त होती है। इस प्रकार आधुनिक रूप में लोकतन्त्री शासन में अनेक दोष हैं। यदि हम यह ढूँढ़ने का करें कि इन दोषों का मूल क्या है, तो हम पायेंगे कि ये दोष लोकतन्त्र के न होकर लोकतन्त्र के प्रयोगकर्त्ताओं अर्थात् शासनकर्त्ताओं और शासितों-दोनों के हैं।

लोकतन्त्र के व्यवहार में ये दोष इसलिए आ जाते हैं कि उसे व्यवहार में लाने वाले लोग अपने को उस स्तर का नहीं रख पाते, जिस स्तर की लोकतन्त्र की सफलता के लिए आवश्यकता होती है। अतः इस आधार पर लोकतन्त्र को बुरा बतलाना और उसे त्यागने का विचार करना चिकित्सा की अयोग्यता के कारण चिकित्सा-विज्ञान को बुरा बताने और उसे त्यागने के विचार के समान होगा। इसके अतिरिक्त यदि हम उसे त्यागना भी चाहें तो आधुनिक युग की अनुकूलता की दृष्टि से शासन का अन्य कोई प्रकार ऐसा नहीं दिखाई देता जिसके व्यवहार में दोष न पाये जाते हों और जिसे स्वीकार किया जा सके। इसलिये उन अनेक दोषों के होते हुए भी, जो उसके प्रयोग में हमारे समक्ष आये हैं, हमें मिल के उस मत से सहमत होना पड़ता है, जो उसने यह कहकर व्यक्त किया है कि "लोकतन्त्र के विरोध में दी जाने वाली युक्तियों में जो कुछ आधार प्रतीत हुआ, उसको पूरा महत्त्व देते हुए भी मैंने सहर्ष उसके पक्ष में ही निश्चय किया।"[1] यदि सभी उसके आदर्श पर चलने के लिए प्रयत्नशील रहें, तो चूँकि सब व्यक्तियों को सर्वतोन्मुखी उन्नति समान रूप से लोकतन्त्र में ही हो सकती है, अतः लोकतन्त्र त्याज्य न होकर ग्राह्य ही है। जैसा जिमेरिन ने कहा है, "चूँकि मनुष्य की आत्मा का निर्माण अपनी बुद्धि, निर्णयशक्ति, उत्तरदायित्व, साहस तथा आत्म-संयम के प्रयोग के लिये हुआ था और चूँकि बिना स्वतन्त्रता के मनुष्य का आधा व्यक्तित्व अविकसित रह जाता है, अतः वह आदर्श, जिसकी प्राप्ति की ओर सब प्रकार के सामाजिक और राजनीतिक प्रयत्न किये जाते हैं, स्वतन्त्र स्त्री-पुरुषों का पूर्ण सामूहिक साझेदारी का वह समाज ही है, जिसमें प्रत्येक एक साथ ही शासक और शासित होता है और प्रत्येक जानते हुए सब के लाभ के लिए अपनी सेवाएँ समर्पित करता है।"[2] यही कारण है कि कारपेन्टर जैसे विचारक को हम यह कहते हुये पाते हैं कि "हे अनादृत लोकतन्त्र! मैं तुझसे प्रेम करता हूँ।"

लोकतन्त्र की सफलता की आवश्यकताएँ

लोकतन्त्र में साधारण व्यक्ति एक ही साथ कर्त्ता एवं कर्म अथवा शासक एवं शासित होता है। उसी के ऊपर अन्तिम रूप से लोकतन्त्र का भार एवं उत्तरदायित्व रहता है। अतः यह आवश्यक है कि व्यक्तियों का स्तर नैतिक और बौद्धिक दृष्टि से ऐसा हो, जिससे लोकतन्त्र का प्रयोग सफल हो सके। दूसरे शब्दों में, यदि लोकतन्त्र

के प्रयोग को सफल बनाना है, तो कुछ नैतिक एवं बौद्धिक आवश्यकताएँ हैं, जिन्हें पूरा करना व्यक्तियों के लिए आवश्यक है। लोकतन्त्र के व्यवहार में जो दोष हमें मिलते हैं, उनका मूल लोकतन्त्र स्वयं न होकर लोकतन्त्र के प्रयोगकर्त्ता होते हैं। यदि लोकतन्त्र में कुछ दोष हमें दिखाई देते हैं, तो उसका कारण यह होता है कि जो लोग लोकतन्त्र का प्रयोग करते हैं वे दोषमुक्त होते हैं अथवा जिन परिस्थितियों में वे उसका प्रयोग करते हैं वे उस प्रयोग के लिए उपयुक्त नहीं होतीं। वस्तुत: लोकतन्त्र का विचार जिन सिद्धान्तों पर आधारित है वे पूर्णत: दोषमुक्त हैं और यदि उसके प्रयोग में कोई दोष आ जाते हैं, तो उनका कारण यह होता है कि हम उन आवश्यकताओं की पूर्ति नहीं कर पाते, जिनकी पूर्ति होना लोकतन्त्र की सफलता के लिए अत्यन्त आवश्यक होता है। यहाँ हम इन्हीं आवश्यकताओं पर विचार करेंगे। यह आवश्यकताएँ स्थूल रूप से दो भागों में बाँटी जा सकती हैं- उन व्यक्तियों से सम्बन्धित आवश्यकताएँ, जो लोकतन्त्र के प्रयोग में भाग लेते हैं तथा उन परिस्थिति से सम्बन्धित आवश्यकताएँ जिनमें लोकतन्त्र का प्रयोग होता है। परिस्थिति सम्बन्धी आवश्यकताओं को को हम भौतिक आवश्यकताएँ भी कह सकते हैं। व्यक्तियों से सम्बन्धित आवश्यकताओं को और दो भागों-नैतिक एवं बौद्धिक, तथा भौतिक आवश्यकताओं आगे और तीन भागों- सामाजिक, आर्थिक व राजनीतिक में बाँटा जा सकता है। दोनों प्रकार की आवश्यकताएँ एक दूसरे से बढ़कर अपरिहार्य हैं और दोनों में परस्पर साध्य और साधन जैसा घनिष्ठ सम्बन्ध रहता है।

नैतिक आवश्यकताएँ - हर्नशा ने कहा है कि लोकतन्त्रात्मक सिद्धान्तों का रूप अनिवार्यत: धार्मिक होता है।'' अत: धर्म की भाँति ही इसके लिये भी चरित्रशीलता की आवश्यकता होती है और यह आवश्यक होता है कि लोकतन्त्र के प्रयोग करने वाले व्यक्तियों का चरित्र कुछ नैतिक सिद्धान्तों पर आधारित हो। जिन नैतिक सिद्धान्तों पर व्यक्तियों का चरित्र आधारित होना चाहिए उनमें से मुख्य इस प्रकार हैं :

परमार्थ की भावना - व्यक्तियों में स्वार्थ की अपेक्षा परमार्थ की भावना प्रबल होनी चाहिए। लोकतन्त्र की नींव मनुष्य की सहयोग की भावना में निहित होती है। इसका प्रारम्भ ही इस आधार पर होता है कि मनुष्य स्वभाव एवं आवश्यकतावश सामाजिक प्राणी है और इसलिए वह सदा अपने साथी मनुष्यों से मिलकर चलता है और यह समझ कर कि उसका हित भी सार्वजनिक हित का अविभाज्य अंग है, सार्वजनिक हित की साधना के लिए कार्य करता है। लोकतन्त्र वस्तुत: नागरिकों की लोकसेवा की उस निस्वार्थ भावना पर ही फलता-फूलता है, जिसके कारण वे जानते हुए अपने क्षुद्र हितों को सार्वजनिक हितों के लिए बलिदान

करते हैं। अतः यह आवश्यक है कि लोकतन्त्र के प्रयोग में भाग लेने वाले व्यक्तियों में परमार्थ की भावना की प्रबलता हो जिससे मेरे-तेरे की भावना से ऊपर उठ कर वे सार्वजनिक हित की दृष्टि से कार्य कर सकें।

ईमानदारी - लोकतन्त्री देशों के नागरिकों को ईमानदार होना चाहिए। शासन-सम्बन्धी महत्त्वपूर्ण विषयों और नीतियों से सम्बन्धित निर्णय जनता द्वारा ही होते हैं। यदि नागरिक ईमानदार नहीं होंगे, तो वे उन निर्णयों को ईमानदारीपूर्वक नहीं कर सकेंगे, तथा यदि उनका आदर्श ईमानदारी का होगा तो धन-दौलत का लालच, जाति-पाँति का लगाव, दलबन्दी और स्वार्थ उनके विवेक पर पर्दा नहीं डाल सकेंगे और उनके निर्णय के विवेकयुक्त होने के कारण शासन का संचालन भी विवेक एवं न्याय से होता रहेगा। वस्तुतः जनता की ईमानदारी की भावना और न्यायप्रियता पर ही लोकतन्त्र की सफलता निर्भर करती है।

कर्त्तव्य परायणता - नागरिकों के कर्त्तव्यपरायणता की भावना होनी चाहिए। लोकतन्त्र जनता द्वारा, जनता का, जनता के लिए शासन होता है। अतः यह आवश्यक है कि लोकतन्त्र के प्रयोगकर्त्ता व्यक्ति लोकतन्त्र से सम्बन्धित कार्यों को कर्त्तव्य की दृष्टि से करें। लोकतन्त्र के अभिनय में कोरे दर्शक बन कर ही न रहें अपितु उसमें वे अभिनेता बन कर उसी लगन से कार्य करें जिस प्रकार धर्म का अनुयायी धर्म के लिए करता है। लोकतन्त्र को असफल बनाने वाली इससे अधिक भय की बात और कोई नहीं होती कि उसमें भाग लेने वाला नागरिक उसके प्रति उदासीन हो। ऐसी दशा में शासन-शक्ति अनुचित हाथों में पहुँच जाती है और लोकतन्त्र अधिनायकतन्त्र बन जाता है।

बौद्धिक आवश्यकताएँ :- एकतन्त्र अथवा श्रेणीतन्त्र में राजसत्ताधारी एक व्यक्ति अथवा श्रेणी के बौद्धिक रूप में ठीक होने से राज्य चल सकता था, किन्तु लोकतन्त्र में चूँकि शासन का उत्तरदायित्व जनसाधारण का होता है, अतः यह आवश्यक है कि सम्पूर्ण जनता का बौद्धिक स्तर ठीक हो। बौद्धिक दृष्टि से जनता में जिन गुणों का होना आवश्यक है, वे निम्नलिखित हैं :

(A) समझदारी - सम्पूर्ण जनता में इतनी समझदारी (Common sence) होनी चाहिए, कि वे बुद्धिमता से प्रतिनिध्यात्मक सरकार का निर्वाचन कर सकें और देश की सभी प्रकार की आवश्यकताओं को भली-भाँति समझ सकें। लोकतन्त्री शास्त्र की सच्ची सम्पन्नता तभी हो सकती है, जब साधारण जनता समझदारी से युक्त हो और वह राज्य की समस्याओं को समझ कर उनके समाधान में अपना उचित सहयोग देने में समर्थ हो। समाज में अनेक कार्य ऐसे होते हैं जो राज्य के सूत्रों द्वारा पूरे नहीं किये जा सकते। अतः उनको पूरा करने के लिये वह आवश्यक है कि जनसाधारण

में समझदारी हो। जनता में समझदारी होनी चाहिए, इसका यही अभिप्राय नहीं है कि जनता उच्च शिक्षा प्राप्त हो, अथवा वह पढ़ने-लिखने में प्रवीण हो या गणित और विज्ञान सम्बन्धी सिद्धान्तों से पूर्णतया परिचित हो। समझदारी का अर्थ इतना ही है कि वह भले और बुरे की पहिचान कर सके, यह जान सके कि किस राजनीतिक दल के सिद्धान्त सार्वजनिक हित के लिए लाभप्रद हैं अथवा किन नेताओं के हाथ में देश की बागडोर सुरक्षित रह सकती है।

(B) निर्णयशक्ति - लोकतन्त्र में शासन लोकमत, विचार-विनिमय तथा स्वस्थ आलोचना द्वारा चलता है। अत: यह नितान्त आवश्यक है कि जनता जिसमें लोकतन्त्री शासन की शक्ति निहित होती है, समझदार और अच्छी निर्णय-शक्ति वाली हो अन्यथा उचित विचार-विनिमय, स्वस्थ आलोचना और संयमित लोकमत इन तीनों में से एक भी सम्भव नहीं हो सकेगा। जनता में निर्णय-शक्ति होनी चाहिए जिससे वह देश के समक्ष जो भी समस्याएँ आयें उन पर समयानुकूल अपना विवेकपूर्ण निर्णय दे सके। लोकतन्त्र का एक दोष यह बताया जाता है कि उसमें विचार-विनिमय के कारण निर्णय करने में अनावश्यक देर होती है। यदि जनसाधारण की निर्णायक बुद्धि का स्तर अच्छा हो, तो लोकतन्त्र इस दोष से मुक्त हो सकता है क्योंकि उस दशा में कठिन मामलों के निर्णय शीघ्र हो सकेंगे। आधुनिक जगत में निर्णायक बुद्धि की और भी अधिक आवश्यकता है, क्योंकि आजकल की समस्याएँ इतनी पेचीदा और शीघ्र निर्णय चाहने वाली होती है कि उनके विषय में जनता तब तक उचित और शीघ्र निर्णय नहीं ले सकती, जब तक उसकी निर्णय-शक्ति का स्तर अच्छा न हो।

भौतिक आवश्यकताएँ -मनुष्य जो कुछ बनता है, वह अपनी आन्तरिक शक्तियों के कारण तो बनता ही है, साथ ही उस पर उन परिस्थितियों का भी बड़ा प्रभाव पड़ता है, जिनमें वह उत्पन्न होता है और जिनमें वह पलता है। इसलिए यदि जनता को उन्नत बनाना है, तो यह अत्यन्त आवश्यक है कि उन परिस्थितियों को भी बनाया जाए जिनमें वह रहती है। अन्यथा परिस्थितियों के अनुकूल न होने से आन्तरिक दृष्टि से सद्गुणों से युक्त जनता भी उन्नत नहीं बन सकती। परिस्थितियाँ मनुष्य की उन्नति के लिए अनुकूल हों, इसके लिए कुछ ऐसी सामाजिक, आर्थिक ओर राजनीतिक आवश्यकताएँ हैं, जिनका पूरा होना अनिवार्य होता है और जिनके बिना लोकतन्त्र पूर्ण सफल नहीं हो सकता।

सामाजिक आवश्यकताएँ - (A) न्याय की भावना - प्रथम सामाजिक आवश्यकता यह है कि समाज व्यवस्था न्याय पर आधारित हो। सामाजिक न्याय के बिना लोकतन्त्र नहीं चल सकता। सामाजिक न्याय से यह तात्पर्य है कि समाज में जन्म, जाति, रंग, सम्प्रदाय और धर्म आदि के भेद के बिना मानव जगत में प्रत्येक

व्यक्ति के व्यक्तित्व को समान आदर प्राप्त हो। सबके साथ कानून, न्याय और अवसर की दृष्टि से समान व्यवहार हो। जैसा हर्नशा ने कहा है, " लोकतन्त्र की माँग है कि एक ओर सुविधा प्राप्त उच्च वर्ग अथवा लाभ उठाने वाले धर्म गुरुओं का वर्ग समाप्त हो, तो दूसरी ओर शोषित श्रमिक वर्ग अथवा दासता में फँसा हुआ किसान वर्ग समाप्त हो।"[1] इसका तात्पर्य यह है कि लोकतन्त्र में सामाजिक न्याय होना चाहिए। उसमें न कोई वर्ग सुविधा-सम्पन्न रहे और न कोई सुविधा-रहित। उसमें तो सारी जनता का एक वर्गहीन समाज होना चाहिए।

(B) एकतावादी भावना -प्रो० हर्नशा के इस कथन में कि "जिस जनता से लोकतन्त्री राज्य बनता है, उसका रूप लोकतन्त्र राज्य में प्राणि-शरीर जैसी एकता का तो बन ही जाता है, इसके अतिरिक्त अनेक प्रकार के मतभेद होते हुए भी उसकी एक आवाज हो जाती है और अनेक सदस्यों की अस्वीकृति के उतार-चढ़ाव के होते हुए भी उसकी एक सामान्य इच्छा बन जाती है" इन्हीं एकता-सम्बन्धी आवश्यकताओं पर बल दिया है। दूसरी सामाजिक आवश्यकता यह है कि समाज में एकता की भावना होनी चाहिए। एकता की भावना भी ऐसी होनी चाहिए जिसके कारण देश के कोने-कोने में रहने वाले व्यक्ति एक दूसरे के साथ एकता के बन्धन में बँधे हों और व्यक्तिगत, सम्प्रदायगत अथवा वर्गगत हितों से ऊपर उठकर सम्पूर्ण देश के हित को अपने समक्ष रख कर उसकी साधना कर सकें। इसी प्रकार की सामाजिक एकता से ही वह सामान्य इच्छा (General will) बनती है, जिसके आधार पर लोकतन्त्री शासन का संचालन होता है।

(C) शिक्षा - अपने राज्य के कार्यो के संचालन के लिय जनता के लिये यह आवश्यक है कि वह यह जाने कि देश और संसार के विभिन्न भागों में क्या हो रहा है। यह सब तब तक सम्भव नहीं हो सकता, जब तक जनता शिक्षित न हो। अतः शिक्षा लेकतन्त्र के सफल संचालन के लिए अत्यन्त आवश्यक होती है।तीसरी सामाजिक आवश्यकता यह है कि लोकतन्त्र की जनता शिक्षित हो। यदि जनता यथेष्ठ रूप से शिक्षित होगी, तो निश्चय ही वह सार्वजनिक समस्याओं के समझने एवं उनका समाधान करने के लिये समर्थ होगी। शिक्षा वस्तुतः ऐसी वस्तु है जो व्यक्ति को विचारशील बनाती है और उसे इस बात का ज्ञान कराती है कि समाज में उसका क्या स्थान है। वही व्यक्ति को इस बात का ज्ञान कराती है कि वह स्वयं ही शासक और शासित है तथा वही उसे इस बात के लिए प्रेरित करती है कि अपने दोनों प्रकार के कर्त्तव्यों का पालन उत्तमता एवं योग्यतापूर्वक करे। आवागमन और संचार के साधनों की उन्नति के कारण संसार इतना छोटा हो गया है कि कोई भी देश संसार के अन्य देशों से पृथक रहने की भावना के साथ रह ही नहीं सकता।

आर्थिक आवश्यकताएँ - (A) आर्थिक समानता - पहली आर्थिक आवश्यकता यह है कि समाज में आर्थिक समानता हो। निर्धनता और लोकतन्त्र साथ-साथ नहीं चल सकते। एक निर्धन व्यक्ति कर्त्तव्य और ईमानदारी के उच्च आदर्शों की ओर देख नहीं सकता। उसकी नैतिकता उसकी रोटी तक ही सीमित होती है। उसका मन रुपयों से खरीदा जा सकता है। उस समाज के प्रति उसका कोई लगाव नहीं हो सकता, जिसमें उसका भाग्य एक निर्धन मनुष्य का भाग्य हो। इसके अतिरिक्त निर्धन व्यक्ति में कुछ हीनता का भाव भी होता है और उसमें वह आत्मविश्वास नहीं होता जो लोकतन्त्र के नागरिक की एक मुख्य विशेषता होनी चाहिये। निर्धन व्यक्ति राजनीतिक अथवा सामाजिक लोकतन्त्र का लाभ नहीं उठा सकता। जब तक आर्थिक लोकतन्त्र का भी लाभ उसे प्राप्त न हो, तब तक वह राजनीतिक अथवा सामाजिक दृष्टि से मिली हुई अवसर की समानता से पूर्ण लाभ उठाने में वह बिल्कुल असमर्थ रहेगा।

(B) आर्थिक सुरक्षा - दूसरी आर्थिक आवश्यकता यह है कि अर्थ-सम्बन्धी न्यूनतम सुरक्षा सब को प्राप्त हो। यद्यपि लोकतन्त्र का आदर्श पूर्ण आर्थिक समानता होना चाहिए और इसके लिए लोकतन्त्री राज्य को सतत् प्रयत्नशील रहना चाहिए, तथापि आर्थिक न्यूनतम (Economic minimum) की सुरक्षा एक ऐसी स्थिति है, जिसके बिना हुए राजनीतिक अथवा सामाजिक लोकतन्त्र चल ही नहीं सकता। यह हम सभी जानते हैं कि व्यक्ति की सबसे प्रारम्भिक आवश्यकताएँ खाने, पहिनने, रहने आदि से सम्बन्धित होती हैं और जब तक उसकी यह आवश्यकताएँ पूरी नहीं होती, वह जीवन के अन्य पहलुओं की परवाह नहीं करता। अत: व्यक्ति राज्य-सम्बन्धी मामलों की ओर आकर्षित होकर उसमें भाग ले, इसके लिए यह आवश्यक है कि उसके लिए उसकी न्यूनतम आर्थिक आवश्यकताओं को पूरा करने के साधन प्राप्त हों।

राजनीतिक आवश्यकताएँ - प्रमुख राजनीतिक आवश्यकताएँ इस प्रकार हैं-

(A) स्वतंत्रता - पहली राजनीतिक आवश्यकता यह है कि देश में स्वतन्त्रता का वातावरण हो। जैसा पहले कहा गया है, लोकतन्त्र में शासन विचार-विनिमय द्वारा होता है तथा विभिन्न मतों की आलोचना उसकी आत्मा होती है। अत: लोकतन्त्र की सफलता के लिए यह अत्यन्त आवश्यक है कि व्यक्तियों को अपनी सम्मति व्यक्त करने की पूरी स्वतन्त्रता प्राप्त हो। जब तक लोगों को विचार व्यक्त करने की स्वतन्त्रता नहीं होगी, तब तक सबको सबके विचारों का ज्ञान नहीं हो सकेगा और न सरकार के कृत्यों की खुली और निर्भीक आलोचना ही हो सकेगी। परिणाम यह होगा कि शासन सर्वसाधारण के लोकमत के आधार पर न चलकर जिन लोगों को मत व्यक्त करने की सुविधा होगी, उसके मतानुसार चलेगा और वह

इस प्रकार शुद्ध रूप में लोकतन्त्र न रहेगा। अतः लोकतन्त्र की सफलता के लिए यह आवश्यक है कि जनता को विचार, भाषण तथा प्रेस सम्बन्धी पूर्ण स्वतन्त्रता प्राप्त हो, जिससे स्वस्थ, स्वतन्त्र तथा लोक-कल्याणक लोकमत का निर्माण होता रहे।

(B) विरोध का आदर - दूसरी राजनीतिक आवश्यकता यह है कि सत्ताधारी दल विरोधी दलों अथवा अल्पसंख्यकों के विचारों का उचित आदर करे। दल-प्रणाली आधुनिक लोकतन्त्र का आधार है। अतः शासन के इस प्रकार में शासन का संचालन बहुसंख्यक दल द्वारा होता है और अन्य विरोधी दलों को केवल यही अधिकार प्राप्त होता है कि वे अपनी स्वस्थ आलोचना द्वारा सरकार के कृत्यों को उच्च आदर्श की ओर प्रेरित करने का उद्योग करते रहें। व्यवहार में यह तभी सम्भव हो सकता है जब बहुसंख्यक दल, जो सत्ताधारी दल होता है, विरोधी दल द्वारा व्यक्त विचारों का उचित आदर करे और पक्षपात रहित दृष्टि से उन पर विचार करके, उन्हें शासन-सम्बन्धी नीतियों के निर्माण में उचित स्थान प्रदान करे। यद्यपि शासन का वास्तविक कार्य बहुसंख्यक दल का ही होता है, तथापि उसे इस बात का उद्योग करना चाहिए कि जहाँ तक सम्भव हो वह विरोधी दलों का सहयोग भी प्राप्त करके चले। असहयोग की दशा में दलगत राजनीति का जोर हो सकता है और राष्ट्रीय हित की हानि होने के कारण लोकतन्त्र असफल हो सकता है।

(C) शक्ति और सुरक्षा - तीसरी राजनीतिक आवश्यकता यह है कि देश में शान्ति और सुरक्षा हो। यदि देश में अशान्ति होगी और नागरिकों के जीवन की भी सुरक्षा नहीं होगी, तो जनता का ध्यान अपनी सुरक्षा पर ही केन्द्रित रहेगा और नागरिकता के कर्त्तव्यों की ओर उसका ध्यान जा ही नहीं सकेगा। जब शांति का समय होता है, तो जनता को इस बात के लिए अवकाश मिलता रहता है कि देश के शासन से सम्बन्धित कार्यों की ओर अपना ध्यान दे सके और उनमें सक्रिय सहयोग दे सके। व्यवहार में हमने देखा कि युद्धकाल में निर्वाचन हटा देने पड़ते हैं अथवा देश का शासन एक व्यक्ति अथवा कुछ चुने हुए व्यक्तियों की समिति को सौंप दिया जाता है। उस समय में लोकतन्त्रीय ढंग से शासन का संचालन सम्भव नहीं हो सकता। इस प्रकार लोकतन्त्र के सफल संचालन के लिये शांति और सुरक्षा का बना रहना अत्यन्त आवश्यक होता है।

(D) स्थानीय स्वशासन स्थानीय स्वशासन की प्राथमिक पाठशाला का अस्तित्व इसलिये आवश्यक है कि उसमें शिक्षा पाकर राजनीति के विद्यार्थी उच्चतर शिक्षालयों के लिये तैयार हो सकते हैं। चूँकि स्थानीय स्वशासन के अंगों-पंचायतों, जिला परिषदों, नगरपालिकाओं आदि में प्रायः वैसा ही काम छोटे स्तर पर होता है, जैसा राज्य में बड़े स्तर पर होता है, अतः स्थानीय स्वशासन वह सीढ़ी होती है

जिससे होकर जनता राजकीय लोकतन्त्र शासन तक पहुँच सकती है। चौथी राजनीतिक आवश्यकता यह है कि देश में स्थानीय स्वशासन की व्यवस्था हो। यद्यपि स्थानीय स्वशासन एक प्रकार से लोकतन्त्र का ही एक भाग होता है तथापि इस भाग के अस्तित्व पर उसकी सफलता बहुत कुछ निर्भर रहती है। लोकतन्त्र के सफल संचालन के लिए यह अत्यन्त आवश्यक है कि जनता राजनीतिक रूप से शिक्षित हो। चूँकि स्थानीय स्वशासन ही वह पाठशाला है जहाँ जनता राजनीतिक शिक्षा का प्रथम पाठ ग्रहण करती है।

लॉक के कुछ अन्य विचार

लॉक ने इस सम्बन्ध में कुछ अधिक नहीं लिखा है। वह प्रसंगवश सरकार के तीनों रूपों की चर्चा करता है। सरकार का स्वरूप इस बात पर निर्भर है कि बहुमत अथवा समुदाय अपनी शक्ति का किस प्रकार प्रयोग करना चाहता है। बहुमत या समुदाय सत्ता अपने पास भी रख सकता है अथवा इसे किसी विधायी सत्ता को भी सौंप सकता है। यदि विधायी शक्ति वह स्वयं अपने हाथ में रखता है और अपने द्वारा निर्मित कानूनों की क्रियान्विति के लिए कुछ अधिकारियों की नियुक्ति भर कर देता है तो वह सरकार जनतन्त्रवादी है। यदि समाज अथवा बहुमत विधायी-शक्ति कुछ गिने-चुने लोगों एवं उनके उत्तराधिकारी को सौंप देता है तो वह सरकार वर्गतन्त्री या कुलीनतन्त्रात्मक होती है। यदि विधायी-शक्ति केवल एक व्यक्ति में निहित है तो वह सरकार राजतन्त्रात्मक कहलाती है। लॉक सॉंविधानिक राजतन्त्र को सरकार का सर्वोत्तम रूप मानता है किन्तु उसका यह भी कहना है कि विधायिका चाहे जो रूप धारण करले उसे पवित्र रहना चाहिए और जहाँ जनता ने उसे रखा है वहीं बनी रहनी चाहिए।

सहिष्णुता

लॉक का एक महत्त्वपूर्ण योगदान सहिष्णुता के समर्थन में है। 17वीं शताब्दी के धार्मिक संघर्षों की पृष्ठभूमि में लॉक अत्यन्त उदार वृत्ति का था। धर्म के सम्बन्ध में उसके पूर्व दो विचारधाराएँ प्रचलित थीं। एक तो हॉब्स की भाँति निरंकुश राज्य का समर्थक दल था जो राज्य को पूर्ण प्रभुत्व सम्पन्न बनाकर धर्म को अधीनस्थ बनाना चाहता था। दूसरा दल पोप, पादरियों, सामन्तों, आदि का था जिसके अनुसार धर्म राज्य-शक्ति से परे की वस्तु थी। यह दल मानता था कि राजा को केवल प्रशासकीय अधिकार थे, धार्मिक नहीं। "एक पक्ष के पास शासन की तलवार थी जो दैवी कृपा से प्राप्त थी और दूसरे के पास पवित्रता की तलवार थी और वह भी भगवद् कृपा से आई थी। एक ऐसा दल भी था जो दोनों तलवारों को एक ही शासक के दोनों हाथों के अस्त्र मानता था।"

धार्मिक कट्टरता का युद्ध बहुत दिनों तक चलता रहा और धर्म के नाम पर भीषण अत्याचार किए गए। अन्ततः धार्मिक सहिष्णुता के विचार प्रस्फुटित होने लगे और

जब लॉक ने अपने विचार प्रसिद्ध 'Letters on Toleration' में लिखे तब तक सहिष्णुता के सिद्धान्त का काफी प्रसार हो चुका था।

लॉक ने अपने ग्रन्थ में सिद्ध किया कि धर्म वैयक्तिक वस्तु है जिससे राज्य का तब तक कोई मतलब नहीं जब तक धार्मिक गिरोह अव्यवस्था उत्पन्न न कर दे। धर्म मनुष्य की व्यक्तिगत नैतिकता का संबल है, हृदय की पवित्र अनुभूति है। व्यक्ति के विश्वास बल-प्रयोग द्वारा परिवर्तित नहीं किए जा सकते। धर्म-परिवर्तन अन्यायपूर्ण है अतः राज्य के लिए यही उचित है कि वह धार्मिक मान्यताओं का विरोध न करे वरन् उन्हें सन्तुलित और उपयुक्त बनाए रखे। यह कार्य हस्तक्षेप द्वारा सम्भव नहीं है। राज्य की कार्य-पद्धति बल-प्रयोग की है और धर्म के क्षेत्र में बल प्रयोग करना व्यर्थ है क्योंकि इस साधन से किसी के मन और हृदय को जीता तथा बदला नहीं जा सकता। धर्म एक बौद्धिक क्रिया है जिसका यन्त्र हृदय-परिवर्तन दमन से धर्म का उद्देश्य ही समाप्त हो जाता है।

लॉक ने धर्मान्धता के कारण जनता पर किए जाने वाले अत्याचारों की गाथा पढ़ी और सुनी थी। उसने अपने समय में भी इसका अनुभव किया था अतः उसने धर्म और राज्य के मध्य समन्वय का पक्षपोषण किया। उसने कहा कि जहाँ स्वतन्त्र विचार-प्रदर्शन एवं सत्यान्वेषण का कार्य राज्य को धर्म के अन्तर्गत करना चाहिए तथा लोगों को अपने विश्वासों के अनुकूल धर्म-पालन की छूट देनी चाहिए वहाँ धर्म की आड़ में किए जाने वाले राज्य-विरोधी कार्यों का अन्त करने के लिए भी राज्य को तैयार रहना चाहिए। यह आश्चर्य की बात है कि धार्मिक सहिष्णुता और उदार वृत्ति का परिचय देते हुए भी लॉक रोमन कैथोनिकों को नागरिकता देने के पक्ष में नहीं था। नास्तिकों को भी वह अन्तरात्मा की स्वतन्त्रता प्रदान करने का विरोधी था। कैथोलियों से वह इसलिए नाराज था कि उनकी आस्था एक विदेशी शक्ति के प्रति थी और नास्तिकों से वह इसलिए कुपित था कि वे ईश्वर की सत्ता से ही इन्कार करते थे।

विद्रोह या क्रान्ति का अधिकार

लॉक के अनुसार राज्य का निर्माण जनता के हित के लिए कुछ विशेष उद्देश्य की पूर्ति के निमित्त होता है। कुछ असुविधाओं को दूर करने के लिए व्यक्ति राज्य को सीमित अधिकार देकर अपने विरोध का अधिकार नहीं खोते। व्यक्ति के जीवन-स्वातन्त्र्य और सम्पत्ति-रक्षा के मौलिक उद्देश्यों की पूर्ति न कर सकने पर राज्य के विरुद्ध कदम उठाया जाना स्वाभाविक है, हालाँकि यह कदम बहुत समर्थित होना चाहिए। लॉक की दृष्टि में व्यवस्थापिका राज्य का सर्वोच्च अंग है और कार्यपालिका उसके अधीन है पर यदि व्यवस्थापिका स्वेच्छाचारी आचरण करने लगे तो जनता को अधिकार है कि वह उसे नष्ट कर दे या बदल दे। लॉक के सिद्धान्त की यह विशेषता है कि सरकार के भंग होने पर

समाज ज्यों का त्यों बना रहता है, क्योंकि समाज का स्थान सरकार के ऊपर है। वह सरकार के भंग होने के सम्बन्ध में केवल इतना कहता है कि "सरकार तब भंग हो जाती है जब कानून-निर्माण की शक्ति उस संस्था से हट जाती है जिसको कि जनता ने यह दी थी, या तब जबकि कार्यपालिका या व्यवस्थापिका उसका प्रयोग ट्रस्ट की शर्तों के विपरीत करते हैं।" लॉक ने यह स्पष्ट नहीं किया कि लोग यह कार्यवाही किस प्रकार करते हैं। उसने केवल यही बतलाया कि यदि स्पष्ट हो जाए तो जनता राजनीतिक सत्ता का विरोध कर सकती है किन्तु विद्रोह करने के इस अधिकार पर प्रतिबन्ध हैं। प्रथम, जब तक स्थिति गम्भीन न हो जाए अथवा जब तक शासन अपने कर्त्तव्यों का पालन करता रहे तब तक जनता को अपनी शक्ति का प्रयोग नहीं करना चाहिए। द्वितीय, केवल बहुसंख्यक लोगों को ही सरकार उलटने का अधिकार है। लॉक के क्रान्ति विषयक इन विचारों के कारण ही कहा गया है कि उसने "किसी शासन सिद्धान्त का नहीं बल्कि क्रान्ति के सिद्धान्त का प्रतिपादन किया है।" इस सिद्धान्त का जैफरसन एवं अन्य राजनीतिज्ञों पर काफी प्रभाव पड़ा था।

व्यक्तिवाद

वाहन का कथन है कि "लॉक की व्यवस्था में हर वस्तु व्यक्ति के चारों तरफ चक्कर काटती है। प्रत्येक वस्तु को इस प्रकार सजाकर रखा गया है कि व्यक्ति की सम्प्रभुता सुरक्षित रहे।" वास्तव में यह बहुत कुछ सत्य है कि लॉक ने जिस राजनीतिक व्यवस्था की कल्पना की उसका केन्द्र बिन्दु व्यक्ति है, तथापि इसका आशय यह नहीं है कि उसने व्यक्ति को प्रभुत्व का प्रतिपादन किया है।

(i) लॉक की व्यवस्था व्यक्ति केन्द्रित है। प्राकृतिक अवस्था, सभ्य समाज, संविदा, शासन-तन्त्र और राज्य क्रान्ति-ये सभी बातें व्यक्ति का गौरव बढ़ाने वाली हैं। लॉक जीवन, स्वतन्त्रता और सम्पत्ति की रक्षा के अधिकार प्रत्येक व्यक्ति को देता है। इन्हें वह व्यक्ति के जन्मसिद्ध, स्वाभाविक एवं प्राकृतिक अधिकार समझता है। उसका विश्वास है कि सम्पत्ति के अधिकार में व्यक्ति का अधिकार सम्मिलित है और यही जीवन तथा स्वतन्त्रता के अधिकार का आधार है। लॉक मानता है कि व्यक्ति की सम्पत्ति तथा अन्य अधिकारों के अर्जन में समाज का कोई हाथ नहीं है पर लॉक के विपरीत आधुनिक मत यह है कि व्यक्ति के पास जो कुछ भी है वह समाज-प्रदत्त है।

(ii) लॉक यह भी बतलाता है कि व्यक्ति की नैतिक चेतना, न्याय-अन्याय की भावना आदि प्रकृति प्रदत्त है पर आज के समाजशास्त्री मानते है कि मानवीय चेतना का निर्माण सामाजिक वातावरण में होता है और समाज से ही उसे नैतिक भावना मिलती है।

(iii) लॉक के अनुसार राज्य का प्रादुर्भाव ही व्यक्ति के प्राकृतिक अधिकारों की रक्षा के लिए होता है। इन अधिकारों की सुरक्षा के लिए ही वह राज्य की सत्ता पर

अनेक मर्यादाएँ स्थापित करता है। मैक्सी के शब्दों में, "लॉक का कार्य राज्य की सत्ता को ऊपर उठाना नहीं, बल्कि उसके प्रतिबन्धों का प्रतिपादन करना है।" प्रथम तो व्यक्ति ने अपनी जिस शक्ति का त्याग किया है वह एक व्यक्ति में नहीं अपितु सम्पूर्ण समाज में निहित है, और द्वितीय, शासक 'लेवियाथन' की भाँति असीमित अधिकारसम्पन्न निरंकुश प्रभु नहीं है, अपितु उसके अधिकार वही तक सीमित हैं, जहाँ तक समाज अथवा बहुमत ने उन्हें उसे प्रदान किया है। व्यक्तिगत प्राकृतिक अधिकार प्रभुत्वसम्पन्न समाज के अधिकारों को ठीक उसी भाँति सीमित करते हैं जिस भाँति प्राकृतिक अवस्था में एक व्यक्ति के प्राकृतिक अधिकार दूसरे व्यक्ति के प्राकृतिक अधिकारों को मर्यादित करते थे।

(iv) लॉक ने यह भी स्पष्ट किया है किसी भी व्यक्ति को उसकी इच्छा के विरुद्ध राज्य का सदस्य बनने के लिए विवश नहीं किया जा सकता। पुनश्च, यदि परिवक्क अवस्था प्राप्त कर लेने पर व्यक्ति अपने जन्म के देश की सरकार द्वारा की गई सेवाओं को स्वीकार करता रहे तभी यह समझना चाहिए कि उसने संविदा के प्रति अथवा राज्य का सदस्य होने के प्रति अपनी सहमति प्रकट कर दी है। वह अपनी सम्पत्ति व्यक्त अथवा मौन रूप से दे सकता है। स्पष्ट है कि लॉक व्यक्ति की सम्मति को समाज का आधार मानता है।

(v) लॉक के धर्म-विषयक विचारों में भी व्यक्तिवाद की स्पष्ट झलक है। वह धर्म को व्यक्तिगत वस्तु मानता है और व्यक्ति को अन्तःकरण के अनुसार पूजा एवं उपासना की स्वतन्त्रता प्रदान करता है। वह कहता है कि धर्म व्यक्तिगत नैतिकता का संबल है, विश्वास-बुद्धि हृदय की पावनतम् अनुभूति है। लॉक ने हॉब्स की भाँति व्यक्ति के सुख को भी सर्वोच्च महत्त्व प्रदान किया है। उसने मानव विवेक और मानव-समाज की कृत्रिमता पर आवश्यकता से अधिक बल देते हुए राज्य के जैविक्र स्वभाव की पूर्ण उपेक्षा की है।

प्रकट है कि लॉक ने व्यक्ति को अपनी सम्पूर्ण व्यवस्था का केन्द्र बिन्दु बनाया है। बार्कर के अनुसार, "लॉक में व्यक्ति की आत्मा की सर्वोच्च गरिमा स्वीकार करने वाली तथा सुधार चाहने वाली महान् भावना थी, उसमें यह प्यूरिटन अनुभूति थी कि आत्मा को परमात्मा के साथ अपने सम्बन्ध निश्चित करने का अधिकार है। ... उसमें प्यूरिटन सहज बुद्धि थी कि वह राज्य की सीमा निश्चित करते हुए उसे यह कह सके कि उसका कार्यक्षेत्र यहाँ तक, वह इससे आगे नहीं बढ़ सकता।" डनिंग ने भी उसके व्यक्तिवादी विचारों-उसके प्राकृतिक अधिकारों को राजनीतिक चिन्तन के इतिहास में महत्त्वपूर्ण देन स्वीकार किया है।"

लॉक की व्यवस्था व्यक्ति केन्द्रित है, इससे सहमत होते हुए भी यह स्वीकार नहीं किया जा सकता कि उसने व्यक्ति को पूर्ण प्रभुत्वसम्पन्न माना है। पहली बात तो यह

है कि वह सामाजिक समझौते में बहुमत शासन का सिद्धान्त अनिवार्यत: निहित करता है। इसका तात्पर्य यह हुआ कि किसी व्यक्ति विशेष अथवा अल्पमत को बहुमत के निर्णय को स्वीकार कर लेना एक अपरिहार्य आवश्यकता है। यदि व्यक्ति के प्राकृतिक अधिकार अपहरणीय है तो बहुमत को भी उसे उनसे वंचित करने का अधिकार नहीं हो सकता। यदि व्यक्ति पूर्ण प्रभुत्वसम्पन्न है तो उसे अपनी निजी निर्णय का केवल इसलिए परित्याग कर देने को बाध्य नहीं किया जा सकता कि बहुमत उससे सहमत नहीं है। दूसरी बात यह है कि लॉक ने अत्याचारी शासन के विरुद्ध विद्रोह का जो अधिकार दिया है वह भी बहुसंख्यकों को दिया है व्यक्ति को अथवा अल्पसंख्यकों को नहीं। इसके अतिरिक्त उसने यह भी मान लिया है कि जब तक शासन अपने कर्त्तव्यों का पालन करता रहता है तब तक जनता अपनी शक्ति से वंचित रहती है। अन्त में, उसका यह भी कहना है कि प्रारम्भ में लोगों ने जो समझौता किया था वह उसके वंशजों पर भी लागू हो सकता है। इन सब कारणों से यह कहा जा सकता है कि लॉज की व्यवस्था में व्यक्ति प्रभुत्वसम्पन्न नहीं है। हाँ, इसमें कोई सन्देह नहीं कि उसने व्यक्तिवाद को एक अजेय राजनीतिक तथ्य के निकट ला पटका है।

लॉक की असंगतियाँ

लॉक के राजनीतिक चिन्तन का उपसंहार करने से पूर्व यह उचित है कि उसने दर्शन में पाई जाने वाली प्रमुख असंगतियों को स्पष्ट कर दिया जाए। वास्तव में लॉक हॉब्स की भाँति सुस्पष्ट और तर्कसंगत नही है। सेबाइन के अनुसार इसका प्रधान कारण यह है कि "17वीं शताब्दी की राजनीति में लॉक ने अनेक प्रश्नों को देखा था और उसने एक साथ इन सभी प्रश्नों का समाधान करने का प्रयास किया जबकि उसका सिद्धान्त इतना तर्कसम्मत नहीं था कि वह ऐसी जटिल विषय-वस्तु को सम्भाल सकता", एवं साथ ही वह "इस बात को कभी पूरी तरह से नहीं समझ सका कि क्या तो मूलभूत है और क्या आनुसंगिक है।" उसके दर्शन की प्रमुख असंगतियाँ संक्षेप में ये है-

(i) ड्राइवर के शब्दों में, "लॉक फ्राँसीसी दार्शनिक डेकार्टे का दार्शनिक दृष्टिकोण, वैज्ञानिकों की प्रयोगात्मक पद्धति तथा शेफ्टसबरी और व्यावहारिक राजनीति से ग्रहण किए हुए उपयोगितावादी अनुभूतिवाद को एक क्रियाशील धारणा में समन्वित करने की चेष्टा कर रहा था।" इस प्रयत्न से उसके दर्शन में जटिलता और असंगति का समावेश हो गया। अपनी अनुभव-प्रधान प्रवृत्ति के कारण एक ओर तो उसने अन्तर्निहित विचारों और राजतन्त्र के दैविक मूल के सिद्धान्त को अस्वीकार किया तथा दूसरी ओर बुद्धिवाद से प्रेरित होकर उसने प्राकृतिक अधिकार के सिद्धान्त को स्वीकार कर लिया जिसका कि अनुभूतिवाद से सुगमता से कोई मेल नहीं बैठता। अन्तर्निहित विचारों को ठुकराकर प्राकृतिक अधिकारों में आस्था रखने की संगतिहीनता को मैक्सी ने इन शब्दों में व्यक्त

किया है-"लॉक द्वारा अन्तर्निहित विचारों का निषेध करने पर भी अन्तर्निहित (प्राकृतिक) अधिकारों का इतनी तत्परता से समर्थन करना ऐसा विलक्षण विरोधाभास है जो महानतम् बुद्धिजीवियों के मानवीय गुण को प्रमाणित करता है।" लॉक में यह विरोधाभास इसलिए उत्पन्न हुआ क्योंकि वह राजनीतिक चिन्तन में प्राकृतिक विधि को वही स्थान देना चाहता था जो स्वयं-सिद्धियों का रेखागणित में होता है।

(ii) लॉक भी हॉब्स के समान ही मानव-स्वभाव के एक पक्ष को ही प्रधानता देता है। हॉब्स ने यदि मानव-स्वभाव के बुरे पक्ष को ही चित्रित किया है तो लॉक ने मनुष्य में केवल अच्छाईयों को ही देखा है जबकि वास्तविकता यह है कि मनुष्य अच्छाईयों और बुराइयों दोनों का सम्मिश्रण है। मानव-स्वभाव के जिस भ्रान्त दृष्टिकोण के आधार पर लॉक ने प्राकृतिक दशा का चित्रण किया है वह एक कल्पनात्मक अवस्था ही प्रतीत होती है।

(iii) लॉक एक ओर हूकर से ली हुई मध्यकालीन परम्परा के इस विश्वास को अपनाता है कि समाज एक सम्पूर्ण व्यक्तित्व होता है, स्वार्थी व्यक्तियों का एक समूह नहीं तो दूसरी ओर हॉब्स से उस परम्परा को ग्रहण करता है जिसके अनुसार समाज स्वार्थी व्यक्तियों का समूह मात्र है। लॉक इन दोनों विरोधी दृष्टिकोणों में सामंजस्य स्थापित करने में असफल रहा है जिसके परिणामस्वरूप उसके चिन्तन में एक तरफ व्यक्ति एवं व्यक्ति के अधिकार अन्तिम तत्त्वों के रूप में सामने आते हैं, तथा दूसरी तरफ व्यक्ति और उसके अधिकार समाज के बहुमत के अधीन हो जाते हैं।

(iv) लॉक का एक विभ्रम प्राकृतिक अधिकारों के सम्बन्ध में भी है। एक ओर तो वह इन्हें निरपेक्ष मानता है और सरकार द्वारा अनुलंघनीय स्वीकार करता है तथा दूसरी ओर वह बहुमत के शासन के सिद्धान्त को थोपता है। बहुमत के निर्णय को मानने के लिए व्यक्ति तथा अल्पसंख्यक वर्ग बाध्य है। इस तरह वह बहुमत अथवा समाज को सर्वोच्च बना देता है। एक अन्य स्थान पर वह व्यवस्थापिका को शासन का सर्वोच्च अंग बनाता है और दूसरी तरफ समाज को एक व्यवस्थापिका समाप्त करके दूसरी व्यवस्थापिका बनाने का अधिकार देता है। इस तरह उसका सिद्धान्त अस्पष्टता से बोझिल हो जाता है। वास्तव में यह विचित्र बात है कि एक ओर वह नैतिक व्यवस्थाओं शाश्वत, पूर्ण और अन्तिम समझता है तथा दूसरी ओर उन्हें अस्थाई एवं समाज की विभिन्न स्थितियों का परिणाम मानता है।

(v) लॉक एक शब्द का प्रयोग विभिन्न स्थलों पर एक ही अर्थ में न करने का दोषी भी है। वह कई बार सम्पत्ति को आधुनिक अर्थ में प्रकट करता है और कई बार इसका आशय, जीवन, स्वतन्त्रता और सम्पदा से लेता है। इसके अतिरिक्त निजी सम्पत्ति सम्बन्धी उसकी भ्रान्त धारणा से पूँजीपति वर्ग को अनुचित रूप से समर्थन मिलता है।

(vi) लॉक का 'विधि-संगत' शब्द कई बार अनावश्यक भ्रम उत्पन्न करता है। वह कार्यपालिका और व्यवस्थापिका के अवैध कार्यो की बार-बार चर्चा करता है जबकि वह यह अच्छी तरह जानता है कि यह कोई सुधारात्मक उपाय नहीं है। इसी प्रकार वह अत्याचारी शासन के विधि-संगत प्रतिरोध की चर्च करता है जब कि उसका वास्तविक अभिप्राय विधि-ग्राह्य उपायों का आश्रय लेना है। लॉक ने नैतिक रूप से उचित और वैधानिक रूप से व्यावहारिक के बीच कोई भेद नहीं माना है। यह विचार इस परम्परा के आधार पर विकसित हुआ था कि प्राकृतिक और नैतिक विधियाँ एक ही वस्तु हैं और इसलिए कुछ ऐसी मूल विधियाँ भी है जिनकी रचना उच्चतम विधान-मण्डल तक नहीं कर सकते। इंग्लैण्ड में इस प्रकार के नियमों की वैधता उस क्रान्ति के साथ ही समाप्त हो गई थी जिसका लॉक समर्थन करने का प्रयास कर रहा था।

(vii) समाज और राज्य के बीच अन्तर स्पष्ट करने में लॉक असमर्थ है और तत्कालीन राजनीतिक, सामाजिक संस्थाओं का उपयुक्त विश्लेषण भी वह नहीं कर पाया है। सम्प्रभुता, राज्य के सामूहिक अधिकार तथा कर्त्तव्य और सापेक्षतापूर्ण समाज-रचना के सम्बन्ध में उसमें समुचित कल्पना का अभाव दिखाई देता है। लॉक की व्यक्तिवादिता राज्य की दृढ़ता पर प्रहार करके अवज्ञा-जनित आन्दोलनों को आश्रय देती है और विचार-प्रौढ़ व्यक्तियों को राज्य की नागरिकता स्वीकार या अस्वीकार करने का अधिकार देकर असामाजिक प्रवृत्ति को प्रोत्साहित करती है पुनश्च, विरोध का अधिकार भी उसका केवल मौखिक ही लगता है क्योंकि विरोध की प्रक्रिया असाधारण रूप से जटिल और अस्पष्ट है। ऐतिहासिक दृष्टि से भी लॉक के दृष्टान्तों और निष्कर्षों की पुष्टि नहीं होती है। संक्षेप में हर क्षेत्र से कुछ न कुछ संग्रह कर लॉक ने विचारों की बेमेल खिचड़ी पकाई है।

लॉक का महत्त्व और प्रभाव

लॉक की असंगतियों के कारण यद्यपि उसके चिन्तन में अस्पष्टता आ गई है तथापि इसने राजनीतिक चिन्तन के इतिहास में उसके प्रभाव को कम नहीं आँका जा सकता। अपनी महत्त्वपूर्ण देना के कारण उसका नाम राजदर्शन के इतिहास में अमर है। जहाँ हॉब्स के सिद्धान्तों को उसके जीवन-काल में बहुत कम समर्थन मिला और भावी राजदर्शन पर भी उसका कम प्रभाव पड़ा, वहाँ लॉक के विचारों को उसके जीवन-काल में ही न केवल बहुत सम्मान मिला बल्कि भविष्य में भी दो शताब्दियों से अधिक समय तक यूरोप और अमेरिका के जन-मानस पर उनका प्रभाव छाया रहा। फ्राँस और अमेरिका की जन-क्रान्तियों तथा आन्दोलनों पर उसके विचारों का प्रभाव पड़ा। 1765-71 तथा अमेरिकन स्वातन्त्र्य युद्ध के नेता और सन् 1789 में फ्राँस की राज्य-क्रान्ति के प्रवर्तक लॉक द्वारा प्रदर्शित व्यक्तिगत स्वतन्त्रता व्यक्तिगत सम्पत्ति, जनमत स्वीकृति, बहुमत-शासन, शक्ति-विभाजन के सिद्धान्त आदि से प्रेरित होकर कार्य करते रहे। अमेरिका के

संविधानवेत्ता लॉक की 'ट्रीटाइजेज' को बाइबिल की तरह पुनीत मानते रहे। उसके ये दोनों प्रशासन-निबन्ध अमेरिकन क्रान्ति के पाठ्यग्रन्थ बन गए। अमेरिका की 'स्वतन्त्रता की घोषणा' इसी महान् ग्रन्थ का लगभग प्रतिलेख है। प्रजातान्त्रिक नीतिशास्त्र के प्रणयन में लॉक की गौरवपूर्ण विशिष्टता को भुलाया नहीं जा सकता। राजसत्ता सहमति पर ही आधारित रह सकती है, इस घोषणा द्वारा उसने साम्राज्यवाद और निरंकुश शासन-प्रणाली का प्रबल विरोध किया। बहुमत शासन का जितना सुन्दर पक्ष-पोषण उसने किया, उतना अन्य किसी भी लेखक ने नहीं। क्रान्ति के अधिकार का पोषण करके उसने समस्त एकतन्त्रों को प्रत्यक्ष या अप्रत्यक्ष रूप में भारी चुनौती दी जिसे फिर रूसों ने और भी अधिक भावपूर्ण शब्दों में व्यक्त किया। सहिष्णुता का समर्थन करके लॉक ने केवल उदारवाद की ही सूचना नहीं दी बल्कि यह भी बताया कि तत्कालीन युग में वैज्ञानिक अन्वेषणों के कारण परम्परागत धार्मिक विश्वासों के प्रति एक उपेक्षाभाव जाग रहा था। कार्यपालिका को व्यवस्थापिका के अधीन बनाकर साँविधानिक शासन-क्रिया के समर्थक के रूप में लॉक हमारे सामने आया। उसके विचारों का प्रभाव इंग्लैण्ड में ह्विग दल के क्रिया-कलापों पर पड़ा। यह विस्मयजनक है कि लाँक का महान् प्रभाव इस बात के बावजूद भी पड़ा कि वह न तो नवीन विचारों का प्रवर्तक था और न ही उसके विचारों में संगतिबद्धता थी। सेबाइन के अनुसार, "उसकी प्रतिभा की विशेषता न तो विद्वता थी और न तर्क शक्ति ; यह उसकी अतुलनीय सहज बुद्धि थी जिसके प्रयोग से उसने दर्शन, राजनीति, आचरण शास्त्र तथा शिक्षा के क्षेत्र में उन मुख्य विचारधाराओं का एक स्थान पर संग्रह किया, जिन्हें भूतकाल के अनुभव ने उसकी समकालीन पीढ़ी के जो अधिक ज्ञानवान थी, मस्तिष्क में उत्पन्न कर दिया था। उसने उनको एक सरल, गंम्भीर किन्तु हृदयग्राही भाषा में अभिव्यक्त करके 18 वीं शताब्दी के लोगों के सम्मुख प्रस्तुत किया, जहाँ जाकर वे ऐसी सामग्री बने जिससे इंग्लैण्ड तथा यूरोप के राजदर्शन का विकास हुआ।"[1]

"लाँक के अनुभववाद का प्रभाव बर्कले (1685-1753) और ह्यूम पर पड़ा। इन दोनों ने उसकी स्थापना और मान्यताओं की पुष्टि करके अनुभववादी दर्शन का विशद् रूप कायम किया। आर्थर कौलियर (1680-1732) तथा बिशप पीटर ब्राउन के मन्तव्यों पर भी लाँक का असर पड़ा। डेविड हार्टले (1704-1757) एवं जोसेफ एवं जोसेफ प्रिस्टले ने भी लाँक की स्थापनाओं को विशेष रूप से पल्लवित किया। हार्टले की रुचि भौतिकवाद की ओर थी तथा प्रिस्टले की ईसाईयत की ओर। लाँक के व्यवहारवाद और अनुभववाद से फ्राँस में माँण्टेस्क्यू प्रभावित हुआ। हेल्वेशियस भी एक अंश में लॉक का ऋणी था। हेल्वेशियस की विचारधारा से बेन्थम का उपयोगितावाद प्रभावित था। हम कह सकते हैं कि 18 वीं शताब्दी में लॉक के जिन विचारों का फ्राँस में असर हुआ था, उन

विचारों को बेन्थम और उसके अनुयायी पुन: इंग्लैण्ड में ले आए।"

प्राकृतिक अधिकारों का सिद्धान्त यद्यपि आज अमान्य ठहराया जा चुका है किन्तु प्रो. डनिग के मतानुसार यह सिद्धान्त राजदर्शन को लॉक की एक अति महत्वपूर्ण देन है। जीवन, स्वतन्त्रता और सम्पत्ति को व्यक्ति के जन्मसिद्ध प्राकृतिक अधिकार मानते हुए उसने कहा कि राज्य का कर्त्तव्य उनकी रक्षा करना है और वह मनुष्य को इनसे वंचित नहीं कर सकता। यदि कोई राज्य ऐसा करता है तो प्रजा को उसके विरूद्ध विद्रोह करने का अधिकार है। ऐसी घोषणा करके लॉक ने व्यक्तियों को राज्य की मनमानी और निरंकुश शक्तियों के मार्ग में रुकावटों के रूप में खड़ा कर दिया। आज सभी देशों के संविधानों में नागरिकों के मौलिक अधिकारों की रक्षा को प्रथम स्थान दिया जाता है। यह वर्तमान प्रजातन्त्र और उदारवाद (Liberalism) की आधारशिला है। इसमें कोई सन्देह नहीं कि लॉक ने अपने पूर्ववर्ती विचारकों की अपेक्षा प्राकृतिक अधिकारों की व्याख्या और उनके निरूपण में निश्चित प्रगति की। प्रो. डनिका के शब्दों में "पफेन्डोर्फ द्वारा प्रतिपादित प्राकृतिक कानून एवं मिल्टन तथा स्पिनोजा द्वारा प्रशंसित स्वतन्त्रता में निरंकुशता के ऊपर वास्तविक रोग लगाने वाले लेखकों के लक्ष्य होते हुए भी साधारणत: अव्यावहारिकता प्रतीत होती हैं हमारे ऊपर उनका अधिक से अधिक प्रभाव पड़ता है कि ये लेखक अत्यधिक बुद्धिमान एवं प्रतिभावान व्यक्तियों की स्वतन्त्रता को सुरक्षित रखना चाहते हैं, प्रत्येक व्यक्ति की नहीं। परन्तु लॉक के समान अधिकार राजनीतिक संस्थाओं की विवेचना में इतना अधिक ओतप्रोत है कि ऐसा प्रतीत होता है मानो उसके बिना वास्तविक राजनीतिक समाज का अस्तित्व हीं नहीं हो सकता।"

आर्थिक क्षेत्र में भी लॉक ने महत्वपूर्ण भूमिका अदा की। सम्पत्ति के विषय में श्रम को जो महत्व उसने प्रदान किया उसका असर दो प्रकार का हुआ। एडम् स्मिथ और रिकार्ड ने मूल्य के श्रम मूलक सिद्धान्त को पूँजीवाद के पोषण में और कार्ल मार्क्स ने श्रमिक वर्का के हितों के अभिवर्द्धन में प्रयुक्त किया। लॉक के उदारवाद ने भी उसके प्रभाव को बढ़ाने में मदद की। हॉब्स ने मनुष्य को घोर स्वार्थी माना था, किन्तु लॉक ने मानव-स्वभाव में कर्त्तव्यशीलता, परमार्थ-वृत्ति और नैतिकता के लिये भी स्थान रखा। इस कारण तत्कालीन शिक्षित समाज उसके विचारों से विशेष रूप से प्रभावित हुआ। शिक्षा-शास्त्री के रूप में लॉक का महत्व सामने आया। उसने स्वतन्त्रता का पोषण और परम्परावाद का खण्डन किया। शिक्षा को उसने चारित्रिक विकास के लिये आवश्यक माना और संस्कृति की प्राप्ति के लिये मातृभाषा द्वारा शिक्षा प्राप्ति को उचित ठहराया। विश्वविद्यालय की उच्च-शिक्षा प्राप्त करने के उपरान्त भी उसने स्वयं यह स्वीकार किया कि जीवनयापन के क्रम में जो शिक्षा मिलती है वह बौद्धिक शिक्षा से श्रेयस्कर है। धार्मिक शिक्षा का पक्ष लेने पर भी उसने अन्धविश्वासों को प्रश्रय देना सर्वथा अनुचित बताया।

लॉक ने व्यवस्थापिका, कार्यपालिका और न्यायपालिका शक्तियों के विभाजन (Separation of Powers) के सिद्धान्त का बीजारोपण किया। पॉलिबियस के बाद लॉक ने ही इसका स्पष्ट और तर्कसंगत प्रतिपादन किया। व्यक्ति की स्वतन्त्रता को सुरक्षित रखने के रूप में इस सिद्धान्त का प्रयोग करने वाला वह संम्भवतः सर्वप्रथम आधुनिक विचारक था। मॉन्टेस्क्यू ने इसी के आधार पर अपने शक्ति -विभाजन तथा शासन सम्बन्धी कार्यों के त्रिवर्गीय विभाजन के सिद्धान्त का विकास किया और अमेरिका के संविधान-निर्माताओं ने लॉक एवं मॉण्टेस्क्यू के सिद्धान्तों का अनुसरण करते हुए ही अपने विधान की रचना की।

❑❑❑

8

शिक्षा के विषय में लॉक के विचार

लॉक ने अपनी कृतियों में शिक्षा को उतना व्यापक स्थान प्रदान नहीं किया है, जितना प्लेटो ने प्रदान किया है, यद्यपि इसके महत्त्व के प्रति वे पूर्णत: सजग हैं। लॉक के शिक्षा सम्बन्धी विचारों पर प्लेटो के 'रिपब्लिक' की छाप न होकर,उनके 'लॉज' की छाप है। प्लेटो व उनके शिष्य लॉक के शिक्षा सम्बन्धी विचारों में एक समानता यह है कि दोनों ने ही शिक्षा की व्यवस्था तथा विशेषत: उच्च शिक्षा की व्यवस्था केवल शासक वर्ग के लिए ही की है, क्योंकि प्लेटो ने यह व्यवस्था यदि अपने 'संरक्षकों' के लिए की है, तो लॉक ने उसे अपने 'नागरिकों' के लिए किया है। राज्य के अन्य लोगों की शिक्षा के विषय में दोनों यदि पूरी तरह से चुप नहीं रहे हैं, तो वे उसके प्रति उदासीन अवश्य रहे हैं।

लॉक के अनुसार शिक्षा का समाजशास्त्रीय आधार

समाजशास्त्रीय समाज को केन्द्र मानकर विचार करते हैं ये व्यक्ति को समाज के परिप्रेक्ष्य में ही देखते हैं। शिक्षा को ये व्यक्ति और समाज को विकास का साधन कहते हैं। समाजशास्त्रियों के विचार में शिक्षा के विषय में निम्नलिखित बातें कहीं हैं–

शिक्षा एक अनवरत प्रक्रिया है–लॉक का मानना है कि शिक्षा समाज में सदैव चलती रहती है। मनुष्य के जन्म के कुछ दिनों बाद से ही शिक्षा प्रारम्भ हो जाती है और मनुष्य के जीवन के समाप्त होने तक शिक्षा की प्रक्रिया अनवरत चलती रहती है। उनका मानना है कि मनुष्य तो आते–जाते रहते हैं लेकिन शिक्षा प्रक्रिया तो पीढ़ी–दर–पीढ़ी चलती रहती है वह रुकती नहीं है। अत: शिक्षा एक निरन्तर चलने वाली प्रक्रिया है।

शिक्षा एक सामाजिक प्रक्रिया है–लॉक का मानना है कि शिक्षा एक सामाजिक प्रक्रिया है, क्योंकि मनुष्य समाज में एक–दूसरे के सम्पर्क में आकर ही

एक दूसरे की भाषा विचार और आचरण से प्रभावित होते हैं, इसी प्रक्रिया को हम सीखना कहते हैं और सोद्देश्य सीखने की प्रक्रिया ही शिक्षा कहलाती है। मनुष्य में कुछ सामान्य शक्तियाँ ऐसी होती हैं जो वह जन्म के साथ ही लेकर आता है, प्राकृतिक एवं सामाजिक परिवेश में वह इन शक्तियों का विकास करता है और मनुष्य के व्यवहार में परिवर्तन होते रहते हैं। बोलने की शक्ति तो मनुष्य में जन्म से ही रहती है। लेकिन भाषा का विकास उसकें अपने समाज से ही हो पाता है जिससे वह अपने विचारों को प्रकट करता है। मनुष्य में सभ्यता और संस्कृति का विकास समाज से ही होता है। समाज के अभाव में मनुष्य में भाषा शक्ति एवं विचार शक्ति का विकास नहीं हो पाता है। उसकी शिक्षा होती है। शिक्षा का सम्बन्ध समाज के भूत, भविष्य और वर्तमान तीनों से होता है। शिक्षा के स्थानांतरण के लिए समाज विद्यालय का सहारा लेता है। एक विशेष काल की विद्यालययी शिक्षा के उद्देश्य, पाठ्यचर्चा एवं शिक्षण विधियाँ सब निश्चित होते हैं। समाज में परिवर्तन के साथ ये सभी कारक ब दलते रहते हैं। आवश्यकता के अनुसार समाज शिक्षण विधियों, पाठ्यचर्चा एवं शिक्षा के उद्देश्यों में परिवर्तन होता रहता है। यदि शिक्षा गतिशील नहीं होती तो हम आज इतना विकास नहीं कर पाते।

शिक्षा एक द्विध्रुवीय प्रक्रिया है—लॉक के अनुसार शिक्षा में एक पक्ष के प्रभावित होने पर दूसरा पक्ष भी प्रभावित होताहै। अत: हम कह सकते हैं कि शिक्षा प्रक्रिया के दो ध्रुव है। एक पक्ष प्रभावित करता है और दूसरा पक्ष प्रभावित होता है। जान डीवी ने भी शिक्षा के मनोवैज्ञानिक एवं सामाजिक दो ध्रुव माने हैं। सामाजिक अंग का अर्थ सामाजिक वातावरण है एवं मनोवैज्ञानिक अंग का अर्थ उसकें सीखने की रुचि एवं रुझान से है। केवल सामाजिक वातावरण ही नहीं बल्कि प्राकृतिक वातारण भी शिक्षा प्रक्रिया को प्रभावित करता है। नियोजित शिक्षा में शिक्षक, शिक्षण के उद्देश्य, पाठ्चचर्या आदि शिक्षा को प्रभावित करते हैं। ये सीखने–सिखाने की परिस्थितियाँ कहीं जाती हैं। अत: हम कह सकते हैं कि शिक्षा की प्रक्रिया सीखने वाले और सिखाने की परिस्थितियाँ के बीच चलती रहती है।

विकास की प्रक्रिया है शिक्षा

मनुष्य जब जन्म लेता है तो उसका व्यवहार पशु की भांति होता है। शिक्षा के द्वारा मनुष्य के व्यवहार में परिवर्तन किया जाता है। विस्तृत दृष्टिकोण से देखा जाए तो मनुष्य अपने अनुभवों को भाषा के आधार पर सुरक्षित रखता है और इनको आने वाली पीढ़ी को सौंप देता है। आने वाली पीढ़ी इस ज्ञान को और आगे बढाती है और अपने विचार और ज्ञान तथा अनुभव को भी उसमें जोड़ देती है। इसी तरह किसी भी समाज की सभ्यता एवं संस्कृति का विकास एवं निर्माण होता है जो शिक्षा

के बगैर सम्भव नहीं है। अत: हम कह सकते हैं कि शिक्षा विकास की एक प्रक्रिया है। संसार का प्रत्येक व्यक्ति अपनी जाति के लोगों के बीच रहकर अनुकरण के द्वारा उनके अनुसार चलना, खाना और अन्य बातें सीखता है। पशुओं के जीवन पर विचार करने पर हम पाते हैं कि ये जन्म के कुछ दिन बाद ही अपनी जाति के पशुओं की भाँति सभी तरीके सीख जाते हैं लेकिन यह प्रक्रिया केवल जीवनयापन एवं आत्मरक्षा के कार्यों तक सीमित रहती है। जबकि मनुष्य केवल परिस्थितियों में समायोजन ही नहीं सीखता है, अपितु वह अपने आपमें अनुकूलन करने की क्षमता का विकास भी करता है। शिक्षा मनुष्य के खाने-पीने रहने, चलने-बोलने तथा जीवन को सुखमय बनाने में सहयोग करती है और इसी का दूसरा नाम विकास भी है। अत: शिक्षा मनुष्य के विकास का आधार है।

शिक्षा का राजनैतिक आधार–राजनीतिशास्त्री राज्य और राज्य के शासनतंत्र को आधार बनाकर कार्य करते हैं। वे व्यक्ति एवं समाज दोनों को राज्य और उसकें शासनतंत्र के परिपेक्ष्य में देखते हैं। राजनीतिशास्त्री शिक्षा को राष्ट्र निर्माण का साधन मानते हैं। अच्छे राष्ट्र का निर्माण अच्छे नागरिकों से होता है और नागरिक शिक्षा के द्वारा ही अच्छा नागरिक बन सकता है। राजनीतिशास्त्रियों के अनुसार, "वास्तविक शिक्षा वही है जो अच्छे नागरिकों का निर्माण करती है।"

शिक्षा का वैज्ञानिक अर्थ–भौतिक जगत एवं भौतिक वस्तुएँ वैज्ञानिकों के विचार का केन्द्र होती है। वैज्ञानिक किसी भी वस्तु एवं क्रिया को वस्तुनिष्ठ ढंग से देखते हैं। वैज्ञानिक मनुष्य की जन्मजात शक्तियाँ के प्रश्न पर तो मनोवैज्ञानिकों से सहमत होते हैं लेकिन बात जब व्यवहार की होती है तब ये समाजशास्त्रियों का समर्थन करते हैं। वैज्ञानिक, शिक्षा को मनुष्य की बाह्य परिस्थितियों से अनुकूलन एवं विकास के साधन के रूप में स्वीकार करते हैं। इनके अनुसार, "शिक्षा का अर्थ आन्तरिक शक्तियों का बाहरी जीवन में समन्वय स्थापित करना है।"

शिक्षा का आर्थिक अर्थ–समाज का आर्थिक श्रोत एवं तंत्र अर्थशास्त्रियों के विचार का केन्द्र होता है। ये मनुष्य एवं समाज की सभी क्रियाओं को आर्थिक आधार पर देखते हैं। अर्थशास्त्री शिक्षा को एक उत्पादक क्रिया मानते हैं। शिक्षा उत्पादन का कारक एवं उपयोग की वस्तु मानी जाती है। शोध प्रमाणित कर चुके हैं कि शिक्षित मनुष्य की उत्पादक क्षमता अशिक्षित व्यक्तियों की तुलना में अच्छी और गुणवत्तावाली होती है और यह अंतर इतना ज्यादा होता है कि उससे होने वाला अतिरिक्त लाभ उसकी शिक्षा पर किये गये व्यय से अधिक होता है। अर्थशास्त्री शिक्षा में किये गये निवेश को अच्छा आर्थिक निवेश मानते है। इसकें अनुसार–शिक्षा

एक आर्थिक निवेश है जिसकें द्वारा व्यक्ति में उत्पादन एवं संगठन के कौशलों का विकास किया जाता है और इस प्रकार व्यक्ति, समाज राष्ट्र की उत्पादन क्षमता बढ़ाई जाती है और उनका आर्थिक विकास किया जाता है।

मनोवैज्ञानिक आधार पर शिक्षा–भारतीय मनोवैज्ञानिक के विचार का केन्द्र बिन्दु मनुष्य का बाह्य स्वरूप और उसका अन्त:करण दोनों होते हैं। बाह्य स्वरूप में वह उसकी कमेन्द्रियों एवं ज्ञानेन्द्रियों और अन्त: करण में मन, बुद्धि आदि का अध्ययन करता है। उनकी दृष्टि में शिक्षा–शिक्षा मनुष्य के अन्त:करण एवं बाह्य इन्द्रियों का प्रशिक्षण है।

पाश्चात्य मनोवैज्ञानिकों का विचार केन्द्र मनुष्य का शरीर, मस्तिष्क एवं व्यवहार होता है। वे अन्त: करण के मूल तत्त्व मन, बुद्धि और अहंकार की खोज नहीं कर सकते हैं। वे मनुष्य को एक मनोशारीरिक प्राणी मानते हैं जिसकें पास जन्म से ही कुछ शक्तियाँ होती है और वह इन शक्तियों का ही विकास करता है। इन शक्तियों का विकास बहुत आवश्यक होता है। पेस्तालॉजी ने इस विषय पर विचार किया कि इन जन्मजात शक्तियों का विकास किस दिशा में और कितना किया जायें और कहा कि यह विकास स्वभाविक सम और प्रगतिशील होना चाहिए उन्होंने कहा, ''शिक्षा मनुष्य की जन्मजात शक्तियों का स्वाभाविक समरस और प्रगतिशील विकास है।''

शिक्षा का वास्तविक अर्थ- शिक्षा के विषय में सभी लोगों की दृष्टिकोण भिन्न–भिन्न हैं। ध्यान से देखने पर सभी दृष्टिकोण एक क्षेत्र विशेष पर सीमिति नजर आते हैं। शिक्षा के वास्तविक अर्थ को समझने के लिए हमें सभी तथ्यों पर ध्यान डालना होगा। सभी दृष्टिकोणों को देखने पर शिक्षा की प्रकृति के विषय में ये तथ्य उजागर होते हैं कि शिक्षा का सोद्देश्य, गतिशील एवं विकास की प्रक्रिया है। शिक्षा के कार्यों पर विचार करने से यह स्पष्ट होता है कि शिक्षा के द्वारा मनुष्य की जन्मजात शक्तियों का विकास, ज्ञान एवं कलाकौशल में वृद्धि तथा विचार एवं व्यवहार में परिवर्तन किया जाता है और इस प्रकार उन्हें सभ्य, सुसंस्कृत एवं योग्य नागरिक बनाया जाता है।

अभी तक हमने शिक्षा की परिभाषाओं का अध्ययन किया है इनमें दोष 1.उनसे शिक्षा प्रक्रिया की प्रकृति का स्पष्ट बोध नही होता है। 2. ये परिभाषाएं शिक्षा के किसी विशेष उददेश्य पर जोर देती है। शिक्षा की सर्वोत्कृष्ट परिभाषा तो वह होगी जिसमें शिक्षा प्रक्रिया की प्रकृति एवं कार्य दोनों का स्पष्ट बोध हो सकें। हम शिक्षा को कुछ इस प्रकार परिभाषित कर सकते हैं–

शिक्षा सोद्देश्य सदैव चलने वाली वह प्रक्रिया है जिसके द्वारा मनुष्य की जन्मजात शक्तियों का विकास, उसकें ज्ञान एवं कौशल में वृद्धि तथा व्यवहार में परिर्वतन किया जाता है और इस प्रकार उसे सभ्य, सुसंस्कृत एवं योग्य नागरिक बनाया जाता है इसके द्वारा व्यक्ति एवं समाज दोनों निरंतर विकास करते हैं।

शिक्षा की इस परिभाषा को पूर्ण माना जा सकता है। इस परिभाषा से शिक्षा प्रक्रिया की प्रवृत्ति और इसके कार्यों दोनों का स्पष्ट बोध हो जाता है। मनुष्य को सभ्य, सुसंस्कृत एवं अच्छा नागरिक बनाने में समाज की शिक्षा के सभी उद्देश्य ण्वं कार्य समाहित है।

शिक्षा का व्यापक अर्थ एवं संकुचित अर्थ

किसी भी समाज में किसी बालक की शिक्षा उसके परिवार छोटे-बड़े विभिन्न समूहों सामुदायिक केन्द्रों और विभिन्न प्रकार के विद्यालयों, महाविद्यालयों और विश्वविद्यालयों में चलती है लेकिन कुछ लोग विद्यालयों एवं महाविद्यालयों में चलने वाली शिक्षा को ही शिक्षा कहते हैं। अतः शिक्षा शब्द का प्रयोग दो अर्थों में होता है। 1. व्यापक अर्थ में 2. संकुचित अर्थ में।

शिक्षा का व्यापक अर्थ

प्रत्येक प्राणी अपनी ही जाति में जन्म लेता है और उसके बीच रहकर अपनी जाति के लोगों की तरह चलना, बोलना, खाना, पीना, सुनना-बोलना और अन्य क्रियाएँ करना सीखता है। पैदा होते वह बहुत असहाय होता है लेकिन जन्म से कुछ दिन बाद ही वह अपनी जाति के सदस्यों का अनुकरण करने लगता है और धीरे-धीरे अन्य क्रियाएँ भी सीख लेता है। बालक अपना पहला पाठ मां की गोद में पढ़ता है फिर अपने आसपास के वातावरण से सीखता है और फिर अब अन्य लोगों के सम्पर्क में आता है तो उनसे भी कुछ न कुछ सीखता है। सभ्य समाज बालकों के उचित विकास के लिए विद्यालयों की स्थापना करता है। विद्यालय के बाहर भी बालक कुछ कुछ सीखता रहता है। इस शिक्षण व्यवस्था के उद्देश्य पाठ्यक्रम आदि व्यापक होते हैं लेकिन इसके बावजूद भी विद्यालय छोड़ने के बाद भी शिक्षा की प्रक्रिया चलती रहती है। व्यापक अर्थ में शिक्षा जीवन भर चलती रहने वाली प्रक्रिया है। मैकेन्जी ने शिक्षा के व्यापक अर्थ को परिभाषित करते हुए कहा है, ''व्यापक दृष्टि से शिक्षा जीवनपर्यन्त चलने वाली प्रक्रिया है और जीवन के प्रत्येक अनुभव के द्वारा इसका विकास होता है।''

ज्यादातर विद्वान् इस परिभाषा से सहमत हैं लेकिन इस परिभाषा से शिक्षा

प्रक्रिया के स्वरूप एवं उसके परिणाम का ज्ञान नहीं होता है। हम व्यापक अर्थ में शिक्षा की परिभाषा इस प्रकार दे सकते हैं–

व्यापाक अर्थ में शिक्षा किसी समाज में सदैव चलने वाली वह सोद्देश्य सामाजिक प्रक्रिया है जिसके द्वारा मनुष्य की जन्मजात शक्तियों का विकास, उसके ज्ञान एवं कला कौशल में वृद्धि एवं व्यवहार में परिवर्तन किया जाता है और उसे एक योग्य नागरिक बनाया जाता है। इसके द्वारा व्यक्ति एवं समाज दोनों विकास करते हैं।

शिक्षा का संकुचित अर्थ

साधारणतया स्कूलों में चलने वाली शिक्षा को ही शिक्षा कहते हैं। यही शिक्षा का संकुचित अर्थ है। प्रत्येक समाज की अपनी जीवन शैली एवं आकांक्षाएँ होती हैं और समाज के वयस्क आने वाली पीढ़ी को इस जीवन शैली से प्रशिक्षित करने एवं अपनी आकांक्षाओं की पूर्ति के लिए शिक्षा की व्यवस्था करते हैं। इस शिक्षा व्यवस्था के उद्देश्य, पाठ्यक्रम एवं शिक्षण विधियाँ निश्चित होते हैं। यह शिक्षा बालक की निश्चित आयु में प्रारम्भ होती है और निश्चित आयु में समाप्त हो जाता है। यह शिक्षा निश्चित समय में निश्चित स्थान पर निश्चित व्यक्तियों द्वारा दी जाती है। इस शिक्षा की व्यवस्था समाज या राज्य करता है। इस शिक्षा का उद्देश्य राज्य के उद्देश्यों की प्राप्ति का साधन होनी स्वाभाविक है। राष्ट्र की उन्नति इस शिक्षा पर निर्भर करती है। संकुचि अर्थ में शिक्षा विद्यालय जाने के पहले और विद्यालय छोड़ने के बाद नहीं चलती है। मैकेन्जी ने संकुचित अर्थ में शिक्षा को परिभाषित करते हुए कहा है, ''संकुचित दृष्टि में शिक्षा का अर्थ अपनी शक्तियों के विकास और सुधार के लिए किए गये किन्हीं भी चेतनापूर्ण प्रयासों से लिया जा सकता है।''

मैकेन्जी ने संकुचित अर्थ में शिक्षा की परिभाषा तो ठीक–ठीक दी है लेकिन इस परिभाषा से भी शिक्षा के स्वरूप एवं परिणाम का स्पष्ट ज्ञान नहीं हो पाता है। हम संकुचित अर्थ में शिक्षा की परिभाषा इस प्रकार दे सकते हैं।

''संकुचित अर्थ में शिक्षा किसी समाज में एक निश्चित समय तथा निश्चित स्थानों में सुनियोजित ढंग से चलने वाली सोद्देश्य सामाजिक प्रक्रिया है जिसके द्वारा मनुष्य की जन्मजात शक्तियों का विकास उसके ज्ञान एवं कलाकौशल में वृद्धि एवं व्यवहार में परिवर्तन किया जाता है और इस प्रकार उसे सभ्य सुसंस्कृत एवं योग्य नागरिक बनाया जाता है। इसके द्वारा व्यक्ति एवं समाज दोनों विकास करते हैं।

व्यापक एवं संकुचित शिक्षा में अंतर

हमने देखा कि व्यापक अर्थ में शिक्षा मनुष्य के जन्म से मृत्यु तक चलती है और इसमें संकुचित अर्थ वाली शिक्षा भी शामिल रहती है। लेकिन इसके समतय पाठ्यक्रम उद्देश्य एवं शिक्षण विधियों में अंतर है और हम व्यापक एवं सुंकुचित अर्थ में शिक्षा में अंतर कुछ इस प्रकार कर सकते हैं–

व्यापक शिक्षा

1. व्यापक अर्थ में शिक्षा जीवन भर चलती है इसमें संकुचित अर्थ वाली शिक्षा भी सम्मिलित रहती है।

2. इसके अंतर्गत नियोजित एवं अनियोजन दोनों प्रकार की शिक्षा आती है।

3. इस शिक्षा के उद्देश्य बहुत व्यापक होते हैं, उन्हें सीमा में नहीं बांधा जा सकता है।

4. इसमें पाठ्यक्रम व्यापक होता है और किसी सीमा में उसे नहीं बांधा जा सकता है।

5. इस शिक्षा की शिक्षण विधियाँ विविध होती हैं उनका वर्णन सम्भव नहीं है।

संकुचित शिक्षा

1. संकुचित अर्थ में शिक्षा मनुष्य के जीवन में एक निश्चित काल तक ही चलती है। इसके अंतर्गत केवल विद्यालयीय शिक्षा ही आती है।

2. इसमें केवल नियोजित शिक्षा ही आती है।

3. इस शिक्षा के उद्देश्य सुनिश्चित एवं विकासोन्मुख होते हैं उनकी अपनी सीमा भी निश्चित होती है।

4. इस शिक्षा का पाठ्यक्रम निश्चित होता है उसकी अपनी सीमा नहीं होता है।

5. इस शिक्षा के लिए कुछ शिक्षण विधियों का विधान किया जाता है, उनका वर्णन किया जा सकता है।

शिक्षा की परिभाषा- विभिन्न विद्वानों, दार्शनिकों, समाजशास्त्रियों, मनौवैज्ञानिकों एवं शिक्षाशास्त्रियों की विभिन्न परिभाषाएं दी गयी हैं। हम कुछ परिभाषाओं की चर्चा करेंगे

शंकराचार्य के अनुसार, ''शिक्षा वह है जो मुक्ति दिलाएँ।

विवेकानन्द के अनुसार ''मनुष्य की अन्तनिर्हित पूर्णता को अभिव्यक्त करना ही शिक्षा है। ''

महात्मा गांधी ने शिक्षा को परिभाषित करते हुए कहा है ''शिक्षा से मेरा अभिप्राय बालक एवं मनुष्य के शरीर, मन तथा आत्मा के सर्वागीण एवं सर्वोत्कृष्ट विकास से है।

प्लेटो के अनुसार,''शिक्षा का कार्य मनुष्य के शरीर और आत्मा को वह पूर्णता प्रदान करना है जिसके कि वे योग्य हैं।

अरस्तु ने शिक्षा विषय में कहा है, ''स्वस्थ शरीर में स्वस्थ मन का निर्माण ही शिक्षा है।''

चार्वाक के शब्दों में, ''शिक्षा वह है जो मनुष्य को सुखपूर्वक जीवन जीने के योग्य बनाती है।''

हरवर्ट स्पेन्सर के अनुसार, ''शिक्षा का अर्थ अंत: शक्तियों का बाह्य जीवन में समन्वय स्थापित करना है।''

प्रयोजनवादी डीवी के शब्दों में, शिक्षा व्यक्ति की उन सभी योग्यताओं का विकास है जो उसमे अपने पर्यावरण पर नियंत्रित रखने एवं अपनी सम्भावनाओं को पूर्ण करने में सामर्थ्य प्रदान करे।

शिक्षा की प्रकृति

विभिन्न दृष्टिकोण से विस्तार करने पर शिक्षा की प्रकृति के विषय में निम्नलिखित तथ्य उजागर होते हैं–

1. शिक्षा एक सामाजिक प्रक्रिया है जिसके तीन मुख्य अंग हैं– सिखाने वाला, सीखने वाला और प्रयुक्त होने वाली सामग्री या क्रिया। यह आवश्यक नहीं है कि सिखाने वाला सीखने वालों के सामने प्रत्यक्ष रुप में उपस्थित रहता है वह पर्दे के पीछे छुपा हुआ भी रह सकता है।

2. समाज में शिक्षा व्यापक एवं सामजिक दोनों अर्थों में चलती रहती है लेकिन हमें उसको व्यापक रूप में ही लेना चाहिए। अत: शिक्षा को हम एक अविरत प्रक्रिया भी कह सकते हैं।

3. शिक्षा प्रक्रिया के कुछ उद्देश्य होते हैं जो समाज के द्वारा निश्चित होते हैं और विकासोन्मुख होते हैं। अत: शिक्षा को हम विकास की प्रक्रिया कह सकते

हैं।

4. शिक्षा की विषय सामग्री को किसी सीमा में बांधा जा सकता है व्यापक अर्थ में यह बहुत व्यापक होती है लेकिन संकुचित अर्थ में शिक्षा की सामग्री पाठ्यक्रम तक ही सीमिति रहती है लेकिन दोनों ही अर्थों में शिक्षा समाज का विकास करती है।

5. व्यापक अर्थ में शिक्षा की विधियाँ बहुत व्यापक होती हैं लेकिन प्राय: संकुचित अर्थ में सीमित ही होती है।

6. शिक्षा का स्वरूप समाज में धर्म, दर्शन, संस्कृति, समाज की संरचना, अर्थतंत्र एवं प्रगति पर निर्भर करता है।

7. किसी भी समाज के धर्म–दर्शन, शासन तंत्र अर्थतंत्र एवं वैज्ञानिक परिवर्तनों के साथ–साथ उसकी शिक्षा के स्वरूप में भी परिवर्तन होता रहता है। अत: हम कह सकते हैं कि शिक्षा की प्रकृति गतिशील होती है।

शिक्षा के विभिन्न अंग

शिक्षा के अंगों के विषय में शिक्षाशास्त्रियों में मतभेद हैं। जॉन एडम ने शिक्षा के दो ही अंग माने हैं– पहले शिक्षार्थी एवं दूसरा शिक्षक। जॉन डीवी भी शिक्षा के दो ही अंग मानते हैं लेकिन दो अंग एडम से भिन्न है उनके अनुसार शिक्षा के दो अंग हैं।

पहला **मनोवैज्ञानिक** (सीखने वाले की मानसिक स्थिति) दूसरा **सामाजिक** (सीखने वाले का सामाजिक पर्यावरण) रायबर्न के अनुसार, ''शिक्षा के तीन अंग है– शिक्षार्थी, शिक्षक एवं पाठ्यक्रम।'' लेकिन पिछले कुछ वर्षों में शिक्षा तकनीकी के विकास से इस क्षेत्र में क्रान्ति आ गई है। शैक्षिक तकनीकी विशेषज्ञ शिक्षा के तीन अंगों को स्वीकार करते हैं– शिक्षार्थी, शिक्षक और सीखने–सिखाने की परिस्थितियाँ जिसमें शिक्षा की विधियाँ, पाठ्यक्रम एवं शिक्षण के साधन, प्रकृति पर्यावरण, सामाजिक परिवेश एवं मूल्यांकन की विधियाँ आती हैं। आधुनिक शिक्षाशास्त्री इन्हीं को शिक्षा के अंग मानते हैं। हम इन सभी की चर्चा यहाँ कर रहे हैं। शक्षार्थी का अर्थ होता है सीखने वाला। शिक्षार्थी शिक्षा प्रक्रिया का सबसे महत्त्वपूर्ण अंग माना जाता है। शिक्षार्थी के बिना शिक्षा प्रक्रिया के चलने का प्रश्न ही नहीं उठाता है। यह बात भी अक्षरा: सत्य है कि शिक्षार्थी अपनी रुचि, रूझान एवं योग्यता के आधार पर ही सीखता है। उदाहरण के लिए यदि बालक के सामने अध्यात्म की बात की जाए वो बेचारे कुछ भी समझ नहीं पायेंगे। सीखने का प्रश्न ही नहीं उठता है। अत: शिक्षा की प्रक्रिया बालक की रुचि, रूझान और योग्यता को ध्यान में

रखकर ही चलाई जानी चाहिए। बच्चों की रुचि, रूझान और उनकी योग्यता उनकी आनुवंशिकता एवं पर्यावरण पर निर्भर करती है, अत: शिक्षक को बालक की आनुवंशिकता एवं वातावरण का ध्यान शिक्षा प्रक्रिया में अवश्य ही रखना चाहिए।

शिक्षार्थी कुछ बातें सीखते हैं और कुछ बातें नहीं सीखते हैं। ऐसा क्यों होता है? इस विषय में कई प्रकार के अध्ययन हुए हैं और निष्कर्ष यही निकला है कि सीखने की क्रिया शिक्षार्थी के शारीरिक स्वास्थ्य, मानसिक स्वास्थ्य, अभिवृद्धि, विकास एवं परिपक्वता, बालक की सीखने की इच्छा उसके पूर्व अनुभव एवं ज्ञान, नैतिक गुण, चरित्र, उत्साह एवं थकान और इसकी अध्ययनशीलता पर निर्भर करता है। शिक्षक बालक को सीखने में सहायता करता है। इसी कारण से शिक्षार्थी को शिक्षा का केन्द्र माना जाता है और शिक्षा की समस्त योजनाएँ बालक या शिक्षार्थी को ध्यान में रखकर बनाई जाती हैं। यह बात भी सर्वमान्य है कि अंतत: हम समाज या राष्ट्र के आदर्श के अनुकूल बनाने का प्रयास करते हैं।

पाठयक्रम– नियोजित शिक्षा के उद्देश्य निश्चित होते हैं। इन निश्चित उद्देश्यों की प्राप्ति के लिए बालकों को विभिन्न विषयों का ज्ञान कराया जाता है। उनसे कई प्रकार की क्रियाएं कराई जाती हैं। इन्हें ही अमान्यत: पाठ्यक्रम कहा जाता है लेकिन अपने वास्तविक अर्थ में पाठ्यक्रम बहुत अधिक व्यापक होता है। उसके अंतर्गत विषयों के ज्ञान एवं क्रियाओं के प्रशिक्षण के साथ–साथ पूरा का पूरा सामाजिक वातावरण आता है जिसके द्वारा निश्चित किये गये उद्देश्यों को प्राप्त किया जाता है। पाठ्यक्रम शिक्षक एवं बालक के बीच एक कड़ी का काम करता है। शिक्षक को पाठ्यक्रम से यह पता चल जाता है कि उसे क्या सीखना है और शिक्षार्थी भी यह जानता रहता है कि उसे क्या सीखना है।

पाठ्यक्रम शिक्षक एवं शिक्षार्थी पर शासन करता है। चाहै वह राज्य द्वारा तय हो या समाज द्वारा। साम्यवादी एवं राजतंत्र वाले राज्यों में शिक्षा पूर्णतया राज्य के द्वारा चलाई जाती है। वैसे राज्यों में शिक्षक को अपने दर्शन को अभिव्यक्त करने का अधिकार नहीं होता है। शिक्षार्थी भी अपनी योग्यता एवं रुचि के अनुसार शिक्षा ग्रहण नहीं कर पाता है। वहाँ सभी को राष्ट्र के विचारधारा के अनुसार चलना पड़ता है। लोकतंत्र इस विषय में छूट देता है। लोकतंत्र में यद्यपि पाठ्यक्रम तो राज्य के द्वारा ही निश्चित होता है लेकिन उनमें विकल्प मौजूद रहते हैं और बालक अपनी रुचि,रूझान,के अनुसार विकास करने का अवसर पाता है। जो लोग मानव की प्रकृति का आदर करते हैं वे लोग ऐसी ही शिक्षा का समर्थन करते है। ऐसा नहीं होने पर संसार एक कारागार बन जाएगा और उसकी प्रगति अवरूद्ध हो जायेंगी हमें एक बात पर जरूर गौर करना चाहिए की पाठ्यक्रम स्वयं में साध्य नहीं है यह तो

राज्य द्वारा निश्चित किये गये उद्देश्यों की प्राप्ति का साधन होती हैं ।अतः पाठ्यक्रम को साधन में रूप में ही लेना चाहिए। हमारे देश में आज पाठ्यक्रम को ही साध्य माना जाता है और शिक्षक अपनी शक्ति पाठ्यक्रम का ज्ञान कराने में ही लगा देते हैं और बालक को परीक्षा में पास कराकर पीठ थपथपाते हैं। अतः बच्चों को पढ़ाने समय पाठ्यचर्चा नहीं अपितु उसकें द्वारा प्राप्त होने वाले उद्देश्य की प्राप्ति के लिए प्रयत्नशील होना चाहिए।

शिक्षक– शिक्षक के व्यापक अर्थ में रोज एक दूसरे से सीखते हैं। इसलिए हम सभी शिक्षार्थी एवं शिक्षक दोनों है लेकिन शिक्षा के संकुचित अर्थ में कुछ विशेष व्यक्ति जो जानबूझकर दूसरों को प्रभावित करते हैं और उनके आचार विचार में परिर्वन करते हैं वे शिक्षक कहे जाते हैं। पुराने जमाने में शिक्षक को बहुत ऊंचा स्थान प्राप्त था। लोग मानते थे कि गुरू के चरण में बैठकर कोई भी व्यक्ति ज्ञानी बन सकता है। लेकिन मनोवैज्ञानिक अध्ययन इस बात को साबित कर चुके हैं कि बालक का विकास उसके शिक्षक से ज्यादा बालक के ऊपर ही निर्भर करता है। प्रत्येक व्यक्ति में कुछ जन्मजात शक्तियों के आधार पर उनके विकास में सहायता करता है। लेकिन शिक्षक के अभाव में नियोजित शिक्षा की कल्पना आज भी नहीं की जा सकती है। शिक्षक वर्ग में व्यक्ति के रूप में भी उपस्थित रहता है या लेखक के रूप में उपस्थित होता है। शिक्षक कम्प्यूटर या शिक्षण कम्प्यूटर या शिक्षण मशील के रूप में भी उपस्थित हो सकता हैं। शिक्षक की सहायता इस बात पर निर्भर करती है या शिक्षक अपने दायित्व का निर्वहन तभी कर सकता है जब उनमें निनलिखित गुण हों। उत्तम शारीरिक एवं मानसिक, स्वास्थ, उच्चसामाजिक, उच्च सांस्कृतिक दृष्टिकोण, स्पष्ट जीवन दर्शन, नैतिकता एवं चरित्र बल, विषय का ज्ञान, विभिन्न विषयों का सामान्य ज्ञान, शिक्षण कौशल एवं संगठन शक्ति। इन गुणों के साथ–साथ शिक्षक को अध्ययनशील एवं प्रगतिशील भी होना चाहिए शिक्षक को गम्भीर एवं विनोदी भी होना चाहिए।

शिक्षण विधियाँ एवं उपकरण–शिक्षण क्रिया द्वारा शिक्षक शिक्षार्थियों को ज्ञान प्राप्त करने एवं क्रियाओं में दक्षता के लिए तैयार करता है, उसका मार्गदर्शन करता है, सीखने में सहायता पहुँचाता है और अपनी ओर से कुछ बताकर बालक के ज्ञान में वृद्धि करता है और प्रशिक्षण करता है। यह सरल कार्य नहीं है। शिक्षण कार्य के लिए शिक्षक को अपने शिक्षार्थी को तैयार करना पड़ता है। जिससे की वह सीखने में रुचि ले।

वैसे तो शिक्षण विधियों पर विचार आदिकाल से होता रहता है। लेकिन गत शताब्दी में इस क्षेत्र में संतोषजनक कार्य हुआ है। विभिन्न प्रयोगों के आधार पर

हमने उनके शिक्षण सिद्धान्त, शिक्षण सूत्र, शिक्षण यंत्रों का निर्माण किया है। इन प्रयोग एवं आविष्कारों के कारण अब शिक्षा प्रक्रिया बहुत बदल गई है और यदि कारण है कि अब ज्यादा से ज्यादा लोग विभिन्न शिक्षण विधियाँ एवं शिक्षण के उपकरण अपना रहे हैं।

प्राकृतिक वातावरण—शिक्षा जिस समय जिस स्थान पर चलती है उस समय एवं उस स्थान का प्राकृतिक वातावरण शिक्षण एवं शिक्षार्थी का प्राकृतिक वातावरण कहलाता है। यदि वातावरण दूषित होता है तो बालक जल्दी ठीक हो जाता है। अत्यधिक गर्मी एवं अत्यधिक सर्दी भी सीखने-सिखाने में बाधक बन जाती है। इसलिए शिक्षक एवं शिक्षार्थी दोनों के प्राकृतिक वातावरण का ध्यान रखना आवश्यक है और प्राकृतिक वातावरण को भी शिक्षा के अंग के रूप में स्वीकार किया गया है।

प्राचीन काल में बालक गुरूकुलों में रहते थे। गुरूकुल नगरों से दूर सुन्दर प्राकृतिक वातावरण में बनाए जाते थे। वहाँ का वातानवरण शुद्ध होता था लेकिन आज जब जनसंख्या बहुत ज्यादा बढ़ गई है और गुरूकुल या आश्रम प्रणाली सम्भव नहीं है, लेकिन विद्यालय प्रांगण को शुद्ध रखा जा सकता है। प्रांगण में फल-फूल के वृक्ष लगाये जा सकते हैं। बालक की पढ़ाई का समय जलवायु के अनुसार निश्चित होना चाहिए।

सामाजिक वातावरण—हम जिन लोगों के बीच रहते हैं, जिनसे बात करते हैं, वे और उनकी भाषा, विचार, सभ्यता एवं संस्कृति ही हमारा सामाजिक पर्यावरण होता है। यह देखा गया है कि बच्चे के सामाजिक पर्यावरण का पूरा-पूरा प्रभाव बालक की शिक्षा और विकास पर पड़ता है। इसी कारण से आज सामाजिक पर्यावरण को भी शिक्षा का अंग माना जाता है।

प्राचीन गुरु आश्रमों जो नगरों से दूर सूरम्य प्राकृतिक वातावरण में होते थे, गुरू शिष्य के सम्बन्ध, शिक्षकों के आपसी सम्बन्ध, गुरूआश्रमों की व्यवस्था और गुरू आश्रमों की आचरण प्रणाली शिक्षक एवं शिक्षार्थियों का सामाजिक वातावरण होता था इस कारण बच्चों में उच्च संस्कार आ जाते थे। आज की शिक्षा में भिन्नता है आज तो शिक्षार्थी कुछ समय परिवार में, कुछ समय अपने पड़ोस में तथा कुछ समय अन्य सामाजिक स्थानों पर रहते हैं और इनका प्रभाव बालक पर पूरा-पूरा पड़ता है। वे समाज की धार्मिक, राजनैतिक और आर्थिक स्थिति से प्रभावित होते हैं और प्रभावित करते हैं। अत: बच्चों को सुसंस्कृत एवं सामाजिक बनने के लिए यह आवश्यक है कि घर, समाज या विद्यालय सभी जगह बच्चों के साथ प्रेम, सहानुभूति और सहयोग पूर्ण व्यवहार हो।

मूल्यांकन–शैक्षिक प्रक्रिया के तीन महत्त्वपूर्ण अंग हैं, शैक्षिक लक्ष्य सीखने–सिखाने की परिस्थितियाँ एवं मूल्यांकन या मापन। ये तीनों एक–दूसरे पर निर्भर करते हैं। बालकों की रुचि, बुद्धि, अभिरुचि अभिवृत्ति एवं व्यक्तित्व का मापन कर उन्हें शैक्षिक एवं व्यावसायिक निर्देश दिया जाता है तथा बालकों की कठिनाईयों का पता लगाया जाता है। शिक्षक के व्यवहार के गुण एवं दोष देखे जाते हैं। शिक्षण विधियों का मूल्यांकन कर उनमें भी सुधार किया जाता है और छात्रों का मार्गदर्शन किया जाता है। यही कारण है कि आज मूल्यांकन को शिक्षा का अंग माना जाता है।

शिक्षा एक त्रिधुवीय प्रक्रिया है

शिक्षा के ध्रुवों के विषय में शिक्षाशास्त्रियों में मतांतर है। जॉन एड इसे त्रिध्रुवीय प्रक्रिया मानते हैं। उनके अनुसार शिक्षा के केवल दो ध्रुव हैं इसे हम इस प्रकार व्यक्त कर सकते हैं।

जॉन डीवी ने इसे द्विध्रुवीय प्रक्रिया माना है। उनके अनुसार शिक्षा प्रक्रिया के दो ध्रुव हैं। मनोवैज्ञानिक एवं सामाजिक, जिसे इस प्रकार प्रकट किया जा सकता है।

रायबर्न के अनुसार- "शिक्षा एक त्रिध्रुवीय प्रक्रिया है। शिक्षा के तीन ध्रुव हैं। शिक्षार्थी शिक्षक एवं पाठ्यक्रम। शैक्षिक तकनीकी के विकास के पूर्व तक शिक्षा के यहाँ तीन अंग अथवा ध्रुव माने जाते हैं। इसे हम इस प्रकार प्रकट कर सकते हैं।"

शैक्षिक मूल्यांकन के विशेषज्ञों ने शैक्षिक प्रक्रिया को तीन भागों में विभाजित किया है। वे तीन अंग हैं। उनके अनुसार शिक्षा की प्रक्रिया इन तीनों के बीच ही चलती है। इसे हम निम्नलिखित रूप से प्रकट कर सकते हैं।

शिक्षा के लिए हम इस युग में सबसे ज्यादा काम तकनीशियनों ने किया है। शिक्षा तकनीशियन भी शिक्षा के तीन अंग या ध्रुव मानते हैं। उनके अनुसार शिक्षा के तीन ध्रुव हैं। शिक्षक, शिक्षार्थी तथा सीखने–सिखाने की परिस्थितियाँ। इसे हम इस प्रकार प्रकट कर सकते हैं।

सबसे अच्छी दृष्टि में शिक्षा के इन्हीं तीनो ध्रवुों को देखना समझना अच्छा होगा। जहाँ शिक्षा होगी सीखने वाला होगा ही साथ ही कोई सिखाने वाला भी होगा। सीखने वाला व्यक्ति हो सकता है या सिखाने के लिए वस्तु या प्राकृतिक पर्यावरण या सामाजिक पर्यावरण। बालक जो सीख रहा है पाठ्यचर्या कहलाता है। वह जैसे सीख रहा है उसे शिक्षण विधियाँ जिन उपकराणों का प्रयोग हो रहा है

उन्हें शिक्षोपकरण और सीखने वाला जिस प्राकृतिक वातावरण में है उसे उसका प्राकृतिक पर्यावरण कहते हैं।

शिक्षा–शिक्षण और सीखना

भूलवश लोग शिक्षा, शिक्षण एवं सीखना तीनों का एक ही अर्थ निकालते हैं। जिसका मुख्य कारण है कि ये तीनों सोद्देश्य प्रक्रियाएँ हैं और मनुष्य के व्यवहार से सम्बन्धित हैं लेकिन तीनों अलग–अलग है। इनकी भिन्नता को समझने के लिए इन तीनों के अर्थ को अलग–अलग समझना होगा। शिक्षा को सामान्यत: हम ज्ञान एवं कौशल के रूप में देखा जाता है लेकिन वास्तव में यह एक प्रक्रिया है और ज्ञान एवं उसकें प्रक्रिया के परिणाम है विद्वानों ने इस प्रक्रिया की व्याख्या भिन्न रूपों में की है और इसे परिभाषित भी भिन्न रूपों में किया है। शिक्षा की विभिन्न परिभाषाओं एवं उन सबकी व्याख्याओं के आधार पर हम इस निष्कर्ष पर पहुँचते हैं कि–

शिक्षा किसी समाज में लगातार चलने वाली वह सामाजिक प्रक्रिया है जिसकें द्वारा मनुष्य की जन्मजात शक्तियों का विकास उसकें ज्ञान एवं कौशल में वृद्धि एवं व्यवहार में परितर्वन किया जाता है और इस तरह उसे सभ्य सुसंस्कृत एवं योग्य नागरिक बनाया जाता है। इसकें द्वारा व्यक्ति तथा समाज दोनों निरन्तर विकास करते हैं।

शिक्षण का अर्थ

शिक्षण को ज्ञान एवं कौशल के सम्प्रेषण के रूप में देखा जाता है। लेकिन यह एक ऐसी प्रक्रिया है जिसमें सिखाने वाला सीखने वाले को प्रभावित करता है और सीखने में उसकी सहायता करता है। विद्वानों में शिक्षण को भिन्न–भिन्न रूप में परिभाषित किया है और विभिन्न व्याख्याएँ की हैं। हम शिक्षण के वास्तविक कार्य एवं रूप को ध्यान में रखकर हम शिक्षण का अर्थ कुछ इस प्रकार बता सकते हैं–

शिक्षण वह प्रक्रिया है जिसमें सिखाने वाले, सीखने वालों के लिए विभिन्न विधियों युक्तियों एवं साधनों द्वारा सीखने की परिस्थितियों का निर्माण करते हैं और सीखने वाले इसकी सहायता से सीखते हैं। शिक्षण का तब क कोई अर्थ नहीं जब तक सीखने वाले सीख नहीं जाते, उनके व्यवहार में वांछित परिवर्तन नहीं हो जाता है।

सीखने का अर्थ सामान्यत: ज्ञान एवं कौशल के अर्जन के रूप में लिया जाता है। विद्वानों ने इसकी विभिन्न परिभाषाएँ दी हैं और व्याख्याएँ भी भिन्न–भिन्न

की हैं। सीखने की विभिन्न व्याख्याओं एवं परिभाषाओं से हम निम्न निष्कर्ष पर पहुँचते हैं–

सीखने का अर्थ अनुभव, शिक्षण, प्रशिक्षण या अध्ययन द्वारा भिन्न–भिन्न तथ्यों को जानना और नई–नई क्रियाओं को करना तथा इन्हें बहुत समय तक धारण करना और आवश्यकता होने पर इनका प्रयोग करना है। सीखने का तब तक कोई अर्थ नहीं होता है जब तक कि उससे सीखने वालों को व्यवहार में इस प्रकार परिवर्तन नहीं हो जाता है।

शिक्षा, शिक्षण एवं सीखने में अंतर

1. शिक्षा का उद्देश्य समाज निश्चित करता है ये उद्देश्य व्यक्तिगत एवं सामाजिक दोनों तरह के विकास के सम्बन्धित होते हैं। लेकिन शिक्षण एवं सीखने के उद्देश्यों उसकें अनुसार भी हो सकते हैं और उसकें प्रतिकूल भी। हम कह सकते हैं कि शिक्षा विकासोन्मुख होती है लेकिन शिक्षण एवं सीखना विकासोन्मुख भी हो सकते हैं और प्रतिकूल भी।

2. शिक्षा द्वारा सदैव विकास ही होता है। लेकिन शिक्षण एवं सीखना विकास में बाधक भी हो सकतेहैं और सहायक भी। समाज के सदस्यों को यदि हित की बातें सिखाते हैं तो वह विकास में सहायक हैं और यदि प्रतिकूल बातें सिखाते हैं तो वह उनके विकास में बाधक भी हैं।

3. वृहत अर्थ में शिक्षा के तीन पक्ष हैं–सिद्धान्त, क्रिया एवं परिणाम। अतः हम कह सकते हैं कि शिक्षण शिक्षा का क्रियात्मक पक्ष है और सीखना परिचयात्मक।

4. शिक्षा की प्रक्रिया में शिक्षण और सीखना निहित होते हैं लेकिन यह आवश्यक नहीं है कि जहाँ शिक्षण एवं सीखने की प्रक्रियाएँ हो वहाँ शिक्षा भी हो। समाज में लोग उन क्रियाओं को भी सीखते–सिखाते हैं वहाँ शिक्षण शासन तंत्र पर आधारित होता है।

अनुदेशन एवं प्रशिक्षण में अंतर

अनुदेशन सामान्य रूप में शिक्षक द्वारा शिक्षार्थियों के सम्मुख तथ्यों को सीधे प्रस्तुत करने की क्रिया से लिया जाता है जिसका अर्थ है, शिक्षक–शिक्षार्थी के बीच अंतःक्रिया का नहीं होना, प्रश्नोत्तर नहीं होना एवं शंका का समाधान नहीं होना एवं तर्क–वितर्क का अभाव। लेकिन अनुदेशन के लिए यह आवश्यक नहीं है कि सिखाने वाला सिखाने वाले के सामने उपस्थित हो ही। अब यह कार्य शिक्षण

सामग्री, शिक्षण मशीनों, टेपरिकार्डरों, कम्प्यूटर आदि के द्वारा किया जाता है। अनुदेशन द्वारा अब तथ्यों का ज्ञान नहीं कराया जाता है अपितु क्रियाओं का भी ज्ञान कराया जाता है। अभिक्रमित अनुदेशन में सीखने वाले और सिखाने वाले में कोई सामाजिक अंत:क्रिया नहीं होती है इसलिए इन सभी को अभिक्रमित अनुदेशन कहा जाता है। अनुदेशन की परिभाषा कुछ इस प्रकार से दी जा सकती है। अनुदेशन शिक्षण की ऐसी प्रक्रिया है जिसमे सीखने वाले एवं सिखाने वाले को तथ्यों अथवा क्रियाओं का ज्ञान स्वयं अथवा किसी अन्य माध्यम से सीधे कराते हैं और सीखने वाले इन क्रियाओं को अपनी शक्ति के अनुसार सीखते हैं। सिखाने एवं सीखने वाले के बीच बहुत कम अत: क्रिया होती है।

प्रशिक्षण का अर्थ

सामान्यत: कौशलों के विकास की प्रक्रिया को प्रशिक्षण कहा जाता है। इसलिए विद्वान् अनुदेशन को बुद्धिपरक और प्रशिक्षण को क्रियापरक कहते हैं। आज कला, कौशल एक व्यवसाय के क्षेत्र में इतना विकास हो चुका है कि उसकें सिद्धान्त पक्ष को समझने बिना उसमें दक्षता प्राप्त नहीं की जा सकती है। प्रशिक्षण कार्यक्रम में सिद्धान्त एवं क्रिया दोनों पक्ष रहते हैं और सिद्धान्त पक्ष का ज्ञान बुद्धिपरक विधियों की सहायता से विकसित किया जाता है एवं उनका अनुप्रयोग अभ्यास के द्वारा सिखाया जाता है। हम कह सकते हैं किसी भी कला-कौशल अथवा व्यवसाय के सिद्धान्त पक्ष के ज्ञान के बाद उसकें सम्पादन में दक्ष करने की विधि को प्रशिक्षण कहते हैं। प्रशिक्षण की परिभाषा कुछ इस प्रकार दी जा सकती है-

"प्रशिक्षण का अर्थ है सीखने वालों को किसी कला, कौशल अथवा व्यवसाय में अभ्यास के द्वारा निपुण बनाना।"

शिक्षा एवं अनुदेशन में अंतर

लोग अनुदेशन को ही शिक्षा मान लेते हैं लेकिन दोनों भिन्न हैं। कला के अंदर शिक्षक द्वारा छात्र तक विषय के ज्ञान को पहुँचाने की क्रिया अनुदेशन कहलाती है। छात्र अनुदेशन की सहायता से ज्ञानार्जन करता है। यह आवश्यक नहीं है कि अनुदेशन से छात्र शिक्षित ही हो जाए। एक ही अनुदेश का अलग-अलग छात्रों पर अलग-अलग प्रभाव पड़ता है। अत: अनुदेशन एवं शिक्षा दोनों अगल-अलग हैं। अनुदेशन एक कृत्रिम एवं सीमिति क्रिया है शिक्षा एक स्वाभाविक एवं व्यापक प्रक्रिया है। शिक्षा एक आजीवन चलने वाली प्रक्रिया है जबकि अनुदेशन सीमित समय के अंतर्गत एक निश्चित उद्देश्य से किया जाता है। अनुदेश में शिक्षक

का लेकिन शिक्षा में शिक्षार्थी का स्थान महत्त्वपूर्ण होता है। राबर्टसन ने ठीक कहा है, ''अनुदेशन कक्षा के अंदर समाप्त हो जाता है लेकिन शिक्षा जीवन के साथ समाप्त होती है।''

शिक्षाशास्त्र का अर्थ–

आज के वैज्ञानिक युगमें शिक्षा प्रक्रिया के स्वरूप एवं कार्यों की व्याख्या करने एवं विभिन्न समस्याओं का समाधान करने के लिए विभिन्न दर्शनशास्त्रियों, समाजशास्त्रियों, राजनीतिशास्त्रियों, मनोवैज्ञानिकों ने बहुत काम किया है। इन सभी प्रयत्नों ने एक नये अनुशासन को जन्म दिया जिसे शिक्षाशास्त्र कहते हैं। शिक्षाशास्त्र के अंतर्गत शिक्षा का प्रभावित करने वाले प्रयोग एवं विचारों की व्याख्या की जाती है। बदलते हुए समाज में शिक्षा के उद्देश्य, पाठ्यचर्या और शिक्षण विधियों का स्वरूप क्या होना चाहिए इन सभी बातों का अध्ययन शिक्षाशास्त्र में किया जाता है। शिक्षाशास्त्र में शिक्षा की समस्त समस्याओं पर विचार किया जाता है और उनके समाधान ढूंढे जाते हैं।

शिक्षाशास्त्र का अपना अलग अध्ययन क्षेत्र है एवं अपनी अध्ययन एवं शोध की विधियाँ हैं। शिक्षाशास्त्र की परिभाषा कुछ ऐसे दी जा सकती है–

शिक्षाशास्त्र ज्ञान की वह शाखा है जिसमें शिक्षा के स्वरुप एवं उसकें विभिन्न अंगों एवं समस्याओं का दार्शनिक, समाजशास्त्रीय, राजनैतिक आर्थिक मनोवैज्ञानिक एवं वैज्ञानिक दृष्टिकोणों से अध्ययन किया जाता है।

शिक्षाशास्त्र का अध्ययन क्षेत्र एवं विषयवस्तु

प्राय: किसी भी विषय के अध्ययन क्षेत्र में और उसकी विषय वस्तु में अंतन नहीं माना जाता है लेकिन दोनों में थोड़ा अतंर है। अध्ययन क्षेत्र का अर्थ उस सीमा से होता है जिस सीमा तक उस विषय का अध्ययन किया जाता है और विषय–वस्तु का अर्थ उस सीमा से है जिस सीमा तक विषय का अध्ययन पूरा किया जा चुका है।

शिक्षाशास्त्र का अध्ययन क्षेत्र बहुत व्यापक है। लेकिन आज तक हम लोगों ने शिक्षाशास्त्र के विषय में जो अध्ययन कर लिया है वह उसकी विषय–वस्तु है। शिक्षाशास्त्र के अध्ययन क्षेत्र एवं विषय–वस्तु को निम्न भागों में बांटा जा सकता है।

शैक्षिक समाजशास्त्र–मानव सामाजिक प्राणी होने के कारण जो भी बात सीखता है समाज से ही सीखता है। मनुष्य के आचार–विचार को समाज एवं

विभिन्न सामाजिक संगठन प्रभावित करते हैं। शिक्षा समाज को नियंत्रित करती है और उसका विकास करती है। शिक्षाशास्त्र के अंतर्गत समाज के सवयय, समाज का शिक्षा से सम्बन्ध एवं शिक्षा की प्रक्रिया में विभिन्न सामाजिक संगठनों के कार्यों, समाज के विद्यालय से सम्बन्ध तथा शिक्षा तथा सामाजिक परिवर्तन के आपसी सम्बन्ध आदि का अध्ययन किया जाता है इस तरह के अध्ययन क्षेत्र को शैक्षिक समाजशास्त्र कहा जाता है।

शिक्षा मनोविज्ञान–आज की शिक्षा में बालक को बहुत महत्त्वपूर्ण स्थान प्राप्त है, बालक के शारीरिक, मानसिक, संवेगात्मक एवं सामाजिक विकास के आधार पर ही उसकी शिक्षा की व्यवस्था की जाती है। इन बातों को समझने एवं तय करने के लिए हमें मनोविज्ञान का सहारा लेना पड़ता है। मनोविज्ञान की वह शाखा जिसमें बालक के विकास, सीखने की प्रक्रिया और अन्य समस्याओं का अध्ययन होता है शिक्षा मनोविज्ञान कहते हैं। शिक्षा मनोविज्ञान के अंतर्गत बालक की प्रकृति, उनकी योग्यता, रुचियों एवं अभिरुचियों तथा स्मृति, विस्मृति चिन्तन एवं कल्पना आदि का अध्ययन होता है। शिक्षा मनोविज्ञान में बच्चों की रुचियाँ बुद्धि एवं व्यक्तित्व के विकास की विधियों एवं उनको मापने की विधियों एवं दशाओं का व्यापक अध्ययन किया जाता है।

शिक्षा दर्शन–मानव का जीवन बहुत रहस्यमय है जब तक हम मानव जीवन के रहस्य को नहीं समझते हैं। तब तक यह तय नहीं हो सकता है कि हमें क्या सीखना है और क्या सिखाना है। इसलिए शिक्षाशास्त्र के अंतर्गत जीवन के विभिन्न दर्शनों के आधार इनके आधार पर शिक्षा के स्वरूप, शिक्षा के उद्देश्य और शिक्षा की पाठ्यचर्या आदि का अध्ययन किया जाता है। शिक्षाशास्त्र का यह भाग शिक्षादर्शन कहलाता है।

तुलनात्मक शिक्षा–आज का मानव केवल अपने आसपास के लोगों से नहीं सीखता है अपितु दूसरे देश के लोगों के अनुभवों का भी लाभ उठाता है। शिक्षाशास्त्र विषय के अंतर्गत भी विभिन्न देशों की शिक्षा प्रणालियों का तुलनात्मक अध्ययन किया जाता है और उनके गुण–दोषों की विवेचना की जाती है। इस प्रकार हम अपनी परिस्थितियों में अपने उपयोग की शिक्षा व्यवस्था का निर्माण करने में सफल होते हैं।

शिक्षा का इतिहास–वर्तमान की सुन्दर रचना अतीत के सुन्दर नींव पर ही होती है। शिक्षाशास्त्र के अंतर्गत हम शिक्षा के इतिहास का अध्ययन इसी दृष्टि से करते हैं। जब तक हम अतीत की शिक्षा के स्वरूप, प्राचीन शिक्षा व्यवस्था तथा

उनके परिणामों का अध्ययन नहीं करते हैं तब तक हम अपने लिए अच्छी शिक्षा व्यवस्था की स्थापना नहीं कर सकते हैं।

शैक्षिक समस्याएँ—इसकें अंतर्गत देश की वर्तमान शिक्षा समस्याओं पर विचार किया जाता है और उसकें समाधान तरीके ढूँढे जाते हैं। शैक्षिक समस्याओं में शामिल हैं, सभी क्षेत्रों में शिक्षा समान सुविधाएँ उपलब्ध कराना, शिक्षा को व्यावसायिक स्वरूप देना, धर्मनिरपेक्ष राज्य में धार्मिक शिक्षा की व्यवस्था तथा शिक्षा का राष्ट्रीयकरण करना।

शैक्षिक प्रशासन एवं संगठन—शिक्षाशास्त्र के अंतर्गत विद्यालयों के संगठन एवं संचालन की विधियों का अध्ययन किया जाता है। कुछ मुख्य बातें जिनका अध्ययन शिक्षाशास्त्र के अंतर्गत किया जाता है। शिक्षा का संचालन किसकें हाथ में है, राज्य का शिक्षा में क्या सहयोग है, समाज का सहयोग क्या है। इन सभी बातों के अध्ययन से हमें शिक्षा प्रक्रिया को सुचारू रूप से चलाने के लिए इन बातों की आवश्यकता है।

शिक्षण तकनीकी—शिक्षण में सीखना और सिखाना दोनों क्रियाएँ आती हैं सीखने की विधियाँ, उत्तम सीखना कब सम्भव है इन प्रश्नों का उत्तर हमें मनोविज्ञान से मिलाता है। नियोजित शिक्षा की व्यवस्था करने कि लिए शिक्षण तकनीकी एवं शिक्षण कलाओं का ज्ञान आवश्यक है।

शिक्षा के सामान्य कार्य

शिक्षा सामाजिक प्रक्रिया है। व्यापक अर्थ में शिक्षा अनेक स्थान एवं प्रत्येक समय पर चलती है और इसकें विभिन्न रूप भी है। शिक्षा के विभिन्न रूपों का वर्णन हम आगे कर रहे हैं।

व्यवस्था की दृष्टि से शिक्षा के तीन रूप होते हैं—

1. औपचारिक 2. औपचारिकेत्तर 3. अनौपचारिक

औपचारिक शिक्षा

विभिन्न विद्यालयों, महाविद्यालयों और विश्वविद्यालयों में चलने वाली शिक्षा को औपचारिक शिक्षा कहते हैं। औपचारिक शिक्षा के उद्देश्य, पाठ्यक्रम एवं शिक्षण विधियाँ निश्चित होती हैं। औपचारिक शिक्षा योजनाबद्ध होती है ओर इसकी योजना बहुत कठोर होती है। सीखने वालों को विद्यालय महाविद्यालय अथवा विश्वविद्यालय को समय सारणी के अनुसार कार्य करना पड़ता है। औपचारिक शिक्षा व्यवस्था में परीक्षा लेने एवं प्रमाणपत्र देने की व्यवस्था होती है।

औपचारिक शिक्षा की यह विशेषता है कि व्यक्ति, समाज एवं राष्ट्र की आवश्यकताओं की पूर्ति करती है। यह व्याक्ति के ज्ञान का विकास करते हुए उसकें आचरण को उचित आधार प्रदान करती है और व्याक्ति को किसी व्यावसाय या उद्योग के योग्य बनाती है। औपचारिक शिक्षा समाज की दार्शनिक, सामाजिक, आर्थिक मांगों की पूर्ति में सहायक होती है अेार उसकें लिए विशेषण तैयार करती है। समाज इसकें द्वारा उन्नति करता है। औपचारिक शिक्षा के माध्यम से ही अध्यापक, वकील, वैद्य, हकीम, डाक्टर, इन्जीनियर, वैज्ञानिक एवं तकनीशियन तैयार किये जाते हैं। औपचारिक शिक्षा के अभाव में इन सबका निर्माण नहीं होगा और जिस समाज में इनका निर्माण नहीं हेाता है वह समाज उन्नति नहीं कर सकता है। औपचारिक शिक्षा एक प्रकार से व्यवस्था होती है। औपचारिक शिक्षा के व्यवस्थापकों को अधिक धन एवं समय खर्च करना पड़ता है और औपचारिक शिक्षा प्राप्त करने वालों को भी अधिक धन एवं समय व्यय करना पड़ता हैं। बहुतेरे छात्रों को अपनी शिक्षा बीच में ही छोड़ देनी पड़ती है। और इस प्रकार इस शिक्षा में अपव्यय एवं अवरोध होता है यह शिक्षा कई स्तरों पर व्यवस्थित होती है सभी स्तरों पर परीक्षा होती है। और प्रमाण पत्र दिये जाते है। प्रमाणपत्रों के आधार या गैर सरकारी नौकरियां प्राप्त होती है। औपचारिक शिक्षा प्रायः परीक्षा प्रधान होती है। पढ़ने वाले छात्र ज्ञान एवं कौशल में वृष्टि करने की अपेक्षा अच्छें पान एवं प्रमाणपत्र प्राप्त करने की ओर प्रवृत्त होते हैं। औपचारिक शिक्षा में स्थान, समय एवं पाठ्यक्रम के बहुत ज्यादा बन्धन होते हैं जिसके कारण सभी बालक इसका लाभ नहीं उठा पातें हैं। भारत जैसे देश में तो यह सुविधा सबको सुलभ नहीं है।

औपचारिकेत्तर शिक्षा

जैसे कि नाम से ही स्पष्ट है औपचरिकेत्तर शिक्षा औपचारिक शिक्षा की भांति विद्यालय एवं महाविद्यालय की सीमा में नहीं बांधी जाती है और न ही अनौपचारिक शिक्षा की भांति आकस्मिक रूप से चलती है। औपचारिकेत्तर शिक्षा के उद्देश्य, पाठ्यक्रम एवं शिक्षण विधियाँ प्रातः निश्चित् होते हैं लेकिन ये औपचारिक शिक्षा कठोर नहीं होते हैं। औपचारिकेत्तर शिक्षा की योजना बहुत लचीली होती हैं। इस शिक्षा का उद्देश्य सामान्य शिक्षा का प्रसार और उसकें लिए सतत व्यवस्था करना है। इसका पाठ्यक्रम सीखने वालों की आवश्यकता को ध्यान में रखकर तैयार किया जाता है। शिक्षण विधियाँ भी बहुत सरल होती है। औपचारिकेत्तर शिक्षा का आयोजन भी सीखने वालो की सुविधा के अनुसार विद्यालय भवनों, मन्दिर, मस्जिद, गिरजाघर एवं गुरूद्वारों, धर्मशालाओं एवं अन्य सामाजिक स्थलों, खेत खलिहानों

एवं कारखानों में किया जाता है। समय भी सीखने वालों की सुविधा को ध्यान में रखकर तय किया जाता है। औपचारिकेत्तर शिक्षा में परीक्षा देना एवं प्रमाण पत्र पाना आवश्यक नहीं होता है। कुछ योजनाओं में परीक्षा ली जाती है ओर प्रमाण पत्र दिये जाते हैं। कुछ योजिनाओं में निरीक्षण के आधार पर प्रमाणपत्र दिये जाते है। तो कुछ योजनाओं में ऐसा कुछ नही होता है। विद्यालय के बाहर की प्राथमिक शिक्षा, माध्यमिक स्तर एवं उच्च स्तर की खुली शिक्षा एवं प्रौढ़ शिक्षा सभी औपचारिकेत्तर शिक्षा के समानांतर चलाई जाने वाली शिक्षा व्यवस्था को ही औपचरिक्त्तर शिक्षा कहा जाता है। इस शिक्षा में जनसंचार के साधनों का भी बहुत प्रयोग होता है।

औपचारिकेत्तर शिक्षा की यह बहुत बडी विशेषता है कि इसकें द्वारा उन बच्चों को शिक्षित किया जाता है जो विद्यालय की शिक्षा प्राप्त नहीं कर पाते हैं। वे प्रौढ़ शिक्षित किये जाते है। जो बचपन में पढ़ नहीं पाते हैं। जो बचपन में पढ़ नहीं पाते हैं। या जो प्राथमिक शिक्षा को ही किसी स्तर पर छोड़कर किसी अन्य कार्य में लग जाते है। व्यक्ति की शिक्षा को निरंतरता इस शिक्षा से प्राप्त हो जाती है। तत्कालीन आवश्यकताओं की पूर्ति के लिए प्रशिक्षित किया जाता है। औपचारिकेत्तर शिक्षा इस प्रकार समाज की सामाजिक एवं राजनैतिक आवश्यकताओं की पूर्ति करती है। भारत जैसे गरीब एवं बड़े देश के लिए तो औपचारिकेत्तर शिक्षा बहुत ही लाभकारी है। कम खर्च करके इस शिक्षा द्वारा ज्यादा से ज्यादा लाभ उठाया जा सकता है।

इस शिक्षा में एक कमी है कि इस शिक्षा के द्वारा समाज के लिए विशेषज्ञ तैयार नहीं किये जा सकते हैं। डाक्टर, इन्जीनियर, वैज्ञानिक आदि बनने के लिए हमें औपचारिक शिक्षा पर निर्भर होना पड़ता है॥

अनौपचारिक शिक्षा

जिस शिक्षा का कोई उद्देश्य निश्चित नहीं हो, कोई योजना नहीं बनाई गई, न पाठ्क्रम हो और काई परिभाषित शिक्षण विधियाँ, जो आकस्मिक रूप से सदेव चलती है। अनौपचारिक शिक्षा कहते हैं। जन्म के बाद जिन व्यक्तियों के सम्पर्क में रहता है वह उन्हीं लोगो का अनुसरण करता है, उनकी बोलचाल की भाषा, रहन सहन खान पान की विधियाँ आदि बातें सीखता है। कुछ कार्य वह ऐसा भी सीखता है जो समाज उसे सिखाता चाहता है वे उसकी सामाजिक शिक्षा के अंग होते हैं यह शिक्षा औरपचारिकेत्तर शिक्षा के साथ–साथ तो चलती ही है उनके बाद भी चलती रहती है। परिवार समुदाय में रहकर हम जो भी सीखते हैं या समाज हमं जो भी सिखाता है उसे अनौपचारिक शिक्षा कहते हैं।

अनौपचारिक शिक्षा जीवन भर चलती है और जीवन पर सबसे ज्यादा प्रभाव डालती हैं। मनोवैज्ञानिकों का मानना है कि मनुष्य के व्यक्तित्व का 3/4 निर्माण जीवन के पहले पांच वर्षों में हो जाता है और हम जानते है कि पहले पांच वर्षों में बालक केवल अनौपचारिक शिक्षा ही पाता है। भाषा और आचरण की शिक्षा अनौपचारिक ही होती है। सभ्यता एवं संस्कृति का ज्ञान भी अनौपचारिक शिक्षा से ही होता है। इसलिए अनौपचारिक शिक्षा बहुत आवश्यक है।

लेकिन जब तक औपचारिक एवं औपचारिकेत्तर शिक्षा द्वारा व्याक्ति एवं समाज शिक्षित नहीं होतें तब तक हम अनौपचारिक शिक्षा के लिए वातावरण तैयार नहीं कर सकतें हैं। बिना शिक्षित किए दी गई अनौपचारिक शिक्षा बहुत ही अव्यवस्थित होती है। व्यक्ति की भाषा एवं आचरण को किसी दिशा देने, अनुभवों को व्यवस्थित करने, उसकी रुचि, रूझान एवं उसकी योग्यतानुसार किसी विशेष कार्य के लिए प्रशिक्षित करने तथा जन शिक्षा के प्रचार एवं प्रसार के लिए औपचारिक एवं अनौपचारिक शिक्षा की व्यवस्था करना आवश्यक है।

औपचारिक, औपचारिकेत्तर एवं अनौपचारिक शिक्षा का महत्त्व

समाज एवं व्यक्ति के विकास के लिए औपचारिक, औपचारिकेत्तर एवं अनौपचारिक शिक्षा का अपना अपना महत्त्व है। शिक्षा का प्रारम्भ औपचारिक शिक्षा से होता है और अनौपचारिक शिक्षा के ही शिक्षा समाप्त होती है। बच्चों के प्रारम्भिक जीवन में जो संस्कार पड़ते हैं। वे बड़े ही स्थायी होते हैं। और प्राय: अनोपचारिक शिक्षा के परिणाम होते हैं। इसलिए अनौपचारिक शिक्षा को व्यक्ति के निर्माण की आधारशिला ही कहते है। लेकिन अनौपचारिक शिक्षा के लिए वातारवरण का निर्माण औपचारिक एवं औपचारिकेत्तर शिक्षा के द्वारा ही किया जाता है इसलिए इनको अधिक महत्त्व दिया जाता है। बगैर उचित औपचारिक शिक्षा की व्यवस्था किये कोई भी समाज विशेषज्ञों का निर्माण नहीं कर सकता है और इसकें अभाव में उसकी उन्नति नही हो सकती है। बचपन में जो शिक्षा प्राप्त नहीं करते थे उन लोगों को शिक्षित करने के लिए, प्रौढ़ों को शिक्षित करने के लिए और शिक्षित व्यक्तियों को शिक्षा की निरंतरता प्रदान करने के लिए औपचारिक शिक्षा की व्यवस्था की जाती है। शिक्षा के प्रसार में इसका अपना अलग महत्त्व है। यह कई देशों में औपचारिक शिक्षा के समांतर चलती है। अत: सभी लोग इन तीनों कें अलग–अलग महत्त्व को स्वीकार करते है। क्योंकि तीनों एक दूसरे की पूरक हैं। कुछ लोग औपचारिकेत्तर शिक्षा को ही अनौपचारिक शिक्षा कहते हैं। भारत सरकार ने भी उसे अनौपचारिक शिक्षा की ही संज्ञा दी है।

सामान्य एवं विशिष्ट शिक्षा

शिक्षा का एक और वर्गीकरण हैं जिसमें पढ़ाया जाने वाला विषय आधार होता है एवं बालक के भावी जीवन की विशिष्टताओं को भी आधार बनाया जाता है। प्रश्न उठता है कि हम बालक को जीवन के लिए शिक्षा दे रहे हैं। यह जानना महत्त्वपूर्ण है कि बालक को क्या सामान्य शिक्षा दी जा रही है तो उसे सामान्य जीवन के लिए तैयार किया जा रहा है, और यदि उसे कोई विशेष या तकनीकी शिक्षा दी जा रही है तो उसे किसी विशिष्ट क्षेत्र में पारंगत किया जा रहा है।

सामान्य शिक्षा– सामान्य शिक्षा को उदार शिक्षा भी कहते हैं। इस शिक्षा के द्वारा बालक को सामान्य जीवन के लिए तैयार किया जाता है। इसके लिए बालक की सामान्य बुद्धि को प्रशिक्षित किया जाता है। इस प्रकार की शिक्षा का उद्देश्य सीमित होता है। सामान्य शिक्षा का उद्देश्य बालक का सर्वांगीण विकास करना होता है। उस शिक्षा का उद्देश्य बालक का सामान्य विकास है। प्राथमिक से लेकर पूर्व माध्यमिक शिक्षा तक की शिक्षा का सामान्य शिक्षा की श्रेणी में रखा जा सकता है। क्योंकि मिडिल तक की शिक्षा और कहीं–कहीं मैट्रिक तक की शिक्षा प्रकृति भी सामान्य होती है जिसके अंतर्गत विभिन्न विषयों की शिक्षा के माध्यम से बालक को सामान्य जीवन के लिए तैयार किया जाता है। इस शिक्षा में सामान्य व्यवहारिक ज्ञान दिया जाता है। सामान्य शिक्षा की प्रवृत्ति सामान्य होती है इसलिए यह शिक्षा दुनिया मे होने वाले परिवर्तनों से ज्यादा प्रभावित नहीं होती है।

विशिष्ट शिक्षा– जैसे–जैसे शिक्षा का स्तर बढ़ता जाता है शिक्षा भी विशिष्ट होती जाती है। माध्यमिक शिक्षा के बाद ऐच्छिक विषयों के रूप में यह विशिष्टीकरण प्रारम्भ होता है तथा स्नातकोत्तर स्तर तक जाते–जाते शिक्षा का विशिष्टीकरण हो जाता है। विशिष्ट शिक्षा से सामान्यत: विभिन्न व्यावसायिक विषयों का बोध होता है। इस प्रकार इंजीनियर, मेडिकल, चित्रकला, संगीत आदि स्पष्ट रूप से विशिष्ट प्रतीत होते हैं। विशिष्ट शिक्षा के लिए बालक की रुचि एवं क्षमता का ध्यान रखना आवश्यक होता है जिससे बालक में विशिष्ट दक्षता उत्पन्न होती है। किसी शिक्षा को विशिष्ट शिक्षा तभी कहा जा सकता है जब बालक को किसी विशेष क्षेत्र के लिए तैयार करें। भारत की नयी शिक्षा नीति में भी शिक्षा के विशिष्टीकरण को महत्त्व दिया गया है और उसे व्यवसाय से जोड़ने पर बल दिया गया है।

सामान्य एवं विशिष्ट शिक्षा का महत्त्व

दोनों प्रकार की शिक्षा का अपना–अपना महत्त्व है। मनुष्य को मनुष्य एवं सामाजिक प्राणी बनाने के लिए सामान्य अर्थात उदार शिक्षा की आवश्यकता होती है

ओर भौतिक आवश्यकताओं की पूर्ति के लिए एवं आवश्यक वस्तुओं एवं धन के उपार्जन के लिए विशिष्ट शिक्षा की आवश्यकता होती है। पहली के अभाव मे मनुष्य नहीं बन पाता है और दूसरी के अभाव में समाज उन्नति नहीं कर सकता है।

वैयक्तिक एवं सामूहिक शिक्षा

शिक्षा प्राप्त करने वालो लोगो की संख्या के आधार पर यदि शिक्षा का वर्गीकरण किया जाता है तो शिक्षा दो प्रकार की होगी। 1. वैयक्तिक एवं 2. सामूहिक।

1. वैयक्तिक शिक्षा– जैसा कि नाम से ही स्पष्ट है, वैयक्तिक शिक्षा का अर्थ है केवल एक विद्यार्थी द्वारा एक समय मे शिक्षा प्राप्त करना। इस शिक्षा में बालकों की प्राकृतिक विभिन्नताओं, शारीरिक एवं मानसिक शक्तियों, रुचियों, अभिक्षताओं को ध्यान मे रखकर शिक्षा प्रक्रिया का निर्धारण होता है। अतः वैयक्तिक शिक्षा में वैयक्तिक भिन्नताओं के अनुकूल ही पाठ्यक्रम, शिक्षण विधि और उद्देश्यों को अपनाया जाता है। इस शिक्षा में बालक की सीखने की गति का ध्यान रखना पड़ता है। जैसे–जैसे बालक ज्ञान प्राप्त करता जाता है। वैसे–वैसे शिक्षा आगे बढ़ती जाती है। यह शिक्षा का आदर्श रूप तो है लेकिन ज्यादा खर्चीली है क्योकि इस प्रकार की शिक्षा में बालक एवं शिक्षक का अनुपात 1:1 का होता है। इतने बड़े देश में वैयक्तिक शिक्षा को सार्वजनिक रूप नहीं दिया जा सकता है क्योंकि इतनी ज्यादा संख्या में प्रशिक्षित अध्यापक, पठन सामग्री और वेतन की व्यवस्था असम्भव है।

2. सामूहिक शिक्षा– इस प्रकार की शिक्षा में एक साथ कई विद्यार्थी अध्ययन करते हैं। हमारे विद्यालय की कक्षाओं में इसी प्रकार की शिक्षा दी जाती है। यहाँ विभिन्न प्रकार की योग्यता एवं अभिक्षमता के बालक एक साथ शिक्षा ग्रहण करते हैं और उनकी गति को शिक्षक अपनी गति से नियंत्रित करता है। यह शिक्षा सस्ती है और एक ही अध्यापक कई छात्रों को एक ही साथ देता है। कहीं–कहीं तो शिक्षक–छात्र अनुपात 1:100 या 200 तक हो जाता है। सामूहिक शिक्षा में व्यक्तिगत विभिन्नता के सिद्धान्त की अवहैलना की जाती है। इस प्रकार की शिक्षा में गुणवत्ता को बढ़ाने के लिए शिक्षण छात्र अनुपात को कम करने की सलाह दी जाती है तथा व्यक्तिगत विभिन्नताओं को मान्यता देने के लिए रेमेडियल टींचिंग, जैसी व्यवस्था करने पर बल दिया जाता है।

सकारात्मक एवं नकारात्मक शिक्षा

सकारात्मक शिक्षा– शिक्षण विधि के आधार पर शिक्षा को सकारात्मक एवं नकारात्मक दो रूपों में विभक्त किया जा सकता है। समाज द्वारा खोजे गये तथ्यों जैसे पृथ्वी गोल है, पृथ्वी सूर्य के चारों ओर चक्कर लगाती है, चन्द्रमा पृथ्वी के चकर लगाता है, पहाड़ों पर वायु का दबाव कम होता है एवं निश्चित आदर्शों जैसे सत्य बोलो, क्रोधित मत बनो, झूठ मत बोलो आदि बातें बालक को बिना अनुभव किए बताना ही सकारात्मक शिक्षा है। सकारात्मक शिक्षा में बच्चों को निश्चित तथ्यों एवं आदर्शों को बिना किसी अनुभव अथवा तर्क के आधार पर स्वीकार करना पड़ता है।

सकारात्मक शिक्षा प्राप्त करने वाले छात्र अपनी जाति के अनुभवों एवं आदर्शों से बहुत कम समय से ही परिचित हो जाते हैं।

सकारात्मक शिक्षा में बहुत बड़ा अवगुण है कि बालक अपनी जति के अनुभवों एवं आदर्शों को बिना किसी तर्क के स्वीकार करते हैं। इस प्रकार के ज्ञान को मनोवैज्ञानिक स्थायी ज्ञान नहीं मानते हैं। सकारात्मक शिक्षा का दूसरा सबसे बड़ा अवगुण यह है कि यदि हमारी जाति के अनुभव एवं आदर्शों में दोष है तो भी बालक को उसे अपनाना पड़ता है।

नकारात्मक शिक्षा–नकारात्मक शिक्षा व शिक्षा है जिसमें बालकों को स्वयं खोज करने एवं आदर्शों को स्थापित कने के अवसर दिये जाते है। अध्यापक का कार्य इस शिक्षा में केवल अवसर प्रदान करना है।

नकारात्मक शिक्षा में सीखा हुआ ज्ञान स्थायी होता है क्योंकि बालक को स्वयं करके स्वयं के अनुभव से सीखना होता है।

लेकिन क्या बालक स्वयं अपने एवं स्वयं सीखने की योग्यता रखते हैं। यदि नहीं तो वे अपने स्वयं के अनुभव पर कैसे निर्भर रह सकते हैं और सब कुछ स्वयं अनुभव करके सीखा भी नहीं जा सकता है हमें अपने पूर्वजों के अनुभवों का ज्ञान प्राप्त करना होता है।

शिक्षा के कार्य, आवश्यकता, उपयोगिता एवं महत्त्व

मानव के विकास का मूल साधन है शिक्षा। शिक्षा के द्वारा व्यक्ति, समाज एवं राष्ट्र सभी का विकास होता है। यह मनुष्य को वह सब प्राप्त करने में सहायता करती है जिसकी वह आकांक्षा करता है और उसे प्राप्त करने का प्रयास करता है। शिक्षा के कार्यों को किसी सीमा में नहीं बांधा जा सकता है। शिक्षा मनुष्य के भूत,

भविष्य एवं वर्तमान तीनों से सम्बन्धित रहती है। शिक्षा व्यक्ति को भूत से परिचित करती है, भविष्य का निर्माण करने में सहयोग करती है और वर्तमान में जीना सिखाती है। दार्शनिकों का मानना है कि शिक्षा मनुष्य को अपने जीवन के उद्देश्यो को प्राप्त करने के योग्य बनाती है। शिक्षा मनुष्य का सामाजीकरण करती है, सामाजिक नियंत्रण रखती है और सामाजिक परिवर्तन करती है। शिक्षा मनुष्य को राज्य का सर्वश्रेष्ठ नागरिक बनाती है। अर्थशास्त्रियों के अनुसार शिक्षा मनुष्य में व्यावसायिक कुशलता का विकास करती है तथा राष्ट्र का भी आर्थिक विकास करने में सहयोग करती है। मनोवैज्ञानिक शिक्षा को मार्गान्तीकरण एवं उदातीकरण कासाधन मानते हैं। वैज्ञानिकों की दृष्टि में शिक्षा के द्वारा मनुष्य की अनंत शक्तियों का बाह्य जीवन से सामंजस्य स्थापित करती है।

वास्तविकता तो यह है कि शिक्षा के अपने कोई कार्य नहीं होते हैं। शिक्षा के विभिन्न उद्देश्यों की पूर्ति करना शिक्षा के कार्य हैं। शिक्षा की उपयोगिता इन कार्यों का सम्पादन करना ही है यही शिक्षा का महत्त्व है। शिक्षा के उद्देश्यों एवं कार्यों का स्वरूप देश एवं काल के अनुसार बदलता रहता है। हम शिक्षा के कार्यों को निम्नांकित बिन्दुओं पर प्रकाश डालने से समझ सकते हैं–

सामाजिकरण, सामाजिक नियंत्रण एवं सामाजिक परिवर्तन के लिए शिक्षा–मनुष्य अकेला नहीं रह सकता हैं क्योंकि यह स्वभाव से ही एक समाजिक प्राणी है। यूं तो सभी प्राणी समूह में रहना पसंद करते हैं लेकिन विकासशील प्राणी होनपे के नाते मनुष्य इन सबसे भिन्न होता है। वह समाज में समायोजन तो करता ही है उसमें परिवर्तन एवं विकास भी करता है। समाज के लिए शिक्षा मुख्य रूप से तीन कार्य करती है। पहला सामाजीकरण, दूसरा सामाजिक नियंत्रण एवं तीसरा सामाजिक परिवर्तन। समाज की भाषा चाहै जैसी हो, रहन, सहन, खानपान एवं व्यवहार चाहै जैसे हों उसकें सदस्यों को ये सभी बातें सीखनी होती हैं तभी वे समाज से समायोजन कर पाते हैं। समाजशास्त्र इस क्रिया को सामाजीकरण कहते हैं। प्रत्येक समाज अपनी सभ्यता एवं संस्कृति को अक्षुण रखना चाहता है और शिक्षा इस कार्य में उसकी सहायता करती है। शिक्षा मनुष्यों में अपनी भाषा, रहन–सहन, खान पान एवं व्यवहार की विधियों और रीति–रिवाजों में परिवर्तन एवं विकास करने में सहायता करती है इसे समाजशास्त्र की भाषा में सामाजिक परिवर्तन कहा जाता है।

शारीरिक विकास, इन्द्रिय प्रशिक्षण एवं जन्मजात शक्तियों का उदान्तीकरण– मनुष्य के शरीर का विकास उसकी नैसर्गिंक गुण हैं। आवश्यक

भोजन, जल एवं वायु प्राप्त होने पर यह वृद्धि स्वयं होती है लेकिन उसकें विकास के लिए शिक्षा की आवश्यकता होती है। इस क्षेत्र में शिक्षा के तीन कार्य हैं। (i) मनुष्य के शारीरिक विकास के लिए उचित आहार–विहार का ज्ञान कराना एवं उसकें अनुसार व्यवहार करने की आदत बनाना। (ii) मनुष्य की कमेन्द्रियों एवं ज्ञानेन्द्रियों का विकास एवं प्रशिक्षण एवं (iii) मनुष्य की जन्मजात शक्तियों का विकास एवं उदात्तीकरण हम जानते हैं कि शिक्षा के द्वारा मनुष्य का शारीरिक विकास किया जाता है। मनुष्य अपनी कमेन्द्रियों एवं ज्ञानेन्द्रियों के द्वारा ही विभिन्न प्रकार का ज्ञान प्राप्त करता है और विभिन्न क्रियाओं का सम्पादन करता है।

मानसिक शक्तियों का विकास एवं ज्ञानवर्धन– मनुष्य जो भी कार्य करता है अपने शरीर एवं मन से करता है। अतः मनुष्य के शारीरिक विकास के साथ–साथ उसका मानसिक विकास विकास भी आवश्यक है। शिक्षा इस कार्य में मनुष्य की सहायता करती है। मानसिक विकास एवं ज्ञानवर्धन के क्षेत्र में भी शिक्षा तीन कार्य करती है। (i) मनुष्य को भाषा का ज्ञान कराना। मानसिक विकास का सम्बन्ध विचारों के विकास से होता है और विचारों का भाषा से। भाषा एवं विचरों का चोलीदामन का सम्बन्ध है। मानसिक विकास की शुरूआत भाषा ज्ञान से होती है। (ii) शिक्षा का दूसरा कार्य है मानसिक शक्तियों का विकास। इस शक्ति के विकास के लिए आज बच्चों को स्वयचं करके सीखने एवं स्वयं निर्णय निकालने के अवसर दिये जाते हैं। (iii) मनुष्य को विभिन्न वस्तुओं, तथ्यों एवं क्रियाओं का ज्ञान कराना भी शिक्षा का ही कार्य है। बच्चों को विभिन्न विषयों की शिक्षा दी जाती है एवं उन्हें विभिन्न क्रियाओं में प्रशिक्षित किया जाता है। बालकों को भय से मुक्त कर अभय बनाया जाता है जिससे बच्चों का मानसिक स्वास्थ्य ठीक रहता है और बालक आशावादी एवं आत्मविश्वासी बनता है।

व्यवसायिक कुशलता के विकास के लिए– मनुष्य के अलावा संसार के अन्य प्राणियों को जीने के लिए केवल भोजन एवं आवास की आवश्यकता होती है और वे उसे प्रकृति से सीधे प्राप्त कर लेते हैं। लेकिन सभ्यता के विकास के साथ–साथ मनुष्य की आवश्यकताएं बढ़ती गयीं और आज उसकी आवश्यकता असीमित एवं अनंत हैं। शिक्षा, मनुष्य की इन आवश्यकताओं की पूर्ति के लिए विभिन्न व्यवसायों यथा कृषि, कपड़ा, निर्माण, भवन एवं बर्तन निर्माण, रेड़ियों, टेलीविजन, कार, बस, रेलगाड़ी आदि के निर्माण में कुशलता प्रदान करती है। शिक्षा, समाज के लिए कुशल कारीगर एवं संगठनकर्ता आदि बनाती है। इस तरह एक तरफ तो मनुष्य अपनी रोजी–रोटी कमाता है दूसरी तरफ राष्ट्र एवं समाज की आवश्यकताओं की पूर्ति करता है। अतः छात्रों को जीविकोपार्जन की शिक्षा देना

शिक्षा का एक महत्त्वपूर्ण काम है।

सभ्यता एवं संस्कृति का संरक्षण का विकास–संस्कृति मानव समाज की विशेषता है संस्कृति के अर्थ के सम्बन्ध में विद्वानों में मतैक्य नहीं है लेकिन हमारे देखने में किसी समाज की संस्कृति का अर्थ किसी विशेष समाज की रहन सहन एवं खान–पान की विधियों, आचार–विचार, रीति–रिवाज, कला–कौशल, संगीत नृत्य, भाषा–साहित्य, धर्म–दर्शन और मूल्यों के उस विशेष रूप से होता है जिसमें उसकी आस्था रहती है और जिसकें द्वारा उसकी पहचान होती है। समाज अपने सदस्यों को अपनी संस्कृति से परिचित कराता है और उसको उसी के अनुसार क्रिया करने एवं सोचने को बाध्य करता है और यह कार्य शिक्षा के द्वारा ही होता है और समाज की संस्कृति सुरक्षित रहती है। पहले का समाज व्यक्ति में एक पीढ़ी में केवल एक संस्कृति का अर्थ किसी विशेष समाज की रहन सहन एवं खान–पान की विधियों, आचार–विचार, रीति–रिवाज, कला–कौशल, संगीत नृत्य, भाषा–साहित्य, धर्म–दर्शन और मूल्यों के उस विशेष रूप से होता है जिसमें उसकी आस्था रहती है और जिसकें द्वारा उसकी पहचान होती है। समाज अपने सदस्यों को अपनी संस्कृति से परिचित कराता है और उसको उसी के अनसुार क्रिया करने एवं सोचने को बाध्य करताहै और यह कार्य शिक्षा के द्वारा ही होता है और समाज की संस्कृति सुरक्षित रहती है। पहले का समाज व्यक्त में एक पीढ़ी में केवल एक संस्कृति ही हस्तांतरित कर पाता था लेकिन आज आवागमन के साधनों के विकास के कारण कई संस्कृतियों के सम्पर्क में आता है और इन सभी संस्कृतियों का प्रभाव उस पर पड़ता है। हमारा बच्चों को सांस्कृतियों सहिष्णुता का पाठ पढ़ाते हैं। अतः हम कह सकते हैं कि शिक्षा के द्वारा एक दूसरे की संस्कृति को ग्रहण एवं अपनी–अपनी संस्कृति में परिवर्तन एवं विकास करने में सहायता मिलती है।

नैतिक एवं चारित्रिक विकास– नैतिकता का अर्थ है समाज द्वारा निश्चित नियमों एवं सिद्धांतों का पालन–अलग अलग समाज में नियम एवं सिद्धांत भिन्न–भिन्न होते हैं। इसलिए समाज आधारित नैतिकता भी अलग–अलग होती है। सामाजिक परिवर्तन के साथ–साथ इस नैतिकता के स्वरूप में भी परिवर्तन होता रहता है। धर्म आधारित नैतिकता में स्थायित्व रहता है। ध्यान से देखने पर पता चलता है कि लगभग सभी धार्मे के नियम एवं सिद्धांत एक जैसे होते हैं। सभी धर्म मनुष्य को मनुष्य से प्रेम करने, सत्य बोलने एवं ईमानदारी बरतने की शिक्षा देते हैं। मेरी दृष्टि में धर्म आधारित नैतिकता ही वास्तविक नैतिकता है जब कोई आदमी इसका पालन निष्ठा से करता है और विषय परिस्थिति में भी इससे विचलित नहीं होता है चरित्रवान कहलाता है। हम कह सकते हैं कि नैतिकता एवं चरित्र एक ही

सिक्के के दो पहलू हैं। यह सर्वमान्य है कि जब तक मनुष्य का नैतिक एवं चारित्रिक विकास नहीं होता है तब तक मनुष्य अपनी शरीर एवं मन की आंतरिक शक्तियों का विकास नहीं कर पाता है और न ही समाज से समायोजन कर पाता है। अत: प्रत्येक समाज शिक्षा द्वारा मनुष्य का चारित्रिक एवं मानसिक विकास करता है।

शासनतंत्र एवं नागरिकता की शिक्षा– शिक्षा समाज के हाथ में हो या व्यक्ति के हाथ में या राज्य के हाथ में उसकें द्वारा राज्य की शासन प्रणाली का ज्ञान जनता को कराया जाता रहा है। कहीं–कहीं शिक्षा को उसकें गुण–दोषों का बखान करने की स्वतंत्रता रही तो कहीं–कहीं उसकें गुण–दोषों की विवेचना करने की स्वतंत्रता रहती है। अच्छी शिक्षा की व्यवस्था करना राज्य का कर्तव्य रहा है। संसार के विभिन्न राष्ट्रों में अलग–अलग शासन प्रणाली है और सभी राष्ट्र अपने यहां की शासन प्रणाली को सर्वश्रेष्ठ मानते हैं और अपने नागरिकों को इसकें गुणों एवं स्वरूप से परिचित कराते हैं यह कार्य शिक्षा के द्वारा कराया जाता है। हमारे यहां लोकतंत्र हैं अत: हम अपने नागरिकों को लोकतंत्र की शिक्षा देते हैं। जिस देश में राजशाही है वैसे देश में शासक के प्रति वफ़ादारी सिखलाई जाती है। प्रत्येक राज्य अपने नागरिकों को उनके अधिकारों एवं कर्तव्यों का ज्ञान कराता है और उनसे वैसे ही आचरण की अपेक्षा करता है। अत: नागरिकता की शिक्षा देने का कार्य शिक्षा ही करती है।

राष्ट्र के लक्ष्यों की प्राप्ति के लिए शिक्षा– हम जानते हैं कि हमारा समाज परिवर्तनशील है और समाज की कुछ आकांक्षाएं भी होती हैं और इन आकांक्षाओं की पूर्ति के लिए उसे अनेक चुनौतीयों से दो चार होना पड़ता है। शिक्षा समाज या राष्ट्र की आकांक्षाओं की पूर्ति करने में सहायता करती हैं। पिछड़ापन, गरीबी, जनसंख्या वृद्धि, पर्यावरण, प्रदूषण, साम्प्रदायिकता एवं अलगाववाद की समस्याएं हैं एवं उनके समाधान के लिए हमने जन शिक्षा की व्यवस्था भी की है। यह बात सर्वमान्य है कि कोई भी समाज अपनी आकांक्षाओं और लक्ष्यों की पूर्ति शिक्षा की सहायता से ही कर सकता है।

आध्यात्मिकता का विकास– शिक्षा का सर्वोच्च कार्य है–आध्यात्मिकता का विकास। कुछ राजय आध्यात्मिक शिक्षा के महत्त्व को स्वीकार करते हैं और कुछ अस्वीकार। जो राज्य आध्यात्मिक शिक्षा के लिए प्राविधान रखे हुए हैं वे भी धर्म विशेष की शिक्षा के रूप में आध्यात्मिक शिक्षा के रूप में नहीं। आध्यात्मिक स्तर पर भेद समाप्त हो जाता है। संसार के ज्यादातर लोगों का मानना है कि मनुष्य का भौतिक विकास चाहै जितना हो जाए लेकिन जब तक वह आध्यात्मिक विकास

नहीं कर लेता है उसे वास्तविक सुख एवं शांति प्राप्त नहीं हो पायेगी। बुद्ध, महावीर, ईसा आदि गुरुओं ने हमें आध्यात्मिक शिक्षा ही दी है। आज के समाज में ही आध्यात्मिक गुरूओं का अभाव नहीं है। हमारे गांवों एवं नगरों में भी आध्यात्मिक गुरू उपलब्ध है।

शिक्षा के कुछ अन्य विशेष कार्य

यह प्रश्न स्वाभाविक है कि सामाजिक जीवन में शिक्षा क्या कार्य करती है। राष्ट्रीय स्तर पर एवं अंतरराष्ट्रीय स्तर पर शिक्षा के क्या कार्य है। यहां यह स्पष्ट हो चुका है कि कोई भी राष्ट्र शिक्षा की व्यवस्था, व्यक्ति, समाज एवं राष्ट्र तीनों की आवश्यकताओं को ध्यान में रखकर करता है। आज का युग अंतर्राष्ट्रीयता का युग है। अतः लगभग सभी राष्ट्र शिक्षा द्वारा अंतर्राष्ट्रीयता की भावना का विकास करते है।

मानव जीवन में शिक्षा के कार्य

मनुष्य किसी न किसी समाज का सदस्य होता है, राज्य का नागरिक होता है और प्रत्येक राज्य अपने नागरिकों के लिए शिक्षा की व्यवस्था करता है और शिक्षा कार्य सम्पन्न करती है। व्यक्ति के सम्बन्ध में शिक्षा के कार्यों को हम निम्नलिखित रूप में व्यक्त कर सकते हैं–

(i) मनुष्य का शारीरिक विकास, इन्द्रियों का प्रशिक्षण, जन्मजात शक्तियों का विकास एवं उदान्तीकरण।

(ii) सामाजीकरण एवं समाज से समायोजन करना सिखाना।

(iii) मनुष्य को उसकी भाषा का ज्ञान कराना, मानसिक शक्तियों का विकास करना एवं विविध विषयों का ज्ञान कराना।

(iv) मनुष्य को उसकी संस्कृति से परिचित कराना और उसकें अनुसार आचरण करना सीखना।

(v) मनुष्य को विभिन्न व्यवसायों में निपुण करना और अपनी रोजी रोटी कमाने के योग्य बनाना।

(vi) नैतिक एवं चारित्रिक मूल्यों का निर्माण एवं विकास।

(vii) राज्य का श्रेष्ठ नागरिक बनाना एवं देश के शासनतंत्र से परिचित करना।

(viii) राज्य की आकांक्षाओं से परिचित कराना एवं उसकी प्राप्ति की

ओर अग्रसर करना।

(ix) मनुष्य को उसकें धर्म एवं दर्शन से परिचित कराना एवं धार्मिक सहनशीलता एवं आध्यात्मिक चेतना का विकास।

सामाजिक जीवन के लिए शिक्षा के कार्य

समाज या राज्य शिक्षा की व्यवस्था व्यक्ति एवं समाज सभी के उत्थान के लिए करता है। सामाजिक दृष्टि से तो शिक्षा के दो ही कार्य हैं–

(1) सामाजिक नियंत्रण (2) सामाजिक परिवर्तन। इन दोनों कार्यों को करने के लिए शिक्षा को निम्न लिखित कार्य करने पड़ते हैं–

(i) समाज की भाषा का ज्ञान कराना एवं समाज से ज्ञान–विज्ञान से परिचय।

(ii) प्रत्येक व्यक्ति का शारीरिक विकास, इन्द्रिय प्रशिक्षण एवं जन्मजात शक्तियों का विकास।

(iii) व्यक्तियों का सामाजीकरण, सामाजिक नियंत्रण एवं सामाजिक परिवर्तन।

(iv) संस्कृति का संरक्षण एवं उनका विकास।

(v) सामाजिक, सांस्कृतिक मूल्यों का विकास करना एवं नैतिक एवं चारित्रिक विकास।

(vi) विभिन्न कार्यों के लिए विशेषज्ञों का निर्माण

(vii) समाज के व्यक्तियों को सामाजिक लक्ष्यों से परिचित कराना एवं उन्हें अच्छा नागरिक बनाना।

(viii) सामाजिक लक्ष्यों से परिचित कराना एवं उनकी प्राप्ति के लिए अग्रसर करना।

(ix) समाज के व्यक्तियों को धर्म का ज्ञान कराना एवं उनमें आध्यात्मिक चेतना का विकास।

राष्ट्र के स्तर पर शिक्षा के कार्य

शिक्षा मानवीय एवं सामाजिक जीवन में जो कार्य करती है। राष्ट्र उससे प्रभावित होता है। नागरिक राष्ट्र की एक इकाई है उसकें चरित्र से राष्ट्र का चरित्र प्रभावित होता है एवं उसकी योग्यता एवं क्षमता पर राष्ट्र का विकास निर्भर करता है। यदि हम राष्ट्र की दृष्टि से शिक्षा के कार्यों की विवेचना करते हैं तो उसका

एकमात्र कार्य श्रेष्ठ नागरिकों का निर्माण करना हैं। श्रेष्ठ नागरिकों के निर्माण के लिए हम शिक्षा के निम्नलिखित कार्य बता सकते हैं–

(i) राष्ट्र के नागरिकों का शारीरिक विकास, उनकी इन्द्रियों का प्रशिक्षण एवं उनकी जन्मजात शक्तियों का विकास।

(ii) नागरिकों को राष्ट्र की भाषाओं का ज्ञान कराना एवं उनकी मानसिक शक्तियों का विकास करना।

(iii) राष्ट्र के सभी नागरिकों क सामाजीकरण एवं सामाजिक नियंत्रण एवं सामाजिक परिवर्तन के योग्य बनाना।

(iv) राष्ट्र की संस्कृतियों से परिचित कराना एवं राष्ट्रीय एवं भावात्मक एकता का विकास करना।

(v) राष्ट्र के नागरिकों का नैतिक एवं चारित्रिक विकास करना।

(vi) धार्मिक सहिष्णुता की भावना एवं आध्यात्मिक चेतना का विकास।

(vii) राष्ट्र के नागरिकों को राज्य की शासन प्रणाली से परिचित करना एवं उनके अधिकारों एवं कर्तव्यों का ज्ञान कराना।

(viii) राष्ट्रीय लक्ष्यों से अवगत कराना एवं उनकी प्राप्ति के लिए प्रेरित करना।

शिक्षा के कार्यों का वर्गीकरण

यह वास्तविक है कि शिक्षा का न कोई अपना उद्देश्य है और न ही कार्य। शिक्षा तो समाज विशेष के उद्देश्यों की पूर्ति का साधन मात्र है। समाज के उद्देश्यों की पूर्ति ही शिक्षा के कार्य हैं और समाज के परिर्वनीय होने के कारण समाज के उद्देश्य एवं कार्य भी परिवर्तन हैं।

शिक्षा के सामान्य एवं विशेष कार्य

शिक्षा के वे कार्य जिनके द्वारा समाज के विशेष व्यक्तियों को सामान्य जीवन जीने की कला सिखाई जाती है। सामान्य कार्य की श्रेणी मे आते हैं। अत: व्यक्ति का शारीरिक, मानसिक, सामाजिक, सांस्कृति एवं चारित्रिक विकास शिक्षा के सामान्य कार्य की श्रेणी में आते हैं। शिक्षा के वे कार्य जिनके द्वारा समाज के व्यक्तियों को किसी विशिष्ट कार्य के लिए तैयार किया जाता है विशिष्ट कार्य कहते हैं। इस दृष्टि से व्यक्ति को कुशल कार्मिक, इंजीनियर, डाक्टर, वकील शिक्षक आदि बनाना विशिष्ट कार्य की श्रेणी में आते हैं। कुछ विद्वान सामान्य एवं विशिष्ट

जीवन के आधार पर शिक्षा के सामान्य एवं विशेष कार्य को परिभाषित करते हैं। कुछ लोग देश एवं काल के अनुसार नहीं बदलने वाले कार्यों को विशेष कार्य कहते हैं। लेकिन वास्तविकता यह है कि शिक्षा के कार्यों के बीच ऐसी कोई रेखा नहीं खींची जा सकती है।

शिक्षा का पाठ्यक्रम

नियोजन शिक्षा व्यवस्था के निश्चित उद्देश्यों की प्राप्ति के लिए कुछ विषयों एवं क्रियाओं का ज्ञान एवं प्रशिक्षण आवश्यक है। समान अर्थ में इसे ही पाठ्यक्रम कहा जाता है। पाठ्यक्रम शिक्षा के उद्देश्यों की प्राप्ति का साधन है। अंग्रेजी में इसे करीकुलम कहा जाता है जिसका अर्थ दौड़ का मैदान होता है जैसे दौड़ के मैदान में कोई व्यक्ति अपने लक्ष्य को प्राप्त करता है उसी प्रकार पाठ्यक्रम को पूरा करने वाला विद्यार्थी निश्चित उद्देश्यों की प्राप्ति करता है। कनिंघम ने भी पाठ्यक्रम के उद्देश्यों की प्राप्ति के साधन के रूप में स्वीकार किया है उनके अनुसार, "पाठ्यक्रम अध्यापक के रूप में वह साधन है जिससे वह अपने विद्यार्थी को अपने विद्यालय में अपने उद्देश्यों के अनुसार बनाता है।"

लेकिन पाठ्यक्रम का अर्थ इससे बड़ा होता है। प्राचीन काल में पाठ्यक्रम का सम्बन्ध बौद्धिक विषयों की शिक्षा एवं विभिन्न कक्षाओं को प्रशिक्षण के लिए विद्यालय में किये जाने वाले कार्यों तक ही सीमित है। लेकिन जब इसकी सीमा में तो वे सभी अनुभव शामिल किए जाते हैं जो बच्चों को विद्यालय की कक्षाओं, पुस्तकालयों, प्रयोगशालाओं, खेल के मैदान एवं साहित्यिक एवं सांस्कृतिक मंचों पर प्राप्त होते हैं। **मुदालियर कमीशन** 1952 के अनुसार, "यह स्पष्ट रूप से समझ लेना चाहिए कि सर्वोत्तम शैक्षिक विचारधारा के अनुसार पाठ्यक्रम का अर्थ विद्यालय में पढ़ाये जाने वाले विषयों तक ही सीमित नहीं है। अपितु इसमें वे सब अनुभव समाहित हैं जो एक बालक विद्यालय में प्राप्त करता है।"

पिछले कुछ वर्षों में पाठ्यक्रम का क्षेत्र कुछ और अधिक विस्तुत हुआ है। शिक्षाविदों ने भी यह स्पष्ट किया है कि पाठ्यक्रम विद्यालय तक ही सीमित नहीं रहता है। बल्कि उसमें विद्यालय से बाहर की जाने वाली क्रियाएँ भी सम्मिलित होती हैं जिन्हें विद्यालयों में दी जाने वाली शिक्षा की प्राप्ति के लिए किया जाता है इसकी परिभाषा हम इस प्रकार दे सकते हैं– "नियोजित शिक्षा के उद्देश्यों की प्राप्ति के लिए जो भी पाठ्य विषय पढ़ाए जाते हैं या क्रियाएँ कराई जाती है वे विद्यालय के अंदर हों या बाहर सबको पाठ्यक्रम कहते हैं।"

शिक्षा की प्रक्रिया में पाठ्यक्रम का महत्त्व

प्रत्येक समाज, राज्य या राष्ट्र की अपनी कुछ मान्यताएँ होती है, विश्वास आदर्श एवं मूल्य होते हैं। इनकी पूर्ति के लिए वह शिक्षा की व्यवस्था करता है और उद्देश्य निश्चित करता है। इन उद्देश्यों की प्राप्ति के लिए जिन विषयों का ज्ञान एवं प्रशिक्षण आवश्यक होता है उन्हें पाठ्यक्रम में स्थान दिया जाता है। इस प्रकार पाठ्यक्रम शिक्षक एवं शिक्षार्थी के सामने स्पष्ट एवं निश्चित लक्ष्य रखता हैं और उनकी प्राप्ति के लिए उनके कार्य भी निश्चित करता है। नियोजित शिक्षा के लिए पाठ्यक्रम बहुत आवश्यक है इअसकें निम्नलिखित लाभ है–

शिक्षा प्रक्रिया की व्यवस्था–निश्चित पाठ्यक्रम अध्यापक एवं विद्यार्थी दोनों के कार्य को निश्चित कर देता है। पाठ्यक्रम एक ऐसा लेखा जोखा है जिसमें यह तय किया जाता है कि शिक्षा के किस स्तर पर किस पाठ्य विषय का कितना ज्ञान दिया जाए एवं किन क्रियाओं में कितनी दक्षता उपलब्ध करायी जाएगी और पाठ्यगामी सहगामी क्रियाओं को कैसे आयोजित किया जाएगा। पाठ्यक्रम के अंतर्गत विद्यालय के बाहर एवं भीतर जाने वाले कार्यों की पूरी रूपरेखा होती है अतः निश्चित पाठ्यक्रम शिक्षा की रूपरेखा को तय करता है और व्यवस्थित भी।

शक्ति एवं समय का सदुपयोग–निश्चित पाठ्यक्रम में विद्यार्थी को यह पता रहता है कि उसे विद्यार्थी को क्या सीखने में सहायता करती है और उन्हें क्या सीखने में सहायता करती है और विद्यार्थी को यह पता रहता है कि उन्हें क्या–क्या सीखना है। अध्यापक एवं विद्यार्थी किसी भी स्तर पर भटक नहीं पाते हैं। परिणाम स्वरूप शिक्षा की व्यवस्था बहुत ही सुचारू रूप से चलती है और अध्यापक एवं विद्यार्थी दोनों निश्चित समय में कार्यों का पूरा करते हैं। इस तरह समय एवं शक्ति दोनों का सदुपयोग होता रहता है।

बालकों की मनोवैज्ञानिक आवश्यकताओं की पूर्ति–मनुष्य में यह एक बड़ा गुण है कि वह सप्रयोजन क्रियाओं में रुचि लेता है और इस प्रकार के कार्य करना चाहता है जिससे उसकी वर्तमान आवश्यकताओं की पूर्ति तो होती है भावी आवश्यकताओं की पूर्ति की भी व्यवस्था होती है। पाठ्यक्रम का निर्माण इन बातों को ध्यान में रखकर किया जाता है अतः बच्चे उसे पूरा करने में रुचि लेते हैं। यह बात भी ध्यान देने की है कि यदि बालक निश्चित समय में अपना पाठ्यक्रम पूरा कर लेते हैं तो वे दूने उत्साह से आगे बढ़ते हैं।

पाठ्य पुस्तकों के निर्माण में सहयोग–किसी भी स्तर में निश्चित पाठ्यक्रम में उस स्तर पर पढ़ाए जाने वाले विषयों की सामग्री भी निश्चित होती है।

इसकें आधार पर ही लेखक पाठ्य पुस्तक तैयार करते हैं और उनमें आवश्यक सामग्री को ही स्थान देते हैं। पाठ्यपुस्तकों के अभाव में शिक्षा नियंत्रित एवं व्यवस्थित हो जाती है।

समान शिक्षा स्तर के लिए—पाठ्यक्रम निश्चित होने पर पूरे समाज का शिक्षा का स्तर समान रहता है। पाठ्यक्रम स्वरूप हमें शिक्षा में सुधार की सही दिशा प्राप्त होती है। पाठ्यक्रम निश्चित नहीं होने की स्थिति में हम शिक्षा के स्तर के गिरने एवं उठने के कार्यों का पता नहीं लगा सकते हैं।

सही मूल्यांकन के लिए—विशेष स्तर के लिए विशेष पाठ्यक्रम के निश्चित होने से विशेष स्तर के विद्यार्थियों का मूल्यांकन स्तर हो जाता है। यदि विशेष स्तर के लिए विशेष पाठ्यक्रम की व्यवस्था नहीं होगी तो मूल्यांकन असम्भव हो जाएगा। अध्यापक विद्यार्थियों का मूल्यांकन पाठ्यक्रम के आधार पर ही करता है।

शिक्षा के उद्देश्य की प्राप्ति के लिए—जैसा कि हम जानते हैं कि किसी भी स्तर पर पाठ्यक्रम का निर्माण कुछ निश्चित उद्देश्यों की प्राप्ति के लिए किया जाता है। यदि हम पाठ्यक्रम को पूरा कर पाते हैं तो उद्देश्यों की प्राप्ति में सफल होते हैं वरना असफल हो जाते हैं। यदि हम देखते हैं कि किसी पाठ्यक्रम विशेष से हमारे उद्देश्यों की प्राप्ति नहीं हो रही है तो हम पाठ्यक्रम में परिवर्तन कर देते हैं। यदि हमारे पास पाठ्यक्रम नहीं रहेगा तो हम यह तय करने में असमर्थ हो जायेंगे कि किन विषयों के सहयोग एवं किन क्रियाओं को करने से हमारे उद्देश्यों की पूर्ति हो रही है और कौन विषय एवं क्रियाएँ बेकार हैं।

पाठ्यक्रम के निर्माण के आधार स्तम्भ

किसी समाज के शिक्षा के स्वरूप को निश्चित करने के लिए उस समाज के दर्शन विशेष रूप से जीवन दर्शन की विशेष भूमिका रहती है। शिक्षा दर्शन मे इन सबकी व्याख्या की जाती है। उस समाज की संरचना, सभ्यता, संस्कृति आदि का भी विशेष प्रभाव पड़ता है और इन सबका अध्ययन शैक्षिक समाजशास्त्र में किया जाता है। समाज की राजनैतिक एवं आर्थिक व्यवस्था भी शिक्षा के स्वरूप को प्रभावित करती है। मानव की अपनी प्रकृति भी उसकें शिक्षा के स्वरूप को निर्धारित करती है। इसका अध्ययन शिक्षा मनोविज्ञान में किया जाता है। आज का युग विज्ञान का युग है। युग के प्रभाव से शिक्षा भी प्रभावित होती है। ये सभी बातें शिक्षा के स्वरूप अर्थात् उसकें उद्देश्य एवं पाठ्यक्रम निर्धारित करने के आधार होते हैं। ये शिक्षा का निम्नलिखित प्रकार से प्रभावित करते हैं।

दार्शनिक आधार–हमारे जीवन या शिक्षा के उद्देश्य मूलत: हमारे जीवन दर्शन पर आधारित होते हैं और शिक्षा का पाठ्यक्रम भी शिक्षा से प्रभावित होता है और होना भी चाहिए। आध्यात्मवादी चूंकि आध्यात्मिक मान्यताओं को महत्त्व देते हैं। इसलिए उनके पाठ्यक्रम में भाषा, साहित्य, धर्मशास्त्र आदि को अधिक महत्त्व देते हैं और अन्य विषयों एवं क्रियाओं को गौण स्थान देते हैं। भौतिकवादी भौतिक जगत को ही सत्य मानते हैं और भौतिक सुखों की प्राप्ति हेतु विज्ञान के अध्ययन पर बल देते हैं और भाषा एवं साहित्य को गौण स्थान प्रदान करते है। धर्मशास्त्र और नीतिशास्त्र को वे शिक्षा में कोई स्थान नहीं देते हैं। प्रयोजनवादी शिक्षा के उद्देश्य एवं पाठ्यक्रम को निश्चित करने का विरोध करते हैं उनके अनुसार परिस्थितियाँ बदलती रहती है और वे मनुष्य को इस योग्य बनाना चाहते हैं कि वह बदलती हुई परिस्थितयों से समायोजन कर सकें। वे पाठ्यक्रम में सामाजिक विषयों एवं तत्कालीन उपयोगिता की दृष्टि से क्रियाओं पर ध्यान देते हैं।

पाठ्यचर्या के नियोजन के लिए उनके सिद्धान्त है (i) उपयोगिता का सिद्धान्त (ii) क्रिया एवं अनुभव का सिद्धान्त, (iii) रुचि का सिद्धान्त, (iv) एकीकरण का सिद्धान्त। इस प्रकार दर्शन पाठ्यक्रम निर्धारित करने का एक मुख्य आधार है क्योंकि समाज जिस दर्शन से प्रभावित होता है उसका पाठ्यक्रम भी उससे प्रभावित होता है।

समाजशास्त्रीय आधार–शिक्षा का पाठ्यक्रम निश्चित करने में दर्शन के बाद उस समाज की संरचना, संस्कृति, धार्मिक राजनैतिक एवं आर्थिक स्थिति का प्रभाव पड़ता है। जिस समाज में पुरुषों एवं महिलाओं का कार्यक्षेत्र अलग–अलग होता है उस समाज में स्त्रियों एवं पुरुषों के लिए अलग–अलग पाठ्यक्रम निर्धारित किये जाते हैं। लेकिन जहाँ स्त्री एवं पुरुष का कार्यक्षेत्र एक ही होता है वहाँ एक ही पाठ्यक्रम होता है। हर समाज की संस्कृति, रहन–सहन, खान–पान की अपनी अलग विधियाँ होती है। अलग रीति–रिवाज होते हैं, भाषा–साहित्य, कला–कौशल, संगीत–नृत्य, धर्म दर्शन आदि अलग–अलग होते हैं। इसी को समाज की संस्कृति कहते हैं और प्रत्येक समाज अपनी संस्कृति की रक्षा के लिए शिक्षा का सहारा लेता है और अपने शिक्षा के प्रत्येक समाज अपनी संस्कृति उपलब्धियों का सहारा लेता है और उनका समावेश करता है। समाज की धार्मिक स्थिति भी उसकी शिक्षा के पाठ्यक्रम को प्रभावित करती है।

राजनैतिक आधार–शिक्षा की व्यवस्था करना वर्तमान में राज्य का कर्त्तव्य मान। जाता है। अत: शिक्षा का उद्देश्य एवं छात्र के लिए पाठ्यक्रम केवल राज्य से प्रभावित होना स्वाभाविक ही है। उदाहरण के लिए हम कह सकते हैं कि

साम्यवादी पाठ्यक्रम कठोर एवं लोकतांत्रिक देश के पाठ्यक्रम अपेक्षाकृत विस्तृत एवं लचीले होते हैं।

आर्थिक आधार–समाज की आर्थिक स्थिति भी शिक्षा के पाठ्यक्रम को प्रभावित करती है। विभिन्न देशों के पाठ्यक्रमों पर विचार करने पर हम पाते हैं कि आर्थिक दृष्टि से जो राज्य सुदृढ़ है उनका पाठ्यक्रम विस्तृत होता है और जिन राज्यों में आर्थिक स्थिति अच्छी नहीं है वहाँ ऐसी अच्छी व्यवस्था नहीं हो पाती है। आर्थिक स्थिति में कमजोर राज्य तो धन की व्यवस्था भी सामान्य शिक्षा या अनिवार्य शिक्षा के लिए नहीं कर पाते हैं अतः समाज की आर्थिक नीतियाँ भी शिक्षा के उद्देश्य एवं पाठ्यक्रम को प्रभावित करती हैं।

मनोवैज्ञानिक आधार–शिक्षा के किसी विशेष उद्देश्य की प्राप्ति के लिए किन विषयों का ज्ञान एवं क्रियाओं का प्रशिक्षण आवश्यक है ये तो दर्शनशास्त्री एवं समाजशास्त्री तय कर सकते हैं लेकिन किस स्तर के बच्चे उस पाठ्यक्रम को किस स्तर तक ग्रहण कर पाते हैं। यह तो मनोवैज्ञानिक ही तय कर सकते हैं। मनोविज्ञान के अंतर्गत बच्चों के मानसिक, शारीरिक एवं सामाजिक विकास का अध्ययन किया जाता है। यदि इन सभी बातों का अध्ययन नहीं किया जाएगा तो हम यह निश्चित नहीं कर सकते हैं कि किस स्तर के बालक को कौन विषय पढ़ाया जाए या उसे कैसी शिक्षा दी जाए, मनोवैज्ञानिकों का मानना है कि बालकों को जिस विषय में रुचि होती है या जिनको सीखने की बालक की शारीरिक या मानसिक क्षमता होती है। वर्तमान समय में शिक्षा का पाठ्यक्रम तय करते समय बालकों की रुचि–रूझान एवं योग्यता का ध्यान रखा जाता है और इन सबके लिए मनोविज्ञान का ज्ञान आवश्यक है। मनोविज्ञान के ज्ञान के बगैर हम सैद्धांन्तिक बातें तो बहुत कर सकते हैं लेकिन पाठ्यक्रम का निर्माण नहीं कर सकते हैं। मनोविज्ञान ही आज के पाठ्यक्रम निर्माण का मुख्य आधार है।

वैज्ञानिक आधार–आज के वैज्ञानिक युग में मनुष्य का पूरा जीवन विज्ञान से प्रभावित है। उसकें जीवन के हर क्षेत्र में विज्ञान की पकड़ है। विज्ञान ने मानव को कम काम करके अधिक उत्पादन करना सिखाया है। विज्ञान ने हमें निरीक्षण, परीक्षण एवं प्रयोग की विधियाँ बताई हैं। हम बिना प्रयोग किये आज किसी भी तथ्य को सत्य नहीं मानते हैं। हमारा पाठ्यक्रम भी विज्ञान से प्रभावित है। हम पाठ्यक्रम में आज वैसे विषयों को स्थान नहीं देते हैं। जिनको बिना किसी अनुभव के स्वीकार करना पड़े। इस तरह विज्ञान भी पाठ्यक्रम निर्माण का मुख्य आधार है।

समय की मांग–हमें पता है कि समाज परिवर्तनशील है और उसकें

चिन्तन एवं स्वरूप में परिवर्तन होता रहता है। उसका शासन तंत्र एवं अर्थतंत्र भी परिवर्तित होता रहता है और मनुष्य की मांग की बदलती रहती है। समाज के सामने नयी–नयी समस्याएँ पैदा होती रहती हैं। जिनका उसे समाधान भी करना होता है जिसकें लिए उसे तदनुकूल परिवर्तन करना पड़ता है और इन सबके लिए उसे शिक्षा का सहारा लेना पड़ता है और समय की मांग के अनुसार पाठ्यक्रम भी परिवर्तित होता रहता है। भारतीय समाज में कल तक माध्यमिक चिन्तन प्रबल था आज भौतिकता की प्रधानता है।

पाठ्यक्रम निर्माण के विभिन्न सिद्धान्त

किसी भी समाज की शिक्षा का पाठ्यक्रम तय करने में दर्शन, समाज राज्य, अर्थव्यवस्था, मनोविज्ञान एवं विज्ञान का प्रभाव होता है। आज पाठ्यक्रम के निर्माण में इन सभी के प्रभाव को सिद्धान्त के रूप में बांध दिया गया है लेकिन शिक्षा के भिन्न–भिन्न स्तरों पर पाठ्यक्रम के निर्माण के सिद्धान्त भिन्न–भिन्न हैं। हमारे देश में 10+2+3 शिक्षा पद्धति लागू है। प्रथम 10 वर्ष की शिक्षा तो सबके लिए समान है। 2 में इसकें दो भाग और फिर कई विभाग हो जाते हैं। 3 और उसकें आगे की शिक्षा में विशिष्टीकरण किया गया है। हम यहाँ केवल 10 वर्षीय सामान्य शिक्षा के पाठ्यक्रम निर्माण के सिद्धान्तों की व्याख्या कर रहे हैं। इसलिए की यह सामान्य शिक्षा है और हमारा उद्देश्य माध्यमिक शिक्षकों का मार्गदर्शन ही है।

उद्देश्यों की प्राप्ति का सिद्धान्त–पाठ्यक्रम उद्देश्यों की प्राप्ति का साधन है। अतः किसी भी स्तर के पाठ्यक्रम का निर्माण करते समय हमें उस स्तर के शिक्षा के उद्देश्यों को ध्यान में रखना चाहिए जिनके ज्ञान एवं अभ्यास से बालक वैसा बन सकें जैसा कि हम उन्हें बनाना चाहते हैं। आजकल हमारी प्रथम 10 वर्ष की सामान्य शिक्षा का उद्देश्य है। बच्चों का शारीरिक, मानसिक, सांस्कृतक एवं चारित्रिक विकास करना, सृजनशीलता को बढ़ावा देना, उन्हें लोकतंत्र की शिक्षा देना और राष्ट्रीय लक्ष्यों की प्राप्ति के लिए प्रेरित करना। उदाहरण के लिए यदि हम शारीरिक विकास के उद्देश्य को ही लें। हमें पाठ्यक्रम का निर्माण करते समय सबसे पहले यह समझना चाहिए कि शारीरिक विकास का अर्थ क्या है? उसकें बाद हमें यह समझना चाहिए कि शारीरिक विकास के लिए बालकों को किन विषयों का ज्ञान एवं किन क्रियाओं का अभ्यास लाभ पहुँच सकता है। इस तरह बालकों को शरीर विज्ञान, गृह विज्ञान एवं सामान्य विज्ञान की सामान्य शिक्षा मिलनी चाहिए इसकें साथ ही साथ दैनिक जीवन के स्वास्थ्यप्रद नियमों जैसे सुबह जल्दी उठना, स्नान

करना, शरीर के विभिन्न अंगों की सफाई, व्यायाम करना, संतुलित भोजन करना और पूरी नींद लेना आदि का पालन आवश्यक होता है। इस तरह हम कह सकते हैं कि इन सबके ज्ञान एवं अभ्यास हमें विद्यालय के पाठ्यक्रम का अंग बनाना चाहिए। इसी तरह अन्य उद्देश्यों की प्राप्ति के लिए आवश्यक विषयों एवं क्रियाओं का चयन करना चाहिए एवं शिक्षा के विभिन्न स्तरों जैसे प्राथमिक, उच्च प्राथमिक एवं माध्यमिक के लिए उनका रूप एवं सीमा भी निश्चित करनी चाहिए।

उपयोगिता का सिद्धान्त–हमारी शिक्षा पद्धति में प्रथम 10 वर्ष की शिक्षा का मूल उद्देश्य बालकों को सामान्य जीवन के योग्य बनाना है। इस स्तर के पाठ्यक्रम में मनुष्य के सामान्य जीवन के लिए उपयोगी समस्त क्रियाओं एवं ज्ञान का समावेश होना चाहिए। हमें पता है कि मनुष्य को सामान्य जीवन जीने के लिए स्वस्थ शरीर की आवश्यकता होती है। आपस में संवाद के लिए उपयोगी भाषा की आवश्यकता होती है। सामाजिक जीवन के लिए सामाजिक एवं सांस्कृतिक मानदण्डों की आवश्यकता होती है। एवं गणित का ज्ञान भी आवश्यक होता है। और आज का युग विज्ञान का युग है इसलिए विज्ञान की भी शिक्षा आवश्यक है। अतः इस स्तर के पाठ्यक्रम में इन सबका समावेश होना चाहिए। इस सम्बन्ध में हम कहना चाहेंगे कि पाठ्यक्रम बच्चों के वास्तविक जीवन से सम्बन्धित होना चाहिए एवं शिक्षा ऐसी हो जो बालक को आदर्श जीवन जीने योग्य बनाये।

वरीयता का सिद्धान्त–किसी भी स्तर के शिक्षा के पाठ्यक्रम में अनेक विषयों एवं क्रियाओं का समावेश किया जाता है। पाठ्यक्रम का निर्माण करते समय यह भी ध्यान रखना आवश्यक है कि कौन–सा विषय अथवा क्रिया बच्चों के वर्तमान एवं भविष्य की दृष्टि से कितना उपयोगी है। पाठ्यक्रम में उसे उतना ही महत्त्व देना चाहिए। उदाहरण के लिए प्रथम 10 वर्ष की शिक्षा के विषयों में सबसे ज्यादा महत्त्व आपसी संवाद के लिए आवश्यक मातृभाषा का एवं क्रियाओं में सबसे ज्यादा महत्त्व शारीरिक क्रियाओं का होता है। अतः इन्हें सबसे पहले वरीयता दी जानी चाहिए। वरीयता का अर्थ यहां समय निर्धारण से है। अतः इनके ज्ञान एवं कौशल के विकास के लिए सबसे अधिक समय निश्चित करना चाहिए।

भविष्य दर्शन का सिद्धान्त–बालकों को शिक्षा के द्वारा वर्तमान के साथ–साथ भविष्य के लिए भी तैयार करते हैं अतः किसी भी स्तर का पाठ्यक्रम निश्चित करते समय भविष्य में होने वाले परिवर्तनों का अनुमान लगाना एवं उनके अनुसार शिक्षा के पाठ्यक्रम में विभिन्न विषयों एवं क्रियाओं का समावेश करना आवश्यक होता है। उदहारण के लिए हम कम्प्यूटर के प्रयोग को लें भविष्य में

कम्प्यूटर हमारे सामान्य जीवन का अंग हो जाएग। अतः हमें अभी से ही इसे पाठ्यक्रम में स्थान देने चाहिए। हमें पता है कि प्रथम 10 वर्ष की शिक्षा के बाद मेधावी एवं परिश्रमी छात्रों को विश्वविद्यालय शिक्षा के लिए तैयार किया जाना है तब इस स्तर पर मेधावी छात्रों के लिए उनकी पहचान एवं उनके अतिरिक्त पाठ्यक्रम की पहचान करना एवं उनके विशेष शिक्षण की व्यवस्था करना आवश्यक होता है।

रुचि एवं क्षमता का सिद्धान्त–किसी भी स्तर पर शिक्षा के पाठ्यक्रम का निर्माण करते समय उस स्तर के बालकों की रुचि रुझान योग्यता आदि का ध्यान रखना आवश्यक है। उदाहरण के लिए पूर्व प्राथमिक स्तर पर 4–6 वर्ष बालक पढ़ते हैं। उच्च प्रथमिक स्तर पर 6–10 वर्ष के बालक पढ़ते हैं। और माध्यमिक स्तर पर किशोरावस्था के बालक पढ़ते हैं। इनकी योग्यता, रुचि एवं क्षमताएँ अलग–अलग होती हैं। क्षमता का अर्थ बालकों की शारीरिक एवं मानसिक दोनो प्रकार की क्षमताओं से होता है। हमें इस स्तर के बालकों के लिए पाठ्य सामग्री एवं क्रियाओं का चयन करते समय इनकी रुचियों एवं क्षमताओं का विशेष ध्यान रखना चाहिए। बालक उनमें रुचि तभी लेंगे और विकास तभी सम्भव हो पायेगा।

सृजनात्मकता का सिद्धान्त–मनोवैज्ञानिक ने यह स्पष्ट किया है कि शिशुकाल में व्यक्तित्व निर्माण की आधारशिला रखी जाती है। बाल्यकाल एवं किशोरावस्था उसकें सुदृढ़ीकरण के काल हैं। मनोवैज्ञानिक यह भी मानते हैं कि इस आयुवर्ग के बच्चे क्रियाशील होते हैं। उन्होंने यह भी स्पष्ट किया कि क्रिया एवं स्वतंत्र अवसर देने से बच्चों में सृजनात्मक शक्ति का विकास किया जा सकता है। उनका मानना है कि क्रिया द्वारा किया गया कार्य स्पष्ट एवं स्थायी होता है। अतः आज यह आवश्यक है कि प्रथम 10 वर्षीय शिक्षा की पाठ्यक्रम में ऐसी पाठ्य सामग्री हो कि बालक क्रियाओं द्वारा उनको सीख सकें एवं विद्यालयों का पर्यावरण ऐसा हो परिस्थितियां ऐसी हों कि बालक उन्हें सीख सकें, क्रियाएँ कर सकें।

स्तर के अनुसार पाठ्यक्रम का सिद्धान्त–मनोवैज्ञानिकों का कहना है कि पूर्व बाल्यकाल, उत्तर बाल्यकाल एवं किशोर काल में बच्चों के शारीरिक, मानसिक, संवेगात्मक और सामाजिक विकास में भिन्नता होती है। यही कारण है कि आज सभी स्तरों के लिए पाठ्य विषयों का विस्तार एवं क्रियाओं का चयन तथा स्तर के बच्चों के शारीरिक मानसिक, संवेगात्मक एवं सामाजिक विकास के आधार पर करने पर जोर दिया जाता है।

सम्बद्धता का सिद्धान्त–पाठ्यक्रम के सन्दर्भ में सुसम्बद्धता का अर्थ है

कि शिक्षा के किसी भी स्तर की पाठ्यचर्चा का सम्बन्ध उस स्तर के बच्चों के वास्तविक जीवन से होना चाहिए और जो भी क्रियाएँ कराई जाएँ उनका भी सम्बन्ध आपस में सम्बन्ध होना चाहिए यही नियम पाठ्य विषयों के सम्बन्ध में अपनाया जाना चाहिए। पाठ्यसामग्री एवं क्रियाओं में सुसम्बद्धता का अर्थ है कि उन्हें एक इकाई के रूप में विकसित किया जा सकें और वे एक–दूसरे से जुड़ी हों। हमारे यहाँ प्रथम दस वर्ष की शिक्षा तीन स्तरों में बंटी हुईं है। प्राथमिक, उच्च एवं माध्यमिक। हमने इन तीनों स्तरों के लिए बच्चों के शारीरिक मानसिक, संवेगात्मक एवं सामाजिक आधार पर भिन्न–भिन्न पाठ्यक्रम के निर्माण की बात कही है। ऐसा करते समय इस पाठ्यक्रम के आधार पर विकसित हो और आगे वाले पाठ्यक्रम के आधार के रूप में कार्य करे। ये विभिन्न शैक्षिक स्तर शिक्षा की प्रक्रिया के भिन्न–भिन्न सोपान होते हैं ये एक दूसरे में इतने सम्बन्धित हैं कि इनकी तुलना एक सीढ़ी से की जा सकती है। इस स्थिति में ही हम अपने निर्दिष्ट उद्देश्यों की प्राप्ति में सफल हो सकते हैं।

सामान्यीयकरण एवं कौतूहल का सिद्धान्त–इस सिद्धान्त का प्रतिवादन सर ब्हाइट हैड ने विद्यालय की शिक्षा के पाठ्यक्रम के सम्बन्ध में किया है। उनका कहना है कि पाठ्यक्रम का निर्माण करते समय हमें इस बात का ध्यान रखना चाहिए कि वह बच्चों में कौतूहल जागृत करे जिससे बच्चे ज्ञान को प्राप्त करने के लिए तथा क्रियाओं का प्रशिक्षा प्राप्त करने के लिए स्वयं प्रेरित हों। पवित्रता का उनका अर्थ पाठ्यक्रम में उन्हीं विषयों के समावेश से है जो बच्चों को सद्गुण सिखाती है। सीखे गये ज्ञान का प्रयोग एवं क्रियाओं का किया जाना ही सामान्यीकरण है। इस सिद्धान्त का अर्थ है कि पाठ्यक्रम ऐसा होना चाहिए जो बच्चों को अपनी ओर आकर्षित करे और जिसको पूरा करने के बाद सामान्य जीवन जी सकें।

पाठयक्रम निर्माण के सिद्धान्त

शिक्षा के किसी भी स्तर का पाठ्यक्रम उस स्तर की पाठ्यचर्या का अंग होता है अत: उसकें निर्माण के सिद्धान्तों की भी वही होने चाहिए जो उस स्तर की पाठ्यचर्या के सिद्धान्त होते हैं। हम उपर अपने देश की 10 वर्षीय पाठ्यक्रम के निर्माण की चर्चा कर चुके हैं। बस उन्हें देखने समझने की आवश्यकता है। पाठ्यक्रम के सम्बन्ध में इन सिद्धान्तों की व्याख्या पाठ्य विषयों तक सीमित रहने उनमें पाठ्य सहगामी क्रियाओं का समावेश नहीं किया जाएगा।

जैसा कि हमने पाठ्यकम के निर्माण में पहले कहा है कि शिक्षा के भिन्न–भिन्न स्तर की पाठ्यचर्या के निर्माण के सिद्धान्त भिन्न–भिन्न होते हैं। अपने

देश में वर्तमान सन्दर्भ में 2 स्तर के पाठ्यक्रम के निर्माण के सिद्धान्त हैं। उद्देश्यों की प्राप्ति का सिद्धान्त, उपयोगिता का सिद्धान्त अग्रदर्शिता का सिद्धान्त तथा नवीनता एवं प्रगतिशीलता का सिद्धान्त और 3 स्तर और उससे आगे की शिक्षा के किसी भी पाठ्यक्रम का निर्माण के सिद्धान्त है।

पाठ्यक्रम के प्रकार

पाठ्यक्रम के निर्माण के कई प्रचलित सिद्धान्त हैं। कुछ प्रमुख सिद्धान्तों का वर्णन हम पहले कर चुके हैं। पाठ्यक्रम का निर्माण करते समय शिक्षाविद् कभी किसी सिद्धान्त को महत्त्व देते हैं तो कभी दूसरे को। इसी कारण से हमें बहुत से पाठ्यक्रम के रूप देखने को मिलते हैं। यहाँ हम कुछ विशेष पाठ्यक्रमों की व्याख्या करेंगे।

बालकेन्द्रित पाठ्यक्रम–जिस पाठ्यक्रम का निर्माण यथा स्तर के बालकों के मनोविज्ञान, उनकी रुचि, योग्यता एवं रूझान को देखते हुए योग्यता एवं आवश्यकता को ध्यान में रखकर किया जाता है उसे बाल केन्द्रित पाठ्यचर्या कहा जाता है। इस पाठ्यक्रम में व्यक्ति को समाज से ज्यादा महत्त्व दिया जाता है । यह मानने वाली बात है कि एक अच्छे पाठ्यक्रम में व्यक्ति एवं समाज को समान महत्त्व मिलना चाहिए।

एकीकृत पाठ्यक्रम–वैसा पाठ्यक्रम जिसकें समस्त विषयों की पठन पाठन की सामग्री एवं क्रियाओं के बीच सह सम्बन्ध होता है और जिसे एक इकाई के रूप में विकसित किया जा सकता है। एकीकृत या समेकित पाठ्यक्रम कहते हैं। एकीकृत पाठ्यक्रम ज्ञान को पूर्ण इकाई के रूप मे प्रस्तुत करती है और उन सबका सम्बन्ध बच्चों को उनके वास्तविक जीवन से जोड़ती है। लेकिन इसकी अति नहीं होनी चाहिए।

विषय केन्द्रित पाठ्यक्रम–जिस पाठ्यक्रम विशेष में विषयों को सिखाने वाले से ज्याद महत्त्व देते हैं विषय केन्द्रित पाठ्यक्रम कहलाता है। प्राचीन काल में बालकों की रुचि आदि का ध्यान नहीं रखा जाता था और सभी बालकों को सभी विषय पढ़ाये जाते थे। आज का पाठ्यक्रम भी लगभग ऐसा ही है। इस तरह के पाठ्यक्रम को विषय प्रधान पाठ्यक्रम कहते हैं। मनोवैज्ञानिक ऐसे पाठ्यक्रम को अच्छा नहीं कहते हैं।

क्रिया प्रधान पाठ्यक्रम–जिस पाठ्यक्रम में बालकों को क्रिया करने एवं क्रिया द्वारा सीखने पर बल देते हैं। क्रिया प्रधान पाठ्यक्रम कहते हैं। ऐसे पाठ्यक्रम में बालकों के रचनात्मक प्रवृत्ति को विकसित करने के अवसर मिलते हैं और बच्चे

करके सीखते हैं। इस तरह से सीखा गया ज्ञान स्थायी होता है लेकिन सब कुछ करके सीखना सम्भव नहीं होता है। हमें अपने पूर्वजों के अनुभवों का लाभ अवश्य उठाना चाहिए।

मिश्रित पाठ्यक्रम—शिक्षित पाठ्यक्रम के अंतर्गत अनेक विषयों को मिलाकर एक विषय बनाया जाता है। हमारे देश में आजकल कक्षा 10 तक इतिहास, भूगोल, नागरिक शास्त्र आदि विषयों को मिलाकर एक विषय सामाजिक अध्ययन के रूप में पढ़ाया जाता है। ऐसा ही पाठ्यक्रम मिश्रित पाठ्यक्रम कहलाता है। ऐसा पाठ्यक्रम एक सीमा तक ही अच्छा कहा जा सकता है।

आधारभूत पाठ्यक्रम—आज के युग में लगभग सभी देशों में शिक्षा की व्यवस्था करना राज्य की ही उत्तरदायित्व माना जाता है और लगभग सभी राज्य एक निश्चित स्तर तक की आवश्यक शिक्षा जरूर उपलब्ध कराते हैं और उसकें लिए पाठ्यक्रम का ऐसा रूप बनाते हैं कि उसकें आधार पर किसी सभी भाग में शिक्षा की उचित व्यवस्था हो सकें ऐसा पाठ्यक्रम आधारभूत पाठ्यक्रम कहलाता है। आधारभूत पाठ्यक्रम के वैयष्टिक एवं सामाजिक दोनों प्रकार के विकास के लिए समान अवसर प्रदान करती है। अत: हम कह सकते हैं। कि आधारभूत पाठ्यक्रम ही सर्वोत्तम पाठ्यक्रम है।

पाठ्यक्रम का बोझ

आजकल विद्यार्थी एवं शिक्षकों दोनों की यह शिकायत है कि पहले की 10 वर्ष की शिक्षा के प्रत्येक विषय का पाठ्यक्रम विस्तृत है। लोगों का यह भी मानना है कि स्कूलों के बस्ते का बोझ दिन प्रतिदिन बढ़ता ही जा रहा है। बच्चे पहले पुस्तकों को छोटे से थैले में अपने कंधे पर टांग लेते थे। आज उन्हें अपने पीठ पर लाद कर पुस्तकें ढोनी होती है। वास्तविकता तो यह है कि इससे लाभ बहुत कम एवं हानि बहुत ज्यादा हो रही है। यदि हम देश के सभी हाईस्कूल बोर्डों का औसत सफलता प्रतिशत निकालें तो यह लभगत 50 प्रतिशत होता है। इतना ही नहीं सफल लोगों में 5 प्रतिशत प्रथम 20, प्रतिशत द्वितीय एवं 25 से 30 प्रतिशत तृतीय श्रेणी में उत्तीर्ण होते हैं। ऐसे तो परीक्षाफल के खराब होने के कई कारण हो सकते हैं जैसे बच्चे के स्कूल में पढ़ाई की सही व्यवस्था का न होना। बच्चे जिस परिवार में रहते हैं उनमें पढ़ाई का माहौल नहीं है, बच्चे स्वयं पढ़ाई के प्रति जागरूक नहीं है। एवं अनुशासनहीनता भी बढ़ रही है। लेकिन इनमें सबसे बड़ा कारण पाठ्यक्रम का विस्तृत होना ही है। अत: हमें इस समस्या पर गम्भीरता से विचार करना चाहिए।

समस्या के प्रकार

एन.सी.ई.आर.टी. आज पूरे देश में चलने वाली 10 वर्षीय शिक्षा के पाठ्यक्रम का निर्माण करता है। इसने पहले 1975 में देश की 10 वर्षीय शिक्षा के पाठ्यक्रम को तैयार किया था। एन.सी. ई. आर. टी. ने 1988 में अपने पाठ्यक्रम में संशोधन किया और फिर 2000 में एक संशोधित पाठ्यक्रम प्रस्तुत किया। सन् 2000 में प्रस्तुत पाठ्यक्रम को आधार बनाकर ही पाठ्यक्रम की समस्या पर हम विचार करेंगे।

सबसे पहले पूर्व प्राथमिक स्तर के पाठ्यक्रम को देखा जायें इस स्तर के लिए एन.सी.ई. आर. टी ने कोई औपचारिकत पाठ्यक्रम निश्चित नहीं किया है। केवल खेल में स्वास्थ्य सम्बन्धी अच्छी आदतों एवं समाज के लायक सामान्य व्यवहार कुशलता के निर्माण, बोलचाल की भाषा में विकास और शिशुओं को अपने दैनिक कार्यों में आत्म निर्भर बनाने की बात कही है। लेकिन कुछ शिशु तो मातृभाषा के साथ–साथ अंग्रेजी भाषा सीख लेते हैं तो इनको अंतर्राष्ट्रीय अंक के साथ जोड़ना घटना भी आ जाता है और ये चित्रकला भी सीख लेते हैं। इस तरह से शिशुओं की मासंपेशियों को मजबूत करने एवं उनकी ज्ञानेन्द्रीयों को प्रशिक्षित करने सेप हले औपचारिक शिक्षा की शुरूआत की जाती है।

अब हम प्राथमिक स्तर को लेते हैं। (कक्षा 1 से 5 तक) इस स्तर के पाठ्यक्रम के लिए एन.सी.ई.आर.टी. ने केवल मातृभाषा, गणित, पर्यावरण एवं स्वस्थ उत्पादक जीवन की कला में अनेक विषयों के अध्ययन एवं अनेक क्रियाओं के सम्पादन को जोड़कर उन्हें भारी एवं बोझिल बना दिया है एवं अपने वास्तविक रूप में तो इस स्तर पर अंग्रेजी भी अनिवार्य है। कुछ प्रांतों ने तो अब कम्प्यूटर को भी इस स्तर पर अनिवार्य बना दिया है। परिणाम यह है कि इस स्तर का पाठ्यक्रम अत्यधिक बोझिल हो गया है। उच्च प्राथमिक कक्षा (6 से 8 तक) एवं माध्यमिक स्तर (9 एवं 10) के स्तर के लिए सन 2000 में एन. सी. ई. आर. टी. ने जो आधारभूत पाठ्यक्रम प्रस्तावित किया है उसमें तीन भाषाएँ, गणित, विज्ञान, सामाजिक विज्ञान, कृषि, शिक्षा कला शिक्षा एवं स्वास्थ्य एवं शारीरिक शिक्षा आदि कुल 9 विषय ही आते हैं। लेकिन सामाजिक विज्ञान के अंतर्गत कई विषयों जैसे इतिहास, भूगोल, नागरिक शास्त्र को रखा जाता है। परिणाम यह है कि इस स्तर का पाठ्यक्रम भी सामान्य एवं कमजोर छात्रों के लिए अत्यंत विस्तृत एवं बोझिल हो गया है। बीच–बीच में संस्कृत को भी अनिवार्य विषय के रूप में पढ़ाये जाने की बात हो रही है। स्वाभाविक रूप से यह कार्य पाठ्यक्रम को और अधिक बोझिल

बनायेगा। 10 वर्षीय पाठ्यक्रम के बोझिल एवं विस्तृत होने से छात्रों को अनेक प्रकार की परेशानियों का सामना करना पड़ रहा है। इसमें निम्नलिखित हानियाँ हो रही हैं जैसे–

1. बच्चे पर पाठ्यक्रम को पूरा करने का दबाव 24 घण्टे रहता है। वह ठीक से कोई काम नहीं कर पाता है और उसका स्वास्थ्य खराब हो जाता है।

2. विस्तृत पाठ्यक्रम के कारण बच्चे दबाव में रहते हैं कुछ बच्चे तो पढ़ाई तक छोड़ देते हैं और शिक्षा के क्षेत्र में अपव्यय होता है।

3. प्रत्येक स्तर पर इर्तिणता का प्रतिशत बहुत कम रहता है। विशेष प्रभाव माध्यमिक स्तर पर पड़ता है। इससे शिक्षा के क्षेत्र में अवरोधन भी हो रहा है।

4. सामान्य बच्चों का विकास अवरूद्ध होता है और मेधावी बच्चों का बहुत विकास हो जाता है जिससे असमानता की भावना उत्पन्न होती है।

5. सामान्य बच्चे सामान्य ज्ञान का भी विकास नहीं कर पा रहे हैं।

6. अभिभावक आर्थिक बोझ पड़ने से परेशा हैं।

कारण

पाठ्यक्रम की समस्या मुख्य रूप से समय की देन है। कुछ राजनेताओं की देन है और कुछ तथाकथित शिक्षाविदों की देन हैं–

1. हमारे देश में ज्यादातर राज्यों में कक्षा 1 से 8 तक की शिक्षा सामान्य एवं अनिवार्य बनाई गयी है। अब कक्षा 1 से 10 तक की शिक्षा को सामान्य शिक्षा की श्रेणी में रख गया है कि भविष्य में यह नि:शुल्क भी हो जाए लेकिन आज ज्ञान विज्ञान का विकास जिस गति से हो रहा है और सामाजिक, सांस्कृति, धार्मिक एवं राजनैतिक क्षेत्र में इतनी तेजी से बदलाव हो रहा है कि सामाजिक जीवन क्लिष्ट होता जा रहा है और अब 10 वर्ष की सामान्य शिक्षा पर्याप्त नहीं है। तब कम समय की अधिक ज्ञान एवं कौशल की वृद्धि करने के लिए पाठ्यक्रम का विस्तृत होना विवशता भी है।

2. हमारा देश एक विकाशील देश है। हमारे देश के सामने आज बहुत से नये–नये लक्ष्य हैं जैसे लोकतंत्र की शिक्षा, पर्यावरण प्रदूषण की रोकथाम, जनसंख्या नियंत्रण, मूल्य निर्माण एवं राष्ट्रीय एवं अंतर्राष्ट्रीय योग्यता का विकास। राजनेता इनकी चर्चा करते हैं और शिक्षाविद् इन्हें पाठ्यक्रम में शामिल कर लेते हैं। इस बार एन.सी.ई.आर.टी. ने अपने तत्कालीन दस्तावेज में कम्प्यूटीकरण, औद्योगिकरण, उदारीकरण, निजीकरण एवं भूमण्डलीयकरण को भी राष्ट्रीय लक्ष्यों की सूचि में

शामिल कर लिया है और उन्हें भी पाठ्यक्रम का अंग बनाने का प्रयास किया जा रहा है। अतः हम कह सकते हैं कि पाठ्यक्रम का बोझ दिन प्रतिदिन बढ़ता ही जा रहा है।

3. आज के शिक्षाशास्त्री शिक्षा के सतर का आकलन शिक्षा के पाठ्यक्रम से करते हैं। वे सोचते हैं कि पाठ्यक्रम विस्तृत कर देने से शिक्षा का स्तर विस्तृत जो जाएगा। वे यह नहीं सोच पाते हैं कि पाठ्यक्रम का तब तक कोई अर्थ नहीं है जब तक की छात्रों पर उसका अच्छा एवं सुन्दर प्रभाव नहीं पड़े। अतः पाठ्यक्रम का बोझ दिन–प्रतिदिन बढ़ता ही जा रहा है।

4. काफी हद तक तो सरकार ने ही पाठ्यक्रम को विस्तृत कर दिया है और ऐसा भी देखने को मिलता है कि विद्यालय अलग से कुछ विषय और जोड़ देते हैं यह काम प्राइवेट विद्यालयों में ज्यादा होता है।

5. बदलती हुईं परिस्थितियाँ एवं भविष्य की मांग की पूर्ति के लिए हम पाठ्यक्रम में नित्य ही कुछ न कुछ जोड़ते जा रहे हैं। लेकिन जो अनुपयोगी हो गया होता है उसे हम पाठ्यक्रम से निकाल नहीं रहे हैं।

समस्या का समाधान

समस्या का समाधान उस समस्या के कारणों को खत्म कर देने से हो जाता है और यह भी आवश्यक होता है कि कुछ सकारात्मक कदम उठाये जायें।

1. पाठ्यक्रम के विस्तृत होने का सबसे पहला कारण है कम समय में अधिक ज्ञान प्राप्त करने की विवशता जिससे धन एवं समय दोनों की बचत हो। दूसरा काण है कि हम सभी राष्ट्रीय लक्ष्यों को शिक्षा में शामिल कर देते हैं और तीसरा कारण हो जाता है पाठ्यक्रम का सही अर्थ नहीं समझना। इन कारणों को दूर करने का बस एक ही उपाय है कि शिक्षा शास्त्रों पाठ्यक्रम या सामान्य शिक्षा का अर्थ समझें। सामान्य शिक्षा का अर्थ साधारणतः लोग पूरे देश के बच्चों को एक नियत आयु में आध्यात्मक समान शिक्षा से लेते हैं लेकिन इससे एक और मुख तत्त्व है और वह है सामान्य बच्चे। इस तरह सामान्य शिक्षा का अर्थ होता है। एक निश्चित आयु वर्ग के सामान्य बच्चों के लिए सामान्य शिक्षा। यदि शिक्षाशास्त्री पाठ्यक्रम का निर्माण करते समय इस तथ्य को भी सामने रखें तो पाठ्यक्रम विस्तृत नहीं होगा।

2. एन.सी.ई. आर.टी. ने सन् 2000 के अपने दस्तावेज में पूर्व प्राथमिक स्तर पर शिशुओं को खेल–खेल में स्वास्थ्य सम्बन्धी अच्छी आदतों का निर्माण, मातृभाषा के सुनने एवं बोलने के कौशल के विकास, सामाजिक व्यवहार के

प्रशिक्षण आदि की बात कही है। लेकिन वास्तव में इस स्तर की शिक्षा की व्यवस्था जहाँ भी है वहाँ इस स्तर पर मातृभाषा के अक्षरों एवं अंतर्राष्ट्रीय अंकों का भी ज्ञान कराया जाता है। किंडर गार्डन आदि में तो अंग्रेजी भाषा की शिक्षा भी शुरू कर दी जाती है। इस तरह इस स्तर पर भी पाठ्यक्रम का बोझ बहुत बढ़ गया है। यदि हम पाठ्यक्रम के लिए एन.सी.ई.आर.टी. के मार्गदर्शन को अपनायें तो बालकों पर से पाठ्यक्रम का बोझ बहुत कम हो जाएगा।

3. पाठ्यक्रम विस्तृत होने का बहुत बड़ा कारण शिक्षाशास्त्रियों का चापलूस होना है। उन्हें मानसिक दासता से ऊपर स्वतंत्र रूप से सोचना होगा और तब ऐसी स्थिति नहीं आएगी।

4. मातृभाषा के अलावा कोई अन्य भाषा की शिक्षा अनिवार्य नहीं की जाए। मेधावी छात्रों को एक या दो भाषाएँ अलग से सीखने की छूट दी जा सकती है। राष्ट्रभाषा हिन्दी एवं अंतर्राष्ट्रीय भाषा अंग्रेजी को अवश्य ही स्थान दिया जाना चाहिए। मातृभाषा के अलावा अन्य भाषा में उत्तीर्ण होना अनिवार्य नहीं हो तो पाठ्यक्रम का बोझ बहुत हद तक कम हो जाएगा गणित, समाजिक एवं विज्ञान विषयों के पाठ्यक्रम से स्तर से ऊँचे पाठ्यक्रम निकाल दिये जाएँ। केवल व्यवहारिक गणित की ही शिक्षा दी जाए। समाज विज्ञान में अनावश्यक विषय हटा दिये जायें। विज्ञान में केवल उपयोगी विषयों की ही शिक्षा दी जाए।

कुल मिलाकर हम कह सकते हैं कि यदि पाठ्यक्रम के निर्माण में इस बात का ध्यान रखा जाए की सामान्य छात्रों के लिए और विशिष्ट शिक्षा मेधावी छात्रों के लिए है तो किसी भी स्तर के पाठ्यचर्चा का बोझ कम किया जा सकता है। त्रिभाषा सूत्र एवं अनावश्यक उत्पादन कार्यों को हटा देने से ही पाठ्यक्रम का बोझ लगभग 25 प्रतिशत कम हो जाएगा और तब पाठ्यक्रम बोझ नहीं लगकर लगाव का कारण बन जाएगा।

□□□